我们走在大路上

江兴国
大学及研究生日记摘录

江兴国　著
李　倩　整理

上

中国政法大学出版社

2022・北京

图书在版编目（ＣＩＰ）数据

我们走在大路上：江兴国大学及研究生日记摘录/江兴国著. —北京：中国政法大学出版社，
2022.10

ISBN 978-7-5764-0300-8

Ⅰ.①我⋯　Ⅱ.①江⋯　Ⅲ.①日记－作品集－中国－当代　Ⅳ.①I267.5

中国版本图书馆CIP数据核字(2022)第020035号

书　名	我们走在大路上：江兴国大学及研究生日记摘录 WOMENZOUZAIDALUSHANG：JIANGXINGGUO DAXUE JI YANJIUSHENG RIJI ZHAILU
出版者	中国政法大学出版社
地　址	北京市海淀区西土城路 25 号
邮　箱	fadapress@163.com
网　址	http://www.cuplpress.com (网络实名：中国政法大学出版社)
电　话	010-58908466(第七编辑部) 010-58908334(邮购部)
承　印	北京九州迅驰传媒文化有限公司
开　本	720mm×960mm　1/16
印　张	47
字　数	745 千字
版　次	2022 年 10 月第 1 版
印　次	2022 年 10 月第 1 次印刷
定　价	186.00 元（上下册）

▲ 作者像（摄于1965年）

　　江兴国，1943年出生，安徽省安庆市人，中国共产党党员，中国政法大学教授。1966年北京政法学院毕业后曾分配到广西壮族自治区永福县人民法院工作。1979年考取母校研究生，1982年研究生毕业获法学硕士学位，留校任教，曾任中国政法大学法律系党总支副书记兼系副主任，中国政法大学教务处副处长、处长。2003年退休。

▲ 摄于 1966 年 1 月，读大学时

▲ 摄于 1982 年 5 月，研究生毕业前夕

▲ 日记展示

▲ 江兴国中学时期的日记

▲ 江兴国大学时期的日记

▲ 江兴国在广西工作时期的日记

▲ 江兴国研究生时期的日记

▲ 江兴国在中国政法大学工作时期的日记

代序
读兴国日记 忆校园生活

敖俊德

前几天，兴国同学给我发微信说，中国政法大学出版社要出版他的日记，让我写个序言。首先我热烈祝贺兴国同学给母校七十华诞献一份厚礼，同时我也为中国政法大学出版社慧眼识珠点赞，出版对校史具有填补空白价值的兴国日记。至于写序言之事，我自然有话要说，而且说来话长。

我与本书作者江兴国同志是大学同班同学，1962 年我们同时考入北京政法学院（现在的中国政法大学）。大学毕业后，我去了新疆，江兴国去了广西，我们虽然相隔万里，但一直保持书信往来。我们之间的友谊 60 年来从未中断。我们之间之所以能保持着这种关系，是因为他是平等待我的热心人。我是来自偏远农村的蒙古族学生，初中是在农村中学上的，高中虽然在县城，但高中连一本课外读物都没有，除了课本，我的其他知识几乎是空白。因此在来自城市的同学面前，我既自卑又敏感，唯恐被人看不起。兴国同学来自北京，出身于高级知识分子家庭，知识渊博，文化根底深厚。但在与他的接触中，我从他身上从来没有看到一些城里人身上的那种优越感，他为人热情，平易近人，因此我们的关系就自然地亲近起来。

1978 年，我考取中国社会科学院研究生院，成为攻读法学专业刑法方向的研究生；翌年，兴国同学也考取母校（北京政法学院），成为攻读法学专业中国法制史方向的研究生。研究生毕业后我们又都留在北京工作，我到全国人民代表大会民族委员会工作，他留在母校工作。读研究生期间和留京工作之初，我们两个都与妻儿两地分居，相似和相同的经历使得我们来往更加频繁密切。现在，他要我为他即将出版的大作写序言，我的心情复杂而矛盾。首先鉴于我们之间的这种友谊，我感到盛情难却，责无旁贷；其次也有些担心，此事非同小可，深感难担此重任；最后就是耄耋之年，有此事可做，也感到很荣幸。于是，我怀着这种忐忑不安的心情动起笔来。

我知道兴国同学在大学时就写日记，但像他这样 60 年来坚持写日记的人少之又少。近 10 年来，他将大学本科及研究生时期的日记陆续录入电脑，制作成微信版，在我们年级的同学中广泛传阅。这些日记用最朴素、最通俗的语言记录了他自己和同学们在校期间最真实、最平常的学习和生活情况。老同学们看过后都倍感亲切，无不产生共鸣，因此其日记深受大家的喜爱与赞赏。

读兴国日记，忆校园生活。我们离开母校已经半个多世纪了。无情的岁月改变了我们的容颜，也消磨了我们的记忆。我们在校的学习、生活情况，在我们的记忆里有些碎片化了，有些模糊不清了，有些甚至被彻底遗忘了。读兴国日记，重新打开了我们记忆的闸门，遗忘的又回忆起来了，模糊不清的又清晰起来了，而碎片化的又连成一体了，从而一幅我们在校园生活的图景又徐徐展开，呈现在我们眼前。

那时我们的在校生活既严肃紧张，又丰富多彩。一是学校内的各种组织健全。例如，我们政法系 62 级一班，有党支部、团支部、班委会；班委会有班长及委员，委员有学习委员、生活委员、文艺委员、体育委员，还有学习小组，各科都还有科代表，各种组织齐全。各种组织各负其责，按部就班，有条不紊，组织开展各种活动。这样的班集体是有组织有活力坚强的班集体，从而就保证了正常的学习、生活秩序，保证了学习任务的圆满完成。二是有严格的各项制度。我们在校的一切活动都严格按照学校统一的作息时间表进行。那时，我们同学早晨没有不按时起床的，没有不参加晨练不吃早餐的，更没有无故旷课的。学习有严格的考勤和考核制度，考试成绩不及格的要补考，补考不及格的就要留级。三是经常组织开展各种文体活动，活跃生活。学校有各种文艺组织，班级之间、年级之间、系与系之间经常开展体育竞赛活动，有篮球赛、排球赛、足球赛等。每年暑假，航海队在颐和园昆明湖劈波斩浪，展示青春风采；而女子垒球队则在北京高校中异军突起，享有盛名。课程安排每周都有一节体育课，冬有滑冰、夏有游泳。每年学校都举行一次体育运动会。学校文工团有合唱团、话剧队、舞蹈队和乐队，开展各种文娱活动，颇受师生欢迎。特别是舞蹈队和乐队，每年五一和十一都到天安门广场参加狂欢活动，乐曲悠扬，翩翩起舞，为节日增光添彩。此外，学生会还举办书法绘画展活动，也很受师生喜欢。我是班里的排球队队员、国际共产主义运动史科代表和校合唱团成员，因此有些活动我记忆犹新。读兴国日记，总能勾起我们不少有趣的回忆。

那时我们在校所学，正是当时政法工作所需。看兴国日记，很自然地回忆起大学期间的学习情况和我们学习的课程。我们系统学习的四门政治理论课分别是中共党史、政治经济学、哲学、国际共产主义运动史。这些课程让我们比较系统地受到马克思主义教育，为我们树立世界观、人生观和价值观打下了坚实的基础。同时，我们也系统地学习了业务基础课，它们是世界国家与法的历史、中国国家与法的历史、国际法和中国宪法课。正是这些课程的学习，培养了我们坚定的理想信念，坚定了我们正确的政治方向，在我们心田种下了法治的种子，成为后来我们继续学习和从事工作的基本功。从1965年下半年起，我们又用了一个学期学习政法总论课，让我们受到了深刻的马克思主义国家与法的理论教育。在校期间，学校还组织我们去四川参加了为期近一年的"四清运动"，去河南、河北公检法机关参加了为期半年的业务实习，使得我们学习理论、学习业务的同时，还加强了社会实践。这两次社会实践活动，让我们比较深入地了解了我国社会情况和公检法工作情况，这为我们即将走上工作岗位起了"热身"作用。1964年暑假，学校组织师生600多人，到河北沙城参加为期一周的野营军事训练，补上了一堂军事课。每年夏收农忙季节，学校还组织我们到公社生产队参加一周的麦收劳动，这也是重要的社会实践，既锻炼了身体，又了解了社会。还有，在校期间配合形势任务和课堂学习，学校还组织了多次大型报告会。例如，请辽宁抚顺战犯管理所金源所长作战犯改造情况的报告，请著名哲学家艾思奇来校作学术报告，请最高人民法院和公安部的同志作关于敌社情和有关政策的报告。这些报告对于我们来说不仅仅是思想政治课和政法业务课，有些内容也是作为一个公民应了解的常识课，大大拓宽了我们的视野和知识面。春华秋实，学以致用。我们同学走上政法工作岗位后，大都成为所在机关部门的业务骨干，后来在各级政法机关及有关部门担任领导职务。还有些人走上大学讲堂教书育人，成为教授。也有些人进入中国社会科学院法学研究所，成为研究员、博士研究生导师。而有些人的业余爱好也颇有成就，成为京剧票友和音乐、舞蹈、诗歌、书法、绘画、摄影等艺术领域的行家里手。大家都在各自岗位上奉献青春，报效祖国，成为那个年代建设祖国、保卫祖国的中坚力量。

那时党和国家的需要，就是我们的志愿。"到农村去，到边疆去，到祖国最需要的地方去"是当时党和祖国的号召，也是同学们的志愿。我们政法系62级300名毕业生，来自北京和与北京近邻的河北、河南、山西、辽宁四省，却向全国各省份分配，而且大都是边疆和基层，仅新疆维吾尔自治区就计划分配59名之多。其他省份中，分配最多的是广东省33名（其中海南27名[1]）。其他的也都是边疆省、自治区，福建省和广西壮族自治区各15名，西藏自治区也有2名，还有分配到内蒙古自治区和黑龙江的。贵州分配去了18名，它虽不是边疆省份，但在当时是我国经济最落后的省份之一。总之，尽管去的都是当时非常艰苦的地方，但是没有不服从分配的。我本人是经申请批准去新疆的。我是蒙古族懂得蒙语，组织上原打算把我分配到内蒙古。当时负责毕业分配的司青锋主任找我谈话，征求我的意见。我说去新疆的人那么多，肯定是家里有困难的；而我兄弟四人，父母有人照顾，我去新疆，家里没有困难，这样我就去了新疆生产建设兵团。兴国日记对我们300人的去向都有详细记载。兴国同学在广西永福县基层法庭工作十几年，于

---

[1] 在1988年之前，海南是隶属于广东的海南行政区，直到1988年才升级为省。

1979 年考取母校研究生，攻读硕士学位。他珍惜这来之不易的读书机会，废寝忘食，刻苦学习。他攻读研究生期间的日记，又记载了母校师生如何教学相长，薪火相传，克服重重困难，攀登知识高峰，培养政法人才的历程。以上内容无疑是写校史不可多得的宝贵资料。每个人都是社会的细胞，与社会有千丝万缕的联系。兴国日记虽然是个人成长的记录，但从侧面折射出国家发展、社会进步和时代变迁的历史，因此兴国日记的价值和意义是多方面的。而对于我们来说，读兴国日记就是重温我们自己朝气蓬勃、豪情万丈的青春岁月，在人生晚年又自然而然、酣畅淋漓地年轻了一回。

兴国日记表面看来零零散散，似无头绪，但细看就会发现有一个字贯穿始终，那就是一个"爱"字。他热爱历史，写日记就是写自己的历史。60 多年如一日，他天天笔耕，坚持不懈。即使在学习任务繁重的准备高考和研究生期间，他也坚持写日记，认真记录每日考试情况，把每科考试内容记录下来，实属不易。他对写日记爱到了什么程度？紧张地准备高考时他仍坚持写，后来病重住院时，他口述由他妻子代写，或者有漏记的过后也要补上。现在他患脑梗多年，手不能写字，但他会电脑打字，仍坚持每天写日记。他说不把每天发生的事情记下来，就总觉得有一件事没有做完。他爱写日记，更爱日记本。60 多年来辗转各地，日记本总是带在身边；生活中很多东西丢弃了，但日记本一本不少地保存下来，完整保存下来的日记竟有一百多本，这才有了今天我们将要看到的以图书面貌出现的兴国日记。他爱同学、爱朋友。他的日记中有与初中、高中和大学同学每次聚会的详细记录。很多聚会是他召集、组织或者参与组织的，他总是满腔热情地精心组织与策划。这样的内容在他日记中占了相当的篇幅，从中可以看出他对同学和朋友们重情重义，一往情深。同时，他又是山水名胜爱好者，每到一处总要将祖国的名山大川描绘一番，名胜古迹的楹联诗词抄录下来，供日后慢慢欣赏。有诗曰"腹有诗书气自华"，此言不虚也。

在此，献上一首我心中的歌：

诞生故都城外，
新迁燕山脚下。
法治教育首府，
人称中国法大。
历经风霜雨雪，
桃李芬芳华夏。
厚德明法立身立校，
格物致公为国为家。

我们满怀青春理想，
扬帆学海无涯，
攀登书山绝顶，
献身振兴中华。
我们信仰法律至上，
秉公执法司法，
捍卫公平正义，
报效法治国家。

在母校中国政法大学七十华诞之际，送上我最热忱的祝福，祝愿母校为国家培养更多的优秀的法治人才，让母校为拥有我们这样一群优秀学子而感到骄傲和自豪！

2022 年 4 月 12 日

总目录

大学本科阶段

研究生阶段

上册目录

大学本科阶段

大学本科阶段

　　我是江兴国，在中国政法大学做教学工作，2003年10月退休。退休前是中国政法大学教授。我从1958年9月1日开始写日记，迄今（2022年3月）已经坚持记了六十多年，可以说它记载了我的一生。退休后我开始整理我的日记。这里摘录的是我在大学本科阶段及硕士研究生阶段的日记。基本上可以反映20世纪60年代北京政法学院（中国政法大学的前身）的办学情况，以及20世纪70年代末至80年代初北京政法学院复办初期的情况。

　　我的日记中，有的事件所记载的观点与现在的认识有很大的差别，我都没有改动，我想，历史就是历史，记载它是一回事，如何认识它又是一回事，不同时期会有不同的认识。当然，对事实的认识，也必然受到我当时的条件和自己认识水平的局限。另外，我喜欢旅游，且每到一处，总喜爱欣赏和抄录楹联诗词，难免有抄录错误之处，仅供参考，欢迎读者予以指正。

　　我是安徽省安庆市人，1943年出生。1950年8月父亲调入国家铁道部工作，我们举家来北京定居，从小学一年级开始在北京读书，1962年从北京市第八中学毕业，考取了北京政法学院。北京政法学院坐落于海淀区学院路南端，相邻的有"八大学院"，当时只有16路公共汽车通往学校。我是1962年9月2日来到北京政法学院报到的，自此开始我的大学生活……

1962 年

1962 年 7 月 19 日（农历壬寅年六月十八）　　星期四　晴

明天就要考试了。今天似乎显得格外紧张。上午复习时事，背了背 6 月 30 日的《中国青年报》上登的时事。后又向历史课教师申先哲先生请教了几个问题。11：00 又和孙锦先、张荣仁等漫谈作文。饭后又读了读张维群的几篇作文，果然很好，尤其是《在集体中成长》一文更好。

中午又复习政治。后又与张志东一起复习时事国内部分，主要是"以农业为基础"的问题。

16：00 教语文课的岳鸿全先生给在校的部分同学讲明天作文临场经验。又把这学期以来的作文大概情况讲了讲，又回答了同学们的一些问题。

晚饭后去楼内看了看考场。我们的考场就在我们学校（北京八中），我在第 167 号试场，原高三（2）班的教室，很好！这个考场的准考号是从 31081 至 31130，我的准考号是 31089。

晚上回家没有做什么事，只是做些考试准备工作。较早地就睡了，但是久久睡不着。到 23：00 才入睡。

学校寄来给家长的信，定于 7 月 24 日召开家长会。

1962 年 7 月 20 日（农历壬寅年六月十九）　　星期五　晴

早晨 5：40 就起来了。到校 6：00。但是来校的同学已经不少了，也有很多是外校考生，女生也不少。

早晨时间读了读刘少奇的《共产主义事业是人类史上空前伟大而艰难的事业》，又读了毛主席的《改造我们的学习》。又读了读荀子的《劝学篇》。后又同同学们交谈了一些有关作文的问题。又拿出了我平日作的"读书笔记"看了看有关学习的文章。

7：00 以后我们班班主任刘忠正先生开始点名了。我们班参加高考的同学全部到齐了。7：30 进入试场。第一场就是考作文。作文题目有两个（任选做一个）：《说不怕鬼》和《雨后》。我一看就决定写前一个。我上来先谈什么是"鬼"，世界上并没有"鬼"，"鬼"就是困难，就是"帝国主义"、

"修正主义"、"各国反动派"。"鬼"并不可怕。再谈正确的对"鬼"态度应当是既藐视它，又重视它。并从反面批判了对"鬼"的错误态度：委曲求全和一味蛮干。用了十六个字总结全文：信心百倍，斗志昂扬，敢于斗争，锲而不舍！我大约写了2000字。总之，作文我觉得写起来还是比较顺利的。内容一时也想不起来更多的，就把这学期写的作文《知难而进》和《严格要求自己》等加起来予以综述而已。班上的同学大多数是写这个题目。不过于文澄、董尚夫、沈念安等写的是《雨后》，他们平时经常看小品、散文较多，写起来自然得心应手。

中午在宿舍董尚夫的床上休息了一会儿，看了看时事，及考试前陶祖伟先生再三叮嘱我们的一些应注意的事项。

下午考政治，但是到15：00才允许我们进楼，起码耽误了两分钟。试题还是比较容易的。共有五个大题。前一个大题包括四个小题（共20分）：（1）阶级社会是从什么时候开始的？（我回答：奴隶社会）（2）资本主义社会最基本的矛盾是什么？（我回答：资产阶级与无产阶级，考完我才知道应当回答：生产社会化与私人占有制，这样更为确切。）（3）党取得新民主主义革命胜利的三大法宝是什么？（我回答：党的建设、武装斗争、统一战线）（4）现代修正主义产生的根源是什么？（我回答：国内的根源与国外的根源）。后四道大题是（每题20分）第二个大题是：什么是矛盾的普遍性？试举例说明。第三个大题是：谈谈对加强农业的认识。第四个大题是：根据自己的经验，谈谈为什么说轻视实践是错误的。第五个大题是：什么是我国外交政策总路线？题目都不难，但回答起来需要大写特写，我又要了两张白纸书写。大部分题目被陶先生给"压住"了，基本上说来答得不错。

我在第163试场，桌位是每行八个人，我是第九个，正好是第二行（从门口这边数起）最后一个位子。前面是董尚夫、右面是于文澄、左面是外校的一个女同学。我们试场只有两个女生。

考完政治后，三位历史课先生给我们又突出了一下"重点"。

晚上回到家感到很累，头痛。略看了看书。

1962年7月21日（农历壬寅年六月二十）　星期六　晴

10：00才考历史，这之前的时间当然用来复习历史了。

历史考试试卷前 40 分是 20 道题目填空题。很容易。我除了把"张勋"字写成"勳"字之外，别的都对了。后面有五个问答题，前两个是必答题，题目是：（1）试述秋收起义的经过和向井冈山进军的意义。（2）第二次世界大战前西班牙人民反法西斯情况如何？国际进步势力和反动势力各采取什么态度？前一题上学期期末考过一次了，所以还有些记忆，这次就是凭记忆回答的，答起来还算较全面，但是语无伦次。后一题根本没有复习到。只是根据平时的一知半解回答了，答出了"1936 年"、"佛朗哥"等。史实很不全。但后一问基本答全了。这道考题是我所没有想到的。后三题中任选答一题：（3）从历史上试说明台湾是中国的领土及郑成功收复台湾的经过。（4）试述林则徐禁烟经过及平英团反侵略的经过。（5）试述日本明治维新的原因、内容及意义。我选择了回答第三题，就是郑成功收复台湾的问题。这道题我曾经花过不少时间，内容虽然多但是我记得很熟。这次我又要了三张白纸。但是考完后同学们普遍地说来历史考得都不理想，虽然下的功夫比其他各科都多得多！

15：00 至 16：00 考"中国语文（2）"。仅有一篇古文。断句，标点，15 分。翻译成现代汉语 70 分。解释 5 个虚词 15 分。全篇试卷 100 分。这篇古文并不难，但是不好断句。事后知道我最后几句翻译错了。成绩我觉得很不理想。

考完后，我骑乔维华的自行车去劳动人民文化宫棋艺室报名 参加 1962 年青少年棋类比赛。我在青年学生组（17 岁至 25 岁学生）。后又去西单商场取出上次洗的三张相片。回到学校才 17：20。他们理工科同学上午考数学，下午考化学。据说化学很容易，但是题目多且很碎，甚至有的人说"答题时间还没有看题的时间多"。上午数学一般的同学考得不好。我校着重于复习代数，但考的着重于几何。上午考农医科的同学考生物，据说题目很容易，而且大多数题目被教生物课的邹先生都"压住"了，所以考得好。

晚饭与张维群漫步而回。走到汽车局我们才分手。到家也很累了，没有干什么了。

1962 年 7 月 22 日（农历壬寅年六月廿一）　星期日　多云

上午我们文科同学不考试。他们考物理。据说题目很容易，考得也不错。但是上午我也无心看书。只是把第一册英语看了看。

大学本科阶段

中午与张荣仁、孙锦先、张永祥一边复习英语，一边聊了会儿。

15：00至16：40考英语。题目比较容易，都是最基本的。几个题都出于第一册的。但后面有些题目也并非容易的句子。所以我做错了些。还有英译汉的一篇短文，翻译成中文题目是《我在中国看到了什么?》我把最后一句中的单词"wish"（祝贺）翻译成"关注"了，并忘记翻译题目了。

一切都考完了。17：00在礼堂集会，讲明天、后天安排学习问题。

晚饭后与张维群步行到劳动人民文化宫给他也报个参加象棋比赛的名。又在里面玩了会儿才漫步而回。回到学校拿了书包回来。在1路公共汽车站旁又坐下来聊了会儿。回到家已21：40了。

1962年8月19日（农历壬寅年七月二十）　星期日　晴

7：30到校碰见贾金顺，他告诉我，说我被北京政法学院录取了。见到班主任刘忠正先生，他交给我北京政法学院的《录取通知书》，让我9月1日或2日报到。

我们班有19人考取了第一类志愿学校：张荣仁（考取清华大学精密仪器系）、刘天赋（北京航空学院）、虞献正（北京大学无线电电子系）、王铭仁（北京航空学院）、黄子衡（唐山铁道学院）、张志东（哈尔滨军事工程学院）、张福民（北京工业学院）、王福洋（天津大学）、沈念安（北京航空学院）、潘成善（北京航空学院）、张维群（北京化工学院）、万良国（北京地质学院）、徐恒力（北京地质学院）、孙锦先（北京农业机械化学院）、韩忠心（北京师范大学）、季铮洋（北京邮电学院）、张继兴（北京农业机械化学院）、汤叔禹（北京医学院口腔系）、江兴国（北京政法学院）。

文科班同学我所知道的同学情况是陈应革、刘镇伟考取了北京大学中文系、王伟考取了中国人民大学中文系、李福考取了中国人民解放军外国语学院、吴国生、刘俊哲考取了对外贸易学院、李汝时考取了北京大学西语系、张联瑜考取了中国人民大学马克思列宁主义基础系、张彦俊考取了北京政法学院，此外王立先生（女）也考取了北京政法学院。

1962年9月1日（农历壬寅年八月初三）　星期六　晴

今天开始可以去北京政法学院报到了。但是由于我准备不足，更重要的是还有班主任刘忠正交给我印制我们班的《通讯录》的工作没有完成，所以决定明天再去报到。

继续用蜡纸刻写《通讯录》在下面刻到"出版社"名称时，我们打算采用我们班黑板报曾经用过名字——"红箭"，张永祥突然提出不如用"藕丝"，我们都说"好!"，取藕断丝连之意，以喻我们的友谊。于是孙锦先就刻上了"藕丝"两个字。下面又注明《通讯录》编辑委员会成员：江兴国、孙锦先、张荣仁、张永祥（依学号次序排列）。张荣仁执意要把他的名字刻在孙锦先的前面，但是孙锦先掌握钢笔，不管他的请求，把自己的名字刻在第二位了，张荣仁也无可奈何！

8 张蜡纸都刻完已经 16：30 了。我们决定出去再玩一次。我们漫步到礼士路南口，才决定到西单去找个电影看看。

到了西单又决定去首都电影院。张永祥和孙锦先是骑车去的。我们看了 17：10 的电影"英雄坦克手"。看完才 18：30，我们觉得时间尚早，应当再玩会儿。就漫步在长安街上，向天安门推进。从人民大会堂西侧向南转弯，到前面附近的一家饭馆买了几个火烧充饥。然后我们又绕过人民英雄纪念碑到天安门广场上席地而坐，畅谈起来。不知怎的，一个暑假几乎天天见面，但是话还是聊个不完。今天我们先聊到电影，从中国电影谈到外国电影，认为苏联电影的语言对白非常有力，常有许多令人回味无穷的语言和镜头。像《复活》《白痴》《白夜》等。又谈到英国和法国的电影《巴格达窃贼》《红与黑》《勇士的奇遇》等。罗马尼亚的《密码》也不错！

我们即将分别，相约 10 月 1 日的 15：00 来母校，再到天安门广场参加晚会。

约 20：00，起风了，乌云也密布天空，似乎又要下雨了。我们感到非常愉快！起来漫步，走到天安门前的一堆木料前坐下来又聊起了今后的生活。一再强调到大学后必须加强联系。我们谈到一个人的性格由什么决定时，张荣仁以"孟母三迁"为例强调周围环境对人的性格的形成起决定性的作用。孙锦先则执意认为决定人性格的因素首先是"内因"，但是他也说不清内因究竟是什么。听他们的争论十分有趣！

张永祥怕一个人回去太晚了，有些害怕，一再催促要早些回去。而我们认为这可能是中学阶段的最后一晚畅谈了，所以一再说"再玩会儿"，"再玩会儿"，这样一再推迟回家时间。直到21：00多才分手各自回家。

我到家21：20了。

上午张荣仁和张永祥来到我家时，在住宅区的服务所为他们换了9月份公共电汽车月票。我的在昨天晚上已经换了！

明天去北京政法学院报到，中学生活结束了，大学生活即将开始！

1962年9月2日（农历壬寅年八月初四） 星期日 晴

今天去北京政法学院报到，乘16路公共汽车在学院路车站刚刚下车，就有同学来"迎新"，接过我带的行李，领我进学校到报到处报到，路上他介绍说他们是政法系三年级的同学，是我们的师兄。他们帮我办理好户口关系，并将团组织关系、粮油供应关系也都办好了。报到处还发给我一枚白底红字的北京政法学院校徽，据说上面的字是毛主席题写的。

我被分配到4号楼322室住宿。4号楼是学校的四座三层学生宿舍楼之一，在四座宿舍楼的最南面。322室在该楼的三层北面，室内共安排住7个人，有4张床，其中里面的3张床上下铺都有同学铺上了被褥，我就把行李放在靠门口的单层床铺上（这张床没有上铺）。把一切都办理清楚后，见学校没有什么事了，我就离校回家了[1]。

▲ 1962年的北京政法学院教学楼

由于今天才把行李搬到学校去，对那里的环境还很不熟悉，同学们来自各地，相互也不认识，所以晚上有必要回学校去住，虽然现在已21：00多了，决定还是回去。回到学校22：10。同宿舍的其他6人昨天就已经来报到了，他们都是从外地考取北京政法学院的。

---

〔1〕 当时我家在复兴门外铁道部第四住宅区。

1962 年 9 月 3 日（农历壬寅年八月初五）　星期一　晴，晚上有雨

今天检查身体，我们班是全年级第 1 班，共有 34 人，但学号我是最后一号（620034），所以检查完已是 10：00 了。透视项目明天再进行了。

1962 年 9 月 4 日（农历壬寅年八月初六）　星期二　晴

8：00 全体一年级新生集合在学校礼堂开会，听院领导〔1〕介绍我院历史和特点。我院成立于 1952 年，前几年招收的有调干生也有青年学生，后来改为专门培养青年学生。毕业生都分配到法院、检察院、公安机关三个部门工作，行使人民民主专政权力，是保卫社会主义社会的重要机关。学校的最大特点是艰苦奋斗勤俭办校和政治氛围很浓。我院目前共有 1700 多人，分两个系：政法系和政治理论教育系（简称政教系），每个系分四个年级，政法系从上个年级（61 级）起改为五年制。我们年级共分为 10 个班，我们是 1 班。政教系只从北京市招生，主要也是为北京市培养中学政治课教员，他们一切按师范学生待遇，分为 3 个班。全校学生都住在四座学生宿舍楼内，其中 2 号楼是女生宿舍楼。此外校内设有一所附属中学，叫作"北京政法附中"，所以院领导告诉我们在日常生活中要照顾小弟弟、小妹妹们。

院领导后来又讲了讲以后要学的各门课程，前两年主要是打基础，主要是 4 门政治理论课：中共党史、政治经济学、哲学、国际共产主义运动史。还有形式逻辑学、汉语、俄语（英语），汉语培养我们的写作能力，以后要写判决书、结案报告、调查报告等。还要学国家与法的历史（古今中外都要学），最有趣的是还要学刑事案件侦查技术，敌情基础知识，公安工作、法院工作、检察院工作基础知识。我觉得这些都非常有趣，我逐渐喜欢上这个专业了。四年级我们还要有实习阶段。我院还有一个设备齐全的图书馆〔2〕，有 5 个书库：开架书库、闭架书库、古旧书库、俄语书库、西语书库。另有 3 个阅览室：第一阅览室、第二阅览室、参考阅览室。图书馆藏书共有 25 万

---

〔1〕　当时主要的院领导是以党委书记兼副院长刘镜西为主的领导班子。原来的院长是著名法学家钱端升，1958 年后被错误地免去院长职务。

〔2〕　当时，学校缺乏一个独立的图书馆大楼，我这里说的图书馆 5 个书库与 3 个阅览室分别坐落于教学楼与办公楼（联合楼）中。

大学本科阶段

册，其中马列主义经典著作占 5 万册，其他大部分是法律、政治、历史、革命史等方面的图书，也有一些文艺书和极少量的自然科学类图书，因为我院还有一个附属中学——北京政法附中，这些书主要是为他们准备的。会上还讲了讲助学金问题。

14：00 班里开始分组讨论。分组讨论之前，全班先集中于 310 宿舍，班长胡克顺负责召集并主持会议，大家先做自我介绍。介绍自己来自什么地方、毕业于哪个学校等。我只介绍了自己是来自北京的学生，毕业于北京八中。全班分为 3 个学习小组，我们小组有 11 人，包括我们 322 宿舍的 7 个人：左广善、冯振堂、杨福田、宋新昌、王维、王普敬、江兴国，除了我们 7 个人外，另有 4 位女生，分别是武玉荣、孙成霞、丁葆光、杨岷。其中，左广善、武玉荣来自河南省，冯振堂、王普敬、宋新昌、王维来自河北省，杨福田来自辽宁省，孙成霞、丁葆光、杨岷来自北京。北京政法学院今年的招生计划人数是比较少的，只在辽宁省、河北省、山西省、河南省、内蒙古自治区、北京市等地招收学生。我们班没有招收调干生，可能整个年级也没有。但是班上同学的年纪都比较大，我在班上算年龄比较小的。

分组讨论时大家很自然地就从参加今年的高考说起来，互相问各自选择什么题目写作文，我说我选择的是"说不怕鬼"，并说我理解这里的"鬼"，指的就是各种困难，"说不怕鬼"就是论述不应当害怕困难，可以谈我们国家不畏惧三年自然灾害带来的困难，也可以说不畏惧自己生活、学习中遇到的困难。也有的人选择的是"雨后"，这显然是写描写文。孙成霞说高考中有的人太紧张了，把作文题目"说不怕鬼"看成"说不怕兔"了，大论一篇兔子如何不可怕，引得大家捧腹大笑。我想这个同学也不想想兔子有什么可怕的，何至于还要大论一番。

之后，又发下了本学期的教科书，有于光远主编的《政治经济学》、我院教师编写的《中共党史讲义》、李世繁主编的《形式逻辑学》、我院教师编写的《辞章学》，还有一本英语书未发下来（我是学英语的，但大多数同学学俄语）。加上体育，这就是我们本学期要学的 6 门课。

18：00 离开学校，回家。

学校有一个小小的商店，在学校的北门西边，供应日常用品。

1962 年 9 月 5 日（农历壬寅年八月初七）　星期三　晴

由于学校安排我们班今天上午 11：00 进行透视，我于 10：40 到达学校，不料透视时间提前了，改在 9：00 进行了，所以我来晚了。上午的透视结束了，学校安排上午没有透视的同学 14：00 再透视。

下午透视时认识了王小平同学（女），在班上我的学号是 34 号，我们班一共 34 个人，班长胡克顺是 1 号，我是最后一号（34 号），王小平是 33 号，透视是按照学号依次进行，我们的学号连在一起，我看见她病历表上写的名字是"王小平"，在接到大学录取通知书后，高中同班同学董尚夫曾经对我说过，师大女附中的王小平也考取了北京政法学院，所以有印象。今天算是认识她了。我们八中是男校，没有女同学，所以与附近的师大女附中结成友谊校，八中话剧队演出话剧缺乏女演员（当然，师大女附中话剧队也缺乏男演员），就经常与师大女附中合作，董尚夫是话剧队成员，所以知道王小平。

透视后又去图书馆开架书库看书。我看的是我院自己编辑的《中华人民共和国刑法参考资料汇编》，收集了各种各样的案件及有关文章，看起来很有意思，一直阅读到 17：30 才出来。

晚上又到阅览室看了看书，今晚就在校住宿，这是我在校度过的第二个夜晚。我们宿舍的 7 个人走到一起也不容易，看来我们有缘分。不知道是谁提议，我们 7 人按年龄大小，以兄弟相称，立即得到大家的赞同。比较年龄，左广善最大，我最小，7 人排列从大到小依次是左广善、冯振堂、杨福田、宋新昌、王维、王普敬、江兴国，我们互相就以老大至老七相称。

1962 年 9 月 6 日（农历壬寅年八月初八）　星期四　晴

前两节是政治经济学课程。今天讲"导言"，由涂继武老师讲授。很不好懂，更不易理解透彻和掌握了。100 分钟的授课很快便结束了。休息 20 分钟后，于 10：10 又开始了中共党史的课程，由一位老先生（可能是教授）郭新持讲授，也是讲"导言"。他说学习党史就是学习毛泽东思想。这节课到 12：00 结束了。

总之，我觉得讲得倒都不错，尤其是涂继武老师讲得有条有理。只是由于我们还没有接触过这门课，有许多名词、概念一时还不能接受罢了，不过我对这门课很感兴趣。但是下课后感到很累，很疲乏。

上午四节课都是在教学楼 219 教室上的课。219 教室是大教室，我们年级前五个班（约 150 人）一起上。以后除外语课外，政治经济学课、中共党史课、逻辑学课、汉文课都是在这个教室上课。

晚上两节自习以学习小组为单位进行座谈，内容为中共党史课的"导言"部分。我们的作息制度规定早晨 6：00 起床，晚 21：30 就寝。上午从 8：00 至 12：00 有四节课（当然不是每天都上四节课），9：50 至 10：10 是课间操时间。12：00 至 14：00 是午饭及休息时间。两节课后 15：50 至 18：00 是自由活动时间。今天我利用中午的时间复习中学的英语第一课。

今天是大学正式学习生活的第一天！

这学期我们的课程有政治经济学、中共党史、形式逻辑学、汉文、英语、体育，还没有接触专业课。

1962 年 9 月 7 日（农历壬寅年八月初九）　　星期五　晴

我们的课表分为单双周，单双周课程略有区别。本周是单周（第一周），所以今天上午第一、二节形式逻辑学课不上（仅双周有课），而后两节又是俄语，我学英语，所以也不上。下午也没有课，总之一天没有课，比中学时轻松多了！

前两节我复习政治经济学。后两节没有课，也没干什么，看了看冯振堂的《诗词格律十讲》（王力著），又写了写日记。

下午又分组开座谈会，座谈对当前形势的看法。同学们多来自华北农村，他们都谈到自贯彻"十二条""六十条"后，农村经济形势大有好转，农民的生产积极性提高了，等等。我自幼在北京长大，对农村情况不熟悉，听他们的介绍感到很新鲜。

晚上在第一阅览室（教学楼 107 教室）自习，复习中共党史。因为阅览室座位少，所以采取发证对号入座的方法。我们宿舍只有一个证，为"40"号。其他同学可以在其他阅览室、教室、宿舍里自习。

1962 年 9 月 8 日（农历壬寅年八月初十）　　星期六　晴

上午前两节是汉文课，由巫月泉老师讲，他是广东人，但是他讲课还是

我们走在大路上

能听懂的。他先讲我校汉文课教学的目的，是使同学们将来参加工作时能用准确的语言写判决书、调查报告等。他说政法文书的基本特点是要求实事求是，决不允许夸张，更不许虚构，与同学们喜爱的文学写作不同。又讲了教学计划，第一学期讲语文的基础知识，以后还要讲语法、文学名著选讲、如何写调查报告及判决书等。三年级时还要学习一些古典文学、古典诗词等。也还有趣！汉文课学习三年。语言是我们表达思维的工具，必须学好。

后两节是英语课，在教学楼 215 教室上。215 是小教室。政法系全年级 1 班至 10 班学英语者一起上，不过也只有 27 名同学，大都是北京考来的学生。我们系全年级共 300 名同学〔1〕，中学学的是什么语言大学还继续学什么语言，所以学英语者不到十分之一。我们班只有 3 名同学学英语，分别是石宗崐、孙成霞和我。英语课由朱奇武老师教授，他非常注重发音。他先讲了学英语要学习三年。第一学期的前两个月是复习高中学习的知识，及英语语素、基本语法，然用三年的大部分时间学大量的单词及较深的语法。第三学年有相当多的时间辅导我们阅读有关政法专业的英文书籍。我们现在用的英语教科书是上海童亚芬主编的高等学校文科非英语专业一年级通用教材，内容很好。但是新书目前还没有买到，只是学校图书馆资料室有一些，另外学校有一些油印本讲义，这样两人可以用一本。我与石宗崐合用一本。今天开始学习第一课书"A DIALOGUE"。

下午是党团活动时间（课程表上规定，每个星期六下午是党团活动时间）。我们班有 3 名共产党员，分别是胡克顺、袁司理、武玉荣（女）。团员 25 名，团支部书记是我们宿舍的王普敬。今天下午分团小组座谈入学以来的感想。我便把我接到入学通知书以来直到现在的所有思想变化如实谈了，我说我本欲考上历史专业或者文学专业，对政法专业很不了解，很不感兴趣，入学后阅读了一些介绍专业知识的书籍，才了解这个专业主要是培养公安机关及各级检察院、法院等国家的工作人员，逐渐热爱这个专业了。冯振堂说录取通知书发给他时，他正在地里干农活儿，他闻讯后挑的担子也觉得突然变轻了，三步并作两步赶回了家。会上大家畅所欲言，可谓思想"见面"会。

---

〔1〕 后来得知，我们政法系全年级招收 300 名新生，有 3 名新生未来报到，所以入学实际上是 297 人。

1962 年 9 月 10 日（农历壬寅年八月十二）　星期一　晴

第二周开始了。早晨读英语。我决定以后每天早晨都这样。

第一、二节是中共党史课，讲"中国共产党成立时期"中的"党成立前我国工人阶级的产生和发展壮大"等。我忘记带笔记本了，向张彦俊[1]要了两张纸做笔记，因而记得很乱。第三、四节是政治经济学，继续讲"导言"，讲该学科的党性、阶级性，及其学习方法。四节课过去了，我似乎只有低头记笔记的感觉。

16：00 全班做大扫除。晚上复习政治经济学。

1962 年 9 月 11 日（农历壬寅年八月十三）　星期二　晴

上午后两节是形式逻辑课，由黄厚仁老师讲授。老师讲得较慢，也不大好懂，尽是些名词，如"思维""思维形式"等，感到有些抽象。

今天是星期二，课表上安排每个单周的周二下午劳动。今天是双周的周二，下午不劳动，自习。

16：00 至 17：00 进行体能测验，测验项目是跑百米、引体向上、原地跳远。百米我跑了 16 秒，引体向上做了 3 个，原地跳远跳了 1.80 米。测完很累。到膳厅[2]吃饭。晚上自习整理中共党史课笔记。

今天我们的公费医疗证发下来了，大学生即可享受公费医疗，真不错。

1962 年 9 月 12 日（农历壬寅年八月十四）　星期三　晴

前两节是汉文课，写作文，题目是"入学以后"，我便把那天座谈的内容都写上了，比较好写，写了五页纸（2000 字）。后两节是体育课，这是上大学后的第一次体育课，与上政治经济学课、中共党史课、形式逻辑学课一样，前五个班在一起上，今天上理论课，在教学楼 219 教室由老师讲我们上体育课的目的、上课方法等。他说体育课 5 个班合在一起，男女生分开上。5

---

〔1〕 张彦俊，是我的高中（北京八中）同学，但不是同一个班，他也考取了北京政法学院，分到 2 班。北京八中有 3 个人同时考取北京政法学院，除张彦俊外，还有王立同志，她原是八中初中部的老师，是一名女教师。入学后，她被分到 9 班。我和张彦俊仍称她为"先生"（在八中时我们都叫老师为"先生"）。

〔2〕 膳厅，当时学生食堂分为两个，称作"北膳厅"与"南膳厅"，都坐落于学生宿舍楼对面。

个班的男生分成 3 个队,由 3 个老师分别带领,一连上 70 分钟,约 11:20 就下课了。我到阅览室看了看书。

我们的购货证发下来了。

1962 年 9 月 13 日(农历壬寅年八月十五) 星期四 晴

上午前两节是政治经济学课,以学习小组为单位,结合几个问题对"导言"部分展开讨论。同学们讨论得很热烈,各有看法,见解不一,可谓是百花齐放。杨福田与杨岷争论得最为激烈。老师提出来要讨论的问题讨论得不多,倒是自己提出的问题争论得非常激烈。最先引起争论的又是为了几个名词怎样理解,如生产力、生产关系,等等。孙成霞的发言颇有见解,王普敬、冯振堂考虑得也很周全。总之,通过讨论对提高我们的认识是有不少帮助的。讨论中,孙成霞又提出高考中的一道政治题"人类社会划分阶级是从什么社会开始的?"她与一些同学对"划分"一词展开讨论,认为阶级虽然早已存在,但人类有意识地"划分"它却是在资本主义社会才开始的,是马克思第一次在历史上提出阶级的划分,而马克思是生活在 19 世纪的德国,是资本主义社会。我认为她的说法也有道理。

我们学校的规模可能是北京市高校中比较小的,全校两个系目前只有一千多人,分 4 个年级,主要是政法系。我们政法系一年级共有 10 个班(另外政教系只有 3 个班)。学生全部住在 1 号、2 号、3 号、4 号楼。其中 2 号楼全部住的是女同学,男同学住在 1 号、3 号、4 号楼。

我们班是政法系 1 班,共有 34 名同学,其中有 11 名女同学,住在 2 号楼三层。男同学全住在 4 号楼三层。23 名男同学分别是 309 宿舍、310 宿舍、322 宿舍。每宿舍 7 个人,309、310 两个宿舍都在南面,我们 322 宿舍在北面。另外 2 人与 2 班同学合住一个宿舍。309 宿舍成员是袁司理、杨登舟、刘爱清、饶竹三、梁贵俭、李彦龙、田广见。310 宿舍成员是于秉寿、李树岩、胡克顺、敖俊德、周芮贤、袁继林、薛宝祥。另外与 2 班同学合住的是石宗崑与樊五申同学。全班分成 3 个学习小组,除我们学习小组外,另两组以 4 号楼的 309 与 310 宿舍为基础,分别加上不属于我们小组的另外 7 名女同学。女同学全住在 2 号楼,有 8 个人住在 301 宿舍,她们依年龄大小依次排列为韩建敏、佟秀芝、武玉荣、李平煜、田旭光、王小平、臧玉荣、杨岷。另外 3 人（孙成霞、丁葆光、贾书勤）住在 301 宿舍对门的 315 宿舍，也是与 2 班的同学合住。

课间操时间，班干部讲了讲宿舍的卫生问题。后两节是在阅览室度过的。

中午我们宿舍的同学一起动手把宿舍彻底打扫了一下，装饰了一番。

21：00 与宋新昌、王维在校园内散步，听他们聊起他们农村过中秋节的习俗，颇有农家乐的感觉。我们漫步来到教学楼西边的"小滇池"，坐下来赏月，过了很久才回宿舍。

中秋赏月不见故友，颇为想念。吟得《忆江南》词三首：

忆江南·中秋思故友

其一

月圆缺，千古多少年！人生经几中秋夜，怅思故友醉欲眠，往事入梦间！

其二

入梦间，往事多少件：日斗景山战未休，夜游北海情无限。最恨假不延！

其三

假不延，劝君莫愁眠。奉卮遥祝应无恙，秋夜银光霜满天，早晚见容颜！

又想到今天两次访张永祥未遇，怅然挥笔，调寄《清平乐》：

清平乐·访友不遇有感

夜访故交，一路伴琼瑶。满巷童稚一片笑，更为月色添妙！　　痴闻永祥未归，心冷顿似霜摧。身负寒光急走，惟恐秋雨霏霏！

1962 年 9 月 14 日（农历壬寅年八月十六）　　星期五　晴

第一、二节是形式逻辑学课。这是第二次上课，讲"概念"。这次比上次讲得容易懂多了。后两节没有课，就复习英语和政治经济学。

14：00 至 17：20 在礼堂听院党委传达陈毅副总理于今年 6 月 29 日作的形势报告。报告分为三部分：其一，当前国内形势和目前的困难；其二，三面红旗[1]；其三，国际形势及美蒋欲窜犯大陆与台湾地区局势问题。关于第一个问题，陈毅副总理从历史上的 1927 年、1934 年、1941 年、1942 年的革命历史中遇到的困难来讲，困难是革命中必然遇到的。我们党之所以成为一个伟大的马克思列宁主义政党，其中重要的原因之一是我们党在战胜这些困难的过程中得到了锻炼，取得了经验。他引用这些来说明当前的困难是难免的，但也是可以克服的，这也是锻炼我们的机会。关于第二个问题，他说三面红旗是正确的，我们不应当有任何怀疑。但是有不同的看法也不要紧，慢慢地就自然解决了。关于第三个问题，他说蒋介石若是真敢窜犯大陆，是我们 13 年来求之不得的事情，正好趁此机会消灭他！报告很好，讲得很有趣！

借书证发下来了，每人 5 个，可以同时借 5 本书。其中有一个是专借文艺书籍的借书证，文艺借书证可以借非文艺类书籍，但非文艺借书证不能借文艺书籍。因此每人每次只能借一本文艺书籍。但是下午听报告，停止借书。

1962 年 9 月 15 日（农历壬寅年八月十七）　　星期六　晴

前两节是汉文课，学作文基础知识。后两节是英语课，学第二课。

利用课间操时间去开架书库借了三本书，都是关于侦破刑事案件方面的，很有意思。

下午是党团活动时间，全体团员一起学习共青团工作的三十八条，由于准备不足，仅仅念了一遍而已。班团干部又讲了些事情便散了，我们班共有

---

[1]　三面红旗：1958 年中国共产党制定的建设社会主义的总路线和同年兴起的大跃进运动、人民公社化运动。

34 名同学，其中有 3 名共产党员，他们分别是胡克顺、袁司理、武玉荣；[1]另外有 6 名还没有加入团组织的青年，他们分别是杨福田、于秉寿、田广见、杨登舟、臧玉荣、杨岷；剩下的 25 名都是共青团员。

1962 年 9 月 17 日（农历壬寅年八月十九）　星期一　晴

上午前两节是中共党史课。课间操时去图书馆借了本《政治经济学名词简释》。后两节是政治经济学课，讲原始社会和奴隶社会制度及它们的生产方式，这部分近于讲历史课，比较好理解，也很有意思。讲课老师叫欧阳本先。

晚上自习，复习今天讲的课，主要是中共党史课。

1962 年 9 月 18 日（农历壬寅年八月二十）　星期二　晴

前两节没有课，去图书馆借到小说《红岩》。后两节是形式逻辑学课，讲"概念的种类"。

下午劳动，由体育教研室分配工作，打扫操场。

晚上自习，复习形式逻辑学，然后看《红岩》。

1962 年 9 月 19 日（农历壬寅年八月廿一）　星期三　晴

前两节是汉文课，老师讲的我在中学都学过了。

后两节是体育课（只连续上 70 分钟），先玩排球，后做垫上运动。

下午两节是英语课，学习第三课。老师叫我读课文，由于还没有讲，我读得不畅，朱老师让我加强阅读课文训练。

16：00 至 18：00 在教学楼 319 教室，请三年级 1 班的同学给我们谈学习方法。他们班与我们班是友谊班，今后要经常联系。

1962 年 9 月 20 日（农历壬寅年八月廿二）　星期四　晴

上午第一、二节是政治经济学课，讲"封建社会制度"，重点是生产关系。后两节是中共党史课，讲"毛主席早期的革命活动"。

[1]　后来听年级干部张守蔷老师说我们年级入学时有 18 名共产党员。

1962 年 9 月 21 日（农历壬寅年八月廿三）　　星期五　晴

昨天我从贾书勤那里得知我们学校政教系开设历史课。今天前两节就是历史课，正好我们前两节没有课，我就去和他们一起听历史课。今天讲奴隶制社会，我听课并且做了笔记，苦于没有课本，他们用的是郭沫若主编的《中国史稿》第一册。由于这本书只在高等学校内部发行，我已经托韩建敏去询问是否可以买到。幸亏我将范文澜的《中国通史简编》带来了。

后两节没有课，看小说《红岩》，读英语。

3 号楼 303 宿舍的同学，写了一张大字报，给学校食堂的伙食提意见。主要一条意见是要求食堂实行食堂制，目前实行的是包伙制。有不少人响应这张大字报的观点，大字报贴满了食堂的内外墙壁。我们也认为实行食堂制很好，男同学们就也写了大字报表示响应。

下午在教学楼 308 教室听世界知识出版社一位姓关的编辑讲的"古巴印象"，由于口音原因听得不是很清楚。在 308 教室只能听广播，他讲的主会场在礼堂。礼堂坐不下全校学生，所以我们被安排在 308 教室听广播。

1962 年 9 月 22 日（农历壬寅年八月廿四）　　星期六　阴雨转晴

早饭前由三年级 1 班的同学教我们跳交际舞。我不喜好跳舞，觉得无聊。不过据说这是政法公安人员必须学会的业余技术。

前两节是汉文课，我坐在教室的西北角，集中精力阅读小说《红岩》。后两节是英语课，讲语法，都是基本的知识。

下午全班同学在一起学习"高等教育六十条"，也仅是念一遍而已。

之后去图书馆借了两本书《史前中国社会研究》（吕振羽著）和《犯罪对策技术》，还了《中华人民共和国刑法参考资料》第二辑（下册）和《刑事案件实例汇编》。

杨岷曾经提出让我教她下围棋。我暂时没有围棋，但是有国际象棋，就说先教她下国际象棋，她也同意了。前天回家把国际象棋和《国际象棋入门》《棋类游戏三十种》两本书带到学校来。今天见到杨岷，交给了她，让她先看一看。

大学本科阶段

1962年9月23日（农历壬寅年八月廿五）　星期日　晴

吃完早饭去中国历史博物馆，听南开大学历史系系主任、天津历史学会会长郑天挺教授讲"康熙"，这是历史知识讲座的第二讲。第一讲是8月5日吴晗教授讲的"武则天"。今天听讲我做了笔记。郑天挺介绍了康熙生活的时代和他的生平大事，以肯定的态度谈到了康熙的主要功绩及康熙本人的一些生活轶事。他说总体来看康熙是十七世纪下半期至十八世纪初杰出的政治家，对当时的历史起了推动作用，是我国少有的杰出的封建帝王。讲座时间从9：15至11：30。这次讲座使我获得了不少历史知识。

1962年9月24日（农历壬寅年八月廿六）　星期一　晴

早晨起来就做大扫除。我与王维打扫宿舍，别的同学都去打扫公共清洁区。

上午前两节是中共党史课，讲党的第一次、第二次全国代表大会。

后两节是政治经济学课，讲"商品经济"，这比起前几节课讲得难懂得多，但是也还是很有意思。

下午自习，复习中共党史。16：00至17：00听报告，听关于"十一"的注意事项。学院出了布告：10月1日、2日放假，9月30日补上10月3日的课。

晚上自习，复习政治经济学。

1962年9月25日（农历壬寅年八月廿七）　星期二　晴

上午前两节没有课，自己复习形式逻辑学。第三、四节是形式逻辑学课，学习形式逻辑学挺有意思。

下午第一节去图书馆还了两本书：《初刻拍案惊奇》与《史前中国社会研究》，又借了两本书：《水浒全传》（下册）和《武训历史调查记》。第二节复习形式逻辑学。

晚上复习中共党史与政治经济学，都是整理课堂笔记，又复习了中国通史。

1962 年 9 月 26 日（农历壬寅年八月廿八）　　星期三　晴

前两节是汉文课，讲"文章的组织结构"，老师还留下了不少练习题，本是思考题，又怕同学们不重视，改为笔答题。

后两节是体育课，还是玩排球和做垫上运动，也还有趣，只是比较累。

16：00 去操场练队。我校参加了今年"十一国庆节"天安门广场上的举花任务，用举的花朵组成国徽的图案。在图案中我的位置是构成国徽中天安门城楼上二层的一角。我被安排在第 49 排第 101 号，我左手执粉色的花朵，右手执黄色的花朵。随着信号我们变幻着举起手中的黄色花朵或粉色花朵，广场上的图案也就随之变化。所以我们千万不能举错了花朵或不举任何花朵，否则天安门广场的图案就乱了。

去图书馆还了本书：《武训历史调查记》，又借了本书：《苏维埃刑事诉讼汇编》。

1962 年 9 月 27 日（农历壬寅年八月廿九）　　星期四　晴，大风，冷

上午前两节是政治经济学课，讲了"商品与货币"，很不好懂，以至于我上午后两节及下午的时间都用来复习它，也没有弄懂。但是我对政治经济学很感兴趣，愿意用更多的精力去钻研它！

下午去图书馆还了昨天借的书，另又借了本马克思的《政治经济学批判》。

第二节晚自习时，政治经济学课辅导老师贾鼎中找我们班的几个学生座谈关于学习政治经济学这门课感觉有什么困难。我、胡克顺、武玉荣、韩建敏、袁司理参加了座谈，主要针对看不懂教科书以及怎样看参考书问题座谈了一番。我觉得大学老师其实也像中学老师那样使得学生容易接近，千方百计使同学学习成绩提高，最终目的是提高教学质量。不像我们想象的那样"架子大"，"只管教书不管学生是否能够接受"。

1962 年 9 月 28 日（农历壬寅年八月三十）　　星期五　晴

前两节课我在教学楼 408 教室与政教系的同学一起听历史课，讲"商代的历史"。后两节去 419 教室与我们年级 6 班至 10 班听形式逻辑学课，他们

又是另一个老师讲课，我觉得没有我们的老师讲得好。我们的课是上午前两节上的，与政教系的历史课冲突了。

下午政治学习时间，讨论上次听的陈毅副总理的报告，各自谈对形势（主要是国内的形势）的认识。16：00 至 17：00 在操场练队，我和饶竹三、薛宝祥三个人在一起是组成国徽中的天安门城楼上的翘起的楼角。据老师说我们的位置很重要，要是举错了花朵，楼角就没有了。第一种信号（红旗上升）时广场上显示国徽及"国庆"二字的图案；第二种信号（绿旗上升）时广场上显示国徽及国徽两边分别是"1949""1962"字样；第三种信号（黄旗上升）时广场上显示"毛主席万岁"标语图案。三种图案交替出现。

练队后与杨岷下了一盘国际象棋，实际是我教她。她很喜欢下国际象棋，这在女同学中很少见。

晚自习先复习政治经济学，后去找贾鼎中老师问问题，基本上把课本上字里行间不懂的问题搞清楚了，扫除了阅读中的障碍。后又复习了形式逻辑学，做形式逻辑学练习题。

1962 年 9 月 29 日（农历壬寅年九月初一）　星期六　晴

前两节是汉文课。老师先征求大家的意见：后面的语法与修辞是否有必要讲，若不讲，就讲"古汉语"与"古论文"。绝大部分同学同意讲"古汉语"与"古论文"，并且说语法与修辞可以在发作文时结合讲。今天两节课把写作基础知识的最后部分"关于文风问题"讲完了。后两节是英语课，复习英语的发音，又讲了一些语法，都是中学学过的知识。

今天各报刊登了中国共产党第八届中央委员会第十次会议公报。下午我们就此座谈，越发觉得我们党的伟大。

1962 年 9 月 30 日（农历壬寅年九月初二）　星期日　晴

今天虽然是星期天，但是要提前上 10 月 3 日的课，10 月 3 日放假。

前两节是汉文课，作文题目是"我怎样提高写作能力"。后两节是体育课，考查排球中的传球，我的成绩不佳。

中午饭后做大扫除，搞环境卫生。又领了明天的午餐"烤糕"。

晚上学校放映电影《哥俩好》，他们都去看电影了。我与杨岷都不喜欢

我们走在大路上

看这部电影，原定一起下棋，后来却在我们宿舍聊了很长时间。她也是知识分子家庭出身，父亲也在铁道部工作，也是工程师，并且也是从事桥梁涵洞方面的工作。我觉得我们谈得很投机。她很开朗，什么都讲。我才知道她喜欢下棋，但是只能胜，不能败，以后我和她下棋还得让着她。她比我小几个月，有两个哥哥，一个姐姐，但是她只与她二哥合得来。由于明天要起早，而且很累，所以20：30就休息了。

1962 年 10 月 1 日（农历壬寅年九月初三）　星期一　阴雨转多云

早晨4：20就要吃早饭，5：00就要发车，所以学校规定4：00起床。但是不到2：00就被吵醒了，后来一直没睡着，到3：30起床。

我们乘车走北太平庄，到西四的丁字街口转向西华门。在北京女一中附近下车。6：00到达天安门广场。我们所在的位置处于广场的中心。10：00，首都各界人民庆祝中华人民共和国成立十三年大会开始，先是鸣礼炮和奏国歌，之后是陈毅副总理讲话，然后开始群众游行。我们在广场上举着花朵，什么也看不见，只是注视着信号旗，跟着信号旗的变化而变幻着不同颜色的花朵。12：00游行结束了，之后我们在广场上的人员涌向天安门前的金水桥，这样我们就能清楚地看到天安门城楼。我们见到了伟大领袖毛主席，不断欢呼"毛主席万岁！"毛主席也先后走向天安门的西边和东边，向广场上的人们挥手致意。

15：00我到达高中母校。首先见到了我们班的原班主任刘忠正先生，继而见到了张荣仁（清华大学）、孙锦先（北京农业机械化学院）、虞献正（北京大学）。我们4个人从来不失约。随后又陆续见到了韩忠心（北京师范大学），汤叔禹（北京医学院）、乔维华（北京工业大学）、于加生（北京工业大学）、黄怀庭、季铮洋（北京邮电学院）、李忠杰（北京轻工业学院）、刘天赋（北京航空学院）、王铭仁（北京航空学院）。我们天南地北地漫谈起来，主要是每个人介绍了各自的生活学习情况。张福民由于下午有担任标兵的任务，所以中午来了一趟，留下字条，很遗憾未能见到他。今天能聚齐13个人也不容易啊！我总算没有白组织。我们一直谈到17：00多。由于有的同学晚上有事需要早退，临别时约定寒假时再组织一次更大规模的聚会，并推举我为中心联络者！

大学本科阶段

我与乔维华、李忠杰、张荣仁、虞献正、刘天赋6人没有事情，准备玩个痛快。乔维华要先把自行车送回去，大家就陪着他去他家坐了会儿，喝了点儿水。他也吃了饭。出来我买了几个火烧之类的东西充饥。我们便打算去天安门广场，找北京八中的舞圈见见刘忠正先生，可能还能够见到其他老同学。

到了天安门广场找到八中的舞圈，在人民大会堂附近。今年舞会规模比较小，八中的舞圈也较小。舞会到22：30就结束了。我们看了看母校的传统文艺节目，又到附近的各个舞圈看了看。意外地遇见了陈应革（北京大学）、张联瑜（中国人民大学）、吴国生（北京对外贸易学院）。下午也遇见了刘俊哲（北京对外贸易学院）、刘镇伟（北京大学）。我很高兴，能见到这些曾经一起生活、学习两个多月的老同学[1]！取得了每个人的通讯地址，我很高兴！趁刘忠正老师工作不忙时，与他交谈了一番，格外亲切。22：00与刘先生告别。又去看了看各校的舞圈情况，主要想找找老同学，但是一个也没找到。在北京政法学院见到了冯振堂等。

22：30与李忠杰、张荣仁、虞献正依依不舍地告别了，他们往东，我们往西，分手于天安门前。我和刘天赋、乔维华步行到西单，经过电报大楼时正好大楼上打响了钟声，23：00了。一路上我们一点儿也不觉得累！

1962年10月2日（农历壬寅年九月初四） 星期二 晴

今天与初中（北京四十四中）的同学刘毓钧、胡业勋、施雪华、周芳琴相聚漫谈，谈了谈各校的情况。我们一直谈到13：00多才与施雪华分手。胡业勋回家了，周芳琴要去四十四中看看，我与刘毓钧便陪她前往。母校静悄悄地无人，我们只是见到了总务处的主任宋老师，再没有见到其他认识的老师，略谈了几句。我回到家已经13：50了。

晚上给黄升基写了一封信，约他见面。又给杨毓英老师写了一封信，主要谈我和黄升基的情况。另给张维群写信，问他昨天为何失约。今天过得很愉快！

我们走在大路上

---

〔1〕 我与他们本不是一个班的同学，只是都是学文科的，毕业前两个多月一起在文科班学习。

1962年10月3日（农历壬寅年九月初五）　星期三　晴

晚上赶回学校上晚自习，预习政治经济学和中共党史。

1962年10月4日（农历壬寅年九月初六）　星期四　晴

上午前两节是政治经济学课，讲"货币的职能及价值规律"，至此，"商品和货币"一章全讲完了，必须好好连贯地复习一下。

后两节是中共党史课，讲"党的第三次全国代表大会"，迄此，党成立初期的历史也讲完了，也应当好好复习一下了。

下午去开架书库，搜寻了很久才借到《水浒全传》（下册）和《苏维埃刑事诉讼实例汇编》。我想再借一本关于刑事案件或刑事侦查技术方面的书，但是没有找到合适的。又去阅览室把新中国成立以来各时期的《新华月报》翻了一下。时间很快就过去了。

晚上在319教室复习政治经济学，又看《中国史稿》。

1962年10月5日（农历壬寅年九月初七）　星期五　晴

早晨读英语。前两节去408教室上历史课，讲了商代的历史。后两节没有课，做英语翻译句子。又复习中共党史，后整理了放在学校的书籍。

16：00至18：00听院党委传达报告"关于市场问题及阿尔及利亚问题"，做了笔记。

1962年10月6日（农历壬寅年九月初八）　星期六　晴

前两节是汉文课，发作文，上次作文老师只判了一半，我的恰好没有判。作文是由另一位女老师讲授（据说也姓巫[1]，很巧）。

课间操时间去开架书库借了本书：《中华人民共和国刑法参考资料》（下册），并将上册延续还书日期。

后两节是英语课，学第六、七课，上次缺的课不补了。

下午党团活动时间，分组讨论"高等教育六十条"。年级办公室的殷杰

---

　[1]　后来知道是巫昌祯老师。

老师也参加我们的讨论了。他同我们谈到我们学的专业问题，更谈到党的领导问题，一再强调党的领导是绝对重要的。老师还结合 1957 年时院内的情况，给我们讲党的领导的重要性，真正要做到绝对听党的话也非容易。

1962 年 10 月 8 日（农历壬寅年九月初十）　星期一　晴

前两节是中共党史课，讲毛主席的文章《中国社会的各阶级分析》发表前的复杂形势。后两节是政治经济学课，讲第三章"资本和剩余价值"。这部分比较好懂，学起来也很有意思。中共党史课和政治经济学课的笔记本都从今天起新换了一个。刚开学一个月，一个笔记本就用完了。

下午先去图书馆还了《政治经济学批判》，借了本吕振羽的《简明中国通史》。14：30 至 17：00 在教学楼 319 教室复习今天讲的政治经济学，并参考阅读《政治经济学教科书名词解释》一书。对今天的复习工作我比较满意，但似乎时间还可以再抓紧一些。

晚上在教学楼 319 教室上自习，复习中共党史，预习形式逻辑学。

1962 年 10 月 9 日（农历壬寅年九月十一）　星期二　晴

上午前两节没有课，我抄写图书目录。后两节是形式逻辑学课，讲"判断及其种类"，给我们讲课的老师是黄厚仁，他讲得不错。我觉得形式逻辑学课同一般文科课程不同，不用死记死背，要用脑子思考，作出判断。有点儿像理工科的课程。

晚上自习，第一节抄写毛泽东的《民众的大联合（一）》，第二节复习中国历史。

1962 年 10 月 10 日（农历壬寅年九月十二）　星期三　晴

早晨还是读英语，要在星期六之前把第二课书背下来。前两节是汉文课，今天开始讲古文论部分。发了本讲义《中国文论选读》，这是昨天刚刚印出来的，今天早晨才装订好，属于内部发行。今天讲的是王充的《艺增篇（节选）》。王充在这篇文章中谈的是文章的夸张问题。我认为这比讲《辞章学》有意义多了。后两节是体育课，练习跑步，很累。

下午两节课在 4 号楼 310 宿舍听政治经济学课的辅导老师贾鼎中谈如何

学习政治经济学，不外乎做好预习、认真听讲、记好笔记、仔细复习、看一些参考书等。预习政治经济学。

1962 年 10 月 11 日（农历壬寅年九月十三）　星期四　晴

今天轮到我们组（胡克顺、樊五申、李平煜、杨岷与我）做伙食值日。值日就是去伙房领取我们班的饭菜，按各人订的数量（比如某人多少粥、多少窝头或馒头或其他主食，什么种类的咸菜）分给大家。我们去食堂晚了一点儿，结果耽误了很久时间，吃完早饭已过 7：40 了。这种方法很笨，而且容易出差错，晚上吃饭就弄得很乱。

前两节是政治经济学课，讲"资本"，这很有意思。后两节自习课就复习它。

下午两节自习及晚自习后的半个多小时用来复习形式逻辑学和中国历史。

晚自习时间讨论毛主席的《中国社会的各阶级分析》，争论也很激烈，通过讨论对提高认识很有帮助。

1962 年 10 月 12 日（农历壬寅年九月十四）　星期五　晴，大风，冷

从昨夜到今天早晨狂风不止。前两节依旧去听历史课，听"西周政权的建立与巩固"。后两节是形式逻辑学课，在教学楼 419 教室与后 5 个班一起听课。

下午政治学习时间讨论党的八届十中全会公报及国庆节《人民日报》的社论。

晚上复习英语，又与王维一起用了很大功夫预习古汉语《论文》（下）。

1962 年 10 月 13 日（农历壬寅年九月十五）　星期六　晴

前两节是汉文课，先把《艺增篇》分析了一下，总结出我们可以吸取、借鉴和应当批判的东西，后又开始讲《论文》（下），简单地介绍了一下作者袁宏道及公安派。后又串讲了前部分课文。我很愿意上这样的古文课。

后两节是英语课，先用一个半小时的时间在课堂上做练习，后略讲了讲

被动语态与疑问句。

下午党团活动时间是生活检讨会，回忆和检查开学以来自己在哪些方面还做得不够，以及以后打算怎样做。由于时间关系，没有轮上我发言。

1962年10月15日（农历壬寅年九月十七）　星期一　晴

早晨去教学楼419教室欲读英语，但是从窗子向外望去，西山景色尽收眼底。当日出东方之时，阳光普洒在西山之上，一束紫色光芒，几丝白云也被日光染红，托着尚未落下的一轮明月，格外妩媚动人！

上午前两节是中共党史课，继续讲毛主席的《中国社会的各阶级分析》，课间时间向老师请教了几个问题。后两节是政治经济学课，把第三章讲完了。我深深地觉得我落下的功课太多了，必须抓紧时间赶上去。主要是参考书没有阅读，不知怎样才算合乎要求。对于大学的学习生活我还没有底儿。

下午去图书馆把《刑事参考资料》一书还了，又借了一本《中国青年报》今年的第一、二月合订本。打算从上面查阅一些关于"志气"的问题，两节自习课什么也没干，几乎都用来翻阅《中国青年报》了。

晚上第一节自习请中共党史课的辅导老师讲关于如何学习中共党史课，如何利用其参考书的问题。第二节自习继续复习政治经济学，然后预习形式逻辑学与中国历史。

1962年10月16日（农历壬寅年九月十八）　星期二　晴

早晨时间用来读英语。前两节在教学楼419教室上形式逻辑学课。后两节在408教室上中国历史课，西周这一章快讲完了。历史学这门课对于丰富历史知识大有好处，对于以后学中国国家与法的历史也大有裨益。今天讲到西周的井田制时，老师除按课本讲郭沫若的见解——认为西周还是奴隶制社会外，又介绍了范文澜的主张——认为西周已经进入了封建社会，很有意思。我也觉得学历史应当了解目前各派的一些主要观点，了解他们之间的主要争论点，以丰富自己的知识，开阔眼界。

昨天中午听王普敬说我校今年这届政法系毕业生共一百四十多人，大部分分配到新疆，一些分配到各省。去中央部门——最高人民法院、最高人民检察院、公安部的分别为2人、3人、1人，共6人，这可能是最拔尖的了。

我们走在大路上

今天中午又听说我院共保送 3 人去考研究生，都没有考上。我很想五年后能够考上研究生，就更觉得要加强学习了！

下午劳动，修理操场的跑道。劳动后去洗澡。

晚上在礼堂看电影纪录片《人民公敌蒋介石》和《光辉的历程》，这是中共党史教研组组织的教学参考片。

1962 年 10 月 17 日（农历壬寅年九月十九）　　星期三　晴

早晨还是读英语。前两节是汉文课，讲完了《论文》（下）。后两节是体育课，练跑步和双杠，很累。昨天下午劳动已经够疲乏的了，加之今天剧烈地跑，更是异常累。上完体育课剩余时间读了读报纸。

下午两节英语课，在课堂上做第八课和第九课的练习。

课后去资料批发室买了一本艾思奇主编的《辩证唯物主义历史唯物主义》和中国人民大学与北京大学合编的《辩证唯物主义讲义（讨论稿）》上、下两册。这都是到二年级学习哲学用的课本。我想事前抓紧时间自习一遍，若实在没有时间，可以留待明年暑假再看了。必须抓紧时间"开"下去，力争走在老师的前面，为以后积累时间，好搜集资料，准备毕业论文。

17：00 至 18：00 在教学楼 319 教室翻译古汉语《论文》（下）。

19：00 至 21：20 在联合楼 208 室听我们年级主任司青锋讲学习和团结的问题。他先谈了我们政法系一年级的概况：共有学生 297 人，原招收了 300 人，有 3 个人被勒令退学，加上 3 个年级干部[1]也正好是 300 人。绝大多数是工农子弟或革命干部子弟。第一志愿考入的有 83 人，前三志愿考入的占 55%。司主任在谈到本专业的毕业分配时说，毕业分配面向公安、检察、法院三机关，可能大部分分往公安部门，如各省的公安厅、各市的公安局等。

今天的两节晚自习又被占去了。不得已下了晚自习回宿舍再"开"一小时，睡觉时已经 23：00 了。

今天我问了司主任我院今年的录取新生标准，司主任说平均 75 分。

---

〔1〕　后来逐渐知道 3 个年级干部是司青锋、张守蘅（女）、殷杰。1978 年学校复办后司青锋曾经担任 79 级年级主任，张守蘅老师后调入党委宣传部工作，他们都在学校工作直至退休。殷杰老师未回学校工作，而是在中国地震局工作。

1962 年 10 月 18 日（农历壬寅年九月二十）　　星期四　晴

早晨还是读英语，试默写第一段课文。前两节是政治经济学课，讲"资本主义的再生产"。后两节是中共党史课，讲《湖南农民运动考察报告》发表的历史背景。

下午两节自习，阅读毛主席的两篇文章——《中国社会的各阶级分析》和《湖南农民运动考察报告》，历史上从来没有人像毛主席这样地给予农民运动如此高的评价，也没有人像毛主席如此重视农民运动！

16：00 至 18：00 我们班与法一 2 班、法三 12 班同学联欢，听法三 12 班一位调干的同学讲政法专业的一些知识，也没有讲出个所以然来！然后三个班的同学分别表演了一些文艺节目。

晚上复习政治经济学，预习中国历史，后看中共党史课的参考文件。

1962 年 10 月 19 日（农历壬寅年九月廿一）　　星期五　晴

前两节去教学楼 408 教室听中国历史课，忘记带笔记本了，只好暂时记在一张纸上。今天讲完了西周，又总结了我国奴隶社会的特点，还讲了春秋的形势——大国称霸局面。第三节整理这部分笔记。第四节复习英语。

下午是政治学习时间，继续讨论党的八届十中全会公报，在党的八届十中全会上，毛主席发出"千万不要忘记阶级斗争"的伟大号召。

学校给我们订了很多种报纸。我们班上每个宿舍一份《人民日报》，全班还有一份《光明日报》、一份《中国青年报》、一份《北京日报》、一份《参考消息》。与他们理工科院校相比，我们的报纸要多多了，他们很羡慕。我戏称你们的经费用来买仪器设备，我们没有仪器可买，多给我们订几份报纸还不应该吗？文科院校的学生更应该关心时事及党的方针、政策。看报纸也是我们的学习任务。

16：30 至 18：00 在教学楼 319 教室复习英语。

晚饭后阅读《中国青年报》，然后复习英语。

下晚自习，班长胡克顺传达通知：明天下午及后天，我校要去 1000 人协助北京电影制片厂拍摄电影《停战以后》，我报名了。

1962 年 10 月 20 日（农历壬寅年九月廿二）　星期六　阴

早晨还是读英语。前两节是汉文课，写作文，自己命题，我写的题目是"读公报　长志气"，谈学习党的八届十中全会公报后的感想。后两节是英语课，举行测验，题目都较容易。最后的一题是复述"My Home Town"的课文大意，我把课文全背下了。11：30 交卷。又去开架书库还了《中国青年报》今年的一、二月合订本，又借了一本书——《美蒋特务在港九的暴行》。

由于阴天，光线不好，下午不能去拍电影了，明天也不去了。什么时候去，以后再说。

下午党团活动时间，我们的内容是讨论团的活动计划。

1962 年 10 月 21 日（农历壬寅年九月廿三）　星期日　阴转晴

早晨新闻节目中报道说印度军队在中印边界东西两段于昨天早晨 7：00（北京时间）向我军发动大规模全面进攻。我军在自卫的情况下被迫还击。我国外交部副部长耿飚今天早晨四点钟召见印度驻华临时代办，交给他一份照会，对印度的侵略提出最紧急最强烈的抗议。昨天早晨《人民日报》曾发表一篇震人心弦的观察家评论《拒绝谈判的是尼赫鲁，下令要打的也是尼赫鲁》。

9：00 赶到革命历史博物馆，听"历史知识讲座"第三讲，侯仁之讲"北京的成长和北京的水"，讲得很生动。约从 9：15 一直讲到 12：18，中间仅仅休息了五分钟。

18：50 回到学校。复习中共党史、政治经济学。

1962 年 10 月 22 日（农历壬寅年九月廿四）　星期一　晴

早晨起床后到吃早饭前的时间用于读英语，往下学第二部分的课文，"The Season"。

前两节是中共党史课，讲《湖南农民运动考察报告》的内容。后两节是政治经济学课，讲"相对过剩人口"。

下午两节复习今天讲的政治经济学课，从《政治经济学名词解释》一书上摘录了不少东西，晚上两节也用来复习它。从第三章开始进行了较全面的阶段复习。有些问题去辅导室找老师问了问。

大学本科阶段

1962 年 10 月 23 日（农历壬寅年九月廿五） 星期二 晴

上午前两节复习形式逻辑学，参阅中国人民大学编的《形式逻辑学》一书。第二节还花了不少时间练字。我打算以后每天写一张作文纸的钢笔字，不求速度，只求工整。

后两节是形式逻辑学课，开始讲"思维规律"，今天讲的是"同一律"。

14：00 去图书馆还了《简明中国通史》和《美蒋特务在港九的暴行》。

1962 年 10 月 24 日（农历壬寅年九月廿六） 星期三 晴

今天天气很晴朗。早晨到教学楼 319 教室立于窗前，放眼西望，可以隐隐约约地看到颐和园中万寿山的佛香阁，又勾起我对暑期生活的回忆，阳光照在西山上，由紫色逐渐变为深红色，又由深红色逐渐变为浅红色，逐渐明亮起来，景色颇佳！

听新闻得知，自中印双方在边界上接火以来，我军连克许多地方，印军连连败退。今天我国政府又发表声明，郑重提出三项建议，利于停止边界冲突，重开和平谈判，解决中印边界问题。这样，我们就主动了。印度处于骑虎难下之地。

上午前两节是汉文课，由高老师发作文。我一边听一边练字，抄写《宋词选》。

后两节是体育课，先考查双杠，得到 4 分，这好像是上大学以来得到的第一个分数，又做跳高的基础练习。

下午第一节阅读文章《人民公敌蒋介石》。第二节贾鼎中老师讲关于下周政治经济学课堂讨论的问题，公布讨论题，让大家做准备。

去图书馆借了一本关于刑事侦查学的书。

晚上在教学楼 319 教室自习阅读《马克思恩格斯文选》，后又预习中国历史和形式逻辑学。

回宿舍后与同学们讨论了一下对伙食的意见。我们宿舍一致赞成实行"卡片食堂制"〔1〕。

---

〔1〕"卡片食堂制"，指的是学校发给每个学生一张卡片，然后学生订饭，每顿吃饭后在卡片上做记录，月底结账。

1962 年 10 月 25 日（农历壬寅年九月廿七）　星期四　晴

我国政府就美国对古巴进行军事威胁和经济封锁，从而粗暴地破坏国际法一事发表声明，警告美帝国主义玩火自焚。声明最后说："古巴必胜，美国必败！"

前两节是政治经济学课，讲完了第四章，学习到此为一段落。下星期两次课完全用于课堂讨论。后两节自习，复习政治经济学。

由于下午要去拍电影——故事片《停战以后》，所以 11：30 开饭，12：00 上车，我校共去 1000 人。北京电影制片厂派来了 12 辆大汽车接我们。车子跟国庆节早晨所走的路线一样。到中山公园西门，我们先到公园内休息，然后编队。我们一年级学生共 150 人参加，排在整个队伍前面。我们 1 班又在最前面，每 10 个人排成一横排，打着两面横幅，上面分别写着："反对美军无限期驻华"与"朝阳大学"。我双手高举着一块上面画有名为"美国到中国来干些什么？"的漫画牌子。队伍一边行进一边高呼口号："我们要自由！""反对美军无限期驻华！"顺着南长街往南走，在南长街口外摄影师站在高耸的消防云梯之上，向下俯拍。我们反复走了两次。三年级同学还要拍近景，与警察接触。[1]

1962 年 10 月 26 日（农历壬寅年九月廿八）　星期五　阴转多云

上午前两节上历史课，讲春秋时期的奴隶起义和国人暴动。后两节本想去上形式逻辑学课，后来一想还不如自己看书呢，便回宿舍用了一节多课的时间看书，参阅中国人民大学的课本。剩余时间抄写《宋词选》，练字。

下午政治学习时间，继续讨论党的八届十中全会公报。年级办公室出了几个有关农村集市贸易及巩固集体经济的思考题，讨论很热烈，通过讨论明确了一些问题。后去开架书库借了一本《杀人案件的侦查》。

16：00 至 17：40 在礼堂听司青锋主任讲关于目前形势学习内容的几个要点及我校成立民兵团的事情，号召大家报名参加民兵，我们全体都报了

---

〔1〕　这次拍电影活动，后来在 1962 年的《大众电影》杂志 12 月号上报道了，并在封三上刊登了若干镜头，其中就有我手举着漫画牌子从南长街走出的镜头。不过在后来的电影中又剪去了这个镜头。我迄今还保留着《大众电影》杂志刊登的这幅镜头。

名。整个年级编为一个营，每班为一个排。我们排的排长是胡克顺（兼任营参谋），副排长是武玉荣。

晚自习先看今天的《参考消息》，用了不少时间。后复习政治经济学，准备参加课堂讨论的发言提纲。

1962年10月27日（农历壬寅年九月廿九）　星期六　晴

上午前两节是汉文课，开始讲古汉语，很有意思。后两节是英语课，换了一位年轻的老师，叫李荣甫。他教学非常热情，也很有趣。

14：00至17：20在礼堂听团课："团的组织原则——民主集中制"。

1962年10月28日（农历壬寅年十月初一）　星期日　晴

15：00至16：00在家继续准备政治经济学的课堂讨论发言提纲。

20：00骑自行车去学校，但是天已经完全黑了。我只好沿16路公共汽车线路走。过了大钟寺站，路旁就没有路灯了，黑极了，路上也很少有行人。我只好凭着我的记忆摸黑前行，幸亏大道还算平整，没有暗沟之类的障碍。到校20：45了。毕竟是骑自行车，比坐公共汽车要快些。

1962年10月29日（农历壬寅年十月初二）　星期一　晴

前两节的中共党史课改为上自习。我复习政治经济学，准备课堂讨论发言提纲。后两节是政治经济学课，在教学楼305教室展开课堂讨论。讨论中对"产品有没有价值"争论得极为激烈，主要问题是对"价值"的认识。基本上有三种不同的意见：第一种意见是认为价值是人类一般劳动的凝结；第二种意见是认为价值是反映了人与人之间进行交换时的比例关系；第三种意见是认为前两种意见的结合。我是同意第三种意见的。

晚上看中共党史课的参考书。

1962年10月30日（农历壬寅年十月初三）　星期二　晴

上午第一节去教学楼419教室听形式逻辑学课，主要是复习。第二节我便回宿舍睡了一觉。第三、四节在教学楼408教室听历史课，讲到封建社会的战国时期了。

下午劳动，用水泼操场的跑道。劳动之后洗了个澡。

晚上在教学楼 319 教室上自习。读《人民日报》编辑部于 27 日发表的文章《从中印边界问题再论尼赫鲁的哲学》。这篇文章从印度大资产阶级、大地主阶级的阶级本性来分析尼赫鲁一向反华的原因，文章写得很好！

1962 年 10 月 31 日（农历壬寅年十月初四） 星期三 阴，冷，有小雨

上午前两节是汉文课，老师讲得还不如课本详细，完全可以不听或少听。我便在教室的旮旯里看《在古战场上》一书。后两节是体育课，先学少年初级拳第二路，这早在高中二年级时我就学过了。后又练习跳高。

中午去学校治保会登记自行车，并领了一个出入校门用的车牌（一块木牌儿）。

下午两节是英语课，讲语法。上次英语测验得到 88 分。

晚上抄录于光远早年写的中国革命读本上有关农民阶级的一章。又读今年《红旗》杂志第三、四期（合刊）上的李维汉的关于无产阶级领导权的文章，题目是"新民主主义革命时期争取无产阶级领导权的斗争"。

回宿舍后又同王普敬就他提出的生产力问题进行了激烈的辩论。我们宿舍经常如此，没有一晚安静的！

1962 年 11 月 1 日（农历壬寅年十月初五） 星期四 阴雨

从今天起，学校实行冬季作息制度，早晨起床往后推迟了半小时，6：30 起床。早饭由 7：00 推迟到 7：10。上午上课时间还是 8：00 至 12：00。下午上课时间提前为 13：30 至 15：20。晚饭也提前到 17：30。晚自习也提前 10 分钟，18：50 至 21：10。还是 21：30 睡觉。

上午前两节是政治经济学课，在教学楼 205 教室继续进行课堂讨论。时间显然不够，不能人人都发言。后两节是中共党史课，讲第一次大革命的失败及其经验与教训。

下午两节自习。先看《参考消息》，然后做英语练习。

晚饭后到教室与杨福田一起阅览 1954 年的《人民画报》杂志。自习时间先读毛主席的《中国革命和中国共产党》，后又读刘少奇的《论共产党员的修养》。

1962 年 11 月 2 日（农历壬寅年十月初六）　星期五　晴

上午前两节在教学楼 408 教室上中国历史课，讲"封建社会制度在中国的确立"。后两节回宿舍，阅读毛主席的文章《新民主主义论》。

下午两节是政治学习时间，学习《人民日报》编辑部于 27 日发表的文章《从中印边界问题再论尼赫鲁的哲学》，光读一遍就用了大部分学习的时间。

晚自习时间继续阅读《新民主主义论》及李维汉的文章《新民主主义革命时期争取无产阶级领导权的斗争》（发表在《红旗》杂志今年第三、四期合刊上）。之后写中共党史的课堂讨论发言提纲。

1962 年 11 月 3 日（农历壬寅年十月初七）　星期六　阴，冷

上午前两节是汉文课，讲完"词的变性"，又讲了"文言虚词"。后两节是英语课，先进行考查，后继续讲语法及第二课的单词。

下午是党团活动时间，讨论民主集中制。

之后去图书馆还了《马克思恩格斯文选》。

晚上看了看艾思奇的《辩证唯物主义历史唯物主义》一书。睡觉时已经 0：30 了。

1962 年 11 月 4 日（农历壬寅年十月初八）　星期日　阴，冷

7：50，骑自行车走赵登禹路，到新街口电影院时 8：15。张荣仁、于加生已经到了。于加生穿了一件崭新的皮夹克，挺着高高的个子，很神气。张荣仁也穿着很新的蓝色制服，戴着他经常戴的黄颜色的帽子，伸着长长的脖子，见到人总是会意地笑一笑，非常有趣。不一会儿，张永祥骑着自行车摇摇摆摆地来了，他又穿起他每年冬天都穿的镶着皮毛领的短棉大衣。他们三人最近一次会面还是 9 月 16 日的那次聚会，有一个半月了。

《鬼魂西行》这部电影很好，我们几个人都很喜欢看。他们问我是如何买到的票，我告诉他们是在学校订的。我们被电影中的神奇幻境所吸引，颇感兴趣。我很喜欢看英国影片，如《巴格达窃贼》《王子复仇记》等。看完电影后，我们又赞赏了一番。电影是 9：50 放映完毕的。

在我的提议下，我们又去新街口的新华书店看了看，在那里我买了古典小说《说唐》（陈汝衡修订，中华书局出版）和《三侠五义》。我很喜欢这些古典小说，可惜《说岳全传》与《水浒后传》没有了，但还有《镜花缘》。另有四卷本的《列宁选集》，每卷分上、下册，全书共8册，总价8.00元。我想买一套。

这时已经10：30了。我们走到新街口丁字路口[1]，忽然想起何不去看看王文呢？

到北沟沿第一小学时，王文正在学校，见到我们来了很高兴。他还是和在学校时一个样子，见到老同学十分热情。我们在他的屋子里坐了坐。他和另一位老师住在一起。他担任五年级的自然课与历史课、六年级的历史课与地理课老师，不担任班主任，但是也很忙，晚上经常开会学习，他一个星期有十几节课。

我们又聊起张志东，他远在北国异地，大家自然对他关心多一些，也谈到刘天赋、张维群的情况。大家又谈到《参考消息》和当前的国际形势。不知是谁说起学校的生活情况，尤其是伙食更为大家注意，于是各校伙食也成了大家聊天的话题。高校的伙食很容易成为大学生们的重要关注点。

11：00，于加生先告辞走了，随后张荣仁也走了。张永祥又遇见他初中的同学（也是在北沟沿第一小学当老师，与王文是同事），于是张永祥就留下来了。我想起我的小学同学许诚家离此不远，就去找许诚，他家在距此不远的柳巷胡同内。

可惜许诚没在家，据他妈妈说，他要到下午才能回来，我就和他妈妈谈了几句话。这时，许诚的哥哥回来了，我也就告辞了。

1962 年 11 月 5 日（农历壬寅年十月初九）　　星期一　晴，冷

上午前两节是中共党史课，进行课堂讨论。发言的人只不过是把许多资料编辑一下讲出来而已，没有争论，不少意见是重复的。

后两节是政治经济学课。欧阳本先不再教我们了，他讲得不错，我很爱听他的课！下面由胡芳洲（女）老师来给我们上课。今天讲第五章"资本周转"。

---

[1]　即赵登禹路（北沟沿）北端。

本来下午两节自习还要继续进行中共党史课的课堂讨论的，但是由于明天要去古巴驻华使馆游行，表达我们对古巴人民的支持，反对美国对古巴的侵略，因而今天下午的课程一律停上，改为政治学习。明天也停课一天。

下午两节课用来读文件，如古巴卡斯特罗总统于 11 月 2 日的电视演说、陈毅外长给古巴大使馆的照会、卡斯特罗的五点要求，等等。

15：40 在礼堂听我院党委宣传部部长做动员报告及明天游行示威的注意事项。

从前天晚上起就有学生、工人、机关干部、教师等群众不断自发地前往古巴驻华使馆示威，表达中国人民对古巴人民的支持。昨天、今天去的人更多。我校安排明天 15：00 至 16：00 在古巴使馆门前示威！

1962 年 11 月 6 日（农历壬寅年十月初十）　星期二　晴

今天早晨饭后到 10：00 以前主要是学习支援古巴的歌曲，我发现 3 班的一名长有络腮胡须的同学很有指挥唱歌的水平，人也很活跃[1]。10：00，又开一次饭，中午就不开饭了。饭后准备出发，11：00 集合，整队，我们 1 班自然排在年级的前面，11：15 出发。前面是政法系三年级的同学，我们紧随其后，然后是二年级、四年级、政教系，最后是政法附中的同学。老师们也穿插在学生队伍中。我们班前面就有体育老师。

我们步行而去。经过北太平庄、新街口、西四、西单，转向西长安街，又经过新华门、天安门、东单，出建国门。可能是游行示威的人太多了，一路上走走停停，街上人来人往，熙熙攘攘。我们队伍经过新街口的时间是 12：25，到西单的时间是 13：15，到天安门广场的时间是 14：00，在天安门广场休息了半小时。从东单到建国门这段路虽然并不长，但是用的时间最多，行进得极慢，直到 16：00 我们才经过北京站口。队伍一出建国门，就由五路纵队变成十五路纵队，行进的速度突然加快，几乎要跑步前进了。当我们转过弯来看到古巴驻华使馆时，大家的激烈情绪一下子喷发出来，就高唱歌曲，高呼口号，表达我们支援古巴人民的热情，同时表达对美帝国主义的抗议。游行队伍一队接着一队地来到使馆前，我们的队伍前面就是航空学院

_____

〔1〕　后来知道他是秦醒民同学。

的队伍。使馆里的工作人员也轮换着站在使馆门前喊着口号，伸出大拇指表示感谢，从他们那激动的面容就可以看出他们对中国人民的支援是无限感激的。今天，"要古巴，不要美国佬！"是喊得最响亮的口号。

离开古巴驻华使馆后，我们的队伍还不能立刻解散，要绕道到达朝阳门外才能疏散，路确实走得比较远。比我们还要远的学校如北京航空学院、北京地质学院、北京石油学院、北京矿业学院、北京农业机械化学院等就可以乘车直达天安门广场，再整队游行示威。

1962 年 11 月 7 日（农历壬寅年十月十一）　星期三　晴

上午前两节是汉文课，讲古汉语的"文言虚字"。后两节是体育课，由于昨天走了一天的路，大家都太累了，所以今天的体育课适当地减少了活动量，只上了 50 分钟。先练习跨越式跳高，然后继续学武术。我觉得今天的体育课上得很愉快。

下午两节是英语课，学习第二课"Peking University"，这自然勾起我对北京大学的无限向往！

课后是民兵活动时间，学习《民兵工作条例》。

晚自习预习政治经济学，复习形式逻辑学。

晚上宿舍的灯又坏了，大家躺在床上天南地北地聊了一通！

1962 年 11 月 8 日（农历壬寅年十月十二）　星期四　晴

早晨吃饭轮到我们值日。由于晚去了一会儿，所以耽误了很多时间。食堂发粥、油饼都很慢，而且油饼还不够，等了很久。中午吸取这个教训，早去了一会儿，一切都很顺利。

上午前两节是政治经济学课，讲完了第五章，又开始讲第六章"利润"。

第四节课先复习了一下政治经济学，搞清楚了"资本主义生产费用"的问题。

中午没事看古典小说《说唐》。

下午两节自习课用来复习政治经济学。

16：30 骑自行车北去，路过北京航空学院、北京医学院，发现那边大有天地。继续往北去，一路上又见到北京钢铁学院、北京地质学院、北京石油学院、北京矿业学院等，这一带还要繁华得多。在五道口有一座大规模的商店，还有五道口工人俱乐部和邮局、新华书店、食堂等。这真是一个新的天地。以后不妨多来几趟。我想这么看来我距离万良国、徐恒力（北京地质学院）、汤叔禹（北京医学院）、刘天赋、沈念安、王铭仁、潘成善（北京航空学院）、衣立（北京矿业学院）都不远。并且距离虞献正（北京大学）、张荣仁（清华大学）也不远！以后不妨骑自行车来找他们。今天没有发现孙锦先所在的北京农业机械化学院在何处。

晚自习在宿舍里复习形式逻辑学，明天要考试的。

明天下午有一位从中印边界前线回来的同志给我们作有关开展自卫反击战的报告。由于礼堂座位有限，不能容纳全校的同学，学校只好发票，凭票入场。我们宿舍分到了三张票。冯振堂、杨福田无理由地各自独占了一张，他们不同意抓阄。

1962 年 11 月 9 日（农历壬寅年十月十三）　　星期五　晴

上午要考形式逻辑学，不得不暂时放弃听中国历史课。形式逻辑学的考题比较简单，我用一节课的时间就做完了。第二节课又去听中国历史课，讲"春秋战国时期的百家争鸣"。请贾书勤向政教系同学借来了一份课堂笔记，晚上把第一节中国历史课的内容补抄了一下。

后两节自习回宿舍看昨天和今天的《参考消息》。

14：00 至 17：10 听一位从中印边界前线来的解放军中校同志讲边防军的战斗生活情况，实际上他是从新疆来，而不是从西藏来。

1962 年 11 月 10 日（农历壬寅年十月十四）　　星期六　晴

上午前两节是汉文课，后两节是英语课，继续讲语法，还有趣，不难。

1962 年 11 月 11 日（农历壬寅年十月十五）　　星期日　阴转晴

今天天气很好，只是早上有些阴天，因而我起床时已经 7：50 了。急忙吃了早饭，8：10 离开家前往中山公园。虽然我知道 8：30 也不会有多少人能够到达，但是我不愿意迟到。因为我向来是非常守信用的。一路上骑车飞快，经过电报大楼时是 8：22，又加快蹬车，到中山公园门口还不到 8：30。

这时张荣仁、吴孝平已经到了。他俩靠着金水桥栏杆在聊天，见我来了，十分高兴。吴孝平，我好久没有见到他了。他是我们第三小组的老小组成员，三年来，在小组的活动中，我们没少发生争执。他的性格也很偏，但心是好的。回想起这些来，也颇有趣！不一会儿，虞献正、张永祥两人又摇摇摆摆地、不紧不慢地走来。虞献正说他没有吃早饭就赶来了，看样子他也刚起床。张永祥还是穿着那件与他身材不大相称的短大衣。据虞献正说，张永祥骑自行车都不敢走胡同了，原因是怕撞着人！我们又等了许久，才见这次聚会的发起人——张维群晃晃悠悠地走过来了。他刚从他们学校——北京化工学院来，他一来就问："于加生为何没来？"于是大家问我还通知了谁？我说应当还有刘天赋、乔维华、于加生、张福民、孙锦先、李忠杰。我们等到9∶00也不见有人来，就准备进去了。我和张永祥去存自行车，正在这时，听见后面有人喊我们，原来是李忠杰赶来了，很有趣！

进公园后我们边走边聊。首先是谈起各校的生活：虞献正说他们学校（北京大学）从明天起将要劳动两周，将白菜存入窖中，还是停课劳动。李忠杰说他们学院（北京轻工业学院）将从分部搬到本部来，本部就在距离北京师范学院不远的地方。虞献正又说他们学校的宿舍已经从39斋424号迁到同斋118号了。大家又说到各自学校的伙食情况，都说在学校吃不饱，对学校的伙食很不满意。

同学们又询问了一些关于王立老师的情况，我把我知道的告诉了大家。也谈到我们班同学年龄比较大，我在我们班年龄算小的。他们理工科学校的学生年龄比较小，特别是南方有不少年龄小的同学。但南方人讲话的口音很难听懂，尤其是上海人的方言很不好懂。很有趣！

后来，我们又从报纸谈到国际大事，主要是中印边界问题、古巴问题，以及伍修权在保共八大上的讲话，等等。

我们一路观赏园里的风光，每到一处，都会勾起我的回忆。后走到我们高中一年级时过团日的地方，我们又谈起高一的生活。

我们也谈起张志东，都很想念他。

虞献正说下午还有事情，于是他先走了。临走前，大家谈起我用明信片发通知的事情，感到很好，提倡大家多用明信片互相联系。

我们也于10∶45从公园出来，准备先去看一场电影，就往东单踱去。到儿童电影院时，电影票早就卖完了。张永祥也就先告辞了。我们又去新华书店看了看，人太多了。大家就在此分手了。我和张荣仁同路，走到王府井路口，又站在路边聊起来。最后想不出有什么地方好去，就依依不舍地分手了。他向我借走了《唐五代词》一书。此时不到12：00。我回来经过电报大楼时正好12：00，到家12：15。

吃完午饭，13：20又去杨毓英老师家。到她家1：50，但是杨老师没有在家。她只留下一张纸条，说她有事在身，不能在家静候我们。无可奈何！我又等黄升基。但是等了很久也不见他来。我就推着自行车向东走去，在琉璃厂遇见黄升基，他没有骑车，而是坐车来的。他买了张电汽车月票，因为经常出来治病，每周一、三、五下午都出来看病。

我们先谈起见杨老师之难。他说已经有一年多没见到杨老师了。

他又谈起他们的班集体。不断地向我诉说他的工作之多、事情之忙。他说他们的班干部都很缺乏工作能力。他的工作之忙，身体之不佳，影响了他的学习，幸亏他学习的基础好。今天上午他又"开"了一上午，这才出来，所以来晚了。

我们又到琉璃厂古书店看了看，在那里待了不少时间。那里有很多好书。我渴望已久的《三国志》也在那里出售，每套共五册，需要5.30元。我把我有可以享受八折的购书优惠券的事情告诉他。还有《册府元龟》一书，全套书150元。黄升基就开玩笑地对我说："你买这个吧，这个打折打得多。"可不是吗，一下子可以折30元呢！我们还欣赏了其他书籍，如《红楼梦》《论语译注》《石头记》《三国演义》，等等。黄升基向我介绍了不少文史类书籍，他都是从他外祖父[1]那里知道的。

到和平门，我们作出最后的决定：到我家去。他乘2路无轨电车到礼士路下车，我们又一起去找了胡业勋，但是他不在家。

到我家16：00了，又聊了会儿。他翻阅了我的几本书。17：00我们一起进餐。饭后17：50，我们共同从我家出来。他借走了《人民文学》杂志1961年第7、第8期，"地理小丛书"：《古巴》与《历史上的北京城》。我们一起走到礼士路口，他乘1路公共汽车而去。我骑自行车走闹市口、太平

---

〔1〕 黄升基的外祖父汪伯祥，是我国著名的古典文学家，他点校和注释的有《史记选》等。

桥、赵登禹路、北沟沿、新街口、北太平庄回学校，到校 18∶35 了。

晚自习预习政治经济学。

1962 年 11 月 12 日（农历壬寅年十月十六）　星期一　晴转小雨

前两节是中共党史课，换了一位新老师讲课，还好[1]。

课间操时间去图书馆还了《形式逻辑学》一书和《大众电影》杂志。借了本《论语译注》。后两节是政治经济学课，讲"平均利润"等。

下午两节自习是在宿舍上的。先做英语作业，后复习政治经济学。课后想回家一趟，但是天阴了，下着毛毛雨，就懒得回去了。又去图书馆看了看，借了一本《全国漫画展览作品选集》，吃晚饭前就看完了。

晚自习依然如此。之后阅读《红旗》杂志的文章。

中午收到吴方城的回信。他谈到他对化学学科的爱好。后又无限深情地回味我们俩少年时代的友谊，包括多次一起参加活动、玩耍。他又谈到一个重要的问题，他见到了小学时候的老同学——赵家林，现在北京大学西语系的英语专业。我听到这个消息非常高兴，我很想和赵家林取得联系！小学几年，我与赵家林来往也很密切。吴方城说他从 31 斋 160 号迁往同斋的 322 号宿舍了。

1962 年 11 月 13 日（农历壬寅年十月十七）　星期二　晴

上午后两节是形式逻辑学课，讲"推理的分类"。

下午劳动，平整排球场。劳动到 16∶10，然后去洗澡。

晚自习阅读《光明日报》。

1962 年 11 月 14 日（农历壬寅年十月十八）　星期三　晴

前两节是汉文课，写作文，题目是"支持古巴人民正义斗争"。后两节是体育课，内容是武术和跑步。

下午两节是英语课，前一节订正第一课的练习，并做第二课的练习。第二节学习第二课的单词。

---

〔1〕 教我们中共党史课的老师我现在记得有两位：蔡长水与彭宝亭，北京政法学院复办时他们都在中央党校工作，后来一直未回来。

大学本科阶段

1962年11月15日（农历壬寅年十月十九）　星期四　晴

早晨起床后没有多久就去食堂了。今天是我们做伙食值日，大家都不约而同地来得很早，可能是吸取上星期来晚了的教训吧。我们组伙食值日的成员：组长李平煜，组员胡克顺、樊五申、杨岷和我，共五人。

后两节是中共党史课，讲毛主席的文章《中国的红色政权为什么能够存在?》。

晚上复习形式逻辑学、中共党史。

1962年11月16日（农历壬寅年十月二十）　星期五　晴

中午看了看报纸。昨天的《人民日报》上发表了一篇题为"发扬莫斯科宣言和莫斯科声明的革命精神"的社论，都是针对现代修正主义进行有力的批驳的文章，必须好好地学习它！

下午听院党委宣传部部长赵吉贤同志的传达报告，是吴冷西同志大约于9日作的关于目前国际形势的报告。报告分为古巴问题与中印边界问题两部分，主要讲了前一个问题。叙述了自今年9月，尤其是10月22日以来苏联、美国、中国、古巴以及世界上其他国家对古巴局势的态度。显然赫鲁晓夫的做法是错误的，是无原则地向帝国主义让步，牺牲古巴人民的利益，表现出他"怕死""怕战争""不惜牺牲古巴人民的利益以乞求和平"的本质。另外，卡斯特罗总理提出的五项要求是正义的、必要的，既是为了保卫人民利益的，也是为了保卫世界和平。我们的态度是全力支持古巴人民的反美斗争。在美国正式对古巴实行军事封锁之后（距美国10月22日发出军事封锁声明的48小时之后），我国还向古巴运送过两次物资。一次是10月30日，一次是11月7日。美帝国主义要进行检查时，我们运送物资的人员义正词严地说："这是中国的船只，不准检查！"由于我们的态度坚决，美帝国主义也就避开了。这完全证明美帝国主义是纸老虎，也说明我们中国人民力量的强大和中国与古巴友谊的牢固。当同学们听到这个消息时，无不兴奋万分，顿时掌声四起。

1962年11月17日（农历壬寅年十月廿一）　星期六　晴

前两节没有课，在小滇池旁读了读英语单词。

后两节是英语课，讲第三课。之前先做几个翻译句子的练习，不难。

下午党团活动时间，由团支部书记王普敬[1]讲了讲近来我们团支部内存在的问题，并指出了今后大家努力的方向。他的报告分为学习、组织纪律和团结三部分。报告作得很好，不仅分析与指出了我们团支部存在的问题，并且生动，用词恰当。之后分小组漫谈了一下。

1962 年 11 月 19 日（农历壬寅年十月廿三） 星期一 阴，冷

上午前两节是中共党史课，讲 "红色政权道路的历史意义与毛主席的建军学说"。后两节是政治经济学课，讲 "地租"。

1962 年 11 月 20 日（农历壬寅年十月廿四） 星期二 阴转晴

我们宿舍的暖气很好，暖暖和和的，比起他们南边的宿舍好多了。他们那里虽然朝阳，但是暖气不行。在未生暖气之前，他们宿舍的温度比我们宿舍起码要高 10 度，但是现在却相反。我们宿舍可以说是冬暖夏凉！

上午前两节没有课。利用第一节课的时间读英语，预习形式逻辑学。

第三、四节是形式逻辑学课，讲 "三段论推理"。

1962 年 11 月 21 日（农历壬寅年十月廿五） 星期三 晴

上午前两节是汉文课，发作文，第三次作文是自命题。我写的题目是 "读公报　长志气"。老师没批改我的作文。第三、四节是体育课，由北京师范学院体育系的学生实习这门课（他们来上课）。复习 "拳"，又练习短跑。

下午两节是英语课，讲第三课课文。

16：00 又帮助班里弄了弄校庆壁报。今年是我院成立十周年，24 日就是校庆的正日子。这几天学校里到处呈现出喜气洋洋的气氛，学校的各部门、各教研室、各年级都在用各种方式庆祝校庆。

---

[1] 团支部组织委员是刘爱清，我缴纳团费找过他，所以记得。团支部宣传委员是谁，我记不得了，可能是王小平。

1962 年 11 月 22 日 （农历壬寅年十月廿六）　　星期四　晴

早晨洗漱罢，就忙着去打饭。今天又轮到我们组值日。

前两节是政治经济学课，开始讲第七章，尽是算账，几乎成数学课了。后两节上形式逻辑学课（明天的课提前到今天上）。

15：30 至 17：00 做大扫除，做楼道的卫生。

1962 年 11 月 23 日 （农历壬寅年十月廿七）　　星期五　晴

明天是我院成立十周年纪念日。今天全院师生员工举行庆祝活动，停课一天（要上的课已在昨天提前上了）。早饭后没什么事，无非看看报纸，休息一下。

9：00 庆祝大会开始，由于礼堂座位有限，学生不可能全坐在礼堂内，于是抓阄决定，我没有抓到，只好在教学楼 308 教室听广播。大会由雷洁琼副教务长主持，刘镜西副院长讲了几句话，然后由来参加庆祝会的各位领导、来宾讲话或致辞，其中有最高人民法院院长谢觉哉、最高人民检察院副检察长张苏、公安部部长、北京大学法律系系主任以及其他单位（主要是政法机关和兄弟院校）的负责人。下午高教部部长杨秀峰也来了。上午的庆祝大会开到 12：00 结束。

下午开运动会。

晚上在礼堂看京剧，也是抓阄抓到的票。上演了三个戏：《钓金龟》《贵妃醉酒》及一部神话戏（不知其名）。演得还可以，虽不算很熟练，但演员很卖力。演员是戏曲学校的学生，年龄较小。19：00 开始演出，22：00 多结束。

没有抓到阄的同学可以在南膳厅看电影《东进序曲》。

1962 年 11 月 24 日 （农历壬寅年十月廿八）　　星期六　晴

今天是我院成立十周年的正日子。

早晨连起床铃都没听见，很困倦。前两节课是汉文，继续讲文言虚词。后两节上英语课，又把第三课复习一遍。获悉英语课还要讲四周，我们的课上到第十六周结束，第十七、十八周复习两周，第十九、二十周考试，第二十一周政治学习，第二十二周开始放寒假。

下午是团组织活动时间，学习第 21 期《中国青年》杂志上发表的文章《批评与自我批评》。先是全支部成员集中在我们宿舍一起学，然后分组漫谈。

1962 年 11 月 26 日（农历壬寅年十月三十）　星期一　晴

前两节是中共党史课，后两节是政治经济学课，讲资本主义的经济危机。

下午两节课和晚上两节课全用来复习政治经济学，但收获不大。

1962 年 11 月 27 日（农历壬寅年十一月初一）　星期二　晴

上午前两节没有课，为了有精力去学习，吃完早饭回宿舍睡了一觉。醒来已下第一节课了。第二节课读英语。

后两节是形式逻辑学课，讲"省略三段论，连锁推理"和"假言推理"。

下课后以小组为单位在小滇池中的小山上照了一张合影。后以宿舍为单位照了一张。天气很冷，风也紧，照相时冻得直哆嗦。之后又以班为单位在小滇池的小岛上以教学楼为背景合影一张，这是上大学以来班里同学第一次集体合影。

下午劳动，又是打水泼操场。

晚上复习形式逻辑学。利用暖气把衣服烘干。

1962 年 11 月 28 日（农历壬寅年十一月初二）　星期三　晴，大风

上午前两节是汉文课，讲完了"文言虚词"。体育课进行武术和百米跑考查。我武术得了 5-分，老师说我的骑马蹲裆式动作做得不够准确。百米跑我跑了 14"7，得了 4 分。14"5，5 分，15"5，4 分，16"5，3 分。今天风很大，天气也较冷，跑百米费了很大的劲儿，以至于下午和晚上都因此感到头痛。

下午是英语课，先进行小测验，估计成绩不佳，后讲语法。

晚自习复习中共党史，阅读毛主席著作。学习党史基本上就是学习毛主席著作，也只有学习好毛主席著作，才能学好党史。

1962 年 11 月 29 日（农历壬寅年十一月初三）　星期四　晴

上午前两节没有课。前一节课的时间看毛主席著作。后一节课的时间读白居易的《琵琶行》。

▲ 我们宿舍成员（根据年龄从大到小）
右起分别为左广善、 冯振堂、 杨福田、
宋新昌、 王维、 王普敬、 江兴国

▲ 我们宿舍与学习小组
前排分别是江兴国、杨福田、武玉荣、
丁葆光、孙成霞
后排分别是杨岷、王维、王普敬、
冯振堂、左广善、宋新昌

▲62级1班合影 （ 杨岷摄影 ）

后两节是中共党史课，先继续讲"毛主席的军事路线"，后又讲新民主主义革命时期三次"左"倾路线的一些问题。晚上看近期的报纸。

据说这学期从 12 月 29 日开始进行期末考试，到明年 1 月 11 日结束，14 日放寒假。这么说这学期只剩下 6 周时间了。

1962 年 11 月 30 日（农历壬寅年十一月初四）　星期五　晴

上午前两节去教学楼 408 教室听中国历史课，好久没来听了。政教系刚刚结束课堂讨论。前一节由老师总结讨论的情况，对历史学一些基本概念做了解释，收效不小。后一节讲"秦统一中国的原因、条件及历史意义"。

后两节没有课。第三节在宿舍自习，做英语作业。下第三节课后骑车赶赴教学楼东边，全班同学再次合影。今天天气很好。

中午吃炸糕，这一次做得比较好，受到同学们的广泛欢迎。

13：30 至 16：40 在教学楼 308 教室听院党委宣传部赵吉贤同志作传达报告："党关于巩固农村集体所有制，发展农村经济的决议"和"新农村工作六十条"。

晚自习继续做英语作业。

1962 年 12 月 1 日（农历壬寅年十一月初五）　星期六　晴

上午前两节没有课。先做形式逻辑学作业，然后阅读毛主席著作，最后又去开架书库看了看，但是没有借书。

后两节是英语课，学习第四课单词，这一课的课文比较短。

下午全班到 310 宿舍集合，班长胡克顺讲了讲新年班里的活动等问题，然后讨论昨天听的报告。班长胡克顺又讲了讲关于调整粮食定量的问题。动员大家以 33 斤为基数，不能定得太高。女同学以 32 斤为基数，不能定得太低。

1962 年 12 月 3 日（农历壬寅年十一月初七）　星期一　晴

上午前两节是中共党史课，讲"第三次'左'倾机会主义的错误及遵义会议"。

课间操时间去图书馆借了《三国志》第一册（魏志一），这本书很有

大学本科阶段

意思。

后两节是政治经济学课，换了一位老师讲课。今天讲的是"帝国主义是垄断的资本主义"部分中的"生产积聚和垄断"。

下午自习做形式逻辑学作业。后又去图书馆借了一本《中国古地理图》，回来打开一看才知道书里讲的是中国在史前社会的地质海陆情况，我还以为是中国古代历史地图呢！不过看看也有意思。

后又看了看《论语译注》一书。

晚自习看《红旗》杂志1960年第20期、第21期与1962年第22期。

进入北京政法学院已经三个月了，对我们年级和我们学校有所了解了。我们年级学生来自华北、东北、中南行政区，其中主要是来自华北行政区，如北京市、天津市，以及河北省、山西省、内蒙古自治区，东北行政区只是有来自辽宁省的学生，中南行政区只是有来自河南省的学生。我们宿舍其他六位兄长除老大（左广善）来自河南省、老三（杨福田）来自辽宁省外，老二（冯振堂）、老四（宋新昌）、老五（王维）、老六（王普敬）均来自河北省。老四、老五回答别人问题时喜欢用"中"来表示同意和肯定。老六说话时"右"和"肉"的发音总是分不清，所以他说"右派分子"，听起来像是说"肉排分子"。很有趣！

至于我们学校的正门应当是东门，进入东门，正对着的是学校的主要建筑——教学楼。但不知为什么，东门却被封闭了。我们出入都是走北门（没有发现学校有西门和南门，西边、南边都是农田）。教学楼是坐西朝东的六层大楼。但是南北两侧只有四层，中间是五层，六层上面只有很少的几个房间。在周围的环境中也算是高大雄伟的建筑了。站在四层楼的教室就可以远眺到颐和园万寿山佛香阁。向北望去可以看见北京航空学院的建筑。这一带不愧叫"八大学院"，除了学院，没有什么建筑了。其实不止八大学院，明摆着我们对面就有北京邮电学院，附近还有北京铁道学院。我们北面学院就更多了：北京医学院、北京航空学院、北京地质学院、北京钢铁学院、北京矿业学院、北京石油学院、北京农业机械化学院、北京林学院，等等。

我们的教学楼尽管在这些学院中是比较小的，但里面也有8个大教室（每个大教室可容纳200人上课），分别是108、119、208、219、308、319、408、419教室。其中108教室用作图书馆的书库。另外有8个中等大小的教室，分别是 107、120、207、220、307、320、407、420 教室。其中 107 教室用作开架书库。其他教室是容纳 40 人的小教室，我们经常是 5 个班一起上课，就需要大教室。

学校的各个职能部门大都设在联合楼里。联合楼之所以叫"联合楼"，是因为各个职能部门都在这个楼里联合办公。较大的 208 房间和 220 房间开辟为阅览室。因为学校目前还没有专门的图书馆楼，只是在教学楼和联合楼里开辟出几个房间作为书库和阅览室。据说教学楼也是不久前才建好的，所以开学典礼上学院领导说艰苦奋斗是我院的传统。

在联合楼的对面、教学楼的背后（西边）就是学校最优美的地方——小滇池及湖中岛。小滇池面积很小，四周环绕着垂柳。

学校的食堂有两个餐厅，分别称为"南膳厅"与"北膳厅"。在两个膳厅的西边，竖立着 1 号、2 号、3 号、4 号学生宿舍楼，都是三层的楼房。管理学生的年级办公室也设在里面。

学生宿舍的西边是拥有 400 米跑道的操场。操场的北面有一些平房，里面放置着体育器材。

此外，在教学楼南边是 6 号楼，专门给单身教工居住，教研室也在其中。在教学楼北边设有礼堂，可容纳 1000 多人开会，周末往往放映电影。还有一些平房，其中一些为印刷厂，可以印刷内部教材。还有种植花卉的花房。整个学校面积不大，大概是所谓"八大学院"中最小的，但是学校却很美丽、整洁。我还是很喜欢我们的校园的。

学校四周并没有围墙，只是用铁丝网圈起来。透过铁丝网，可以见到到处是农民的耕地。

距离我院最近的公共汽车是 16 路汽车，16 路公共汽车从西直门经过学院路南口站到北太平庄，学院路南口站就在学校的东门外。往北去我们学校的合同医院——北京医学院第三附属医院（北医三院）无公共汽车可以通达。往西虽然有马路可以到达白（白石桥）颐（颐和园）路，但是也没有公共汽车通达。我回家若是乘坐公共汽车最简捷的方式就是乘 16 路公共汽车到西直门换乘 19 路公共汽车。

我小时候见北京交通图标有 16 路公共汽车线路图，就通往终点站"政法干校"站，在那时看来这是很偏僻的地方，想不到我现在在这里学习了。

1962 年 12 月 4 日（农历壬寅年十一月初八）　星期二　晴，大风

上午后两节是形式逻辑学课，讲"归纳推理的哲学基础和客观基础"。

自由活动时间去操场打了会儿排球。

晚自习先做汉文课作业，后复习政治经济学。

1962 年 12 月 5 日（农历壬寅年十一月初九）　星期三　晴

今天应当是民兵活动的日子。早晨起床要迅速，并且要出操。所以早晨起床铃声刚一响，我们就迅速爬起来。但是感觉比平日要困得多，而且觉得外面天还很黑。因为不敢耽误民兵活动，也只好起床了。后来感觉时间不对，才知道原来是打错了起床铃声，早打了 45 分钟！大家只好又回来休息，我又试着睡了会儿（尽管再也睡不着了）。后来也没有出操了。不知不觉地到了 7：00，听广播中播出的"新闻与报纸摘要"节目。打铃者如此误事，真是害人不浅！

上午前两节是汉文课，先进行 25 分钟的小测验，题目不难。第一题选自《史记·屈原列传》，第二题选自《论语》，都是要求指出句子里部分虚词的词性及说出现代汉语的意思。后两节是体育课，玩篮球，很有意思。天气很好，但玩得很疲倦。

15：30 至 16：00 在教学楼 319 教室学唱民兵歌曲。

1962 年 12 月 6 日（农历壬寅年十一月初十）　星期四　晴

上午前两节是政治经济学课，讲"财政资本和财政寡头"，这两节课上得很好，收益不小。

下午去中国人民军事博物馆参观，首先是参观第二次国内革命战争馆，用了两个多小时。后又大致地参观了第三次国内革命战争馆与兵器馆、抗日战争馆、抗美援朝馆、礼品馆、保卫和建设社会主义馆。总之，除现在不开放的民兵馆和综合馆外，其他的各馆都参观了。大部分馆我参观过多次了（第一次是高中一年级暑假，第二次是今年一月份放寒假时，第三次是今年六月份高中毕业前夕），但没有参观过礼品馆、保卫和建设社会主义馆。

晚上预习形式逻辑学。

1962 年 12 月 7 日（农历壬寅年十一月十一）　　星期五　晴

上午前两节去教学楼 408 教室听历史课，讲"秦统一中国后的一些措施及陈胜吴广起义"。后两节回宿舍自习，阅读"毛选"第一卷的文章。后又读了读英语。

下午政治学习，学习文件：11 月 20 日《人民日报》上发表的周恩来总理给亚非国家领导人的信。

1962 年 12 月 8 日（农历壬寅年十一月十二）　　星期六　晴

上午前两节是汉文课，继续讲古汉语"语序"。后两节是英语课，上次的英语练习卷子发下来了，我的成绩很差：3 分！这是进入大学后得到的第一个 3 分。大学学习很少有测验，所以分数也相对地少多了，所以有一个 3 分就很应当引起注意了。今天两节英语课继续讲课文。李荣甫老师逐字逐句地分析各个词语的作用、成分，黑板写满了擦掉，擦掉又写满，一节课要反复擦十来遍。李老师讲得"很卖力"，很辛苦。我觉得他讲课也很不错。这两节课我听得很有兴趣，效果不小。只是到现在，本学期的课本还没有发下来，学校资料室的书总不好往上面画的。

中午我看我院以前编的《政法院讯》（1957 年的）。

明天是"一二·九运动"二十七周年纪念日，今天下午我院特地请解放军总政治部的一位同志来给我们做有关的报告，据说当年他曾经参加了这场运动。

1962 年 12 月 10 日（农历壬寅年十一月十四）　　星期一　晴

由于中共党史课本周四要进行课堂讨论，所以今天前两节的党史课停上，改为上自习，准备课堂讨论的发言。后又阅读毛主席的文章《星星之火可以燎原》，又预习政治经济学。

后两节是政治经济学，讲"殖民地对帝国主义的作用"。

下午两节自习及晚自习的第二节继续阅读"毛选"及胡乔木的《中国共产党三十年》《毛泽东论中国革命》等。

从今天开始作息制度又有点儿变化：下午改为 14：00 上课（原来是 13：30

上课），15：50 下课，其他作息时间不变。

1962 年 12 月 11 日（农历壬寅年十一月十五）　　星期二　晴

　　上午前两节没有课，也懒于复习功课。后两节是形式逻辑学课，讲"类比与推理"。

　　下午是劳动课。在 6 号楼东面平整土地，不知要干什么。与同学们一起劳动，虽然累一点儿，但大家有说有笑，很有趣。据说 6 号楼是刚建成不久的新楼，一些教研室就设在楼里。另外，学校的单身青年教师也住在里面。学校的教工宿舍主要在距离学校大约三四里地的花园路（从学校去，将近走到北太平庄）。

　　劳动后去洗澡。晚饭后中共党史课老师来我们宿舍与大家聊了聊，了解党史课的课堂讨论准备情况。大学老师都比较平和，不像我以前想象的那样严肃。以前以为大学老师难以接近，他们只管讲课，讲完就走了，至于学生是否听得懂就不管了。政治经济学的贾鼎中老师就多次下班级与我们交谈，很是亲切。

　　晚自习先用了一节多课的时间阅读《关于十年内战》。本想写中共党史课的课堂讨论发言提纲，但是太困了，就睡了。

1962 年 12 月 12 日（农历壬寅年十一月十六）　　星期三　晴

　　昨天晚上睡得较早，但是被下晚自习回来的同学吵醒，后来就怎么也睡不着了。干脆坐起来，用衣服遮挡灯光，缩小光圈，披上大衣，用了一两个小时写党史课的课堂讨论发言提纲。基本上完成了，卸去了一大负担。

　　上午前两节是汉文课，写作文。题目早就布置了："军事博物馆参观记"。也无须去教室，在宿舍就完成了。

　　体育课玩篮球。课后我们与 309 宿舍打了一会儿篮球，我们败北。刚一开始，冯振堂就稀里糊涂地送给人家一个"礼"，往自己的篮里投进一球，大伤我们的元气！

　　下午上英语课，先讲了讲上次作业中的错误，又讲完了本课书的语法。

　　16：00 至 16：50 做形式逻辑学的作业。

　　党史任课教师在教学楼 311 教室答疑，我去向老师请教了几个问题。与老师聊了聊，收益不小。

19：40 至 21：20 在礼堂看电影《鬼魂西行》（另有加片）。这是国家与法的历史教研室为了配合二年级的教学而放映的。我们也去看了（不要钱）。虽然我上月 4 日看过一次了，但是这次依然有兴趣去看。

回宿舍后看《参考消息》，这是我每天必不可少的学习。

1962 年 12 月 13 日（农历壬寅年十一月十七）　星期四　晴

今天又轮到我们伙食值日了。早晨洗漱后立即去排队打饭。

前两节没有课，后又传言上政治经济学课，还是资料室的干事来传达的。我们急忙赶到教学楼 319 教室，结果也没有课上，我便在那里上了一节自习，预习了政治经济学。后一节回宿舍看列宁的文章《帝国主义是资本主义的最高阶段》。

后两节在教学楼 305 教室进行党史课的课堂讨论。这是第二次课堂讨论。讨论的题目是"为什么说'农村包围城市'是中国的唯一正确的革命道路？"这次的讨论比上次好多了，比较活跃，通过讨论（应当说是"辩论"），解决了一些问题。

下午用一节半课的时间在教学楼 319 教室进行党史课的课堂讨论总结。

16：00 至 17：30 班里开会，就生活问题进行了讨论，主要是用粮问题。班里共"吃亏"了 87 斤粮食。先由党支部书记武玉荣（她是很少讲话的）谈了一下艰苦奋斗的问题，希望大家节制自己的用粮计划。

晚上自习，先做形式逻辑学作业，后又复习政治经济学。

1962 年 12 月 14 日（农历壬寅年十一月十八）　星期五　晴

前两节在教学楼 408 教室听历史课，讲"西汉的建立与巩固"，现在我知道了讲课的是陈光中老师。由于太困了，后两节便回宿舍睡觉，但也未睡着。

13：30 至 16：40 在礼堂听党委传达关于国际形势的报告。

18：50 至 21：10 在教学楼 319 教室听司青锋主任讲"怎样做一名共产党员？"，得知我们班 25 名团员已经有 20 名递交了入党申请书，我还没有呢，因为我觉得自己离党员的标准还差得很远。

1962 年 12 月 15 日（农历壬寅年十一月十九）　星期六　晴

今天早晨的"新闻和首都报纸摘要"延长了半小时，全文广播了中国共产党代表在捷克斯洛伐克共产党第十二次代表大会上的声明，及今天的《人民日报》在头版头条位置发表的社论《全世界无产者联合起来，反对我们共同的敌人》。这篇社论是对近一个月来各兄弟党对阿尔巴尼亚劳动党的攻击与中国共产党的指责的有力驳斥，社论详细地阐明了我们党在各个国际共运事件中一贯正确的立场，批驳了修正主义观点。这是一年以来措辞最激烈的一篇文章。

全校同学都专心致志地听完了广播。为此我们感到异常地激动、兴奋，都称赞这篇文章写得好极了！

上午前两节自习复习政治经济学，后两节是英语课，先进行小测验。我没有很好地复习第四课，所以错了很多，看来得 3 分是难免了，弄不好还可能不及格。我深感我的英语是如此之差，非努力不可了。今天学习第五课课文，这篇课文很有趣。

下午两节自习，复习了形式逻辑学，又看了看今天的报纸。

1962 年 12 月 17 日（农历壬寅年十一月廿一）　星期一　晴

上午前两节是中共党史课，讲"长征的胜利结束及从 1931 年至 1935 年日本对我国的侵略，蒋介石的不抵抗政策"。

后两节是政治经济学课，讲第九章"帝国主义是无产阶级社会主义革命的前夜"中的第一节"帝国主义是寄生的、腐朽的资本主义"。

下午两节自习，复习政治经济学，摘抄《政治经济学教科书名词解释》。

晚上复习形式逻辑学。明天进行第二次测验。

晚上和我们宿舍冯振堂、王维谈起即将到来的新年，大家觉得应当好好地庆祝一下。最好新年晚上举行一次酒会（近一个多月来我们曾经不止一次地谈起这个话题，但始终是"马歇尔计划"[1]），再买一些糖或水果，把新年的菜（估计食堂要加菜）留一些在酒会上吃。在酒会上大家可以畅

---

〔1〕　寓意指不能兑现的计划，空谈而已。

谈一番，不妨对四个月来大家在一起的生活做个小结。大家也可以"互相攻击"〔1〕一下，取笑一番，一定颇为有趣！

下晚自习后大家回来，我们把这个"计划"宣布了，大家一致同意，准备每人交 3 毛至 5 毛钱，打 3 斤露酒，买 1 斤 4 两糖果。

1962 年 12 月 18 日（农历壬寅年十一月廿二）　星期二　晴

上午前两节没有课，在宿舍自习，复习形式逻辑学。

后两节是形式逻辑学课，进行测验。考题比较容易，我只用了一节课就做完了，又检查一遍就交卷了，剩下的时间用来读英语。

1962 年 12 月 19 日（农历壬寅年十一月廿三）　星期三　晴，大风，冷

上午前两节是汉文课，发作文。由于风太大了，漫天尘土飞扬。体育课就改在教室上理论课，讲了讲体育与身体健康的关系。

下午两节英语课，讲语法及句子结构等。上次测验卷子发了下来，果然不出我的预料，我的成绩很差，3 分。李荣甫老师在卷子上用红笔写了两个大大的字："注意！"，非常醒目，这是警醒我！

民兵活动也由于风大不得不分组在宿舍学习《人民日报》15 日的社论《全世界无产者联合起来，反对我们共同的敌人》。

晚上看了看《光明日报》"史学"专栏的文章《论〈左传〉二三事》等，后又看《参考消息》，之后预习政治经济学。

1962 年 12 月 20 日（农历壬寅年十一月廿四）　星期四　晴

今天又轮到我们去伙房值日，洗漱完毕我就去了，排了第一，这样才不会耽误同学们吃早饭，我们组的其他同学也来得很早，所以今天我们很快就准备好一切，等待同学们来吃饭了。

上午前两节是政治经济学，讲"帝国主义是无产阶级社会主义革命的前夜"。

---

〔1〕"互相攻击"，指同学之间互相"揭露"对方有没有"相好的"女朋友。大家都是年轻人，这个话题自然成为很敏感的话题。我们以此调剂生活，使生活更有乐趣。

大学本科阶段

后两节没有课。在宿舍自习，预习形式逻辑学"假说"。

下午看《政治经济学问题汇编》（上册）一书。开始复习政治经济学绪论部分。晚上也是如此。

晚自习还曾复习中共党史。

1962 年 12 月 21 日（农历壬寅年十一月廿五）　星期五　晴

上午前两节依旧去教学楼 408 大教室上历史课，继续讲西汉的历史，讲到"董仲舒独尊儒术"，很有意思。

晚上去教学楼 224 教室上英语课。讲后半课课文，又讲了动词不定式。本学期学完这课书就不再往下讲了。

1962 年 12 月 22 日（农历壬寅年十一月廿六）　星期六　晴

早饭后看 1961 年 1 月至 6 月的《中国青年报》（合订本），抄录《鲁迅的许多书名是什么意思?》一文，鲁迅的书确实名字很古怪，不了解他写作的背景真搞不清楚其中的含义。

9：00 至 12：00 听艾思奇作的哲学报告，他讲了两个问题：一是辩证唯物主义的认识论；二是辩证唯物主义的根本规律——矛盾规律。他结合第一个问题讲国内形势，主要是对当前的暂时困难应有正确的认识；结合第二个问题讲了当前的国际形势，主要是对现代修正主义的认识，指出我们与赫鲁晓夫分歧的明朗化、公开化更便于我们对他进行批判，有利于我们在世界人民面前揭露他! 报告很好!

由于礼堂坐不下，我和左广善、冯振堂是在教学楼 308 教室听的。

14：00 全班同学先在 309 宿舍集中，班干部宣读了国家高等教育部关于在直属高等学校中实行考核制度的具体实行条例。后分学习小组开生活会，这次生活会主要是开展批评与自我批评，尤其对班团工作。我觉得这次的生活会开得比较成功。

1962 年 12 月 24 日（农历壬寅年十一月廿八）　星期一　阴，早晨有蒙蒙细雨

前两节是中共党史课，讲毛主席的《论反对日本帝国主义的策略》一

文，重点是弄懂毛主席关于抗日民族统一战线的理论基础。后两节是政治经济学课，讲"资本主义总危机"。

下午第二节课在 309 宿舍听贾鼎中老师讲有关这次政治经济学课堂讨论的问题。之后班长胡克顺又讲了讲关于明天停课去欢迎蒙古人民共和国贵宾的事情。后三个共产党员（武玉荣、胡克顺、袁司理）又和全体团员集体谈话，给大家指出了如何争取入党的问题。

第二节晚自习看列宁的《帝国主义是资本主义的最高阶段》一书。后又看我们为纪念列宁诞生九十周年于 1960 年 4 月 22 日发表的《列宁主义万岁》一文，这次阅读它比起两年前有了更深的体会。这一方面是学习了政治经济学的结果，另一方面是学习了反对现代修正主义文章的结果。

1962 年 12 月 25 日（农历壬寅年十一月廿九）　星期二　晴

今天停课去欢迎以泽登巴尔为首的蒙古人民共和国贵宾，他们是应周恩来总理的邀请来北京签订中国与蒙古边境条约的。

1962 年 12 月 26 日（农历壬寅年十一月三十）　星期三　晴

前两节是汉文课，结束了古汉语的学习。体育课玩篮球。由于这两天睡得晚，没有精神，所以打球也很累，不过兴趣还是挺高的。

下午两节英语课，结束了本学期的正式课程，从星期六开始复习了。

课后拿着酒瓶去北太平庄打酒，买了一瓶葡萄甜酒，据说是一斤二两，0.80 元（不带瓶）。又买了一瓶橘子汁，0.85 元。还买了一袋香，0.16 元。回来和大家商量了一下，准备再买半斤白酒（烧酒）和半斤葡萄酒。此外还准备买一张大红纸，写副对联布置一下宿舍。

晚上他们都去补俄语去了，我在宿舍复习政治经济学。

他们回来了，我们举行"最高舍务会议"，就新年酒会邀请哪些"来宾"问题大大地讨论了一番。最后决定通过左广善的修正案：以我们宿舍主办，我们学习小组为范围举行。

1962 年 12 月 27 日（农历壬寅年十二月初一）　星期四　晴

前两节本来没有课，但因政治经济学讲不完了，所以加了两节课，把资本主义部分的政治经济学完全结束了。

后两节是中共党史课，讲抗日战争时期，是今天开始讲的。

下午两节自习，在宿舍写政治经济学课堂讨论发言提纲，才写了一半。

课后去图书馆还了《明清平话小说选》与《美术》杂志（1961 年 1 月至 3 月号），借了一本《武松》（上册，是杭州评话）和一本《美术》杂志（1955 年 10 月号至 1956 年 6 月号）。

18：20 至 21：10 在教学楼 219 教室听涂继武老师作关于学习政治经济学第二章至第四章的集体辅导，他讲得很好，他曾经给我们讲过政治经济学的"导言"。

1962 年 12 月 28 日（农历壬寅年十二月初二）　星期五　晴

前两节去教学楼 408 教室听政教系的历史课，讲到了"王莽改制的失败"，还进行了考查，我也参加了。

下午是形势学习时间。继续座谈《人民日报》12 月 15 日的社论《全世界无产者联合起来，反对我们共同的敌人》。之后孙成霞又讲了讲关于寒假退粮票的问题，以及我们学校下个学期将实行食堂制的问题。

又去政法供销社买了一瓶葡萄酒（1.02 元，不带瓶）。

晚上复习形式逻辑学、英语。

1962 年 12 月 29 日（农历壬寅年十二月初三）　星期六　晴，大风，冷

前两节本来没有课，但因星期二耽误了两节形式逻辑学，所以今天就补上形式逻辑学课，讲"证明与反驳"。至此，形式逻辑学课程就结束了。后面还有一讲"谬误和诡辩"就不讲了，其内容在前面都讲过了。

后两节英语课，做练习。

中午吃大米饭，每人六两，菜是猪肉炖粉条，味道不错，但是饭里有不少沙子，而且菜给得太少了，饭菜又太凉了，吃得并不太好受。

中午睡了一觉。下午团小组会议，谈了关于复习考试问题，15：20 就结束了。

晚上同学们都去看电影《神童》去了，没过多长时间他们就回来了。我

我们走在大路上

汇报了关于明天晚上酒会的筹备情况，大家都表示满意，又七嘴八舌地出了各种主意。

看 12 月 6 日的《人民日报》，上面介绍了朱波、邓惠著的《列宁论过渡时期的阶级斗争》一书。

1962 年 12 月 30 日（农历壬寅年十二月初四）　星期日　晴

今天上明天（星期一）的课，明天放假。

上午前两节是中共党史课，这是本学期的最后一次课了，讲两条抗日路线的不同。后两节是政治经济学课，进行课堂讨论。先讨论第一个题目：为什么说垄断是帝国主义最深的经济基础？同学们就垄断与自由竞争的关系、垄断能不能消灭自由竞争（不是消灭"竞争"），以及竞争与自由竞争的差别等问题发表各种看法，意见分歧很大，讨论很是激烈，可惜时间不够了。对于这些问题我从一开始就认为垄断是在自由竞争基础上产生的，它又反过来排挤自由竞争，并逐步地消灭自由竞争。它不可能消灭竞争。自由竞争与竞争的最大差别就是前者的资本家的资本自由地转化于各个部门或企业中；而后者则没有这种性质。发展到了垄断阶段，资本不可能自由地转化了，所以说垄断消灭了自由竞争。

午饭有两个菜：羊肉炖粉条和炸干鱼。我们七个人都把炸干鱼留下了，以备晚上进餐用。

13：45 至 14：15，我们政法系一年级办公室在礼堂召开全年级学生大会，司青锋主任讲了讲有关复习考试问题。

15：30 至 17：30 我们班在教学楼 215 教室开迎新年文艺会，由同学们自己表演了一些节目，又做了一些小游戏，还有猜谜语，等等，也很有趣。

王维利用中午时间把窗子扫了扫，下午大家又扫了扫地，弄了一下宿舍卫生。我和宋新昌随孙成霞去她们宿舍借来了一张桌子，这样我们就有四张桌子了。晚上她们（武玉荣、杨岷、孙成霞）来参加酒会时又带来了四张凳子。此外王维又去 309 宿舍借来两张板凳，于是我们就有了十张凳子，正好每人一张。丁葆光因为要回良乡，所以不能参加我们小组的酒会了。她也感到很遗憾，我们也很惋惜。

晚饭后大家就动手布置会场。冯振堂用红墨水和绿墨水分别把两个灯泡染成彩色的了。很有趣！我们把四张桌子横着接起来，成为一张长条桌，把冯振堂的白被单当作桌布铺上，显得格外整洁。

我以"司宴官"的身份负责布置菜桌。将女同学带来的点心、甜味火烧（从外面买来的，每个1两，7分钱）堆满用杨岷带来的椭圆形菜盘子放置在桌子的中心，将蚕豆和黄豆各装满两个菜碗分别放在四边。又用四个碟子盛满中午食堂炸的干鱼间隔地放置在四个菜碗之间。其他则每人一个小盘子、一个勺、一个酒盅（不慎打破一个，我就用玻璃杯代替）。只是筷子只有七双半，其实也没怎么用它。此外还有一个酒壶（就是我平时用的小茶壶），一个大茶壶（杨岷带来的），加上两个酒瓶，还把糖果洒在桌子各处，以填塞空白之处。整个餐桌食品显得丰富又不凌乱。

桌子布置好后，就请大家入席。大家互相推让多时，谁也不肯居"上座"（其实无所谓座位的上下）。最后大家一致请大哥左广善坐在"上座"（面对宿舍门口），冯振堂、杨福田分坐老大的左右。以老大的位置看，长条桌的左边依次是宋新昌、王维和王普敬；长条桌的右边依次是杨岷、孙成霞、武玉荣，我坐在大哥左广善的对面，紧邻门口的位置。

也是我们有福，正当我们需要一个地方放置未摆上桌的碗筷酒瓶之类的杂物时，学校给每个宿舍下发了一个新书架，是下午领来的，正好派上用场。

吃晚饭时我们从食堂收集来十个大小相同的蓝边菜碗，又拿了不少调羹，也用上了。

一切安排就绪。"开席！"，我大声宣布。首先请左广善致辞。他先祝贺大家在即将过去的1962年通过高考进入北京政法学院学习，并且用简练的几句话总结了四个月来我们在一起相处的生活，还希望我们在即将来到的1963年取得更大的成绩。最后。他赋诗一首称赞今天的酒会：

京华学府庆新春，歌舞诗话尽倾心。

兄弟姐妹亲无间，今逢佳节不思亲！

我是"司宴官"，给每个人斟满了一杯酒，并提议大家举杯共同庆祝新年，祝大家身体健康，学习进步！

其后大家边吃边聊。刚开始大家不知从何说起，一时有些拘束。武玉荣、杨岷本来很爱说笑，但这时也不大说话了。冯振堂、王普敬也沉默不语，杨福田的话也少了。似乎要变成僵局。只有孙成霞比较活跃。她提议大家各自介绍自己的家庭，谈谈家里都有些什么人，可以互相进一步了解。她带头谈了她的家庭情况。我才知道她年纪比较大，本来比我们高一个年级，因为生病耽误了，今年才考入北京政法学院。在她的提议下大家纷纷谈起家庭的情况，逐渐话就多了。武玉荣是河南邓县人。杨岷的家庭情况，她较早就告诉我了，她的父亲也在铁道部工作，也是高级知识分子。她和孙成霞的原籍都是山东，也都是北京女六中毕业的。杨岷比我小半岁，在同班同学中，这种情况是很少的。我们宿舍的左广善家是河南省的，杨福田家是辽宁省的，其他如冯振堂、宋新昌、王维、王普敬家都是河北省的。

这样边吃边谈到 21：30，吃得也差不多了。孙成霞起身先告辞走了，可能去跳舞了（学校有舞会）。临走时让她带了一些点心和糖果给丁葆光（她与丁葆光同一个宿舍）。我们又把空了的盘子、碗、碟子、调羹、酒瓶子等全收起来了。又点燃了十根蜡烛，关了电灯，别有一番情趣！冯振堂与王维下起了跳棋，宋新昌、王普敬玩起了扑克牌，杨福田与武玉荣谈天，左广善、杨岷和我聊起文学。这样又漫谈了很久，天南地北地聊，不知不觉地到凌晨 1：00 了，武玉荣、杨岷才告辞回去了。

筹备了半月之久的新年酒会结束了，办得还不错，准备的各种东西都吃完了。

我又看了看评书《武松》才睡。睡觉时可能快 31 日 3：00 了。

这是我进入大学后过的第一个新年，过得很好！比起中学时过的新年果然有趣多了，尤其是我们宿舍过得很好。团结能给人以很大的欣慰和力量！

中午收到了收发室的一张通知我取平件的条子，等班里开完文娱会去取时，收发室已经下班了。不知是何人寄来的何物？

1962 年 12 月 31 日（农历壬寅年十二月初五）　　星期一　晴

早晨起床时天已经大亮了，去吃饭时已经 7：40 了。今天我没有订饭，临时"加"了一碗玉米面粥，吃了一个昨天剩下的馒头。

回宿舍整理了一下东西。又和左广善、杨福田、王维把桌子、凳子、热水瓶送到女生宿舍，才知道她们宿舍昨天晚上也格外热闹，直到今天凌晨 4：00 才结束。我们宿舍在全班来说还是起得早的呢！

后去收发室取到一本书，原来是周芳琴寄给我的新年贺礼。她现在很忙，新年也不得回家。

10：15，整装返回家里，把盆盆罐罐塞得满满的。绕行西直门，去找张永祥，他还没有起床。约他下午来我家，他也答应了。

回到家 11：30 了。见到街上悬挂起锡兰[1]的国旗，原来是为了欢迎班达拉奈克夫人。

午饭后买了一张《人民日报》，上有重要的社论《陶里亚蒂同志同我们的分歧》，还有我国外交部致印度驻华大使馆的备忘录。

晚上读《人民日报》社论，写昨天和今天的日记，虽然很费时间，但是也很有趣。

今天是"二九"了，从前天起，天气变得更冷了。

1963 年

1963 年 1 月 1 日（农历壬寅年十二月初六）　星期二　元旦　晴

新的一年开始了，1963 年来到了。《人民日报》发表社论，题目是"巩固伟大成绩，争取新的胜利"。

下午复习政治经济学，写发言提纲。

17：40 骑车离家返回学校。从家里带来几本书：《论无产阶级专政的历史经验》《再论无产阶级专政的历史经验》《怎样做一个共产党员》《各国共产党和工人党批判有关现代修正主义文选》第一、二辑。

晚上做形式逻辑学与汉文课作业。

1963 年 1 月 2 日（农历壬寅年十二月初七）　星期三　晴

今年头两节就是汉文课，总结本学期讲的古汉语内容。第三、四节是体育课，做冰上运动——滑冰。在学生宿舍之间的空地上，体育教研室用水泼成一个冰场。这种冰场也有它的好处，至少不会出现滑冰的人掉入冰窟窿的问题。但是我穿 41 码的冰鞋太小了，穿着它脚很不舒服，而 42 码的冰鞋又

〔1〕　即斯里兰卡民主社会主义共和国，1948 年独立时定国名为锡兰。

没有几双。滑了一个钟头，摔了不少跟头，也没有什么长进！

下午两节是英语课，复习第一、二课及语法"现在完成时态"。

18：30至21：10在教学楼219教室听政治经济学集体辅导，讲第五章至第七章部分。

回来后继续读去年12月31日《人民日报》发表的社论《陶里亚蒂同志同我们的分歧》，又看了《列宁主义万岁》。

1963年1月3日（农历壬寅年十二月初八）　星期四　晴

今天轮到我们做伙食值日，今天又是农历"腊八"，改善伙食，早饭给每人一碗江米豆粥，二两油饼。

前两节是政治经济学课，继续在教学楼219教室进行课堂讨论。今天讨论第二题"为什么说帝国主义是无产阶级社会主义革命的前夜？"大家的意见基本相同，没有展开什么辩论，后两节及下午时间用来看《列宁主义万岁》一文。

晚上又看31日的《人民日报》上刊登的陶里亚蒂同志在意大利共产党第十次代表大会的发言的摘录，还刊登了意大利共产党总书记的讲话，这些都是反面教材，也应当看看。据去年12月30日司主任的报告说今年考试只出一两道大题，要求结合当前国际形势，用学的理论来分析当前的实际问题。所以对于有关对现代修正主义批判的文章必须多看看。

1963年1月4日（农历壬寅年十二月初九）　星期五　晴

前两节去教学楼408教室听历史课，讲"西汉末年绿林赤眉起义和东汉政权的建立"。

后两节回宿舍复习英语，参阅《简易英语语法》与《英语惯用词用法词典》等书。

下午是"形势与任务学习"时间，阅读《陶里亚蒂同志同我们的分歧》。因为杨岷病了，为了她也能参加学习，我们只能去她们宿舍学习，她们宿舍是2号楼301房间，是2号楼三层的最东头，窗子朝南。北面就是孙成霞她们与2班同学合住的315宿舍。她们的2号楼比我们的4号楼要好一些。学校原本只有三栋学生宿舍楼，4号楼是后来加盖的，质量差一些。两小时的时间，也就把这篇文章读一遍而已。

16：30 又去图书馆的
期刊阅览室看了看《学术
期刊》杂志去年 12 月号，
上面有一篇批判《荡寇志》
的文章。又找到了去年 12
月号《大众电影》杂志，
上面刊登了电影《停战以
后》的画页，其中有我们
去年 10 月 25 日下午在南长
街当群众演员拍摄游行示

▲ 《大众电影》 杂志中《停战之后》 剧照

威的镜头。樊五申、王普敬、佟秀芝和我走在队伍的前面，但不是很清楚，
不过从每个人的轮廓中一看就知道是谁了。尤其是我手里举着画着漫画的牌
子，我的眼镜还有些反光，熟人一看就认出是我了，很有趣！

晚自习第一节继续复习英语。第二节去 6 号楼 453 房间找英语老师李荣
甫，把复习中积累下来的问题向老师请教，疑问都解决了。据李老师说我的英
语还可以，但是"有时太粗心"了。我说我喜欢语法，但不爱记单词。李老师
说学英语，首先要下苦功夫记单词，掌握必要数量的单词是学好外语的基础。

1963 年 1 月 5 日（农历壬寅年十二月初十）　星期六　晴

今天是本学期第十八周的最后一天了，也是正式上课的最后一天了。

上午前两节是汉文课，发作文，并总结本学期的作文情况。后两节是英
语课，复习第三课，又讲了"过去完成时"。最后李荣甫老师让大家写出对
于老师本学期讲课的意见和建议等，说老师将根据大家的意见和建议改进下
学期的教学工作。

下午团组织活动时间，由于到期末了，就改为上自习。我复习今天讲的
英语。

1963 年 1 月 7 日（农历壬寅年十二月十二）　星期一　晴

今天开始停课复习了。

我们走在大路上

早饭后就回宿舍开始复习政治经济学，复习方法是先看书，到理解为止，再看看笔记，用来补充书上的知识。我打算用今天和明天两天时间基本上把这门课从头到尾系统地复习一遍。后天就可以针对重要的章节再强化一下。星期四就可以阅读各种有关的参考书或学习文件，尤其是帝国主义的部分。先看"导言"，费了两节课时间。又依照前后次序逐章逐节地复习课本。但是实践起来才知道问题不像我想得这样简单，进度也很慢。到中午才复习到奴隶社会的生产关系，而原计划是要复习完第二章"商品和货币"。

下午继续复习，加上两节晚自习才把第二章复习完。进度太慢了。

上午课间操时间去学校事务科办理缴纳今年的自行车税的手续。税本身2.20元，完税标志工本费0.10元，共2.30元。后又去管理科要求在复习期间宿舍也要供应暖气，得到管理科负责人的同意，到了中午果然来了暖气。我又要求在我们4号楼各个宿舍安装电插座，因为1号、2号、3号楼的宿舍里都有，但是管理科负责人没有答应。

下午两节课后去参考阅览室看了会儿书。看到"历史·革命史"一栏的书架上有许多我需要的好书，如《中外历史年表》《历代刑法志》《世界通史》（周一良主编）等。我翻阅了很久，直到17：15才放下这些书回去复习功课，因为17：30阅览室就要下班了。

晚饭后，教我们形式逻辑学的黄厚仁老师来到我们宿舍，发下作业，并和我们聊了聊，解答了一些问题。

由于复习的进度太慢了，我不得不利用晚上夜深人静的时候再"开"一下夜车。因此睡得较晚，我通常是晚上精神很好。左广善也是如此，我们正好在一起看书，共用一盏灯，也不会影响别人。通过晚上的努力，复习到了第四章第一节"简单再生产和扩大再生产"。

听黄厚仁老师说下学期我们不上形式逻辑学了，但是增加了"国家与法的历史"课，这是专业基础课。我准备在寒假里把世界古代史和中世纪世界史复习一下，一定要把这门课学好。我有这样的打算：从下学期起有系统地收集资料，准备毕业时写关于国家与法的历史方面的毕业论文。

1963 年 1 月 8 日（农历壬寅年十二月十三）　星期二　晴

继续复习政治经济学。今天到晚自习后，复习到了帝国主义部分：第八章第二节"财政资本和财政寡头"。一复习到帝国主义部分就比较容易了，因为刚讲完不久，再说这部分也比较好理解。

晚自习看《阅读和欣赏》一书，很晚才睡。

1963 年 1 月 9 日（农历壬寅年十二月十四）　星期三　晴，大风

上午继续复习政治经济学，把帝国主义部分复习完，也就是把资本主义部分的政治经济学全部课本系统地复习了一遍。

下午和晚上看《政治经济学教科书问题解答》（王耐群编著）一书。

下午第二节课后至晚饭前在参考阅览室继续阅读。

晚自习后继续看《阅读和欣赏》一书。

1963 年 1 月 10 日（农历壬寅年十二月十五）　星期四　晴

又轮到我们做伙食值日了，照例还是很早去打饭。

上午看《列宁论帝国主义是无产阶级社会主义革命的前夜》，一直看到第四节课才看完，获益不浅。后又继续阅读去年 12 月 31 日《人民日报》发表的社论《陶里亚蒂同志同我们的分歧》。下午两节课继续看，该篇社论，大致地总结和归纳了一下文章的主要论点和内容。

下午第二节课后去参考阅览室看了会儿书。

晚自习时间随便看了看书，又去教学楼 305 教室找老师问了几个问题。

1963 年 1 月 11 日（农历壬寅年十二月十六）　星期五　晴

今天开始了大学阶段的第一次考试。

8：00 至 11：00 在教学楼 319 教室考政治经济学，一共出了两道题：

（1）试从资本主义生产过程的特点来说明资本的本质。

（2）试说明产生资本输出原因及其后果。

刚开始每人发了 3 张纸（白纸，大约与 25 开纸大小相同），但是我答完第一题就已经写满 4 张纸了，时间也到第二节课了。第二题又答了 8 张纸，不过字越写越乱，也越来越大。时间上倒是差不多，距离考试结束时间还差10 分钟答完了，检查一遍就交卷了，共答了 12 张纸。

考完了距离吃饭还有点儿时间，就又去参考阅览室看书。

下午开始复习形式逻辑学。第二节课后至晚饭前又去参考阅览室继续复习形式逻辑学。

晚上在宿舍自习，依然复习形式逻辑学。但今天收效不大，才复习到第五讲"思维规律"。我对形式逻辑学前半部分（概念、判断、思维规律等）不感兴趣，感到太枯燥了。

1963 年 1 月 12 日（农历壬寅年十二月十七）　星期六　晴

其余时间及下午两节自习都复习形式逻辑学，效率不高；但逻辑不是很难的。

本来我今天不打算回家的，但是不成，因为书太多。下星期就放寒假了，还要搬被褥，肯定说一次是搬不回去的。所以今天又满满地装满一书包书带回去。

晚上整理一下《北京晚报》及书架上的书籍，整理一下是必要的。

1963 年 1 月 14 日（农历壬寅年十二月十九）　星期一　晴

本学期最后的一周开始了。

上午前两节复习英语，复习第一课、第二课"The Seasons"和"Peking University"。后两节复习形式逻辑学。后又读今天《光明日报》第二版上刊登的沈起炜的文章《千秋同赞正气歌》。今年是文天祥遇难 680 周年，他是公元 1283 年 1 月 9 日遇难的。

下午第一节继续复习形式逻辑学，并去教学楼 216 房间向老师请教了一些问题。第二节又回宿舍继续复习形式逻辑学。

晚上第一节与杨福田、王维互相答问一个逻辑的问题，大家用聊天的方式复习了形式逻辑学。第二节复习一下英语。

早晨吃饭时与胡克顺聊到了政治经济学的考试问题。他说他曾经找过贾鼎中老师，贾老师说有的同学答得太长，扯得太远。克顺说到我答得很长，但贾老师说我扯得不太远。

1963 年 1 月 15 日（农历壬寅年十二月二十）　星期二　晴

天未亮就起来了，洗漱后去校园内散步。虽然在宿舍里很暖和，但外面还是很冷的。深冬的早晨寒气袭人。我到操场和小滇池旁边以及饭厅前后转了转。回来后拿起形式逻辑学书和英语书去教室自习，这时才 6：00 多一点儿。在教学楼 419 教室看了看形式逻辑学，背了背各种定义、规则。直到 7：00 才下楼去餐厅吃饭，然后又回宿舍休息会儿，只带了一支钢笔去参加考试。形式逻辑学考试从 8：00 开始，到 11：00 结束。试卷是用铅字印刷的，很清楚，答起来也很顺利。虽然第一题和第四题我没有复习到（第一题是"如何确定一个概念的意义"，等等；第四题是"用三段论规则证明三段论第一格的两个规则：大前提是全称的，小前提是肯定的"），但略加思索和推测也就答出来了。总体来说题目不难，我答完卷子出来时不到 9：00。

考完后回宿舍写了写日记。又与左广善、冯振堂在小滇池旁边聊了聊，后来武玉荣和杨福田也来了，我们又回到宿舍聊了起来。

下午在宿舍复习英语第三课"Ours Is Free Country"。

1963 年 1 月 16 日（农历壬寅年十二月廿一）　　星期三　　晴

继续复习英语。我坚持以课文为主的原则，先记单词，然后读课文带翻译，再笔抄一遍。到晚自习时把所有的课文都复习了一遍。

晚上着手复习词组及典型句子。

1963 年 1 月 17 日（农历壬寅年十二月廿二）　　星期四　　晴

上午继续读英语。

中午看《参考消息》，上面报道了有关德国统一社会党第六次代表大会开会的消息。

下午做英语练习。第二节去 6 号楼找英语李老师问了问这几天积下的 31 个问题。

晚上复习书上的语法。

左广善不准备回去过年，武玉荣也不回去，还有 310 宿舍的李树岩也在北京过年。我和杨岷商量，打算请他们到我家包饺子，欢度一次！初步定在正月初二或初三那天。

1963 年 1 月 18 日（农历壬寅年十二月廿三）　　星期五　　晴

今天是本学期的最后一天了。

8：00开始考英语（他们考俄语），依然是考三个小时，到11：00。我们在教学楼224教室考试。题目倒是不难。第一大题是单词和词组的互译（英译汉及汉译英），共30个，我绝大部分都答出来了。第二大题是考查运用动词不定式及其语法作用，共10个小题，也不太难。第三大题是英译汉，共5个小题。第四大题是汉译英，也是5个小题。总之都不太难，到9：10我就交卷了。

1963年1月19日（农历壬寅年十二月廿四）　星期六　晴

我们从今天起，开始放寒假了，有的年级今天还要考试。

昨天得知我的政治经济学期末考试成绩为优秀，这自然使我非常高兴，考试时大书十二页总算没白费劲儿。全班共有10个优秀，有胡克顺、袁司理、王小平、李平煜、左广善、冯振堂等。我觉得这学期我下功夫最大的、最感兴趣的也是政治经济学！它是我们的主要科目，在这学期期末考试的三门科目中也是我复习得最好、最踏实的。后两门科目就没有那么重视，可以肯定成绩不如政治经济学，虽然这两门科目考试时交卷都很早。

1963年1月20日（农历壬寅年十二月廿五）　星期日　晴，大风，冷

得知我的形式逻辑学成绩也是优秀，这使我很高兴。说实话，我对于形式逻辑学的学习远远没有像对待政治经济学那样认真。这学期因为上历史课而耽误了不少形式逻辑学课，考试前也没有很好地复习，答完题时也没有很仔细地检查，就草草地交卷了，是全班第一个交卷的。但是形式逻辑学不同于政治经济学，它是一门类似于数学的课程，需要灵活的思维能力。又得知我的英语成绩是良好，我学习的薄弱环节正在于英语，我的英语成绩总也上不去，从高中起学了几年了，总是4分的成绩。和我一起学习英语的2人中，石宗崑成绩优秀，孙成霞成绩和我一样，也是良好。

1963年1月25日（农历癸卯年正月初一）　星期五　晴　春节

今天是农历癸卯年正月初一，春节，是升入大学后的第一个春节！

11：00出门，骑车去学校，到校12：00了。左广善、武玉荣、李树岩都

外出玩去了。我刚进宿舍，司青锋主任就来看望我们，问候大家"春节好"！

1963 年 1 月 27 日（农历癸卯年正月初三）　　星期日　晴

今天是正月初三。我们高中同学聚会。

7：40，孙锦先就来找我了，他是昨天上午收到我的明信片的，下午就从门头沟骑车进城来，昨天晚上在政法干校睡了一晚。我是联络员，不能去晚了。我们就一起去找刘忠正先生，到刘先生家八点差五分。不知是谁告诉刘忠正老师我们 14：00 聚会，据刘忠正老师说是边国森告诉他的（但边国森来了以后却否认是他说的），所以刘忠正老师上午已经安排了别的事情。我们正打算回去，下午再来，这时沈念安又来了，后张荣仁也来了（这时正好 8：00）。刘忠正老师就把屋子让给我们，他出去了。后来又陆续来了十位同学：王福洋、虞献正、张维群、李忠杰、吴孝平、边国森、张志东、张福民、黄子衡、于加生，但是他们都没有见到刘忠正老师。刘忠正老师的小屋快容纳不下这么多人了。我说："再来人只好往屋顶上挂了。"每来一个人大家总争着上前和来的人握手、道好。由于刘忠正老师没在，大家便推举我做东道主招待大家，因为，第一，我是这次聚会活动的联络员；第二，今天我来得最早（与孙锦先一起），见到刘忠正老师时间最长；第三，两次向邻居要开水都没有落空（于加生、孙锦先各去要了一次，皆未成功）。我也不客气了，把兜里的十几块糖也翻出来，沈念安、孙锦先也从兜里掏出来几块，倒也有趣！

我们什么都聊，从学习到生活，从中学到大学，从上课到考试，从今天到会者到今天未来者。大家谈得比较多的同学是：韩忠心、汤叔禹、张永祥、万良国、刘天赋、贾金顺、于文澄、林庄，等等。

我要求大家把通讯地址留下来，并说："主要是要留下你

▲ 高中毕业照

第二排左起第二人是班主任刘忠正，第三人是校长陶希濂，右起第一人是第一任班主任岳鸿全

我们走在大路上

们的笔迹，我们到四五年级时，要学笔迹鉴定课，那时会用得着的。"虞献正立刻表示："到那时请你教我，每周三小时。"我问张志东，为什么回来这么久了也不给我来个电话？张志东大叫冤枉，辩解说："我给你打了好多次电话，不是不通，就是没人接，即便有人接了，又不负责给传呼。"张荣仁、张福民也说给我打电话很难。

我们还到温寒江副校长家给他拜年。他就住在刘忠正老师家的后面，我第二次去要水时正好去的他家。

11：00，我们离开刘忠正老师家，到八中看看，这时黄子衡、吴孝平、孙锦先、张荣仁就与我们分别了。临别时大家说今年"五一"再聚会，并还推举我来组织。王福洋说我"很有组织天才"！我说"五一"组织可能时间上仓促了些，像这样大规模的聚会，特别像张志东、王福洋、黄子衡他们三个远方的来客参加，非到暑假不可。我又向大家提出两点要求：一是，对于我交给的通知某人的任务，一定要尽力完成，否则就会打乱我的统一计划，会造成有的人接不到通知；二是，如果确定了聚会时间，并且发出了通知，不论是谁都不得随便更改，如果要更改也必须重新通知到每一个人。在谈到《通讯录》时，有人反映《通讯录》印制早了点儿，建议再重新印一本。我说等今年高考结束，可能还会有人考上大学，到时候再修订吧。现在就收集通讯地址。大家也同意了。

我们到八中见到学校各处粉刷一新。从气氛上看，似乎八中对这届高三学生抓得比我们还紧。各个教研室门都锁着，老师都没在。在党支部遇见了李阿玲老师，与她聊了约半个小时。我们又去学校后面（如西小院、后门口）看了看。12：00，我们离开八中。到按院胡同口时，张志东、李忠杰、虞献正、王福洋、边国森又穿过小胡同往西单方向去了。我和于加生、张福民沿马路溜达到麟阁路把他们送上 2 路无轨电车，挥手作别。回到家12：20。

今天黄子衡气色不佳，原来他病了，今天是抱病参加聚会。他谈到苗德霖和他同一宿舍，这使我感到非常意外，苗德霖是我的小学同学，多年没有联系了，我也非常高兴。他说苗德霖也回北京了，并说如果我去看望苗德霖，就先去他家带上他，因为他还不知道苗德霖家在哪里。

沈念安说那天他在车上遇见了王小平，王小平对他说起我"样子像个小

大学本科阶段

老头似的，说起话来又像个小孩子似的"。他是在话剧团演话剧时结识王小平的。走到八中的西小院，沈念安又对我说他认得师大的历史系主任白寿彝教授。并在白老面前提到我，白教授问他："他（指我）现在在哪里？"沈念安说："在政法学院。"白老又说："政法学院不是也学历史吗？"沈念安说："那毕竟不是历史系，不是专门研究历史的。"

走到麟阁路时，见到杨岷与她的同学在我们前面约30米处向西单走去。

18：30黄升基突然出人意料地来找我了。我等了他很久，苦于没他的音讯。他说他这几天挺忙，班里的事情挺多的。春节在他姨家住的，被他表哥、表姐及班里的一些同学作为"攻击"的对象，不过他也无所谓，他倒是挺大方的，说他们愿意"攻击"就"攻击"吧。

我们又谈到争取入党的问题，他说他不敢想这个问题，而且不相信在工大能解决这个问题。他说："我想做一个有真才实学的民主人士，我最反对那些徒有虚名而无实际学问的只会夸夸其谈的'理论家'。"我也有同感。

我们又商定30日下午去找周芳琴，并立即写了一张明信片通知她。还决定后天上午去找杨毓英老师，他30日以后就有可能住院了。我们聊起来没完，我欲留他在我家住宿，他说他不回去的话，他六姨会十分不放心的，并答应以后会在我家住宿的。

1963年1月28日（农历癸卯年正月初四）　星期一　阴，有小雪

7：00就起来了，把另外一个炉子也生着了。又去西边的副食店买了猪肉。我就盼着杨岷、左广善、武玉荣、李树岩他们来（田广见早就说他初四打算回家，不能来我家），几乎每过去一辆19路公共汽车，我就要朝南面窗子向外张望，看看他们是否来了。我请他们8：00到我家，但一直等到9：00多才见他们从47栋楼小门走出来，杨岷走在前面带路。

进屋后先请他们休息一下，然后动手，把案板及一切用品放在床铺板上，在上面动手干起来了。

一切工作由杨岷负责，她很"独裁"，对于别人的手艺她总是很不放心的。我只能给她打下手。武玉荣知道出力也不讨好，干脆去隔壁屋里听收音机去了。李树岩在一旁看报纸。老大动手帮助和馅儿。我们一边干活儿一边聊天，听他们谈谈来北京几个月来的体会，他们到北京玩的地方不多，平时

学习紧张，也没时间玩。这次放寒假才出去玩一玩，倒也有趣！

猪肉是杨岷负责买来的，并已经剁好了，白菜大有富裕，只用了一点儿白菜心儿。加上酱油、香油、味精、盐，很好！和好了大约五斤馅儿，包了大约四百个饺子。

由于下雪，不到12：00母亲就回来了。母亲又做了几个菜，并和我们一起把饺子包完。我们四个人在北边的中间房间里把方桌抬到屋子中间，开饭。杨岷说："火也很有关系，必须用大火煮才好。"李树岩接着说："是啊，（成绩）全在火上呢！"这就等于把杨岷的功劳全否定了，惹得大家直乐。

我们吃得很痛快，把包好的四百个饺子全吃完了。

吃完饭，父亲出去拜年去了，母亲在南面的屋子里睡觉，母亲确实太累了。杨岷把昨天我已经和好的面做成饼了，面都发起来了，她就做发面饼。杨岷听说是我和的面，说面和得还不错。

母亲又给我们炒了几个菜，做了一大锅猪肉白菜汤，我们就用来就大饼吃。我又拿出葡萄酒来，给每人斟了一杯酒，便喝起来。晚上饼子没有吃多少，汤倒是喝了很多。吃饭时我提议我们五个人照一张合影，并去哪个地方玩一次。李树岩赞成，老大也没意见，但是杨岷不同意。她的理由有三点：（1）花钱太多，浪费；（2）这学期咱们已经照过了（指班上组织照的那次）；（3）影响不好。老大同意她说的前两点理由，不同意第三点。武玉荣、李树岩无所谓。意见不能统一，就算了。

武玉荣说她晚上有事儿，18：00就先走了。

吃完饭后又泡上浓茶。杨岷的胃又痛起来了。她说她有胃病，吃多一点儿就会痛。不过休息了一会儿就好了。送他们去西便门乘19路公共汽车回去。

1963年2月3日（农历癸卯年正月初十）　星期日　晴

中午，贾金顺来找我。一见面，他就说："我可找到你了，要和你商量我的终身大事，厂方已经同意了。"我以为是什么"终身大事"呢，原来是他决计辞退工作，参加今年的高考。他打算弃理从文，特来与我商量，我当然要热情接待了。

说实话，按他的底子，现在决定参加高考是比较困难的。但他既然有此决心，我无论如何也不能给他泼冷水啊。他问我的意见如何，我说："只要你思想上没有问题，专心致志，并且有坚定的毅力，再加上正确的学习方法，考上一所学校是有希望的。"我又应他的要求对高考文科各科做了一个分析，希望他能在六月底以前把历史中的最主要部分中国近现代史和比较主要的部分世界近现代史复习完，要求详细、扎实、牢固。这些"吃"掉了，别的就好说了。此外，起码每两周写一次作文（因为他作文的水平较低），请老师帮助改一下。还要经常抓紧读一些古文。英语每天读半个小时就行，应当抓最基本的知识。至于政治，我也没底儿，还是到母校请教。我最后说："这些都是我的主观意见，不一定正确，仅供参考。"并且希望他要多与母校老师联系，多多向母校老师请教，能进函授学校更好。他说他语文知识方面请高寿荣老师（我们高二时期的语文老师）帮助。

我还把我的中国现代史笔记和世界近现代史笔记以及去年高考时发的历史课复习提纲、高一时的历史复习提纲等东西都一股脑儿给了他，临别时预祝道："祝你成功！"

我还把我的通讯地址、电话号码告诉了他。希望他经常来找我，我会尽全力地给他以帮助。他更希望如此。早在去年高考之前他就说过："我如果考不上就准备自学，改学文科，到时请你多帮助我！"我答应道："说不上帮助，我会尽力而为的。"

1963 年 2 月 4 日（农历癸卯年正月十一）　星期一　晴

今天天气很好，正宜出门！

9：40 从家里出来，去看望杨毓英老师。杨老师是我初三时的语文老师，杨老师对我的帮助很大，她很喜欢我，我有什么话也愿意和她讲。我喜欢古文，所以无论初中或高中，我与语文老师关系都很好。到杨老师家约 10：00 了。杨老师正在家。我好久没有见到她了，上次见到她还是去年 8 月 5 日。今天是 2 月 4 日，二八月，正好半年了！

我与杨老师聊了一个多钟头。主要内容不外乎是学习。我把我的理想和志愿完完全全告诉了她，并请教她如何去干。杨老师首先表示奇怪："你怎么还有这么多课余时间？"据杨老师说许多同学都反映进入大学后时间非常紧张，功课很重。后来又认为我的理想太高了，愿意搞理论工作是好的，但是也要有做其他工作（而且可能性还是相当大的）的思想准备。她说："人生的道路不完全像你们想象的那样简单、容易，以后分配到哪儿去工作都有可能，应当不论做什么工作都能踏踏实实地干出点儿成绩来。"她又说上届北大历史系的毕业生很多人没处分配，只能到各中学去教书。又说她弟弟的一个同学是前几年北京政法学院毕业的，现在却搞会计工作。她又说："现在咱们国家还不能完全做到人尽其用，不少大学生毕业后改行了。"我理解杨老师的这些话无非是劝我不要把问题看得太简单、太容易了，不要把自己看得太高了，不要认准了某一个狭小的目标就不放手了，要经得起挫折。这次高考，我没能进入历史系，对我来说确实是一个不小的挫折。杨老师说以后遇到像这样的，甚至比这还严重的钉子多着呢。不过对于这次的挫折，杨老师说我总算是较快地醒悟过来了，对这学期的学习影响不大。

谈到如何实干的问题，我说我不愿意轻松地放过大学的这五年（但实际上已经过去了半年了），我想订一个规划，好好地钻研一下，用知识充实自己。我说："我不满足课内所学的知识。考研究生就必须要学得比别的同学更好些才行。我想干点儿什么，但又不知从何处动手。"杨老师劝我不要贪多、贪大，应当首先把基础课学好。等以后接触到专业课，就自然懂得怎样钻研了。我说我想干，但不知怎样干，不干自己又不甘心。杨老师说那就不妨搞些基本的，学古文、外文。我很同意在这两方面狠狠地下一把功夫。杨老师说多学点儿东西总是好的，将来总会有用的。尽量博览群书，不一定要多么深，也不一定非专业知识不可。

后来又谈到工作、生活、思想等问题。杨老师说最好争取在班上担任工作（这与我原来的思想正好相反），锻炼锻炼自己。争取在五年内把入党的问题解决了（当然这对于我来说是非常艰巨的），做到又红又专，这才是国家所真正需要的人才。

我们又谈到黄升基，我告诉杨老师黄升基住院了，杨老师托我告诉黄升基，希望他安心休养，不得到医生允许自己不要提出出院的要求。后来，又谈到衣立，杨老师说衣立的变化很大，思想也开朗多了，也很要求进步，自己的干劲儿也很足，只是在学习上有时学得不够灵活。谈到刘仁毕，我说他现在休学了，在养病。杨老师说他现在想开了，集中精力养病，很好，并说他生病的原因是高考之前太苦钻了，高考之后精神上又负担很重，总怕考不好，考不上大学。杨老师说刘仁华与我和黄升基相反，我与黄升基是在高考前都太轻松了，总以为自己十拿九稳似的。

刚一见到杨老师时，杨老师说我胖了，身体比以前更壮了，看得出思想是开朗的，精神是愉快的。

与杨老师一席谈话使我获益匪浅，她每次和我谈话总是有话直说，我遇到问题也总愿意听听她的意见。

1963 年 2 月 5 日（农历癸卯年正月十二）　　星期二　晴

上午整理中共党史课的笔记。

14：00 去同仁医院看望黄升基，到那里 14：40。见到他后我才知道今天来看他的人很多，幸而我来得较早，领到一块探视牌，一共只有两块，也就是说同一时间只能进去两个人探视病人。他住在外科的 319 病房第 3 号病床。与我同时进去探视他的还有他的一个表兄弟。由于要探视的人多（外面已经有很多人等候），未及细谈。后又有一位医生给他治疗，耽误了不少时间。令人意外的是王小平与另外的一个男同学也来探视他了（他们用的是探视另一个病人的牌子进来的）。我很奇怪王小平怎么认识黄升基？原来王小平的表弟是黄升基的四中同学（就是与王小平一起来的那个男同学）。升基的病是腰脊椎盘突出，看样子要住一个月的院。我简单地把昨天见到杨毓英老师的情况告诉了他，转达杨老师的问候，叮嘱他不要急着出院。由于要给别人留些探视的时间，只好说咱们以后再谈吧。走时我把给他买的梨给他了。15：55我从医院出来。

回到家 16：25 了。去找缪德勋聊了聊，告诉他黄升基的情况，也谈到寒假情况，还问及他准备今年参加高考的情况。他和刘毓钧本来应该是与我们同时于去年参加高考的，因为生病，他们两人都耽误了一年。

晚上继续整理中共党史课笔记。

1963 年 2 月 11 日（农历癸卯年正月十八）　　星期一　晴

新学期开始了，今天正式上课。

前两节是中共党史课。据老师说这学期的中共党史课是准备按照讲义一章一节地依次讲下去。今天讲的是毛主席的《论持久战》一文的发表。

我们走在大路上

后两节是英语课，还是在教学楼 224 教室上。先把上学期期末的考试试卷发下来，进行分析。后又复习课文。我的听译能力太差了。最后讲了新的单词。12：00 下课。

学校晚上放映电影《停战以后》，由于要看的人太多，分两场放映，我看的是第二场。去年我们参与了拍摄这部电影的拍摄，今天看起来格外亲切。这部电影描写抗战胜利后，我们同国民党反动派展开斗争的历史事实，体现了毛主席的高超的斗争策略。

晚上，我写日记时，冯振堂问我："你的日记里是否曾提到我的名字？"我答曰："没有。我都称老大、老二、老三、老四、老五、老六。"他又问："你写了我的什么事没有？"我说："当然有了，我要把每个人的特征都描绘下来，以后如果看起来，会感到非常有趣的。"

1963 年 2 月 12 日（农历癸卯年正月十九）　　星期二　晴

今天上午没有课。我想去教学楼 319 教室自习，但那里有高年级上课，只好去参考阅览室自习。前两节根本没有复习功课，都用来写日记了。

后两节还是去 308 教室与政教系一起听中国通史课，讲的是"东汉的政治与经济"。从今天起听这门课只是听听，不记笔记了，因为我每周只能听这一次，星期五的课与我们自己的世界国家与法的历史课冲突了。

下午体育课我请假了。先去图书馆把上学期和寒假中借的书还了，只是续借了《论中国历史的问题》一书，又借了本《钟馗捉鬼传》。后又去医务室看了看病，拿了点儿药。然后去教学楼 319 教室自习，复习中共党史课的抗日战争部分。

晚饭后去教学楼 319 教室上自习，但是那里灯光又太暗了，看书很费力，以后还是少去为佳。看《参考消息》，后预习政治经济学课的社会主义部分。最后看"沈元"在今天的《人民日报》上发表的文章《论洪秀全》。

1963 年 2 月 13 日（农历癸卯年正月二十）　　星期三　晴

上午前两节是汉文课，由一位姓李的老师[1]给我们讲授古文论之一的

---

[1]　名字现在记不得了，可能是李天根老师。

《文赋》，这是陆机的作品，不太好懂。后两节是政治经济学课，开始讲社会主义部分"无产阶级革命和无产阶级专政"。

下午全班先是在 309 宿舍集合，班干部讲了点儿事情（关于伙食值日及准备改选班委会干部的事情），然后分组（各组成员依旧，暂时没有变化）座谈寒假回家见闻。我们组主要是冯振堂、杨福田、宋新昌、王维讲他们在农村的见闻，丁葆光也讲了她在父亲所在工厂的见闻，也还有趣！

这学期每个星期三下午是形势与任务的学习时间。

16：45 至 17：45 去参考阅览室看毛主席的著作《论持久战》。

晚自习后与樊五申玩了玩国际象棋。近来国际象棋风靡 309、310、311 各宿舍，我当然也积极参加了。国际象棋上学期放在杨岷那里几乎整个学期（去年不到"十一"我就带来了）也没有人玩，直到这学期才被真正利用起来。下象棋之风也是最近才兴盛起来的。刘爱清的水平较强些。

1963 年 2 月 14 日（农历癸卯年正月廿一）　　星期四　晴

前两节是英语课，继续讲新课"Sung Ting-poCatchee a Ghort"，很有意思。后两节自习，在教学楼 319 教室读《论持久战》，学习毛主席的军事思想，但是还没有读完。以前我读这篇著作时总觉得有些枯燥，但是今天读起来却是爱不释手，越读越感到有兴趣！

下午下自习课后发下了《世界国家与法的历史讲义》，是有关古代东方巴比伦、亚述等部分，便预习它的第一章。不时翻阅《中外历史年表》一书。我觉得这本书很有用，最好能自己备一本。我很喜欢学世界国家与法的历史课程。一定要学好它！

1963 年 2 月 15 日（农历癸卯年正月廿二）　　星期五　晴

早晨到教学楼 319 教室读英语。前三节就在 319 教室上世界国家与法的历史课，一连三节都是这门课，由黄勤南老师讲课。今天讲的是这门课的"导言"部分。黄老师告诉我们，这门课不同于一般的通史，而是讲历史上各国的国家机构和法律制度，它是政法专业的基础课。我觉得黄老师讲得很好，这门课也很有意思，它会给我们很多政治常识与法律常识。最后一节课是体育，我请假了，去参考阅览室继续读《论持久战》。

下午政治学习，自己阅读《陶里亚蒂同志同我们的分歧》一文。我们小组的成员都在我们宿舍阅读。后我去参考阅览室看了一会儿书。

晚自习看《参考消息》，后又预习政治经济学课，又读《论持久战》。

1963 年 2 月 16 日（农历癸卯年正月廿三）　星期六　阴，雪

早晨起来见天阴沉沉的，到了中午，竟然下雪了，比上个月 28 日那天下的雪要大。顷刻之间大地就白茫茫的一片了。

前两节没有课，我先读英语，后又看《论持久战》。迄今才把这篇伟大的著作读完一遍。后又读古文论《文赋》。

后两节是政治经济学课，由孙老师讲课。

下午两节是作文课，题目是"春节记事"，实在太难写了，春节我哪里也没去，没什么好写的。第一节看了看《参考消息》就过去了。第二节憋了一节课才想出个头绪来。课后又回宿舍与大家聊了聊，去图书馆还了《钟馗捉鬼传》，借了两本书：《马克思恩格斯论中国》与《二刻拍案惊奇》。

1963 年 2 月 17 日（农历癸卯年正月廿四）　星期日　晴

9：00 北京历史学会在中国革命博物馆礼堂举办历史基础知识讲座，由中国人民大学胡华教授讲"陈独秀是怎样从右倾机会主义堕落到取消主义的"，到博物馆才知道讲座改为 14：00 举行了。

下午赶往中国革命博物馆。由于来听讲座的人太多，礼堂中 701 个位子早已挤得满满的，像我这样没有票的人，只能在临时的加座上听了。等弄好座位已经 15：00 了。胡华教授讲的前一部分没能很好地听到。不过讲座重点在于后一部分：陈独秀的取消主义及其错误，直到他堕落成为党的叛徒，被开除出党！胡华同志讲得很好，他不仅详细而又清楚地讲了陈独秀机会主义的产生及其发展变化的原因，而且还不时地联系到老牌修正主义（伯恩斯坦）和现代修正主义，阐明了一切修正主义的特点、发展的必然规律等。这对于我们当前反对现代修正主义学习大有帮助。今天来听讲座的人很多，甚至有从邢台、天津、济南来的人，可见人们的好学精神多么可贵！

1963 年 2 月 18 日（农历癸卯年正月廿五）　星期一　晴

上午前两节是中共党史课，讲与党内新投降主义的斗争。后两节是英语

课，解析课文前半部分。

下午在教学楼 319 教室上两节自习，先复习英语，又预习政治经济学，最后复习中共党史课抗日战争以来的部分，并重新整理笔记。两节晚自习依然如此。

课外活动时间，去医务室看病。医生让我去北京医学院第三附属医院看病，挂骨科。

1963 年 2 月 19 日（农历癸卯年正月廿六）　　星期二　　阴转多云

前两节在参考阅览室自习，仍然坐在我常坐的位子，是最西边的临窗口的位子，复习功课的空闲时间，可以扭头欣赏小滇池的景色，也可以抬头远眺，让眼睛休息一下。这两节仍然复习中共党史课，继续整理笔记。

后两节仍去教学楼 308 教室与政教系一起听中国通史课。今天讲的是"三国鼎立局面"，老师讲得津津有味，内容也很有趣。

下午骑车去三院（我们的合同医院，北京医学院第三附属医院，我是第一次去这个医院看病）挂骨科号，但是挂骨科号已经没有了，想不到有这么多人骨头有毛病。挂号处的人让我星期五下午再来，而且 11：30 就来才能挂到号。挂号真不易！从我校到三院没有公共汽车可坐，只能骑车去，不然就走着去。

16：15 回到学校，原定的民兵活动改在明天下午了。

1963 年 2 月 20 日（农历癸卯年正月廿七）　　星期三　　晴

今天的《人民日报》用了四、五、六将近三个版面的篇幅全文刊登了去年 12 月 12 日赫鲁晓夫在苏联最高苏维埃会议上的讲话。这篇讲话我们早从《参考消息》上了解了一些内容，不过不是全文。今天总算可以看到全文了，这是当前正在进行的反修学习中的绝好的反面教材。恰巧今天下午两节就是政治学习。据团支部书记王普敬传达学校关于这学期的学习计划，从第一周到第十周进行十次反修学习，以自学和有准备的讨论为主。学习文件是《全世界无产者联合起来，反对我们共同的敌人》《列宁主义和现代修正主义》《在莫斯科宣言和莫斯科声明的基础上团结起来》等《人民日报》或《红旗》杂志社论，并布置了 10 个讨论题目。我觉得这次学习很重要，必须认真参加，系统地对现代修正主义进行一次认识、分析和批判，不能对现代修正主义再仅仅停留在从感情上谩骂了。这是提高自己的马克思列宁主义理论水平、认识能力、觉悟水平的有利机会！我利用下午一节课和晚饭后的时间，加上第一节晚自习的时间，把赫鲁晓夫的这篇讲话看完了。全文的字里行间充满了害怕战争、害怕死亡的观点。最主要的问题是关于在战争与和平的问题上与我们的主张不同，这是最严重、最根本的分歧，其他方面的分歧都是从这个分歧派生出来的。不过，赫鲁晓夫在用词上却是很隐晦的，如果没有读过我党发表的那几篇反对现代修正主义的文章，会认为他讲得蛮有"道理"的，就很难认识他的讲话的本质。

下午课外活动时间开展民兵活动。学习一名叫作雷锋的解放军战士写的日记。以前我对于学习雷锋并不怎么重视，关于雷锋的材料我一点也没有看过。可是今天刚一看见他的日记摘抄，便深深地被他的共产主义思想所感动。他在 1959 年 12 月 12 日的日记中写道："一个人出生到世界上来以后，总要生活上几十年。从成年到停止呼吸的几十年的生活，就构成个人自己的历史。至于各人自己历史的画面上涂上的颜色是白的、灰的、粉红的，或者是鲜红的，虽然客观因素起一定作用，但是主观因素却起决定性的作用。每个人每时每刻都在写自己的历史，每个共产党员和共青团员都应好好地想一想，怎样来写自己的历史。每个共产党员、共青团员，都要以马列主义毛泽东思想来做自己思想行动的指导，我要永远保持自己历史鲜红的颜色。"（以上见《人民日报》1963 年 2 月 7 日第五版）

1963 年 2 月 21 日（农历癸卯年正月廿八）　星期四　晴

前两节是英语课，继续讲解课文，并讲了语法"动名词"，留了较多的作业。后两节是中共党史课，讲抗日战争时期党内新投降主义产生的根源，主要讲了主观上的阶级根源，着重分析了小资产阶级的经济地位、立场观点、政治态度，揭露了小资产阶级的许多缺点。

16：00 至 17：30 是团支部活动时间。先由支部书记王普敬总结上学期支部的工作，又谈了支部委员改选的事情。然后回宿舍分小组讨论，并提名候选人，每个团员可以提三名候选人。我们小组在讨论中给支部书记的工作总结提了一些意见，主要是不够具体，没有反映全支部的思想情况。谈到支

大学本科阶段

部的工作，大家认为上学期的主要缺点是不发动群众，虽然支部委员们忙得不可开交，却无甚大益。后又酝酿支部委员的候选人。

晚自习先看了看《光明日报》，后预习世界国家与法的历史，又做英语作业，没有做完便下课了。

1963 年 2 月 22 日（农历癸卯年正月廿九）　星期五　晴

上午一连三节课都是世界国家与法的历史，讲的是"原始社会与后来的阶级国家的主要区别"，又讲了"巴比伦国家"，黄老师讲得很好，但是许多东西都是补充上去的，讲义上没有，所以笔记就更重要了。

第四节是体育课，打篮球。这是我这学期第一次上体育课。起风了，刮了一身的土。

下午进行团支部委员改选。候选人是王普敬、刘爱清、樊五申。选举结果也是他们三人，分别获得 24 票、23 票、22 票的赞成票。我们新的团支部委员会成立了！上学期的团支部委员是年级指定的。

然后班里总结上学期的工作，胡克顺又谈班委会改选的问题，让大家酝酿并提名班委的候选人，每个小组可以提七名候选人。目前的班委是年级指定的。之后分小组讨论。经过大家的充分酝酿，反复比较提名的候选人，我们小组最后确定七个人为班委会委员的候选人：胡克顺、袁司理、贾书勤、孙成霞、左广善、李彦龙、冯振堂。

1963 年 2 月 23 日（农历癸卯年正月三十）　星期六　晴

上午前两节在参考阅览室自习，第一节写昨天的日记，第二节复习政治经济学。

后两节是政治经济学课，讲我国的资本主义工商业社会主义改造。

中午去 309 宿舍选举班委会委员，当选的七人是胡克顺、袁司理、左广善、袁继林、李彦龙、孙成霞、贾书勤。

下午两节课在宿舍看报纸和《参考消息》。

1963 年 2 月 24 日（农历癸卯年二月初一）　星期日　晴

8：20 离校返家，刚出学校北门不久，又赶上了殷杰老师，他还是去画画儿。我们骑车同行，路上他问了我几个问题。先问我上次的讲座是否听到了。知道我对历史很感兴趣，就问我在历史方面都看了哪些书，是否对某一个专题进行过研究？又问我是否认识搞历史专业的知名人士？我说我对历史只是出于爱好，多方面地阅读历史书籍，增长知识而已，还没有打好基础，更谈不上什么钻研。我又说课余时间不知如何利用，缺乏计划，也没有人予以指导，所以也不知从何下手。殷老师又考问我"1962年史学界争论的有哪些问题？"我茫然了，去年年底我在报纸上看到过这个问题，但是没有记下来。只好答道："不——知——道……"殷老师又问："历史方面有哪些杂志？"我回答："《历史研究》《历史教学》《史学月刊》，以及《江海学报》《文史哲》等。"他说："《文史哲》是综合性的。"他又问我："你订有什么杂志吗？"我说："我订了一份《文史哲》。"我又问殷老师关于考研究生的事情。他反问我："你想考研究生吗？"我默默地点点头。他说："这很好！那现在就要打好基础呀！"他又说："以前有许多同学想考研究生，到了三四年级才着急动手，那就晚了。"他又问我想考哪个专业？我说想考国家与法的历史。他说："咱们国家现在还没有这个专业，这可能属于历史专业。"又谈到写论文，他说从前每学年都要写一篇论文，后来觉得这样太忙了。不过这对于学生是一个练习的机会，使学生知道如何写论文。他又向我说平时可以练习写论文，也可以参加学校举行的学术讨论会。他说："学生中有好的论文，也可以拿出来讨论。"并让我多与教研室老师取得联系，也可以同高年级准备考研究生的同学座谈。我说："高年级的同学我没有认识的。"他说："那不要紧。"后来殷老师又问我："没有什么影响你的学习吧？"我说："没有。"他又问我："你今年二十几了？"我说："十九岁，到今年九月底才满二十岁。"我又说："无非想把课余时间都利用起来学更多的东西。"他说："是啊！我也是这样。业余时间不抓紧就白白地放过去了。尤其是青年时代，更要抓紧时间。"他又告诫我说："不要急着谈恋爱，学好本领是最重要的。"我默默地点点头。

我请求殷老师有机会让我欣赏他画的画儿，并告诉他我也喜欢画画儿。他说："好啊！你的爱好还很多啊！这样很好，对以后的政法工作是很有帮助的。"我们边骑车边聊着天，又谈了许多关于这方面的事情。

我觉得殷老师很好。这次不长的谈话对我有不少的帮助和启发，我体会到要想真正做出点儿成绩来，光是吸收知识、增长知识是不够的，还应当善于思考，经过自己的分析，要拿出自己的意见来！

我们同行到西四路口，他往东去了，我则继续往南走。临别，我说："以后有时间我再找您聊吧！"他点点头说："嗯。"

1963 年 2 月 25 日（农历癸卯年二月初二）　星期一　晴，大风

上午前两节是中共党史课，讲毛主席的《新民主主义论》，在这篇文章里，毛主席系统地阐明了关于新民主主义革命的思想，必须要好好地读它。

后两节是英语课，上次练习得 4 分，因为第三题应当译为："Reading like this is too fast." 我错误地译为："Like this reading is too fast." 今后应当注意多读书。今天又默写了最后的一段课文，但是我根本没有背，几乎是交了白卷。之后讲了语法——动名词，又做练习。

中午睡了一觉。下午劳动。从 14：00 到 17：00，积肥。我与胡克顺、李树岩、孙成霞、敖俊德在一起积肥。工作较重，但是大家热情很高。不过风较大，刮了一身土。

晚饭后团员同志在 309 宿舍集合，樊五申讲了讲关于这两周的学习雷锋同志的事情。后又把团小组重新划分的名单念了一遍，我在第一团小组，团员有樊五申、丁葆光、左广善、冯振堂、敖俊德、梁桂俭、李平煜、贾书勤和我，共九人。我们选举丁葆光为团小组组长。

接着班里又有事。班长胡克顺把重新划分的行政小组名单也公布了，我们小组以团小组为主，增加了胡克顺、杨登舟、杨岷三人。又讲了其他一些琐事。

1963 年 2 月 26 日（农历癸卯年二月初三）　星期二　晴

上午前两节在参考阅览室自习。后两节去教学楼 308 教室与政教系一起听中国通史课，今天讲的是"五胡十六国、淝水之战、南朝"的历史情况。

下午因大风，原有的一节体育课停上，依然去参考阅览室看书。16：30 回宿舍换了木屐去浴室洗澡，因木屐太滑了，不慎在楼梯上摔了一跤。本来我的腰就有些痛，这下子可更严重了，以至于我每移动一步都感到左腰部异常疼痛。挣扎着到学校医务室，然而那里却无人值班。只见门口悬着块木牌，上面写着"急症请到联合楼 315"，我按牌子上的指示到了联合楼 315 室，见

有人在开会。其中一个大夫模样的人看了一下，说让我18：30再去。

只好又去联合楼301期刊阅览室看了看报纸杂志。

晚上再去315室，大夫却不见了，会开完了。我的腰痛也好些了，就去教学楼319教室自习，复习政治经济学。

今天的《中国青年报》报道了共青团中央的一项决定："中国共产主义青年团中央委员会关于追认雷锋同志为全国优秀少先队辅导员的决定。"

1963 年 2 月 27 日（农历癸卯年二月初四）　　星期三　晴

因腰痛，昨夜几乎一夜未睡好。早晨的新闻和首都报纸摘要节目播送了今天《人民日报》社论《分歧从何而来？——答多列士等同志》的摘要，我们从上星期三以来就估计和盼望着这篇文章了。因为我们知道《人民日报》刊登修正主义政党攻击我们的文章后，必然有我们的答复和批判的文章。这篇文章听了令人兴奋，感到很痛快。

前两节是汉文课，继续讲陆机的《文赋》。第二节课我没有上，去医务室看病。外科大夫问明我的腰疼情况后，让我立即去北医三院。我骑车去，当然骑车难免腰部更加疼痛，但是走路去太远了，会更加疼痛的，又没有公共汽车可以直达，只好骑车了。

10：20到北医三院，挂了外科号，到11：00才轮到给我看病。一位年轻但很精神的大夫给我诊断，说可能是由于肾脏受伤引起的，又说需要做疝气手术，但是要等腰痛好了以后再做手术。经过一番诊断，给我开了七瓶中成药——七厘散，还有一块金不换膏药，还化验了小便，须三天后才能知道结果。

下午政治形势学习时间就学习今天的《人民日报》社论，不过仅仅是念了一遍而已。最后团内传达共青团三届八中全会关于巩固农村集体所有制的决议。

学习之前，胡克顺宣布了一些由班委会聘请协助工作的人员名单，其中让我任世界国家与法的历史科代表。

又去参考阅览室看了看《参考消息》，又读了读英语。

第二节晚自习时，巫月泉老师来询问我们对汉文教学的意见。

1963 年 2 月 28 日（农历癸卯年二月初五）　　星期四　晴

上午前两节是英语课，学习第七课单词，并学习课文。去学校医务室看病，又让我去北医三院。

15：00 多去北医三院，挂外科，医生也没有什么办法，只是给我打了一针止痛针，但是我觉得效果不大。

晚自习看《中华活页文选》之第 73 号，是介绍陆机的《文赋》的。

1963 年 3 月 1 日（农历癸卯年二月初六）　　星期五　晴

上午一连三节课都是世界国家与法的历史，讲的是汉谟拉比法典的基本内容，有许多条文令人感到很幼稚，很可笑。表面上看起来是很有趣的，实际上却是非常残酷的，不公平的。第四节体育课，我请假了，回宿舍读陆机的《文赋》。

晚自习复习政治经济学课，补抄前天没有抄完的笔记。丁葆光和臧玉荣来找关于刊登有雷锋的第二批日记的《中国青年报》，我和左广善正在宿舍自习。与丁葆光她们谈到关于世界国家与法的历史的学习问题，她们和左广善都说感到比较零乱，不知如何复习。后又聊了聊学习雷锋的杂感。

今天有两件大事值得记录：第一是从今天开始《人民日报》转载中共中央机关刊物《红旗》杂志第三、四期合刊发表的文章《再论陶里亚蒂同志同我们的分歧——关于列宁主义在当代的若干重大问题》，这是以《红旗》编辑部名义发表的文章。文章就陶里亚蒂等同志多年来发表的错误言论一一给予分析和批判，作为对他们的连续攻击的回答。文章约十万字，《人民日报》准备分四天转载。《红旗》杂志第三、四期合刊将于 3 月 4 日出版，文章共分为八个部分：（1）引言；（2）这一次各国共产党人大争论的性质是什么？（3）当代世界的矛盾；（4）战争与和平；（5）国家与革命；（6）在战略上藐视敌人，在战术上重视敌人；（7）在两条战线上的斗争；（8）全世界无产者联合起来。中央人民广播电台也将分四天全文广播这篇伟大的文章。很显然，这是我们党对现代修正主义进行的一次全面的、深刻的、有力的分析和批判。文章说这是一次马克思列宁主义与反马克思列宁主义的各式各样的修正主义、机会主义的第三次大论战。

第二是今天下午从 14：00 到 17：00 在教学楼 408 教室听了雷锋同志生前的战友陈广生同志作的关于雷锋英雄事迹的报告。这是一个录音报告，报告很生动。

我们走在大路上

1963年3月2日（农历癸卯年二月初七）　星期六　晴

前两节是汉文课，讲陆机的《文赋》。我参阅《中华活页文选》方便多了，因为《中华活页文选》上刊登了这篇文章并做详细讲解。后两节是政治经济学课，讲完了"我国的社会主义对工商业的改造"。

14：00再去北医三院，但是今天下午不挂普通号，我只好请求挂急诊。等了好久才出来了一个医生，问了我几句说我这病不够挂急诊的条件。只好后天再来吧！

1963年3月4日（农历癸卯年二月初九）　星期一　晴

7：00继续收听广播，听《红旗》杂志编辑部的文章《再论陶里亚蒂同志同我们的分歧——关于列宁主义在当代的若干重大问题》，今天播出第六、七、八部分的摘要。

上午前两节是中共党史课，讲到毛主席关于同国民党顽固派斗争的"有理、有力、有节"三大斗争原则。不禁使我把这三大原则同我们与印度尼赫鲁的斗争以及我们同现代修正主义的斗争联系起来思考，我们现在同他们的斗争不正是遵循这三大原则吗？

后两节是英语课，念课文并开始讲析。

中午看《人民日报》。这篇《红旗》杂志编辑部的文章《再论陶里亚蒂同志同我们的分歧——关于列宁主义在当代的若干重大问题》，深深地吸引着我，我越读越爱读，越读越觉得理直气壮，越读越感到心胸开阔！

下午两节自习时间，阅读《毛泽东选集》第二卷。后又做汉文作业，翻译《文赋》正文的第一段。

19：00至21：20在教学楼208室开会，全体政法系一年级的同学都参加。司青锋主任讲话，他先总结了上学期的情况，后又谈了这学期的工作意见，并提出了这学期对同学们的要求。司主任着重谈了加强反对现代修正主义学习的问题，说迄今我们党已发表了约三十万字的文章了，以后可能还要发表两篇，如果"好样的"（指现代修正主义者）敢于"站出来"，那还会再出几篇文章的。我们必须认真地学习，这与我们许多课程的学习也是直接相关的。以后每星期三的形势学习时间可以延长占用自由活动时间，连晚自

大学本科阶段

089

习也划为形势学习的时间。这些都鼓舞着我，我对于反修学习很感兴趣，一定要认真阅读文件，勤于思考，积极参加讨论。这是当前的迫切任务，只有这样，才能更好地学习马克思列宁主义的基本理论。

1963 年 3 月 5 日（农历癸卯年二月初十）　星期二　晴

上午前两节自习，去参考阅览室看书，先看《新名词解释》一书，又复习世界国家与法的历史。第三节去教学楼 308 教室听历史课，讲北魏孝文帝的改革。我觉得这样断断续续地听课效果比较小，以后必须以自学为主。我得知老师住在 6 号楼 442 房间，以后可以经常向老师请教。

16：00 至 17：30，在教学楼 319 教室上民兵知识课，听一位高年级的同学讲步枪的常识，讲的是七九式和三八式步枪。

晚上配合政治经济学课的教学，放映电影《槐树庄》。

1963 年 3 月 6 日（农历癸卯年二月十一）　星期三　晴

早晨在小滇池旁边读英语，空气很新鲜，令人很舒畅，正适合读英语。

上午前两节是汉文课，老师串讲完《文赋》。后两节是政治经济学课，讲社会主义所有制在我国的确立。

下午在教学楼 309 教室听一位从中印边界前线回来的解放军首长讲中印边界问题的事情，讲得很好。

晚上是形势学习时间，与左广善、杨福田、宋新昌、王维在宿舍读《再论陶里亚蒂同志同我们的分歧——关于列宁主义在当代的若干重大问题》，大家轮流读，每人读一个自然段，很有意思。

1963 年 3 月 7 日（农历癸卯年二月十二）　星期四　阴

上午前两节是英语课，老师讲完了课文，又讲语法，分词。不过我还是弄不清，必须很好地复习一下。后两节是中共党史课。看了看《红旗》杂志，又看了看《北京晚报》《北京日报》。最近两天的《北京日报》转载了本期《中国青年》杂志发表的《雷锋日记摘抄》，并且刊登了毛主席以及其他党和国家领导人为雷锋同志的题词或题诗，毛主席的题词是：向雷锋同志学习。

我们走在大路上

这是毛主席向我们发出的号召，应当积极响应！

晚上又看了看《北京日报》上刊登的《雷锋日记摘抄》。

1963 年 3 月 8 日（农历癸卯年二月十三）　　星期五　雪

上午三节是世界国家与法的历史课，讲完第二章"雅典"。据老师说讲完第三章"罗马"之后要进行一次课堂讨论，是关于古代巴比伦、雅典和罗马三个国家的国体与政体关系及其实质的问题。我一定要认真准备，积极参加讨论。

中国人民大学团委会编印了关于学习雷锋的许多材料。我们学校向他们买了一部分材料，但是每个宿舍只能分到一本。中午杨福田去中国人民大学找他的同学要了一本。我想到我在中国人民大学也有同学，所以 15：40 也前往中国人民大学一趟，找了好久才找到张联瑜。我们好久没有见面了，亲热地聊了起来，内容不外是学习、生活、集体关系，等等。他给我弄到一本学习雷锋的材料，封面的题目是"学习雷锋，做雷锋式的共青团员"，非常感激他。17：00 离开中国人民大学回来。

晚上复习英语动名词与现在分词，有不少问题，明天去请教李老师吧。

1963 年 3 月 9 日（农历癸卯年二月十四）　　星期六　阴

早晨起来一看，地上又薄薄地盖上了一层雪花，昨夜又降雪了。早晨的广播中说我国广大地区降了雨雪，这对于农作物很有好处，可谓"及时雨"！

早晨在外面读了读英语。第一、二节没有课，看学习雷锋的材料。后去图书馆还了邓拓的《论中国历史的几个问题》和王力主编的《古代汉语》上编第一分册。

又去找英语老师李荣甫问了问关于动名词与分词的几个问题。

第三、四节是政治经济学课，讲我国的人民公社的出现。

中午看《人民日报》社论《修正主义者的一面镜子》。

下午两节是党团活动时间，分小组座谈学习雷锋同志的体会与感想。

晚上看《红旗》杂志，又做英语作业。我们宿舍其他人都去看电影了。电影之后又举行舞会。我对此不感兴趣，就在宿舍看书。

大学本科阶段

1963 年 3 月 10 日（农历癸卯年二月十五）　星期日　晴

从今天起作息制度略有变动，晚饭推迟到 18：00 了，晚自习从 19：00 至 21：30，22：00 熄灯。

1963 年 3 月 11 日（农历癸卯年二月十六）　星期一　晴

前两节是中共党史课，讲"1942 年的整风运动"。后两节是英语课，先做关于分词、动名词的练习，后讲第八课单词。

下午原有劳动，因学校有学术报告而停止。学校请中国人民大学历史系的胡华教授讲"陈独秀从右倾机会主义到取消主义的演变"，与我上月 17 日在中国革命博物馆礼堂听的内容一样。

1963 年 3 月 12 日（农历癸卯年二月十七）　星期二　晴

上午一连四节自习都是在参考阅览室度过的。前两节复习英语。第三、第四节复习世界国家与法的历史。

下午第一节是体育课，学武术。之后又玩了玩足球，又跑了百米，穿着棉裤很笨，成绩 15.5″。

晚自习预习政治经济学，写日记。看《红旗》杂志。

1963 年 3 月 13 日（农历癸卯年二月十八）　星期三　晴

早晨还是读英语。上午前两节是汉文课，对陆机的《文赋》作了一下简单的分析和解读。后两节是政治经济学课，继续讲人民公社问题。

从 14：00 至 18：00 以及晚自习时间都在学习《红旗》杂志编辑部的文章《再论陶里亚蒂同志同我们的分歧——关于列宁主义在当代的若干重大问题》。下午我在参考阅览室看这篇文章。16：00 至 16：30 休息半小时。在此期间曾回宿舍与武玉荣、李树岩等同学探讨关于"法国资产阶级革命为什么比英国资产阶级革命较为彻底"的一些问题，还有关于如何理解《红旗》杂志编辑部的文章引用的马克思在 1870 年给齐·迈耶尔和奥·福格特的一封信中所说的"不是在英国，而只有在爱尔兰才能给英国统治阶级以决定性的打击"这句话。之后我回到参考阅览室翻阅《马克思恩格斯书信选集》一书，看了这封信的全文，才了解了其中的含义。后又翻阅了《世界近代史》及《世界通史》（近代部分上册），看了看关于法国资产阶级革命的部分，对于理解问题大有帮助。

1963 年 3 月 14 日（农历癸卯年二月十九）　星期四　晴

今天的《人民日报》公布了中苏两党为举行双边会谈交换的信件全文。中央人民广播电台也在早晨播送了双方的信件全文。

除早晨认真地收听了广播外，我利用第三节课时间（是自习课）读了读这两封信，很有意思。

上午前两节是英语课，讲课文。

1963 年 3 月 15 日（农历癸卯年二月二十）　星期五　晴

早晨同往日一样——读英语。以后天气越来越暖和，天亮得也越来越早了。我要坚持每天早晨读半个小时英语（有事情除外，如听重要广播等）。

上午前三节是世界国家与法的历史课。黄勤南老师先布置了一下暂定在第七周举行的课堂讨论的讨论题："巴比伦、雅典、罗马奴隶制国家政权组织形式各有什么不同？为什么说它们的阶级本质都是奴隶主阶级专政的工具？"然后继续讲古罗马的国家制度。

第四节是体育课，继续学习武术。天气已经很热了。穿着棉裤上体育课确实很热，且笨重。

14：00 至 17：00 在教学楼 419 教室召开我们政法系一年级全体团员大会，内容是：（1）选举团总支委员。选举结果，我们班的王普敬当选团总支委员之一。（2）由张守薰老师传达共青团我院第三届代表大会的精神。在传达的精神中，第一大问题"加强青年的思想教育"特别强调要加强反对现代修正主义的学习。张守薰老师在传达完团代会的精神后还讲了不要谈恋爱的问题。显然，同学中已经有了谈恋爱的苗头，应当引起注意。

晚上自习大部分时间用来读《苏共（布）党史简明教程》。这本书是昨天下午借的，同时借的还有《马克思列宁主义的阶级和阶级斗争的理论》，并还了《马克思恩格斯论中国》。昨天晚上就看这本《苏共（布）党史简明教程》，直到很晚才睡。这本书比较好懂，这是学习马克思列宁主义的前奏。

大学本科阶段

打了熄灯铃声后，我才动笔写作文，题目是《〈文赋〉第一、二段译文并简析》。一直写到很晚才写完。不知为何，我一点儿也不觉得困倦。又接着读《苏共（布）党史简明教程》。

1963 年 3 月 16 日（农历癸卯年二月廿一）　星期六　晴

利用早饭前的时间，练习武术课的拳术。由于昨天夜里把作文完成了，上午第一、二节汉文课就去阅览室自习，读《毛泽东选集》，准备下星期中共党史课的课堂讨论。

晚上看电影，京剧戏剧片《孙安动本》。很好！这出京剧的录音我听过很多次，我很钦佩孙安的刚直不阿，敢于与危害国家利益的坏人坏事做斗争，不怕牺牲个人的生命和家庭的利益。前面加映的纪录片《中印边界问题真相》，更好！

1963 年 3 月 18 日（农历癸卯年二月廿三）　星期一　晴

由于本周四要进行中共党史课堂讨论，所以今天上午前两节中共党史课改为自习，给同学们做准备的时间。我仍然去参考阅览室，复习英语，做英语练习题。很困难，过去学的英语单词忘了很多，两节自习课时间光学英语了。后两节是英语课，继续讲课文，然后讲语法"英语的分词"。

中午饭后，班长、学习委员召集各科科代表开会，讲了一下抓学习工作。这是上大学以来我第一次参加"干部会"。

下午两节自习。继续看《红旗》杂志的文章《再论陶里亚蒂同志同我们的分歧——关于列宁主义在当代的若干重大问题》，迄今已经仔细地阅读了一遍。

学校组织大家挖苍蝇蛹，消灭苍蝇。下午就大搞挖蛹运动。不过晚了，挖出来的大多是空壳，蛹已经变成成虫了。

晚上，为配合中共党史的教学，放映故事影片《东进序曲》。这部电影又一次地体现了毛主席的统一战线伟大思想，要有坚定的原则性和高度的灵活性，用"有力、有理、有节"的斗争艺术与顽固派打交道，迫使他们抗日。

1963 年 3 月 19 日（农历癸卯年二月廿四）　星期二　晴，有大风

上午没有课，在参考阅览室自习，准备后天的中共党史课堂讨论，阅读了大量的材料。

下午第一节是体育课，因为风大也改上了自习。继续准备中共党史课堂讨论，写发言提纲。

下午第二节课在 4 号宿舍楼 309 宿舍开会。胡克顺代表班委会公布本学期的工作计划。党团支部都提出了争取做雷锋式班集体的号召。

1963 年 3 月 20 日（农历癸卯年二月廿五）　星期三　晴

早晨自习时间读陆机的文章《文赋》，这篇文章已经讲完了，但是还没有很好地读过。

上午前两节是汉文课，发作文。上次的作文题目是"春节记事"。我当时是楞憋出来的，以为一定很不像话，想不到老师还给了较好的评语。后两节是政治经济学课，讲在生产活动中人与人的关系。

中午学校来人把我睡的床铺搬走了，换了一张上下铺的双人床，这样以后我的床的上铺就可以放东西了。

下午以及晚自习时间都用于进行反对修正主义的学习，分小组进行讨论。我们小组辩论很激烈，主要围绕这样几个问题展开争论：

（1）如何理解《意大利共产党代表大会提纲》上的这几句话："应当在争取和平与和平共处的世界范围内，为实现这样一个国际经济合作政策而斗争，这个政策要能够克服今天阻挠更加迅速的经济发展转变为社会进步的那些矛盾。"

（2）关于什么是真正的和平共处，与美帝国主义有没有和平共处的可能？

（3）修正主义是不是有意识地为帝国主义服务？是不是故意歪曲马列主义？

（4）当代世界矛盾的特点是什么？

最后一个问题争论最为激烈。我和敖俊德的观点相同，与其他同学争论不休。通过今天的争论，也解决了不少问题。

分组讨论之前，还讲了讲关于选举的事情，并发下了选民证。这是我第一次以国家公民的身份参加选举。此外，还公布了学校关于禁止学生在校学习期间结婚的决定草案。

1963 年 3 月 21 日（农历癸卯年二月廿六）　星期四　晴

上午前两节是英语课。开始讲第二册课本，讲第九课单词。

后两节在教学楼 211 教室进行中共党史课堂讨论。

我把这种课堂讨论称为学术辩论会，每个同学都应当发表自己的意见，而且应当有论点有论据，阐述清楚，这为以后写论文进行初步练习。

1963 年 3 月 22 日（农历癸卯年二月廿七）　星期五　晴，大风

从昨天起，《人民日报》在第五版、第六版上开始把过去没有刊登出来的一些兄弟党攻击我们的言论，陆续地刊登出来。《人民日报》编者按中说："从一九六二年十一月以来，先后有四十四个兄弟党，或者由中央发表声明、决议和告党员书，或者在自己和别国的党代表大会上发表讲话，或者在报纸和刊物上发表文章以及其他方式，攻击了中国共产党。""中国共产党是言行一致的。我们愿意在这里告诉那些攻击中国共产党的同志们，我们这一次只是把你们的奇文登出来，让人们欣赏，并不准备同时发表批驳你们的文章。你们攻击我们的言论，早已在你们的报纸刊物上发表出来。你们想必也希望我们把这些言论刊登出来，帮助你们宣传。对于我们来说，把你们攻击我们的言论刊登出来，记上一笔账，也是必要的。"

上午前三节是世界国家与法的历史课，讲罗马帝国和罗马私法。第四节是体育课，由于风大，上了半堂课还不到就结束了。

下午以行政小组为单位开生活检讨会，我检讨了自己在遵守纪律方面存在的问题。

中国人民革命军事博物馆开辟了关于雷锋事迹的展览。我们年级办公室前天去联系参观，被安排在六月份了，想参观展览的人太多了。

1963 年 3 月 23 日（农历癸卯年二月廿八）　星期六　晴

上午前两节是自习。我在参考阅览室复习政治经济学第四章。后两节是

我们走在大路上

政治经济学课，任课教师换了一位姓卢的老师，卢老师介绍自己时说他住在6号楼344房间。他的课讲得非常好，他把社会主义的纵横关系剖析得一清二楚，讲课也很有条理，在很大程度上又唤起了我对这门功课的兴趣。

下午两节自习，在参考阅览室复习政治经济学第一章，准备下次的课堂讨论。

1963年3月24日（农历癸卯年二月廿九）　星期日　晴

今天天气果然很好。6：40我就起来了。早饭前的时间读读英语，很好！

8：00我离开学校骑车前往颐和园。经过中国人民大学，8：30到达颐和园。我存好自行车来到颐和园的东宫门前，见到黄升基早已经来了。他以为是8：30集合呢！9：00，才见到了周芳琴。原来她8：30就到了，一直没有看见我们。她也在想：难道他们都不来了，但她又想，无论如何，江兴国这个组织者也得来！我们一边聊一边等候。等到9：20，还不见别的人来。看来只有我们三人了，便进园了。

进入颐和园后，我们先来到乐农轩。去年暑假我在这里住了五天。现在门柱上面还留着"八中休养所"五个白色大字，这又使我回忆起去年难忘的日子。我又想起张荣仁、张永祥、刘天赋、于加生、虞献正、张志东、万良国等人。

在我的提议下，我们先到后湖，沿着湖边西行。升基和芳琴聊得很投机。他们谈的尽是专业学习的问题，我当然是插不上嘴了。我只是欣赏美丽的风景，春天的风光如此美丽。我们踱到北宫门，在那里休息了一会儿。又聊起北京四十四中的一些往事，少年时代，有多少童趣，非常值得留恋！感到有些渴了，虽然我早饭时特地喝了三碗粥，并喝了一大碗水，但是骑车到这里，还是口干舌燥了。

我们又从北宫门拾级而上，登上智慧海。上山途中不时驻足远眺，向北望去，群山峻峦之下，高楼林立。景色日新月异，建筑物不断增加。升基谈起他常和我们聊的温泉、八大处、鹫峰、香山、碧云寺、卧佛寺、八达岭等各处的游览景点，他几乎都去玩过了。他指着通往远处的公路，告诉我们如何去香山、周家花园、玉泉山，等等。但是他说没有去过明十三陵。明十三陵我在高一春游时（1960年4月8日）曾经去过。

我们又转过来向南方看，昆明湖澄净清澈，在北京很少能见到这样的"水乡风光"。

在佛香阁，我们遇见了母校（北京四十四中）的徐肖男老师。我们在初二时她曾经教过我和升基的政治课。我们简单地寒暄了几句。听说她现在教数学，和刘瑾老师在一起工作，我们就托她向刘老师问个好。

我们又拾级而下，走到画中游下的长廊。我们准备吃午饭，其实我并不饿，早点我特意吃了半斤，而且昨天晚上回家从家里带来了半斤馒头，又从学校买了二两馒头，足够了。周芳琴去买了不少吃的：烧饼、包子、麻花之类。我们又去买茶水，并提到画中游上，那里有一张方桌，并有长椅子，正好！

去年暑假的 8 月 2 日，升基、芳琴、施雪华、胡业勋、将明媚、刘毓钧、石玉山七个人就是在这里——画中游——玩了几个小时。那天我来晚了一步，未找到他们，十分遗憾！

由于我太渴了，下去打了很多次水，我也吃了不少。我没有在他们的谈话中发表多少意见。在周芳琴去下面打水时，升基问我："听说你上次去她家，只有你们两个人，弄得很尴尬？"显然，这是周芳琴对他说的。我说："是的。因为我们之间没有什么可以聊的，你又没有去。她尽谈她的化学专业，但是我却一窍不通，无话可答。"升基和芳琴谈起来不仅是化学专业，而且是思想、学习、生活，以及母校少先队大队部的活动，等等，话题很多。在这方面我应当向升基学习。

在画中游我们待了约有两个小时。下来又顺着长廊到西边的石舫。又沿着西堤漫步，绕湖一周，他们边走边聊，谈笑风生，兴致很高。我不知他们怎么有那么多话可以聊。我只是默默地听着，很少插话，却贪婪地欣赏着美丽的昆明湖春光，还是沉浸在对去年暑期颐和园几日生活的回忆中。

我们慢慢地溜达着，每到一处，我就同升基谈起我和于加生是如何从这里走过，又是怎样找游船的。我们一直走到颐和园的南端罗锅桥，在那里停留了不少时间。在罗锅桥上，我们放眼望去，周芳琴指点着远处的建筑物（如烟囱、水塔、高楼等），告诉我们哪里是她的学校——北京科学技术学校，哪里又是北京大学，等等。走在西堤上，隔湖望着西南方向荒芜的畅观堂，我真想过去看看那无法接近的小岛，那里记载着我与张荣仁、张永祥、刘天赋的冒险之游，见证着我们的友谊。有趣啊！但是事情过去八个月了！

漫步到昆明湖东岸的铜牛附近，我突然发现了万良国，他正和几个朋友边走边谈，没有发现我。我便一声不响地走到他面前，突然伸开双臂把他拦腰抱住。他吃了一惊，这时才发现是我，原来是他们摄影小组一起出来活动。我们俩先以万寿山的全景为背景合影一张，又简单地聊了几句。自从去年 8 月 19 日收到大学录取通知书后，我就没有见过他了。上大学后去了几次北京地质学院也没有见到他。他还是老样子，硕大的脑门显得特别的聪明。他也说我一点儿没有变。我问他："寒假里正月初三那次在刘忠正先生家的聚会为什么没有见到你？"他解释说："我以为是下午聚会，所以下午才到刘忠正先生家，谁知你们是上午聚会的。"我们互相交换了通讯地址。他的学校（北京地质学院）的通信信箱是 15621。我请他把今天的合影照片寄一张给我，不论照得好坏，他答应了，我们就分手而别。

我紧赶几步赶上黄升基、周芳琴二人，又在湖畔长椅上休息了一会儿。面对着已经西倾的太阳，欣赏它投在昆明湖的金光，甚是陶醉在这湖光山色之中。走到知春亭前，周芳琴又买来两包饼干给我们。我是无论如何也不要，她就给了升基一包。她太热情了。

15：40，我们又从东宫门出来。正好来了一辆公共汽车，升基就纵身跳上去，与我们挥手而别。这下子只剩下我和周芳琴了，我又感到无话可谈了。她说她们学校距此地不远，是走着来的。我取出车来，陪她走到西苑。路上，我对她说："如果以后还出来玩，你不要买这么多的东西了。"她解释说她平时是很少花钱的，尤其是学习雷锋运动开展以来。我感到我的话说得太生硬了。本来嘛，人家买这些东西也是一片好意，平时她是很注意节约的，我的话怎么显得说教性那么强。她又邀请我去她们学校玩会儿，我答应了，但是今天没有时间了。

我觉得周芳琴这个人很热情，待人也很诚恳，但是我和她还是无话可谈，只有我们二人在一起时，感到非常别扭。

今天施雪华、胡业勋都没有来。升基早晨曾说："要是施雪华一个人来了，可有意思了，那怎么说话啊！"

回来时经过北京大学，我又去找吴方城。他是我的小学同学，中学在北京师大附中上的，去年考入了北京大学化学系。他曾经多次邀请我来北大玩，我也早就想来看他，但始终无暇，这次正好去看看老朋友。我找到他们宿舍（31斋322号宿舍），但他不在。据说在文史楼阅览室，到那里果然见到他了。他在那里已经"开"了一天了！可见他是非常忙的，他学习非常刻苦，不然怎么能考上北大呢！

他一见是我来了，非常高兴。立即放下手中的书本，陪我在未名湖畔散步。湖中倒映着塔影，北大确实很美。他介绍着北大。我为打搅了他的学习而不安。他却说没有什么，说他正好也该休息一下了。这时快17：00了，他留我在北大吃晚饭，并说让我尝尝北大的伙食，我也就不拒绝了。他还特意从北大"勺园"的饭馆里给我买了两个夹肉烧饼和三个枣饼子，一定要我吃下去。我吃了两个，又吃了他们学生食堂的普通饭菜。

他说他们明天将去十三陵劳动两周：种树。

我们自然谈到目前开展的反修学习。他为赫鲁晓夫撕毁了几百个合同而愤怒。他说："这也欺人太甚了。"但是这也加强了他们攻克科学堡垒的决心，更加努力地学习科学文化知识。我们是在两条战线上努力，他们学自然科学，我们学社会科学，但都是为了祖国的强大而努力学习！

18：00，我辞别他，他把我送到马路上才回去。18：30我回到学校。

晚上，教我们汉文课的巫月泉老师来我们宿舍。只有我与左广善在宿舍。我们与巫老师聊了约有半小时。巫老师曾经批改过两次我们的作文，对我的作文有印象，说我的作文写得还不错，问题论述清楚，语言流畅，感情丰富，尤其是写说明文较好。他也指出我在文章逻辑方面再加强些就更好了。

1963年3月25日（农历癸卯年三月初一）　星期一　晴

上午前两节是中共党史课，继续讲1942年抗日根据地开展的整风运动。后两节是英语课，讲第九课课文。第九课是"The Touch Gold"（点金术）。

下午是劳动课，运炉灰。工作比较累。我和李树岩拉一架排子车，我在前面驾辕，确实很累。劳动后洗澡时我几乎站不住了，又困又饿。晚饭时我一连吃了七两（五两窝头和二两馒头），才消除了我的饥饿感。

第一节晚自习时，在楼道里遇见了中共党史课辅导教师彭宝亭老师，我请他到我们宿舍来坐坐，就那天课堂讨论的问题向他请教，请教了他很久，我仍没有弄清楚。又问了他几个关于《红旗》杂志上发表的《再论陶里亚蒂同志同我们的分歧——关于列宁主义在当代的若干重大问题》一文中的几个问题，他解释了半天，我依然没有搞清楚。

1963 年 3 月 26 日（农历癸卯年三月初二）　星期二　晴

上午一连四节课都是自习。我一直在参考阅览室看政治经济学第一章，并看与这一章有关的各种参考书，大都谈关于无产阶级专政的问题；还准备星期六的课堂讨论。现在我读马恩列斯的著作，不再感到枯燥乏味了，我逐渐地喜欢起他们的文章。

下午第一节是体育课，考查武术，我得了 5-分。但是我并不满意，毕竟不是 5 分啊。

第二节去教学楼 319 教室做大扫除，当然，319 教室没有人上课。

1963 年 3 月 27 日（农历癸卯年三月初三）　星期三　晴

早晨起床后至早饭前去教学楼 319 教室搞卫生，据说昨天搞的卫生经检查"不合格"，今天重新做。

上午前两节是汉文课，讲《文心雕龙》中的《神思》。我很想在古典文学理论方面多学点儿知识。

后两节是政治经济学课，讲社会主义经济的高速度发展。

下午在参考阅览室看书。看 1962 年第 23 期、第 24 期《红旗》杂志上发表的署名吴江的文章《曾经反对过修正主义的普列汉诺夫怎样堕落成修正主义者?》，文章主要从哲学角度谈这个问题，所以不大好懂，边看边翻阅《新名词词典》。

1963 年 3 月 28 日（农历癸卯年三月初四）　星期四　晴

6：35 至 7：00 在操场进行民兵操练，即一般的立正、稍息、齐步走、向左转、向右转以及正步走，等等。我觉得早晨能抽出 20 分钟到半个小时来锻炼身体是非常必要的，尤其是每年的上半个学年，春夏之季更利于活动身体，总想跑跑跳跳。我想目前以提高百米成绩和增加臂力为主。一定要把身体搞好，才能承担起繁重的学习任务。

上午前两节是英语课。先进行关于分词用法的测验。共 10 道题，答错了不少。大家普遍感到成绩不好。

后两节在参考阅览室看《红旗》杂志 1962 年第 23 期、第 24 期上发表的署名朱波与郑惠的文章《列宁论过渡时期的阶级斗争》，还看《红旗》杂志 1962 年第 22 期上发表的署名施向东的文章《阶级斗争规律是不能忘记的》。

下午还是看政治经济学的参考书，看列宁写的《无产阶级专政时代的经济和政治》。在这篇文章里列宁阐述了坚持无产阶级专政的重要性，以及在这个时代中无产阶级的主要任务：从一切领域上战胜资产阶级，把社会主义革命进行到底。这也是对修正主义的有力反击。因为现代修正主义者否认无产阶级专政的必要性，否认社会主义过渡阶段存在着阶级斗争。

16：00 至 18：00 在教学楼 319 教室开展民兵活动，学习射击学的理论，请一位三年级的同学讲解。他姓薛，在军队里当过兵。据说在陆军、空军都待过。他住在 3 号楼 306 宿舍。这次讲的知识我在高中二年级时也学过，不过忘记了不少。

晚自习时间复习世界国家与法的历史，复习古罗马一章。

1963 年 3 月 29 日（农历癸卯年三月初五）　星期五　晴

前三节课是世界国家与法的历史，讲完了古罗马的国家与法，又开始讲第二篇，封建制国家与法的历史。今天讲的是日耳曼人建立的法兰克王国。我感到去年高考前复习的古代世界史对今天学习世界国家与法的历史是很有用处的。我经常回忆起去年的学习，很想抽出时间把世界古代史很好地复习一下。老师还让各班科代表搜集一下同学们对这门课的意见，反映给老师。中午我就在男生宿舍征求了大家的意见，并去女生宿舍征求她们的意见。原来我以为大家没有什么意见，但从今天征求的意见来看，大家的意见还不少。

第四节是体育课，学习掷手榴弹，很有趣。

下午是团的活动时间，先是全体团员与同学聚集在 309 宿舍，由王普敬总结前一段时间全班学习雷锋的情况。又一次提出我们班要争取成为雷锋式的班集体，为在年级里面树立起一面先进红旗而努力。党支部提出每个党员同志都要争取做雷锋式的党员，团支部向全体团员提出争取做雷锋式的团员，并向青年提出做雷锋式的青年的口号。我一定要响应支部的号召。说老实话，前一段时间我在学习雷锋方面做得还很不够，我一定要迎头赶上去。16：00至18：00，分团小组开团内生活会。

晚自习写政治经济学课堂讨论提纲。由于用大量的时间看了不少参考书，所以脑子里装了不少材料。现在整理起来就容易多了，因此很快就写好了。

1963年3月30日（农历癸卯年三月初六）　星期六　阴，大风

早晨在操场玩了会儿排球。早饭后还是读英语。

上午前两节是汉文课，讲完了《神思》一文。后两节是政治经济学课，进行课堂讨论，没有出现激烈讨论的局面。

午饭后开科代表会议。过春假后将要举行期中考试，要加强科代表的工作，加强与老师的联系。

下午两节自习在参考阅览室复习政治经济学。

然后又去了图书馆，还了《人民日报》1953年3月号，借了北平版最早的1月（1949年2月号）的《人民日报》。1949年2月北平市已经解放了，人民解放军是1949年1月31日解放北平市的。还借了恩格斯写的《家族、私有财产及国家的起源》和教科书《国家与法权通史》。

1963年4月1日（农历癸卯年三月初八）　星期一　晴

前两节是中共党史课，讲完了抗日战争部分。今天讲了刘少奇同志的《论党》（即在党的"七大"上作的《关于修改党章的报告》）。

后两节英语课，先分析上次测验的卷子，我得了4+分。我认为这种测验就是练习，多搞一些对提高我们的成绩有好处，不测验就不容易发现我们掌握知识的缺陷，得多少分是次要的。

下午自习。在参考阅览室做古汉语作业，翻译《神思》一文。

第一节晚自习时间巫月泉老师来到我们宿舍，我、左广善、王普敬、李树岩在宿舍，和老师聊了近一个小时，主要谈了谈对学习汉文课的感受，也提了些意见。巫老师走后我又去了309宿舍。中共党史课的辅导老师

方老师[1]正在那里，又和方老师聊了一会儿。我问方老师中共党史课还有课堂讨论吗？方老师说还有一次毛主席关于帝国主义和一切反动派都是纸老虎的论断的课堂讨论。3月21日的课堂讨论，就是方老师主持的。

1963年4月2日（农历癸卯年三月初九）　星期二　晴，大风

上午一连四节课都是自习，仍然在参考阅览室复习政治经济学。

下午也没有课，第一节依然复习政治经济学。晚上写政治经济学课堂讨论第二题的发言提纲。

1963年4月3日（农历癸卯年三月初十）　星期三　晴

早晨还是在操场玩排球，很有趣。早饭后读英语。

前两节是汉文课，开始讲《文心雕龙》的第三十二篇《熔裁》。后两节是政治经济学课，继续进行课堂讨论。这次主要针对我们同民族资产阶级的矛盾性质问题进行了激烈争论。

下午进行反修学习，读反面教材：赫鲁晓夫去年12月12日在最高苏维埃会议上的讲话。

明天开始放春假，将去香山春游，今天晚上的晚自习自然取消了。去礼堂看电影《阿尔依罕》，是北京电影制片厂与新疆电影制片厂合作摄制完成的片子，也还不错。

1963年4月4日（农历癸卯年三月十一）　星期四　阴

今天春游，去香山与颐和园游玩。我兴致颇高，情绪始终处于兴奋状态。

到香山大约是9：00。我们班共有34人，今天来了28人。冯振堂、杨福田、于秉寿、田广见、田旭光和武玉荣没有来。我们先去参观碧云寺。进入山门，首先见到了哼哈二将，后又陆续地见到了弥勒佛、释迦牟尼佛、十八罗汉、五百零八尊罗汉等。瞻仰了孙中山先生衣冠冢，在前面参观时大家有说有笑，到这里虽然没有人招呼，却一下子安静起来，气氛变得庄严、肃

---

[1]　方孝功老师。学校复办后，他在中央民族大学任教。

穆了。体现了大家对这位中国革命先行者的尊敬，默默地怀念着他对中国革命的伟大功绩。这里开辟有孙中山纪念堂，纪念堂内还放着1925年孙中山逝世后苏联政府送来的水晶棺，陈列着对孙中山先生革命事迹的介绍。

在衣冠冢和纪念堂前我们都照了集体照。李金生与刘爱清在这里画了写生画，很好。

离开碧云寺，我们来到香山公园，约11：10，我们开始爬山。登上香山的最高峰——"鬼见愁"，也是很有意思的。我从小喜欢爬山，学生时代，哪一次爬山也不会缺少我的。我认为爬山有很多好处：可以强健身体，调剂精神，开阔心胸，增长知识，还可以启发人的爱国情怀。我并没有循着大道登山，而是特意选择没有路的地方爬山。我先设定前方的某处第一高地为奋斗目标，到达那里后，又设定某高地为新的奋斗目标。第三次就以"鬼见愁"为目标，在各个高地，我都没有休息，一鼓作气地登上了最高峰。在向主峰攀登的过程中，我一路遥遥领先，其他同学都落在了后面。不过由于我选择的不是大道，路上尽是活动的碎石，脚踩上去，一块一块的碎石纷纷往下落，也够惊险的。距离主峰还有百米左右的时候，杨登舟、薛宝祥、刘爱清以及王普敬等人也赶上来了。终于登上了"鬼见愁"！据说这里海拔有500米。先后登上"鬼见愁"的我们班的同学共有10个人，他们分别是杨登舟、薛宝祥、刘爱清、王普敬、袁司理、王维、樊五申、石宗崑、李彦龙和江兴国。我们10个人在"鬼见愁"上合影两张，以示留念！我们在峰顶放眼四望，美啊！祖国的大好河山尽收眼底。我们正要下山，见到饶竹三、周芮贤两人也登上来了。我们12个人又在一起合影。这次是请别人从上面往下拍照，我们有的站立着，有的在岩石上跪着，有的干脆爬在岩石上，把头仰着。如果这张相片照好了，洗出来一定很有趣！

我们下山了，从"鬼见愁"回到第一高地，见到了孙成霞、王小平、左广善、宋新昌、李树岩、韩建敏等。一路上，我们边玩儿边往山下走，很愉快。回途中，我们来到玉华山庄，见到这里山花浪漫，很好看。迎春花黄艳艳地连成一片。还有一些粉红的花，可能是桃花吧？可惜我植物学知识太贫乏了，许多花都不认识。

我们是从北门进入香山公园的，又从东门出来了。由于在香山公园的时间太短了，我们只游了香山公园的一部分，卧佛寺、周家花园、樱桃沟也没

大学本科阶段

能去。同学们说等到秋天，香山的枫叶红了，再好好地游览香山公园。

出香山公园时，才12：05。回到汽车站，胡克顺等人早在那里等候大家了，我上了汽车，大吃一顿，并喝了不少的水，以补充体力。休息了一会儿，又觉得体力倍增！

13：00又坐车去颐和园。13：30进入颐和园。今天来的同学们先在仁寿殿前面留了合影，又顺着长廊来到排云殿的牌坊旁边，以佛香阁为背景留影。之后，我与石宗崑、杨登舟、孙成霞、李平煜、臧玉荣6个人去石舫前租船。14：30上船。我与杨登舟、石宗崑同上一条船。这时丁葆光又赶来了，上了她们的船。我们先划到后湖，在后湖玩了将近一个小时。我们划得较快，为了等她们，我们把船划到一株横卧在湖面上的大树下，竟被树杈塞住，差点儿被卡住出不来了，好在是有惊无险。

从后湖出来后，我们船上的石宗崑与她们船上的李平煜对换了一下。我们又把船往龙王庙方向划去，李平煜也学着划了一会儿。离龙王庙不远，李平煜见到了韩建敏，胡克顺、薛宝祥、宋新昌也在那边的岸上。杨登舟就弃舟登岸，胡克顺、韩建敏则上船了。这时，石宗崑他们那条船也划过来了，他们船上也换了些人。我们又见王普敬、周芮贤、李彦龙、王维也划着一条船来了。他们是15：30在知春亭码头上的船。后来划不动了，就在龙王庙码头交了船，上岸了，步行往知春亭方向走去。石宗崑划着船径直向知春亭码头驶去。胡克顺、李平煜划船技术都不太熟练。我就接过来，钻过十七孔桥，欣赏了中间桥洞两侧的对联与上面的横幅。离交船时间还剩下15分钟，离开十七孔桥也径直驶往知春亭码头。划着船，我自然想起了去年暑假期间，在颐和园住的五天！就是在那个时候，我学会了划船。

靠近码头时，我才发现同学们都在那里等着我们呢。上岸时是16：30，划了两个小时，很过瘾。手上都磨起了水泡，两条裤腿也被划桨带起的水花打湿了，引得同学们哈哈大笑。

出了颐和园东宫门，我们又在汽车站前的广场上玩了约半个小时的排球。今天的活动量可真不少。有的同学说我今天特别活跃。不少同学（如胡克顺、王维、樊五申）都说我的体力远远超出他们的想象。爬山、游园、划船、玩排球，样样都玩得津津有味。我也觉得两腿很有力，有足够的功底。我想这可能是初三、高一时练长跑的结果吧。

晚上去 310 宿舍，与胡克顺、周芮贤、敖俊德、薛宝祥、石宗崑、袁继林等聊天，谈起今天的游玩。从香山聊到碧云寺，又从玉泉山聊到颐和园，聊到北京的古迹。石宗崑谈起北京的传说，讲了一个"高亮赶水"的故事。我则讲起了北京城的变迁，还谈到明十三陵。其间，309 宿舍的同学来了，武玉荣也来了。大家围着很有兴趣地听我的讲解，听得他们津津有味。袁继林说："研究历史也很有意思，比政治经济学有意思多了。政治经济学太枯燥了。"我们一直聊到 22：00。

1963 年 4 月 8 日（农历癸卯年三月十五）　星期一　晴

上午前两节是中共党史课，开始讲第三次国内革命战争时期，由一位姓何的老师讲课，讲得很好。后两节是英语课，老师用提问的方式从头复习课文语法，新的东西没讲多少。

下午劳动，浇树，活儿不重。劳动到 17：00 就完了。去洗澡。后看《光明日报》。

晚上复习汉文，试译《熔裁》第三自然段。可能是由于学习了两篇古代文论，这次试译感到不是很困难了。

1963 年 4 月 9 日（农历癸卯年三月十六）　星期二　晴

上午一连四节课都是自习，我在参考阅览室准备世界国家与法的历史课堂讨论的提纲，参阅了不少书籍，当然只能是浏览一下而已。

下午第一节是体育课，练习跪着投掷手榴弹，很有意思，天公也很作美。

晚上准备世界国家与法的历史的课堂讨论。

原定 16：00 在 6 号楼 417 房间召开的世界国家与法的历史科代表会议，由于 16：00 礼堂举行文艺演出而取消了。不过文艺演出我也没有去看。

夜里睡不着，又搬出椅子在走廊里学习，看艾思奇的《辩证唯物主义历史唯物主义》的生产力与生产关系部分。

1963 年 4 月 10 日（农历癸卯年三月十七）　星期三　晴

前两节是汉文课，讲完了《熔裁》。最后的 15 分钟进行测验，翻译《神思》的第二自然段。

后两节是政治经济学课，讲社会主义国民经济的有计划按比例高速度发展问题。

下午和晚上都是进行形势学习时间。下午先由武玉荣总结前一阶段学习文件的情况，然后布置了下一阶段（到 5 月中旬）的学习讨论工作，之后自己准备。16：00 至 18：00 以及 19：00 至 21：30 是讨论时间，讨论是围绕着这次关于国际共产主义运动总路线的大论战意义进行的。

1963 年 4 月 11 日（农历癸卯年三月十八）　星期四　晴

前两节是英语课，继续讲第九课，这课书拖了不少时间了。后两节在参考阅览室继续准备世界国家与法的历史课堂讨论。下午与晚上也是如此。世界国家与法的历史课是本学期最重要的课了，是我们的专业基础课，必须学好它！

课间操时间我去找世界国家与法的历史课的辅导老师徐作山，他说不看同学们的课堂讨论准备提纲了，可能是太忙了。不过我需要了解一下同学们的准备情况，因此收取了于秉寿、敖俊德、胡克顺、丁葆光、田旭光、李树岩、李彦龙、左广善的提纲看了看，大都是根据讲义写的，其中于秉寿写得较好，我知道他也很喜欢历史，我们常在一起聊天。

1963 年 4 月 12 日（农历癸卯年三月十九）　星期五　晴转阴，有小雨

上午前三节是世界国家与法的历史课，进行课堂讨论，讨论题目是"古代巴比伦、雅典、罗马三个国家政权组织形式有何不同？"和"为什么说它们都是奴隶主阶级的专政？"第一个问题的讨论质量不高，却占去了全部时间的 2/3。徐作山老师主持我们班的讨论，他对同学们的讨论掌握得很好，一个一个问题地引导同学们经过讨论解决问题。他做总结时说话也很简要精练，讨论之后同学们反映很好。

第四节是体育课，学习卧倒投掷手榴弹。

下午是团的活动时间，各团小组讨论团组织发展对象。

晚自习第一节预习政治经济学。第二节写作文，题目是"怎样学习雷

锋?",雷锋同志值得我们学习的地方很多,我写的是学习雷锋的学习精神。这是明天上午前两节汉文课的任务,我提前开始写了。今天未写完。

今天,1963年4月12日,是我第一次参加普选的日子。中午和同学们一起去北京政法学院投票站投下了神圣的一票。我们都投票选举有关部门推荐的候选人——金德耀同志一票。金德耀是我校体育教研室副主任,是上届海淀区人民代表大会的代表,代表着我们北京政法学院两千多名师生员工。他工作积极、主动、热情、认真,能及时反映大家的意见,帮大家解决了不少问题。今天是选举日,我们北京政法学院投票站从早晨7:00开始接受选民的投票,到18:00多,宣布发出选票2367张,投票2367张,投票率100%,金德耀同志得票2359张,另外有一张票选举他人,三张反对票,四张弃权票。

1963年4月13日(农历癸卯年三月二十) 星期六 晴

早饭以后至前两节继续写作文"怎样学习雷锋?"。体会很多,一连写了八页作文纸,每页400字。虽然仅写学习雷锋同志的学习精神一个方面,但是写起来就"说来话长"了。这是我的老毛病,收不住笔。看来,我应当在"熔裁"方面下下功夫。

后两节是政治经济学课,讲了不少内容,但是由于讲义写得比较详细,有的问题老师就不讲了,同学们自己回去看看就是了。

15:00开始,我们全班同学在教学楼312教室召开学习经验交流会,有2班与3班的3位同学也参加了我们的会议。这个会早就酝酿要召开了。班长胡克顺、学习委员李彦龙事先也通知一些同学做准备,也通知了我,让我谈谈自己是如何学习世界国家与法的历史课程的。我自己的体会不多,就与一些同学如敖俊德、于秉寿、王小平、孙成霞、王普敬、刘爱清、左广善等交换了意见,予以总结,然后介绍给大家。会上大家交流了学习经验。

1963年4月14日(农历癸卯年三月廿一) 星期日 晴间多云

9:00至10:00听《星期演讲会》节目,北京大学哲学教授讲"宗教的起源",讲得很好,可惜我没有做笔记。

1963 年 4 月 15 日（农历癸卯年三月廿二）　星期一　阴天，晚上小雨

上午前两节是中共党史课，讲重庆谈判和双十协定。老师结合反修斗争讲了如何认识反动派与帝国主义，以及怎样对付他们，什么是有原则的妥协，什么又是无原则的妥协，等等。讲得好！后两节是英语课，讲英语语法：主从复合句与状语从句。

下午在参考阅览室自习，复习中共党史课：抗日战争部分，准备将要来临的期中考试。边复习中共党史课边做资料卡片，做卡片对文科学习和研究是非常必要的。这是我第一次做卡片，是有意义的开端，特将我做的第一张卡片贴在这里：

> 统一战线是什么呢？就是不同阶级和集团在一定的历史条件下为实现一定程度上的共同目的而结合的政治联盟，是一个不同阶级联合的形式。对待统一战线，只有用阶级分析的方法，才能正确认清各个阶级在统一战线中的各自的态度与作用，才能制定出我党正确的方针路线。
>
> 摘自《中共党史学习笔记》第七章第三节
>
> 1963.4.15

但愿这个良好的开端能给我带来丰硕的成果！

晚自习第一节课写日记，第二节继续复习中共党史课。

1963 年 4 月 16 日（农历癸卯年三月廿三）　星期二　晴

上午没有课，前三节一直在参考阅览室复习政治经济学，由于同时做卡片，所以复习速度较慢，仅复习了第一章和第二章的一部分。

下午在教学楼 419 教室听报告。请北京医学院卫生系叶恭绍大夫讲"结婚年龄和计划生育"问题，宣传推迟结婚年龄和实现计划生育。

晚自习在礼堂听政治经济学的辅导课，参加者除我们年级外，还有政法系二年级与政教系二年级的同学。卢老师讲"过渡时期的主要矛盾的几个问题"，算是对上次课堂讨论的一个总结。

夜里睡不着，起来穿好衣服，出去借着楼道里的灯光看上星期五《光明日报》哲学副刊第 385 期上刊登的徐宗温写的《社会基本矛盾运动的辩证规

我们走在大路上

律》。今天政治经济学辅导课上卢老师讲的很多知识是这篇文章所谈到的。我做了详细的卡片。结束时，我到楼下看了钟，正好是 17 日凌晨 4：00 了。

1963 年 4 月 17 日（农历癸卯年三月廿四）　　星期三　晴

昨天早晨开始练长跑，由于刚开始，只跑了两圈，800 米，以后会逐渐增加的。本想今天继续，但昨天夜间只睡了两个小时，为保存体力，今天就不跑了。

早饭后念第 10 课的英语单词，我最大的担心就是英语，这是我报考研究生的最大的障碍。我想学习国家与法的历史，还必须学好古汉语。

上午前两节是汉文课，发作文。上次作文题目是"译析《文赋》"。老师没有改我的作文。[1]后两节是政治经济学课，开始讲第六章第一节，讲"农业是国民经济的基础，工业是国民经济的主导"问题。卢老师讲课时举了许多事例，其中有许多数据，很能说明问题。我真想向他请教是如何找到这些材料的，又是怎样运用这些材料作出一篇好的论文来的。

下午和晚上继续进行反修学习。围绕我们同现代修正主义的根本分歧都有哪些表现进行讨论。争论很激烈，但是由于对于"和平共处"没有找到大家比较满意的答案，许多问题的争论就无法解决。我翻了不少书和词典，都没有找到确切的答案。

1963 年 4 月 18 日（农历癸卯年三月廿五）　　星期四　晴

上午前两节是英语课，讲第 10 课单词，读课文 "On the Importance of Learning Foreign Languages"。后两节是中共党史课，讲到毛主席论帝国主义和一切反动派都是纸老虎。

16：00 至 17：30 是民兵活动时间，在操场练习射击技术，当然是空枪（没有子弹）练习了。

晚饭后去找黄勤南老师，询问明天是否考试，他说明天还是讲课，让大家不要忘记预习新课。明天考的可能性不大。

20：40 至 21：30 在礼堂看电影《为了解决中印边界问题》。这部电影很

---

[1]　由于学生众多，老师不可能每次作文都一一批阅，只能抽部分同学的作文批阅。

好，只是站在后面太受罪了，[1] 又挤又累。

1963 年 4 月 19 日（农历癸卯年三月廿六）　星期五　晴

上午前三节是世界国家与法的历史课，前两节讲课，讲法兰西的国家制度。我越发觉得这门课不好学了，必须下功夫才行！首先应当打好世界通史的基础，历史知识不能含糊，必须弄清楚。第三节课果然考试了，题目是"巴比伦奴隶制国家暴君专制政体形成的原因"。

我答起来感到很顺利，也答了不少。自以为答得很全面，答完后也很满意，后来一看书才知道答得并不好。

第四节是体育课，先练习短跑，最后测验 100 米，我的成绩是 15" 2，不好。

下午两节课是团的活动时间，讨论学习雷锋同志的有关问题。

1963 年 4 月 20 日（农历癸卯年三月廿七）　星期六　多云

前两节在参考阅览室复习政治经济学。后两节是政治经济学课，继续讲"农业是国民经济的基础，工业是国民经济的主导"问题。

下午两节自习，做英语作业，很费劲儿。又看《经济研究》杂志 1959 年第 6 期，上面有杨白坚（执笔）等写的文章《关于社会主义经济的速度和比例问题的探讨》。

1963 年 4 月 22 日（农历癸卯年三月廿九）　星期一　晴

今天开始第十一周了，功课表有些变动。英语课与政治经济学课略微减少了，汉文课与中共党史课有所增加。

上午前两节是中共党史课，大家都以为要考试，结果未考。继续讲"毛主席论帝国主义和一切反动派都是纸老虎"。后两节的英语课没有了，在参考阅览室自习。翻阅 1958 年与 1959 年的《红旗》杂志，把其中我需要的文章记下来，以便以后用时查找。后看《论毛泽东思想》一书中关于统一战线部分。

──────────

〔1〕 放映电影时，学校的礼堂售票分为三种，前面的 0.15 元，后面的 0.10 元，站票 0.05 元。

下午劳动。在校门口打扫卫生，清理垃圾。

晚自习第一节课写日记。第二节课在教学楼 309 教室听党史教研室方老师把抗日战争时期部分串讲了一下。

夜里熄灯后继续在走廊里看书。看《经济研究》杂志 1959 年第 6 期，又看这期的《红旗》杂志上的《列宁反对修正主义、机会主义的斗争》，这篇文章写得真好，回答了我正想询问的关于列宁主义是如何成长壮大的一些问题，使我读起来就不愿放下。

1963 年 4 月 23 日（农历癸卯年三月三十）　　星期二　晴间多云

今天是星期二，上午我没有课（学俄语的同学上俄语课）。仍旧在参考阅览室复习政治经济学，总算把要考的第一章至第四章复习了一遍。我很喜欢在这里看书，尤其喜欢坐在南边靠窗子的座位上看书。累了，就抬头望望窗外，可以看见小滇池及其四周的景色。小滇池四周垂柳青青，水面不时泛起涟漪，别有一番风光。

下午第一节是体育课，继续练短跑。

参加学校组织的消防活动。学校将我们班和二年级的一个班，加上 21 位职工组成我院的“义务消防队”，由学校的曹老师[1]先给我们讲了讲我院的这个组织的历史，又讲了讲这个组织的工作概况。又请北京市消防队的张同志讲了讲有关的一些基本知识。他例举了不少本市去年或今年发生的几次较大的火灾，说明绝对不能忽视消防工作。

晚饭后我去找黄勤南老师问了问考试的情况，他说卷子尚未判出来。

晚自习第一节写日记。第二节去 309 宿舍听贾鼎中老师谈谈政治经济学课的复习与将要进行的课堂讨论。

1963 年 4 月 24 日（农历癸卯年四月初一）　　星期三　晴

上午前两节是汉文课，开始讲《文采》，这篇文章比较好懂。后两节是政治经济学课，讲社会主义建设中的工农业并举、轻重工业并举等问题。

中午学校“义务消防队”活动，看怎样使用消防水带等，又检查了一下

---

　[1]　可能是保卫科的曹善兴同志。

大学本科阶段

校内的十几个消火栓。

下午和晚上进行反修学习，展开讨论。晚上又睡不着，起来看《红旗》杂志。

1963 年 4 月 25 日（农历癸卯年四月初二）　星期四　晴

上午前两节是英语课。后两节是中共党史课，只讲了一会儿就进行期中考试："试谈毛泽东同志在党的第七次代表大会上提出的政治路线的基本内容"。

晚上复习世界国家与法的历史。

从今天起实行春夏季作息时间，早晨 6：00 起床（原来是 6：30），14：30 上课（原来是 14：00），其他时间不变。

1963 年 4 月 26 日（农历癸卯年四月初三）　星期五　阴天，晚上下雨

早晨跑 800 米，每天如此，已经坚持一周了。

上午前三节是世界国家与法的历史课，讲法兰西国家的国家和法律制度。这一单元讲封建制的法国。我觉得我的外国历史知识太少，应注意多读几本外国历史书。第四节是体育课，因为风大，停上。

下午是团的活动时间，座谈"幸福观"的问题。这是今年第七期《中国青年》杂志提出的讨论问题："青年人应当有什么样的幸福观？"我们各抒己见，畅所欲言。

讨论结束后去图书馆还了《列宁论反对修正主义》一书，借了一本《世界通史》（中古部分，周一良主编）。又去参考阅览室复习政治经济学。

晚上下雨了。我在宿舍继续复习政治经济学。

1963 年 4 月 27 日（农历癸卯年四月初四）　星期六　晴

上午前两节是汉文课，讲完了《情采》一文。

后两节是政治经济学课，第一节课先举行期中考试，考试题目是"在社会主义制度下，不断改善人们在生产中的相互关系的意义是什么？"这是教材上第四章的内容，我没复习到，不过想也想得到，就"胡聊"一通。考完

后第二节课继续讲课，开始讲第七章"商品交换"。原定于今日举行课堂讨论，因大家准备应付考试，故改在第十三周举行。现在是第十一周。

下午召开北京政法学院第六届田径运动会。我们班参加这几项运动：男子百米跑、男子 800 米跑、男子跳高、男子铅球、男子投掷手榴弹和男子 400 米接力跑；女子百米跑、女子 200 米跑、女子三项全能、女子跳远、女子 400 米接力跑等。总的来说，我们班的水平还不低。袁司理的 800 米跑成绩很好！我也想练长跑，以后也参加运动会。

1963 年 4 月 28 日（农历癸卯年四月初五）　星期日　阴转晴

今天虽然是星期日，但是提前上 5 月 2 日的课，5 月 2 日放假。

上午前两节是英语课。老师一上来就让我翻译（汉译英）一句话，只要把第十课课文的第一句背下来就可以了，但是我怎么也想不起来了。其实这课书我念了不少遍，前几句在下面完全可以背下来。由于我没有理解它，没有掌握句子结构，所以老师突然问我，我总也想不起来了。

后两节是中共党史课，讲毛主席的《目前形势和我们的任务》一文。

下午继续开运动会。袁司理跑 1500 米，获得小组第二名，后又参加全校的决赛，也获得了第二名的好成绩，成绩是 4 分 48 秒。我很钦佩袁司理，他思想好、学习好、身体好，不愧为一名中国共产党党员，是全班同学的表率，我应当向他学习！

17：00，举行运动会闭幕式，学校的徐主任与金德耀总裁判长先后讲了话，但是没有发奖，因为总成绩还没有计算出来。这次田径运动会共打破三项校纪录：男子跳高取得 1 米 66 的成绩，打破了 1 米 65 的校纪录，女子跳高取得 1 米 25 的成绩，打破 1 米 24 的校纪录，女子铅球取得 8 米 64 的成绩，打破 8 米 56（？）的校纪录。这两天天气也不错，正宜运动员创造好成绩。

晚自习在参考阅览室，对面座位上一位四年级的同学在写毕业论文，他写的题目是"宗教在太平天国运动中的作用"。见到他借了两本新中国成立前的史学杂志（据他说是从北京图书馆借的），我翻阅了其中的一本，是第二卷第六期，上面有缪凤林写的《西汉诸帝及外戚之祸》一文，附有二表，一是西汉十四帝王之体系表，二是西汉诸帝亲戚之表。我放弃了原来的学习计划，

大学本科阶段

抄写此二表。我想以后会对我有用的。可惜时间不够，不能阅读这篇文章。

世界国家与法的历史期中考试成绩出来了，我们班只有一个人不及格。

晚饭后全班在 309 宿舍集合，讲了讲关于参加"五一"劳动节的晚会之事，全班只有 13 个名额，想参加的人却不少。我表示不参加，让家在外地的同学去吧。我参加过许多次了。

1963 年 4 月 29 日（农历癸卯年四月初六）　星期一　晴

上午前两节是中共党史课，讲毛主席制定的土地革命路线。后两节是英语课，讲第十一课单词，今天英语课听得较好。

下午在参考阅览室自习，第一节用来看《光明日报》"经济学"专栏刊登的江淮写的《社会主义制度下流通的作用》一文，这对于我们现在学习社会主义商品交换理论很有帮助。第二节复习中共党史直到 17：00。

晚饭后去找黄勤南老师，想了解一下我们班的世界国家与法的历史期中考试的成绩及情况，但是由于老师人手少，而卷子多，老师没有对各班的成绩作具体分析，成绩也只分及格与不及格，没有再分出优秀和良好，所以也谈不出什么。

1963 年 4 月 30 日（农历癸卯年四月初七）　星期二　晴

上午我们没有课，自习。前两节课几乎全都用来看《参考消息》了。现代修正主义者的日子越来越不好过了。罗马尼亚与苏联及其他东欧国家在经济互助合作问题上矛盾重重。后两节做英语作业。

下午第一节是体育课，练习百米跑，下节课就要考查了。天气很热，阳光耀眼，上体育课戴上墨镜就舒服多了。第二节课后收拾东西准备回家。又代表全班同学起草了一封信给世界国家与法的历史任课的黄勤南老师，致以节日的慰问。

16：00 全班同学在 309 宿舍集中，党支部书记武玉荣、团支部书记刘爱清分别讲了讲"五一"劳动节的注意事项。其中谈到节日里来北京的外宾很多，各国的外宾都有，会有持不同政治立场的人。如果有人散布修正主义的观点，一定要坚持马克思列宁主义，坚决予以驳斥。

我们走在大路上

1963年5月1日（农历癸卯年四月初八） 星期三 晴

9：00在教学楼前开全校大会，庆祝节日，然后由党委宣传部的赵部长讲话，他谈到当前的国际形势，帝国主义日益分崩离析，殖民主义日趋灭亡，现代修正主义也越来越失去人心，中国共产党和毛主席的威信越来越高。听得我们非常高兴，深感做一个中国人的光荣和骄傲！之后开始游行，从我们学校走到北太平庄，再走回来。一路上高唱革命歌曲，并间断地呼喊着口号，这些口号是："庆祝'五一'国际劳动节！""高举三面红旗奋勇前进！""努力生产，厉行节约！""全世界无产者和被压迫民族联合起来，反对我们的共同敌人！""反对修正主义者！""保卫马克思列宁主义的纯洁性！""马克思列宁主义万岁！""中华人民共和国万岁！""中国共产党万岁！""毛主席万岁！"

回校之后又唱革命歌曲，演出文艺节目，自愿参加。我回宿舍看报纸。报上登出《毛泽东军事文选》英文版出版了。这些军事文选都是从《毛泽东选集》1卷至4卷上选择下来的。毛泽东同志在这些著作中对中国人民革命武装斗争的三个基本问题——革命战争的战略战术问题、人民军队的建设问题和武装革命根据地的问题，作了科学的说明。是毛泽东同志运用马克思列宁主义原理，为中国人民革命政治路线服务的军事路线的集中表现。现在，各国人民进行革命斗争都必须用毛泽东思想武装头脑，这本书的出版，将产生不可估量的重大而深远的意义。我们应当更加努力地学习毛主席的著作。

15：30就开晚饭了，饭后去参加天安门广场狂欢的同学便整队上车了。我也收拾了一下东西回家了。离校时15：40，去天安门广场的同学乘坐的车子也出发了。

1963年5月3日（农历癸卯年四月初十） 星期五 晴

前三节是世界国家与法的历史课，讲英吉利的国家制度。第四节是体育课，测验跑100米。我虽然很困倦，还得强振精神跑，跑了14"5，与高一的时候成绩一样。

下午是团的活动时间，继续讨论"青年人应当有什么样的幸福观"。讨

117

论结束后，去参考阅览室自习，复习《情采》一文。

晚自习继续看《毛泽东同志论帝国主义和一切反动派都是纸老虎》的小册子。

1963 年 5 月 4 日（农历癸卯年四月十一）　星期六　阴转多云

今天是中国青年节，《中国青年报》发表了长篇社论《论雷锋》。应当抽时间好好读一下。其他各报也纷纷发表社论纪念五四运动。

上午前两节是汉文课，讲《文心雕龙》之四十三篇《附会》，也很有意思。我想像中学学习古典文学那样，用白话文的语言，把学过的古文都翻译一遍，并争取多念多背。后两节是政治经济学课，继续讲社会主义制度下的商品问题。

1963 年 5 月 5 日（农历癸卯年四月十二）　星期日　晴

上午到中国革命博物馆听"历史知识讲座"第七讲，由中国人民大学讲师彭明讲《五四运动》。他讲了五四运动的经过后说我们要继承五四运动的三个优良传统：（1）彻底地反帝精神；（2）马克思主义坚决反击改良主义的战斗精神；（3）知识分子必须与工农群众相结合。他讲得不错。

1963 年 5 月 6 日（农历癸卯年四月十三）　星期一　晴间多云

前两节是中共党史课，改为自习，因为本星期四下午要进行课堂讨论。第一节在参考阅览室自习。太困了，第二节就回宿舍休息。后两节课就在宿舍自习，用于准备中共党史课堂讨论，看了不少参考书和参考文章。

下午劳动，给种植的树和花儿浇水。全班共 30 人参加劳动，分作两班，一班人去花园路劳动，另一班人在学校里劳动。

1963 年 5 月 7 日（农历癸卯年四月十四）　星期二　晴

上午前两节是自习，写中共党史课课堂讨论的发言提纲，写得很简单，没有什么自己的思想，只能抄书罢了。后又看《红旗》杂志今年第一期署名为邵铁真的文章《革命的辩证法和对帝国主义的认识》。后两节依然是自习，看学校图书馆编写的《反修报刊资料目录索引》第六辑，并把这份目录索引

我们走在大路上

抄了下来，以便今后使用起来方便。从这里面又找到了刘方成、萧灼基写的《论美帝国主义是纸老虎的经济根源》，这篇文章载于《北京大学学报·人文科学版》1962 年第 6 期。这篇文章从政治经济学的角度分析帝国主义的腐朽的基础。

中午饭后，胡克顺召开科代表会，结合这次期中考试，讨论了班里的学习情况。中共党史和政治经济学的期中考试成绩出来了，政治经济学全班 34 个同学都及格了，中共党史班里有 3 个同学不及格。

下午第一节是体育课，跳高，学习俯卧式跳高。

1963 年 5 月 8 日（农历癸卯年四月十五）　星期三　晴

上午前两节是汉文课，讲完了《附会》。至此，结束了本学期的汉文学习。学了四篇《文心雕龙》的文章：《神思》《熔裁》《情采》《附会》。在此之前还学习了陆机的《文赋》，上学期还学习了王充的《艺增篇》和袁宗道的《论文（下）》。通过对这些文章的学习，对我国古文论有了一些了解，我想再学习几篇，恐怕时间没有保证。

后两节是政治经济学课，继续讲第七章。

下午和晚上进行反修学习的讨论，大家谈了学习感想、体会与收获，谈得都很好。

1963 年 5 月 9 日（农历癸卯年四月十六）　星期四　晴

上午前两节是英语课，一上来就测验，我全做错了。这两节课讲课文的前半部分。我对英语课真是有点儿恐惧了，这学期比起上学期学的难多了。

后两节是中共党史课，在教学楼 211 教室进行课堂讨论。

下午继续在教学楼 216 教室讨论。我先用十分钟谈完我的看法。随后大家又争论了一番，但对我的发言没有不同的意见。讨论到 16：00，老师作总结发言。

1963 年 5 月 10 日（农历癸卯年四月十七）　星期五　晴

上午前三节是世界国家与法的历史课，讲完了英吉利国家与法的制度。从下星期起就要讲资本主义的国家与法了。黄勤南老师也结束了他给我们的

大学本科阶段

讲课。下面将由徐作山老师给我们讲课。今天徐作山老师也来听课,坐在我们的前面。课间他与我们交谈,他说要搞好学习,就要与老师多联系,这就要发挥科代表的作用。这给我以很大的启发,我一定要做好科代表的工作。

第四节是体育课,继续学俯卧式跳高。

下午是团的活动时间,继续讨论"幸福观"问题。后去参考阅览室看《国际问题研究》杂志。

晚自习又去参考阅览室看《光明日报》,做资料卡片。

1963 年 5 月 11 日(农历癸卯年四月十八) 星期六 晴

前两节是汉文课,自己作作文,题目是"《熔裁》读后感",不一定非要在教室写。后两节是政治经济学课,因为下星期要进行课堂讨论,这节课就不上了,让大家自习,准备讨论。所以我上午一直在参考阅览室自习。

19:20,学校放映电影《女理发师》与高尔基的三部曲之三《我的大学》,我去看了。除两部电影外还加映了一个纪录片,内容是介绍孔子老家曲阜的,片名我未看到。

1963 年 5 月 12 日(农历癸卯年四月十九) 星期日 晴

8:00 至 11:30 在礼堂听荣高棠在全国人民代表大会上作的关于第 27 届世界乒乓球锦标赛报告的录音,他讲得很好。他在报告中用了大部分时间谈比赛问题。最使人感动的是我国运动员的集体主义精神,为了集体利益,完全可以毫无不满情绪地放弃个人利益,这是其他任何一个国家的运动员不能比的!此外,他在报告中还谈到了其他一些问题,如反对修正主义、西方文化生活的侵蚀、世界各国对中国的怀念和友情,等等。听后令人为我国获得各方面的胜利和成功而欢欣鼓舞!

1963 年 5 月 13 日(农历癸卯年四月二十) 星期一 晴

上午前两节是中共党史课,讲到了解放战争时期的三大战役。后两节是英语课,讲课文。

下午在教学楼 208 教室听徐敬之主任作关于开展五反运动的报告。他讲了三个问题:(1)开展五反运动的重要意义;(2)我院存在的一些问题,主要是铺张浪费；（3）开展五反运动的方法、注意事项。

晚自习讨论开展五反运动的意义。

从晚饭后到晚自习的一段时间，学习唱歌。在本周末举办的班文艺晚会上，我们宿舍决定表演男声小合唱。

1963 年 5 月 14 日（农历癸卯年四月廿一）　星期二　晴

上午一连四节自习。前两节在参考阅览室准备政治经济学的课堂讨论，写发言提纲。第三、四节回宿舍看《参考消息》及各种报纸。

下午第一节是体育课，练单杠，也还有趣。第二节去参考阅览室自习。看刘少奇同志在中国共产党第八届中央委员会第二次全体会议上的报告。

1963 年 5 月 15 日（农历癸卯年四月廿二）星期三　晴

上午前两节是汉文课，发作文，上次作文题目是"怎样学习雷锋"。这次老师批阅了我的作文，说我这次的作文"就内容和形式来说，基本上是一篇情质并茂的文章"，但又说我的作文"对于本文所要求的怎样学，论述不够；对于学什么，说得太多了"。

后两节是政治经济学课，进行课堂讨论，讨论题目是"社会主义国民经济有计划按比例发展的必然性及其之间的相互关系"。从第二节起，争论较激烈。可惜时间已不多了，对于高速度的含义问题，本还可以展开讨论。

下午两节自习，在参考阅览室做英语作业。

16：30 至 18：20 开班会。班长、体育委员分别讲了近一个半月以来班里各方面的情况。晚饭后召开团支部会议，王普敬讲关于开展五反运动的一些问题。

晚自习预习中共党史课。

1963 年 5 月 16 日（农历癸卯年四月廿三）　星期四　晴

下午两节自习，在参考阅览室翻阅经济学的有关资料，查找中华人民共和国成立以来国民经济发展的数据。借到了 1959 年第 13 期至第 24 期的《红旗》杂志、1957 年 4 月和 8 月的《人民日报》。但是没有查到 1958 年至 1960 年三年"大跃进"时期每年的具体数据。我要用它们来说明大跃进高速度与八字方针〔1〕的关系。

16：20去北平房做透视，一切正常。

早晨时间和16：30至17：40是民兵活动时间，操练和练习步枪的瞄准，接触步枪。

晚自习继续寻找数据。为了能说明问题，也找了一些苏联的从1913年至1956年国民经济某些部门的数据。

1963年5月17日（农历癸卯年四月廿四） 星期五 晴

上午前三节是世界国家与法的历史课，开始讲第三编自由资本主义时期的国家与法。从今天起由徐作山老师给我们授课，讲英国的资产阶级革命。我觉得他讲得好，他讲课的最大长处在于容易让人接近，对于提高同学们的学习热情很有帮助，对我做好科代表工作大有好处。同学们大多数反映良好。第四节是体育课，继续学习单杠动作。

下午去中国人民革命军事博物馆参观雷锋事迹展览。这个展览很好，我详细看了各种展品，受到很大的教育。

晚饭后又制明天讨论所需的图表，1952年至1960年钢产量图和1950年至1959年工农业总产值净增产百分比图（以上一年为100%），百分比是我自己算出来的，中学的数学几乎都忘记了，计算起来很费劲儿。几天以来，一直忙着准备明天的讨论，昼夜都在考虑这个问题，觉也没有睡好。我在考虑一个问题时，对其他任何问题就都不感兴趣了，或者说不愿再去考虑别的问题了。

1963年5月18日（农历癸卯年四月廿五） 星期六 晴间多云，晚上大雨

上午前两节是汉文课，讲毛主席的著作《反对党八股》。早在高二上学年（1960年秋季）时，我们曾学过这篇文章。不过那时还不太懂，对文章内容的了解不如现在深刻。

第三、四节是政治经济学课，继续进行课堂讨论。讨论题目还是"社会主义国民经济有计划按比例发展的必然性及其之间的相互关系"。

---

〔1〕 指中央针对当时国民经济的情况提出的"调整、巩固、发展、提高"八字方针。

下午补党团活动，结合"南京路上好八连"事迹讨论如何发扬艰苦奋斗作风的问题。

1963 年 5 月 20 日（农历癸卯年四月廿七）　星期一　阴，多云

前两节是中共党史课，讲到了中华人民共和国成立，解放初期为争取国家财政经济状况好转而斗争等内容。后两节自习，在校园内读英语。下午劳动，运灰，较累。

16：00 去铅印厂买了三本书：《中国通史参考资料》，翦伯赞、郑天庭主编，第一册，原始社会、奴隶社会部分，由何兹全主编，中华书局出版；《中国通史参考资料》，翦伯赞、郑天庭主编，第二册，封建社会之战国至东汉部分，何兹全主编，中华书局出版；《世界通史》，全书主编：周一良、吴于廑，上古部分主编齐思和，人民出版社出版。铅印厂的负责人问我："你这么喜欢历史，为什么不考政教系？"我笑了笑，说："我报的是政法系。"学法律的更需要懂得历史啊！

1963 年 5 月 21 日（农历癸卯年四月廿八）　星期二　晴间多云

前三节在宿舍自习，因为阅览室已经"客满"。做英语作业，预习政治经济学。第三节课时，我们年级的司青锋主任来我们宿舍看了看，与我们随便聊了聊，问了问同学们对五反运动贴出的大字报有什么反应。

下午第一节是体育课，跳高，我用俯卧式跳怎么也跳不过去。

课后在教学楼 319 教室做卫生。

▲ 江兴国在宿舍自习

晚自习第一节看《英语句法图解》一书。又预习中共党史。

1963 年 5 月 22 日（农历癸卯年四月廿九）　星期三　阴，较前几天更冷

上午前两节是汉文课，继续讲《反对党八股》，讲完了。下周进行课堂讨论。后两节是政治经济学课，讲商业，又讲第八章"经济核算"。

下午和晚上都在进行五反运动，开展讨论，主要是大家给学校提意见，揭露学校存在的浪费现象。大家的意见主要是觉得教学楼教室的利用率不高，一切归结于应当加强目前学校的领导，大家又觉得我院长期没有正院长〔1〕，也不是个事儿，因此要求上级给我们调一个正院长来。

16：30 又写了写大字报草稿，后又到校园内各处去看大字报。

晚饭后去找徐作山老师，向徐老师反映同学们对他讲课的反应。徐老师很热情地接待了我。又告诉我许多关于如何看参考书的问题，尤其是如何读经典著作的问题。我很感谢他对我们这样地关切和负责。经常与他接触，一定对自己的学习大有好处。

1963 年 5 月 23 日（农历癸卯年闰四月初一）　星期四　阴雨

上午前两节是英语课，继续讲语法，后又讲第十一课单词。这课书是讲英国的历史，很有意思。后两节是中共党史课，讲毛主席的《为争取国家财政经济状况的基本好转而斗争》及抗美援朝运动。

下午两节自习，复习并预习世界国家与法的历史课。

1963 年 5 月 24 日（农历癸卯年闰四月初二）　星期五　阴间多云

上午前三节是世界国家与法的历史课，讲英国的斯图亚特王朝复辟和 1688 年政变。这段历史徐老师讲得好，比上次讲得还好，内容丰富、生动、有趣。最后徐老师布置大家阅读三篇参考文章，也说明了看这些参考文章的目的与方法，很好！

第四节是体育课，考查跳高，用俯卧式跳跃，直到下课补跳，我才及格（110 厘米）。

下午在教学楼 124 教室召开我们班的学习雷锋总结会。会上田广见、袁

我们走在大路上

---

〔1〕　我院原来的院长是著名法学家、政治学家钱端升。

继林、杨岷、孙成霞依次发言，都很恳切、真诚，对我也有很大的启发。

晚上预习政治经济学课。

1963 年 5 月 25 日（农历癸卯年闰四月初三）　星期六　晴

上午前两节是汉文课，自习，准备下次的课堂讨论。去图书馆还了所借的各种书籍、杂志、报纸，借了三本书：《两晋演义》《马克思恩格斯全集》第 7 卷、列宁的《论国家》。后两节是政治经济学课，继续讲社会主义的经济核算。

下午两节自习。第一节课时，中共党史课的彭老师（他曾经给我们讲过抗日战争时期的党史）来到我们宿舍。他说后天下午教研组准备开一个"第三次国内革命战争时期讲课情况调查研究会"，每班一人参加，他来邀请我参加。彭老师给我布置了四个思考题：(1) 通过本部分的学习，认为哪些地方给你留下了深刻的印象？你认为哪些地方讲得好，为什么？(2) 认为哪些地方讲得一般，为什么？(3) 认为哪些地方讲得有错误，或不确切，不清楚，为什么？要求尽量具体。(4) 对这部分讲课有什么意见？你认为怎样讲才好？希望我能准备一下，并征求同学们的意见。我接受了邀请，并答应准备一下。我想这可能是方老师（我们班的辅导老师，曾经主持我们班的课堂讨论）推荐的我。

1963 年 5 月 27 日（农历癸卯年闰四月初五）　星期一　晴

上午前两节是中共党史课，讲 1952 年的"三反""五反"运动，结合目前的"五反"运动，更有现实意义。后两节是英语课，讲第十二课"English and Great Britian"。刚上课就默写单词，我几乎又交了白卷，看来，我要想学好英语，必须过单词关。

下午两节自习，课后在 6 号楼 113 室（党史资料室）开党史调查研究会，由彭老师主持会议，何老师以及一位不知姓什么的老师参加。共有 8 位同学参加会议，都是 1 班至 5 班的同学，但是我们班只有我一人参加。2 班的张彦俊也参加了。我们两个人在某些场合总是不约而同地一起出现，例如我们都是世界国家与法的历史科代表。在会上我首先发言，把同学们的意见与我个人的一些看法反映上去，得到彭老师的赞许。会议一直在很热烈、诚

大学本科阶段

恳的气氛中进行，开得很成功，我感到很愉快。

晚饭后去找徐作山老师，徐老师借给我们两本《红旗》杂志，让我们看看。

晚自习看看社会主义过渡时期党史参考资料，是关于抗美援朝问题、"三反""五反"问题以及中华人民共和国成立初期国民经济财政问题的文件资料。

1963 年 5 月 28 日（农历癸卯年闰四月初六）　星期二　晴间多云

上午前两节课大多的时间都坐在参考阅览室（原第一阅览室，联合楼302 室）预习中共党史，读列宁的《论国家》，载于《列宁全集》第 29 卷。又读马克思的《评基佐〈英国革命为什么会成功？英国革命史讨论〉》，载于《马克思恩格斯全集》第 7 卷。

11：30，打电话知道五道口来了《中国青年》杂志第 10 期、第 11 期合刊，急忙赶去，到那里 11：55 了，再晚一点儿就要关门了。买了 20 本。回来后去饭厅吃饭，见到樊五申正在那里吃饭。樊五申是团支部宣传委员，我把书交给他。

下午第一节课是体育，做单杠动作。第二节课在 4 号宿舍楼 309 宿舍开班会。先由胡克顺传达学校第七届学代会精神。第七届学代会是上星期五下午与星期日下午召开的。后党支部书记武玉荣说由于胡克顺到学校的学生会担任副主席兼学习部长，所以建议由袁司理担任班长，并调樊五申到班上任副班长。团支部宣传委员以后再补选。大家一致同意这个决定。

晚自习先预习政治经济学课。后看《红旗》杂志 1962 年第 23 期、第 24 期合刊上刊登的署名吴介民的文章《英国资产阶级革命时期的封建王朝复辟问题》，看的速度很慢，随时提出"为什么"的问题，这是徐老师交给我的学习方法之一。他说读书不仅要满足于弄懂表面的意思，还要追问一个甚至几个为什么，只有这样，才能真正了解问题。

晚饭时，袁司理对我说："准备下一阶段主要抓学习的问题，先摸一下班上的底。你是否先和老师联系一下，对全班同学对世界国家与法的历史课的学习情况摸个底？把同学们的学习情况大致分个类。"我答应努力完成这个工作。

我们走在大路上

1963 年 5 月 29 日（农历癸卯年闰四月初七）　星期三　晴

上午前两节是汉文课，进行课堂讨论，讨论题目有两个：一是"为什么要反对党八股"，二是"在写作中怎样克服'长而空'的毛病"。同学们发言很踊跃。这几次（从 3 月 21 日的课堂讨论以来）课堂讨论，几乎我都和于秉寿坐在一起，在课下也经常进行讨论，他的知识很丰富，也很努力。

后两节是政治经济学课，继续讲社会主义的经济核算。本周是十六周，双周，本来没有这两节课的，由于进度太慢才加上了这两节课。

下午和晚上"五反"学习时间进行自我检查，主要是浪费方面。

下午在 4 号楼 309 宿舍开班会，袁司理就他新任班长一事发表了一篇不长的（约 30 分钟）"就职演说"，表示要点起上任的"第一把火"——把班里的学习搞上去。他谈了他的感想，对搞好班集体的信心，以及对同学们的一些要求所采取的措施。

1963 年 5 月 30 日（农历癸卯年闰四月初八）　星期四　阴转晴，晚上风雨大作

昨天夜里又"开夜车"了，好久没有这样做了。由于时间太紧，连写日记都没有时间，只好加夜班把最近的日记补记上。后又看《红旗》杂志 1962年第 23 期、第 24 期合刊上吴介民的文章《英国资产阶级革命时期的封建王朝复辟问题》。

上午前两节是英语课，讲第十二课课文的后半部分。今天这两节课上得很有兴趣，因为上课刚开始时做练习——翻译五个句子——没有难住我（当然也不是完全对，错了两个单词）。后两节是中共党史课，讲社会主义过渡时期总路线。

16：30 至 17：40 是民兵活动时间，学习今年 5 月 8 日《人民日报》上关于"南京路上好八连"的三篇文章。晚饭后不久就起了大风，很凉快，后下起了大雨，不过时间不长雨就停了，风却刮得越来越大。

1963 年 5 月 31 日（农历癸卯年闰四月初九）星期五　晴，晚上大风

早晨时间看《参考消息》，近两天太忙，没有看它，今天补看。

上午前三节是世界国家与法的历史课，讲美国宪法和国家制度。第四节是体育课，天气很热，阳光暴晒，今天考查单杠，我得到5-分。

下午是团的活动时间，先进行补选团支部委员的工作，团支部委员会提名丁葆光为候选人，大家一致表示同意。又学习刘少奇同志的《论共产党员的修养》第九部分"对待党内各种错误思想意识的态度"，对我教育很大。

中苏两党的双边会谈将于7月5日开始，从近来的情况看，不可能通过这次会谈就解决在重大问题上的分歧。

1963年6月1日（农历癸卯年闰四月初十）　星期六　晴

从今天开始，作息时间有下列变化：起床5：30，早自习6：00至7：00，早饭7：00，晚自习19：00至21：00，其他时间不变。

昨天夜里又加班到凌晨1：30，看杂志《新建设》今年第3期上刊登的署名徐崇温的文章《关于生产力和生产关系矛盾运动规律问题——和孙叔平同志商榷》。这可以看作是读4月12日《光明日报》上刊登的他写的文章的补充。研究生产力与生产关系的矛盾，很有意思。我现在对这些理论的东西一点儿也不感到枯燥，很希望多看一些这类文章，以丰富我的知识。

5：30起床，6：00至7：00早自习时间看杂志《江淮学刊》1963年第2期上刊登的署名徐则灝的文章《空想社会主义告诉了我们什么》，以及署名远方、郭学凯的文章《工农业发展的辩证关系》，都很好。

上午前两节是汉文课，写作文，题目是"在写作中怎样克服'长而空'的毛病"，我写得很短，不到1000字，时间也仅用了一节课，以实际行动来克服"长而空"的毛病。

后两节是政治经济学课，继续讲社会主义的经济核算。

1963年6月3日（农历癸卯年闰四月十二）　星期一　晴

上午的中共党史课停上，星期四要进行课堂讨论，给大家做准备的时间。整个上午我都是在参考阅览室度过的，和于秉寿在一起学习。我还是做关于南斯拉夫政治经济问题的卡片资料，紧张地做了一个上午。晚上继续这个工作。

下午劳动，在学校的葡萄园里除草。有一段时间与冯振堂一起干活儿，

我们走在大路上

边干活儿边聊天，谈到学习、个人的抱负，他也鼓励我去做研究工作。我说我缺乏实际斗争的经验。

1963 年 6 月 4 日（农历癸卯年闰四月十三）　　星期二　晴，酷热

昨夜看了《文史哲》杂志今年第 2 期的内容，睡得很晚。

早晨 5：50 至 6：30 全班在宿舍楼南边的排球场聚齐，听武玉荣讲了讲关于最近几天要去欢迎以崔庸健为首的朝鲜政府代表团之事，她说这次朝鲜政府代表团来访，是在刘少奇主席访问东南亚四国之后和下个月的中苏两党会谈之前，颇有意义，要求大家以最大的热情去欢迎朝鲜政府代表团。

上午一连四节课都是自习。前两节看了看政治经济学。

下午体育课，玩排球。16：30 至 17：30 我们班女同学同外班进行排球赛，我前去助兴。还不错，我们班获得胜利。后又去阅览室看了看报纸。

19：00 至 21：00 在教学楼 226 教室老师辅导英语作业。

1963 年 6 月 5 日（农历癸卯年闰四月十四）　　星期三　晴

上午前两节是汉文课，发作文，上次的作文题目是"《熔裁》读后感"。我边听老师的讲评，边看《新建设》杂志 1963 年第 3 期上刊登的署名宁可的文章《对农民战争后封建王朝一些政策的分析》。后两节是政治经济学课，讲国民收入的分配与再分配问题。课间向卢老师请教了几个问题。

下午继续座谈五反运动，晚上亦如此。自由活动时间去图书馆还了《马克思恩格斯全集》第 7 卷与《列宁全集》第 29 卷，借了一本《康有为和他写的〈大同书〉》。又去操场看了看排球赛，这次我们班男队与女队皆输。

孙成霞把她订的这个月的《光明日报》让给我，自己有了一份《光明日报》，便于剪报，收集资料。

1963 年 6 月 6 日（农历癸卯年闰四月十五）　　星期四　阴间小雨

今天去欢迎崔庸健率领的朝鲜政府代表团，我们班去了 24 个人，女同学去了 10 个人，只有臧玉荣因腿伤未好而没有去。我们宿舍其他 6 个人都去了，只有我没有去。

我早晨一起来就去参考阅览室看《中国青年》去年第 20 期至第 21 期合

刊上刊登的署名魏阳的文章《斥铁托集团"世界一体化"的谬论》，并做资料卡片。整个上午都在参考阅览室看书。大量地抄录了关于南斯拉夫政治经济的剪报资料。同学们大都走了，整个校园安静极了。

于秉寿也没有去欢迎朝鲜贵宾。中午饭后与他去 2 号楼找臧玉荣同学。我们三人都是家在北京的同学，与他们聊聊各自的家庭情况。

去参考阅览室做资料卡片，还是关于南斯拉夫的资料。从《参考消息》上摘录的材料。疲倦了，就翻翻画报休息一下。

直到 18：00 才从阅览室出来。借了一张今年 6 月 4 日的《文汇报》，上面刊登有署名阿诤写的《关于区分阶级的标准和正确地分析阶级》一文，很好。

晚饭后就在外面读阿诤的这篇文章。后又去找徐作山老师，他告诉我明天讲北美独立战争，希望同学们先预习一下，重点是《独立宣言》部分。徐老师和我聊了聊，他告诉我如何读书，他强调读书要认真，有不懂的问题就要查询，多动脑子想一想，必要时查字典，翻资料，不要嫌麻烦。他又讲述了他的大学生活。徐作山老师是吉林大学法律系本科毕业的，后又考上研究生，在中国人民大学学习了三年，毕业后分配到我们学校工作，他的知识相当渊博。他教导我如何买书：要多买工具书（如字典、词典等），经典著作以及一些基本参考资料，尤其是第一手资料。他说这些书很有价值，可以长期保留。有些小册子虽然能解决当时的问题，但用完后就用处不大了，有些书的观点不一定正确。经常看一些经典著作和第一手资料可以锻炼我们辨别是非和分析、批判的能力。不要老是接受别人咀嚼过的东西，那样对提高自己的水平帮助就不大了。我非常感谢徐老师的教导。

从徐老师那里出来，又到各处通知大家看一下《独立宣言》。随后回宿舍看《独立宣言》。

1963 年 6 月 7 日（农历癸卯年闰四月十六）　星期五　晴

早自习在 220 阅览室看杂志《国际问题研究》1963 年第 2 期上面刊登的署名思慕的文章《从布鲁塞尔谈判破裂看帝国主义国家之间的矛盾》。晚饭后又接着看，并看同期刊登的署名顾敏渊的《布鲁塞尔谈判破裂和英国》一文，都获益不小。应当扩大知识面，纵观世界，通晓全球！我早就想多学点儿这方面的知识，并学点儿地理知识。

前三节是世界国家与法的历史课，讲完英国的法律，又讲北美独立战争及《独立宣言》。第四节是体育课，玩排球。天气很热。

下午本来是团组织的活动时间，与下星期二的晚自习对调了，今天下午自习，下星期二晚上听报告。下午在参考阅览室看书。

我翻开马克思的《资本论》读起来，似乎感到很亲切，不像半年前读起来那样困难了。

17：15去找徐作山老师，他见到我拿着《资本论》，就借给我一本书：孟氧、集士写的《〈资本论〉（第一卷）历史典据注释（初稿）》，是杭州大学政治系资料室翻印的。很好！徐老师还劝我在最近几周应当集中精力搞好复习工作，准备迎接考试，以后暑假中有时间再看这些书，确应如此。徐老师还让我以后经常去他那里聊聊，有什么不懂的可以去问他。他若也不懂可以帮我查询。又说我要学什么、看什么书也可以告诉他，他可以帮助我找材料及参考书籍。我很感激他对我的关怀，我为能结识到这样一位好老师而高兴。我要钻研正缺少一个人给我以指导与帮助呢！

晚上又预习了一下政治经济学。

1963年6月8日（农历癸卯年闰四月十七）　　星期六　晴

上午前两节是汉文课，讲毛主席的《在延安文艺座谈会上的讲话》。后两节是政治经济学课，讲完了"社会主义国民收入的分配和再分配"这一章。

下午在参考阅览室自习，接着早自习的工作，做资料卡片，是关于阿诤的那篇文章的。又看《现代世界史》关于德国、美国、英国、法国战后的历史，重点是了解关于工人运动情况的记载。武玉荣那天问我："为什么德国的无产阶级革命成功了，建立了德意志民主共和国，而其他帝国主义国家，如美国、法国、英国的革命没有成功？"是啊，这个问题很有趣，值得研究。我在参考阅览室看书直到18：00。

1963年6月9日（农历癸卯年闰四月十八）　　星期日　晴

今天在我院及对面的体育师范学院开海淀区高等学校教师运动会。我院一些同学表演广播体操，还有一些同学参加了仪仗队。5：30就起床了。

我上午一直在220阅览室复习英语第二册上讲的几课书，以极大的耐心坐到 11∶15，比起以往的星期日来说就收获不小了。

下午起风了，乘风而回。经过西单时问了一下印字的事情。我们班的同学打算印背心、汗衫，让我打听一下情况。又买了一打卡片，是准备用它做英语卡片的。

13∶00 到家。下午没有外出，看《文史资料选辑》，又看了看报纸。后整理《北京晚报》，把上面的"国际窗"专栏的东西剪下来，积累资料。

19∶00 多离家，20∶35 回到学校，写了写日记。后看今天的《人民日报》第五版上刊登的李希凡的文章《〈四郎探母〉的由来及其思想倾向》，批判了"四郎探母"这出戏存在的糟粕内容，说它是以"超阶级（实际是资产阶级封建思想的）人情"掩饰了它的反动倾向。

1963 年 6 月 10 日（农历癸卯年闰四月十九）　星期一　晴

上午前两节是中共党史课，讲粉碎高岗、饶漱石反党联盟，维护党的团结的斗争，讲得很好。后两节是英语课，讲定语从句。

课外活动时间做宿舍的扫除。我受大家的委托去西单印背心。17∶10 从学校出来，到西单商场印字门市部交涉好。20∶20 回到学校，和大家一说，才知道印错了，短袖衬衫后面不该印号码。只好明天再想办法吧。

1963 年 6 月 11 日（农历癸卯年闰四月二十）　星期二　晴

早晨时间洗洗衣服。上午四节课都是自习。做英语作业。

下午第一节课是体育课，玩排球。第二节与自由活动时间看署名王冬青的高甲戏"连升三级"，也颇为有趣。不知李树岩从哪里弄来了洗澡票，便去洗了个澡。

晚自习第一节读毛主席的《在延安文艺座谈会上的讲话》，但文章很长，没有读完。第二节课找徐作山老师聊了聊，请教英国资产阶级革命时期的宗教问题。

早晨时间给西单商场印字门市部打了个电话，他们说还要过好几天才能印背心呢。我决定明天去一趟。我们可能 16 日（星期日）就要下乡去劳动了，同学们等着穿呢，但是昨天印字门市部说要 19 日才能取。

1963 年 6 月 12 日（农历癸卯年闰四月廿一）　星期三　晴

上午前两节是汉文课，继续讲《在延安文艺谈会上的讲话》，讲的是如何为工农兵服务的问题。后两节自习去联合楼期刊阅览室看了一节课的杂志。第四节开始复习政治经济学课，是从第七章"商品经济"开始复习的。

下午政治学习，继续进行五反运动座谈会，第一节自我检查，我检查了自己做得不对的地方。第二节以及晚自习时间制定小组公约。

16：30 去西单，接洽改印背心之事。

20：30 至 21：00 班长袁司理把大家的学习调查情况向全班同学通报了一下，要求全体同学都努力争取好的成绩。

1963 年 6 月 13 日（农历癸卯年闰四月廿二）　星期四　晴

上午前两节是英语课，第一节课复习，第二节课考查，结束了本学期的正式课程。后两节是中共党史课，讲我党发表的重要文件《无产阶级专政的历史经验》和《再论无产阶级专政的历史经验》，这两节课讲得很好！

下午自习。看《参考消息》，并做资料卡片。17：30 又去 220 阅览室自习，预习世界国家与法的历史课。

19：00 至 23：30 在教学楼 208 教室召开全校党团员大会，党委副书记郭迪作我校的学习雷锋同志活动总结。

1963 年 6 月 14 日（农历癸卯年闰四月廿三）　星期五　晴

由于昨天晚上的会结束得太晚了，今天早晨起床时间推迟了一个小时。

上午前三节是世界国家与法的历史课，讲美国的《邦联条例》和 1787 年宪法以及美国国家制度，包括美国总统的竞选和总统的职权等，徐作山老师找来许多材料揭露美国民主的内幕。我很钦佩徐老师的博学多闻，也很想向他学习，以后应当多看看《世界知识》杂志。前天买的那本《世界知识》就很好，其中有一篇文章介绍了肯尼迪"智囊团"的内幕，对于了解具体的美国很有帮助。

第四节是体育课，玩排球。

近来同学们吃午饭或晚饭总是端着饭碗在外面树荫下围成一个圆圈，边

大学本科阶段

吃边聊，很有意思。今天又聊起即将到来的下乡劳动的事情，令人振奋。

下午是团组织活动的时间，座谈昨天晚上学校党委副书记郭迪的报告。

17：00 至 17：55 在教学楼 208 教室召开我们政法系一年级的劳动动员大会，司青锋主任讲了讲劳动的意义及劳动的一些具体事宜，强调通过劳动改造思想，加强同劳动人民的感情。

晚自习补上中共党史课，在教学楼 411 教室上课，开展课堂讨论，讨论的题目是"新中国成立初期我们开展'三反''五反'运动的伟大历史意义"。同学们发言很踊跃。我在发言中从反面来说明开展这个运动的伟大意义，用资本主义在南斯拉夫的复辟来说明社会主义过渡时期阶级斗争的激烈、曲折、复杂，我们只有不断地打退资产阶级在政治、经济、思想、文化方面的进攻，才能保证我们的政权永远不变色。尤其强调要在思想上筑成反修、防修的第一道防线。

1963 年 6 月 15 日（农历癸卯年闰四月廿四）　　星期六　晴

早自习时间预习政治经济学。

上午前两节是汉文课，讲完了毛主席的《在延安文艺谈会上的讲话》。后两节是政治经济学课，讲社会主义社会的分配原则——按劳分配。

17：10 离校，到西单商场取印好的背心，共 18 件，每件 0.22 元，共计 3.96 元。回到家 18：15 了。

下午突然收到一张平件条子，原来是我的好朋友吴方城给我寄来了两本书：《简明哲学史》与《西方名著提要》（历史学部分）。我很感谢他。

附寄来信一封，全文如下：

> 兴国兄：
>
> 　　你好！接信多日，因学习甚忙，今日方回，甚歉！
>
> 　　汝所述诸书，寻多处，均不见，但与之同名或似名者甚多，不知你所需为何？现家中有此类书若干，仅寄两本，如有参考价值，尔可留用，不必寄回！
>
> 　　目前，学年之大考将近，门数甚多想必紧张万分，估 7 月 21 日即可放假，那时，定可畅谈一番！
>
> 　　接你来信，甚为欣慰。的确，学无止境，只有博览群书，方能成就大业！
>
> 　　恕不多谈，一切见面详叙！
>
> 　　　　　　　　　　　祝君愉快幸福！
>
> 　　　　　　　　　　　　　　老友　方城　　1963 年 6 月 11 日

我们走在大路上

信中所说我去的信，是 5 月 20 日写的信中请他帮忙在北京大学的新华书店找一找有没有《中国通史参考资料》《中国史稿》《世界通史》等书。

执笔回书致方城，以表谢意。另书致升基，约他离京前一会。

1963 年 6 月 16 日（农历癸卯年闰四月廿五）　星期日　晴

上午到校 9：00 了。他们纷纷来取印好的背心和衬衫，不知怎的，又少了一件，使得我着急了一上午，直到中午才弄清楚，原来不少。

王普敬提议去颐和园游泳，得到很多同学的赞同。共去了 12 个人：王普敬、胡克顺、左广善、袁继林、杨福田、饶竹三、李树岩、周芮贤、樊五申、薛宝祥、梁桂俭和我。他们都是走到中国人民大学乘 32 路去，我骑自行车去，到那里 14：00 了。游泳自然是非常舒服的，这是我今年第一次下水游泳。我今年还没有办游泳证呢。但是由于昆明湖水太脏，游到 15：00 他们就不愿意游了，便去更衣室淋浴。

太渴了，但是到哪里能够找到水喝呢？公园里的水源是很难找到的，这是北京的公园共同的特点。我忽然想起去年暑假我们住在这里时的供水处——在通往谐趣园路上的一个小院内。我便带他们去了，果然如此，我们便痛饮一顿，之后杨福田建议再去别的地方逛一逛，玩一玩，我也这样想，但是他们大多数人不同意，只好返回。

20：00 班长召集大家开会，讲明天劳动的事情。

晚饭时学校通知大家，院党委组织大家收听 6 月 14 日中共中央给苏共中央的信，是对他们 3 月 30 日来信的复信。从 20：30 到 23：10 中央人民广播电台广播了我们的复信的全文。这封信是关于国际共产主义运动总路线的建议，信中阐明了在二十五个共产主义运动的原则性问题上的中国共产党的态度和意见。总之，太好了。

1963 年 6 月 17 日（农历癸卯年闰四月廿六）　星期一　多云间阴，下午有零星小雨

今天开始了令人向往已久的公益劳动。

5：30 起床，6：00 吃早饭。6：30 出发，到东升人民公社塔院生产大队劳动。

今天全天的工作都是拔麦子。上午的劳动从 7：00 开始，到 11：00 结束，中间休息了两次。下午从 15：00 开始到 18：00 结束，休息了一次。上午第一次休息时，鉴于工作需要，把全体同学每三个人编成一个小组，前面两个人拔麦子，后面一个人捆麦子。我和杨福田、樊五申组成一个小组，互相替换着拔和捆。活儿并不重，虽然说在整个年级中我们干的算是重活儿了。大家一起边说边笑边劳动，很是愉快，我深深地体会到集体的温暖。

学校中午送饭过来，就在大树下面就餐，饭后大家就地休息。由于我有自行车，受部分同学委托，回学校取报纸，回到学校 11：50。韩建敏把报纸交给我。今天所有的报纸都刊登了中共中央给苏共中央复信的全文。

18：00 下班，18：15 回到学校。先去食堂填饱肚子，之后又去洗澡。19：20 开始晚自习。先写日记，又看 1962 年第 2 期的《北京大学学报·社会科学版》，上面刊登了署名张友仁的文章《关于生产关系一定要适合生产力性质的规律》，并做资料卡片。

1963 年 6 月 18 日（农历癸卯年闰四月廿七）　星期二　晴间多云

今天继续劳动：拔麦子。今天劳动的地方多是"十边地"，杂草丛生，很不好拔。再者经过昨天一天的劳动，同学们都有些累了，所以今天劳动的进度显然放慢了。但是同学们依然是干劲儿冲天，谈笑风生，非常有趣。我越发感觉到在集体中是多么幸福啊！

17：00 就拔完了麦子，又干了些其他的活儿。18：00 结束劳动回学校。

今天田广见与韩建敏都去参加劳动了，但是杨岷留在学校劳动了。

1963 年 6 月 19 日（农历癸卯年闰四月廿八）　星期三　晴间多云

昨天夜里下了一场小雨，所以今天地较湿。生产队为了趁墒抢种，让我们赶紧把地里的杂草拔掉。因此我们拔了一天的草，活儿不重。

今天李彦龙被"淘汰"了，因为他前一段有病（腿外伤）休息，落下的功课太多了。袁司理让他留在学校补习一下功课。下午杨岷、田广见也被"淘汰"了。

1963 年 6 月 20 日（农历癸卯年闰四月廿九）　星期四　晴

今天在园子里锄了一天的杂草，不累。这四天我们都是在第一生产小队劳动，从明天起改在第二生产小队劳动，任务还是拔麦子。据说明天的劳动任务相当地重。

1963 年 6 月 21 日（农历癸卯年五月初一）　星期五　晴

今天开始转到第二生产队劳动，比起前几天，劳动的地点都远了一些了。原定是拔麦子，但社员们怕我们手痛（已经劳动四天了，有些同学手上磨起了水泡），在今天早晨就把麦子拔好了，我们的工作就是把麦子捆好，并扛到打麦场。路比较远，但是同学们的热情依然很高，所以不到半天，就完成了这项工作。后又在芹菜园地里锄草。下午还是在芹菜园里锄草，草很多很密，很不好锄。回到学校后洗澡，晚饭后看了看报纸。

今天的《人民日报》在第 3 版上发表了"观察家评论"《肯尼迪的大阴谋》，揭露了肯尼迪"和平策略"的内幕，成为今天大家讨论的主要内容之一。

1963 年 6 月 22 日（农历癸卯年五月初二）　星期六　晴

今天上午接着做昨天的工作：锄芹菜园里的杂草。

由于今天是最后一天劳动了，所以只劳动半天。11：00 结束就回学校了。回到学校 11：30 了。洗罢，躺在床上看报纸，很困倦。

14：30 开始打扫卫生，做教学楼 319 教室的卫生。

1963 年 6 月 24 日（农历癸卯年五月初四）　星期一　晴

本周是这个学期的第 20 周，由于上周劳动了一周，所以仍上第 19 周（单周）的课。上午前两节是中共党史课，讲毛主席的《关于正确处理人民内部的矛盾》一文的发表。后两节补上英语课，讲第十三课的单词和语法——动词时态。

早饭后班长袁司理召集全班同学开了个短会，布置下午进行劳动鉴定的事情，让大家先自己鉴定一下，然后在小组会上说说，请大家提出意见，再修改通过。14：30 开始座谈。

晚自习还是看张友仁的那篇文章《关于生产关系一定要适合生产力性质的规律》，并做资料卡片。

大学本科阶段

1963 年 6 月 25 日（农历癸卯年五月初五）　星期二　晴

昨天夜里由于蚊子袭击得太厉害了，使我长时间不能入睡，干脆起来在走廊里看书，还是张友仁的那篇文章，继续做卡片。后又写日记，直到凌晨3：30。睡觉时东方天空已经发白了。

5：30，又被起床铃声叫起来，但是太困了，上午不得不用前两节课来睡觉。这倒好，和蚊子打起了"游击战"，白天睡觉，晚上工作！第三节看了看《参考消息》和报纸。

下午第一节是体育课，跳箱。第二节课看了看报纸。

16：30 至 18：00 在 6 号楼国家与法的历史的会议室召开一年级十个班的科代表会议，教研室的老师听取大家的意见，主要是对讲义的意见。老师说下个学期要重新编写教材。

19：00 至 21：00 在礼堂听卢老师辅导政治经济学。他先用半个小时讲了一下复习方法，又用半个小时把社会主义经济学部分串讲了一下，后一个小时主要是阐明社会主义社会基本经济规律，发展生产满足人民的需要和有计划地按比例发展经济，以及高速度发展经济的规律。解答了上次课堂讨论出现的问题。

1963 年 6 月 26 日（农历癸卯年五月初六）　星期三　晴

上午前两节是汉文课，复习《文赋》。后两节是政治经济学课，讲从社会主义社会向共产主义社会过渡的问题。

14：30 至 18：00 在礼堂听鲁直主任（国家与法的理论教研室主任）作关于反修运动的报告。

晚饭后去了解世界国家与法的历史课程考试的分数，全班所有同学都及格了。

1963 年 6 月 27 日（农历癸卯年五月初七）　星期四　晴

早自习读英语。前两节是英语课，这是本学期的最后两节正课，讲第十三课课文。讲课前我与石宗崑、孙成霞三人在教学楼前面的花坛边的台子上畅谈关于学习英语之事，后又谈起了毕业后的事情。虽然离毕业还早着呢！

我提议在我们学完英语之后，三个人合影一张，因为我们班只有我们三人是学英语的。

后两节是中共党史课，也是本学期的最后两节正课，讲反右派斗争运动。

18：00，巫月泉老师到我们宿舍来了，向我要去了汉文笔记，了解同学们的听课情况、记笔记的情况，以便做指导同学们复习时的参考。据老师说，期末考试以本学期学的内容为范围，还要考作文。

19：00 至 21：00 在礼堂听卢老师继续辅导政治经济学。卢老师把社会主义社会部分从第一章到第十一章各章的主要内容介绍了一下，突出了各章的重点。

1963 年 6 月 28 日（农历癸卯年五月初八）　星期五　晴间多云

早晨起床后到操场玩了一会儿排球。早自习时间先预习世界国家与法的历史课，后又看艾思奇写的《辩证唯物主义历史唯物主义》一书中关于生产力与生产关系、经济基础与上层建筑矛盾运动的关系。

上午前三节是世界国家与法的历史课，讲完美国这一章。徐老师讲得津津有味，尤其是介绍美国国会更使大家感兴趣。下课后，于秉寿兴高采烈地对我说："先生讲得太好了！"对老师讲课有这样的评价，是不多见的。世界国家与法的历史课程的教学，到今天结束了。第四节是体育课，做跳箱运动。

14：30 至 17：30 在礼堂继续听鲁直主任关于反修运动的报告。

晚自习继续看张友仁的文章《关于生产关系一定要适合生产力性质的规律》，并做资料卡片。

1963 年 6 月 29 日（农历癸卯年五月初九）　星期六　晴

前两节是汉文课，由巫月泉老师给我们复习《文心雕龙》的四篇文章：《神思》《熔裁》《附会》《情采》。后两节是政治经济学课，结束全部课程。

下午在教学楼 308 教室听院党委副书记徐敬之作的关于"五反"运动的报告。

1963 年 6 月 30 日（农历癸卯年五月初十）　　星期日　晴间多云

上午在宿舍继续看张友仁的文章《关于生产关系一定要适合生产力性质的规律》。

10：30 离校。在西单旧书门市部浏览了半个多小时，买了几本书：《毛泽东同志对马克思主义辩证法的贡献》，张心如著，人民出版社出版；《哲学名词简明解释（下册）》，丁戊编，河北人民出版社出版；《科学与宗教的斗争》，弗·普罗科菲耶夫著，姚恩华译，中国青年出版社出版；《中国奴隶制经济与封建制经济论纲》，吴大琨著，生活·读书·新知三联出版社出版；《联合国国际法院》，谢·波·克雷洛夫著，国际关系学院翻译组译，世界知识出版社出版。此外，还买了"外国历史小丛书"之《日本"米骚动"》，戴永玲编写。

回到学校，正是下晚自习时间，见到同学们纷纷在宿舍楼下集会。我不知发生了什么事情，只听见党支部书记武玉荣对大家说到今天我国外交部发言人发表声明的事情，说苏联政府恶化中苏两国关系的行为当然会激怒中国人民了，但我们党教育我们要本着坚持原则的精神，绝对禁止对苏联驻华大使馆有任何不友好的行动，要求大家克制住自己的感情。

1963 年 7 月 1 日（农历癸卯年五月十一）　　星期一　晴

今天是中国共产党成立 42 周年的日子。早晨大家纷纷聚集在膳厅前收听中央人民广播电台播出的"新闻和首都报纸摘要"节目，今天这个节目延长了 15 分钟。首先播送的是《中国共产党中央委员会声明》，声明宣布了参加中苏两党会谈的中国共产党代表团全体成员名单，由中共中央总书记邓小平任团长，中共中央政治局委员、书记处书记彭真任副团长。声明还说中共中央责成中国共产党代表团在同苏联共产党代表团会谈中，遵循我党坚持原则、坚持团结的一贯立场，根据六月十四日的复信，阐明我党对于国际共产主义运动总路线以及与此有关的一些原则性问题的观点，坚决捍卫马克思列宁主义基本原理，坚决捍卫 1957 年莫斯科宣言和 1960 年莫斯科声明的革命原则，维护社会主义阵营的团结和国际共产主义运动的团结，维护被压迫人民和被压迫民族解放事业的利益，维护反对帝国主义和争取世界和平事业的

我们走在大路上

利益，维护无产阶级革命事业的利益。

早晨自习前做宿舍的卫生，早饭后又去做教学楼 319 教室的卫生。

上午四节课在宿舍看书，做资料卡片，晚自习也是如此。总算把张友仁的文章做成资料卡片了。

14：30 至 16：30 讨论党委副书记徐敬之关于"五反"运动的报告，主要是批评官僚主义。16：30 至 17：30 在 4 号楼 309 宿舍集会，听班长袁司理传达关于考试的要求，据他说这次考试出的题是综合性的、启发性的题，不是一看就知道怎么回答，也不能从书上找出现成的答案，需要前后联系，综合而论，所以审题是很重要的。下午的讨论我们小组是在小滇池畔进行的。

1963 年 7 月 2 日（农历癸卯年五月十二） 星期二 阴雨

上午看杂志《经济研究》1962 年第 12 期，上面刊登有许涤新写的文章《论农业在国民经济中的地位和发展农业的关键》，并做资料卡片。整个上午都在做这件事情，等于复习政治经济学第六章。

从下午开始，有计划地进行第一遍的全面复习。

1963 年 7 月 3 日（农历癸卯年五月十三） 星期三 晴间多云

早自习复习汉文课的《文赋》。考试时间向后推迟一天，改为自 7 月 6 日考政治经济学，11 日考中共党史，14 日考汉文。晚上得知，我院于 15 日开始放暑假。原定于考试后要进行五反运动的学习，到 25 日才放假。提前放假，据说这是院长办公室的通知。

今天继续复习政治经济学。上午从第八章第二节复习到第十一章，效率不高。

下午两节课根本没有复习，看了看 1962 年第 1 期至第 6 期的《解放军画报》（合订本），又看了《参考消息》。课外活动时间看从学校图书馆借的《马克思剩余价值论方法》，并做资料卡片。完毕后去还书。晚自习时间继续复习政治经济学，反过来复习第一章和第二章第一节。第四章在期中考试时已经复习过一次了。

1963 年 7 月 4 日（农历癸卯年五月十四） 星期四 晴

早自习看 1953 年的第 1 期至第 12 期《解放军画报》，回顾过去的日子，

大学本科阶段

很有意思。

下午看政治经济学的参考书，补充我的知识。主要是看今年的第 7 期至第 8 期《红旗》杂志，上面刊登了薛暮桥的文章《价值规律和我们的价格政策》。

1963 年 7 月 5 日（农历癸卯年五月十五）　星期五　晴

早晨继续复习汉文的《文赋》，很费时间。

本想后两节再看一遍《陶里亚蒂同志同我们的分歧》一文。但是同学们要讨论政治经济学问题，我也不好拒绝。我们便开始讨论。先讨论这样的一道题："从工农业的辩证关系看国民经济有计划按比例高速度发展的客观规律"。

班里为了使大家更好地复习功课，组织集体讨论，共同复习，通知大家今天 14：30 开始在教学楼 103 教室进行讨论。17：00 讨论结束。

回来时经过 108 教室，去参观学校办的"'五反'展览会"。展览会分为"刑事侦查""图书馆""印刷厂""事务科"等几个部分，获益匪浅。

1963 年 7 月 6 日（农历癸卯年五月十六）　星期六　阴

8：00 至 11：00 在教学楼 319 教室考政治经济学。共有两道题：（1）试述社会主义工农业并举的方针的客观依据；（2）正确处理社会主义的积累和消费关系的意义。很好，两道题我都有精神准备，思索了不到一分钟就执笔疾书。第一道题我答了 12 张纸（16K 大小的白纸），还嫌有很多话没有答出来。可惜时间不够了，这一题我几乎用了两小时。我觉得星期二上午用了一上午看的许涤新的文章《论农业在国民经济中的地位和发展农业的关键》对我答题起很大的作用。此外，昨天上午的讨论对我也有很大的帮助。至于第二题，我也胸有成竹，因为昨天下午讨论时樊五申提出过这个问题。我曾试着给予详细的回答，袁司理又做了些补充回答。所以，对于这个问题我并不感到陌生。这道题我又回答了 5 张纸，共 17 张纸，而且答得满满的。

14：30 至 16：30 在礼堂听中共党史教研室何老师的辅导，何老师把这学期学的内容串讲了一下。

之后又去找李荣甫老师要记分册（上次英语测验后他要去登记成绩了）。

他问了问我们的考试情况，又说欢迎我暑假里常到他这里玩，或者问问题。

晚上看电影，国产故事片《鄂尔多斯风暴》。

1963 年 7 月 8 日（农历癸卯年五月十八）　星期一　晴

早自习时间继续复习《文赋》，这篇文章是我汉文课的最大障碍。

上午复习中共党史的社会主义过渡时期部分，复习到《再论无产阶级专政的历史经验》的发表。

下午几乎整个时间都在阅读这篇文章。今天把过渡时期复习完了。解放战争时期也复习到毛主席提出关于帝国主义和一切反动派都是纸老虎的论断。从整个党史来说，我是从后面往前面来复习的。因为后面刚讲过不久，记忆犹新，趁热打铁，最好！

晚自习后又集会，武玉荣传达了上级指示，再次要求大家克制自己，不要对苏联大使馆有任何的报复行为。据说中苏会谈已经举行了五个小时，我们已经赢得第一个回合的胜利。

今天报纸报道了昨天下午首都各界人民约 7000 人在人民大会堂集会欢迎被苏联政府无理要求中国政府召回的五人，分别是梅文岗、鲁培新、王耀同、姚毅、刘道玉。这次大会的特点是一再强调中苏两国人民的友谊是建立在马克思列宁主义基础上的，是牢不可破的！

1963 年 7 月 9 日（农历癸卯年五月十九）　星期二
多云间小雨转晴

早自习继续复习《文赋》，总算是把这篇文章复习了一遍，这将大大地减轻我以后复习汉文的工作。

今天复习中共党史，上午把解放战争时期复习完了。下午和晚上集中精力复习抗日战争时期，效果不错。到晚上第二节时，终于把整个党史全部复习了一遍。明天上午集中看"毛选"，下午再充实一下"重点"。

1963 年 7 月 10 日（农历癸卯年五月二十）　星期三　晴

今天继续复习中共党史。主要是看毛主席著作，上午看《毛泽东选集》第四卷中的文章，如《抗日战争胜利后的时局和我们的方针》《蒋介石在挑动内战》《中共中央关于同国民党进行和平谈判的通知》《关于重庆谈判》等文章。我觉得关于"用革命的两手反对反革命的两手"问题很重要，必须多花点功夫复习它！

下午还是看第四卷《毛泽东选集》，读《目前形势和我们的任务》及《在中国共产党第七届中央委员会第二次全体会议上的报告》。这两个问题和前一个问题，被我认为是解放战争时期的三大重点，必须注意它们。

晚上又看 1962 年《红旗》杂志上李维汉的文章《新民主主义革命时期争取无产阶级领导权的斗争》，这篇文章讲了统一战线的基本问题，有必要知道。

1963 年 7 月 11 日（农历癸卯年五月廿一）　星期四　晴

今天考中共党史，时间还是上午 8：00 至 11：00，地点在教学楼 319 教室。题目也是两道：（1）试论述抗日战争胜利后党制定的以革命两手反对反革命两手的方针。（2）试谈从粉碎高饶反党联盟中汲取的经验教训。我见到第一题，很是高兴。因为昨天上午正好用一上午看了这道题。我答了 14 张纸（16K 大小的白纸），详细地叙述了当时的历史背景，昨天看的文章的主要精神都答上了。但由于时间关系，联系当前实际不多，这是一个缺陷。我只是简单地谈到了我们今天用革命的两手对付肯尼迪的反革命两手（指武装侵略与"和平战略"），又谈到对赫鲁晓夫与修正主义也是如此。第二题我却失算了。只好根据依稀的记忆大加发挥了。还好，答出了一多半。如果我给自己打分的话，前一题如果能够得 4 分，后一题就只能得 1 分。我共写了 20 张纸。同学们一般回答用 12 张纸就够了。

考过两门主课了，成绩会如何呢？不敢说，得到优秀的希望不大！

14：30 至 15：50 在礼堂听巫月泉老师讲关于汉文考试的事情。后看《参考消息》。去找徐作山老师，可是他正在开会。

1963 年 7 月 12 日（农历癸卯年五月廿二）　星期五　晴，早晨有小雨

上午第三节课去找徐作山老师，请他给我推荐几本书读。他给我推荐了《国际共产主义运动史》（中国人民大学编写)、《法国史》、《资产阶级议

会》、《日本军国主义》等书。

第四节看汉文《附会》。我估计是考这篇古文论的。我对于复习汉文课很不感兴趣。

1963 年 7 月 13 日（农历癸卯年五月廿三）　　星期六　晴

上午看毛主席的《在延安文艺座谈会上的讲话》。第三节课去图书馆借书。第四节课看《参考消息》。

1963 年 7 月 14 日（农历癸卯年五月廿四）　　星期日　晴

今天《人民日报》发表了观察家评论《不许美帝国主义插手中苏分歧》。

8：00 至 11：00 考汉文。古文考的是《神思》第二段，要求说明这段的意思。可是我对《神思》这篇文章几乎是一点儿也没看，这一段的中心意思我也不知道，只好"蒙"了。这段中心意思是培养构思的途径和方法。我却写成：写好文章的关键和怎样才能做到好的构思。第二题是"作者怎样才能做到为工农兵服务？"。我便运用平时积累的知识高谈阔论起来。说到文艺的阶级性，它是上层建筑的一部分，是为一定的阶级基础服务的。又谈到作者的立场、世界观等问题。文艺为什么要为工农兵服务，怎样才算是做到为工农兵服务。又谈到作者必须深入工农兵，也谈到了普及与提高的关系，文艺批评问题。最后强调要做到这些必须学习马克思列宁主义，学习毛泽东思想的文艺思想，还在文章中穿插了一些课外的例子。但总的来说，我对汉文考得很不满意，能及格就不错了。

11：00 李荣甫老师找我们布置了一下暑假作业等事情。

下午看到了前两门课的考试成绩，都是"良好"。

14：30 班里在小滇池畔集会，由班长袁司理传达学校关于放暑假及暑假应当注意事项的通知。

1963 年 7 月 15 日（农历癸卯年五月廿五）　　星期一　晴

今天上午学校举行第九届毕业生毕业典礼，我没有去参加。开始放暑假了。

晚上看电影国产故事片《怒潮》，这部电影很好，尤其是影片的插曲

《送别》很好听。后又加映了好几个《世界见闻》及短纪录片《遣返全部被俘印军人员》。

得悉今天开始进行今年的高考，今天上午考作文，题目是"当听到国际歌时你想到的"和"五一日记"，题目很有意思，显然是针对修正主义的。

1963年7月27日（农历癸卯年六月初七）　　星期六　晴转多云，傍晚有雨

我和孙成霞、石宗崑我们三个学英语的同学决定去游颐和园。9：50，进东宫门直接奔知春亭附近游泳区，下水时11：15了。今天游得很舒服，天不热，阳光不厉害，水温不低，达29.5度，游的人又不多。我们一直游到13：00才上岸。后又散步，向排云殿蹓去。在佛香阁前吃午餐。买了些面包、油条，边喝茶边吃饭，很是爽快！我们又畅谈着。面对开阔的昆明湖面和秀丽的万寿山景色，纵谈古今也颇为有趣。我们谈到四年后的毕业分配，谈到将来个人的理想。他们两人都想去公安部门，我说我愿意去法院工作。又谈到学习英语，谈到我们的班集体，谈到郊游，等等。这时快下雨了，我们便欲欣赏雨景，但只落了几滴豆大的雨点就停了。我们正准备到别的地方去游玩，但才走了几步，又下起了牛毛细雨。我们又回到原处准备继续欣赏雨景，谁知不一会儿雨居然停了。看看天空，乌云不多，看来暂时下不起雨的。弄得我们有些扫兴：折腾半天也没欣赏到雨景啊！

我们又开始继续游园。在我提议下，我们登上了智慧海，又去后山，向北望去欣赏后山的风光。近处是丛林大树，楼台殿阁，远处是西山，白云，山峦起伏，烟雾缭绕。好一片北京西郊的自然风光！

我们又沿东侧山路而下。雨后空气很新鲜，给人一种很明快的感觉。我们有一个共同的感受：游园人不宜太多，三五个人即可。多了人心不齐，东者往东，西者往西，呼前唤后步调难齐。我们又下到后湖，顺后湖东进。湖水似乎涨了。我们又过小桥至北岸。宗崑谈起他在小学和初中的时候游园一定要玩"打仗"的游戏。成霞说她小时候出来玩也很淘气，以至于她哥哥管不了她，总是叫她："小霞！"回忆幼年时的生活是很有意思的。我们都认为童年、少年时代是最幸福的！现在我们的人生已经过去二十年了，以人生六十年计，已经过去三分之一了！因此我们又感叹时光的流逝太快了！我们学

到了多少的知识呢？更谈不上对祖国作出多少贡献了！我们走到四平台，休息了一会儿，又渡过了小溪，见到了乐农轩，我又想起去年暑期在此度假的往事，现在这里已成了华侨补习学校的乐园了。真是物是人非啊！

我们又来到了谐趣园，他们说从来不知道有这么绝妙的地方，更没有来过这里。我很奇怪，他们在北京待了这么多年，居然不知道这个地方。他们对此景色赞不绝口，说多亏我带他们来到这个如同世外桃源般的地方。我们便在此多停留了一会儿，欣赏这里的雕梁画栋，石桥、书法、篆刻，这里还有乾隆皇帝的御笔题碑。16：30，我们离开这里去东宫门。

晚饭学校食堂吃什么"罩火烧"，事先预告了，我们在万寿山上还在猜这会是什么东西？原来是把火烧泡在较好的菜——猪肉、辣子等之中，有趣！但是为什么叫作"罩火烧"呢？不解！

1963年8月5日（农历癸卯年六月十六）　星期一　晴间多云

今天与高中同学游览颐和园。

7：40离校，骑自行车去颐和园，由于时间还早，骑得较慢，到颐和园东宫门才8：20。老远地就看见了乔维华和汤叔禹已经在那里等候大家了。他们说是8：15到的。早晨7：00汤叔禹就去找乔维华，一起骑车来的。我们聊了起来。过了约十分钟，张荣仁来了。后来又陆续地来了孙锦先、李忠杰、吴孝平、于加生、万良国、韩忠心、张永祥、张志东、季铮洋、刘天赋、虞献正、陈正宜，加上我一共是16个人。大家三人一伙，五人一群地聊着，并不断地问我还有谁没来。我们一直等到9：30才进去。令人非常奇怪和遗憾的是张福民没有来！此外，据刘天赋说，沈念安说他不来，他一向是很积极的，这次为何不来呢？

到昨天晚上为止，我共得知三个人不能前来：张维群（不愿意来）、陈光前（去实习了）、贾金顺（我寄去的明信片被退了回来，退条上的批注是"地址不明"）。刘忠正先生为什么不来呢？据说在颐和园里面，但是我们今天在颐和园内没有见到他，也没有遇到一个北京八中的老师。

进园后我们先去乐农轩"拜访"，去年我们曾经在这里住过五天。现在已经是华侨补习学校的避暑之地了。我们又顺着砖道步入后山，大家谈笑风生，非常有趣。汤叔禹在同于加生、万良国等谈着医学院校的生活，李忠杰、乔维华等在听陈正宜谈的奇闻，季铮洋又施展了他的口才，滔滔不绝地讲着，吴孝平、张永祥在与张荣仁、张志东讲述今年高考的事情，刘天赋与虞献正就是老邻居，这次又是交谈不休。我与韩忠心曾一度走在队伍的后面，这些人里面只有我们两人是学文科的，我们交谈着各自专业都开设了哪些课程，用什么教材，也谈到了各自所在的班集体。我们都有共同的感觉：要学好文科的专业，必须先学好马列主义理论课。还谈到争取进步即争取加入中国共产党的问题。我们走到北宫门时，有人提议上万寿山的最高处——智慧海去看看。我征求了多数人的意见，决定不上山，继续沿着后山砖路西行。走了没多会儿，有人提议在路边的长椅和石凳上坐下休息一会儿。于加生、汤叔禹、万良国、韩忠心在一起聊着，吴孝平、陈正宜、李忠杰、乔维华、虞献正又在另一旁说笑着。孙锦先与季铮洋下起象棋来了，张荣仁、张志东、刘天赋、张永祥又打起扑克牌来了。我经常参加这两个"座谈会"，听取各方面的消息。我时刻不忘记肩负着整个活动的组织工作。

11：30，有人提议该走了，往哪里去呢？又征求大家的意见，有人说建议下水游泳，并说不游泳者可以划船，游泳者可以跟着船游，累了就上船休息。游泳？划船？这个主意不错，也得到了大多数人的同意，就来个"水上运动"吧！但是时已中午，应当先解决肚子问题。就来到了石舫，这里游人太多了，我们又顺着万寿山前面的长廊走到知春亭。经过排云殿前，我们16个人合了影。这是用乔维华带来的照相机和胶卷照的。那里地方宽阔些，我们就在那里吃午饭，打来开水，同学们纷纷买来包子、油饼、花卷、面包，各种熟食，进行快乐的午餐！吃饱了，喝足了，又休息了一会儿。

12：20，租了三只船，游泳的人也下水了。陈正宜因身体不行，没有下水，不敢划船，更不敢游泳，只在岸边观赏。我和张荣仁、张志东划着一只船，到我们船上来的游泳者有孙锦先；虞献正、汤叔禹划着一只船，上他们船的游泳者有韩忠心、刘天赋、李忠杰；吴孝平、张永祥划着一只船，于加生、乔维华、万良国上了他们的船。当然，有时上了船的人又下水游泳，过一会儿又上了另一只船。在水上，我们一边划着船，一边聊天，尤其是回忆去年暑假的颐和园之游。张荣仁和张志东和我不断地追忆和谈论着那令人难忘的五天！

我们把船划到南湖龙王庙，我上岸去找石宗崑。他正在颐和园集训，但是没有见到他。我们又把船划出了十七孔桥，碰见了另外两只船正搅在一起。他们互相拉住对方船上的绳子，用手扒着对方的游船边沿，嬉闹了一会儿。我们把那两只船甩开，绕着龙王庙岛转了一圈，然后直奔西堤，钻过小桥桥洞进入西湖。在我的提议下我们开赴畅观堂，想再次欣赏一下这个荒凉的地方。但那里岸边苇草丛生，岸上的小路也没有了，无法靠岸。我们只好划船北上，又钻过另一个桥洞回到大湖。可能时间差不多了，因为我们规定划船两个小时，就全力向知春亭码头划去，大约最后的 200 米 "冲刺速度" 是我划的。孙锦先、季铮洋已经重新下水，船轻了许多，像箭一般 "射" 去。靠岸后立即上岸结账，正好再晚交船一分钟就要加钱了。这最后的时刻还是很紧张的。

另外两只船上的人已经上岸了，我们在知春亭半岛的亭子边又重逢了。在这里又遇见了王铭仁，他是下午专门来游泳的。大家又聚齐后感到有些干渴，去大戏台找水喝。喝够了水就在背阴处椅子上横排坐下聊天。谈到这次游园，大家感到非常满意，并一再称赞我组织有力，策划有方。自去年毕业后，屈指算来这是第四次聚会活动了。第一次是去年 "十一" 下午在母校集合，晚上去天安门广场游乐，第二次是去年 11 月 11 日在中山公园聚会，第三次是今年春节正月初三在刘忠正先生家里聚会。但是这次来的人最多！大家对我的组织能力和热心精神给予了相当高的评价。我表示感谢大家的鼓励，并希望得到大家的帮助，以便共同搞好同学们的联络工作。我说："我认为咱们北京八中高三 3 班的集体不是三年的高中时代就结束了，毕业之后还要保持我们这个集体。今后要让更多的人参加每年寒暑假的两次聚会活动，使我们继续保持联系。这就是我们的活动宗旨。" 我的讲话得到大家的赞同。

我们又商议下次（明年寒假）的活动选在什么地方。大家不同意去外边，因为冬天外边太冷。最后提出两个地方：一个是刘忠正先生家，另一个就是我家。我希望大家放寒假时都给张荣仁打个电话，因为他家有电话，联络方便，如果有什么安排我会及时告诉他的。张荣仁也愿意为大家服务。大家又称赞张荣仁是我的得力助手。临结束的时候我又提出，希望每个同学如果接到通知让传达给别的同学，一定要尽力完成任务，如果实在无法完成，也要及时反馈，我好另外安排。大家都赞成我这个提议。

15：30，我们分手了。我和张荣仁、张志东、张永祥、刘天赋、乔维华、孙锦先留下再各处游逛一番，其余同学都走了。我们七人又到谐趣园停留有半个小时之久，欣赏那里的景致。又到仁寿殿后面各处看了看，又聊了会儿。老同学在一起总有说不完的话，可能是老同学相处无所顾忌的缘故吧。

17：10 我们离开了记载着我们多少美好回忆的颐和园！我和孙锦先、乔维华骑车而回，绕道清华大学到五道口，取道回学校，到校 18：10 了。

游泳回来，见陈正宜已经回去了。大家觉得我们都下水了，把他一人留在岸上很不好，委托我代表全体同学写封信给他表示歉意。晚上我给陈正宜写了封信。

给于加生打了个电话，互相问候。又给张福民打了个电话，知道他因为昨天被雨淋了，感冒了，所以今天没有去颐和园。我告诉他星期六有张荣仁、张志东、刘天赋、张永祥等人来我家找我，希望他也能来。他答应了。听韩忠心说赵修震已经于今年六月入党了，他是我们班第一个入党的人，为之高兴！

1963 年 8 月 18 日（农历癸卯年六月廿九）星期日　晴

本想早饭后去西单买早已看好的《列宁选集》（四卷集），因为旧书门市部 9：00 才开门，便先摘抄《参考消息》。9：00 正欲去西单，忽听见一个熟悉的声音在唤我，我一听就知道是我急切想见到的老同学黄升基。见到他我是多么高兴啊！我责怪他来得太晚，而且久无来信。他说上月 28 日那天晚上曾来过我家找我，而我当时去学校了。今天他若再晚来一步，我又出去了。他说仅仅收到我一封信，看来我写给他的前两封信又丢了，令人气恼！这样说来，的确也不能怪他。他们学校的保卫工作太差劲儿了。

他谈到他母亲来京，又谈到他暑假在清华大学度过了三天，还谈到了他下学期并不休息。我也对他讲了上个星期天我去看望杨毓英老师以及听到的有关四十四中的一些消息。又谈到了缪德勋、衣立、周芳琴等老朋友。对于他，我真是有满腹之言倾泻不尽啊！

10：00 多，在我的提议下，我们一起去看望缪德勋，但是缪德勋出去了。我们又去找衣立，衣立也出去了。和衣立的父亲聊了一会儿，我请他告诉衣立 13：00 去我家找我们。

我们走在大路上

在黄升基的提议下，我们去三里河找母校（四十四中）的新址。由于新盖的五层大楼在那里只有一座，便很快地找到了。我们进去参观，在门口见到了戴富贵老师，和她交谈了十分钟。她又引我们去校长室，见到了潘校长和余校长。和校长交谈约半小时，主要问了新的母校大楼的情况，我们感到母校呈现出一片欣欣向荣之景象。

我们俩到各层楼里参观，觉得新校校舍设备都很好，却有些奇形怪状，左一个门，右一间房，一会儿上，一会儿下，很有意思，不落俗套。

11：15，从母校出来，我们乘车回到我家。

午饭后，缪德勋来了，却始终不见衣立来。缪德勋聊了会儿，也回去了。我和黄升基睡了会儿。14：00，黄升基告辞了。我们约定下周一9：00他来找我，一起去母校再看看，并由我通知衣立和缪德勋。

16：00，缪德勋来找我一同去西单。先陪他去买了合霉素，我们又去旧书门市部看看。在那里，意外地碰见了黄子衡。我真是高兴极了，我正为没有他的消息而遗憾呢！我们就在书店的拐角处小声地但是又是异常激动地聊了起来。他是8月9日从唐山回到北京的（他在唐山铁道学院读书）。他询问了我们8月5日的聚会活动都有哪些老同学参加，各位老同学的近况如何。尽我所知都告诉他了，我们也简单地谈到各自学校的情况。他问我来这里买些什么书，我指着书架上一字横排码放着的八本《列宁选集》（四卷集，每集又分为上、下两册，共八册）说："诺，这些书！"他便谈起我们学文科的就应该多看马列著作。

我们聊到17：00，缪德勋已经先走了。黄子衡告诉我，他下星期五8：30到孙锦先学校（北京农业机械化学院），将一起去颐和园，邀请我也去。我高兴地答应了。

从书店出来后，他又陪我去亨得利修眼镜，又送我上了公共汽车才走。临别，他一再叮咛说："一定得去颐和园！"

晚饭后去找衣立。他正在家中。暑假以来，我们互相找了几次，皆未遇，今天总算是见面了。衣立身体看起来又比以前壮多了。这也倒是适合他们北京矿业学院的要求。他对我纵谈起他们的学习生活与将来的实习生活。很有趣！从这学期起他就搬到学校的本部来上课了（本部就在五道口，过去的一年他在学校的分部上课，地点在朝阳门外管庄）。这样，我们的距离就近多了，平时星期六或星期日都可以互相寻访。我告诉他下周一与黄升基约定去母校之事。他提议我们一起去看望许诚，我欣然同意，并决定下星期三上午去。

又忙着给新买的《列宁选集》包书皮儿，这虽然是在旧书门市部出售的打折的书，但是是新书，没有人阅过，全部共 8 元。

今天我太高兴了，第一，买了一套《列宁选集》，这对于我以后的学习将会大有益处；第二，见到了黄升基；第三，见到了黄子衡；第四，见到了衣立。他们三人皆是我自放暑假以来都想见到的老朋友。"有朋自远方来，不亦乐乎？"

1963 年 8 月 19 日（农历癸卯年七月初一）　星期一　阴间或有雨

晚饭时，母亲从送信的邮递员口中得知缪德勋考取了清华大学。7：00多我去他家告诉他，他还不知道呢。当我告诉他"你考取了第一志愿清华"之后，他还不敢相信。他母亲、妹妹、爷爷都非常高兴。他又怕这不是真的，一再问我是否属实。我说："没错，我打包票！"

我为缪德勋考上清华大学而高兴，祝贺他，我少年时代的朋友！我翻出我们四个少年时代好朋友的合影，无限感慨：我们都长大了……都上大学了！

1963 年 8 月 20 日（农历癸卯年七月初二）　星期二　晴

上午在家继续复习英语："Giving Lessons to Uncle Wang"。

下午足足地睡了一觉。我一直在等候同学来找我。今天高考发榜。但16：00 多了，仍不见有谁来找我。我又去缪德勋家，他已收到录取通知书，他考取的是清华大学精密仪器及机械制造系。我们一同出去，到阜外大街，他换乘 15 路公共汽车去他的中学（北京 110 中学）看看。我去找刘毓钧。他考上的是中央财政金融学院。中央财政金融学院通知他 28 日报到，我答应他 28 日陪同他去中央财政金融学院看看。

去找衣立。他正在家里练习写美术字。我告诉他缪德勋考取清华大学之事，他也很高兴。我告诉他刚才有人找我的事情，他估计是程起胤。我也觉得应当去拜访一下程起胤，问问他考取了什么学校。

回来去找缪德勋，才知道刚才的来访者是黄升基。他不辞劳苦地从东四赶来，就是想询问缪德勋考上了什么学校。得知考上了清华大学后也非常高兴。我们四人确实是好朋友，互相关心，其中一个人有好事情，其他人也为之高兴！

1963 年 8 月 21 日（农历癸卯年七月初三）　星期三　晴

根据上周的约定，8：00 我去找衣立，我们相约一起去找许诚，许诚是我小学时代的同学，也是衣立高中时代的同学。可惜许诚不在家，据说去学校（北京工业大学）了，可能要到星期日才回来。

我们又决定去找苗德霖。苗德霖也是我小学时代的同学，又是衣立高中时代的同学，是衣立带我去他家的。我还是在小学的时候去过他家，后来高一的时候他搬家了，所以我不认识他家了。如果我一个人去找他，还会去旧址找呢！

很好，苗德霖正在家，和他有许多年没有见面了，他长高了，壮了，却还是幼年时的样子。无巧不成书，正当我们与苗德霖谈到黄子衡时（黄子衡是苗德霖大学的同学，苗德霖也在唐山铁道学院读书），黄子衡突然闯了进来。这样，对于苗德霖来说，今天同时在场的有小学、中学（高中）、大学的同学。我也在此同时见到了小学、初中、高中的同学。很有趣！书读多了，难免同学的同学就是我昔日的同学！

我们谈到各自大学生活及所学的专业、将来的工作，也谈到了今年的高考。我和苗德霖还尽力回忆小学生活，从 1950 年至 1956 年我们在西直门大街第一小学（1953 年前是私立的若石小学）读书，毕业时我们属于 2 班的学生。根据我们的回忆，写出了我们班一些同学的名字（全班同学约 50 人）。

后来，我们又回忆起这些人。

11：00 从苗德霖家出来，又与黄子衡商议了一番后天去颐和园之事。到新街口与他告别。

1963 年 8 月 23 日（农历癸卯年七月初五）　星期五　晴

7：40 黄子衡就来宿舍找我。我陪他参观了一下校园，看了教学楼、小滇池等处。他说唐山铁道学院还不如我校呢。又与他去北京农业机械化学院找孙锦先。我们三人就骑车前往颐和园。11：00到达颐和园。进园后先到知春亭休息了一会儿。我与孙锦先都喊饿了，便提议买点儿吃的，我们去买了几个火烧，跑到佛香阁上边要来茶水，边喝茶，边吃面包、饼干（在知春亭买的烧饼早吃完了）。我们畅谈起来，今天烈日当头，所以我们无心到处游逛，只是静坐聊天。

我们谈到各自学校的生活。黄子衡说他们学校（唐山铁道学院）蚊子、跳蚤、虱子、臭虫很多，他腿上被咬得伤痕累累，惨不忍睹。他说这还是"轻的"呢！谈到学习，他二人皆诉"制图"之苦。

我们更多是谈到母校——北京八中。谈到北京八中的话剧团"内幕"。谈到赵尚彬的破车，骑起来"哗愣""哗愣"地哪儿都响；谈到殷德其的"处女作"；谈到我们班的几次下乡劳动，以及在校的劳动；谈到郑魁元老师；谈到周作富老师，回忆高一下学期的生活；谈到团支部三年间的发展；谈到高三下学期的征兵运动；谈到……

我们也谈到张永祥、吴孝平考上了大学。我们相信我们班今年还会有同学考上大学的。

我们谈笑风生地聊到13：40。两个多小时过去了，吃饱了，喝足了，起身行动。他们俩都不赞成我提出的去后湖或西堤漫步的建议，我们就顺长廊返回到知春亭，在知春亭又坐了一小时。15：00走出颐和园，与他们二人告别。去颐和园附近的北京科学技术学校找周芳琴。费了一番周折才找到她。

我告诉她刘毓钧考取了中央财政金融学院，她为刘毓钧考取大学而高兴。在两个多小时的交谈中，她谈到了她们学校、她所在的班集体，可以看出，她对她们学校及她所在的班集体是充满热爱的。不过工作也累得她够呛。我们也谈到了黄升基、刘毓钧、施雪华、蒋明媚、石玉山、胡业勋等人。谈到母校，我告诉她母校（北京四十四中）的变化，她才知道母校迁新址了，并说等28日考完试，她也回母校看看。

她们开晚饭了，她们暑假开两餐饭，她留我吃了晚饭。

17：40，我们一起出来，到她们学校的传达室给蒋明媚打了个电话，但蒋明媚不在家。知道她考上了河北农业学院，9月25日开学，9月15日报到。我想之所以开学这么晚，是因为水灾的缘故。

与周芳琴告别，她希望我以后如果来颐和园玩，还来找她。

我们走在大路上

18：25 回到学校。晚上看电影，越剧戏剧艺术片《红楼梦》，真好！布景实在好。如果真的有大观园，我估计要比颐和园好玩得多。

回来后，在 4 号楼 314 宿舍，与胡克顺、敖俊德、石宗崑、薛宝祥、于秉寿聊起《红楼梦》与曹雪芹，非常有趣。敖俊德正在看小说《红楼梦》。

现在故宫正在举办"纪念曹雪芹逝世二百周年展览"，有时间可去一看。

1963 年 8 月 24 日（农历癸卯年七月初六）　　星期六　晴

早晨先读了一会儿英语，后又写日记。10：00 离校，去北京师范大学看望高中教我们语文的老师岳鸿全。岳老师正在家。我好久没有见到他了（上次见面是 5 月 1 日）。在岳老师家里坐了一个小时，主要谈的是写文章的问题。我把期末考试情况及本学期的作文情况告诉岳老师。在岳老师的印象中，我作文的缺点是好以多为胜。岳老师一再嘱咐我要注意围绕文章要突出中心思想选材，所用的材料要尽量选人家不知道的，或较少知道的，别人知道的就可以不写或少写。并说对于所拥有的材料，要进行分类、鉴别，再找有代表性的，根据主题选择说服力强的材料，材料安排要适当。岳老师还举出最近半年多以来党中央发表的一系列反修文章说，虽然文章很多，有的文章还很长，而且文章的基本原则和精神都是一致的，但是读起来发现每篇文章都有新的东西。所用的材料并不是一下子全罗列出来，而是到什么地方用什么材料。岳老师还教导我写文章前要多看书，观察、搜集材料，不要急于动笔，要等到把丰富的材料加以系统地整理和组织后，胸有成竹了，再写不迟。

我们还谈到了许多其他的问题，如今年的八中高考、我们班同学的近况、反修斗争，等等。

岳老师拿出《中国历史常识》（第二册）说，上面有几篇是他爱人——李书兰老师写的。

谈到买书，岳老师说趁现在在北京，应当多买好书。我说书买多了以后分配工作时带不动怎么办呢，岳老师说这好办，一个人顶多半吨书就了不起了，分配工作带这点儿东西又有什么难的呢？

我向岳老师借了一本《大学·中庸》，并买了一本《文心雕龙》。

11：15 辞别岳老师，回到家 11：50 了。

15：00 赶到中山公园。张志东已经到了。不一会儿，张永祥、张荣仁、刘天赋陆续来了。过了一会儿，吴孝平也赶来了。此后一直没有其他同学来了。

我们进园后朝东边而行，边走边谈起张永祥、吴孝平二人高考成功之事。他们二人也很兴奋。尤其是永祥，说话也"硬"起来了。我们走到湖边，又折到茶园，才在茶桌旁坐下。荣仁带来了许多本小人书，我们就泡起一壶茶，坐在那里看起小人书来了。永祥从家里带来他家种的葡萄请我们吃，我们边吃边喝茶，边看书或聊天。水很快喝干了，都很懒，谁也不愿意去打水，就轮流值日去打水。17：15，吴孝平告辞走了。我们一直玩到19：00，才去买来几个面包充饥。

后又提议去看电影——就像去年那样。张志东提出要走了，他要去买火车票，学校快要开学了，他要返回哈尔滨了，准备买 26 日的火车票离京。我又感慨："志东此一去，山川越多条……"荣仁说他很困，也要走。我们挽留多时，他还是坚决要回去。天赋、永祥也跟着要走。我坚持要留下看电影，天赋见我态度坚决，也就留下来了，永祥也随之留了下来。

我主张看《白毛女》，但是永祥反对，他主张看《锦上添花》。看完电影，我们就出来了，22：10 我回到家。

我告诉刘天赋后天我们去四十四中的事情，他说也去看看。

1963 年 8 月 26 日（农历癸卯年七月初八）　星期一　晴

早晨起得很晚，8：00 才起床。我正在弄饭吃，黄升基来找我了。9：00 我们一起去找衣立。在衣立家坐了会儿。9：50 到四十四中，进校门时碰见了刘天赋。

我们一直找到四楼，也没有见到杨毓英老师或刘瑾老师。在校长室见到了金德华老师（她现在已经是主任了）和刘俊之老师，便坐下来闲谈。

约半个小时后，我们到处找杨毓英老师，见到了北京四十四中三年级 9 班的刘俊哲，他高中也进入了北京八中，现在在北京外贸学院学习法语。在校长室还先后见到了王维寅老师、穆老师、郝伯芝老师、刘瑾老师等，还有余秀芳校长。

刘瑾老师请我们到她的新住宅去看看，我们欣然同意。我们先回家。

我们走在大路上

11：15 离家按刘老师给我们指的路去她家。刘老师是骑自行车回去的。

我们乘 2 路无轨电车到动物园，换乘郊区车 34 路到紫竹院下车，往前走过一座小石桥，拐入苏州街，顺着路自然西转再北折，见到左手旁出现一座灰色的大楼，即是中央团校。入院后绕过几座大楼，又见一个喷水池，没有水喷出来，可能已经坏了。在喷水池旁边有一座红色的宿舍楼，刘老师就住在这里。

刘老师家里有一位女同志，是刘老师中学时代的同学。刘瑾老师的爱人华钧同志（我们称他为"华老师"）上班去了，星期六才回来。他们的女儿才一岁多，送到团中央办的托儿所去了，每星期六才接回来。

刘老师家有三个房间，一个卫生间可以洗浴，附带一个壁橱与一个阳台。家具不多，空出一个房间正好用来晾晒衣服。在宿舍楼东头，有一个游泳池，大院内建有电影院、商店，有专人管理和打扫。整个宿舍坐落在紫竹院内，环境幽静，空气新鲜。在这里生活如同身处世外桃源。黄升基笑着说刘老师已经过上了共产主义的生活。我们一致认为如此。

刘老师从食堂买来了许多花卷、馒头、烙饼，还有面条及种类丰富的菜，请我们吃。我们也就不客气地大快朵颐起来，饱餐一顿。我最感兴趣还是油炸辣椒面。

午饭后，我们和刘老师闲谈。本来刘老师每天是要睡午觉的，今天她也"牺牲"了午睡，与我们聊天。我们从刘老师现在带的这个男生班的纪律谈起，谈到了母校的过去和将来，回忆起我们初中三年的生活，也谈到了大学时代的生活。尤其是升基特别能聊，他讲起他们北工大的校风，又引申到现在，资产阶级与无产阶级之间的斗争。我们由此又谈到目前我们党正在领导的反修正主义的斗争。深感自己肩上的任务十分重大。

15：00，刘老师又搬出西瓜请我们吃。之后，我们在阳台上看了看游泳池，游泳池边还有更衣室、淋浴室，感到刘老师这里设备真好。刘老师让我们以后到这里游泳。

辞别刘老师出来，到动物园，黄升基要去北京师范学院找他哥哥，我与衣立乘 15 路公共汽车而回。

晚上又去找刘毓钧。他正在家，他说今年八中文科班学生考得很不好，29 人仅有 9 人考上大学，竟然无人考上北大，政法（我校）仅考上 2 人，中央财政金融学院仅他 1 人考上，余者皆师范学院之类。他再次要求我后天上午陪他去报到。

1963 年 8 月 27 日（农历癸卯年七月初九）　　星期二　晴

这两天很热，有些难受，但我却到处奔走不休！

8：10 去找缪德勋、衣立，我们三人一起去参观"纪念曹雪芹逝世二百周年展览"，该展览设在故宫文华殿。展览分为六个部分，第一部分、第二部分是曹雪芹的家世与《红楼梦》产生的历史背景介绍，这两部分也是整个展览的主要部分。我花费了一个多小时（总共参观了两个多小时），抄录了一些东西，展出的有挂图、曹家的墨迹、绘画、奏折、文章，等等，还有许多实物。第二部分剖析了清代鼎盛时期（也是中国封建社会崩溃的前夕）的社会政治经济状况。后四部分是关于《红楼梦》的出版，研究情况，改编成电影、戏剧、其他艺术形式的有关资料。都非常好。我们一直看到 12：25 才匆匆看了一遍。深深钦佩曹雪芹的伟大！更感受到了他写作《红楼梦》的伟大意义，但我们看得也筋疲力尽了。

又去参观故宫博物院，穿午门、端门、天安门而出，乘 1 路公共汽车回来，回到家 13：00 了。意外地碰见虞献正来访，他 11：00 多就从家里出来找我，在附近找了很久了，原来他把我家地址误记成"八栋 27 号"了。

下午就与他骑车去找刘天赋。他正在家里。我们三人聊了将近一小时，无非是大学生活、反修斗争等。15：30 又到北京八中看看，没有碰见老师。16：10 从北京八中出来各自回家。

1963 年 8 月 28 日（农历癸卯年七月初十）　　星期三　晴

8：30 到刘毓钧家里，陪他一起去中央财政金融学院报到。到中央财政金融学院 9：15，报到、注册、转各种关系。刘毓钧还要体检。最后他分到 4109 宿舍。一个宿舍共有五个人，其他四人都还没有来。在我的建议下他挑选了那张单人床，就是和我去年入学时一样，选中的是没有上铺的床。其他四人睡的上下铺的两张床。据说今天来报到的多是金融系的新生。他们学校今年就有三个系招生，其他两个是财政系和会计系。碰见与他同时来报到的新生，一问原来是同班同学（不在一个宿舍）。

10：30，报到的各种手续办完了，没有什么事了。

1963 年 8 月 29 日（农历癸卯年七月十一） 星期四 阴，小雨转晴间多云

我提议去参观"曹雪芹逝世二百周年展览"，将近 11：00，我与刘毓钧乘 5 路公共汽车去故宫。我们进入神武门，先参观故宫的东路，参观了织绣馆、绘画馆、石鼓陈列室，等等。直走到文华殿，参观了"曹雪芹逝世二百周年展览"，在此我们参观了较长时间。休息时买了长面包做午餐。

之后，我们又参观了三大殿：太和殿、中和殿、保和殿，还参观了历代艺术馆的第一、第二馆。后又参观乾清宫。最后我们又去参观故宫的西路，但是刚参观不久，故宫就摇闭馆铃了。我们走出故宫神武门时已经 17：40 了。从景山前门站乘车而回。我到家 18：20 了。

1963 年 8 月 31 日（农历癸卯年七月十三） 星期六 晴

新的学年开始了，我们从法一 1 班升为法二 1 班了。

我们班的宿舍略有变化：男生宿舍 4 号楼的 322 宿舍不动，314 宿舍的七个人搬到 310 宿舍，309 宿舍的七个人搬到 311 宿舍，樊五申、石宗崑及 2 班的同学由 311 宿舍搬到 323 宿舍。年级办公室设在 309 宿舍。女同学住的 2 号楼也有变动：田旭光、李平煜、丁葆光、臧玉荣四个人与外班女同学合住 307 宿舍，其余七个人（韩建敏、佟秀芝、武玉荣、王小平、孙成霞、贾书勤、杨岷）皆在 301 宿舍。

晚上看电影《新儿女英雄传》。

1963 年 9 月 2 日（农历癸卯年七月十五） 星期一 晴

今天二年级的生活正式开始了。开学头一天就是劳动。这学期的劳动课改在每单周一的 8：00 至 12：00。可能是为了说明学校对劳动课的重视吧！今天我们的劳动任务是挖沟运土。我和石宗崑一起干。挖沟确实很累。但这正是锻炼的好机会。

下午两节是汉文课，本学期汉文课主要是学习现代散文。今天讲的是刘白羽的《长江三日》。

1963 年 9 月 3 日（农历癸卯年七月十六）　　星期二　晴

上午前两节是哲学课，讲"绪论"中的"什么是哲学与哲学的根本问题"。我很喜欢这门课，也有决心学好这门课。

第三节是体育课，做体能与体肌测验。我百米跑成绩是 14 秒，立定跳远成绩是 2.30 米。

下午两节是英语课。这学期英语课改由朱奇武老师给我们上课。第一节检查暑假作业。老师叫我站起来读第十一课课文的第一段。我暑假里根本没有读它，只能凭上学期对这课书较熟的水平，勉强通过。第二节课又讲第十三课课文。

课后找徐作山老师，聊了聊关于世界国家与法的历史课这学期的教学问题，徐老师让我告诉同学们上课前预习一下。我回来后到各宿舍传达老师的意见。

晚上在教学楼 311 教室自习。这学期 311 教室是学校分配给我们年级 1 班、2 班、3 班的自习室。预习国家与法的历史课程，看"法国资产阶级革命的过程"。

1963 年 9 月 4 日（农历癸卯年七月十七）　　星期三　晴

上午前两节课在宿舍自习（他们学俄语的同学上俄语课），复习哲学，整整花费了两节课时间，尽力地把老师讲到的每个问题弄清楚。后去图书馆报刊阅览室还了暑假中借的《解放军画报》。又借了两本书《新名词词典》和《〈尔巴哈和德国古典哲学的终结〉解说》。后两节是世界国家与法的历史课，讲法国资产阶级革命，批判《人权宣言》。徐作山老师讲得很精彩，内容很丰富。但课下同学们反映后半部分讲得太快，较乱，不好掌握。这需要向徐老师反映。

下午两节课是形势学习，座谈暑期的生活。这学期学习小组重新划分了，我们是第三小组，以我们宿舍为基干，除我们七人外，还有樊五申与三位女同学：武玉荣、贾书勤、佟秀芝。

晚上在教学楼 311 教室看这几天的报纸。自去年冬天以来，我把反修斗争的学习看作头等大事，这也是学习马克思列宁主义的绝好机会。

1963年9月5日（农历癸卯年七月十八）　星期四　晴

早自习读汉文课文刘白羽的《长江三日》，散文朗读起来也是很有益的。

上午前两节是汉文课，讲《长江三日》的第二日，十一月十八日，过三峡。后两节是哲学课，讲哲学史上唯物主义与唯心主义的产生、发展的根源，很有意思。

下午第一节是体育课，打排球。第二节和晚饭前的半小时看报纸，看印度尼西亚共产党主席艾地九月二日的报告，把报告全文读完了。

课后去教学楼419教室做大扫除，这是学校分配给我们班的任务。

晚自习复习哲学，看北京大学与中国人民大学合编的哲学讲义，很好。我真想系统地研究一下哲学史，像上学期对待政治经济学课程那样。

1963年9月6日（农历癸卯年七月十九）　星期五　晴

今天发表了重要文章，是以《人民日报》编辑部与《红旗》杂志编辑部名义发表的《苏共领导同我们的分歧的由来和发展——评苏共中央的公开信》，文章把苏共领导人自1956年苏共二十大以来错误的产生、发展直到系统化的经过，以及中苏之间的分歧由思想意识方面，扩大到国家方面的经过全盘揭露出来了。破坏中苏关系的责任当然不在我们方面。今天的《人民日报》用了第一版至第四版4个整版刊登了这篇文章，且用大于平时登新闻的字体，足见文章的重要性。

《人民日报》编辑部与《红旗》杂志编辑部还说从今天起将陆续地发表文章评论苏共中央的公开信。

早晨读英语。前两节课在教学楼311教室复习哲学。后两节课是国际共产主义运动史，由周老师讲授，今天讲的是"导言"，和当前的反修正主义斗争联系起来，他讲得很好！

下午在礼堂听学校领导作关于五反运动的报告，以及学校生产科与伙食科的总结报告。

收到石玉山的来信，他现在在郊区平谷县峪口公社峪口中心小学当小学教师。他说这是他很久以来的夙愿，他决心献身于教育工作，并争取作出成绩来。他还说从我上次给他的信中受到鼓舞。

1963 年 9 月 7 日（农历癸卯年七月二十）　星期六　晴

上午前两节是自习。在宿舍读了一节课的英语。第二节看云南省出版的1962 年第九期《学术研究》杂志，上面发表了署名温茂芬的文章《列宁关于无产阶级专政的历史作用》。后两节是世界国家与法的历史课，讲法国的雅各宾专政。

下午两节英语课，学习第十四课课文。

1963 年 9 月 9 日（农历癸卯年七月廿二）　星期一　晴

上午前两节是国际共产主义运动史课，讲列宁主义产生的条件、初期的工人运动。

下午两节是汉文课，讲完了刘白羽的《长江三日》，又讲新课文《访问季米特洛夫故居》。

上午的后两节与晚自习都在教学楼 311 教室看《费尔巴哈和德国古典哲学的终结》，很不好懂，参阅《〈费尔巴哈和德国古典哲学的终结〉解说》一书。读它是困难的，读懂它也是非常有趣的。哲学是马克思列宁主义的重要组成部分，必须学好它！

1963 年 9 月 10 日（农历癸卯年七月廿三）　星期二　晴转阴，有小雨

上午前两节是哲学课，讲哲学史上的"两军对战"，即唯物主义与唯心主义的斗争。

第三节是体育课，打排球。第四节回教学楼 311 教室看《费尔巴哈和德国古典哲学的终结》一书，下午自由活动时间仍然看它。

晚自习复习世界国家与法的历史。第一节快下课时，去辅导室找徐作山老师问了问关于法国大革命时期阶级斗争的一些问题。后徐老师就和我聊起资产阶级革命在英、法各国的相同点与不同点。与徐老师谈话我受益很大，他教导我应当如何学习。他说不仅要学习理论，学习书本知识，还要注意观察现实，要学会进行调查研究的方法，尤其要学会进行阶级分析，丰富自己的实践知识。他还强调要在学习中改造自己的思想，应当积极争取入党，等

等。他讲的这些都是带有根本性的问题，对我启发很大。

1963 年 9 月 11 日（农历癸卯年七月廿四）　星期三　晴

上午前两节是自习，去图书馆还了《世界通史》，借了一本《政治学说史》（中册），这是昨天徐老师给我推荐的，确实很好，能大大地丰富我的知识。回来预习哲学。

后两节是世界国家与法的历史课，讲雅各宾专政时期的措施。

下午两节是形势学习，分小组读第 16 期《中国青年》杂志上的文章《从水牢里逃出来的人》。

课后去教学楼 311 教室继续看《费尔巴哈和德国古典哲学的终结》及《〈费尔巴哈和德国古典哲学的终结〉解说》两本书。

1963 年 9 月 12 日（农历癸卯年七月廿五）　星期四　晴

早晨起床后不久，班长召集全班男同学，讲"十一"我们学校的任务，还是去天安门广场组字，我们班需要 27 个人参加。当天晚上去天安门广场狂欢，需要 26 个人。大家报名参加。我报名参加白天的组字活动。

上午前两节是汉文课，写作文，作文题目是"暑假游记"。我考虑再三，决定写《参观曹雪芹逝世二百周年展览》，但是两节课也没有写出什么来。

后两节是哲学课，讲马克思主义哲学的产生。

下午是体育课，继续打排球。

1963 年 9 月 13 日（农历癸卯年七月廿六）　星期五　晴

7：00 至 8：10 听广播，听《人民日报》编辑部与《红旗》杂志编辑部的文章《关于斯大林问题——二评苏共中央的公开信》。

前两节没有课，继续写作文。又犯了文章"长"的毛病，但是"纪念曹雪芹逝世二百周年展览"的内容确实太丰富了。

后两节是国际共产主义运动史课，讲马克思早期的革命活动。

下午在教学楼 408 教室听徐敬之主任作关于开展"五反运动"的报告，学校决定自本周起进行为期四周的自我教育运动。

晚上分小组讨论这个报告。

1963 年 9 月 14 日（农历癸卯年七月廿七）　　星期六　小雨转多云

早晨练举重，练了一会儿，觉得两臂酸痛。

早饭后，我们三个学英语的人（孙成霞、石宗崑与我）去他们上俄语的教室，班干部讲关于申请助学金的问题。

前两节自习（他们学俄语的上俄语课），到教学楼 311 教室继续写作文，是写第二遍作文稿。后又预习世界国家与法的历史，后两节就是这门课，讲法国的国家制度。

下午两节是英语课，讲语法，这两节课真不好过，早晨起得较早，中午又没有睡午觉，头有些晕。

袁司理对我说，由于报名的人较多，名额有限，征求我的意见，问我是否放弃参加"十一"天安门广场的组字活动，我欣然同意。我过去在北京，参加"十一"活动的机会比较多，应当先满足外地的同学到天安门广场的愿望。

1963 年 9 月 16 日（农历癸卯年七月廿九）　　星期一　晴

6：00 在 4 号楼 310 宿舍开会，团支部书记王普敬讲了讲关于自我教育，要求全体团员积极参加，认真检查自己。

上午劳动，积肥，还是像上学期开学初那次积肥一样。我与宋新昌、石宗崑三人合作积一摊肥。还有胡克顺、薛宝祥、周芮贤、梁桂俭、孙成霞、贾书勤等人，也和我们一样，都做积肥的工作。

下午两节是汉文课，讲完《访问季米特洛夫故居》。课后又修改作文，这次是最后一次修改了。晚自习继续，总算把这篇作文完成了。

1963 年 9 月 17 日（农历癸卯年七月三十）　　星期二　晴

早晨刚起床就去操场，全班一起做操。这是班委会所做的决议：每天起床后不洗脸就去做操。操后学"十一"狂欢的舞蹈，因为为我不参加狂欢活动，就没有学。

前两节是哲学课，讲完了"绪论"。"绪论"讲了 10 节课，后天讨论，这样"绪论"部分历时三周，共用了 12 节课。第三节是体育课，练习短跑。

第四节课我到教学楼 311 教室写作文，共写了 16 页纸，每页 400 格字，总共约 6000 字。我比较满意，重点是第一、二部分，写了展览中的几件陈列物。

下午两节英语课，讲第十五课的单词。课后用了半个小时把作文又检查了一遍，然后送到 6 号楼 337 房间。正好遇见教汉文课的老师，他把我留住，同我聊了一会儿，对我说以后写作文要练习写短小精炼的文章，他说像写《参观曹雪芹逝世二百周年展览》这样的文章，写一千多字就可以了。我很惊讶，一千多字能写出什么东西呀？

1963 年 9 月 18 日（农历癸卯年八月初一）　星期三　晴

早晨锻炼，先长跑，后举重。

早自习读英语单词。前两节自习，复习世界国家与法的历史。后两节是世界国家与法的历史课，讲拿破仑民法典。

下午在教学楼 219 教室开我们年级党团员大会，司青锋主任讲开展自我教育的问题。15：30 至 18：00 回各自班分小组讨论，主要是理解开展自我教育运动的意义与政策。

1963 年 9 月 19 日（农历癸卯年八月初二）　星期四　晴

早晨锻炼后去教学楼 311 教室写哲学讨论发言提纲，然后读英语。

前两节是汉文课，讲刘白羽的《沸腾了的北京城》一文。

后两节是哲学课，在教学楼 103 教室开展课堂讨论，讨论题目是"根据马克思列宁主义哲学的根本特点，说明为什么学习哲学必须贯彻理论联系实际和改造思想的原则"。

下午第一节是体育课，练习长跑，上完课很累。去教学楼 311 教室继续读《费尔巴哈和德国古典哲学的终结》，仍然参阅《〈费尔巴哈和德国古典哲学的终结〉解说》。

1963 年 9 月 20 日（农历癸卯年八月初三）　星期五　晴　早晨有雾

前两节自习，做英语作业。后两节是国际共产主义运动史课，讲马克思与恩格斯早期的革命活动。

下午继续进行关于开展自我教育运动的小组讨论。在会上，我继武玉荣之后第二个发言，进行自我检查，清理自己的思想。17：30，全班同学集中于我们宿舍，听武玉荣讲了讲国庆节的有关问题，学校决定本周日进行全院性的大扫除，尤其要消灭臭虫。她又讲了讲国庆节的安全问题。

晚自习在教学楼 311 教室继续做英语作业，后又预习世界国家与法的历史。

1963 年 9 月 21 日（农历癸卯年八月初四）　星期六　晴

早晨做完操后回到 4 号楼 310 宿舍。樊五申传达学校关于明天做大扫除的安排。明天全院一起动手，彻底消灭臭虫，要把东西全搬到楼下来，宿舍里用敌敌畏杀臭虫。臭虫也太多了，严重影响我们的休息，有时晚上被臭虫"袭击"得整夜睡不着觉。真是"华佗无奈小虫何"！

前两节自习。去参考阅览室复习世界国家与法的历史关于"英国资产阶级革命"部分。

后两节是世界国家与法的历史课，讲德国 1848 年资产阶级革命。

下午两节是英语课，讲第十五课课文。

1963 年 9 月 22 日（农历癸卯年八月初五）　星期日　晴

今天学校组织统一消灭臭虫的活动。早晨起来就收拾东西，饭后就搬了下来，铺在木板上。宿舍开始施用"敌敌畏"，尤其是床铺、桌子、书架的缝隙，以及墙壁上的夹缝里，连天花板、地板也都涂抹了"滴滴涕"。然后把宿舍门窗关闭封起来，直到 11：00 才打开。14：00 才往宿舍搬回东西，直弄到 16：00 才完成。

晚自习预习国际共产主义运动史。

1963 年 9 月 23 日（农历癸卯年八月初六）　星期一　晴

前两节是国际共产主义运动史课，讲马克思恩格斯写的《共产党宣言》这篇光辉著作的发表，标志着马克思主义的成熟。

后两节没有课，我去换自行车牌照。全北京市统一更换自行车牌照，从 8 月 15 日到 11 月 30 日期间换发。今天公安局来我们学校为有自行车的同志办理。我的自行车原来的车主写的是我哥哥的名字，现在要换成我的名字必

我们走在大路上

须先去学校治保会开证明。我到了治保会，等了许久，但是那里始终没有人，没有办成。直到下午下了第二节课再去，治保会的曹同志才告诉先要到我们年级办公室开证明，我就照他的意见办，费了一番周折，才换发了牌照，新牌照的号码是"0589702"，交工本费 0.60 元。办完手续，已经 17：20 了。

下午两节是汉文课，讲新的课文。

晚自习复习世界国家与法的历史。

1963 年 9 月 24 日（农历癸卯年八月初七）　星期二　晴，大风

前两节是哲学课，讲第一章"世界是物质的"。第三节是体育课，练习跑步。

下午两节是英语课，讲语法。课后做扫除。

晚上复习世界国家与法的历史。第二节晚自习去辅导室找徐作山老师问了几个问题，并反映了同学们的要求。

1963 年 9 月 25 日（农历癸卯年八月初八）　星期三　晴

上午前两节自习（他们学俄语的上俄语课），后两节是世界国家与法的历史课，不上课，自己准备课堂讨论，写发言提纲。所以四节课我都在教学楼 311 教室看书，写发言提纲。

下午和晚上分小组讨论，继续进行自我教育。

1963 年 9 月 26 日（农历癸卯年八月初九）　星期四　晴

今天，《人民日报》发表了《人民日报》编辑部与《红旗》杂志编辑部的文章《南斯拉夫是社会主义国家吗？——三评苏共中央的公开信》。文章很长，占《人民日报》的三个版面。中午、下午和晚自习前我把文章看了一遍。

从上星期二以来，每天早晨，班里组织大家学习"十一"国庆节的舞蹈，我一次也没有参加，而是练长跑（围绕四百米跑道跑两圈或三圈）或举重。

上午前两节是汉文课，讲《驳倒了左老印》一文。后两节是哲学课，讲第二节"运动是物质的根本属性"。

大学本科阶段

167

下午第一节是体育课，测验百米跑，我跑了两次，第一次成绩是 14″2，第二次成绩是 14″。

晚自习复习世界国家与法的历史。

1963 年 9 月 27 日（农历癸卯年八月初十）　星期五　晴

前两节在教学楼 311 教室准备世界国家与法的历史课堂讨论发言提纲。

后两节是国际共产主义运动史课，讲 1848 年德国工人起义。

下午听院党委副书记郭迪同志作的关于当前国内国际形势报告，他讲得非常好，使我们更加感到党和毛主席的英明伟大！后又谈了谈国庆节的注意事项。

19：00 至 21：00 在教学楼 103 教室进行世界国家与法的历史课的课堂讨论，讨论题目是"英美法三国资本主义革命时期阶级斗争的特点，以及这些资本主义国家的阶级本质与政权组织形式的关系"。徐作山老师主持讨论。他主持得很好，讨论基本成功。今天只讨论了阶级斗争的特点。徐老师让大家"短兵相接"，抓住主要问题讨论，力求通过讨论弄清楚这些问题。许多同学觉得这种讨论方法很好。

1963 年 9 月 28 日（农历癸卯年八月十一）　星期六　晴

上午前两节自习，继续准备世界国家与法的历史课堂讨论发言提纲。后两节在教学楼 103 教室继续进行世界国家与法的历史课的课堂讨论，主要是围绕为什么在英、美、法三国分别建立了三种不同的政体（英国是君主立宪政体、美国是总统制政体、法国是责任内阁制政体）进行讨论。发言同学比较普遍，全班仅六个同学没有发言。

下午两节是英语课，讲了十六个单词。课后班上又讲了节日防火的问题。

1963 年 9 月 29 日（农历癸卯年八月十二）　星期日　阴，傍晚有零星小雨

今天虽然是星期日，补上 10 月 3 日（星期四）的课，10 月 3 日放假。

前两节是汉文课，我们年级前五个班一起在教学楼 319 教室讨论《风景

我们走在大路上

区、工业区——武汉》这一课文。后两节是哲学课，讲完了第二章。可能又要进行课堂讨论了。近来各科课堂讨论连续不断，很忙！

下午组国徽的同学练队，我没有事，张守蘅老师找我与2班的两名同学去刷楼外的标语。14：30至18：00及晚自习在教学楼311教室做英语作业，这次的困难不像上次那么多了。

1963年9月30日（农历癸卯年八月十三）　星期一　晴

6：00至6：50在4号楼310宿舍集合，由武玉荣讲关于国庆组国徽图案的重大意义，再一次强调无论如何不能出差错。后又讲了讲"十一"假日期间的注意事项，要提高警惕，等等。

今天是星期一，上午本当劳动，暂停一次，只是搞了搞宿舍周围的卫生而已。

下午去图书馆借书。借了一本今年第四期《历史研究》杂志，上面发表有戚本禹同志写的《评李秀成自述——并同罗尔纲、梁岵庐、吕集义等先生商榷》一文。在这篇文章中戚本禹同志指出，多年以后一直被人们推崇为天国英雄的忠王李秀成，实际上最后成了一个可耻的叛徒。他的观点与罗尔纲等人的观点针锋相对。

1963年10月1日（农历癸卯年八月十四）　星期二　晴

今天是伟大的中华人民共和国成立十四周年的日子，《人民日报》发表题为"奋发图强，勤俭建国"的社论。

上午在家收听首都各界庆祝中华人民共和国成立十四周年大会的实况转播。党和国家领导人毛泽东、刘少奇、朱德、周恩来等登上了天安门城楼检阅游行队伍。彭真同志发表讲话，我边听边回顾了过去的一年，千头万绪涌上心头，感慨良多，感到时代前进的脚步走得太快了，我不能再犹豫了，我写了一份入党申请书。我曾经写过几次，但都没有写完，因为觉得自己离共产党员的标准还差得很远。今天我感到应当主动争取党组织的帮助！

1963年10月2日（农历癸卯年八月十五）　星期三　阴转晴

昨晚睡得较晚，今天早晨8：00我还没起床，黄升基就破门而入了，许久不见，我们俩都非常高兴。

9：00我与黄升基、缪德勋他们二人一起出来，他们二人去找胡业勋。我去找衣立，他正在家里等我呢。约9：30，我们五人聚在胡业勋家。胡业勋正欲回学校。我把照相机拿给胡业勋看，他对于照相机还是懂一些的。他又拿出一个135型号胶卷，说这个胶卷比他的年龄还要大呢！是进口货，不知还有效没有。我们说就拿它照着玩吧！

10：30，我们五个人来到民族文化宫前照了好几张，但是当时阴天，光线不强。之后，又乘22路公共汽车到天安门，大家不约而同地主张在斯大林的巨幅画像前留影，以表示对斯大林的爱戴，显然是受了《人民日报》编辑部与《红旗》杂志编辑部的文章《关于斯大林问题》的影响。当然我们也在马克思、恩格斯、列宁的巨幅画像前留了影。我们又去天安门、人民大会堂、历史博物馆、人民英雄纪念碑，以它们为背景照了不少相。照完一卷胶卷后，我们又去中山公园。进园的人很多，以至于进偌大的中山公园的大红门也得像挤上公共汽车一样"挤"进去。还好，我们五人都结实，能"挤"。到公园里找到照相处，利用暗袋取出照完的胶卷。这时已经12：00了。

由于缪德勋说他有一张14：30的电影票《跟踪追击》，他便先回去了。剩下我们四人又去了中山公园，[1]在公园内以天安门侧面为背景照相。然后走到后河河畔把剩余的几张胶卷照完了。我们坐在公园的石头上休息了一会儿，黄升基去买来月饼、饼干，大家充饥。边吃边聊，很有意思。

14：30我们起身，衣立有事先回去了。我们和他分手于午门前。过了一阵子，胡业勋直接回学校（北京机械学院）了，我与黄升基到东四站下车，去王小平家。到她家已经16：00了。王小平向来待人热情，这次也不例外。我们在她家待了约一小时，见到了她父母。王小平拿出瓜子、柿子招待我们。我们三人便聊了起来。她父亲也和我们聊了二十多分钟。在王小平的房间里，书柜中摆着不少马列主义经典著作或一些内部资料，这对于学习马列主义来说，是多么好啊！

我们三人谈到了学习、生活，谈到了赵大维，赵大维是王小平的表弟，高中在北京四中读的，与黄升基是同学，我们也谈到了北京四中、北京八

---

〔1〕 首都各大公园每逢元旦、春节、"五一""十一"等重大节日免费供大家游玩，随便出入。

中、北京师大女附中等，还谈到了寒假里在同仁医院的初次见面。后来又谈到了国庆假日生活。王小平是昨天 15：00 才离校的。我说昨天我回忆了过去的一年，写了写小结，并写了入党申请书。我们又谈到思想方面。我与王小平还没有谈过这些，不过今天谈起思想来我并不觉得拘束。我说起对古人的崇拜，谈到对学习目的的认识，也谈到待人接物，谈到同学们给我提的意见等。17：00 我与黄升基出来，王小平送我们到汽车站，我们各自回家。

今天的《人民日报》刊登了昨天彭真同志在天安门城楼上发表的讲话。他在讲话中宣布：一年来，我国人民在农业方面、工业方面、文化教育方面、国防建设方面和其他各项事业方面，都取得了伟大的、辉煌的成就。我们的经济情况，一年比一年好，今年已经出现了国民经济开始全面好转的局面。1959 年到 1961 年连续三年严重的自然灾害带给我们的困难，已经被伟大的中国人民战胜了。

1963 年 10 月 4 日（农历癸卯年八月十七）　　星期五　晴

从今天起学校的作息时间略有变动：6：00 起床，13：45 起床，14：00 上课，15：50 至 18：00 自由活动，18：40 至 21：30 自习，22：00 熄灯睡觉，其他时间不变。

早晨听完广播见到武玉荣，就把入党申请书和思想总结交给她。

上午前两节是汉文课，写作文，题目是"国庆记盛——漫游天安门广场"。这次作文我写得很短，不到 1600 字，两小时不到就完成了，我觉得我写得不好。

后两节是国际共产主义运动史，讲 1848 年的德国柏林三月革命。

下午是团小组学习，学习团内文件。

19：10 至 22：00 听报告，听从中印边界前线和福建前线回来的两位解放军一级英雄的报告，他们是"活着的黄继光"———一级英雄陈代富与一级英雄叶中央。

1963 年 10 月 5 日（农历癸卯年八月十八）　　星期六　晴

上午前两节自习，复习世界国家与法的历史。后又读了读英语，并去图书馆续借《〈费尔巴哈和德国古典哲学的终结〉解说》一书。后两节是世界国家与法的历史课，讲德意志刑法典。

下午两节是英语课，讲第十六课课文。

据说我们要改为四年制，我不同意，杨福田也不同意。我是想多学习一年，多获得一些知识多么好啊！杨福田说要给教育部写信，我说我愿意签名。

1963 年 10 月 7 日（农历癸卯年八月二十）　　星期一　　晴

上午前两节是国际共产主义运动史课，进行课堂讨论。讨论题目是"马克思恩格斯是怎样把社会主义从空想变为科学的？"讨论结束后，主持讨论的倪才忠老师点名收了几个人（饶竹三、杨岷、田广见和我）的发言提纲看看。但是这次讨论我的提纲没有准备好，只是在上课时随便在纸上画了几笔，写得很乱。没有办法，交了算了。讨论我从来不主张写什么发言提纲的，记在脑子里比什么都好。

上午后两节没有课，在外面读英语，明天下午要背诵课文的。

下午两节是汉文课，发作文。上次作文我花尽了心血，洋洋洒洒地写了约六千字，但老师很不欣赏，在小结中一再斥责写得太长的人，只是没有点我的名字罢了。不过老师给我写的评语还可以。以后我必须练习写短文，不好也没关系。

课后我去图书馆还了《历史研究》杂志今年第四期，借了本《浙江学刊》杂志。

1963 年 10 月 8 日（农历癸卯年八月廿一）　　星期二　　晴

上午前两节是哲学课，讲第三章"物质和意识"。课程进度显然加快了，我昨晚花了不少时间预习了一节，但今天老师一下子讲了一节半课文。讲完了都来不及复习，时间太少了，马恩列斯的文章看得也太少了。近来关于我们的学制由五年改为四年的传言也越来越多了，我很担心这变成现实，这无异使我们的学习时间减少了。我是多么珍惜最后几年的学生生活啊，它会给我以丰富的知识！

第三节是体育课，推铅球。第四节没有课，读英语。

下午两节是英语课，讲英语语法。

自由活动在教学楼311教室看了看1963年第2期《文史哲》杂志，上面有篇文章《马克思反对机会主义的斗争》。

晚上读《论犹太人问题》一文，载于《马克思恩格斯全集》第1卷，很不好懂。又预习世界国家与法的历史。最后看了看《江淮学刊》杂志。

1963年10月9日（农历癸卯年八月廿二）　　星期三　晴

上午前两节自习，在教学楼311教室复习哲学。下午和晚上全都用来复习哲学，大部分时间是看北京大学哲学系与中国人民大学哲学系合编的《辩证唯物主义讲义》，这学期以来我把这本书当作学习哲学的主要参考书，因为它比艾思奇编写的《辩证唯物主义历史唯物主义》要详细些。我发现哲学老师讲课中补充的许多资料也是取自这本书。后两节是世界国家与法的历史课，讲日本的明治维新。

下午继续学习团内文件。

1963年10月10日（农历癸卯年八月廿三）　　星期四　晴

上午前两节是汉文课，讲课文《耕耘记》。后两节是哲学课，讲完了第三章"物质和意识"，第八周又要进行4小时的课堂讨论。

下午第一节是体育课，练推铅球。下课后到教学楼311教室看《费尔巴哈和德国古典哲学的终结》与《〈费尔巴哈和德国古典哲学的终结〉解说》。

晚上又看《费尔巴哈和德国古典哲学的终结》一书。后看了看今年1月份的《光明日报》。

1963年10月11日（农历癸卯年八月廿四）　　星期五　阴天

上午前两节自习，复习国际共产主义运动史。后两节是国际共产主义运动史课，继续讲1848年德国革命。

下午团支部总结上学期的工作。后又分小组讨论了一番。结束后去教学楼311教室预习世界国家与法的历史。

晚上在教学楼311教室听国际共产主义运动史教研室的周智勇老师讲《共产党宣言》这篇经典著作，他讲得很好。这不是正式上课，是课外辅导，随意听，自愿参加。我和冯振堂晚饭后就去占位子，第一排的座位。讲课之前我看艾地写的《论马克思主义》，这本书很好，比较容易懂。了解一下兄弟党领导人写的东西也是应当的。

1963年10月12日（农历癸卯年八月廿五）　星期六　阴天转多云

上午前两节自习，在宿舍看书。后两节是世界国家与法的历史课，讲完日本国家与法的一章。徐作山老师给我们的讲课也到此结束了，在最后的结束语中，他一再表示他没有把课讲好。其实，同学们都很钦佩他，希望他继续教下去。

下午两节是英语课，总结英语时态。课后整理东西，回家。

今天的《中国青年报》第四版发表有蒋和森写的一篇文章，题目是"和青年谈《红楼梦》"，并配有刘旦宅等人画的题为"新仇旧恨"的画，我在"纪念曹雪芹逝世二百周年展览"上曾经见过的，画得很好。

1963年10月13日（农历癸卯年八月廿六）　星期日　晴

早饭后就开始做英语作业，几乎做了一天，几十道题总算快做完了。虽然老师只留了全部练习题中的一半多一点儿，我却都做完了，我想对于我学好英语是很有帮助的。剩下几道题有些词组我不知道如何写，明天再与石宗崑商榷吧！

学校的话剧团新排了一场话剧《密电码》（又名《三代人》）〔1〕。昨天晚上和今天晚上在本院礼堂连续演出。我昨晚没看到，今天回宿舍后听宋新昌与王维说演得还不错。就去礼堂看了看，又去教学楼311教室继续做英语作业。

1963年10月14日（农历癸卯年八月廿七）　星期一　晴

今天是星期一，上午劳动，修树，与左广善、杨福田、宋新昌、王维一组。

下午两节是汉文课，继续讲《耕耘记》。

晚上先看了看1963年2月的《光明日报》，后复习哲学。

――――――――――

〔1〕　后来，根据此剧改编成现代京剧革命样板戏《红灯记》。

174

1963 年 10 月 15 日（农历癸卯年八月廿八）　星期二　晴

上午前两节是哲学课，开始讲第四章"对立统一规律"，这一章要讲 12 节课，由一位姓王的老师讲授。

第三节是体育课，推铅球。铅球重四公斤，推出 7 米，及格，可以得到 3 分；推出 8 米，可以得到 4 分；推出 9 米，可以得到 5 分。我试推了几次，成绩在 4 分与 5 分之间。

我决定从本周起，去旁听政教系的马列主义经典著作选读课。他们每周上八节课，上课时间是星期二上午后两节，星期三、五、六上午的前两节。我仅星期二上午第三节不能听——我们有体育课。这样，每周我可以听七节课。今天上午第四节我开始去听课（在教学楼 319 教室）。事先我听说他们在讲恩格斯的《社会主义从空想到科学的发展》，所以把含有这篇文章的《马克思恩格斯文选》带去了，不想他们已经讲到列宁的文章了，今天讲的是列宁的《社会民主党在民主革命中的两个策略》，并且已经讲到这篇文章的第四章了。

下午两节是英语课，讲第 17 课单词。课后全班一起开班会。总结上学期的工作。我觉得上学期我学得不够扎实，对课本知识学得不透，只贪多接受课外知识，不免有些事倍功半了。班上有的同学建议试办学习讨论小组，提倡学习中开展讨论，我表示完全赞成。在总结到科代表的工作时，袁司理代表班委会表扬了我的工作。这固然是对我工作的鼓励，但我觉得我的工作做得还远远不够。晚自习预习世界国家与法的历史。后看列宁的文章《社会民主党在民主革命中的两个策略》。

1963 年 10 月 16 日（农历癸卯年八月廿九）　星期三　晴

上午前两节继续去教学楼 319 教室听马列主义经典著作选读课，孙成霞与石宗崑也去听了。今天继续讲列宁的文章《社会民主党在民主革命中的两个策略》，讲的是第六章。我们三人坐在教室的最后面。

后两节是世界国家与法的历史课，由潘华仿老师任课，开始讲帝国主义时期的资本主义国家与法律制度。今天讲的是德国 1918 年革命。

1963 年 10 月 17 日（农历癸卯年九月初一）　星期四　晴

上午前两节是汉文课，讲完了《耕云播雨》，又讲《史乡长》一文。后两节是哲学课，讲完了"辩证唯物主义与形而上学的根本对立"，又开始讲"矛盾的普遍性与特殊性"。

下午第一节是体育课，测验推铅球，我推了三次，得到了 5 分。自中学以来，我的体育课成绩很少得到 5 分的。不过我们班男生仅有一个人得到 4 分，其余都是 5 分。

王小平从政教系一位同学那里借来了马列主义经典著作选读课的笔记本，下午及晚自习时间我都在抄老师讲的列宁的《社会民主党在民主革命中的两个策略》的笔记。这个笔记做得很好，我也要学习这种记笔记的方法〔1〕。

1963 年 10 月 18 日（农历癸卯年九月初二）　星期五　晴

上午前两节是马列主义经典著作选读课，继续去听老师讲列宁的《社会民主党在民主革命中的两个策略》。后两节是国际共产主义运动史课，讲完1848 年的欧洲革命一章。

下午在礼堂听录音报告，是由国务院外事办公室副主任给北京航空学院、北京医学院师生作的当前国际形势报告。这个报告很好！每次听到这种报告，我都受到很大鼓舞，我们应当胸怀大志，放眼世界。如果我能去第一线从事反修斗争，就是再苦再累我也愿意！

1963 年 10 月 19 日（农历癸卯年九月初三）　星期六　晴

上午前两节继续去听马列主义经典著作选读课。课后，我问了讲授这门课的张老师几个问题。后两节是世界国家与法的历史课，讲德国的魏玛宪法。

下午两节是英语课，我迟到了约两分钟。由于我们全年级只有二十几个人上英语课，迟到进教室很惹人注意。虽然李老师没说什么，以后也不能迟到了。

---

〔1〕 迄今我还记得这个笔记的主人在记笔记时，在每页纸的边上留出较宽的一直行，供复习时添加资料，或记录归纳式总结语。

我们走在大路上

中午王小平又把政教系那位女同学的马列主义经典著作选读课的笔记借来了给我作参考，王小平待人很热情，我很感谢她。

晚饭后就动手抄马列主义经典著作选读课笔记，这本笔记的主人叫稽昆梅[1]。今天开始抄老师的《共产党宣言》一文讲课笔记。直到 23：00 休息。

1963 年 10 月 20 日（农历癸卯年九月初四） 星期日 晴

第二节晚自习到教学楼 311 教室，王小平正在我常坐的位子上等候我把稽昆梅的笔记送还给她。我简单地讲述了我与黄升基的会面。她听说黄升基他们学校也将排演话剧《年青的一代》，并且黄升基可能扮演剧中人林育生，也很高兴，说以后演出时若有机会一定看一看。

1963 年 10 月 21 日（农历癸卯年九月初五） 星期一 晴

前两节是国际共产主义运动史，换了一位姓崔的老师[2]讲授。开始讲"第一国际"。后两节自习，写明天哲学课堂讨论的发言提纲。

下午两节是汉文课，讲完了《史乡长》课文。16：00 去 108 教室，合唱团的同志和我来说关于纪念"一二·九运动"28 周年歌咏大会的事情，邀请我参加。

后去洗澡。刚洗完澡回宿舍，见到武玉荣在宿舍等我了，让我送孙成霞回家去。孙成霞得了阑尾炎，现在正在北医三院。我立即骑车前往北医三院，见到孙成霞后让她在车后座坐稳，一直把她送到她家里，她家在德胜门外祁家豁子农业机械化科学研究院宿舍内。她母亲和她大哥正在家里。成霞要留我吃饭，我谢绝了，送人回家还吃人家的一顿饭，简直太不像话了！我辞别他们回来。她明天早晨去北医三院动手术。

---

〔1〕 直到 2010 年我整理日记，整理到 1963 年的时候，我才想起稽昆梅是我们年级 5 班同学赵世如的夫人，曾担任北京市高级人民法院副院长。原来早在四十多年前我就曾经受益于她。稽昆梅是 65 届政教系的学生，比我们高一个年级。王小平在学校时认识的人真多，她认识的同学不仅是我们年级、我们系的同学，就是别的年级、别的系的同学她也认识，而且关系很好，能把人家的笔记借出来。

〔2〕 2010 年整理日记时，问宋振国老师与倪才忠老师，得知崔老师叫崔洪福，现在在中央民族大学，已退休。

晚上写了写日记，后继续写哲学课堂讨论发言提纲。

上午课间操时间武玉荣和我谈到毕业后考研究生的事情。据她从老师那里得知，我院毕业生去考研究生是比较难的，因为理论学得不深，外语水平不高。我院主要是培养干实际工作的干部。我更加感到必须抓紧时间多学一些理论知识，还要加紧外语的学习，为以后考研究生做些准备。历史也不能放弃，可以考虑考史学方面的研究生。如果考不取研究生，就参加工作，在实践中锻炼自己，获取实践知识，进而上升到理论高度，这也是一种学习方法。

1963 年 10 月 22 日（农历癸卯年九月初六）　星期二　晴

今天的《人民日报》发表了《人民日报》编辑部与《红旗》杂志编辑部的文章《新殖民主义的辩护士——四评苏共中央的公开信》。

上午前两节是哲学课，连同晚自习都在教学楼 204 教室进行课堂讨论。讨论题目是"为什么在充分发挥主观能动性的同时，必须尊重客观规律?"，最后主持讨论的彭老师作总结发言，并回答了在讨论中我们提出的一些问题。彭老师是我们班哲学课的辅导老师，他即将调往上海华东政法学院工作，我们将要分别了。

上午第三节是体育课，做垫上运动。第四节继续去听马列主义经典著作选读课，讲完了列宁的《社会民主党在民主革命中的两个策略》。

下午两节是英语课，分析课文。

1963 年 10 月 23 日（农历癸卯年九月初七）　星期三　晴

上午继续旁听马列主义经典著作选读课，今天老师对列宁的《社会民主党在民主革命中的两个策略》一文作总结。后两节是世界国家与法的历史课，讲德国希特勒法西斯专政的建立。

下午继续进行自我教育运动。16：30 至 17：10 全班同学集中于 4 号楼 310 宿舍，班干部讲了讲卫生等工作。

晚上我们政法系二年级全体同学在礼堂开会，司青锋主任作一年级年级工作总结报告。

我们走在大路上

1963年10月24日（农历癸卯年九月初八）　　星期四　晴，大风

上午前两节是汉文课，讨论赵树理的文章《套不住的手》。早晨吃早饭后的时间及上午后两节自习，都用来看列宁的文章《社会民主党在民主革命中的两个策略》，就用我买的《列宁选集》，这次读得比较仔细，在书上圈点、划线。没看完。

下午体育课，做垫上运动：三角倒立、肩倒立等动作。课后继续看《社会民主党在民主革命中的两个策略》，因为这次读得较仔细，基本上领会这篇文章的意思了，理解了文章的意义。越读越爱读它了。

晚上复习世界国家与法的历史，后又复习国际共产主义运动史。

今天石宗崑向我建议：下星期日（11月3日）去香山欣赏红叶，我很高兴，也正有此愿！9月8日曾经与刘天赋相约于这个星期日去香山，但迄今没有音讯，看来是去不成了。我还很怀念暑假中与石宗崑、孙成霞同游颐和园的事。不过孙成霞现在正在住院，就是出院了也是去不成的。

1963年10月25日（农历癸卯年九月初九）　　星期五　晴

今天天气很好。上午前两节继续旁听马列主义经典著作选读课，到今天全部讲完了列宁的《社会民主党在民主革命中的两个策略》一文。下次将讲列宁的《国家与革命》。

后两节是国际共产主义运动史课，讲第一国际反对蒲鲁东主义的斗争，崔老师的课讲得很好，我们都听得津津有味。

中午我去教学楼311教室，看了看《光明日报》，上有一篇杨志玖写的文章《〈吕览·审分〉篇中所反映的战国时期生产关系》。一读到它，就引发我对历史学的天生爱好，钻研历史是多么有趣啊！

下午继续进行自我教育运动，在发言中，我占了不少时间深刻地回忆和检查了自己的过去，谈了许多新的感受与体会。晚饭前与胡克顺聊天，总结过去，展望将来。我表示要争取进步，他让我注意生活上的一些琐碎事，应当处理得当，对班上的工作应积极参加，对学习要进一步抓紧，对科代表工作也要进一步发挥作用。

晚上复习世界国家与法的历史。

大学本科阶段

179

1963年10月26日（农历癸卯年九月初十）　　星期六　晴

早晨又搞宿舍的卫生，这次要求很严格，如宿舍里不准晾衣服，甚至不准搭毛巾，未免有些过于形式化了。来检查卫生的同学又专门摸床后、门上面、窗缝等处，看看是否有灰尘，何必如此？我对这样检查卫生很不理解，是搞卫生呢还是过关呢？不过，我没有像往日那样发牢骚了。

前两节自习，在宿舍里读英语，又看《参考消息》。后去阅览室看了看杂志。后两节是世界国家与法的历史课，讲德国的法西斯专政。

下午是英语课，讲时态的相互呼应。16：45离校，骑车回家。晚上看《人民日报》编辑部与《红旗》杂志编辑部的文章《新殖民主义的辩护士——四评苏共中央的公开信》。

1963年10月27日（农历癸卯年九月十一）　　星期日　晴

继续看《人民日报》编辑部与《红旗》杂志编辑部的文章《新殖民主义的辩护士——四评苏共中央的公开信》，又看了列宁的文章《社会民主党在民主革命中的两个策略》。学习不能放松。

1963年10月28日（农历癸卯年九月十二）　　星期一　阴

上午劳动，还是积肥，推小车，很累！

中午吃过饭又去教学楼108教室搞卫生。

下午两节是汉文课，讲了讲上次的作文，上次作文题目是"国庆记盛——漫游天安门广场"，老师没有判我的作文。课后去教学楼311教室做英语作业。晚自习继续做英语作业。

1963年10月29日（农历癸卯年九月十三）　　星期二　晴

前两节是哲学课，第一节讲矛盾的普遍性。第二节搞突然袭击——考试，题目是"为什么说意识是社会的产物？"，题倒是不难，不到半小时就做完了，我是第一个交卷出来的。

第三节是体育课，做双杠运动。第四节是自习，复习哲学。

下午两节是英语课，讲第十八课的单词，讲完这课课文就要举行期中考

我们走在大路上

试。我最担心的是单词，忘却的甚多。

晚自习第一节复习世界国家与法的历史。第二节去教学楼402教室找徐作山老师问了几个问题。402教室是这学期的世界国家与法的历史课老师指定的辅导教室。徐老师又问我是怎样复习功课的。当他听说我旁听马列主义经典著作选读课，表示赞同，并支持我的这种做法。当他听说我准备以后报考研究生时，很高兴，并鼓励我努力学习。说我校也准备招收研究生，若我们学习五年毕业，有可能赶上自己学校招收研究生。徐老师又告诉我要多向任课老师请教，每位老师都有所专长，要善于吸收各位老师的长处。他还说在学习中应当重视对历史知识的了解与掌握，任何事情都有它发生发展的历史，只有了解它的过去才能更好地把握它的现在。了解它的过去，可以从中借鉴，避开它的缺陷，吸收它的益处。另外也必须注重哲学的学习，学好哲学会指导我们懂得做好工作的方法。即使二年级的哲学课学完之后，也不能放弃对哲学的学习。徐老师还强调学习课程要与当前的反修斗争密切联系起来，反修文件必须认真仔细地阅读。在阅读马列主义经典著作时，不仅要了解革命导师说了些什么，更要了解导师们是在什么情况下说的，是怎样说的，为什么会这样说，主要是说给什么人听的，起了什么作用等。只有多问几个"为什么"才能真正领会马列主义经典著作的精神实质。徐老师还给我讲了写辩论文章的方法。课堂讨论应当积极参加，认真准备，并且要努力避免这种倾向：只顾抄课堂笔记，而不动脑筋思考，结果只能把老师在课堂讲的再还给老师。还要注意发言的逻辑性，尽量做到具有严谨性、逻辑性。徐老师还提醒我不要忽视外语的学习，这也是考研必须通过的。

我认为徐老师的话对我很有益，受用终身，这比解答任何具体问题都重要！

1963年10月30日（农历癸卯年九月十四）　星期三　晴

前两节去旁听马列主义经典著作选读课，开始讲列宁的《国家与革命》。给我们讲课的是马列主义基础教研室副主任张召南老师，他讲得很好。后两节是世界国家与法的历史课，开始讲美国的国家与法律制度。前一段时间同学们反映潘老师讲课速度较快，加上他讲课有口音，同学们听不清。我把同学们的意见反映上去后，今天潘老师讲课放慢了速度，并且多加了板书。同学们反映很好。

下午继续进行自我教育运动，分小组座谈总结这次运动的收获。

自由活动时间读英语单词。以后必须给英语足够的时间，改变英语成绩不佳的局面。

18：00至18：45听团市委组织的关于话剧《年青的一代》座谈会的录音报告，主要是听团市委大学部吴子牧同志的讲话，他讲得很好。讲到最后，他提出我们当代青年人应当努力树立周总理在给大学毕业生作报告时提出的四个观点：阶级观点、革命观点、劳动观点、群众观点，并提出如何培养自己的这四个观点：（1）加强学习毛主席著作，并运用它指导自己的行动；（2）积极参加劳动，他说："知识分子不劳动化，劳动群众不知识化，共产主义就是一句空话！"我们要端正学习目的，绝不能以大学生资格自居，看不起劳动人民；（3）树立远大的革命目标，不断革命！这些都给我很大的启发。

晚自习先预习哲学，后看张如心写的一本小册子《毛泽东同志对马克思主义辩证法的贡献》。

1963年10月31日（农历癸卯年九月十五）　星期四　晴

上午后两节是哲学课，讲矛盾的特殊性。

下午第一节是体育课，练习做单杠运动。

晚自习复习国际共产主义运动史。

1963年11月1日（农历癸卯年九月十六）　星期五　晴

上午前两节继续旁听马列主义经典著作选读课，改在教学楼408教室上课。由政教系四年级的两位同学讲她们是如何学习这门课程的，并念了她们自己的课堂讨论稿。她们讲得都很好，尤其是第二位同学，我应当学习她的学习方法。

第三、四节是国际共产主义运动史课，讲马克思恩格斯反对拉萨尔主义和工联主义的斗争，以及巴枯宁主义的出现。

下午在礼堂听院党委副书记郭迪同志作关于"双反"（反贪污盗窃、反投机倒把）的报告。晚上分小组进行讨论。

1963 年 11 月 2 日（农历癸卯年九月十七）　星期六　晴

昨天我空军某部击落一架美制蒋机 U-2 飞机，是在它窜犯华东领空时将其击落的。我们昨天晚上就知道了，都兴奋不已。

今天《人民日报》编辑部发表文章《苏联领导联印反华的真相》。晚上睡觉前看《人民日报》编辑部的这篇文章，很好！

上午前两节继续去旁听马列主义经典著作选读课，仍然讲列宁的文章《国家与革命》。后两节是世界国家与法的历史课，讲美国罗斯福的新政。

下午是两节英语课，讲第十八课课文。

1963 年 11 月 4 日（农历癸卯年九月十九）　星期一　阴天间多云

上午前两节是国际共产主义运动史课，讲第四章巴黎公社，崔老师讲得很生动，同学们都很爱听。后两节自习，复习哲学。

下午是两节汉文课，讲通讯文章。课后在小滇池中的岛上读英语第 13 课。

1963 年 11 月 5 日（农历癸卯年九月二十）　星期二　雾转多云

早饭前，我们班女同学与 2 班女同学进行了一场篮球赛，特去助兴。

早晨听广播，公安部发表公报：最近沿海军民又一次歼灭窜犯大陆的蒋军特务。

上午前两节是哲学课，讲"一般与个别"。第三节是体育课，练双杠运动。第四节去旁听马列主义经典著作选读课，讲列宁的《国家与革命》。

下午两节是英语课，讲被动语态。

16：00 至 17：00 在教学楼 208 教室召开全年级团员大会，殷杰老师讲团员应当如何对待"双反"运动的问题。

18：40 至 21：30 在礼堂听关于物质和意识部分的哲学辅导。

1963 年 11 月 6 日（农历癸卯年九月廿一）　星期三　阴天转多云

上午前两节旁听马列主义经典著作选读课，继续讲列宁的《国家与革命》，讲到巴黎公社的革命原则问题，收获不小。后两节是世界国家与法的历史课，讲美国罗斯福的新政实质。老师说第 13 周进行课堂讨论，题目是"法西斯统治建立的原因，它的基本表现和阶级实质"。

中午吃完午饭没回宿舍，去教学楼 311 教室做英语作业，做关于被动语态的练习题。在现在这个紧张时期，必须把中午的时间也用来做功课，否则时间不够用。

下午两节课是形势教育，座谈当前阶级斗争形势。课后又练了半小时歌曲。贾书勤向全班宣布在这次大搞卫生运动中，我们宿舍获得全年级的最好（可以说是第一名）宿舍的光荣称号（就连女同学宿舍也在内）。我们当然为此而感到高兴，应当保持下去。

晚上复习世界国家与法的历史，读列宁的《国家与革命》。

听王小平说星期六晚上中国人民大学话剧团来我校演出话剧《年青的一代》。

1963 年 11 月 7 日（农历癸卯年九月廿二）   星期四　晴，大风

上午前两节是汉文课，讲新闻通讯（1960 年 12 月 29 日《人民日报》上一条关于当年自然灾害和人民与之斗争的消息【新华社 28 日讯】），也还有趣。

后两节是哲学课，讲矛盾的同一性。

下午体育课因为风大而停上，在教学楼 311 教室自习到 17：00，复习哲学，后又复习国际共产主义运动史。到图书馆还了《〈费尔巴哈和德国古典哲学的终结〉解说》一书。后又去期刊借阅处借了一本《政法研究》杂志 1954 年第 1 期至第 4 期（即创刊号至第 4 期）。

1963 年 11 月 8 日（农历癸卯年九月廿三）   星期五　阴

上午前两节去旁听马列主义经典著作选读课，还是讲列宁的《国家与革命》。后两节是国际共产主义运动史课，讲巴黎公社的性质。

中午在教学楼 311 教室看列宁的《国家与革命》。13：40 到图书馆借了本小册子《介绍〈国家与革命〉》。

下午两节是党团活动，继续大谈当前的阶级斗争形势。16：00 至 17：30

我们走在大路上

在教学楼 115 教室听一位政法系四年级 2 班的同学讲他们这次下乡搞"四清运动"所见到的阶级斗争情况。他讲的是一部村史，很动人，使我很想到农村中去接受锻炼，否则将一事无成！

19：00 至 20：30 在教学楼 402 教室开本年级的世界国家与法的历史科代表会。由潘华仿老师和孙丙珠老师主持，内容是听取同学们对本门课的反映，老师也答复了一些问题。

回来看列宁的《国家与革命》。

1963 年 11 月 9 日（农历癸卯年九月廿四）　　星期六　晴

早晨在校园内散步，碰见了讲马列主义经典著作选读课的张召南老师，他问我们忙不忙？怎么会有时间来听这门课？我说虽然忙，但还是可以抽出一些时间的，又说"希望多学点儿知识"。张老师叮嘱说："希望多学一些知识是好的，但一定要先学好分内的功课。"非常感谢他对我的关怀！

前两节旁听马列主义经典著作选读课，继续讲列宁的《国家与革命》。后两节是世界国家与法的历史课，讲美国法西斯化的根源。

下午两节是英语课，讲完了第 18 课，也就是学完了第二册英语课本，下星期六测验。下星期二开始讲第三册课本，但是书还没有到，先用油印的讲义。

19：00 至 22：00 在礼堂看中国人民大学话剧团演出的话剧《年青的一代》。虽然我已经收听过不少次此剧的录音，但这次看了话剧演出又有了新的体会：好男儿，志在四方！

上午与一位政教系四年级的同学聊天，他是要准备考研究生的，考经济学说史专业。据他说每人只能报一个专业。他们系的毕业生可以报的专业大约有：经济学说史、资本论、哲学史……政法系的毕业生不可以报上述三项，但可以报：国家与革命、民法、刑法……今年四年级的政教系 6 个班的毕业生中只有七个人准备报考，政法系十几个班共有三十多人准备报考。考试时间是明年的 2 月 19 日，考试科目是政治理论、外文（一门）和各专业所规定的课程。英语要求达到专业二、三年级的水平。研究生学习三年之后由国家出题考试。这次录取还要参考毕业论文水平。录取结果明年 7 月发榜。我也很想考研究生，看来我的水平还差得很远，不努力搞三年是不行的。当然我也不能把考研究生当作唯一的出路，到祖国各地区搞实际工作也是很好的。

1963 年 11 月 11 日（农历癸卯年九月廿六）　星期一　晴

上午劳动，抬黄土，从小滇池西边抬到操场东北角。我与于秉寿抬一个筐。抬了三趟后感到有些吃不消，我们就把大筐换成了一个较小的筐（大家多用此种筐）。

下午是两节汉文课，讨论怎样写通讯报道文章。课后写日记。

晚上自习，预习哲学。后又写自我教育运动总结。

1963 年 11 月 12 日（农历癸卯年九月廿七）　星期二　晴

上午前两节是哲学课，讲"矛盾的同一性与斗争性的关系"。第三节是体育课，考双杠动作，我得到 4- 分，我不满意我的成绩，若不是腰酸得很，我能够做得更好些的。第四节仍然去旁听马列主义经典著作选读课，已经讲完列宁的《国家与革命》，今天与明天作总结。

下午两节是英语课，复习过去讲的内容。课后去图书馆还了《哲学名词解释》，借了一本《英汉大词典》，原是石宗崑借的，到期了，我接着借。

晚自习先看了一节课的《参考消息》，第二节复习哲学。又去找辅导老师问了一个问题："为什么同一性是有条件的，相对的，而斗争性是无条件的，绝对的？"老师讲得很详细，直到下课了还讲了很久。我觉得学习哲学必须在讨论中学才能学好。

1963 年 11 月 13 日（农历癸卯年九月廿八）　星期三　晴

上午前两节继续旁听马列主义经典著作选读课，不讲课了，列宁的《国家与革命》讲完了。自习，总结自己的学习体会。后天开始讲列宁的文章《无产阶级革命和叛徒考茨基》。我利用这两节读英语。

后两节是世界国家与法的历史课，潘老师用第二节课给大家讲了讲学习方法。

下午两节课是形势教育课，分小组讨论阶级敌人会从哪些方面向我们进攻的问题。

课后民兵活动时间，整顿组织，改选干部。我们是属于二年级民兵营第一连第一排，我们小组算是第三班。营长是年级主任司青锋，他兼任营教导员，副营长是张守蘅老师，营参谋长是殷杰老师。我们"营"就是我们政法系二年级全年级。全营设三个连，我们连是第一连，由三个教学班构成，连长是胡克顺，排长是袁司理，副排长是王普敬，班长是王维。后分班座谈。大家希望民兵活动能学点儿军事知识。

八达岭留影

▲ 胡克顺同学

1963 年 11 月 14 日（农历癸卯年九月廿九）　星期四　晴

上午前两节是汉文课，写作文，要求写一则新闻报道，我就写了昨天下午民兵整顿组织及改选干部的活动，用了一节课时间就写完了。之后看贾书勤借的一本小册子《侦察员的战斗》，很有意思。后两节是哲学课，讲完了"对立统一规律"这一章，又开始讲"质变量变规律"这一章。

中午吃完午饭又看《侦察员的战斗》，很快就看完了。做一名公安侦查人员真不容易啊！看完了又复习哲学。哲学很有意思，我有极大的兴趣学习它。

下午是体育课，学习"三路华拳"。第二节课读英语。晚上复习英语语法。

1963 年 11 月 15 日（农历癸卯年九月三十）　星期五　晴

上午前两节照例去旁听马列主义经典著作选读课，开始讲列宁的《无产阶级革命与叛徒考茨基》，今天只是讲了列宁写作这篇著作的时代背景，以及文章的主要内容，这篇文章老师只讲前三章。后两节是国际共产主义运动史课，讲"巴黎公社的失败和它的经验及历史意义"。

下午分小组讨论话剧《年青的一代》。课后看了看世界国家与法的历史，晚上亦如此。明天可能要考查了。

1963 年 11 月 16 日（农历癸卯年十月初一）　星期六　晴

上午前两节继续旁听马列主义经典著作选读课，讲列宁的《无产阶级革命与叛徒考茨基》，今天讲的是第一章。后两节是世界国家与法的历史课，第三节讲课，讲美国垄断资本利用国会推行法西斯专政，第四节课考试，题目是"美国罗斯福'新政'之一——'产生复兴法案'的实质"。我没有答好，因为我把其内容忘记了，只答出了一半。这当然是很不理想的。

下午两节是英语课，也是考试。我只用了一节课就交卷了，因为许多东西想不起来了，我也不想了。第二节课在参考阅览室翻阅杂志。

16：50 回家，到家 17：40 了。看《历史研究》杂志 1961 年第 2 期刘宗绪写的《巴黎公社的原则是永存的》，并做卡片。下星期五是国际共产主义运动史课课堂讨论时间，必须争取发言，上次讨论我就没有发言。这是最后一次讨论了，争取作一次高质量的发言。

1963 年 11 月 17 日（农历癸卯年十月初二）　星期日
雾转晴间多云

下午用了两三个小时写思想汇报，题目是"做革命事业的红色接班人——话剧《年青的一代》观后的一点感想"。昨天团小组长王维对我说，支部希望我能把看来了这个话剧的体会写一下，而且要着重写批判我从前的隐居思想的体会，可能是年级办公室老师要看一看。我趁今天星期天把这个任务完成了。

18：00 从家出来去学校，绕道到新街口，在新华书店买了本《苏共领导联印反华的真相》。又在旧书门市部买了本《经济学说史讲义（上册）》，苏联经济学博士尼·康·卡拉达耶夫教授著，中国人民大学经济系经济学说史教研室译，中国人民大学出版社 1957 年出版。这本上册是讲马克思和恩格斯创立无产阶级政治经济学以前时期的经济学说史。

晚上看 1961 年的《新华月报》，上面有纪念巴黎公社九十周年的文章，以及《人民日报》的社论等。

1963 年 11 月 18 日（农历癸卯年十月初三）　星期一
早晨大雾转晴

上午后两节自习，我就利用这个时间抄《参考消息》。

今天上午前两节是国际共产主义运动史课，由五位同学讲他们是如何学习这门课的心得与体会的。下午两节是汉文课，发作文。上次作文的要求写《记我最熟悉的一个人》，我写的是《我"可爱的"反面"老师"》。这次老师批改我的作文了，在批语中老师写道："作者揭露修正主义分子的嘴脸比较淋漓尽致，语言犀利，材料丰富，都是本文的优点。但篇幅过长，文字还应力求简练。"

1963 年 11 月 19 日（农历癸卯年十月初四）　星期二　晴，
中午起了大风

今天是双周的星期二，是民兵活动日。早晨起来仅用不到 5 分钟，就洗漱完毕，全排战士[1]集中于 4 号楼 310 宿舍学唱民兵必须会的歌曲。下午分班练习射击。下次将用小口径步枪进行实弹射击。

上午前两节是哲学课，继续讲"量变和质变"。第三节是体育课，学"三路华拳"。第四节课继续去旁听马列主义经典著作选读课，老师继续讲列宁的《无产阶级革命和叛徒考茨基》。

下午两节是英语课，讲第十九课的单词。从今天开始讲第三册英语课本了，但是课本没有到，只好用油印的讲义了。

晚自习都用来复习哲学，我很喜欢这门课。

今天《人民日报》发表了《人民日报》编辑部与《红旗》杂志编辑部的文章《在战争与和平问题上的两条路线——五评苏共中央的公开信》，我利用上午第四节和中午的时间读完了它。

---

[1]　民兵建制的"排"，就是学校行政建制的"班"，所以"排长"就是我们班的班长袁理，"副排长"就是我们的团支部书记王普敬。而民兵建制的"班"，相当于行政建制的"学习小组"，我们民兵建制的"班"的班长就是我们的团小组组长兼宿舍舍长王维。

1963 年 11 月 20 日（农历癸卯年十月初五）　星期三　阴，有小雨夹雪

昨夜几乎一夜没睡着觉。因为我一直在考虑星期五将要进行的国际共产主义运动史的课堂讨论问题：什么是巴黎公社的主要原则？为什么说巴黎公社的原则是永存的？我决定着重准备第二题。结合当前的反修学习驳斥现代修正主义的全民党与全民国家的谬论，论证巴黎公社的主要原则——工人阶级不能简单地掌握现成的国家机器，并运用它来达到自己的目的，进一步阐述这个原则对指导当前的国际共产主义运动的伟大意义。我想到必须运用一些从《参考消息》上摘录的有关苏联现在资本主义现象泛滥的例子来说明问题。一有课堂讨论我就兴奋，难以入眠。

上午前两节自习，整理资料卡片。找资料，补充资料。开始写课堂讨论发言提纲。晚自习继续进行这项工作。后两节是世界国家与法的历史课，讲美国以总统为中心的官僚军事特务国家机器。我觉得弄清楚美国现代的国家机器很重要，研究当前的国际形势不能不研究它。学校花这么多经费为我们订这么多报纸很重要，应当很好地利用它。学习理论离不开现实。

下午在礼堂听张守蘅老师讲关于如何对待婚姻与恋爱问题。她说目前我们年级有的班搞"地下活动"（专指谈恋爱）很厉害，严重影响学习、工作和团结。我们应当努力学习，争取加入党组织，争取做一名又红又专、合格的大学毕业生！

1963 年 11 月 21 日（农历癸卯年十月初六）　星期四　阴

上午前两节是汉文课，讲《为了六十一个阶级兄弟》，由马老师讲课。读这课书，又使我回忆起高中一年级下学期的生活，想起 1960 年 3 月 19 日（星期六）在中山公园举行的团日活动，也想起同年 5 月下乡劳动时列队行进中唱的《共产主义凯歌》："一人有事，万人相助；一处困难，八方支援……"多么朝气蓬勃的高中时代！后两节是哲学课，讲完了"质变与量变互变规律"，又开始讲"飞跃的形式"。

下午第一节是体育课，学"三路华拳"。第二节与杨登舟畅谈思想。

晚自习在宿舍继续准备明天的讨论发言提纲。

我们走在大路上

1963 年 11 月 22 日（农历癸卯年十月初七）　星期五　晴

上午一连四节都是自习，准备晚上进行的课堂讨论发言提纲。我写的不是提纲而是文章，文章的题目是"斥'全民党'与'全民国家'的谬论"。暑假期间写的《从资本主义在南斯拉夫的复辟看过渡时期的阶级斗争》一文对现在很有帮助，只是我现在着重谈过渡时期的阶级斗争，并试驳斥现代修正主义关于"全民国家"的谬论。所以与今天晚上的讨论题目联系不是很紧密。

下午两节课开生活会，检查本学期以来的学习、生活、思想、纪律等。会后去打扫膳厅南面的地区，那一块是学校分配给我们班的卫生区。

18：30 至 21：20 进行国际共产主义运动课堂讨论。

今天下午一年级的同学们听学校的报告，学校说上级已经决定从他们年级起改五年学制为四年学制，但课程不能减少，每学期的学习时间增加，暑假减少一周，实习比原计划减少。至于我们年级还是实行五年学制，当然，我们年级也有同学希望我们也改为四学年制，想早点儿毕业，早点儿参加工作。不过我还是希望能在学校多学点儿知识。

1963 年 11 月 23 日（农历癸卯年十月初八）　星期六　晴

上午前两节继续旁听马列主义经典著作选读课，从今天开始讲列宁的《共产主义运动和左派幼稚病》。后两节是世界国家与法的历史课，讲美国的法西斯专政。

下午两节是英语课，练习读音，朗读课文，发上次测验的卷子，我得了83 分。老师说我们学校的学生考研究生主要在于外语能力较差，专业知识方面比北大学生差不了多少。

明天是学校十一周年校庆，学校今晚举行电影晚会，我们在南膳厅看电影《红日》。

中午听到这样一个消息，据收听中央人民广播电台广播的人说，美国总统约翰·肯尼迪当地时间昨天（22 日）中午，在外出视察时在德克萨斯州达拉斯市被刺杀身亡。19 日的《参考消息》上说，洛克菲勒攻击肯尼迪的外交政策，认为肯尼迪对于苏联"太软弱"了，艾森豪威尔也攻击肯尼迪。如果肯尼迪不死，他很可能连任美国总统。现在肯尼迪死了，问题在于谁会接任下一届美国总统呢？美国的对内对外政策会不会有所变化呢？又会引起世界局势和国际共产主义运动怎样的变化呢？我们拭目以待。肯尼迪是美国历史上继林肯被刺以后，又一位被刺杀的美国总统。

1963 年 11 月 24 日（农历癸卯年十月初九）　星期日　晴转多云

去联合楼 302 阅览室，室内人都坐满了，幸亏还找到一个位子。在那里看艾思奇的《辩证唯物主义历史唯物主义》一书的第四章"对立统一规律"。这是我们的哲学课本，据说是经中共中央批准的教材，所以我会首先采用这本书中的观点，也可以采用中国人民大学哲学系与北京大学哲学系合编的《辩证唯物主义（讨论稿）》的材料，它的优点是内容丰富，分析透彻。老师讲课所补充的材料也多取自这本书。我将这两本书对照着来学习。

下午在联合楼 220 阅览室看杂志《国际问题研究》1962 年第 3 期。

17：30 至 18：40 在礼堂看内部电影，纪录片《河北人民抗洪斗争》，影片真实记录了今年 8 月初河北省所发生的三百年来最大的一次洪水的情景，更突出地表现了在党和政府的领导下，在全国人民及解放军的大力支援下，河北省各地各级党政干部及人民群众奋勇抗洪斗争的事迹。

晚自习看杂志《国际问题研究》1963 年第 4 期上发表的署名夏仲成的文章《美国对外情报特务活动》，对于我们正在学习的美国国家制度有所帮助。

今天的《人民日报》在第三版右下角报道了美国总统肯尼迪遭刺杀的消息，并报道了根据美国宪法由副总统林登·贝恩斯·约翰逊就任美国总统。他本来一直是支持肯尼迪的对内对外政策的。据《参考消息》上说，约翰逊是不会改变肯尼迪的政策的。

1963 年 11 月 25 日（农历癸卯年十月初十）　星期一　晴，大风

上午劳动，在锅炉房清理垃圾、抬土、运送炉渣等，很累。北风很大，风沙袭人。

下午是两节汉文课，继续讲《为了六十一个阶级兄弟》。课后搞宿舍卫生。

▲ 校庆晚会大合唱
　拉手风琴者翟俊喜、 吴慧群

▲ 舞蹈队排练
　前排女同学左起拉手风琴者吴慧群， 舞
　蹈者肖淑华、 高大安、 蒋绮敏、 雷鹰

▲ 为庆祝学院成立十周年， 学院文工团乐队正在排练节目

看我国政府发表的关于反对美、英、苏三国部分禁止核武器的协议，主张全面禁止一切核试验，干净、全面、坚决、彻底地销毁一切核武器的文件。

晚上在礼堂开文艺晚会，庆祝我校成立十一周年。第一个节目就是大合唱《长征》《在太行山上》《唱支山歌给党听》《祖国颂》，我们班有 28 名同学参加大合唱。我们班一共 34 名同学，就剩下我、杨登舟、胡克顺、饶竹三、袁继林、武玉荣 6 个人没有上场了。我以极大的热情看完这个节目后就回来了。

晚会从 18：30 开始，到 22：00 结束。据他们回来说后来表演的节目都很精彩，并为我没能欣赏到而感到遗憾。他们哪里知道我关心的重点不在那里，回来看我的《国际问题研究》，投入这个问题研究，我有着无限的乐趣！

今天《人民日报》及其他大报都在第一版头条位置报道了最近在北京召开的中国科学院哲学社会科学部委员会第四次扩大会议，讨论在目前国内外形势下哲学社会科学的任务。《人民日报》《光明日报》都在"反对现代修正主义 研究当代革命问题"的醒目的通栏标题下刊登了新华社的报道。《光明日报》还加了副标题"刘少奇主席向会议作重要讲话，周扬同志作《哲学社会科学工作者的战斗任务》的报告"。早晨，我注意倾听了这条新闻的广播。中午，我又仔细地阅读了报纸，十分兴奋，感触很多。我更加坚信我过去说的这样一句话："学习马克思列宁主义，脱离了当前反对现代修正主义的斗争，只能是一句空话！"近一年来，我也用这句话指导着我的行动。

1963 年 11 月 26 日（农历癸卯年十月十一）　星期二　阴，大风，冷

上午前两节是哲学课，上自习。我写了写日记。第三节是体育课，由于外面风大，改在教学楼 219 教室上体育理论课，介绍体操方面的知识。第四节回宿舍读英语。

下午两节是英语课，讲第十九课课文，这是美国著名幽默作家马克·吐温（Mark Twain）写的一篇讽刺性短文"Mistaken Identity"，很有趣。老师要求能全文背诵。

我们走在大路上

晚上在宿舍与冯振堂、杨福田、王维聊了聊哲学讨论题。我感到"矛盾的同一性是相对的"不好理解，所以我又翻开毛主席的《矛盾论》看了看。

熄灯后，又用自行车灯的亮光看了看 1961 年第 1 期《哲学研究》杂志上刊登的署名众学的文章《矛盾的同一性和斗争性的关系问题是关于事物矛盾问题的精髓》，有一些启发，但不大。第二手材料只能做参考，最根本的还是要看《矛盾论》。

1963 年 11 月 27 日（农历癸卯年十月十二）　星期三　晴

上午前两节自习，第一节写哲学课堂讨论提纲，第二节复习世界国家与法的历史。后两节是世界国家与法的历史课，讲第三章"英国"，讲的是二十世纪以来大英帝国的衰落。

下午在教学楼 219 教室听院党委副书记郭迪作关于河北人民抗洪斗争的报告。

晚上分小组讨论郭迪副书记的报告。大家在谈出自己的感想后，纷纷表示响应党的号召，根据自己的实际情况，节约粮食支援灾区人民。我决定从下月起每月节约 1.5 斤粮食，直到灾区人民度过灾荒为止。另外捐献人民币 4 元给灾区人民。灾区人民的困难，就是我们的困难！之后去教学楼 311 教室自习，写日记，看了看哲学。

1963 年 11 月 28 日（农历癸卯年十月十三）　星期四　晴

上午前两节是汉文课，讲《毛泽东的军事思想战无不胜——记陕北三捷》一文。这一次由宁致远老师讲课，讲得很好。后两节自习，去联合楼 220 阅览室准备哲学课堂讨论发言提纲。继续读毛主席的《矛盾论》，又看了看发表在 1961 年前几期《新疆红旗》杂志上的几篇文章，关于事物发展动力是矛盾的斗争性还是矛盾的同一性，抑或二者都起作用问题的讨论。这几篇文章的观点各不相同，而且争论得很激烈。我对他们的争论也有自己的看法。我不轻易放弃自己的观点，必须从毛主席著作或马恩列斯的经典著作中去寻找真理。

下午是体育课，打篮球。于秉寿不慎滑倒，把上嘴唇磕破了，从内部撕裂了，不得不去北医三院诊疗。我陪他去。出校门不远，他突然想起忘记带医疗证了，我便让他继续往前走，我骑车回来取，然后赶上他。到北医三院15：00了，挂急诊口腔科，给于秉寿打消炎针，又缝了几针。于秉寿说他很少来北医三院，这次一下子就缝了13针。回来路上与于秉寿又谈起矛盾的同一性与斗争性的问题。回到学校17：00了。

晚上两节自习，进行哲学课课堂讨论。这次主持讨论的金霭瑶老师采取这种方式：由老师提出一个个具体的问题，引导大家讨论，以避免一个人发言占用很多时间。

1963 年 11 月 29 日（农历癸卯年十月十四）　星期五　晴

上午前两节自习，再看星期一的《光明日报》关于中国科学院哲学社会科学部第四次扩大会议指出的当前哲学社会科学者的任务。后预习国际共产主义运动史第二编第五章关于第一国际后期的活动。后两节是国际共产主义运动史课，老师先总结了第一编第四章，后又谈了谈如何复习这门课，最后讲第一国际后期反对巴枯宁主义的斗争。

下午是团组织活动时间，过组织生活。分小组开生活会，总结并检查自己一年来的思想状况。

晚自习继续进行哲学课的课堂讨论。主要讨论两个问题：非对抗性矛盾——例如在社会主义制度下脑力劳动与体力劳动的矛盾——对推动事物发展的作用；同一性与斗争性在推动事物发展中的作用。

讨论结束后，武玉荣对大家说支援灾区不能从以后的每月节省粮票来支援，国家不允许减少大家的粮食定量，青年正是长身体的时候。主张一次性能支援多少就多少。我计算了一下，可以支援 5 斤粮票。感谢国家对我们的关心！

1963 年 11 月 30 日（农历癸卯年十月十五）　星期六　晴

上午前两节自习，第一节读英语，第二节复习世界国家与法的历史。后两节是世界国家与法的历史课，讲英国的国家制度向反动的转变。

下午是两节英语课，讲课文及语法。课后去联合楼 220 阅览室自习，摘录《光明日报》。

我们走在大路上

1963 年 12 月 1 日（农历癸卯年十月十六）　　星期日　阴天转多云

今天去打靶，是民兵活动的组成部分。大家都很兴奋。7：20 整队出发，我同 2 班的魏祖锦、王淑琴，还有一个 6 班的同学（我不知道他叫什么名字）跟着学校武装部的曹善兴老师骑车去，我们先到中国人民大学取了枪靶，然后到距离中国人民大学不远的打靶场。骑车去时，天气很冷，耳朵冻得难受。但拿到枪靶后，又要扛靶，又要推车，很累，浑身发热出汗了。

我们刚到打靶场，大队人马也到了。我们排走在大队的最前头，而且扛着枪，呼喊着口号，队伍显得整齐、严肃、威武、雄壮。我们用小口径步枪打靶，距离枪靶是 50 米远。每人可打三发子弹，满分是 30 环。可惜我们排打靶成绩普遍不佳，于秉寿的成绩最好，共计 16 环（三枪依次是 8 环、8 环、0 环，第三枪虽然是 0 环，但也打中靶了）。冯振堂也打中了 8 环（5 环、3 环、0 环）。我三枪都打中了枪靶，而且相距不远，但未中环，也就是说 1 环都没有取得，三枪都落在靶环的右下角了。前两枪打完，我没有注意前面的人用竹棍给我指明打在哪里了，所以后一枪也没有根据前面的实际击发情况进行调整。主要是我们的实践经验太少，要是让我们多打几次就好了。今天天气也不好，阴天，视线较差，又冷，影响水平发挥。我们打靶三个人为一组，我本来应当在 2 号靶位上击发的，冯振堂在 1 号靶位，樊五申在 3 号靶位。但因中途我去中国人民大学武装部取枪，赶回来他们都已经打完了，我匆忙上阵，曹老师就让我在 3 号靶位上击发，击发的靶子是第 6 号枪靶。我击发前不够冷静，慌乱中就击发了。总之技术不高。不过比起高中二年级时那次打靶成绩要好些。那次也是用小口径步枪打靶，距离只有 25 米，但同样未取得成绩，而且三枪只有两枪中靶。我们排大部分同学成绩都是 0 环，不少同学根本没有击中枪靶。

听我们的民兵副排长王普敬说，今天打靶只要打中两发就算是及格了，不一定要有多少环数。这样，我击中三发，当然是及格了！

1963 年 12 月 2 日（农历癸卯年十月十七）　　星期一　晴

上午前两节是共产主义运动史课，前一节课讲第一国际的解散，后一节课测验，测验题目是："无产阶级革命应当怎样对待资产阶级的国家机器？"

我答得很乱，虽然内容答了不少，但缺乏条理，我很不满意。后两节在宿舍自习，复习世界国家与法的历史。

下午是汉文课，继续讲《毛泽东的军事思想战无不胜——记陕北三捷》一文。

课后就背英语，在教学楼311教室，直到吃晚饭，总算是把课文的第一大段背下来了。

晚上预习哲学。后看"*Peking Review*"（《北京周报》）。

1963年12月3日（农历癸卯年十月十八）　　星期二　晴

早晨是民兵活动时间。一起床就在楼前集合，然后到教学楼319教室进行时事测验。昨天晚上已有耳闻，但大家都以为是测验民兵知识，不少人临时"突击"，背诵民兵的十大任务等。我一看是时事测验就放心了。一共出了五道题，我很快就答完了。胡克顺在黑板上题写到哪里我就答到哪里，他刚刚写完，我也答完了。最早交卷，就回宿舍洗漱了。后来知道我全答对了，得到5分。于秉寿、冯振堂、周芮贤、杨登舟等得到5-分。

今天轮到我们去食堂值日，协助炊事员打饭。早饭、中饭、晚饭我们去得都很早。每班一个月才能轮到一次，每班又分成三个组值日，所以差不多一个学期才能轮到一次去食堂值日，也很有意思。

上午前两节是哲学课，讲"否定之否定规律"。第三节是体育课，打篮球。第四节看了看报纸。

下午两节是英语课，老师点名叫我第一个起来背书，幸亏我有准备，基本上背出来了。然后依此一个个地背，全班都背过了。后一节课讲语法。

课后去教学楼311教室看《参考消息》。

17：00就开饭了。因为晚上有不少同学（和一些老师）去五道口工人俱乐部看中国儿童剧院演出的话剧《年青的一代》。

1963年12月4日（农历癸卯年十月十九）　　星期三　晴

本星期五晚上上星期六上午后两节的世界国家与法的历史课，进行课堂讨论。今天的世界国家与法的历史课改为自习，准备课堂讨论。

下午在礼堂听公安部的一位焦处长作关于阶级斗争的报告。他是政法附中请来作报告的。他讲的东西不多，但讲得很好。

16：00 至 17：30 在联合楼 220 阅览室继续摘录资料，看前天的《光明日报》"经济学"专栏刊登了署名曾捷的文章《罗斯福"新政"的实质——对国家垄断主义的一个实例的分析》，并做卡片。

1963 年 12 月 5 日（农历癸卯年十月二十）　星期四　阴天

上午前两节是汉文课，讨论《英雄的十月》一文。后两节是哲学课，讲完了"否定之否定规律"。

下午第一节是体育课，打篮球，也很累。第二节课自己看《参考消息》。

课后，班长袁司理让我和学习委员李彦龙去找徐作山老师了解一下我们班同学世界国家与法的历史的学习情况。我们找到徐作山老师，徐老师正在判同学们的测验卷子。他见我们来了，就放下卷子很热情地接待了我们。

谈到我们班的学习，徐老师谦虚地说他对具体情况了解不多，只能大概地谈一下。他说我们班同学比较起别的班来说学习上都很用功，认真。上次测验我们班的同学都及格了，如果评优秀、良好、及格与不及格四个等级的话，将有一半以上的同学可以取得优秀的成绩。当然，只凭一次测验成绩是不能代表全面的情况的。他说我们班的同学在学习方法上有不同的类型。有的同学如袁司理，学习成绩好，善于动脑子，善于抓问题的中心线索。我们一直谈到很晚。和徐老师聊了聊，获益匪浅！

晚上向袁司理汇报了徐老师讲话的情况。后写了写日记，又复习世界国家与法的历史。

1963 年 12 月 6 日（农历癸卯年十月廿一）　星期五　晴

上午前两节自习，复习世界国家与法的历史与国际共产主义运动史。后两节是国际共产主义运动史课，讲德国统一社会民主党的成立和马克思的《哥达纲领批判》。

下午在教学楼 108 教室听院党委副书记郭迪宣读中共中央的两个重要文件，一个是《中共中央关于农村社会主义教育运动的决议》，另一个是《中共中央关于农村阶级斗争问题的决定》。从 14：00 开始一直宣读到 17：30。我们都很仔细地听了中央的这两个文件，非常兴奋。文件中关于农村的阶级

大学本科阶段

斗争状况的介绍，关于党中央开展整顿人民公社、进行社会主义教育运动的决定，关于进行"四清"的决定，以及开展这些运动应当注意的政策等，讲得都很清楚，各种情况分析都很周到、详尽，阶级路线也交待得很明确。只要基层干部能正确地理解领会中央文件的精神，农村中的这些工作一定会获得伟大的成就。

晚自习前两节在教学楼 111 教室进行世界国家与法的历史课堂讨论，讨论题目是"试谈法西斯政权建立的原因、基本表现和国家制度"。今天主要是讨论"法西斯政权建立的原因"。主持讨论的徐作山老师让我和他坐在一起，遇有他不熟悉姓名的同学发言，他好问我。徐老师尽量让没有发过言的同学发言，锻炼同学们的语言表达能力。

学校团委会及学生会打算请李希凡同志来我校给同学们讲讲关于《红楼梦》的问题。李希凡同志答应下周日来，要求同学们先提出希望他讲什么。为此，今天中午学生会从各年级找一些人到 2 号楼 118 房间（大概就是学生会的活动室）座谈一下。胡克顺让我去参加。大家要求李希凡同志谈谈读《红楼梦》对当前的社会有什么进步意义？对当年（指《红楼梦》的出书年代）又有什么积极意义？现代青年人应当怎样对待它？这本书的精华是什么？又有哪些糟粕？并希望结合上述问题分析一下主要人物，如贾宝玉、林黛玉、薛宝钗、贾母、王熙凤等。

1963 年 12 月 7 日（农历癸卯年十月廿二）　星期六　晴

上午第二节去图书馆借了一本 *"Peking Review"*（《北京周报》，第 38 期），上有 "On The Question Stalin"。很好。我想有时间去外文书店买几本反修的英文小册子来看。

后两节是世界国家与法的历史课，继续进行课堂讨论。最后老师讲了讲学习方法问题，他告诉我们要辩证地看问题，并善于把看似孤立的问题联系起来看。

下午英语课讲完了第十九课，又开始讲第二十课。本学期只学到第二十课。

1963 年 12 月 8 日（农历癸卯年十月廿三）　星期日　晴

今天回初中时代的母校——北京四十四中——参加校庆活动。

同缪德勋去母校。我们乘车到社会路，刚下车，就见母校的学生列队去水利电力部礼堂开庆祝大会。见到了刘瑾老师，她说她要跟班走，让我们先去母校。我们来到母校，先后见到了曾教过我们算术和代数的陈汉生老师、教过我们汉语和文学的张应荣老师及马音韶老师。还遇见了初中的同班同学谢再兴，通过简短交谈，知道谢再兴现在国家第二机械工业部搞保卫工作。

我们与马音韶老师聊了一会儿。马老师还像七年前那样亲切，见到我们她也非常高兴，像慈母般地问起我们这几年来的学习、身体、生活、思想情况。尤其谆谆教导我们要注意从思想上严格地要求自己，争取早日加入中国共产党。看着马老师那慈祥的脸，我似乎觉得她脸上多了几道不明显的皱纹，七年过去了，马老师与我们的感情不仅没有生疏，反而更亲密了。我陷入了深深的回忆中：那是我们刚进入初中一年级，我们一年级8班的54名戴着鲜艳的红领巾，来自不同小学的学生，大家的年龄几乎都是12岁。我们是男生班，个个像小老虎似的，天真、幼稚、活泼，却又十分顽皮、淘气。马老师是我们班的第一任班主任。她一再教导我们要听话，要努力学习。可是那时我们又有谁能领会老师的苦口婆心啊！上课时不断说话，下课又经常打架，用弹弓互相射击，玩沥青弄得到处黏糊糊的，打扑克，下象棋，五花八门，像刮起了一阵又一阵风，往往玩疯了，什么也不顾了，作业也完成不了，上课提问经常是2分，班上纪律十分松懈……马老师为了教育我们上进，为了搞好班集体，不知花费了多少心血，度过了多少个焦灼不眠的夜晚。在她慈母般的教导与关心之下，我们班终于有了很大的进步，我还想起了马老师给我们讲的课文：《牛郎织女》《孟姜女》《汉末童谣》《社戏》《最后一课》《凡卡》《三千里江山》《渔夫和金鱼的故事》《卖火柴的小女孩》……我不会忘记马老师给我们批改的作文，迄今，我还保存着马老师给我批改过的作文，上面还存留着马老师用红墨水画的各种符号和写的批语……"江兴国!"缪德勋的呼叫声把我从对往事的回忆中唤醒，他建议我们上四楼的展览室去参观一下。

展览室的面积不大，但内容却很丰富。概括而又有重点地介绍了母校十年的历史：从小到大，从人少到人多，从借用真武庙小学的校舍到我们读书时的工字楼，再到今天的大红楼，从我们读书时的只有初中部发展到今天具有高中初中的完全中学……展览中最为吸引人的是历届毕业生的留影，我在第四届毕业生的照片中寻找到了我们59届（是母校的第四届）8班的老同学们，我见到了邓长江、韩庆蓬、刘仲鑫……这时，担任服务工作的学生请我们快去礼堂，庆祝大会将要开始了，我们只好下来。

我们与张应荣老师以及其他校友一起去水利电力部礼堂。

庆祝大会于 9：15 开始。在高唱国歌后依次是校长讲话，西城区教育局李局长讲话，学生家长代表讲话，校友代表讲话（陈英代表我们讲的话），在校学生代表讲

▲ 初中毕业照
倒数第二排左起第二人是校长丁益吾
前排左起第一人是我们的班主任兼几何课教师刘瑾，
第二排右起第一人是语文课教师杨毓英

话，最后是少先队员献贺词。完毕快 11：00 了。

在礼堂，我和谢再兴坐在马音韶老师身边，马老师坐在中间，我坐在左边，谢再兴坐在右边。在开会前，我们又接着刚才的谈话聊了起来。马老师说她是带过四届学生的班主任，但都不如对我们班的印象深（我想，可能我们班太淘气了，让她付出了更多的精力）。她又一次地教导我们要多向党团组织汇报思想。她说："要想很快地进步就必须向组织说真心话，争取组织的帮助。"她又问我们看了话剧《年青的一代》没有，嘱咐我们在大学里应当积极努力搞好学习，搞好工作。马老师也不断地问及我们其他同学如衣立、黄升基、刘仲鑫、王宁世……谈到衣立时，我把昨天收到的衣立给我的来信给马老师看了，并告诉马老师最近两三年来衣立进步很快，身体也强健多了，马老师听了很高兴。马老师又问及黄升基身体是否好一些了，我说："好一些了。"马老师说："他应当注意自己的身体！"

大会的讲话和发言之后，是表演文艺节目。我们与缪德勋便辞别了马老师。马老师把她家的地址给了我，希望我们常去她家玩。

我们还见到了教我们政治课的林菊芬老师与教我们音乐课的王维寅老师，与她们也聊了聊。我们又到后面去找到刘瑾老师，与她聊了会儿。她关

我们走在大路上

心地问及黄升基和衣立的情况，我又把衣立的信给刘老师看了。至于黄升基的情况，我说最近没收到他的信。刘老师说回顾走过来的路，她的心情很复杂，也很激动……最后刘老师嘱咐我有时间找同学去她家玩。

还见到教我们物理课的龙镇明老师，他听说我在北京政法学院，给我介绍了一位母校（北京四十四中）校友，说着，他就把那位校友叫过来，我们简单地交谈了一会儿，知道他是母校第二届毕业生，姓李，比我高两个年级，是 1960 年进入政法学院学习的，现在是四年级学生了，住在北京政法学院的 3 号楼 117 宿舍。我说回学校有时间再聊吧。

11：15，我们辞别刘老师回家了，今天为什么黄升基不来参加母校的校庆活动，也不来信呢？

遗憾的是，我们班的同学来参加今天母校校庆活动的人太少了，除了谢再兴我没有见到其他人。只见到一个我们年级 7 班的同学，毕业后他进入北京 110 中学，又成为缪德勋的同学。别的和我们一起毕业的同学，一个也没有见到。

1963 年 12 月 9 日（农历癸卯年十月廿四）　星期一　阴间多云

今天是第十五周的星期一，上午照例是劳动时间，但是今天上午做总结，从 9：00 开始。主要是对一年级的劳动情况做评定。先由自己评定，在小组范围内宣读，再请大家做评议，提出意见或建议。班长袁司理要求大家要严肃认真地搞好评定，不要马马虎虎，或放松对自己的要求。评定以一年级的劳动情况为主，本学期的劳动情况作参考。

我对自己做的自我鉴定如下：

通过一年的劳动，我的思想有了较大的变化，开始时我对劳动的认识并不深刻，只是认为一个共青团员在劳动中应当积极、努力，也能够做到不怕脏和累。但是，没有有意识地把参加体力劳动作为改造自己思想的主要的一环。有时反而把劳动作为调节紧张的脑力劳动措施。所以虽然多次积极地参加了劳动，但对提高思想认识的作用却不大。通过反修学习、向雷锋同志学习等政治运动，尤其是学习了《红旗》杂志社论《干部参加体力劳动的伟大意义》一文后，认识到知识青年参加体力劳动的重要性，是铲除修正主义、资产阶级思想根源的法宝，是培养全心全意为人民服务的革命者的重要途径，所以在本学期的劳动中，尤其在为期一周的下乡劳动中，不再是抱着单纯的劳动观点为劳动而劳动了，而是注意在劳动中有意识地改造自己的思想。尤其认识到自己参加劳动实践较少，所以更注意向工农子弟同学们学习。对劳动课以外的平时劳动也严加注意了。

在劳动中，无迟到、早退、旷课现象，能服从指导，听从命令，认真积极努力地完成自己的劳动任务。爱护劳动工具。但有时劳动效率不高（如下公社劳动），有待进一步掌握劳动技能。

同学们给我提的意见（补充的）：

"劳动干劲儿大，虚心地向别的同学请教。这学期劳动比上学期又有了更大进步！"

下午两节是汉文课，讲评上次的作文《报导一则》。不知何故，我始终没有找到我的作文。中午我从教学楼出来，碰到巫月泉老师，问及我的作文，他让我随他去取作文本。路上我谈到我的作文，说我写作文有个毛病：总是一写起来就很长，往往收不住笔。巫月泉老师说："你很能写，虽然文章较长，但还好，有内容，并不是空而无物。"谈到这次作文，巫老师说："你的作文前半部分写袁司理的讲话过多，可以压缩。后面的小组会讨论写得很好，对材料选取得当，不重复，各种类型都有代表性。这符合报道性作文的要求。"

晚上自习，写了写日记。居然用了两节课时间，昨天的日记要记的内容太多了。

1963年12月10日（农历癸卯年十月廿五）　星期二　晴，下午起大风

上午前两节是哲学课，讲"辩证法的基本范畴"。第三节是体育课，踢足球，很有趣，只是场子太小了。在初中时，我很喜欢这种运动，到高中以后就很少玩了。今天玩起来兴趣未减当年！

中午念英语第十九课，后半部分课文我还不会背诵，可是下午老师就要检查了，只好中午加油。幸亏下午上课老师未检查背诵课文，说下次（星期六）再检查。今天讲了第二十课的单词，又讲了讲课文，题目是"Early Days"。

16：10至17：30在4号楼311宿舍开科代表会，袁司理、李彦龙主持，研究了班里的学习情况。最后特别指出，本学期期末要考试的三门功课世界

国家与法的历史、哲学、外语要抓紧学。

晚自习复习哲学,去向哲学课的辅导老师金霭瑶老师请教关于辩证法的几个具体问题。如哲学的三个基本规律各自对事物发展规律揭示了哪些方面?范畴和概念的区别是什么?能否从矛盾的同一性是相对的,有条件的,而矛盾的斗争性是绝对的,无条件的,推出事物发展过程中的肯定是相对的,而否定是绝对的?又如关于事物发展是波浪式前进,其图线应当怎样表示?具体到国民经济的图线是否应分为质和量两方面?等等。最后老师向我们(后来冯振堂也来了)征求同学们对上次课堂讨论所采取的由老师提问题,引导同学们逐步深入进行讨论的方法有什么反映等。我感到常找老师聊聊确实有益处。

1963 年 12 月 11 日(农历癸卯年十月廿六)   星期三   晴

上午后两节是世界国家与法的历史课。

下午分小组座谈上星期五听的两个中央文件。见到 2 班的张彦俊,和他谈起最近看什么书,他也说到想买一本《世界通史》。

晚上继续开展"五反运动",要进一步进行自我教育运动,交代问题。

1963 年 12 月 12 日(农历癸卯年十月廿七)   星期四   雾转晴

上午前两节是汉文课,写作文,题目是"记学习雷锋以来的一件好事"。

后两节是哲学课,头一节课讲完了"本质与现象",后一节课测验,测验的题目是:"为什么事物发展到一定阶段就要发生质变,不然就不能进一步发展?"

下午第一节是体育课,还是踢足球。第二节自习,去联合楼 220 阅览室复习国际共产主义运动史。16:00 至 16:50 在教学楼 208 教室开大会,张守蘅老师讲关于晚婚与计划生育问题。我国的人口确实增长得太快了。

后去阅览室看杂志,浏览各大学的学报。

晚饭后按照体育教研室的要求,用脸盆打水泼冰场。

第一节晚自习金霭瑶老师讲了讲关于下次课堂讨论的要求。后两节复习哲学。

今天《人民日报》刊登了《人民日报》编辑部与《红旗》杂志编辑部

205

的文章《两种根本对立的和平共处政策——六评苏共中央的公开信》。中午饭后，我在外面的报刊栏里看了一个多小时。因为我没有拿到宿舍的报纸，又来不及等他们看完再看。先一睹为快！

1963 年 12 月 13 日（农历癸卯年十月廿八）　星期五　雾转晴

前两节自习，我在联合楼 220 阅览室复习哲学"否定之否定规律"一章。后两节是国际共产主义运动史课，讲完了第五章。

中午还在联合楼 220 阅览室看报纸。

下午在礼堂召开全年级的团员大会。先由张守蘅老师宣读了六篇 12 月 8 日在北京铁道学院召开的北京市高等院校、中专学校纪念"一二·九运动" 28 周年大会上的优秀学生发言。然后，播送两遍吴子牧同志的总结讲话录音，他提出青年人必须继承"一二·九运动"的传统，知识分子必须与工农群众相结合，要求每个青年人必须挑好两副担子，革命的担子和建设的担子，也就是要处理好红与专的关系，等等。

16：20 至 17：30 以团小组为单位进行了讨论。

晚自习继续看 "*Peking Review*"（《北京周报》，第 38 期）上的文章 "On the Question of Stalin"，很有意思。

1963 年 12 月 14 日（农历癸卯年十月廿九）　星期六　晴

上午前两节去图书馆还了 "*Peking Review*"（《北京周报》，第 38 期），借了一本《石头记》（上册），因为明天上午就要听李希凡的报告了。

后两节是世界国家与法的历史课，讲"英国工党的反动作用"。

下午两节是英语课，上来先背诵课文，我通过了这一关。又讲上次的作业习题。课后去联合楼 220 阅览室看报纸，看今年 12 月 6 日的《光明日报》，上有署名余彪的文章《梵蒂冈和"和平战略"》，做资料卡片。

18：30 至 20：15 在礼堂看电影德意志民主共和国故事影片《马门教授》，影片讲的是 1933 年希特勒上台后的法西斯残暴统治，他们奉行反犹太人的反动民族主义，这对于当前我们学习世界国家与法的历史课有所帮助。

回宿舍继续做资料卡片，1963 年 12 月 6 日的《光明日报》上刊登的署名余彪的文章《梵蒂冈的"和平战略"》。

我们走在大路上

1963 年 12 月 15 日（农历癸卯年十月三十）　　星期日　晴

9：00，李希凡由学校团委会及学生会干部陪同着出现在主席台上，在大家热情的掌声中开始了他关于《红楼梦》的报告。

他先用了一个多小时的时间谈曹雪芹的家庭状况及生平情况，以及《红楼梦》成书的历史背景。从他的谈吐中可以看得出来，他的知识很丰富，尤其是历史与文学知识更是博学。他从明清的政治经济，谈到文学艺术思想哲学，也谈到世界资本主义对中国的影响，谈话中举出许多典故性事例来，很有意思。到 10：30 休息时，我与周芮贤、左广善聊起来，很佩服李希凡的才能。

休息之后他又继续演讲。他结合《红楼梦》的思想内容分析了几个人：宝玉、黛玉、宝钗、元春、迎春、探春、惜春、贾母、史湘云、晴雯、司琪、贾政等，当然，主要谈的还是宝玉、黛玉、宝钗。分析中他一再指出这些人一个也不值得我们去学习，更不值得我们去模仿。后来他又谈到如何对待《红楼梦》的精华与糟粕。还结合当前的反修斗争，谈到现代修正主义的腐败文艺思想对青年的毒害。最后又讲到《红楼梦》电影。

李希凡的报告讲到 12：00，在热烈的掌声中结束了他的报告。李希凡今年才三十多岁，据同学们说李希凡现在兼任《人民日报》第六版（文艺版）的副主编工作。

1963 年 12 月 16 日（农历癸卯年十一月初一）　　星期一　晴

星期一上午，本是劳动时间，但是从本周起劳动停止了。我们前两节上国际共产主义运动史课，又由周老师给我们讲课，讲第六章"第二国际前期的活动，以及恩格斯在十九世纪九十年代为捍卫工人运动的路线而斗争"。后两节自习，复习国际共产主义运动史。

下午两节是汉文课，开始讲课文《记一架纺车》。

上午国际共产主义运动史课上老师先讲了讲上次的测验，晚上得知我得了优秀成绩。虽然是只要分出及格与不及格就可以了，但老师还是选出几个成绩特别好的给了"优秀"。

1963 年 12 月 17 日（农历癸卯年十一月初二）　　星期二　晴，大风

早晨起来就立即下楼集合，今天是民兵活动日。天还很黑，风也很大，

大学本科阶段

很冷。突然下令：目标北太平庄，迅速前进！原来是急行军！我们出校门的时间是 6：10。本来是女同学在前面，但速度太慢了，于是掉过头来，我们冒着冷风摸黑前进！到北太平庄才 6：17。到那里就解散了，我与宋新昌一起回来，6：35 回到学校。

上午前两节是哲学课，进行课堂讨论。我发言中结合国际共产主义运动和资本主义社会在南斯拉夫的复辟现象，谈到事物否定之否定规律，以及事物发展的波浪式前进规律。

第三节是体育课，踢足球，风却很大。第四节看报纸。

下午两节是英语课，讲语法。

1963 年 12 月 18 日 （农历癸卯年十一月初三）　星期三　晴

上午后两节是世界国家与法的历史课，讲法国的人民阵线。

14：00 至 15：00 在教学楼 219 教室听年级办公室司青锋主任讲了讲我们年级"五反运动"的一些事情。后分小组回宿舍讨论，谈自己通过"五反运动"和"自我教育运动"的收获。

1963 年 12 月 19 日 （农历癸卯年十一月初四）　星期四　晴

上午前两节是汉文课，讲完了课文《记一架纺车》。

后两节是哲学课，讲"原因和结果"。

下午第一节是体育课，进行体能测验，我做了 3 个引体向上，立定跳远跳了 2.2 米，短跑 100 米用了 14 秒 7。比开学时测验的成绩退步了，除缺乏锻炼的原因外，今天测验时穿的衣裤也比上次多，行动不如上次灵活，今天准备活动做得也不够。

1963 年 12 月 20 日 （农历癸卯年十一月初五）　星期五　晴

上午前两节复习国际共产主义运动史。后两节是国际共产主义运动史课，讲恩格斯为捍卫无产阶级革命路线的斗争。

14：00 至 16：00 我们班的同学在教学楼 112 教室学习文件《中共中央关于农村社会主义教育运动的一些具体问题的决定》。由武玉荣宣读，大家只准听，不许看文件，也不许记录。然后进行分组讨论，全凭记忆，实际就是通过讨论，让大家把刚才听的文件内容回忆一下而已，以加深印象。

晚自习第一节时间抄录卡片。今年 12 月 18 日的《参考消息》上所谈到的巴基斯坦的一个土邦——罕萨地方的风土人情——"世外桃源"，很有意思。大家如何理解这个没有战争、没有军队、没有武器的"三无世界"呢?!从生产关系来看，似乎是处在分散的小农经济（男耕女织）时代，人们过着自然经济自给自足的生活。

1963 年 12 月 21 日（农历癸卯年十一月初六）　星期六　晴

上午前两节自习，念了念英语。后两节是世界国家与法的历史课，讲法国 1946 年宪法与法兰西第四共和国。

下午两节是英语课，讲语法"动名词的时态和语态"。

晚上在学校看电影国产彩色故事片《战上海》，加映纪录片《怎样写好毛笔字》，都很好，这是第三次看《战上海》了。

1963 年 12 月 22 日（农历癸卯年十一月初七）　星期日　晴

到王府井的外文书店看了看，买了一本书："A Proposal Concerning The General Line of The International Communist Movement"（《关于国际共产主义运动总路线的建议》）。

1963 年 12 月 23 日（农历癸卯年十一月初八）　星期一　晴，下午大风

下午两节汉文课没去上，在宿舍做英语作业。

晚饭后即去 6 号楼 217 哲学教研室参加关于反映学习意见的会议，参加人有袁司理、李彦龙、李平煜、宋新昌、孙成霞和我。老师说本学期哲学课只讲完第八章"认识与实践"就结束了。第九章"真理"移到下学期与"历史唯物主义"部分讲。会议开到 19：40。

回宿舍又看了看恩格斯的《法德农民战争》。

1963 年 12 月 24 日（农历癸卯年十一月初九）　星期二　晴，大风，冷

前两节是哲学课，照例去教学楼上课，讲必然性和偶然性。后两节是自

习，在联合楼 220 阅览室复习哲学的"原因和结果"与"必然性和偶然性"两节。

下午两节是英语课，测验前两节讲的单词与词组。

晚上复习世界国家与法的历史。

1963 年 12 月 25 日（农历癸卯年十一月初十）　星期三　晴

上午后两节是世界国家与法的历史课，讲法国国家制度向反动的转变。

下午在礼堂听团委会张副书记传达吴子牧同志在北京大学讲的团课，题目是"关于世界观问题"。之后去联合楼 302 阅览室看《参考消息》和爱新觉罗·溥仪的《我的前半生》（下册），这是中午孙成霞借给我的，要求我尽早看完。

今天《人民日报》在第一版头条位置报道了河北抗洪抢险斗争展览会昨天在天津市开幕的消息，毛主席给展览会题词"一定要根治海河"。《人民日报》刊登了毛主席的墨迹，落款是"毛泽东　一九六三年十一月十七日"。刘少奇、周恩来、朱德、陈云、邓小平也分别为展览会题词。

1963 年 12 月 26 日（农历癸卯年十一月十一）　星期四　晴

上午前两节是汉文课，后两节是哲学课，开始讲第八章"认识与实践"。

下午两节是体育课，滑冰。我只滑了一会儿。冰鞋小了，我穿着难受。学校自己在 2 号楼与 3 号楼之间泼的冰场，不用担心会掉入冰窟窿，因为冰层不厚，下面是陆地而不是水。

1963 年 12 月 27 日（农历癸卯年十一月十二）　星期五　晴

上午后两节是国际共产主义运动史课，讲伯恩斯坦修正主义的出现。

下午课后做大扫除，搞宿舍卫生。

1963 年 12 月 28 日（农历癸卯年十一月十三）　星期六　晴

上午前两节自习，在宿舍读英语。之后看世界国家与法的历史。去图书馆还了《历史教学》杂志。后两节是世界国家与法的历史课，讲完"法国"一章。

下午两节是英语课，讲第二十课课文。

晚上看电影故事片《冰山上的来客》，不错！

之后又看政教系四年级同学演出的话剧《箭杆河边》，可以！

1963 年 12 月 30 日（农历癸卯年十一月十五）　星期一　晴

上午前两节是国际共产主义运动史课，开始讲第七章"列宁主义的诞生"，马克思主义发展到了新阶段——列宁主义阶段。从今天起到明年 4 月，由徐理明老师给我们讲课，他讲授第七章至第十一章。徐理明老师讲得很好，充满激情。教我们这门课的其他老师讲得也很好，如倪老师、周老师、崔老师讲得都很好。后两节自习，复习国际共产主义运动史。

樊五申把我的《北京政法学院学生参加生产劳动考核表》给我看了，在班（组）评语栏目里写的是："劳动态度端正，不怕脏和累，劳动中能注意改造思想。听从领导，服从分配。在下乡劳动中始终热情高，并利用休息时间为同学服务。全部出勤。今后，应加强平时的劳动锻炼。"樊五申问我对此评语有何意见，我答曰："没意见。"

下午两节是汉文课，进行改错别字和病句练习。我用了一节课就做完了练习题。余下时间出来看《石头记》。我一定要买一部《石头记》，好好地钻研一下，里面的诗词尤其好。

课后，我们宿舍七兄弟回到宿舍排演明天下午新年文艺会演出的小合唱。我们最后决定唱这三首歌曲：《社会主义青年进行曲》《工农兵联合起来》《听话要听党的话》。大家让我当指挥。晚饭后我们又练了一会儿。后去学校浴室洗澡，想不到浴室竟然这么热，跟三伏天似的，汗流浃背擦之不及。

今天有月全食，晚饭时（17：30）去看，明亮的月亮已经缺一块了，又过了一小时上晚自习时去看，月亮只剩下树叶大小的一块了，黑暗中残存的月亮闪着微弱的亮光，繁星满天，校园内各处都是新年的气氛。

晚自习复习并预习哲学。

1963 年 12 月 31 日（农历癸卯年十一月十六）　星期二　晴

今天是民兵活动日。早晨起床铃响后立即到 4 号楼前集合。今天早晨的活动内容是操练，先由排长袁司理带队，跑走交替地沿着柏油路南行东折到

大学本科阶段

教学楼前，再顺教学楼西边的路跑到 6 号楼前，再东折、北转、西拐，围教学楼一周后回到原地，又走回 4 号楼前，再顺饭厅西边的大道走到 1 号楼前，从 1 号楼北面把队伍带到操场，顺着跑道跑了半圈多，之后分班操练。我们班在班长王维的指挥下，练习齐步走，向左、右、后转，跑步等。练到 6：35，全排再次集合，之后解散。下午自由活动时间的民兵活动暂停一次。这就是今天的民兵活动，恐怕也是本学期最后一次了。

上午前两节是哲学课，讲唯心主义和唯物主义的认识论。后两节自习，在联合楼 220 阅览室看了看报纸，后看《红楼梦》。

中午得知下午的英语课停上，以后再补。于是中午就准备下午班里将要举行的新年文艺会。我们的文艺会在教学楼 419 教室举行，因为小教室"演不开"。

14：00 多，忙定之后，我感到身体困乏，躺在 419 教室的椅子上正准备睡觉，忽然，孙成霞跑来打趣地说："江老爷，请您去上英语课！"我一听，坏了！怎么又上起课来呢？我的讲义、笔记本等都没带。但也只好去吧！同学们很快被从各处找来了。任课的朱奇武老师说："同学们要求把今天下午的英语课调到星期四或星期五的晚自习，本来我是答应的。但没有跟教务处说，没有得到当局同意，故不能擅自调课，只好仍旧上课！"朱老师依次叫每个同学分别读一段课文。老师说我的发音不好，许多字没有读出来。我缺乏准备，本来我的发音也不好。老师又把剩下的一半课文讲完。15：30 提前下课了，中间也没有休息。

15：50，我们班的文艺会开始了。文艺委员孙成霞主持。有一篇班委会的贺词，要用英语、俄语、汉语、三种语言朗读。石宗崑、孙成霞二人因为较忙，让我当英文稿的朗读者，俄文稿由李平煜朗读，中文稿由杨岷朗读。

经过压缩的英文稿如下：

Dear Comrades：

Happy new year! Wish you make great progresses and very happy!

Today we get together to spend the new year. We come from difference places of our country. This is the communist thoughts making us to come here. We shall study and work here for some years.

As the party leads and trains us, we made great progresses in the old year. We can say that we got an excellent successes in study and ideological remolding in the short time. Now, we live and study. We know we study hard for socialist cause and communist cause.

Now, we are living a happy life but we shall never forget, the poor life in passed, making our socialist country strong is our duty. We should be trained ourselves to be a revolutionary fighter. So we must learn Marxism and Leninism hard and use it to do work.

We are very glad to welcome the new year, but we know a lot of work will be done for us. In the marching road we shall meet many difficulties, but we shouldn't be afraid of them. We are sure we can overcome them and still marching on.

Dear comrades, the new year will become a new beginning, wish all comrades make great successes in study work and ideological remolding and use the successes describe the new spring.

Comrades, let us dancing and singing to welcome the new year!

这是由李平煜译成俄文，由石宗崑译成英文的。

文艺节目开始了。第一个节目就是我们宿舍的小合唱，节目名称叫作"高唱革命歌曲"。我临时扮装了一下，穿上左广善的大褂，戴上鸭舌帽，围上于秉寿的围脖，手持冯振堂的布掸子当做指挥棒。我在指挥唱歌之前，讲了这样几句话："322 宿舍合唱团成立于 1962 年秋，一年半以来，在我们的教练冯振堂、杨福田的教练下，取得了一些成绩。今天是第一次演出。"演出的效果还不错，把大家都逗乐了，赢得一片热烈的掌声。下面的节目有309 宿舍的诗朗诵、全体女同学的小合唱，她们唱的第一支歌是《斯大林颂》，孙成霞报出这支歌曲的名称后，我们就报以热烈的掌声。后面的节目还有由杨岷、冯振堂、梁桂俭、李平煜共同表演的诗朗诵《雷锋之歌》，由宋新昌、左广善分别演唱的河南豫剧选段，冯振堂的独唱，王小平、佟秀芝、田旭光、孙成霞、丁葆光、李平煜、贾书勤、臧玉荣共同演出的舞蹈《挖地瓜》。田广见还演唱了一支俄文歌曲。樊五申给大家变了一个魔术，虽然露馅儿了，但也引得大家哈哈大笑。石宗崑与杨登舟演出了相声《青年人爱唱革命歌》，也很有意思。后面是冯振堂、韩建敏演出的歌舞剧《白毛女》片段，大家给予热烈的掌声。最后一个节目是袁继林与胡克顺合作演出的双簧。每个节目不管大小都博得大家的阵阵喝彩。

演出中间，我们年级3班的同学来我们班演出了舞蹈《雅哥西》。还有三年级2班同学的表演：唱《老两口进城》。我们都报以热烈的掌声。

演出结束已经18：00了。

18：30学校礼堂放映电影《刘主席访问朝鲜》和戏剧片《三关排宴》。不少同学都去看电影了，我们宿舍的其他六位兄弟也去看了。我没有去看。

回宿舍收拾了一下东西，给兄弟们留下一张简单的新年祝词，就与于秉寿一起出来，回家。于秉寿住在前门，他是北京六中毕业的。在我们班的同学中，田广见、于秉寿、胡克顺、薛宝祥、石宗崑、我、孙成霞、杨岷、王小平、韩建敏、田旭光、臧玉荣、贾书勤、丁葆光是从北京市考入北京政法学院的，不过只有我、于秉寿、杨岷、王小平、孙成霞、臧玉荣、贾书勤的家在市区。

我们两人边走边聊。我说："1963年就要过去了，1964年就要来到，在将要过去的这一年里，我觉得我们的友谊有了很大的进展。去年的现在，我们彼此还不是很了解，今天，我们已成了好朋友！"秉寿很赞同我的话。这时，我们正走在北膳厅与南膳厅西侧的马路上。我把《青年人怎样对待个性》一书拿了出来，对他说："这是我送给你的新年礼物，请你收下。愿我们的友谊在新的一年里进一步发展！"他愉快地接受了我的礼物。他不善于用什么话来表达他的心情，只是紧紧地热情地握了握我的手，眼中流露出友谊的光芒。

我和秉寿有说不完的话。我对秉寿说："在过去的一年中，我们经常在一起聊天，但谈的多是学习和学术问题、国际问题等，而思想问题谈得却较少，我建议在这方面以后要多谈一些。"他表示也有同样的感觉。我建议彼此要经常展开批评与自我批评，看到对方有什么不对的就立即提出来，提错了也不要紧，要做真正的知心朋友。秉寿说他不太愿意主动和别人接近，但别人要找他，他是热忱地欢迎。他又说他感到自己在很多方面都很差，不愿意连累别人。他认为学习是学生的主要任务，这个任务搞不好，别的就甭提了。在这一点上，他和我的认识很相似。他还说他口才不好，不善于和别人谈话，不善于做思想工作，不善于做领导工作。但如果分配给他什么工作，他都能很好地、认真负责地完成。他对自己的学习不满意，而原因很可能是

我们走在大路上

学习方法上有问题。他说他看书过后没有什么印象，知道的东西比较多，但不深入。我认为我也有这个毛病，知识"博而不精"。他感到处理学习与其他工作时间上的矛盾不好解决。

结合他的谈话，我也简单地谈了谈我在这方面的感受和体会。

月是明亮的，没有风，天气也不冷，我俩在月下并肩行走，很有趣。我们一直步行到北太平庄，又拐向南走到铁狮子坟，他才乘上22路公共汽车，"明年见!"，我们互相道别。我回到家已经20：30了。

1964 年

1964 年 1 月 1 日（农历癸卯年十一月十七）　　星期三　元旦　晴

今天《人民日报》在第一版上发表了元旦社论《乘胜前进》。社论总结了过去一年取得的成绩和工作经验。

上午看《文史资料选辑》，上面有爱新觉罗·溥仪写的两篇文章：《复辟的形形色色》与《醇亲王府的生活》，很有意思。

午饭后我就看去年《红旗》杂志第 24 期。这一期的《红旗》杂志只有一篇文章《哲学社会科学工作者的战斗任务》，这是周扬同志 1963 年 10 月 26 日在中国科学院哲学社会科学部委员会第四次扩大会议上的讲话。

13：00，衣立应约而来，我们俩就边聊边等黄升基。谈到母校（北京四十四中）的校庆、与升基和缪德勋我们四个人的友谊，衣立建议到大学毕业时我们一起举行一次聚餐，再去照个相，我完全同意。也谈到刘毓钧、石玉山、胡业勋、周芳琴等老同学的消息。还谈到一年以来的大学生活，谈到即将到来的期末考试和寒假。我们用不少时间谈到围棋，他现在对下围棋有很大的兴趣，我们都认为下围棋是一项有高度文化修养的活动。我想用一月份的生活费买一副围棋（据以前打听到的价格是 6.03 元），寒假中刚好可以玩。谈到每月的生活费，衣立说他母亲每月给他 20 元，他总感到不够花，经常用得"山穷水尽"，往往到月底了，一分钱不剩。我说我每月的生活费是 22 元，花在学校的伙食费 12.50 元，再买一些书及文具等，到月底往往也剩不下什么钱了。他非常不解地问我："你们买文具不就是买墨水吗？你每个月还能买那么多墨水？"他以为我们文科学生不需要买仪器，就不会有什么开支了。他说毕，我和他都笑起来了。在问到期末考试科目时，我问他："你们开设了有机物理课没有？"他很惊讶地反问我："哪有'有机物理'这门课，只有'有机化学'。"我们又大笑不已，我"创造"了一门新"学科"——"有机物理"。谈到学习外语，他说他准备学习德语。我完全赞同，他的英语学得很好，完全可以学第二外语。我们也谈到许诚、苗德霖，他们是我小学同学，也是衣立的高中同学，但是我们与他们都久无联系了。

15：00，他见升基久久不来，就告辞了。我们后天才上课，衣立准备明天下午回学校去。

回到学校，晚上第二节晚自习时，于秉寿回来了，他送我一件新年礼物，是我非常喜爱的《毛主席诗词》。这是今天刚开始在各个新华书店发行的。据今天的《人民日报》介绍说，这次新编重印的《毛主席诗词》一共有37首，其中有10首是以前尚未发表过的。对于以前发表过的27首诗词，这次作者（毛主席）又做了个别字句的订正。并说这37首诗词是按毛主席写作的时间顺序排列的，最早的一首是1925年写的《沁园春·长沙》，最晚的一首是1963年1月9日写的《满江红·和郭沫若同志》。

我非常感谢于秉寿的这份心意，更喜爱毛主席诗词。

秉寿在书的扉页上题写了如下的字句：

兴国：
  听毛主席的话，
   按毛主席的指示办事！
  读毛主席的书，
   做毛主席的好学生！
    松涛　敬赠
     一九六四年元旦

松涛是于秉寿的笔名。

1964年1月2日（农历癸卯年十一月十八）　星期四　晴

上午前两节是汉文课，讲纠正错别字。后两节是哲学课，讲"什么是实践"。

下午两节是体育课，滑冰。由于没有找到合适的冰鞋，就没滑。

16：00 至 17：30 班里在 4 号楼 311 宿舍开各科科代表与各宿舍室长会议。由学习委员李彦龙主持。会议研究下一阶段如何带动大家搞好复习考试工作。

1964 年 1 月 3 日（农历癸卯年十一月十九）　　星期五　晴

早晨又继续看《红楼梦》，夜间用自行车车灯的光亮照着又看了很久。我决定从头起再把这部巨著看一遍，一次比一次懂得多，一次比一次理解得深。

上午前两节自习，复习国际共产主义运动史。后两节是国际共产主义运动史课，讲"列宁反对经济主义的斗争"。

下午在教学楼 111 教室继续学习中共中央关于目前农村开展社会主义教育运动的几个文件。17：00 至 17：30 李彦龙、袁司理又谈了谈下一阶段的学习问题，希望大家鼓足干劲，争取期末考试取得好成绩。晚饭后又去泼冰场。

晚上在礼堂看教职工们庆祝新年演出的文艺节目。结束后放映电影故事片《黄浦江的故事》。

1964 年 1 月 4 日（农历癸卯年十一月二十）　　星期六　晴

上午前两节自习，念英语。后又去教学楼 311 教室复习世界国家与法的历史。后两节是世界国家与法的历史课，讲日本国家制度向法西斯的转变。

下午两节是英语课，讲课文与语法。

晚上在礼堂看电影故事片《野火春风斗古城》，不错！但是看的人太多了。我买的又是站票（我们班的同学都是买的站票），踮着脚尖，伸长脖子才能在重重叠叠的人头间找到一个缝隙去"欣赏"这部电影。早知如此受罪就不看了。

1964 年 1 月 6 日（农历癸卯年十一月廿二）　　星期一　晴

上午是劳动课，在膳厅干杂活儿。

下午是两节汉文课，讲改正错别字和病句。

晚自习复习哲学，看毛主席的《实践论》。又复习世界国家与法的历史。

1964 年 1 月 7 日（农历癸卯年十一月廿三）　星期二　阴，晚上降了小雪

上午前两节是哲学课，讲"认识的辩证过程"。后两节自习，复习哲学、国际共产主义运动史。

下午两节是英语课，讲语法"英语分词"。这两节课上得很有兴趣。下课后去学校浴室洗澡。

晚自习做英语作业。

今天学校公布了期末考试时间表，我们从 1 月 16 日停课，22 日上午 8：00 至 11：00 考哲学；28 日上午 8：00 至 11：00 考世界国家与法的历史；2 月 1 日上午 8：00 至 11：00 考英语。前两门课的考试在教学楼 108 教室，后一门课的考试在教学楼 224 教室。

1964 年 1 月 8 日（农历癸卯年十一月廿四）　星期三　晴

前两节自习，昨天晚上的英语作业没有做完，今晨 6：30 又来到教学楼 311 教室继续做，直到第一节下课时才完成。第二节预习世界国家与法的历史，后看李纯武写的小册子《日俄战争》。

后两节是世界国家与法的历史课，讲"日本 1946 年宪法所规定的国家制度"。

中午没有休息，在阅览室看去年 12 月的《文艺报》杂志，上有茅盾写的文章《关于曹雪芹》和张天翼写的文章《略谈雪芹的〈红楼梦〉》。

下午在教学楼 103 教室继续听袁司理宣读中共中央文件《中共中央关于农村开展社会主义教育运动的若干问题的决定》。17：00 至 17：30 袁司理又传达昨天班委会关于目前复习考试阶段的若干需注意问题的决定。

1964 年 1 月 9 日（农历癸卯年十一月廿五）　星期四　晴

上午前两节是汉文课，发作文。后两节是哲学课，讲"感性认识和理性认识，以及二者的辩证关系"。

下午两节自习，来到教学楼 311 教室，继续复习英语。

李荣甫老师回来了，我很高兴。课间操时间我、石宗崑和孙成霞三人去

我们走在大路上

看他，但他不在，听说是去医院了。晚饭后又去看他，但他还没有回来。我们期望李荣甫老师能早日给我们上课。他比我们大不了几岁，我们很喜欢听他的课，他上课我们比较随便，感到很亲切。

1964 年 1 月 10 日（农历癸卯年十一月廿六）　星期五　阴，下午降雪

上午前两节自习，我在教学楼311教室复习国际共产主义运动史与英语。后两节是国际共产主义运动史课，讲"列宁为制定俄国社会民主党的党纲党章而进行斗争，布尔什维克党的成立"。

下午是团小组活动，座谈本学期个人的收获与存在的问题。

17：00 至 17：30，又分宿舍座谈上次张守蘅老师作的关于晚婚节育的报告。因为这是党和国家的政策之一，每个青年必须领会它、贯彻它、宣传它！

晚饭后与石宗崑、孙成霞再去看望李荣甫老师，这次他总算在宿舍了。不过他患了肝炎，需要隔离，他今天就要搬到北平房去住了，只能先休养一段时期了。

李荣甫老师给我们谈起他们工作组的工作，又谈到他的病。我们也谈起半年多以来的英语学习等。

后来余叔通老师也来了，他教我们班的俄语。

1964 年 1 月 11 日（农历癸卯年十一月廿七）　星期六　阴，雪

上午前两节自习。在教学楼311教室复习世界国家与法的历史，读英语。

后两节是世界国家与法的历史课，讲完了日本的国家与法律制度。后老师又带着我们进行总复习，给我们把自由资本主义阶段的法国、德国、日本和帝国主义阶段德国的国家与法律制度串讲一遍。潘华仿老师的复习线索很明朗，深受大家的欢迎。

下午两节是英语课，复习语法、动词的三种非谓语形式：动词不定式，动名词，动词分词。

1964 年 1 月 13 日（农历癸卯年十一月廿九）　星期一　晴

这周是第二十周，本周就上三天课，从星期四开始停课总复习。前三天

课表重新安排。

今天上午前两节在教学楼308教室上哲学课，讲"认识和实践"（第八章）。迄今本学期哲学课讲完了。下学期从第九章"真理"开始讲。

后两节自习，在教学楼311教室复习哲学。

下午自习。预习国际共产主义运动史，复习世界国家与法的历史。16：10至16：45找潘华仿老师问了几个问题，反映了同学们对前天的复习课的反应。

晚上复习世界国家与法的历史，德国魏玛宪法。

从今天起，晚自习第二节提前10分钟下课，改为20：10，熄灯提前20分钟，改为21：30。其他作息时间不变。这样增加了20分钟睡眠时间。

1964年1月14日（农历癸卯年十一月三十）　星期二　晴

上午前两节是国际共产主义运动史课，在教学楼319教室上，讲列宁的建党学说和第二国际党的蜕变。迄今，第七章讲完了，至此，本学期的国际共产主义运动史课也讲完了。

后两节自习，先复习国际共产主义运动史，后看周扬的报告：《哲学社会科学工作者的战斗任务》。

下午两节英语课，在教学楼211教室自己看书，老师在场辅导。我看《英语学习》杂志。

晚上三节自习在大礼堂听老师讲哲学辅导（辩证唯物主义部分），效果不佳。

1964年1月15日（农历癸卯年十二月初一）　星期三　阴

16：00，我院师生员工在教学楼东面集会，表达我们对巴拿马人民反美爱国正义斗争的支持。院党委副书记郭迪同志首先讲话，他代表我院全体师生员工坚决拥护毛主席1月12日对《人民日报》和新华社记者发表的谈话，并表示坚决支持巴拿马人民的正义斗争。之后雷洁琼副教务长等各单位代表讲话。大会于16：40结束。

上午后两节是世界国家与法的历史课，在教学楼419教室复习，复习这门课的后半部分，时间较为紧张。最后老师讲了讲学习方法。

下午在教学楼 312 教室继续学习中共中央文件，迄今，把这两个文件都初步学习完了。这两个文件是《中共中央关于农村社会主义教育运动中一些具体政策的规定（草案）》（1963 年 9 月）和《中共中央关于目前农村工作中若干问题的决定（草案）》（1963 年 5 月 20 日）。

　　晚自习前两节课我们年级全体同学在 208 教室集会，殷杰老师讲与复习考试有关的问题。第三节课在教学楼 311 教室写日记，复习英语。

1964 年 1 月 16 日（农历癸卯年十二月初二）　星期四　晴

　　今天开始停课复习。第一门考试科目是哲学，将在 22 日考试。8：00 至 12：00 在大礼堂听老师辅导。上午没有辅导完，下午又用了两节自习时间继续辅导。从第一章"绪论"到第九章"真理"全部复习了一遍。虽然我们没有讲到第九章"真理"，但老师给政教系三年级的同学已经讲过了，我也听了。我们系的大部分同学听完第八章辅导课就走了。

1964 年 1 月 17 日（农历癸卯年十二月初三）　星期五　晴

　　早饭后，全班同学在四号楼 310 宿舍集合，班长袁司理讲了讲关于复习阶段应当注意的一些问题。

　　上午前两节看昨天的哲学辅导课的笔记，把全部内容线索回忆了一下。

　　中午看姚雪垠写的历史小说《李自成》，很有趣，丰富了我的历史知识。

　　下午复习哲学。金霭瑶老师让我和袁司理今晚去找她，谈学习哲学的收获。下午就准备晚上要谈的东西。

　　第一节晚自习去 6 号楼的外文室听英语辅导。第二节晚自习去 6 号楼 206 房间金霭瑶老师处略谈学习哲学的收获。谈罢，金老师要我以后在日常生活中多自觉地运用哲学原理解决实际问题，并说等到下学期学完了历史唯物主义再谈一次。老师这样做是为了检查同学们学哲学的效果如何。理论联系实际，这是一个很重要的学习方法，也是想真正学好马列主义哲学的唯一方法。

1964 年 1 月 18 日（农历癸卯年十二月初四）　星期六　晴

　　上午四节课一直在复习哲学。把第一、二、三章复习完。复习方法是先回忆老师前天辅导的线索，找出每章的中心问题，然后看课本（艾思奇的《辩证唯物主义　历史唯物主义》），加以补充、丰富。主要是看课本是如何说明中心观点的。看罢再看课堂笔记，看老师是如何讲的。必要时参阅中国人民大学哲学系与北京大学哲学系合编的《辩证唯物主义（讨论稿）》。这本书的内容更丰富些，阐述得也更详细些、更深刻些，但是观点还是以艾思奇的为准。

下午第一节看今天的《光明日报》，上面有该报的综合报道《关于历史主义的讨论》，写得不错。寒假或以后其他时间可对这方面加以研究。第二节写日记，看《参考消息》。

1964 年 1 月 20 日（农历癸卯年十二月初六）　星期一　晴

8：00 去学校医务室挂号，见看病的人很多，就回宿舍看哲学。下第一节课后再去，却又过号了。又等了许久好不容易轮到我看病了，医生告诉我挂错号了，应当挂外科号，我错挂了内科号。又去外科，医生给开了三联单，让我去北医三院。

13：15 到达北医三院，挂外科号。经过医生诊断，让我住院开刀，去住院处联系看看什么时候有床位。住院处说现在没有，留下了我的联系方式，说等有床位就通知我。

晚自习看张心如著的小册子《毛泽东同志对马克思主义辩证法的贡献》，后又去辅导室找徐飞老师问问题。来问问题的同学很多，轮到我时已经快下课了，只好简单地问了问。

1964 年 1 月 21 日（农历癸卯年十二月初七）　星期二　阴转晴

今天的《人民日报》发表社论：《全世界一切反对美帝国主义的力量联合起来!》。

学校各年级已经停课了，进入复习考试阶段，上午前两节继续看张心如的小册子《毛泽东同志对马克思主义辩证法的贡献》。第三节看今年一月的《世界知识》杂志。第四节看哲学课的笔记。这次哲学考试，我估计考试的重点是认识论部分，考试只出一道题，因为以往都是如此。

下午在 4 号楼 311 宿舍与袁司理、杨登舟、饶竹三、梁桂俭、胡克顺、王维、敖俊德等人讨论哲学，从第一章到第七章都概括地谈了一遍。第八章认识论部分只讨论了一点，因为时间不够了。名为大家讨论，实际上几乎是袁司理一个人说了。他记性真好，谈得有条不紊，善于抓问题的中心，我很钦佩他，他谈的全是老师所讲的要点。我发现我自己没有像他那样很好地利用上课记的笔记，不像他那样善于抓住老师讲课的线索，所以显得零乱，虽然谈了很多却中心不突出。

1964 年 1 月 22 日（农历癸卯年十二月初八）　星期三　晴

8：00 至 11：00 考哲学，题目是"为什么正确认识必须经过由物质到精神，再由精神到物质的辩证过程？"题目不难，但是时间太紧张了，我没有答好。虽然我已经预料到要考认识论部分，不过这次我没有"借题发挥"了，仅仅答了四张纸（八开一张大的纸）。

下午看报纸，休息一下脑子。想起今天的哲学考试，越觉得糟糕，看来成绩好不了。

晚自习开始复习世界国家与法的历史，从帝国主义部分开始，今天复习德国 1919 年的魏玛宪法。我打算在复习第一遍时就尽量把它记住，不求复习的遍数多。又去找辅导老师孙老师问问题。

开始复习世界国家与法的历史了，我是这门课的科代表，应当立即开展工作。考完哲学后，我就去找老师，但是老师正在开会。下午第一节自习时找徐作山老师聊了聊，据他说我们班同学一般考试都没有什么问题。

1964 年 1 月 23 日（农历癸卯年十二月初九）　星期四　晴

上午在教学楼 319 大教室自习，兼收集同学们的意见，向老师反映。把世界国家与法的历史的德国法西斯部分复习完，又开始复习美国法西斯化的严重根源。内容较多，故有必要下点儿功夫。

下午继续复习美国严重法西斯化的表现。

晚上继续复习世界国家与法的历史的美国部分。与潘华仿老师聊了聊，把同学们的一些意见和要求反映上去。潘老师做了些讲解，回来传达给同学们。

今天《人民日报》在第五版上刊登了白寿彝先生写的文章《司马迁和班

固》，我大概地看了看，来不及细看了。

1964 年 1 月 24 日（农历癸卯年十二月初十）　星期五　晴

上午继续复习世界国家与法的历史美国部分，直到中午才把美国部分完全复习了一遍。在美国的以总统为轴心的官僚军事特务机构急剧膨胀一部分中，花了较多的时间把各组织关系搞清楚了。这对于了解清楚美帝国主义今天的侵略活动也是大有益处的。

下午开始复习世界国家与法的历史英国部分，两个重点是国家制度向反动的转变和工党的反动作用。晚自习又花了一节课的时间才把这部分复习完。

17：00，又去辅导室找徐作山老师聊了聊。徐老师说："你们班同学最近来问问题的人不多，尤其是男同学更少。"

1964 年 1 月 25 日（农历癸卯年十二月十一）　星期六　晴

上午复习世界国家与法的历史中的法国与日本。到中午才完成对这门课的第一遍复习。自由资本主义部分在最近两周前已经复习过一遍了，下一步骤是先回忆一下这部分内容，再把各国的国家制度与法律制度做一个比较，找出它们之间的共同点与各自具有的特殊点。

下午两节自习看今天的《人民日报》与《参考消息》。

1964 年 1 月 26 日（农历癸卯年十二月十二）　星期日　晴

上午复习到 12：05，把世界国家与法的历史的自由资本主义部分复习了一遍。由于两周前刚复习过，所以这次复习起来很顺利。我很满意两周前的复习，大大减轻了我现在的复习压力。下午再次复习世界国家与法的历史。

晚自习看世界国家与法的历史中的帝国主义阶段的美国与英国部分。几天来的复习，使我深感复习之"苦"，下学期学习国际共产主义运动史与中国国家与法的历史必须接受这一教训，每讲完一章就立即总结记下来，莫等期末算总账。这次考完试我一定好好休息几天。

1964 年 1 月 27 日（农历癸卯年十二月十三）　星期一　晴

早上由于教学楼 311 教室的灯坏了，所以我去 408 大教室自习。复习世界国家与法的历史中的英国工党与法国议会以及日本 1946 年的宪法部分。

因为不少同学要求下午组织讨论，我与袁司理、李彦龙商量之后决定下午在 4 号楼 311 宿舍讨论，通知大家自愿参加。

下午来 4 号楼 311 宿舍的同学很多，几乎全班都来了。袁司理先讲了讲关于哲学考试的大概情况，问题在于对考试题目审查不够，有的同学没有回答好。至于世界国家与法的历史课怎么讨论，征求大家意见，大家要求袁司理讲讲如何答题。袁司理试举法国拿破仑民法典来谈了一下关于"法"的问题和答法，又讲了讲英国国会推行法西斯的统治问题。

晚自习无精打采地把美国法西斯部分的笔记从头到尾较仔细地看了一遍。

1964 年 1 月 28 日（农历癸卯年十二月十四）　星期二　晴

今天《人民日报》及首都各报均在第一版显著位置刊登了这样的消息：

中国和法国决定建立外交关系，两国政府商定在三个月内任命大使

【新华社二十七日讯】　中华人民共和国政府和法兰西共和国政府关于中法两国建立外交关系的联合公报。

中华人民共和国政府和法兰西共和国政府一致决定建立外交关系。

两国政府为此商定在三个月内任命大使。

8：00 至 11：00 考世界国家与法的历史。共两道考题：

（1）评第二次世界大战后法国选举制度的转变。

（2）美国总统对国会立法活动的控制。

题不算难。我对第一题答得很满意，第二题答得有些乱了，答得太多了，把美国两党和院外活动分子也答上了，会不会因此而重点不突出影响成绩呢？天知道！

早晨到教学楼 311 教室看了看 1946 年日本宪法和法国拿破仑民法典。吃完早饭回到宿舍看了看去年《红旗》杂志第 17 期上的中共中央关于"和平过渡的建议提纲"，对今天的考试有不小的帮助。

晚上与石宗崑、孙成霞一起复习英语。上完第二节晚自习后我们一起去找朱奇武老师问了问怎样复习，老师说以后三课（第十九课至第二十一课）为主，着重于三种非谓语动词。

1964 年 1 月 29 日（农历癸卯年十二月十五）　星期三　晴

今天《光明日报》第四版"史学"专栏刊登了刘祚昌写的《林肯·黑人和奴隶制度》以及路敏写的《试论张苍水》两篇文章，都很好，但是现在没有时间看。

上午复习英语第二册课本上的语法"时态的呼应"，不时与孙成霞、石宗崑商榷，复习效率不高，安不下心来。

1964 年 1 月 30 日（农历癸卯年十二月十六）　星期四　晴

上午与石宗崑、孙成霞一起复习英语。我主要看第十九课"Mistaken Identity"。我先看单词，再把课文逐字逐句翻译，然后分析其语法结构和作用。

同学们催我去找世界国家与法的历史老师问问考试结果如何，我本不想去，因为过早地得到消息可能会影响大家外语的复习考试。但袁司理让我还是去看看好，可以先不向大家宣布。

课间操时间去找徐作山老师。他正在 6 号楼五层打乒乓球。我问他我们班这次的考试情况，徐老师说："你们班考得很好。很多人得到优秀成绩，比起别的班是大有超过，没有不及格的。"徐作山老师把我们班的卷子给我大概地看了看。袁司理、刘爱清答得都很好，我居第三。老师让我回去不妨总结一下我们班这门课的学习情况和"经验"，他准备向班委会推荐我下学期继续担任中国国家与法的历史课的科代表。

10：30 从徐老师那里回来，班里的成绩如此之好，使我压抑不住内心的喜悦。第三节下课后和袁司理、李彦龙简单谈了几句："咱们班考得好，没有不及格的。"他们也很高兴，因为我们班哲学考试也没有不及格的，就是说，我们班在已经考过的两门课中消灭了不及格。

下午自习，还是复习第十九课。下午和晚上与成霞一起复习，因为我们两人英语水平差不多，但我们也经常向石宗崑请教，他也能够耐心地帮助我们。

1964 年 1 月 31 日（农历癸卯年十二月十七）　星期五　晴

上午复习第二十课，下午复习第二十一课。晚自习总结三种非谓语动词形式语法。我与孙成霞把主要精力放在第十九课至第二十一课上。

上午第四节课末，去学校医务室开了三联单，准备有时间去北医三院。

1964 年 2 月 1 日（农历癸卯年十二月十八）　星期六　晴，大风

今天《人民日报》在第一版头条位置发表了这样的一篇社论，题目是"全国都要学习人民解放军"。这篇文章很好，很重要。早晨我仔细地倾听了这篇社论的广播。

8：00 至 11：00，在教学楼 212 教室考英语。我尽了最大努力细心地答卷，但题目不容易，而且数量较多，到最后十分钟时我还没有答完。写完已没有时间检查了。

考完外语后，11：10 至 11：40，在 4 号楼 311 宿舍开团支部会，王普敬同志讲关于寒假中的一些事情。

12：30，全年级同学集合在教学楼 208 教室开会。司青锋主任讲目前的形势和我们的任务。对上学期做了简单的总结，也简单地谈了下学期的工作，以及寒假中应该注意的事项，讲完已经 14：15 了。回班里又开班会，班长袁司理讲了一些事情。明天开始放寒假。

1964 年 2 月 2 日（农历癸卯年十二月十九）　星期日　晴

13：30，去北师大看岳鸿全老师。岳老师正在午睡，被我"吵"醒了，使我很不安。很久没有见到岳老师了，上次来看他还是去年 9 月 22 日。他身体好了。他说他每天早晨坚持到操场跑步，锻炼身体。我们谈到母校（北京八中），谈到当前的阶级斗争、农村的"整社运动"，谈到反修斗争，中法建交，也谈到我们今后将从事政法工作，后来又谈到了毛主席的诗词。岳老师把他买到的一本文物出版社出版的毛边纸的《毛主席诗词》给我看了看。我们又就今天《人民日报》上发表的郭沫若的文章《桃花源里可耕田》谈起来，非常有趣！

岳老师告诉我，韩忠心病了，得了肺结核病，韩忠心在北师大上学。他们班都下乡劳动去了，他因病没有去。14：45，辞别岳老师，回学校。

21：00，袁司理与李平煜从老师那里得知俄语考试的成绩，全都及格了，有 4 名同学（袁司理、李平煜、李树岩、敖俊德）得到了优秀。有 14

名同学是及格。这大大地把我们班优良成绩百分比拉了下来，使我们班优良成绩所占百分比不到80%，还不如上学期。

1964年2月24日（农历甲辰年正月十二）　星期一　晴

新学期开始了，这是大学第四学期。

6：00起床铃声响了，今天是星期一，仍然是我做宿舍值日，负责搞宿舍卫生，放了一个寒假，宿舍里比较脏。直到吃早饭前我一直在搞卫生。

上午前两节是哲学课，讲第九章"真理"，这是辩证唯物主义的最后一章。今天讲的是"客观真理，相对真理和绝对真理以及二者的关系"。还是1班至5班（约150人）一起上大课。

后两节是汉文课，本学期主要是讲议论文，分为"立论"和"驳论"两部分。共讲12篇文章，其中有《关于斯大林问题——二评苏共中央的公开信》，另有8篇文章供我们阅读。我对本学期的汉文课很感兴趣，决心好好学习。今天的两节课讲的是"议论文概述"。

下午复习今天讲的哲学，不好懂。

16：10，李平煜拉着我一起去找徐作山老师，与徐老师聊了聊我们一年来学习世界国家与法的历史课程的情况。徐老师对我们这个年级学生的学习比较满意。又谈到这学期的中国国家与法的历史课程的学习。他告诉我们这学期要学习三本书，分别是中国奴隶制与封建制国家与法的历史、旧民主主义革命时期国家与法的历史、新民主主义革命时期国家与法的历史三部分。明天将由一位姓薛的女老师给我们讲课。我们又谈到下学期从第七周后开始的下乡搞"四清运动"，将有一年级和二年级共700人一起下乡。

后来徐老师又向我们谈到改造思想问题。徐老师说应当从三个方面入手注意改造思想：一是注重课内课外的理论学习，提高自己的理论水平；二是投身劳动锻炼，向工农群众学习，培养工农感情，站稳工农立场；三是注意个人与集体的关系，自己与别人的关系，从细小的地方入手来培养自己的集体观念，等等。

1964年2月25日（农历甲辰年正月十三）　星期二　晴

上午前三节都是中国国家与法的历史课，由薛梅卿老师给我们讲课。今天薛老师先用两课时讲"导言"。她说本学期课堂讨论不是很多，只有两三次。我对中国国家与法的历史课颇感兴趣。只可惜讲的课时太少了。无论如何，这对于讲课内容是有影响的。我将拿出较多的时间来学习这门课程。

第四节是体育课，打篮球。

下午两节是英语课，在教学楼 212 教室上课，仍然是朱奇武老师给我们讲课。今天讲第二十二课。由于朱老师讲了不少"前言"，所以正课就没讲多少了。

1964 年 2 月 26 日（农历癸卯年正月十四）　星期三　晴转多云

早晨在联合楼 220 阅览室读英语，以后应当坚持下去，虽然英语课在这学期并不是考试课（仅仅是考查课，考查课仅分为合格与不合格两种成绩，一般都能取得合格），而且由上学期每周 4 课时减为平均每周 3 课时（分单双周，单周 4 课时，双周 2 课时）。虽然课时减少了，但我认为英语非学好不可。

上午前两节是国际共产主义运动史课，继续上学期的课。

后两节自习（他们学俄语的同学上俄语课去了，我们自习）。我回到联合楼 220 阅览室复习今天讲的国际共产主义运动史课。

本来说今天下午要提前上星期六下午的课，因为星期六下午要听反修报告，而这星期六下午我们是自习（双周是外语课）。袁司理突然跑来叫我们回去参加寒假见闻的座谈会，原来今天下午仍然按课程表进行形势学习。

我们回到宿舍时，全班同学刚从 4 号楼 310 宿舍出来，回各自宿舍进行分小组座谈。回乡同学大谈家乡见闻，很好。

16：00，全体团员集合开支部会，王普敬、刘爱清先后发言，这次由全支部同志们一起来总结上学期的支部工作，后又分团小组讨论。我没有发言。

晚上在教学楼 211 教室和于秉寿一起自习，预习哲学，看列宁的《社会民主党在民主革命中的两个策略》一文，今天的国际共产主义运动史课正在讲这篇文章的内容。上学期我旁听政教系的马列主义经典著作选读课对现在学习这篇文章很有帮助。

1964 年 2 月 27 日（农历甲辰年正月十五）　星期四　晴

上午前两节是哲学课，老师用两节课讲完第九章"真理"。迄今，辩证唯物主义部分讲完了。下学期进行课堂讨论。后两节是汉文课，继续讲"议论文概论"，老师在讲课中举出反修文章为例，很好，听着痛快！

下午提前上后天上午的课，是中国国家与法的历史课，讲商周的国家及经济、阶级关系概况，讲的内容不少。这门课进度较快，而我们要看的参考书又很多，所以必须抓紧时间，课是在教学楼419教室上的。

吃完晚饭后去礼堂看配合国际共产主义运动史课放映的教学电影——苏联历史故事片《革命的前奏》。之后又去联合楼220阅览室自习，预习中国国家与法的历史。

1964年2月28日（农历甲辰年正月十六）　星期五　晴

上午前两节自习，在联合楼220阅览室复习中国国家与法的历史，参阅人民大学出版的《中国国家与法权历史》一书，还参阅《中国史稿》《中国通史参考资料》等。此外，《中国上古史演义》《中国历史常识》等书也可帮助我理解，学习中国历史我要看的书太多了。

后两节是中国国家与法的历史课，讲商朝与周朝的国家制度。

下午整队进入教学楼108教室听反修报告，报告的主会场设在礼堂，礼堂容纳不下全校师生员工，一部分人就被安排在各个大教室（分会场）听报告。由中共中央委员、最高人民法院副院长、中国法律协会副会长吴德峰同志作报告，是读中央文件。具体讲了两大问题：

（1）我们为什么要反对现代修正主义？

（2）赫鲁晓夫的十二大罪状。

报告从14：30开始，直到将近18：00才停止，还没有读完，明天继续听报告。

晚上分小组进行讨论。讨论题目有二：

（1）我们为什么要反对现代修正主义？

（2）赫鲁晓夫做了哪些坏事。

大家讨论得很热烈，异口同声口诛笔伐声讨赫鲁晓夫现代修正主义集团！

1964年2月29日（农历甲辰年正月十七）　星期六　晴

今天继续听吴老作报告。从8：10到12：15。他讲了第三个、第四个问题。它们是：

（3）苏联社会主义革命成功四十年了，为什么还会出现现代修正主义？

（4）我们反对现代修正主义斗争的前途是什么？

中午休息，在联合楼220阅览室看了看《参考消息》。

14：00开始又继续听吴老作报告，到15：15报告全部作完，只讲了一个大问题，是：

（5）我们怎样反对现代修正主义？——扎扎实实做好工作，开展社会主义教育运动，不断提高我们的社会主义觉悟。

我们班是在教学楼108教室听的报告。报告作完之后，大家坐在原处，吴老到各个分会场看了看同学们。15：30来到我们的108教室，在场的同学们立即响起热烈的掌声，向吴老表示欢迎。

会后，班里又讲了点儿别的事情。

继续写寒假中没有写完的思想总结，终于写完了，并交给了团支部书记王普敬。又写了简短的工作总结，交给了学习委员李彦龙。

1964年3月2日（农历甲辰年正月十九）　星期一　晴

上午前两节是哲学课，因为本周要进行课堂讨论，故今天上午和星期四上午的哲学课都不上课了，给大家做准备。我今天复习哲学，看上次老师讲的内容。后又读英语，记单词。

后两节是汉文课，讲罗瑞卿同志写的《学习雷锋》一文。

下午自习，复习哲学，看中国人民大学哲学系与北京大学哲学系合编的《辩证唯物主义讲义》关于认识论部分。这本书是把认识论与实践论及真理放在一起讲的，统归"认识和实践"一章。

16：00去操场为我们班对政教系三年级1班的篮球赛助威，我们班以44比36取得胜利。又去找哲学课辅导老师金霭瑶，但是她不在，便把寒假前她要求我在寒假中写的《辩证唯物主义学习半年来的心得和体会》放在她的办公桌上了。又去找教我们中国国家与法的历史课的薛梅卿老师，但是她正在搞卫生，故改在明天下午再说吧。

1964年3月3日（农历甲辰年正月二十）　星期二　阴

早晨起来就去操场，今天是双周的星期二，是民兵活动日，进行民兵操练。

上午前三节是中国国家与法的历史课，讲完了奴隶制国家与法。第一节课与第二节课之间，我与薛梅卿老师简单地谈了谈。薛老师要求作为科代表的我以后能经常与老师联系，反映同学们的要求与学习这门课中存在的问题，起到老师与同学间的桥梁作用。

第四节是体育课，打篮球。

下午两节是英语课，讲课文。

16：00 至 18：00 是民兵活动时间，讲手榴弹的构造，后到操场去练习投掷手榴弹。

晚上从在教学楼 208 教室听国际共产主义运动史的辅导课，老师讲列宁的《社会民主党在民主革命中的两个策略》一文中第二、六、十二、十三章各章的主要思想。后又到教学楼 211 教室看哲学，做课堂讨论的准备。

1964 年 3 月 4 日（农历甲辰年正月廿一）　星期三　阴转晴，有大风

上午前两节是国际共产主义运动史课，讲完第八章，这一章主要是讲列宁的《社会民主党在民主革命中的两个策略》一文的基本内容。

后两节自习，在教学楼 311 教室写哲学课堂讨论的发言提纲。

下午是形势学习时间，进行反修斗争的学习，分小组讨论，主要是赫鲁晓夫的十二大罪状。大家随便聊起来，宿舍里好像是"清谈馆"似的。16：00 全班同学又到 310 宿舍集合，班长袁司理、学习委员李彦龙分别讲了些事情，之后又分小组讨论上学期班委的工作及存在的问题。

1964 年 3 月 5 日（农历甲辰年正月廿二）　星期四　晴

早晨背诵罗瑞卿同志的《学习雷锋》一文的第四段。

上午前两节是哲学课，我们班在教学楼 315 教室进行课堂讨论。讨论题目是"为什么认识是在实践基础上的辩证发展过程？"

后两节是汉文课，讲瞿秋白写的《鲁迅精神》一文（选自《〈鲁迅杂文选〉序言》）。我对这篇文章很感兴趣，老师讲得也很好。

下午两节自习补上国际共产主义运动史课，因为上星期六听报告耽误了

两节课。今天开始讲第九章，这一章主要讲第二国际的破产，列宁为制定无产阶级革命的策略而斗争。

1964 年 3 月 6 日（农历甲辰年正月廿三）　　星期五　阴天，有小雪夹雨转晴

早晨读英语。前两节自习，复习中国国家与法的历史。后两节是中国国家与法的历史课，薛梅卿老师讲课，讲"封建社会时期国家与法的概况，以及奴隶制的瓦解与封建制国家的形成（春秋战国时期）"。

中午在联合楼 220 阅览室看列宁的《社会民主党在民主革命中的两个策略》一文。上午课间时间杨岷和武玉荣问我了这样一个问题：如何理解列宁在《社会民主党在民主革命中的两个策略》这篇文章中提出的发动全民武装起义中的"全民"二字？与现代修正主义所主张的"全民国家""全民党"的"全民"二字有何不同？我虽然作出了回答，但不能令她们满意，我自己也不满意，所以还得好好地学一下。

下午是党团组织活动时间，我们以团小组为单位，继续讨论上学期团支部的工作，一起来做总结工作。

16：40 至 17：15，班里又有点儿事，体育委员袁继林讲锻炼身体之事，号召大家从下周起早晨去外面做早操。

1964 年 3 月 7 日（农历甲辰年正月廿四）　　星期六　晴

早晨起来后还是去联合楼 220 阅览室读英语。

上午前两节是中国国家与法的历史课，讲战国时代的封建制国家制度。

后两节自习，在教学楼 311 教室先读英语，又看《参考消息》等报纸。

下午两节是英语课，讲课文、语法。课后又与 2 班同学一起学习歌曲。

1964 年 3 月 9 日（农历甲辰年正月廿六）　　星期一　晴

上午前两节是哲学课，开始讲历史唯物主义部分，今天由黄老师讲第十章"历史唯物主义与历史唯心主义的根本对立"，很有意思。我很喜欢学习历史唯物主义，课间与金霭瑶老师聊了聊，她再次勉励我好好学习历史唯物主义，并注意学习理论要联系实际，准备以后再写写或谈谈学习心得和收

获。她说："经常这样做对培养自己写论文的能力是有好处的。要尽量写自己的，而不要去拼凑别人的。"我认为她这句话说得很正确，应当这样去做。

后两节是汉文课，继续讲瞿秋白的文章《鲁迅精神》。我很喜欢学习这种文章，尤其是鲁迅的杂文，含蓄、幽默、有力，但不大好懂，需要了解许多杂文写作的背景知识。瞿秋白在这篇文章中就引用了不少鲁迅的原话。

中午饭后回到宿舍，正准备睡午觉，刘爱清忽然来通知我说北医三院来电话让我去住院，为期十天。电话是打给年级办公室的。13：15去北医三院住院处接洽住院事宜。住院处的负责人让我今天就住院，而且在15：00以前就住进去。我说今天没有准备，我得回家取钱、粮油票等，只好明天再来住了。住院处的同志说就怕从今天夜里到明天早晨有急症患者送来占用床位，他说现在要住院的人很多，不能多耽误别人的时间。

1964 年 3 月 10 日（农历甲辰年正月廿七）　星期二　晴

行前，去年级办公室向司青锋主任、殷杰老师辞行，司主任叮嘱我在十天的住院期间主要任务就是养病，要听医生的话。

8：20从学校出来，步行到达北医三院8：50。到住院处后，在大夫的指引下办好各种手续，交了10元钱、5斤面票、5斤粮票、1两油票，换了医院住院病人穿的病号服。我被安排在外科第7病房第5病室第8号病床。我到病房去，我的病床临门靠墙，病室内有8个病人，多是大学生。

1964 年 3 月 19 日（农历甲辰年二月初六）　星期四　晴

鲍大夫告诉我，明天上午出院，让我给我妈妈打电话来接我，并且告诉我出院后还要在家里休息一周，之后来门诊复查。

20：30，鲍大夫把我带到大厅，和我谈了谈出院后怎样注意休养的问题，让我不要做剧烈活动，有咳嗽时要早点儿治疗。我感谢鲍大夫对病人如此认真负责。

1964 年 3 月 20 日（农历甲辰年二月初七）　星期五　晴

9：20，忽然见到袁司理来了。他怕我回去有困难，特地赶来看望。他说："你妈妈这么大年纪了，能接你回去吗？最好等到下午同学们来接你，或者我上午送你回去。"我谢绝了他的好意，我说："放心吧，我母亲能接我回去的。"并请他转达我对全班同学的感谢。司理又说："你住院这么多天，我也没有能来看你。星期日如果我没有什么事，就去你家看你，和你聊聊。"我答道："你很忙，学习工作都很重。星期日若没有时间就算了，我家路又远。但是你能来我家，我一定热烈欢迎！"

由于他上午后两节还有课，我催他赶快回去，他一再说不忙，一定要等我母亲来。

不一会儿，我母亲就到了，司理表示同学们打算下午来接我并送我回家。母亲说："谢谢！不用麻烦同学们了。我们能回去的。"我看司理实在不放心，就说："如果我确实有困难，我就给年级办公室打电话，请同学们来帮助。如果没有电话，同学们下午就不要来了，那就是说我已经回去了。现在时间不早了，你还是赶快回去上课吧，我就不送你了。"最终，司理同意了我的意见，他走了。时间是9：45。

我把东西装好，与病友们一一握手告别，又去与鲍大夫、段大夫、刘护士长告别。

我和母亲乘31路公共汽车到平安里站，换乘13路公共汽车到阜外大街站，再换19路公共汽车而回，10：45到家。

1964年3月30日（农历甲辰年二月十七）　星期一　晴

上午哲学课讲的是生产力与生产关系，还是黄福生老师讲课。后两节是汉文课，讲评作文，上次作文题目是"论廖初江学习毛主席著作的精神"，由于我没有带讲义，与3班的李世华同学合看一本。

中午去年级办公室见到了司青锋主任，把医院开的疾病诊断书交给他。他嘱咐我注意休息。

下午两节是自习课。我起床后又搞了搞宿舍卫生。我们宿舍获得了学校的"卫生红旗"。回到宿舍自习，预习中国国家与法的历史，这门课已经讲到唐律了。

1964年3月31日（农历甲辰年二月十八）　星期二　晴

前三节是中国国家与法的历史课，还是薛梅卿老师讲课。今天讲完了唐代的国家与法律制度，又开始讲宋元时期的国家与法律制度。课间，薛梅卿老师关切地问我所患何病、现在身体如何，等等。

下午两节是英语课，讲第二十四课"Looking for Evidence"。我只耽误了第二十三课书。

晚自习在教学楼311教室复习中国国家与法的历史。

课后全班同学集中于4号楼322宿舍，刘爱清讲了一件事，中共中央的一项决议，为了增强高等学校学生的体质，决定每月伙食费增加3元，由每月12.50元提到15.50元。主食标准不变，副食增加3元，用以改善伙食质量。中央的文件说因为现在的大学生学习任务重，而且以后任重道远，党和国家对大学生寄以很大的期望。这充分体现了党中央对我们的关怀，我也应当爱护自己的身体，准备担当更大的责任。

今天各报均发表了《人民日报》编辑部与《红旗》杂志编辑部的文章《无产阶级革命和赫鲁晓夫修正主义——八评苏共中央的公开信》。我利用中午和下午的自由活动时间看了看这篇文章。

1964年4月1日（农历甲辰年二月十九）　星期三　晴

早晨民兵活动时间，在礼堂听殷杰老师讲关于加强纪律性的问题。

上午前两节是国际共产主义运动史课，讲列宁写作《国家与革命》这篇光辉文件。

今天天气很好，后两节没有课，我去北医三院复查。

去门诊复查，是由鲍大夫给我复查的。他说我的伤口长得很好，鲍大夫让我还要多注意休息。看完我的病后，我们又聊了一会儿。我是他上午看的最后一个病人，所以不必顾虑会影响别人的看病。我们的谈话是很亲切的。鲍大夫是今天才调到门诊来的，于大夫、段大夫现在在产科。最后鲍大夫还要留我吃饭，我婉言谢绝了。鲍大夫说没有事时去他家找他玩，他家就住在北医三院内。

下午在礼堂听院党委宣传部赵部长宣读中共中央的文件，是去年3月1日中共中央发出的关于开展"五反"运动的决议。之后回宿舍分学习小组座谈"五反"运动给自己的教育与自己的收获。

晚自习预习哲学。又看了看《人民日报》的社论《全国都要学习解放军》。

1964 年 4 月 2 日（农历甲辰年二月二十）　　星期四　阴转多云

上午前两节是哲学课，讲经济基础与上层建筑的辩证关系。后两节是汉文课，写作文，题目是"说思想革命化"，我自拟的副标题是"从京剧演现代戏所想到的"，谈的是思想革命化的必要性。由于老师要求我们把字数限制在 1500 字以内，我不得不写得比较概括了。但自己觉得写得不好。

下午两节自习。复习国际共产主义运动史。

自由活动时间在教学楼 103 教室听袁司理谈学习方法，他讲得很好。

晚自习在教学楼 311 教室复习中国国家与法的历史。后去辅导室找薛老师问问题，请她给我串讲了一下从战国到隋唐国家机关宰相制度的变化以及说明什么问题。

1964 年 4 月 3 日（农历甲辰年二月廿一）　　星期五　晴

上午前两节自习，预习中国国家与法的历史。后两节是中国国家与法的历史课，继续讲宋元的国家与法律制度。

下午本来是党团活动时间，改为晚上活动。上自习，继续复习国际共产主义运动史。后写了写日记。

晚上是党团活动时间，集体看我校话剧团演出的话剧《千万不要忘记》，这是我第一次观看我校话剧团演出的话剧，没想到他们竟然演得不错，真是出于我的意料。杨岷在这个话剧中扮演"姚母"，演得确实很不错，博得很多同学的称赞。话剧从 7：00 开始演出，直到 22：10 才演完。回到宿舍，大家还在议论。5 班的赵世如在这个话剧中扮演"丁少纯"，男主角，演得也不错。

1964 年 4 月 4 日（农历甲辰年二月廿二）　　星期六　晴

上午前两节是中国国家与法的历史课，继续讲宋元时期国家与法律制度。

下午是两节英语课，讲第二十四课书的语法。

晚自习在教学楼 311 教室复习中国国家与法的历史，讲义本身的分量就不少，还要看人大版的《中国国家与法权历史》，所以很费时间，不过我认

大学本科阶段

为这样学习很有必要。

1964 年 4 月 5 日（农历甲辰年二月廿三） 星期日 有小雨

上午去教学楼 311 教室，先看《中国历史常识》（1 册至 4 册），一看起来就放不下了。直到 11：00 才开始复习功课，复习中国国家与法的历史。

下午去教学楼 311 教室复习中国国家与法的历史，补习完了隋唐部分。

1964 年 4 月 6 日（农历甲辰年二月廿四） 星期一 晴

上午前两节是哲学课，讲社会主义社会的经济基础与上层建筑的关系。后两节是汉文课，讲毛主席的著作《关于重庆谈判》。

下午两节自习，复习哲学。后看毛主席的文章《关于正确处理人民内部的矛盾问题》，这是配合哲学课学习社会主义社会而必读的参考书。

课后去图书馆还了邓拓的《论中国历史的几个问题》，借了一本"中国历史小丛书"《长城史话》。春游将去八达岭游览万里长城，孙成霞请我准备一下关于长城的历史知识，必要时给大家讲一讲。

晚自习在教学楼 311 教室预习国际共产主义运动史，从俄国的"二月革命"预习到列宁提出"四月提纲"部分。下课后留在教室里与成霞背英语课文，因为明天老师要抽查。

1964 年 4 月 7 日（农历甲辰年二月廿五） 星期二 阴天转多云

上午前三节是中国国家与法的历史课，讲完了宋元这一章，又继续讲明清的国家制度，进度很快。

下午两节是英语课，先背书，运气不错，老师让我背诵课文的第一段，自然背下来了。其他大部分同学也都背下来了。然后继续讲第二十五课"The Last Lesson"，早在初中一年级时期，我们就学过这篇文章的中文版《最后一课》，今天又学习它的英文版，这课书是世界名著，应当把它背下来。

课后搞卫生，我们班负责校门口的清洁区。

晚上在礼堂听廖初江学习毛主席著作报告的录音。廖初江讲了三个问题，最后一个问题是怎样带着问题学习毛主席著作。他讲得很好，对我启发很大。他说学习毛主席著作光有毅力是不够的，还要有问题，带着问题学，

我们走在大路上

问题可以从日常学习中、工作中、生活中及与同志和朋友的交往中得来。

1964 年 4 月 8 日（农历甲辰年二月廿六）　星期三　阴

上午前两节是国际共产主义运动史课，讲俄国的十月革命。徐理明老师讲得很生动，这是他给我们讲的最后一课了。从下一章（第十一章）起，就开始讲国际共产主义运动史上第二次大论战了。后两节自习（他们学俄语的同学上俄语课）。

下午全年级共青团员到教学楼 108 教室集合，听张守蘅老师作上届团总支部委员会工作报告。之后进行总支改选，大家投票选出新一届总支部委员会，7 人当选，他们分别是张守蘅、殷杰、秦醒民、刘桂英、高文英、李至伦、刘爱清。然后，各支部以团小组为单位座谈上届团总支的工作报告。17：15，支部又讲了讲团的发展工作。孙成霞也讲了讲春游的计划，去八达岭长城。

晚自习复习国际共产主义运动史。

1964 年 4 月 9 日（农历甲辰年二月廿七）　星期四　阴转晴

上午前两节是哲学课，讲完经济基础与上层建筑一章，这一章要进行课堂讨论，时间是第 9 周（现在是第 7 周）。后两节是汉文课，讲完毛主席的著作《关于重庆谈判》，下次讲毛主席的另一篇著作《丢掉幻想，准备斗争》。

自由活动时间，全班同学集合于 4 号楼 311 宿舍，各位班委分别讲了讲本学期的工作初步计划。

晚自习第一节课在教学楼 319 教室，听国际共产主义运动史的任课老师讲解关于列宁的《国家与革命》的辅导课。后两节复习国际共产主义运动史，又去辅导室找辅导老师聊了聊，了解我们班上次课堂讨论情况。看来阻碍我们提高学习质量的原因在于学习方法，怎样做到以观点统帅材料这是一个大问题。今后要围绕着这个问题去努力。

1964 年 4 月 10 日（农历甲辰年二月廿八）　星期五　阴

上午前两节自习，复习中国国家与法的历史。后两节是中国国家与法的历史课，讲完明清部分。迄此，中国古代部分的国家与法律制度讲完了，薛梅卿老师给我们的讲课也结束了。

下午在礼堂开大会，听徐敬之主任[1]作关于"五反"运动的总结报告，报告从 14：00 一直到 18：00 才结束。之后又宣布了一项重要通知：

我国国务院决定收回由苏联代印的三种面值的人民币，这三种面值的人民币是 1953 年我国政府托苏联代印的。近来我们向苏联政府要求返还原版，苏联政府竟然屡次拖延，拒不归还，为了保证我们的经济建设和正常的社会秩序，防止修正主义从中破坏，决定从 1964 年 4 月 15 日起，在我国市场上与经济生活中的各个方面停止使用这三种面值的人民币。从 4 月 15 日起到 5 月 14 日止，在这三十天内，我们手中的这三种面值的人民币可以去中国人民银行或中国农业银行调换（按原票面价值调换），从 5 月 15 日起停止调换。

这是一项维护国家主权，保证我国社会主义建设正常进行的正确措施。我们完全同意政府的这个决定。

19：20 至 21：20，分小组座谈徐敬之主任的报告，主要谈运动的收获。我谈了四点收获：（1）对资产阶级思想有了进一步认识；（2）认清了什么是革命青年应有的生活作风，批判自己过去羡慕的隐居生活；（3）进一步明确了学习目的，一切为了革命，学习也不例外；（4）认识到必须不断改造思想，改造思想是一个长期曲折而又复杂的过程。

1964 年 4 月 11 日（农历甲辰年二月廿九）　星期六　阴雨转多云

早晨去教学楼 311 教室看《秦汉史纲要》《秦汉史略》以及《中国史稿》（第二册）中关于汉代驱逐匈奴的部分。

上午前两节是国际共产主义运动史课，由宋振国老师开始讲第十一章，主要是讲列宁的《无产阶级革命和叛徒考茨基》一文，从这章起没有讲义了，只有简单的提纲。

下午两节自习，复习中国国家与法的历史。之后，全班同学又到 4 号楼 322 宿舍集合，武玉荣讲关于组织学习毛主席著作问题。后分小组，先读一

---

　　[1]　徐敬之，北京政法学院党委副书记，兼马列主义教研室主任，所以我们也称他为"徐主任"。

遍《人民日报》3月26日的社论：《努力学好毛泽东思想》，又进行讨论，我们建议班里团里组织学习，但如何组织大家意见不一，分歧不小。最后决定先闯一下，不要害怕走弯路。讨论很热烈。直到17：40才结束。

1964年4月13日（农历甲辰年三月初二） 星期一 阴雨

上午前两节是哲学课，讲第十三章"阶级和阶级斗争"。后两节是汉文课，讲毛主席著作《丢掉幻想，准备斗争》。

下午自习复习中国国家与法的历史。

课外活动时间去图书馆还了《中国史稿》（第二册）、《中国史纲要》（中册），另借了一本《东周列国志》（下册）。

晚上到教学楼311教室复习哲学。

1964年4月14日（农历甲辰年三月初三） 星期二 阴雨

早晨民兵活动时间，分班（民兵编制中"班，就是行政的学习小组）讨论上次殷杰老师关于加强纪律性的讲话，发民兵课的讲义《学习解放军的"三八作风"》，这是内部文件，每册书上都有编号，用毕收回。发给我的书是0449号。之后全排集合于教学楼311教室讲了讲关于最近的中心工作：迎接全校田径运动会的事情。

上午前三节是中国国家与法的历史课，由关乃凡老师给我们上课。今天讲太平天国政权的国家机构与法律制度。第四节是体育课，没有在操场做体育运动，而是在教学楼119大教室讲关于如何进行科学锻炼以及卫生保健知识。

下午两节是英语课，继续讲第二十五课"The Last Lesson"。很有趣。

16：00至18：00是民兵活动时间，在礼堂听党史教研室的罗老师讲关于解放军的"三八作风"。

如果后天不能去八达岭春游，我准备去中国历史博物馆参观。

学校决定于19日（星期日）全校师生动手再次大灭臭虫，不知那天天气如何。

1964年4月15日（农历甲辰年三月初四） 星期三 晴

上午前两节是国际共产主义运动史课，停上，据说是因为我们的进度太快了。所以这两节课改为自习，复习中国国家与法的历史"秦汉部分"。后两节他们上俄语课，我们继续自习，第三节看了看《参考消息》。

下午继续讨论上次徐敬之主任的"五反运动"总结报告，先念了三篇有关"贪污盗窃分子"定案的文件，后结合这些文件进行讨论。

16：00至17：00，全班同学在4号楼311宿舍集合，袁司理、左广善、樊五申、孙成霞等班干部先后讲了话，说一些关于春游的注意事项。我也向大家推荐在春游期间可以参观中国历史博物馆与中国革命博物馆，并说这是很有意义的。刘爱清也谈了谈关于组织大家学习毛主席著作的问题，在党团支部的领导下成立了一个学习毛主席著作中心小组，由武玉荣、丁葆光、贾书勤、佟秀芝、杨福田等七人组成。

但是，究竟明天能不能春游还不一定，据说明天有零星小雨，一切等18：00的通知。尽管大多数人愿意去八达岭游玩，但如果有雨就不愿意去了。

18：40，全班同学又在我们宿舍（四号楼310宿舍）集合，袁司理、孙成霞说再征求一下大家的意见，袁司理说："现西直门火车站在等候我们最后的答复，说如果大家愿意去八达岭的话，那么就订票，明天我们一早必须去，即便下刀子也要去。如果现在决定不去，票就取消了。"大部分同学都表示不愿去。袁司理说学校希望各班组织一些有意义的活动。我提议去中国历史博物馆和中国革命博物馆参观，如果天气晴了，可以到天安门广场走走，也很有意义。经过酝酿，不少同学同意这种方案，并七嘴八舌地补充和完善这个方案。最后决定，明天9：30到历史博物馆门前集合，自愿参加。

1964年4月16日（农历甲辰年三月初五）　星期四　多云转阴雨

我径直到中国历史博物馆与中国革命博物馆去联系了，但是今天中国革命博物馆不开放，中国历史博物馆也只开放楼上的部分，是从隋唐到明清（鸦片战争以前）的部分。我们凭学生会开的介绍信可以免费。9：30，同学们陆续来了。我们班共来了23人：袁司理、梁桂俭、冯振堂、宋新昌、李树岩、胡克顺、左广善、刘爱清、饶竹三、敖俊德、樊五申、石宗崑、周芮贤、王维、李彦龙、韩建敏、佟秀芝、贾书勤、王小平、李平煜、田旭光、丁葆光和我。另外，还有2班的高黎明和赵萍。共25人。

我们走在大路上

9：45，我们进入中国历史博物馆。同学们大都没有来过。虽然今天我们只能参观隋唐到明清部分，但大家兴趣依然很高，而且可以参观得仔细些。可惜，没有讲解员，因为事先没有联系，这是我的失误。别的集体的参观人员有讲解员，当然我们也可以跟着听。

参观完毕后，我们正在休息室休息时，忽然一位工作人员走到我跟前说："我好像认得你，你以前来过吧?"我立即站起来答道："是的。今天我与同学们一起来看看。"我确实认识他，过去多次来博物馆听历史讲座曾经见到过他。当他知道我们是北京政法学院的学生，是配合学习中国国家与法的历史后说："你们学习的是国家与法的历史，我们这里介绍的是一般的社会经济发展和阶级斗争情况，上层建筑的东西比较少。尤其是国家政治与法律制度方面的陈列很少，如唐律这样重要的内容这里就没有，只是明代有一些。这个博物馆有很大的局限性。"我说："同学们大部分人来北京还不久，都是第一次来博物馆参观，对我们了解古代社会还是很有帮助的。"

今天的"春游"很有趣，虽然天公不作美，但我想这定会给大家以后的大学生活回忆记下浓重的一笔。

1964 年 4 月 20 日（农历甲辰年三月初九）　　星期一　阴雨

春假结束了。天气阴雨连绵，有两个星期了。

今天各报在第一版头条位置刊登了《大庆精神大庆人》的报道，将在全国范围内掀起学大庆的运动！

上午前两节是哲学课，由于本周星期五要进行课堂讨论，所以今天的哲学课就不讲课了，给大家准备课堂讨论发言提纲。讨论题目是"为什么说社会基本矛盾是社会发展的根本动力？为什么说新老修正主义者的'生产力论'和'结构改革论'是错误的?"

对于生产力与生产关系、经济基础与上层建筑的问题我是非常感兴趣的。大学一年级时学习政治经济学，我对于这个问题就下了不少功夫。本来是准备发言提纲，实际上我写成学习心得了，我不准备发言，这篇心得就算作我的书面发言吧！

1964 年 4 月 21 日（农历甲辰年三月初十）　星期二　多云转晴

上午前三节是中国国家与法的历史课，讲太平天国的各项政策，很有趣。引起我对中国农民政权进一步探讨的愿望，可是我们知道的东西还是太少了。

第四节是体育课，在教学楼 208 教室上理论课，讲我国的第二届全国运动会的有关知识，很好。虽然压了 15 分钟的课，但大家依然以极大的兴趣听讲。讲这些内容比上周讲体育卫生和保健知识好得多。

下午是两节英语课，讲第十五课语法，分词复合结构。

晚自习复习国际共产主义运动史和中国国家与法的历史。

1964 年 4 月 22 日（农历甲辰年三月十一）　星期三　晴

上午前两节是国际共产主义运动史课，讲 1918 年的德国革命和 1919 年的匈牙利革命，老师讲得很生动。

课间操时间去报刊借阅处借了 1951 年 1 月的《人民日报》。看该年 1 月 11 日《人民日报》的社论《纪念太平天国革命百周年》。

下午在礼堂听院党委副书记郭迪同志讲述"大庆经验"的传达报告。报告给我们以很大教育，大庆精神让我很受鼓舞，也使我感到鼓足"三气"的重要性："国有民气，军有士气，人有志气"，要想有所作为，没有这种"气"是不行的。没有顽强的毅力、冲天的干劲和科学的头脑是不行的，没有过硬的精神是不行的。

1964 年 4 月 23 日（农历甲辰年三月十二）　星期四　阴转晴

昨夜等大家都入睡后，去盥洗室读"毛选"四卷中的《目前形势和我们的任务》及《关于民族资产阶级和开明绅士》两篇文章，后又看了看《中国史稿》（第一册）。

今天早晨读英语。早饭后全班同学集中于 4 号楼 322 宿舍，武玉荣讲了讲关于"五一"国际劳动节应注意的问题。

上午后两节是汉文课，发作文。上次的作文题目是"谈思想革命化"，我加的副标题是"从京剧演现代戏所想到的"。

我们走在大路上

下午两节自习，第二节王小平向我提出这样一个问题："帝国主义社会的上层建筑与经济基础之间的矛盾是不是对抗性矛盾？怎样表现为阶级斗争？"这个问题很值得思考。

1964 年 4 月 24 日（农历甲辰年三月十三）　　星期五　晴

昨夜又在盥洗室看毛主席著作《论联合政府》。

7：40，全班同学集合于教学楼 124 教室，袁继林讲了讲关于明后天举行的我院第七届田径运动会之事。每班要派裁判员和服务员各一名，我和敖俊德分别担任之。我一定要把裁判工作做好。

上午前两节是哲学课，进行课堂讨论。晚上继续之，讨论题目是"为什么说社会基本矛盾是社会发展的根本动力？为什么说新老修正主义者的'生产力论'和'结构改革论'是错误的？"

后两节是中国国家与法的历史课，继续讲太平天国的法律制度。

下午两节是团的活动时间，分团小组讨论关于革命化的问题，很有趣。

1964 年 4 月 25 日（农历甲辰年三月十四）　　星期六　阴，小雨转晴

上午前两节是中国国家与法的历史课，讲鸦片战争以后的清朝政权。后两节是国际共产主义运动史课，讲列宁创办第三国际的努力。我上课总是坐在第一排中间一行最左边的位子，五班的肖淑华同学习惯坐在这一排的左边第二个位子，时间久了，我们就熟了，而且相约谁来得早谁就帮助"占位子"。

吃完午饭就开始为学校的运动会而忙碌。我担任裁判工作，被分配到径赛检查组。我们组一共有五个人，政法系三年级有三个人，其中一个人姓薛，是我们组组长，还有一个是政法系一年级的同学。

14：00 运动会开始。我们全体裁判人员也参加了开幕式，着装要求是一身蓝。

下午举行的径赛是：男子 200 米与女子 200 米跑、女子 80 米低栏、男子 1500 米（五项之一）跑、男子 3000 米长跑。我们的工作是检查运动员在比赛中是否有犯规行为，并维持跑道的秩序。要精力集中地站一下午，也够

累的。

我们班的袁司理参加 3000 米长跑，以 10′3″的成绩取得了第一名，并打破了学校纪录（10′3″4）。杨登舟与田广见也参加了这项运动，皆跑了 11′多的成绩，虽然没有取得名次（只取前 6 名），也不简单。袁继林参加了男子五项全能运动，成绩不错。其他同学有石宗崑、李彦龙参加铅球、手榴弹的投掷，王普敬、胡克顺参加男子跳远，孙成霞参加女子跳远和百米跑，胡克顺、李树岩参加男子百米跑，冯振堂参加男子跳高，丁葆光参加女子 200 米跑和 800 米跑，等等，但大多数项目于明天举行。

1964 年 4 月 26 日（农历甲辰年三月十五）　星期日　晴

今天天气很好。我不到 6：00 就起床了。去教学楼 311 教室写日记。7：30 又去做早操。准备今天的工作。昨天的疲劳已经消除了。

今天运动会径赛进行男子 200 米低栏，男子百米跑和与女子百米跑预赛（上午）和决赛（下午），男子 400 米接力跑（上午）等。其中工作最忙的是 400 米接力，也是我最喜欢的工作。上午工作完毕正好是 12：00。

中午睡了一会儿，14：00 又开始工作。除男子百米跑决赛外，还有男子 400 米跑预决赛，女子 400 米跑预决赛，男子 1500 米跑预决赛，女子 400 米接力跑，男子 1600 米接力跑等。下午工作比上午好多了，裁判接力跑工作有了一些经验，不像上午那么忙乱了。我负责的是第三棒接力跑区。

今天我们班袁司理又取得了 1500 米长跑第一名（与另一名同学并列）。上午孙成霞在女子百米跑预赛中跑出了 14″6 的好成绩，在决赛中又跑出了 14″7 的成绩，并取得第二名，她还在上午的跳远中以 3.73 米的成绩夺得第二名。袁继林参加五项全能取得了第三名。石宗崑的手榴弹投掷取得第四名。其他参加运动会的同学虽然没有取得名次，但也尽了最大努力，为集体争光了。运动会到 17：00 各项比赛全部结束了，我们班共获得 35 分，列为全校第五名。其中袁司理拿下 14 分（7+7），孙成霞拿下 10 分（5+5），袁继林拿下 8 分，石宗崑拿下 3 分，我们班全体同学的积极性都充分调动起来了，使我们班能取得较好的成绩。

我们裁判员没有参加运动会的闭幕式。我去洗了个澡，后与同学们聊了聊。

1964 年 4 月 27 日（农历甲辰年三月十六）　　星期一　晴

本学期的第十周开始了，本周的中心工作是迎接"五一"国际劳动节。

前两节是哲学课，继续讲第十三章"阶级和阶级斗争"。后两节是汉文课，写作文，"短评一则"（可以自己拟定题目）。我就大庆油田会战之事写的短评，题目是"民气·士气·志气"。老师要求不超过 1000 字，所以必须高度概括、精炼，这样的文章并不好写。这个内容我已经酝酿很久了，我反复修改，把下午的第一节自习也用上了，写完我数了数字数共有 833 个字（连同标点符号）。这恐怕是我自初中三年级以来写得最短的作文了，不过我觉得还比较满意。

下午第二节自习复习中国国家与法的历史。

1964 年 4 月 28 日（农历甲辰年三月十七）　　星期二　晴

前三节是中国国家与法的历史课，讲清末海关税务司署和总理各国事务衙门的设立，它们是清末政权国家机构半殖民地化的标志。

下午两节是英语课，讲语法，分词独立结构与分词复合结构。

16：00，全班集合于 4 号楼 311 宿舍，刘爱清讲了讲关于"五一"国际劳动节活动的安排。

我报名参加了"五一"晚上的"狂欢"，但批下的 23 个人中没有我，我只好不去了。计划 5 月 2 日与石宗崑、薛宝祥等同学去颐和园划船。

1964 年 4 月 29 日（农历甲辰年三月十八）　　星期三　阴雨转晴

上午前两节是国际共产主义运动史课，讲列宁反对"左派"幼稚病的斗争。

下午在教学楼 319 教室开会，听院党委副书记郭迪讲关于"五一"国际劳动节的几个问题。主要谈到如果碰到外宾，一定要注意有礼貌，特别要注意反对大国沙文主义，并要求认真学习讨论。党中央把大国沙文主义看作我们的大敌，教导我们今后不能产生大国沙文主义的错误，否则不利于我们在国际上的革命工作。郭迪副书记说以后还要专门讲这个问题。

晚自习复习哲学，看今年第 1 号《教学与研究》杂志上面刊登的陈悠久的文章《马克思列宁主义者必须区分压迫民族和被压迫民族——读列宁有关民族殖民地问题著作的体会》，第 12 周将有国际共产主义运动史的课堂讨论，内容是座谈学习国际共产主义运动经典著作的心得体会。我想结合目前亚非拉革命形势，写一篇心得体会，并作为座谈会的发言稿。

1964 年 4 月 30 日（农历甲辰年三月十九）　星期四　晴间阵雨

前两节是哲学课，讲我国"过渡时期的阶级斗争"。后两节是汉文课，讲毛主席著作《对晋绥日报编辑人员的讲话》。

下午自习，看列宁的文章《给美国工人的信》。又做英语作业。

1964 年 5 月 1 日（农历甲辰年三月二十）　星期五
下雨转多云间晴

8：30 集合，9：00 全体师生在教学楼集会，院党委宣传部赵部长讲话，他的讲话时间不长。然后进行游行，和去年一样，我们学校的游行队伍从学校走到北太平庄，转一圈，然后回到学校，一路上唱着革命歌曲，呼喊着革命口号，全凭嗓子表达我们的革命激情了！

10：30 回到学校。我们政法系二年级及一年级与政法附中的同学和教师共同在礼堂开庆祝"五一"国际劳动节文娱会，各单位分别演出文艺节目。我只看了两三个节目就出来了，与 2 班的同学王晓梦下了一盘象棋。

16：00 去参加天安门广场"狂欢"的同学在校门口集合，我也去参加这一活动，因为名额增加了，我们班去了 26 个人，比往年都多。我也有好久没有去"狂欢"了。16：25 开车，到故宫神武门下车，穿过南长街来到中山公园门前。与我们紧邻的是北京外贸学院、北京邮电学院、石油工业部等单位，北京师范大学、北京矿业学院、北京工业学院相距我们也不远。

18：00 至 20：00，与同学们聊聊天，也使我回忆起高中时代每年的"五一""十一"晚上来天安门广场的"狂欢"活动，似乎高中时代的"狂欢"活动比现在有趣得多。我们多次担任维持晚会秩序的标兵，多么有趣啊！

20：10，开始放礼花了，大家都停止了跳舞等活动，开始看礼花。我决定去找北京工业大学的黄升基。

我沿天安门观礼台南边由西往东走，一路上看到各大学学院的舞圈，几乎在每个大学学院都可能有我的同学，但是一路寻访过去一个同学也没有见到。到北京市劳动人民文化宫前才见到北京工业大学的校旗和舞圈，经过一番周折，总算是见到了黄升基，他见到我来找他，也是高兴极了。我们俩有半年多没有见面了，我们热情地回顾了半年来的往事，谈到许多事情。他又带我见了他现在的同班同学、我们八中5班的同学白惠良，我与白惠良聊了聊。

我请黄升基来我校的舞圈看看，他也想见见王小平。我们便往我校舞圈处走。途中我们谈到了衣立，也找到了北京矿业学院的舞圈，但是衣立没有来。谈到我给他的信，说起5月17日请他来我家，他说他是恐怕难以从命，因为现在功课非常重，每天都疲于奔命，连星期天也要"报销"在习题之中，往往连回家都没有时间。但最后还是表示尽力争取去，如果去不了就会写信告诉我。

回到我校的舞圈，我找来王小平与黄升基见面。王小平今晚参加学校文工团的演出，她扮成女民兵的样子，没谈多久，小平就要演出了，升基看了她的演出。

我们学校也于23：20结束了今天晚上的"狂欢"活动。于秉寿家就在附近，他就直接回家了。我不回家，因为明天要与石宗崑、薛宝祥等去春游。

1964年5月2日（农历甲辰年三月廿一）　星期六　晴

今天天气好极了，阳光灿烂，蓝天白云，正是春游之佳日！

8：30开早饭（今天吃两顿饭）。刘镜西书记兼副院长来到膳厅看看，走到我们饭桌前，随便聊聊，谈到今天天气很好，去外面玩玩吧，并说万寿山的樱花开了。

我和薛宝祥、石宗崑便决计去颐和园，到那里去欣赏樱花。

9：45到达颐和园。售票处前人群拥挤，好不容易买到三张门票。我们进入颐和园之后，便去找樱花。但我们都不认识樱花，结果也没有找到。鉴于今天游园的人太多了，我建议去南湖玩玩，那里游人相对少一些，能避开最拥挤的地区。宗崑建议沿长廊走到石舫，再穿过西堤到南湖去。我们同意了。不过长廊的人还是太多，我们便离开长廊走山路，一边走一边谈笑风生，异常有趣。我们谈到大学生活，感叹时间过得飞快，似乎大学阶段就要过去了，我们即将毕业，不知毕业之后我们何时能再见面啊！

我们来到佛香阁，我又回忆起去年暑假与宗崑、成霞来到这里时曾经饮香茶，赏雨中景象，观湖光山色之往事；也想起后来与孙锦先、黄子衡冒暑来此痛饮畅谈之往事；也回忆起高三春游（1962年5月5日）来此，大家观画谈笑之往事……多么有趣啊！颐和园、万寿山、佛香阁，我来过多少次，这里记载着我与同学们的多少友谊与多少情怀啊！

我们本来想再到智慧海上面去，但上下山的人太多了，颐和园为了游人的安全，分为上行和下行两条单行线，我们就不上去了，便去了铜亭。看罢铜亭我建议去下方的五方亭看看，然后下到听鹂馆，又下到长廊，走到石舫，在那里玩了会儿，找到凉水喝，太渴了，喝热水不管用，又绕到后湖看了看。我们漫步在西堤上，往南行过玉带桥，我又想起前年暑假与张荣仁、刘天赋、张永祥来此之游。我们来到玉带桥南面的一座我们不知其名的小亭子前休息。此时不到12：00。这里人较少，风较大，凉爽极了。远山近水，垂柳游船，历历在目，美极了！

12：40，我们继续前进。在我的提议下，我们没有走西堤，而是走西堤西边的另一条路，虽然这条路上没有多少建筑，显得有些荒凉，但是游客却少多了，而且能欣赏钓鱼者的垂钓。我们来到南面的畅观堂，畅观堂好像有很久没有维修了，显得有些破败。我们绕湖一圈，说如果围绕着昆明湖开展长跑也很有意义。

颐和园南墙一带比较偏僻，游人很少到此。遗憾的是畅观堂被铁丝网之类的障碍物圈起来了，不让进去。我们只是路过而已。走在畅观堂附近发现一条蛇，已经被人打伤了，在艰难地蠕动着。据过路人说，之所以把畅观堂围起来，不让游人进去，就是因为那里有蛇。我想起前年暑假我们曾经来到过这里。

再往前走，忽然发现水边杂草丛中有鱼跳起，见有一条小水沟，水流过那里，我们猜想可能鱼儿想跳到水沟里去。我们下到水边观鱼，我不慎陷入污泥之中，鞋袜上皆沾上了不少污泥。

我们又继续前进，走到昆明湖的东南角，那里有一座名为"罗锅桥"的小桥，其实与我们刚才看到的玉带桥一模一样，同样的桥，一座被称为"玉带桥"这样好的名字，另一座却被叫作"罗锅桥"这样不雅的名字。何故哉？

离开这里继续前进。现在已是沿昆明湖东岸由南向北走了。途中见到两块大石碑，上面有不少游客刻的名字，还刻有"某某到此一游"之类的字迹，我们对这种不文明的行为谴责了一阵。

我们来到十七孔桥东端的八方亭，这里游人又多了起来。我们在那里休息了不少时间。石宗崑告诉我八方亭内悬挂的一块匾上刻有我们学过的文章，我一看，原来是摘自陆机的《文赋》中的一段文字。

我们没有上十七孔桥，更没有去龙王庙，就继续北上。此时已经是13：40了。经过夏天的游泳区，穿过文昌阁，又来到知春亭。在亭上看了看，这里可以欣赏颐和园的正面全景。隔湖望去，万寿山佛香阁以及万寿山前面的建筑都尽收眼底。还可以看到长廊的全貌。不过知春亭上游人太多了，我们决计去谐趣园。宗崑还要去寻找樱花呢！我们从大戏台后面上山，到乐农轩。前年我们高考后曾经在此住过五天。

在山上见到了樱花——一朵朵花儿直接长在树枝上，没有绿叶的衬托，花儿樱红樱红的，煞是好看，我认为这就是樱花，谁知对不对呢？

谐趣园的游人并不少，使得这个园中之园今天也不宁静了，往日来这里的幽静感也没有了。我们来到北面的山上，从后湖来的一小水溪从这里流过，为谐趣园中的池塘增添活水。几个顽皮的小孩赤脚站在水中玩弄着一块木板，忽而做舟，忽而做闸，这简单的玩具使他们玩得那么高兴。我们都认为这么大的孩子最幸福了，天真无邪，玩就是他们最主要的"工作"！这里的孩子个个脸泛红光，石宗崑说他们的脸像苹果似的。生长在新中国的儿童太幸福了！

去年暑假与石宗崑、孙成霞来颐和园时也曾在这里休息过。与黄子衡、孙锦先、张荣仁、刘天赋、张志东也在这里玩耍过。1962年5月5日与乔维华、王彬等在此还留过影呢！这些往事怎能忘记？

不知不觉已经15：30了。我们按照既定计划踏上返程。出颐和园大门时，突然听见一熟悉声音呼唤我，我一听就知道是老同学张福民的声音。他与他的同学来此游玩。我问他今年是否准备参加高考，他说："不说这个了。"我也只好不谈了。我又问他3月下旬给他的信收到没有，他说没有收到。我又复述了一遍他的地址，无误。他说吴孝平还让他去北京地质学院找他玩去呢！我希望他以后经常给我来信或者去我家找我。分别时，他骑车回去。

我们很顺利地坐上 32 路公共汽车，到中国人民大学下车，步行回学校。走在通往学校的宽阔的大马路上，清凉的春风拂在脸上，很舒畅！

回到学校 16：20 了。洗漱一下便去吃晚饭，16：30 开饭，回来正合适。

饭后稍微睡了一会儿。今天外出的人真不少，饶竹三、左广善、樊五申、宋新昌、王维等都分别与各自的老同学、老朋友去了北海公园，那里也是游人不少，非常拥挤。

晚上看电影，故事片《初次考验（上下集）》（进口片）。由于跑片关系，一直拖到 20：00 才开始放映。前面还有两个加映片，电影放映完毕已经 23：20 了，我们买的都是站票，我与于秉寿 19：30 就在后边台阶上站着，一直站了四个钟头，等电影放映完了，我感到腿都"麻木"了。而且人多，十分拥挤，非常热。我能坚持下来，也说明了我的体力恢复得还可以。电影故事情节很精彩，因此看的人很多。故事写的是三个青年在 1905 年至大战后的一段生活中逐渐走上革命道路的事情，确实很好。

回来洗洗睡觉，此时已经 23：50 了。"五一"节假日过去了，明天还要上课呢！

1964 年 5 月 3 日（农历甲辰年三月廿二）　　星期日　晴

今天是星期天，补上星期六的课。

上午前两节是中国国家与法的历史课，讲清末预备立宪，不少同学都显得困倦。后两节自习，先做完英语作业，然后写 5 月 1 日的日记，要写的内容很多。最后去教学楼 206 教室与孙成霞聊了聊，又去图书馆续借《中国史稿》（第四册）。

下午两节是英语课。老师说大家刚过完"五一"，心尚未定下来，不急于讲新课，而是复习第二十五课"The Last Lesson"，第一节课是让同学们轮流读课文。

后复习中国国家与法的历史，直到 18：00。

晚自习写昨天和今天的日记。写日记耽误了不少时间，但我宁可耽误些时间，也要完成记日记的工作。日记不可废也！写完日记，又复习哲学和汉文。

1964 年 5 月 4 日（农历甲辰年三月廿三）　星期一　晴

上午前两节是哲学课，黄福生老师把第十三章"阶级和阶级斗争"讲完了，他也结束了给我们的讲课。他讲完时第二节课还剩下 25 分钟，自习。我回到教学楼 311 教室自习，复习中国国家与法的历史。

后两节是汉文课，讲完毛主席的《对晋绥日报编辑人员的讲话》一文。又开始讲 1951 年 6 月 6 日《人民日报》的一篇社论《正确地使用祖国的语言，为语言的纯洁和健康而斗争!》。

下午在礼堂听传达龚澎同志的关于周恩来总理访问十四国（讲的主要是访问非洲十国）的报告，报告很好，可惜谈的东西太少了，不能满足我们的愿望。

学校举行庆祝"五四青年节"的文娱联欢晚会，不少同学去看文娱节目了。我去教学楼 311 教室自习，帮贾书勤核对一下上次中国国家与法的历史的笔记，后又复习这门课。

1964 年 5 月 5 日（农历甲辰年三月廿四）　星期二　晴

6：20 至 7：15 在操场进行民兵活动，练习正步走。之后袁司理又把全班同学留下，讲了讲准备本周开一次生活会的问题。

前三节是国家与法的历史课，这三节课讲完了清末预备立宪。

下午两节是英语课，讲第十六课的单词。

16：30 至 18：05，在 6 号楼 117 室（国家与法的历史的会议室）参加国家与法的历史教研室召开的我们年级 10 个班学习委员或科代表会议，听取同学们对教学的意见。

会前去图书馆借了一本中国人民大学版的《中国国家与法权历史讲义》。

1964 年 5 月 6 日（农历甲辰年三月廿五）　星期三　晴

前两节是国际共产主义运动史课，讲完共产主义运动史中的第二次大论战。后两节课是自习，复习国际共产主义运动史。

下午分小组讨论并学习大庆精神的报告。从今天起到六月中旬或七月初的一段时间内，开展一次学习大庆精神，学习解放军的工作经验，促进我们思想革命化的政治运动。武玉荣、刘爱清、袁司理都向全班或全体团员一再强调这次政治运动的目的、意义，要求我们以自觉革命的态度对待之。

1964 年 5 月 7 日（农历甲辰年三月廿六）　星期四　晴

上午前两节是哲学课，讲历史唯物主义部分的第十三章"国家与革命"，由陈老师讲课，讲得很好，我记的笔记较多。后两节是汉文课，继续讲《正确地使用祖国的语言，为语言的纯洁和健康而斗争！》，杨老师讲得很有趣。

下午两节自习，复习哲学。后又看斯大林的《论列宁主义的几个问题》一文。

晚自习继续看斯大林的《论列宁主义的几个问题》一文，又学习了毛主席的著作《反对自由主义》，明天下午要开生活会，以毛主席的反对自由主义的思想来检查自己。

1964 年 5 月 8 日（农历甲辰年三月廿七）　星期五　晴

前两节自习，复习中国国家与法的历史，后又进行另一项工作：抄录《列宁选集》的目录，并注明这篇文章是出自哪一卷、从多少页至多少页，以便于查阅。因为一般的文章引用列宁的语言表明出处时多根据《列宁全集》版本的卷、页。中午也没有休息，并利用了第一节晚自习的时间从事这一工作，尚只完成了 3/8。

后两节是中国国家与法的历史，讲南京临时政府的国家机构。

晚自习后两节复习并预习中国国家与法的历史课。看列宁的《中国的民主主义和民粹主义》一文。

1964 年 5 月 9 日（农历甲辰年三月廿八）　星期六　晴转阴

上午前两节是中国国家与法的历史课，讲南京临时政府的临时约法。后两节是国际共产主义运动史课，讲斯大林的生平和他的革命活动。

下午两节自习，复习国际共产主义运动史，并看列宁的《论合作制》一文。

课后去找宋俊老师，但是他不在。他是我们的中国国家与法的历史课的辅导老师。

1964 年 5 月 11 日（农历甲辰年三月三十）　星期一　晴

第 12 周开始了。从今天开始作息时间改变了，5：30 起床，5：50 做操，6：10 至 7：00 上自习，8：00 上课。14：30 上课，16：20 至 18：20 自由活动时间。18：20 晚饭，19：20 上晚自习，21：10 下课。21：30 睡觉。

前两节是哲学课，讲"社会革命"一节。后两节是汉文课，先讲《〈合作社的政治工作〉按语》一文，后大家讨论文风问题。

下午两节自习。先去图书馆还了《太平天国史稿》，借了一本《北洋军阀统治时期史话》第一册。回来复习哲学，看看报纸。

16：30 至 17：50 在 4 号楼 322 宿舍召开科代表会议，学习委员李彦龙主持，讨论了一下班里存在的学习问题。

1964 年 5 月 12 日（农历甲辰年四月初一）　星期二　晴

5：30 至 5：50 是民兵活动时间，在操场练习分队走。早自习预习中国国家与法的历史，然后又继续阅读《关于国际共产主义总路线的建议》。6：30，不见学校广播站播放中央人民广播电台的"新闻与首都报纸摘要"节目，去询问，答曰已经录音了，等吃早饭时播放。果然 7：00 至 7：30 播放之。这样很好，不影响早晨学习。

今天《人民日报》在第一版头条位置发表社论《中国对台湾的主权不容干涉》，口气坚定，论述有力，听之痛快。

上午前三节是中国国家与法的历史课，讲第十章"北洋军阀统治时期的国家与法律制度"，今天讲的是袁世凯统治时期的国家政治制度。第四节是体育课，我继续免修。复习中国国家与法的历史。

中午先把今天《人民日报》的社论仔细地看了一遍，然后睡觉。

下午两节英语课，讲第二十六课课文。

下午全年级同学在教学楼 208 教室学习关于大庆油田会战的报告。

晚自习复习中国国家与法的历史。

1964 年 5 月 13 日（农历甲辰年四月初二）　星期三　晴，下午大风

早晨还是阅读《关于国际共产主义总路线的建议》。

上午前两节是国际共产主义运动史课，因为要进行课堂讨论，今天改上自习。先看《参考消息》，然后又复习国际共产主义运动史，看中国人民大学主编的《国际共产主义运动史》讲义。这是从肖淑华那里借来的，她又是从国际共产主义运动史的老师那里借来的。

后两节自习，写国际共产主义运动史课堂讨论发言提纲。去图书馆借了《现代世界史》、《窃国大盗袁世凯》和《英华大辞典》三本书。

中午在联合楼 220 阅览室看《人民日报》的社论：《制止老挝局势的危险发展》。

下午及晚上都继续进行学习大庆精神的讨论。

自由活动时间继续看《关于国际共产主义总路线的建议》。

1964 年 5 月 14 日（农历甲辰年四月初三）　星期四　晴

早晨读外语。上午前两节是哲学课，讲"民主革命"。后两节是汉文课，讲评作文。上次作文题目是"短评一则"，我写的副标题是"民气·士气·志气"，昨天晚上同学们的作文大都发下来了，我的却不见，杨岷、王小平的作文也未发下。据科代表王维说老师留下了还有用处。

下午两节自习，在教学楼 311 教室自习，天气竟然如此之热，实在难受。

16：30 至 17：30 在礼堂听宣传部赵部长的讲话，谈关于本星期六下午去夹道欢迎苏丹武装部队最高委员会主席易卜拉欣·阿布德的事情。

晚自习复习中国国家与法的历史。第二节去找辅导老师问了几个问题。

1964 年 5 月 15 日（农历甲辰年四月初四）　星期五　晴

早晨读外语。上午前两节自习，复习中国国家与法的历史，其实用了不少时间看《中国青年报》。第二节去教学楼 319 教室抄写北洋政府各阶段的一个表，老师总结出来的。后两节是中国国家与法的历史课，讲袁世凯死后的北洋军阀统治时期的法律特点。迄今北洋军阀政府这一章完全结束了，近代部分的课也结束了，关乃凡老师给我们的讲课也结束了。

下午继续座谈大庆精神。今天是结合大庆精神谈我们学习的目的。我也谈了自己学习上存在的许多问题。

晚自习分小组座谈学习国际共产主义运动史的心得体会，每个人可以自己选择任何一个内容来谈。我准备的是从苏联二三十年代的社会主义建设经验与教训，看今天我国的社会主义建设。同学们多谈学习列宁的《共产主义运动中的"左派"幼稚病》的体会。

1964 年 5 月 16 日（农历甲辰年四月初五）　星期六　阴雨

前两节是中国国家与法的历史课，由刘老师开始讲现代国家与法的历史。内容多与党史相同。后两节自习，看《窃国大盗袁世凯》一书。

中午饭前中国国家与法的历史辅导老师宋俊老师找我与 2 班、7 班、8 班的学习委员或者中国国家与法的历史科代表谈这次课堂讨论的方法。这次讨论共用三个小时，前一个小时分小组座谈，统一意见，并确定中心发言人，后两个小时全班一起讨论，各个中心发言人要由能够概括本小组讨论意见者担任。为了能更有利于讨论，我提议按同学们准备的内容来分小组。宋峻老师采纳了我的建议。

下午要去欢迎苏丹武装部队最高委员会主席、部长会议主席兼国防部部长易卜拉欣·阿布德，所以下午不上课了。

1964 年 5 月 18 日（农历甲辰年四月初七）　星期一　晴

前两节是哲学课，讲完了第十四章"阶级和国家"，又继续讲第十五章"社会意识"。后两节是汉文课，开始讲本学期最后一部分"驳论"，具体讲的是"驳论概论"（未讲完）。驳论很有趣，我很喜欢！老师总算把我上次的作文《短评一则——民气·士气·志气》发给我了，只是简单地给了 5 分，没有任何评语，这有点儿美中不足！

14：30 我们班的同学开始照透视。我的肺部正常，不过医师说了几句什么话我没有听清楚。回到教室继续写提纲，晚上也是如此。

下午自由活动时间我去找宋俊老师，向他谈了明天课堂讨论分组工作的准备情况，宋老师也谈了谈如何组织讨论，等等。

1964 年 5 月 19 日（农历甲辰年四月初八）　星期二　晴

前三节是中国国家与法的历史课，进行课堂讨论，第一节宣布分小组讨论，各组人员及讨论题目如下：

第 6 题：为什么说半殖民地半封建的中国走资本主义民主共和国道路是一种幻想？

组长：薛宝祥　组员：胡克顺、石宗崑、刘爱清、袁司理、武玉荣、杨福田、冯振堂、田广见、宋新昌、王小平、敖俊德

讨论地点：教学楼 103 教室　宋俊老师参加讨论

第 7 题：从辛亥革命失败到袁世凯称帝这段历史中我们得到哪些历史经验？

组长：李树岩　组员：王普敬、韩建敏、王维、周芮贤、杨登舟、于秉寿、贾书勤、佟秀芝、李平煜

讨论地点：4 号楼 322 宿舍　李彦龙参加讨论

综合题：论述农民阶级、民族资产阶级的两重性及中国革命的领导，中国革命道路等问题。

组长：江兴国　组员：梁桂俭、孙成霞、杨岷

讨论地点：教学楼 102 工友室

第 3 题：清末立宪的实质。

组长：樊五申　组员：饶竹三、臧玉荣、袁继林

讨论地点：校园内（自选）

第 1 题：总理各国事务衙门和总税务司署的设立说明了什么？

组长：左广善　组员：田旭光、丁葆光

讨论地点：校园内（自选）

下午两节是英语课，讲第二十六课语法"没有分词的独立结构"与"带有介词 with 的独立结构"。

晚自习在教学楼 119 教室听国际共产主义运动史课堂讨论的小结，直到 20：45 才结束。后看了看报纸。

1964 年 5 月 20 日（农历甲辰年四月初九）　星期三　晴

上午前两节是国际共产主义运动史课，由倪才忠老师讲课，讲第二次世

我们走在大路上

界大战后的国际形势发生根本性变化，以及毛泽东主席的战略战术思想。倪老师讲得很好！

后两节自习，做英语作业。

下午在教学楼 219 教室听韩幽桐作关于国际法律协会第八次大会的报告，她谈到我们与苏联代表团斗争的情况，很是精彩。我们的方针是"立场坚定，旗帜鲜明，坚持原则，坚持斗争"。

晚上继续进行小组讨论，学习大庆革命化精神。

1964 年 5 月 21 日（农历甲辰年四月初十）　星期四　阴转晴

上午前两节是哲学课，讲社会意识的独立性，能动性。

后两节是汉文课，继续讲"驳论概论"。讲课之前老师问及"从理论上如何驳倒论敌"一问题，叫我回答，我回答得很流畅。这题实际上就是回答写驳论的方法，对于我们做政法工作的来说掌握它是很有必要的。

下午两节自习，在教学楼 206 教室完成英语作业。这次作业先后共花费了将近四个自习。不过确实有许多问题需要本着科学的、严格的精神来搞透不可，不可敷衍了事也。

1964 年 5 月 22 日（农历甲辰年四月十一）　星期五　晴

上午前两节自习。后两节是中国国家与法的历史课，讲第一次国内革命时期国共合作与建立革命统一战线等问题。

下午继续讨论学习大庆精神。

晚上在年级办公室开会，殷杰老师找我们班部分同学座谈如何改革教学的问题。参加会议的有：王小平、杨岷、袁继林、梁桂俭、左广善、杨登舟、王维和我。大家七嘴八舌地提了不少意见，尤其是针对考试方法谈得较多。大家都主张开卷考试，学习要少而精，理论要联系实际，等等。若不是打了熄灯铃，我们还要谈下去呢！我们殷切地希望教学早点儿改革！

1964 年 5 月 23 日（农历甲辰年四月十二）　星期六　晴

早晨预习中国国家与法的历史。上午前两节就是中国国家与法的历史课，讲广州武汉国民政府的政权及其法律。后两节是国际共产主义运动史课，继续讲社会主义国家的国际义务。

由于上星期六下午的两节英语课没有上，今天下午补课。复习巩固第 26 课的内容。

1964 年 5 月 25 日（农历甲辰年四月十四）　星期一　晴

前两节自习，阅读施向东的文章《南斯拉夫全民所有制的蜕变》，这篇文章发表在今年第 10 期的《红旗》杂志上。我认为文章写得很好，我在阅读时不仅注意文章内容，也注意他是怎样论述的。下午两节自习和第一节晚自习都用于阅读这篇文章。

第三、四节是汉文课，分析毛主席的文章《中共中央发言人评南京行政院决议》一文。孙广华老师分析得很好。我迫切希望能多得到一些有关怎样进行论述的知识。

下午找宋峻老师聊了聊我们班的学习情况，并请宋老师谈了谈关于上次课堂讨论的总结。后又去找孙广华老师借了一本《写作知识》。

1964 年 5 月 26 日（农历甲辰年四月十五）　星期二　阴转晴

早晨是民兵活动时间，进行操练。之后写工作报告，上午第四节课继续完成这个报告，中午交给了班长袁司理。

上午前三节是中国国家与法的历史课，讲第一次国内革命时期农民运动中产生的农民协会组织。在某些方面农民协会也具有政权性质。

下午两节是英语课，讲第二十七课的单词。

第一节晚自习看《写作知识》一书，第二节晚自习写写日记。

1964 年 5 月 27 日（农历甲辰年四月十六）　星期三　晴

上午前两节是国际共产主义运动史课，讲第二次世界大战后的民族解放运动的新高涨。

下午继续讨论大庆精神。今天讨论第七个经验，如何学习大庆人的"三老四严""四个一样"工作认真精神，大家讨论得很热烈。

晚饭后，教我们国际共产主义运动史课的倪才忠老师来到我们宿舍与同学们聊天，我对老师说能不能开设介绍一些马列主义政党，如印尼共产党、越南劳动党、朝鲜劳动党、日本共产党的一些情况的讲座。倪老师说可以考虑，但目前没有条件。

晚自习还在教学楼 206 教室自习，复习中国国家与法的历史。

1964 年 5 月 28 日（农历甲辰年四月十七）　星期四　晴

上午前两节和下午两节课进行哲学的课堂讨论。讨论的题目是"为什么说工人阶级夺取政权只是革命的开端，而不是革命的终结"，讨论进行得还可以。

上午后两节是汉文课，写作文。老师没有出题目，只是给了一个题目的范围，要求写一篇驳论文章，可以在我们的日常学习、思想、生活的范围内选题。

下午自由活动时间去图书馆还了《中国国家与法权历史讲义》一书，借了一份 1963 年 11 月的《人民日报》。

报纸报道：印度总理贾瓦哈拉尔·尼赫鲁于昨天下午在新德里因病逝世，周恩来总理发去唁电。

1964 年 5 月 29 日（农历甲辰年四月十八）　星期五　晴

早晨、上午前两节自习、下午两节自习、自由活动时间和晚自习全部时间都用来构思和写作文，到下晚自习时终于完成了这篇不到两千字的文章（老师限制字数为一千字以内）。我写的是关于驳斥个人主义的学习目的的文章，题目是"个人主义的学习目的要不要彻底地根除呢？"。

上午后两节是中国国家与法的历史课，讲"国民党反动政权的建立"。

下午是党团活动时间，我们团支部分小组讨论"什么人可以入团"的问题，针对青年同学的表现，讨论发展谁入团的问题。支部书记刘爱清说根据几个人的各方面情况的分析，提议首先发展杨福田同学，大家都表示同意这个看法。

1964 年 5 月 30 日（农历甲辰年四月十九）　星期六　晴

上午前两节是中国国家与法的历史课，讲国民党政权的建政"理论"。徐作山老师也来听课了，课间与他聊了聊，听他讲了讲如何复习这门课的问题。

后两节自习。先复习一节课的中国国家与法的历史。后一节去教学楼

206 阅览室看报纸。

下午在礼堂听吴老（吴德峰同志）作关于反对大国沙文主义问题的报告。之后回来分小组又进行了一个小时的讨论。

回宿舍开宿舍会议，大家共同检查和总结近来宿舍的卫生及纪律等问题。

1964 年 5 月 31 日（农历甲辰年四月二十）　星期日　晴

上午在教学楼 311 教室自习，复习中国国家与法的历史。9：50 至10：20 去找中国国家与法的历史老师刘老师与宋老师，告诉他们明天下午有不少同学去欢迎外宾，回来可能较晚，建议明天晚上的辅导最好推迟一些时间。他们答应明天与教务处商量后决定。随后刘老师又与我谈了谈，问了问同学们对他的讲课有何反映等。

下午在教学楼 206 阅览室自习。看《关于斯大林问题——二评苏共中央的公开信》，明天汉文课要讲这篇文章。

1964 年 6 月 1 日（农历甲辰年四月廿一）　星期一　阴天，有小雨转多云

上午前两节是哲学课，继续讲社会意识中的道德问题。后两节是汉文课，开始讲《关于斯大林问题——二评苏共中央的公开信》一文，孙广华老师说得很好。文章用"归谬法"驳斥了赫鲁晓夫之流对斯大林的污蔑和诽谤，读了让人大快人心！使我对写反驳文章的技巧有了更深的认识。

下午第一节自习，我在教学楼前的小树林中朗读《关于斯大林问题——二评苏共中央的公开信》的第 1 段至第 33 段，我尽量学中央人民广播电台播音员的语气朗诵这篇文章，这篇文章写得真有力！

第二节自习，我在教学楼 311 教室复习哲学。

上午宋峻老师通知我今天晚上的中国国家与法的历史辅导改为明天晚上了。

1964 年 6 月 2 日（农历甲辰年四月廿二）　星期二　晴

上午前三节是中国国家与法的历史课，讲国民党反动政权的五个特点。第四节是体育课，我还是免修，自习，预习英语课。

下午两节是英语课，讲第二十七课课文 "The First Balloon Flight"，英译汉。

19：20 至 21：30 在礼堂进行中国国家与法的历史辅导，总结上次的课堂讨论，老师做辅导，同学们大都反映很好。

1964 年 6 月 3 日（农历甲辰年四月廿三）　　星期三　晴

上午前两节是国际共产主义运动史课，继续讲第二次世界大战后民族解放运动新高涨。

后两节是自习，先看了一节课的报纸，浏览国内外大事，掌握国内外阶级斗争新动向。

下午继续讨论大庆精神，今天讨论的中心是如何学习大庆的好作风问题，联系我们班上的作风进行对照检查。

晚自习复习中国国家与法的历史。第二节快下课时去小滇池畔散步，清醒一下头脑。

1964 年 6 月 4 日（农历甲辰年四月廿四）　　星期四　晴，傍晚有雷阵雨

上午前两节是哲学课，讲社会意识中的艺术与宗教问题。

后两节是汉文课，继续讲《关于斯大林问题——二评苏共中央的公开信》，以这篇文章为例，讲解它所采用的反驳方法，我认为这是全篇文章最精彩的部分。不过这种"归谬法"用不好会伤害人，不宜用于人民内部矛盾。

1964 年 6 月 5 日（农历甲辰年四月廿五）　　星期五　晴

今天上午一连四节课都是自习。本来后两节是中国国家与法的历史课，因星期二晚上辅导课占用了大家的两节自习课，所以今天不上课了。

上午先看今年的第 2 期《国际问题研究》杂志，上面有一篇署名江宏的文章《殖民战争与殖民侵略》。然后又用了一节多课预习中国国家与法的历史，看国民党的《六法全书》。第三、四节复习国际共产主义运动史，并开始再读《苏共领导同我们的分歧的由来和发展——评苏共中央七月十四日的公开信》，由于这篇文章是第一篇评苏共中央的公开信，所以大家也简称为"一评"。加上整整两节晚自习，才把这篇文章较仔细地又读了一遍。

14：30 至 17：05 在教学楼 219 教室听殷杰老师讲党课"批评与自我批评"。

17：20 至 18：25 全班同学集合于 4 号楼 311 宿舍，袁司理谈班里工作，谈到期末考试，也谈到下学期去公社的事情。

1964 年 6 月 6 日（农历甲辰年四月廿六）　星期六　晴，傍晚有小雨

上午前两节是中国国家与法的历史课，讲对国民党的《六法全书》的批判。由于这部分内容我们从来没有学过，所以老师讲得很细，今天只讲了《六法全书》中的宪法和刑法（刑法未讲完）。

后两节是国际共产主义运动史课，讲国际共产主义运动中的第三次大论战，也就是当前正在开展的论战。今天从中苏两党的分歧的由来和发展开始讲，基本上是按照"一评"讲的，与当前的国际形势联系更紧密了。

下午是两节英语课，讲第二十七课课文与语法。

1964 年 6 月 8 日（农历甲辰年四月廿八）　星期一　晴

上午前两节是哲学课，讲"人民群众在历史上的作用"。后两节是汉文课，讲完《关于斯大林问题——二评苏共中央的公开信》一文，今天是做总结。

下午两节自习。复习哲学、中国国家与法的历史。后看《中国四大家族》一书。

17：30 至 18：40，全年级同学在礼堂集会，殷杰老师对大家讲关于下周去公社劳动的事情。我们去东升人民公社帮助收小麦，具体是去东升人民公社的前八家生产大队，距离较远。早去晚归，往返乘汽车，但是全年级只能去 150 人，剩下的同学在校内劳动。有病的同学及体力较弱的同学安排在学校内劳动。殷老师一再强调要服从分配，要注意安全。我们听说下周就下乡参加劳动，当然高兴极了。不过，我是没有希望下乡劳动了。不知能否批准我参加校内劳动，本学期一学期没有劳动课，实在憋得难受。

晚自习在外面读英语。后又去教学楼 208 教室看《中国四大家族》一书。

1964 年 6 月 9 日（农历甲辰年四月廿九）　星期二　晴间小雨转多云

早晨是民兵活动时间，操练，后进行爬杆活动。

上午前三节是中国国家与法的历史课，讲完国民党的《六法全书》，又开始讲第十三章，也是最后一章"民主革命时期人民民主政权与法"，今天讲的是毛主席的"红色政权理论"。

第四节自习，读英语。下午两节英语课，讲语法，动名词。

16：30 至 18：20 是民兵活动时间，先是分班讨论"三八作风"，后学习歌曲。晚上去教学楼 211 教室上自习，第一节继续看《中国四大家族》一书。第二节写了写日记。

据国际共产主义运动史科代表说，期末国际共产主义运动史这门课的考试可能是这样：考九天，写学习心得，全面总结学习收获，翻书、找材料皆可，等于是作一篇小论文。这种考试方法倒很有趣，也是我所向往的！

1964 年 6 月 10 日（农历甲辰年五月初一）　星期三　晴，下午有一场雨

上午前两节是国际共产主义运动史课，讲第三次大论战的分歧所在。后两节自习，与孙成霞、石宗崐一起在教学楼 311 教室做英语作业。

下午和晚上在礼堂听同学介绍他们学习哲学的心得体会。我们年级的三位同学联系各自的思想谈他们的体会，讲得都很好。

自由活动时间看我们班男篮与 7 班的比赛，同时看我们班女篮与 4 班的比赛，我们班都取得了胜利。这样，我们班就取得了年级男子篮球赛的冠军和女子篮球赛的亚军。

明天坦桑尼亚联合共和国第二副总统卡瓦瓦将率政府友好经济代表团来我国访问，我校有不少同学要去夹道欢迎，由于怕我身体还没有完全恢复，大家照顾我，就不让我去了。

1964 年 6 月 11 日（农历甲辰年五月初二）　星期四　晴，下午有一场雨

今天班里有 20 人去欢迎卡瓦瓦。他们是早 8：30 走的。今天上午不上课了。我在教学楼 311 教室自习，写哲学学习心得，但不好写。虽然憋了一上午，也没写多少。

中午睡觉，但没有睡着。去欢迎外宾的同学 13：30 回来了。

下午自习，去教学楼 311 教室复习国际共产主义运动史。

晚自习在教学楼 311 教室看《首都高等学校反右派斗争的巨大胜利》，这本书我虽然只翻阅了几篇文章，但启发颇深：当年反右派斗争竟然如此激烈，右派分子竟然如此猖狂。我感到自己如果置于这场斗争中，很难不被右派分子的言论所迷惑。

1964 年 6 月 12 日（农历甲辰年五月初三） 星期五 阴转晴

早自习看《参考消息》。上午前两节是自习，复习中国国家与法的历史。后两节是中国国家与法的历史课，讲新民主主义革命时期人民民主政权与法。

14：30 至 16：20 我们班在教学楼 203 教室举行《南方来信》朗诵会，许多同学朗诵了其中的一篇篇来信，都充满了感情，尤其是杨岷朗诵得好。

自由活动时间去图书馆借了两本书：《中国共产党第八次全国代表大会文件》和《先进的非洲友谊的海洋》。前天还借了今年第 5 期的《新华月报》。此外 4 班的张淑兰还向我借了一张借书证，她借的是《中国史稿》（第四册）。我的第五张借书证借了《英华大辞典》。回来根据"八大文件"抄录下这次会议选举出的中央委员和中央候补委员名单。

1964 年 6 月 13 日（农历甲辰年五月初四） 星期六 晴

早晨读英语。前两节是中国国家与法的历史课，继续讲人民民主政权与法。后两节自习，复习中国国家与法的历史。

明天全校一起动手消灭臭虫。

1964 年 6 月 14 日（农历甲辰年五月初五） 星期日 晴

4：00 多就醒了，开始往楼下搬运东西，直到 6：00 才搬完，以便于施药消灭臭虫，吃完早饭就洒药。

吃完午饭就动手打扫宿舍卫生，并往回搬东西，到 15：00 一切完毕。

1964 年 6 月 15 日（农历甲辰年五月初六） 星期一 晴

下乡劳动开始了。本来组织上为照顾我，决定让我免除这次劳动，但我想到这一学期都没有劳动课，这次好不容易有劳动机会，总不能错过这次机会。我一再要求参加学校内的劳动，组织上就批准了，并一再叮嘱我注意休息，不要太累了。我感谢组织对我的关怀！

大队人马下乡劳动，早晨去，晚上回来，来回乘汽车，中午不回来。劳动地点在清华园附近，属于东升人民公社前八街大队。

但留在学校参加劳动的人也不少。今天留在学校劳动的同学有樊五申、武玉荣、丁葆光、王维、田广见、敖俊德、臧玉荣、孙成霞、田旭光和我。此外，王小平、杨岷、佟秀芝也留在学校排练话剧。

在校劳动作息时间是 8：00 至 11：30，14：30 至 18：00。

上午我和田广见被分配给校园里葡萄园的葡萄秧喷洒农药，完了又被安排给树林中的树刷白灰。

下午我和敖俊德及 4 班的三位同学一起给大树喷洒农药。

19：45 至 21：35 看电影《纪念曹雪芹》《周总理访问东北非》，等等，都是纪录片。

回到宿舍见到刘爱清与 3 班的钱连和在下围棋。我终于找到了下围棋的对手——钱连和！我们相约明天交锋。

1964 年 6 月 16 日（农历甲辰年五月初七）　星期二　晴

7：30 开始劳动，到 11：30 结束，下午是从 14：30 到 17：30 劳动。

今天我的工作是和孙成霞一起打药水。上午给教学楼北边和东边的柏树打药水。成霞很能开玩笑，她劳动时始终是有说有笑，或者总是唱歌，充分显示出她的文艺才能，不愧为我们班的文艺委员。9：00 喷雾器坏了，为此耽误工作约一小时。修好了以后我们又给小滇池南边和西边的果树喷药水。

下午还是和孙成霞合作，给小滇池周围的矮树打药水。在这里劳动的还有臧玉荣和 4 班的曹淑芳。

今天于秉寿留在学校内劳动，王维却下乡劳动去了。

中午与钱连和下了盘围棋，大胜之。晚上我们又去教学楼教员休息室大战了两盘，皆胜之。

▲下围棋

1964 年 6 月 17 日（农历甲辰年五月初八）　　星期三　晴

　　6：30 至 11：30 劳动，15：00 至 17：30 劳动。我与石宗崑一起往高树枝上喷洒农药。上午劳动时还有佟秀芝与我们在一起干活。我们先往教学楼至学校北门的道路两旁的树上喷洒农药，然后又去小滇池四周的高大树木喷洒农药。下午劳动时田旭光代替佟秀芝与我们一起劳动，去喷洒教学楼北边与政法附中周围的柳树和榆树。与石宗崑一起劳动也很有趣，田旭光也很能说。

　　下午劳动最后喷洒榆树时，用了三桶药水，药水是六六粉悬乳液和 1065 溶液，毒性较大。树上虫子很多，我对准虫子使劲儿喷洒农药。今天没有因喷雾器出毛病而耽误工作，效率也比较高，只是喷洒高的树时比较累。

　　晚上学校放映电影，阿尔巴尼亚故事片《特殊任务》，我去看了，感觉还不错。

1964 年 6 月 18 日（农历甲辰年五月初九）　　星期四　阴雨

　　下雨了，不能打药水了。师傅吩咐我们先去给大树下撒药粉，后又去花房锄草。我与石宗崑一起劳动。上午雨越下越大，我们几次进教学楼避雨，等雨小了再劳动。但是中午雨下得更大了。下午雨依然很大，所以劳动就停止了。15：00 至 16：00，下乡劳动的同学们也分两批回来了。

　　中午睡到 15：20，然后去阅览室看报纸。15：30 回到宿舍，见到左广善与刘爱清正在下围棋,我也在一旁予以"参谋"。

今天饶竹三也留校参加劳动了。

晚上看电影,国产故事片《一贯害人道》,这是刑事侦查学教研室为政法系三年级同学放映的教学参考片,我们也"沾光"了,这部电影是1953年拍摄的,大约在十年前我曾经看过。

1964 年 6 月 19 日(农历甲辰年五月初十) 星期五 晴,下午有雨

今天我身体不适没有参加劳动。上午回宿舍后先读英语第 28 课单词,后看列宁的《共产主义运动中的"左派"幼稚病》一文。

下午看了看报纸,复习英语,看《围棋名谱精选》一书。

获悉,昨天政教系同学和政法系四年级同学到顺义县参加为期一周的劳动去了,这样学校里除政法附中的同学还在上课外,大学部的同学都去劳动了。

1964 年 6 月 20 日(农历甲辰年五月十一) 星期六 晴

6:30 就开始搞清洁卫生(学校分配给我们的喷洒药水的工作已经提前完成了),清理破砖头、残木料等垃圾。到 9:30 就结束了。

今天有胡克顺、武玉荣、刘爱清、薛宝祥、于秉寿、敖俊德、孙成霞、田旭光、丁葆光、王维和我留校劳动。

劳动结束后,郝师傅召集我们开了个小会,总结这一周的劳动情况,让大家提提劳动中存在的问题,提出优缺点,郝师傅指出我们劳动的缺点是集合太慢,拖拖拉拉,组织纪律性不强。这确实是我们的缺点。

回宿舍后与 3 班的钱连和下了盘围棋,一场"厮杀"。

晚上看电影,国产故事片《满意不满意》,很风趣,很有教育意义。加映风景纪录片《西湖》,影片把我带入了美丽的杭州西湖,欣赏各朝代的建筑,迤逦的湖光山色,宝贵的文化遗产等,我向往江南,何时才能回到南方呢?

今天结识了 4 班的一名同学,他叫江天成,也是安徽省人,是寿县的。

看完电影回来看《陌生的人影》一书,是侦破案件的故事,很吸引人,我看得爱不释手。我向往毕业后的政法工作!

1964 年 6 月 22 日（农历甲辰年五月十三） 星期一 晴

上午前两节是哲学课，讲杰出人物在历史上的作用。后两节是汉文课，讲毛主席的文章《历史唯心观的破产》。

下午是两节自习，在教学楼 311 教室复习哲学。又读列宁《共产主义运动中的"左派"幼稚病》的第五章。

晚自习复习中国国家与法的历史，后写日记。

1964 年 6 月 23 日（农历甲辰年五月十四） 星期二 晴

上午前三节是中国国家与法的历史课，讲人民民主政权的法律，今天主要是讲刑法和土地法。

下午两节英语课，讲第二十八课课文。

16：30 至 17：30 是民兵活动时间，试装、卸步枪，熟悉枪支构造。

1964 年 6 月 24 日（农历甲辰年五月十五） 星期三 晴

上午前两节是国际共产主义运动史课，讲赫鲁晓夫修正主义产生的国际根源。后两节是自习，与周芮贤一起送李彦龙去北医三院看病，回到学校 11：50 了。在医院又见到了鲍大夫，我们亲切地聊起来，他又检查了我的伤口，我的伤口已经痊愈。他关切地问到我现在的情况，并请我暑假去北医三院游泳。

下午两节自习，补上国际共产主义运动史课，讲反修斗争的前途，直到 16：40 才下课。这样国际共产主义运动史这门课就讲完了，下星期还有一次课堂讨论。

晚自习写了写日记。后又动手写哲学学习心得。本学期哲学为考查课，老师对于这次心得的写作要求很高。我想写学习历史唯物主义之后对中国历史的一些新的认识和体会，肃清自己头脑中存有的历史唯心主义思想。但觉得写得语无伦次，很不好。

1964 年 6 月 25 日（农历甲辰年五月十六） 星期四 晴

上午前两节是哲学课，讲完了历史唯物主义，也结束了为时一学年的哲学

我们走在大路上

学习。但是正像陈瑞生老师所说的哲学学习远远没有结束，这仅仅是开始，真正的哲学学习要靠自己长期刻苦地学习马恩列斯和毛主席的著作，在阶级斗争与生产斗争科学实验的实践中去学习，同时注意改造自己的主观世界和客观世界。

后两节是汉文课，讲完了毛主席的著作《唯心历史观的破产》。

下午在教学楼 108 教室听报告：关于进行人口普查工作。政府决定以今年 6 月 30 日 24 时为标准时间进行全国第二次人口普查工作。第一次人口普查是 1953 年进行的。听完报告回宿舍分小组讨论了半个小时。

之后开班会，班长袁司理讲了讲最近班里的工作，以及下一阶段的活动。后体育委员袁继林又讲了讲开展体育活动的事情。后去阅览室看报纸。

晚自习仍然是写学习哲学的心得，但是还不能令人满意。我为此已经耽误了很多的时间了，也浪费了不少作文纸。

1964 年 6 月 26 日（农历甲辰年五月十七）　　星期五　晴

上午前两节自习。第一节课我还是苦苦思索写哲学心得。我想借此机会完成去年暑假未完成的工作，写一篇题为"从资本主义在南斯拉夫的复辟看过渡时期的阶级斗争"的论文，作为我的哲学学习心得。

第二节自习补上体育课，进行体能体质检查，我的血压是 100/70，运动前脉搏是 19 次/10 秒，做 20 次起蹲后的脉搏是 22 次/10 秒，一分钟后就恢复到 18 次/10 秒，两分钟后仍是 18 次/10 秒。身高是 173 厘米，体重是 68 公斤，呼吸差是 8.5 厘米。这学期自出院以来我就很少参加体育锻炼了，今天是我第一次参加体育课，但我的体质并未下降。

后两节是中国国家与法的历史课，讲人民民主政权的司法组织与诉讼制度，刘老师讲得很有趣。这是中国国家与法的历史的最后两节课，讲完后这门课也结束了。

下午在 4 号楼 311 宿舍参加讨论对争取进步的认识，谈谈自己争取进步的动机。参加的同学有薛宝祥、孙成霞、石宗崑、敖俊德、田旭光、佟秀芝、饶竹三、王维和我，共九人，薛宝祥主持会议，17：20 会议结束。

会后去图书馆还了《罪恶之家》，又借了一本家史《恩仇记》。去联合楼 220 阅览室看《参考消息》，肖淑华也在那里。我们交流了一下学习中国国家与法的历史课的方法、心得与体会。她学习很好，是 5 班的学习委员。

1964 年 6 月 27 日（农历甲辰年五月十八）　星期六　晴

上午前两节是中国国家与法的历史课，不上课了，所以整个上午都是自习。

第一节看戴逸写的"中国历史小丛书"《北洋海军》，因为今晚要看电影，国产彩色故事片《甲午风云》，先了解一下基本历史史实。

第二节写了写日记。又继续写哲学心得。利用后两节自习课把它完成。题目是"学习马克思列宁主义阶级分析的方法，努力改造自己的主观世界"。

下午两节是英语课，讲第 28 课语法：动词不定式复合结构。

课后我们班与 8 班进行拔河比赛，我担任我们班的队长兼指挥，我们班以 2 比 0 获胜。

暑假组织去军事野营，我报了名，但是不知能否批准。我一定争取参加。据说是去宣化，为期十天。

1964 年 6 月 28 日（农历甲辰年五月十九）　星期日　晴

上午在教学楼 311 教室自习，复习中国国家与法的历史。写了写日记。

10：50 去联合楼 220 阅览室，与于秉寿聊聊。又与肖淑华简谈，准备明天的国际共产主义运动史课堂讨论之事。

晚自习准备国际共产主义运动史课堂讨论发言提纲。看列宁的《苏维埃政权的当前任务》中的《同资产阶级斗争的新阶段》一文，颇有体会。

1964 年 6 月 29 日（农历甲辰年五月二十）　星期一　晴，夜间有雨

第 19 周开始了。本周时间大致安排如下：

星期一（今天）上午劳动总结评定，下午国际共产主义运动史课的课堂讨论。

星期二一天是国际共产主义运动史老师总结一年来的学习情况。

星期三上午 8：00 至 10：00 哲学，10：00 至 12：00 汉文，下午有报告。

星期四上午 8：00 至 10：00 哲学。

星期五上午哲学。

星期六开始进入为期八天的国际共产主义运动史课考试阶段。

今天上午劳动总结评定。基本上前三节是在自评的基础上进行小组讨论与

评定。第四节课的前半节给班里组织的这次下乡公益劳动有何缺陷提提意见。

下午在教学楼 212 教室进行国际共产主义运动史的课堂讨论。

1964 年 6 月 30 日（农历甲辰年五月廿一）　　星期二　晴

早晨我们班与 2 班进行拔河比赛，虽然我们班以 2 比 0 取得胜利，但是胜利的取得十分不易。

今天一天（上午四节、下午两节和晚自习两节）都在教学楼 319 教室听曹长胜老师讲一年来学习国际共产主义运动史的总结和复习考试问题。他说，学习国际共产主义运动史的目的在于：通过国际无产阶级斗争史、马克思主义与机会主义斗争史的学习，了解在国际共产主义运动史上有两条不同路线斗争的实质，学习国际无产阶级斗争经验教训，学习马克思主义原理，了解马克思主义是怎样在斗争中发展起来的，并在指导无产阶级斗争中如何不断取得胜利，使我们认识人类社会历史发展前途，增强共产主义在全世界必胜的信心。具体帮助我们树立共产主义世界观、革命人生观，发扬无产阶级革命精神，做一个真正的无产阶级革命事业接班人，自觉地继承马克思主义革命传统、无产阶级革命传统，做一个政法战线上的尖兵。集中到一点就是促进我们的思想革命化。考试的目的也是基于此目的。必须反复领会这个精神才能学好国际共产主义运动史，顺利通过考试。

这次国际共产主义运动史考试一共有两道题：

（1）从马克思列宁主义者同修正主义者的三次大论战中，你受到了哪些启发和吸取了什么教训？

（2）通过无产阶级及其伟大革命领袖敢于革命彻底革命的斗争实践的学习，怎样促使你思想作风的革命化？

我立即决定写第一题，老师要求在 5000 字以下，看来在文章的写作方法上也必须进行改革，要求精炼、准确、鲜明、深刻。曹老师今天基本上把这两道试题的大概线索宣讲了一遍，自己再找一些东西充实并注意联系实际就行了。

自由活动时间又去操场观看拔河比赛。袁司理还通报了去参加暑期军事野营的同学名单，我们班有男同学 9 人，女同学 6 人，加上胡克顺与袁司理，一共 17 人。由于我向袁司理再三申请，表示了坚决的态度，终于批准我参加军事野营了。学习人民解放军的"三八作风"，以进一步锻炼自己！

大学本科阶段

1964 年 7 月 1 日（农历甲辰年五月廿二）　星期三　晴

今天上午前两节在礼堂听哲学教研室李主任作哲学学习总结的报告，报告的题目是"积极改造资产阶级世界观，促进思想革命化"。今天没有讲完，明天继续。

后两节在教学楼 308 教室上汉文课，发作文。上次写的驳论，我得到了 5 分。我写的题目是"个人主义的学习目的要不要彻底地根除呢？"老师的评语是："本文首先摆出对方三个错误观点，然后针锋相对地予以批驳，结构清楚，有条理，几点分析较为深刻有力。语言通畅。6.4"最后是日期，即 6 月 4 日批阅的。

下午在礼堂听朱寄云副院长作关于"高教会"的教学改革精神的传达报告。我们听了十分兴奋，尤其是毛主席亲自下指示改革教学方法，更体现出党中央毛主席对我们的亲切的关怀与爱护。教学改革，这实际上是文化教育战线上的一场社会主义革命，这也是关系到把我们青年培养成为什么样的接班人的重大问题。

晚自习分小组进行座谈。

1964 年 7 月 2 日（农历甲辰年五月廿三）　星期四　晴

上午前两节是哲学，在教学楼 319 教室继续听李主任的报告。

课间操时间去医务室打预防肠炎的防疫针，打在左臂上感到很疼，但是我中午仍去打篮球，只有我一个人在烈日下练习投篮，打了约一个小时，现在我对篮球也着迷了。下午自由活动时间，又整整打了两个小时篮球。下午还去图书馆借了一本《篮球》的书。田广见、薛宝祥等见到我如此爱好篮球都很高兴，左广善、刘爱清还不断地教我怎样投篮等。必须练好身体，使身体更快地强壮起来，以符合党对我们提出的"红、专、健"的要求。

上午第四节自习和下午第二节自习用来翻译英语"Mark Twain in France"一短文，较为顺利地译出。

晚自习看国际共产主义运动史笔记，完了又看《参考消息》。又去中国国家与法的历史课的老师那里问了问关于这门课的复习考试情况，老师说明天晚上给大家讲。

我们走在大路上

1964 年 7 月 3 日（农历甲辰年五月廿四）　　星期五　晴

整个上午四节课就是分小组在宿舍座谈学习心得。一个人一发言就是 20 分钟或者半小时，总是原地踏步翻来覆去地重复原来的几句话，在我看来就是耽误时间。别的同学听得也很无聊，都快睡着了。课间操时间玩了会儿篮球，提一提精神。

下午是团的活动时间：分小组开生活检查会。

晚自习在教学楼 319 教室听中国国家与法的历史教研室汪老师讲这门课的复习考试问题。这门课是从 13 日到 18 日考试。13 至 16 日四天是全面的复习时间，17 日、18 日两天是考试时间。出三道题，从中任选一道题回答，必须于 18 日晚 21：00 以前交卷。

1964 年 7 月 4 日（农历甲辰年五月廿五）　　星期六　晴

昨夜躺在床上久久不能入眠，考虑国际共产主义运动史的考试问题。大约到 1：00 多才把国际共产主义运动史大致考虑出一个思路来。我决定写这样的题目："从马克思列宁主义者同修正主义者的三次大论战，看无产阶级反对资产阶级的阶级斗争"。准备以无产阶级反对资产阶级的阶级斗争为线索，着重分析修正主义产生的根源及给我们的启示和教训。

今天上午前两节就是整理整个文章的思路、写作方法。后去找我们班的辅导老师曹长胜老师，向他谈了谈我的思路，他说可以，并希望我能早点儿写出来让他看看。

后两节看《第二国际破产》一文。

1964 年 7 月 5 日（农历甲辰年五月廿六）　　星期日　晴

今天我们去颐和园游泳，参加者有袁司理、冯振堂、杨福田和我四人，其他同学说去但终究未去者也有不少人。

他们三个人先走了，我骑车后去。但直到颐和园也没见到他们。我在颐和园东门口等了他们不少时间，于 8：30 才进园。先去游泳场看了看，还是不见他们。8：45 我来到谐趣园，在溪水竹林边的曲廊中漫步，这里环境幽静，正宜读书。在那里，我复习曹长胜老师星期二作的国际共产主义运动史

大学本科阶段

总结，一边看一边认真思考，到 11：00 离开。去大戏楼参观蔡俊三摄影展览。11：40 到达游泳场，还是没有看见袁司理等三人，我便下水了。

这是我今年第一次游泳。从 1960 年到现在我游了不知多少次泳了。在水中很有意思，却一直不见袁司理他们来。13：00，我上岸了。我正走向更衣室，却迎头碰见他们三人来了。原来他们 8：10 就进园了，一进园就来游泳，直到 9：30。随后又去佛香阁上喝茶，看书，到 12：30 才下来，倒也逍遥自在。

我们又重新下水。袁司理是第一次游泳，但进步很快。我们于 14：30 上岸。

我又带他们来到谐趣园。他们根本不知道颐和园里面还有一个谐趣园。冯振堂、袁司理在这里休息，午睡。我与杨福田绕园一周，之后决定回去了。

晚自习看国际共产主义运动史讲义。

1964 年 7 月 6 日（农历甲辰年五月廿七）　星期一　阴雨

前两节自习，看国际共产主义运动史讲义，并看列宁的文章《马克思主义的历史命运》和《马克思主义与修正主义》。课间操时间及第三节自习孙成霞约我聊了聊，询问我是如何写的，我们交换了一下写心得的意见。第四节我就动笔写了。

下午第一节看了看报纸，后又写心得。

晚自习第一节重新动手写心得，动起手来我才发现自己并未考虑好，于是第二节就在外面漫步思考。我现在感觉到要写好一篇学习心得也不容易。

1964 年 7 月 7 日（农历甲辰年五月廿八）　星期二　阴

今天报纸报道：中国共产主义青年团第九次全国代表大会于 6 月 11 日至 29 日在北京举行。这次大会高举毛泽东思想红旗，充分讨论了促进我国青年革命化的问题，确定了共青团今后的工作。6 月 11 日下午 4 时，大会于人民大会堂开幕。中国人民的伟大领袖、中国青年敬爱的导师毛泽东主席和中共中央副主席刘少奇、周恩来、朱德，中共中央总书记邓小平出席了开幕式。这充分显示了党的领袖们对我们青年一代的关怀和寄予无限的期望。在 6 月 11 日的大会上胡耀邦代表上届中央委员会作了题为 "为我国青年革命化而斗争" 的报告。报告共分为五个部分：

（1）社会主义时期青年工作的历史任务；

（2）青年工作上两条根本对立的路线；

（3）在三大革命运动中锻炼成长；

（4）加强团的建设，提高团组织的战斗力；

（5）更高地举起团结、反帝和国际主义的革命旗帜。

这篇报告很好，很重要，给我很大的启发，培养青年接班人是革命事业的千万年大计。党和毛主席希望我们永远成为无产阶级革命战士，而不是修正主义者。我们应当怎样做呢？决不能辜负毛主席和党的期望，要保证我国青年五代十代不出修正主义，保证我国社会主义事业的健康发展，走向共产主义。

上午四节课都是继续写学习国际共产主义运动史心得，都是反复思索，几次动笔皆未成功。

晚自习在礼堂听三位同学讲他们学习国际共产主义运动史心得初稿的发言，其中有一位就是杨岷。他们的发言对我很有启发。

1964 年 7 月 8 日（农历甲辰年五月廿九）　星期三　晴

上午一连四节都在写学习国际共产主义运动史心得，是写在国际共产主义运动史考试试卷上。昨天发表的胡耀邦的报告给我很大的启发。我准备就国际共产主义运动史上马克思列宁主义者的成长过程，与机会主义者的堕落的经过做鲜明的对照，谈在我们青年面前摆着两条截然相反的成长道路问题，从而联系到自己走的是什么道路，应当走什么道路，等等。

下午又继续上午的工作，并略加修正。晚上开始定稿了。

1964 年 7 月 9 日（农历甲辰年六月初一）　星期四　晴

今天上午继续完成试卷，并且做了最后的修改。下午开始誊抄。晚自习第二节继续誊抄。第一节应佟秀芝要求看了看她写的心得，给她提了点儿意见。

下午自由活动时间玩篮球。上周我的右手食指挫伤了，一周以来一直未好，今天下午去医务室看了看，大夫说我的手指坏了，内出血，手指甲要掉下来，需四周才能复原。但是我还要玩篮球，锻炼身体。

1964 年 7 月 10 日（农历甲辰年六月初二）　星期五　晴

今天上午把国际共产主义运动史试卷完成，题目是"坚决反对现代修正主义，促进自己思想革命化，立志做无产阶级革命事业的接班人"，并且花了两小时逐字计算全文字数，共为 4736 个字。

下午第一节先去 6 号楼找中国国家与法的历史的老师，但是老师们都在开会。后来去找教我们汉文课的孙广华老师，还给他《写作知识》一书，并表示感谢。

晚自习第一节在礼堂听曹老师讲关于明天国际共产主义运动史总结讨论问题。第二节在教学楼 311 教室看毛主席著作《整顿党的作风》一文。

今天《毛泽东著作选读》甲种本和乙种本及《反对本本主义》单行本开始在全国各地发行。

1964 年 7 月 11 日（农历甲辰年六月初三）   星期六   晴

第一节自习，曾去找中国国家与法的历史的关乃凡老师，得知星期一不再进行集体辅导了，大家自己着手复习。去图书馆借了一本《帝国主义与中国政治》。

第二、三、四节课进行国际共产主义运动史总结讨论。

下午两节自习，继续国际共产主义运动史的讨论，给老师在教学方面提了不少意见和建议。

1964 年 7 月 12 日（农历甲辰年六月初四）   星期日   晴

今天上午 9：00 在我院操场有一场棒球赛，是北京队对北京周报队。我对此很感兴趣，不到 9：00 我们就来到操场观战了。但一看起来，也觉得无聊了。便按照我们原定的计划行动——去颐和园游泳。我们十个人胡克顺、李树岩、田广见、袁司理、王普敬、周芮贤、杨福田、樊五申、石宗崑和我，10：00 多从学校出来，到颐和园已经将近 11：00 了。

天气闷热。下水，水温 29

▲ 体育老师张振美给孙成霞、王小平等女子棒球队员做示范动作

度。在水中非常有趣。肚子饿了时每人买了一个面包，带的馒头不够吃。

我和田广见、樊五申、周芮贤、杨福田五个人先回来了。我们离开颐和园时是13：45，我回到学校是14：30。

1964 年 7 月 13 日（农历甲辰年六月初五）　星期一　雨转晴

上午去教学楼311教室自习。由于有些困倦，只看了看《中国近代史参考图集》（上册）。课间操时间与体育委员袁继林去找体育课任课老师说明我的情况，王老师让我补办一个本学期体育课免修证明就可以。下午去年级办公室开了证明交体育教研室。

下午自习时间复习中国国家与法的历史清末部分。晚自习第一节继续复习。

今天《人民日报》利用第五版至第八版四个整版的篇幅摘要刊登了赫鲁晓夫集团最近的反华材料，据我们的观察，这又是为重要的反修文章做舆论铺垫。

果然，到晚上就播送了我们党的第九篇评论苏共中央公开信的文章：《关于赫鲁晓夫的假共产主义及其在世界历史上的教训——九评苏共中央的公开信》，依然是以《人民日报》编辑部与《红旗》杂志编辑部名义发表的。将刊登在明天的《人民日报》上。20：30 至 23：30 在教学楼前全文收听，整整播送了三个小时。在文章的最后部分，谈到了毛主席在怎样才能防止资本主义复辟问题上，根据马克思列宁主义的基本原理，结合中国无产阶级专政的实践经验，也研究了国际的主要是苏联的正反两个方面的经验，提出了系统的理论和政策，从而丰富了和发展了马克思列宁主义关于无产阶级专政的学说，最为引人注意。文章最后还谈到了无产阶级革命事业接班人的问题和接班人应具备的条件。这些条件也就是我们今后的努力方向。

1964 年 7 月 14 日（农历甲辰年六月初六）　星期二　晴

上午复习中国国家与法的历史太平天国部分。后两节看今天的报纸，当然主要看《关于赫鲁晓夫的假共产主义及其在世界历史上的教训——九评苏共中央的公开信》。

下午两节自习，看孙祚民的《中国农民战争问题探索》等几篇文章，加深对农民革命的认识。当然，对他的观点我也不完全赞同。

1964 年 7 月 15 日（农历甲辰年六月初七）　星期三　晴

上午复习中国国家与法的历史北洋军阀政权部分。

下午看 6 月 17 日的《光明日报》"史学"副刊署名史泽的文章：《论太平天国革命政权》，并看了几本"中国历史小丛书"。

晚饭后全班同学集合于 4 号楼 311 宿舍，袁司理讲了讲关于军事野营和下学期上课的事情。学校初步决定下学期开学后要上一两个月的课，也可能还要多些上课时间。下学期开课科目大致是政法三机关、国际法、外语，可能还有国家与法的理论等。看来我们的学制是要改为四年了，我很欢迎，让我们早点儿展翅飞翔吧！但一想到大学生活就剩下两年了，不免有些留恋我们的班集体和同学们，难道两年之后我们就要分开了吗？司理还说暑假有愿意去法院帮助抄写东西的同学可以报名，为期一个暑假。我倒是愿意去，但是我的字太差了。去军事野营为期十天，生活比较紧张。

晚自习第一节看今天的《光明日报》上署名沙健孙的文章《〈是历史唯物论，还是经济宿命论〉读后》。

1964 年 7 月 16 日（农历甲辰年六月初八）　星期四　晴

上午集中精力复习中国国家与法的历史的人民民主政权部分。第四节课后半节去找老师，老师们正在开会。等了一会儿，宋峻老师告诉我，今天下午在教学楼 319 教室（后又改为在礼堂）公布考试题目，让我告诉各班同学。中午吃饭时我向各班传达。

14：30，全年级同学们在礼堂，听汪主任公布中国国家与法的历史期末考试试题，开卷考试，共三题，任选答其中一题：

（1）试论袁世凯反革命复辟。

（2）谈谈你对国民党"六法"的认识。

（3）为什么说人民民主政权是中国近代历史发展的必然结果？

汪主任又简单地谈了谈各题的要求。

经过短暂地分析和考虑，我选作第三题。我认为回答这道题需要有高度的综合分析与概括能力。

中国国家与法的历史老师在辅导室（教学楼 402 室和 414 教室）回答同学们的问题。我去那里听关乃凡老师讲了讲对第三题的具体要求。田旭光也准备写这道题，与她交换了一些意见。

第一节时，去找宋峻老师聊了聊，告诉他我准备写第三题，拟在上次课堂讨论的基础上准备这道题，宋老师让我紧紧抓住政权问题来论述。

肖淑华也是写第三题，她希望与我交换思路。晚自习后，我们交谈了 20 分钟，我说明这只是我的初步思路，很不成熟。

1964 年 7 月 17 日（农历甲辰年六月初九）　星期五　晴

上午在教学楼 311 教室看书，开始动笔写草稿了。不过不好写，语言要精炼，分析要深刻，论述要做到有史实根据，谈何容易。

写第三题的同学共有王小平、贾书勤、袁继林、梁桂俭、杨登舟与我 6 人；写第一题的同学共有袁司理、韩建敏、薛宝祥、左广善、胡克顺、刘爱清、饶竹三、王普敬、田旭光、丁葆光、李平煜、杨岷、佟秀芝、孙成霞 14 人；写第二题的同学共有于秉寿、宋新昌、冯振堂、田广见、李彦龙、周芮贤、石宗崑、樊五申、王维、杨福田、敖俊德、臧玉荣、武玉荣、李树岩 14 人。

我的思路是先分析太平天国农民政权和南京临时政府资产阶级政权为什么不能完成反帝反封建的革命任务，然后分析为什么中国无产阶级（通过中国共产党）领导的人民大众的人民民主政权就能够完成这一历史任务来谈此题。我头脑中的材料理清楚了。

明天上午全校同学都要参加四年级的毕业典礼，将有中央首长参加。考试交卷时间往后延。

1964 年 7 月 18 日（农历甲辰年六月初十）　星期六　晴

上午参加四年级毕业典礼。典礼于 8：00 多开始，国务院副总理兼公安部部长，以及最高人民检察院副检察长黄火星参加大会，并发表了讲话。由于全校同学都要参加，礼堂容纳不下这么多人，所以我们被安排在膳厅听直播。大会一直开到 12：00 多才结束。

大学本科阶段

1964 年 7 月 19 日（农历甲辰年六月十一）　星期日　晴

12：00 收齐全班的卷子，送到 6 号楼 417 房间，是国家与法的历史教研室的会议室。结束了这学期期末的考试，这才使我舒了一口气，感到浑身倍加疲倦。

下午我们年级在礼堂开会，听司青锋主任作动员报告：从今天起将进行为期三天的政治思想教育，总结一年来自己的收获，并检查自己还存在哪些不足。找出差距，确定今后的努力方向。要求以毛泽东思想为标准，以大庆人和解放军为榜样，以检查自己的学习目的为中心，严格地、深刻地检查自己，开展批评与自我批评，诚恳地给同志提出意见。司主任总结了我们年级一年来的情况。

晚饭后团员开会，团支部对大家参加这次政治思想教育又提出了一些要求。

晚自习时间分小组座谈今天的报告。

1964 年 7 月 20 日（农历甲辰年六月十二）　星期一　晴

下午开始进行政治思想教育，基本上每人用一小时。下午进行的是刘爱清、左广善二人。他们先自己总结，然后大家给他们提一些优点或缺点。

17：00 至 18：00 去参加军事野营的同学在礼堂听张凤桐同志的报告。

晚上学校有欢送应届毕业生的联欢会，我没有票（每班只能分到少许的一些票），去联合楼 220 阅览室写日记。

1964 年 7 月 21 日（农历甲辰年六月十三）　星期二　雨

从早自习时间就开始进行政治思想教育工作。上午进行了五个人：胡克顺、杨登舟、韩建敏、田旭光、王小平。

下午继续之，又依次进行了三个人：贾书勤、我、左广善。

晚上（19：40 至 20：40）进行了一个人：薛宝祥。

21：00 至 22：20 开班会。袁司理作本学期的工作总结，又讲了讲暑假期间的注意事项等，并公布了国际共产主义运动史的期末考试成绩，全班共有 8 个同学获得优秀成绩，他们是袁司理、刘爱清、李彦龙、杨岷、王小平、

▲ 石宗崑在颐和园航海队

▲ 颐和园航海队

▲ 石宗崑（左一）与颐和园舢板队合影

丁葆光、贾书勤、李平煜，其中女同学竟占了五个；四个人成绩是及格；其余是"良好"。没有不及格的。我对自己获得"良好"的成绩很不满意，因为国际共产主义运动史这门课我最感兴趣了，也下了不少的功夫，可能是在于联系自己的思想实际不够。

暑假石宗崑去颐和园航海俱乐部当教练去了。晚饭后我和田广见送他上了 16 路公共汽车，我请他为我申请一个参加暑期航海队集训的名额，他答应了。

1964 年 7 月 22 日（农历甲辰年六月十四）　星期三　阴天

早自习时间参加暑期军事野营的同学座谈。我被编在第三连第一排第一班，胡克顺是我们连干事，袁司理是我们排的副排长，王普敬是我们班的副班长。全校一共有 655 人去参加军事野营。我们班去的男同学还有冯振堂、饶竹三、于秉寿、杨登舟、李树岩、敖俊德、薛宝祥、刘爱清（是我们的团小组长）；女同学另外编在第四排，我们班参加军事野营的女同学有孙成霞（副班长）、王小平（团小组长）、贾书勤、李平煜、杨岷、佟秀芝、臧玉荣、韩建敏。凡是参加军事野营的同学都要带着问题去学习解放军，我准备带着这两个问题去学习解放军：

（1）解放军为什么对党无限忠诚？

（2）解放军为什么有严格的组织与铁的纪律？

早饭后开团支部大会，团支部委员会对同志们提出暑期的要求。

之后去找宋峻老师，问问中国国家与法的历史试卷情况，宋老师说卷子正在批阅中，而且是分题分人批阅，流水作业，今天是判不出来的。

去联合楼 220 阅览室自习，写写日记。

早晨吃饭时遇见肖淑华，得知国际共产主义运动史考试她得到了优秀成绩。她学习真好，应当向她学习。

21：40 发枪，每人一支。我的枪号是 P.A.8647。另外，每人发草帽一顶，我的草帽编号是 5 号。

22：00，全年级参加军事野营的同学集合，党支部副书记殷杰老师讲了几句话，要求从今天起就以一个解放军的标准来严格地要求自己。

到校门口全营编队，23：15 出发。尚未离校的同学们都赶来给我们送行。

我们从西直门火车站乘明天凌晨（就是今天夜里）0：47的火车前往沙城。

1964 年 7 月 23 日（农历甲辰年六月十五）　星期四　晴

列车于 5：15 到达沙城，这里属于河北省怀来县，我们一下车就见到部队的解放军同志已在车站上等候我们。见到他们，我们感到十分亲切。未来十天，我们将要与他们生活在一起，向他们学习。

解放军同志带着我们绕过山峦，来到营房。连长与指导员同大家见面了，他们讲了一些欢迎之类的话，我们一再表示要学习解放军的优良作风。我们的连长是马国福，指导员是傅连祥，排长姓韩，班长姓李。一下子记不住他们叫什么，反正还要接触十天呢！

7：00 排队去食堂吃早饭，吃大米饭和甜小米粥，之后就让我们休息，睡觉，因为昨天一夜在火车上坐着，没有睡。自从投入期末考试以来我们就很少能够睡一个这样安稳舒服的觉。11：30 我们又被唤醒去吃午饭，吃花卷与稀饭。饭后又有两个小时（12：10 至 14：10）的午睡。这样我们的体力完全恢复过来了。

14：40 全连集合，连长、指导员与我们正式见面，宣布作息制度、一周的课程安排。我们的政治学习课程与军事技术课程之比是二比八。回到营房后排长又把各班的班长介绍给大家。又讲了讲"四好连队""五好战士"的要求。

晚上看电影，我们整队到操场。解放军大队政治委员给大家讲话。讲到全民武装的重要性，等等。他讲得很好，深入浅出，明白透彻。讲完话后又休息了 20 分钟。这时是 20：10，开始放映电影，国产彩色故事片《党的女儿》。这部电影我在 1958 年时曾看过一次，记得还是和黄升基一起看的。但这次看又有了新的体会，使我认识到中国共产党的伟大，共产党员品质的高贵。

回到营房，发现在我们看电影时，营房里熏过了蚊子。解放军同志真是想得很周到。

今天一天我的体会很多，尤其是解放军同志的高度组织纪律性和总是朝气蓬勃的精神给我很深的印象。我必须向他们学习，严格要求自己。

正式课程从明天开始。

1964年7月24日（农历甲辰年六月十六）　星期五　晴

我们的作息制度如下：

起　　床：	5：00至5：10
早　　操：	5：10至6：10
整理内务：	6：30至7：00
早　　饭：	7：00至7：30
操　　练：	7：40至11：30
午　　饭：	11：40至12：10
午　　睡：	12：10至14：10
操　　练：	14：20至17：20
读毛著：	17：20至17：50
晚　　饭：	18：00至18：30
擦拭武器：	18：40至19：10
点　　名：	19：10至19：40
自由活动：	19：40至21：30
熄　　灯：	21：30

今天上午操练时间全营战士列队到大礼堂，听四位同志作报告。首先是××××部队××排班长戎金同志讲他如何跟随赵辛成将军学习迫击炮，加上自己的勤学苦练而成长为神炮手的故事；之后又由三位战士介绍他们学习毛主席著作的经验，这三位战士是炮兵团三营七连二班班长钱光群同志，××××部队九连理发员李占付同志，炮兵团一营三连侦察班班长王兴国同志。最后是队政委作总结。我校的张凤桐同志也讲了话，号召同志们学习解放军同志刻苦学习毛主席著作的精神。

我们排的排长是解放军的韩守印同志。

我们班的班长是解放军的李万洲同志，具体与我们接触的是班长，他整天和我们在一起。今天他教我们怎么验枪等。

19：40至20：30座谈昨天政委的讲话和今天上午四位解放军同志的报

告。之后又开了一会儿民主生活会。

1964 年 7 月 25 日（农历甲辰年六月十七）　　星期六　晴

早操时间练习怎样持枪、卧倒之类的动作。

上午操练刺杀。先看解放军同志做刺杀表演，解放军同志给我们做示范动作，然后我们各自体会练习。我深知掌握刺杀本领在战斗中的重要性，正像电影《南征北战》中一位解放军战士说的，大炮不能上刺刀，最后解决战斗还要靠我们步兵。

下午在礼堂听黄志英团长讲×××团和×××团在解放战争中参加的两次大战役，一次是清风店战役，另一次是攻打太原的战役，讲得很好。我们深为解放军的英勇善战、不顾个人生死、坚决完成党交给的任务的精神所感动。

晚上自由活动时间练习打背包，我们野营期间要又一次紧急集合然后急行军，因此打背包就成为能否紧急集合的关键，一定要熟练地打好背包。解放军同志教我们怎样打背包能够又快又结实。我们还把灯关了，摸黑做动作。第一次只打背包，第二次从脱去外衣裤睡在床上开始。第一次我得了第一名，用的时间是 5 分钟，第二次我却成了最后一名，用的时间是 7 分30 秒。

1964 年 7 月 26 日（农历甲辰年六月十八）　　星期日　晴

7：40 至 10：30 在战术场上练习单兵利用地形地物。虽然烈日当头，解放军班长同志教给我们如何趴在地上用各种地面上的障碍物掩护自己的方法，虽匍匐前进，但是大家仍然非常认真努力，不怕辛苦和脏累。

10：40 至 11：30 练习刺杀，班长又纠正我们的刺杀姿势，告诉我们刺刀不要乱刺，不出手则已，一出手就要狠，最好一刺刀就能置敌人于死地。

14：20 至 15：20 继续练习这个内容。之后回来在室内上射击课，解放军同志教给我们如何端稳枪支、怎样瞄准与扣动扳机，等等。

晚饭后我与李树岩、饶竹三、杨登舟去营房后面练习射击的地方修整射击用的依托物。

晚上看电影，国产故事片《英雄岛》。

▲ 沙城野营

1964 年 7 月 27 日（农历甲辰年六月十九）　　星期一　晴间多云

早操时间练习射击动作。

上午是军事技术课，组织我们参观化学兵怎样使用防毒面具，然后分连活动。我们连学习防空、防原子武器，进行迅速散开、卧倒等练习。

下午在战术场上练习使用防毒面具，然后又练习射击。30 日我们将进行实弹射击。各排之间，各班之间都要进行评比，这使得大家这几天都异常兴奋，个个摩拳擦掌，苦练本领，决心力争取得优秀的成绩。

今天是正式上操练课的第四天了。

1964 年 7 月 28 日（农历甲辰年六月二十）　　星期二　晴

昨天夜里我班站岗放哨，我和薛宝祥站第三班岗，每班一小时，我们俩是从 12：00 至 1：00。上一班是杨登舟和李树岩，我们的下一班是冯振堂和饶竹三。持枪站岗于营房门口，一夜未发现什么异常情况。

今天早晨还是练习射击。

上午先是参观坦克部队的越过障碍表演，只见坦克隆隆地开动起来，忽而越过沟堑，忽而冲毁土墙。所向披靡，勇往直前。

后又去参观团史。这是一支英雄的部队，在解放战争中屡立战功，给了我们以深刻的教育。

▲ 装甲车表演

下午在战术场上观看解放军同志表演的单兵冲击。单兵冲击是最过硬的战术，也是苦练二百米内的硬功夫之一。一支部队的这项技术如何，往往决定着最后的胜败。

然后又被带到营房后面练习射击。我们这次来这里参加军事野营，因为时间太短，别的项目就是看一看，只有射击是真的要干！所以不断地练习射击。

晚饭后不久（18：40），我正在写日记，突然响起紧急集合的号令，我们立即打背包到外面去列队。我是第一个到达集合地点的，但背包打得不紧，我们班在全连也受到表扬。

20：30至21：25全班开会，座谈组织纪律性的问题。四连有一位民兵（同学）在操练单兵冲击战术时，没有听班长（解放军同志）的话，投弹中不得要领，把右臂折断了。这一事故的发生引起解放军首长的重视，告诫我们大家一定要注意安全。最后班长又亲切地对我们提出几点要求，尤其是我们即将去打靶，进行实弹射击。

1964年7月29日（农历甲辰年六月廿一） 星期三 晴

早晨我还正在睡梦中，突然响起紧急集合的号令，我们立即起立赶紧打好背包带好东西，冲出营门，这时才4：40。我动作稍慢，但背包打得较好。我们的两次紧急集合，都比较顺利地通过了。

早操时间我们又去营房后面练习射击，班长耐心地一个人一个人地纠正我们的姿势。

早操归来时殷杰副指导员找我谈话，表扬我自从参加军事野营以来在组织纪律性方面有了很大的进步，让我准备谈谈思想体会，等等。

上午在靶场观摩解放军同志实弹打靶，明天我们将在这里进行实弹射击。

观摩完毕又分排分班进行单兵冲击动作训练，班长带着我们体会各种动作。有许多动作难度比较大，或者做这些动作有一定的危险性，班长就不叫我们做了，他一遍遍地给我们做示范动作。班长身体不太好，常累得满头大汗，但是他不厌其烦地，而且详细地耐心教我们。在平时也经常给我们讲一些要求思想进步的话，嘱咐我们要关心国内外大事，认清国内外形势。总之，从生活到思想，从政治学习到军事训练，各个方面都关怀我们。对于我们的班长，我们大家都是赞不绝口，都称他是个"好班长"！

下午在打靶场练习打靶，我们都很认真，力争明天取得最好的成绩。

最后全连集合，马连长讲了讲明天打靶的注意事项，一再强调要注意安全。

晚饭后劳动两个小时，从 18：40 至 20：40 在连队种的菜园里为萝卜地拔草。

晚上班里开会。班长就明天打靶的事情又给我们讲了讲，一是再次强调安全，要求枪口绝对不许对着人，要绝对听从指挥。二是讲这次打靶除记个人成绩外，还以班为单位，在班与班之间展开评比。还讲了讲怎样计算优秀、良好、及格与不及格的标准：每人配三发子弹，打靶的靶子是"胸靶"（只显示上半身的靶子），射击距离是 100 米，三发子弹共打中 12 环为及格，打中 17 环为良好，打中 21 环为优秀。满环为 30 环，及格为完成任务。全班有 60% 人取得及格以上成绩为及格，70% 为良好，80% 为优秀。我们班正好是十个人。

1964 年 7 月 30 日（农历甲辰年六月廿二）　　星期四　晴

今天是军事野营生活的最后一天了。工作有两项：一是打靶，二是评选"五好战士"。

5：00 起床，洗漱完毕后连队集合指导员傅连祥同志、我校的张凤桐老师（他临时担任副政治委员）先后就打靶和评选"五好战士"的事情讲了几句话，再三要求大家注意听指挥，保安全。之后吃饭，出发去靶场。

今天靶场共设有十个靶子，摆在 100 米之外，看上去靶子很小。靶子前面的深壕里有战士观看子弹击中靶子没有。打过第一枪与第二枪后，战士就会用小红旗指示我们如何调准射击精确度。

我们一班是第一组打靶，我在第九号靶位射击，共击中了 22 环：第一枪 6 环，第二枪 7 环，第三枪 9 环。射击精度一枪比一枪准确。因为我注意听从在深壕中挥动小红旗的战士的指示，不断调整自己的射击精确度。

我们班成绩最好的是饶竹三，他击中了 27 环，其次是杨登舟，23 环，我列为第三名。我们三人成绩都是优秀。敖俊德击中了 20 环，良好。李树岩 16 环、王普敬 15 环、冯振堂 14 环、薛宝祥 14 环、于秉寿 12 环、刘爱清 12 环，皆为及格。全班没有不及格的。连、排干部胡克顺击中 24 环，袁司理击中 15 环。女同学在第九班，只有韩建敏击中 23 环，优秀，杨岷击中 18 环，良好，王小平击中 16 环，及格。其余的人成绩皆不及格。

9：10 我们就回到营房了。休息后就开始评选"五好战士"。上午是自己

大学本科阶段

思考，进行自我总结，写发言提纲。

14：20至17：50座谈，谈个人的收获与不足，同志间也互相提成绩与不足，是在友好氛围中进行的。最后评出七个同志为"五好战士"：王普敬、刘爱清、冯振堂、李树岩、薛宝祥、饶竹三和我。

全连打靶成绩揭晓：100%完成任务（及格以上）的班只有我们1班一个班，但我们班获得优秀的成绩较少，及格成绩较多。

晚饭后，我们法二1班全体民兵（参加军事野营同学）邀请连长、指导员与各排排长、各班班长与我们一起照相留影。

1964年7月31日（农历甲辰年六月廿三）　星期五　晴

今天我们就要同解放军同志告别了，与沙城告别了……

早晨连队集合，指导员给我们总结军事野营生活，表扬了许多好人好事，还表扬了我、饶竹三、李玉臻（我们年级2班的同学）等人，说我们在这一段生活中有突出的进步，并叫我们站起来，让指导员认识一下。

上午打扫营房卫生。我们把自己睡的床铺擦得干干净净，把床铺旁边的箱子也擦得明亮亮的，把地也扫了一遍又一遍。我们真舍不得离开这里，离开我们的班长、排长、连长、指导员，以及解放军同志！

13：30集合，连首长、营首长先后讲话，告别，14：40，我们就开始了返程。首长们与解放军同志一直把我们送进了沙城车站里面，火车开动了，我们挥手作最后的告别。

19：46到达西直门车站，21：30回到学校。我与冯振堂、饶竹三先去把枪送到联合楼318室，然后吃饭、洗澡、休息。

1964年8月1日（农历甲辰年六月廿四）　星期六　雨

今天要做一些军事野营归校后的善后工作。

8：30至11：00分小组进行讨论，讨论的题目是"我在野营生活中取得收获和进步的原因是什么？"

11：00至11：30全体"五好战士"在教学楼212教室开会，殷杰副指导员（老师）讲话，鼓励大家再接再厉，保持"五好战士"的荣誉，发扬解放军的优良作风。

我们走在大路上

1964 年 8 月 12 日（农历甲辰年七月初五）　星期三　晴

早饭后整理一下宿舍，然后动手写日记。9：15，冯振堂来找我，学生会暑期文艺组决定利用暑假休息时间举行一次中国象棋比赛，写一黑板报发出通知，让我帮助他完成这个任务，请我设计黑板报报头。我在黑板上出了一局象棋的残局。黑板报出来后，引起不少同学们的兴趣。四年级同学虽已毕业，但尚未放假离校，所以在校的同学主要是他们，报名参加比赛的主要也是他们，也有附中的同学报名参加比赛。

晚饭后，恽其健再次找我下棋。我们先在外面游艺园地下了几盘象棋，我都取得胜利。后又回宿舍，他请我教他下围棋。他脑子很灵活，学得很快。他今年才 19 岁，1945 年出生的。

1964 年 8 月 14 日（农历甲辰年七月初七）　星期五　晴

由于冯振堂是这次象棋比赛的主要负责人之一，他请我做他的参谋，故早饭后与他一起研究比赛的办法与规则。

10：00 黄升基突然来访。这真是我想不到的事情，这家伙总是"神出鬼没"的，你找他，找不到，你不找他，他却突然出现。我问他：你说 20 日回贵阳，现在买票了吗？他说：又变化了，暂时不回贵阳了。星期日那天就是去退火车票，所以没有来我家。我说了说那天与周芳琴见面的情况。我们就决定现在去找周芳琴。本来我建议去找衣立的，升基说芳琴就要毕业了，这次不去以后就很难见到她了。他与周芳琴还是去年 3 月 24 日游颐和园时见的面，一年多没有见面了。

我们不能断定周芳琴是在家还是在学校，所以决定先去她家看看，因为她家离我们学校不远。升基比以前瘦了，他现在精神也不大好。他说同学们都去排练去了（今年"十一"，他们是体育大军）。

11：00 从我们学校出发，他也是骑自行车来的，所以我们两辆车并驾齐驱，一路上无话不谈。找到周芳琴家，但她不在家，在学校。她哥哥嫂嫂和弟弟都在家，我们与她弟弟周海峰聊了聊。海峰在北京四中，今年的高三毕业生，因为身体不好，不能考大学，留下来搞团队工作，具体分配到哪个学校还不知道。

大学本科阶段

293

从周家出来去西苑，又经过我们学校，这时已经 12：00 了，我就请升基到我们学校食堂用餐，吃海带粉条。吃完饭，我们继续出发。

天气炎热，太阳很"毒"，但我们骑着车却很高兴。13：05 到周芳琴学校。这正是睡午觉的时间，来得很不是时候。但我们也顾不得这么多，把周芳琴唤出来，她见到我们来了，很高兴。我们去哪里呢？我们都想到了颐和园。

13：30 进园。我们主要是来聊天的，不是来游园的，所以要找一个幽静的地方。升基建议去谐趣园。我们到了那里，但那里人也很多。我们又离开谐趣园沿后湖西行。边走边聊，但他们俩谈的都是学的化学课内容，我插不上嘴，便在前面欣赏湖光山色。见到不少人在游泳，我也带游泳裤来了，若不是与他们一起，我就下去游了。

我们走到北宫门，从这里登上万寿山，到达智慧海。途中我们有时也坐在路边的椅子上休息片刻。芳琴说她毕业分配被分到了西安，这一下可不近。我们都认为她分得不错，若是我们可能还不会分到西安这种大城市呢！我们也想趁着年轻到外面去闯一闯，锻炼锻炼自己。

我们又拾级而下，穿过佛香阁，走过排云殿，下到"云辉玉宇"牌坊前面来。按升基的意见要在这里留影，但我认为现在光线太强烈，不宜拍照，这时是 15：00。我们无一定的目的，便在长廊中坐下来聊天。他们两个还是谈论着化学，我则欣赏着长廊里的画图。我们也不时谈起历次来颐和园游玩之往事，自然也提起老同学衣立、刘毓钧、缪德勋、石玉山、胡业勋、施雪华、蒋明媚、于云秀，等等。这些少年时代的朋友，有的已经走上了工作岗位，有的即将大学毕业，学生时代对于我们来说很快就要过去了，时间过得好快啊！到晚年我们回忆起这些来，将会多么有趣啊！

北边半个天空都被乌云遮蔽了，伴着几声吓人的惊雷。我们只好准备回去了，再说升基还要赶回学校呢！他来的时候就骑了两个小时的车，这时也不能不回去了。

16：02 离开颐和园，我们又谈起下次的聚会，希望在周芳琴离京前聚会一次，本想去潭柘寺，后来想到去那里太远了，玩一天也不够，最后决定还是在北海公园。具体事项日后再联系，到时他们都给我来电话好了。

周芳琴把我们送到圆明园旧址的三岔口处分手而别。我与升基走上通往

我们走在大路上

清华园之路，经清华、北大、五道口及八大学院而回。经过北京矿业学院时想去看看衣立，但时间不允许了。

我又把升基送到北太平庄才分手。一路上累得我汗流浃背，17：00 我回到学校。

晚上看电影，罗马尼亚故事片《港城春梦》。看完电影较早地睡了。

1964 年 8 月 15 日（农历甲辰年七月初八）　　星期六　晴

由于象棋比赛于今天下午正式揭开战幕，我的第一轮比赛被安排在 15：00 至 18：00 进行，和我对弈的是法三年级的陈长有。所以上午我没有复习英语，找人下棋"练兵"，与 3 班的钱连和大战了几小时。他是前天晚上从天津回来的。

中午没有休息。与恽其健下了会儿象棋。不到 15：00，我就去比赛场地，即教学楼 107 教室。我的对手陈长有也已经来了。我们是所有参加比赛的人中最先交锋的一对。

全部报名参加象棋比赛的共有 37 人，除上届冠军（是在寒假中产生的）王勇源直接参加决赛外，其余 36 人分成 3 组，每组 12 人。小组比赛采取淘汰制（三局两胜制），各小组决出的第一名参加决赛，决赛采取循环制，按积分多少排列名次。

我与陈长有的第一局杀得很艰苦。开始我就丢了一车，处于劣势，其他兵马也杀不出去。但我冷静作战，仔细观察棋局，寻找对手的漏洞而袭击之，反败为胜。杀了一个多小时，但没有杀到残局就结束了。第二局我开局很好，杀得也顺利。对手考虑不周，还未进入白刃战，就被我"将"死了。这一局只杀了十分钟。我以 2：0 结束战斗。

1964 年 8 月 17 日（农历甲辰年七月初十）　　星期一　晴

10：45，钱连和又来找我下棋。我正欲找个对手呢！我们一直杀到午饭时间。

15：00 我进入了第二轮象棋比赛，对手是周荣海。他走得很厉害，我不得不十分慎重，每一步棋都必须经过深思熟虑。第一局杀了一个多小时，我才取胜。第二局更是残酷，又杀了一个多小时，最终我以 2：0 取得胜利。这时已经 17：30 了。

晚上，又去教学楼 107 教室当象棋比赛的裁判。给李新立（附中）与万年平（法四）的对局当裁判，比赛结果，李新立获胜。

后又与陈绍枝试下了三盘，他是明天即将遇到的对手。明天就要开始三人争夺小组冠军的循环赛了。晚上回到宿舍时与恽其健研究战略战术。他也顺利地通过了三关，他的第一轮由于对手弃权，实际上只有两关。明天他要参加争夺小组冠军的比赛了。

1964 年 8 月 18 日（农历甲辰年七月十一）　　星期二　晴

仍然找恽其健下棋，上下午都是如此。

晚饭后去教学楼 107 教室，与陈绍枝对弈。19：30 开始。开局不久，被他的车、马杀过来，吃了我的双相，我处于劣势。这时我极为镇静，采取坚守策略。等待他急躁起来，出现破绽，屡屡失误，最后被我用卧槽马给他造成极大威胁，同时车炮助攻，经过两个半小时的激战，终于获胜。这时已经是 22：00 了，今天不可能再战了，明天再说吧。

另一战场上，恽其健他们小组是恽其健与张友铭争夺冠军，也就是争取决赛权，结果是一胜、一负、一和，未决出胜负。但已杀到 23：00 了，只好明天再加赛一局，以决胜负。

今天与陈绍枝的对弈是几天以来最残酷、最吃力、用时最长的一局。

1964 年 8 月 19 日（农历甲辰年七月十二）　　星期三　晴

上午依旧和钱连和下棋。午睡直到 16：30 才起来，又找恽其健下棋。

晚上我与一年级 12 班的黄泽林同学对弈。这次是在饭厅前露天游艺园地比赛的。第一局杀得很顺利，我把他的双马封死，而我的双炮一马压了过去，另一马保家。我们的双车都兑掉了。我步步逼近，终于取得胜利。第二局开局我也占优势，但后来我大意了，子全冲了过去。内部空虚，被他偷袭成功而败北。第三局关键的一局开始了，我如果失败，出线（参加决赛）的希望就不大了。但他也是如此，这时不仅比技术，更比心理。他却很慌，我沉着应战。我的七路兵率先杀过河去，他慌乱中却走了马三进四送过来给我吃，我当然不客气。他丢了马，更慌张了，为了吃我一马而中计丢了一车。

我们走在大路上

他见丢了车马越发慌张，无心恋战，抹盘告败。我终于以 2 : 1 获胜。

恽其健他们小组的冠军争夺战，恽其健与张友铭今天竟然又连和两局，直到第三局恽其健才以双马一炮不敌张友铭的双炮一马，因为恽其健不习惯用马。他们是第三组，张友铭取得小组冠军。在第一组方面，法四年级的安德胜击败附中的李新立和纪敏而取得小组冠军。我们第二小组的冠军尚未产生。还要看明天我与陈绍枝的比赛了。如果我胜他一局则我可以取得小组冠军，如果我连负他两局，则情况就变得复杂了，就要看明天晚上他对阵黄泽林的结果。陈胜，则陈为小组冠军，陈负，则我们三人还要再次进行循环赛，才能确定谁夺魁。所以明天对陈绍枝的战斗乃是关键一战！我认为我比较有把握取胜。

1964 年 8 月 20 日（农历甲辰年七月十三）　　星期四　阴

上午基本还是在下棋生活中度过。

下午还是在教学楼 107 教室与陈绍枝对弈。这次只用了四十多分钟就结束了战斗。开局后不久我就被他用七路炮打掉我一个车（若躲开车则丢我的三路底相，危矣）。我弃车夺先，用双炮一车一马对他的右翼展开猛攻，并封死他的右翼车，最后以当头炮露帅直车杀士，将他"将死"。终于 2 比 0 夺得冠军。

又与上届冠军王勇源试杀了一盘，并与他及张春才（上届亚军，这届比赛总裁判）聊了聊。

21：00，象棋比赛决赛开始。由三个小组的冠军与上届冠军四人进行一局循环赛。这四个人分别是第一小组冠军安德胜，第二小组冠军我，第三小组冠军张友铭，上届冠军王勇源。最后以积分多少排列名次。由于时间关系，今晚只能进行一场比赛。

我第一局对安德胜，第二局对张友铭，第三局对王勇源，他们都是法四年级的同学。

我同安德胜的比赛在今天晚上举行。我先开局，走炮二平五，他立即也以炮二平五相应，这是出于我意料之外的，我以为他必然是单提马或屏风马守中路。开局我并没有失去主动，平先。但我不慎让他的左路马杀了过来，兑换了我的中路兵，他又架过来当头炮并左炮沉底给我造成很大威胁。我在反攻中错走一步棋致使反攻失败。他的右翼马又"杀"过来。此后我一直处于被动局面，坚持了一个多小时终于败北。第一仗打败了。明天再对王勇源吧。

今天的裁判是恽其健。开始时有时间限制，每两分钟必须走一步棋，这也使得我总惦记时间，不能发挥出水平。后来总裁判又取消了这一规定。

1964 年 8 月 21 日（农历甲辰年七月十四）　　星期五　晴

早饭后又与恽其健、钱连和下棋。恽其健帮助我分析昨天输给安德胜的原因。

12：40 开始在教学楼 107 教室继续进行象棋比赛决赛，我与张友铭对弈。我们鏖战了近两个小时。开始我占据优势，大兵全部压过境去，封住了他的右路车。但他守得也很紧，使得我不能很快地置他于死地。经过一个阶段相当艰苦的相持，我错走了一步棋，他立即抓住机会开始反攻。我的攻势大幅度减退，他的兵力却全线压过来，我的形势反倒危急了。"杀"到最后残局，我以车、兵、士象全对他车、马、卒、士象全，这时已是 14：10 了。我决定求和，先兑去兵和车，然后车兑马，他仅一车难破我的士象全，被迫和之。这样我们各得一分。

到目前为止，我们四人积分的情况是：张友铭 3 分，王勇源 2 分，安德胜 2 分，我 1 分。今晚我对王勇源的一仗更为重要了，我取胜则可得亚军，败则是第四名了。

下午仍是"练兵"——下棋。

21：10——等四年级同学下了晚自习——开始最后的一局比赛。张友铭很快地就战胜了安德胜。但我们这边刚进入中局不久，双方对峙都很紧张。王勇源走棋速度很快，很稳，每步棋走得都很慎重。我给他设下的圈套一一被他识破，他避开了我的陷阱。我们鏖战了近三个小时，这时石桌旁边围满了观众，一层又一层。昨天晚上的决赛就是如此，观众都为我们着急，似乎嫌我们下得太慢了，但他们还是津津有味地观战着。王勇源不住地抽烟，弄得烟雾缭绕，对战气氛很浓，双方都是稳坐"钓鱼台"，稳扎稳打……到残局时，我不慎失去一炮，这样我方就为一车一炮一兵，对他的一车一炮一马三卒，平衡被打破了，我明显地处于劣势。我只得退守，撤回炮以助防守，并以车封卒。这样又相持了一小时，终于被他的卒子"杀"了过来而败北。这时已快 0 点钟了。好一场恶战！

至此，1964 年暑期中国象棋比赛全部结束了。冠军是张友铭（法四 3 班)、亚军是王勇源（法四 7 班)、第三名是安德胜（法四 13 班)、第四名是江兴国（法二 1 班)。各小组冠亚军分别是第一组：安德胜、纪敏；第二组：江兴国、陈绍枝；第三组：张友铭、恽其健。

象棋比赛为时一周。总算结束了。

1964 年 8 月 31 日（农历甲辰年七月廿四）　　星期一　晴

新学年又开始了，我们从二年级升为三年级了，我们班也从"法二 1 班"升级为"法三 1 班"了。

早晨起床后全班同学到操场集合，袁司理、李彦龙分别讲了讲关于民兵课及民兵活动的事情，司理要求我们在暑假期间参加过军事野营训练的同学把解放军的"三八作风"带回来。

校园生活一切照旧。吃完早饭就去上课。上午前两节是英语课，由张尧老师给我们讲课，一上来就讲第四册的新课，讲了这一课的一半单词和一半语法（情态动词)。后两节是民兵课，今天不讲课，自己阅读五评苏共中央公开信的文章《在战争与和平问题上的两条路线》。

去图书馆还了《人民司法工作是无产阶级专政的锐利武器》一书，借了《国际法》及《中华人民共和国宪法讲话》两本书。

1964 年 9 月 1 日（农历甲辰年七月廿五）　　星期二　晴

上午前两节课是国际法，全年级同学集中在学校礼堂听夏吉生老师讲这门课的"导言"。后两节课自己阅读文件。本来，课表上安排今天上午后两节是宪法课，但本周同周五的国际法课对调了。宪法课同国际法课都是在国家法教研室授课。

自由活动时间开班会。袁司理讲本学期的学习和工作安排：上七周课，考试一周，学习一周，大约于 11 月上旬下公社直到明年 1 月 23 日，也可能延长至春节。正式宣布我们的学制改为四年了。教学计划的课程根据少而精的原则予以压缩、裁减。毕业论文的写作时间也从原来计划的 6 周减少为 3

周。本学期班里的干部也不变动。科代表根据本学期课程有所调整：俄语还是李平煜，宪法科代表由我担任，国际法科代表由敖俊德担任。本学期就这三门课（我与孙成霞、石宗崑继续学英语），以宪法课为主，三科并进。

1964 年 9 月 2 日（农历甲辰年七月廿六）　星期三　晴

上午前两节是宪法课，在教学楼 308 教室上大课，由赵振宗老师讲这门课的"导言"。

上午后两节自习和晚上自习都是自己阅读参考书。我作为这门课的科代表在课间休息时间同赵振宗老师聊了聊。赵老师也是我们班的辅导教师，将组织我们班的课堂讨论，并参加其他教学活动。

下午开班会，座谈暑期见闻。组织上让我准备谈一谈军事野营生活，为此我中午略做准备。座谈会由袁司理主持，发言的同学依次是我（谈军事野营生活）、薛宝祥（介绍到顺义县参加农业劳动的见闻）、王普敬（介绍回家乡参加生产及抗洪斗争的见闻）、武玉荣（介绍在法院实习工作的见闻）。赵振宗老师参加了我们的座谈会，会议结束前，赵老师也讲了话。由于时间关系，武玉荣介绍的法院工作与生活情况十分简单，具体丰富的内容只好以后再谈了。

1964 年 9 月 3 日（农历甲辰年七月廿七）　星期四　阴雨

上午前两节学俄语的同学上俄语课，我是学英语的，自习。后两节本来就是自习，所以一上午四节课都是自习课。先复习英语，翻译课文，很是费劲儿。后又复习宪法，看《中华人民共和国宪法讲话》一书，第四节课时看了看今天的报纸。

下午两节是英语课，讲第二十九课课文" Mr. and Mrs. Bennet "，这篇课文选自英国 18 世纪末至 19 世纪初的大作家 Jane Austen（1775 年至 1817 年）所著的《Pride and Prejudice》小说思想性不高，但文字很优美。

下午自由活动时间在 316 教室看报纸和教学参考书。后又去找赵振宗老师问了问今天晚上分小组讨论宪法课"导言"的安排。

晚上在宿舍分组讨论宪法课的"导言"部分。赵振宗老师也来参加我们小组的讨论，了解情况。讨论很活跃。田旭光结合她暑期在法院的实习体会，讲得很好。

讨论结束后，全班同学集中在我们宿舍，袁司理、武玉荣先后讲话，向大家宣布我们可能提前下公社，也许九月底十月初就走，希望大家从现在起就做好准备。我们听了十分兴奋。但我在高兴之余又有些担心：下去之后是否会与同学们分开，独自参加劳动与工作？如何才能同农民搞好关系？怎样贯彻党的阶级路线？怎样才能站稳阶级立场？参加农业劳动是否吃得消？生活上的困难如何解决？……不过尽管疑问很多，我还是有信心去锻炼自己，改造自己的。

1964 年 9 月 4 日（农历甲辰年七月廿八）　星期五　晴

今日天气不错，因此我们中午就搬家了。新生来后就住在 4 号楼。

中午搬家很热闹，女同学也来帮忙，她们不用搬家，还是住在 2 号楼。

我们四号楼 310 宿舍原班人马搬到 1 号楼 203 宿舍去，311 宿舍的七个人加上饶竹三共八个人搬到 1 号楼 215 宿舍去，4 号楼 322 宿舍七个人加上敖俊德也是共八个人搬到 1 号楼 201 宿舍去。1 号楼的房间比 4 号楼的房间略大一些，房屋质量也好一些。据说政法学院历来是一年级新生先住 4 号楼，以后逐步向 1 号楼、3 号楼移动。2 号楼向来是留给女生住的。

1 号楼 201 房间是我们的年级办公室。1 号楼 216 宿舍是 2 班同学的。1 号楼 217 宿舍是年级辅导员老师住处。

我们的新宿舍是原来的四年级张春才住的宿舍。1 号楼三层上面有女同学住宿，不像 4 号楼全是男生，比较方便。

8：00 至 11：40 是宪法课，由赵振宗老师讲课，他结合昨天讨论中同学们提出的问题，讲了第一章，讲得很生动。

14：30 至 17：00 开团支部大会。支部书记刘爱清作上学期支部工作总结报告，并讲了讲本学期的工作计划（初稿），着重谈了组织发展工作。大家也进行了讨论。

1964 年 9 月 5 日（农历甲辰年七月廿九）　星期六　晴

上午前两节课是自习，看《国际法讲义》。国际法确实很有意思，我很喜欢这门功课，学习它对进一步洞悉国际阶级斗争动向，促进思想革命化，认清帝国主义及各国反动派和现代修正主义的本质，以及正确理解毛主席的外交思想及我国的外交政策，都是大有好处的。

后两节课分小组在宿舍讨论国际法课的"导言"部分，大家对什么是国际法争论了很久，都举出了不少例子，但谁也没说服谁。

晚上看电影《北国江南》，看完后以团小组为单位座谈，分析批判这部影片。

1964 年 9 月 7 日（农历甲辰年八月初二）　　星期一　阴雨

今天是本学期的第一个民兵日（每双周的星期一）。早晨起床后五分钟内就得到操场集合。排长袁司理对全排同志进行队列操练。后又分班操练，贯彻军事野营期间的作风要求。早饭后 7：30 在北膳厅前集合整队，到教学楼上课，路上队伍步伐整齐，歌声嘹亮，大家精神饱满。

上午前两节课是英语课，讲完课文又讲语法"情态动词 dare 和 need"。

下午看刘少奇的《关于中华人民共和国宪法草案的报告》，这个文件很重要，学习宪法必须好好地体会它。

14：30 至 18：20 是民兵活动时间，在教学楼 316 教室改选民兵组织干部，整顿组织。干部改选结果如下：营长兼教导员——司青锋，副教导员张守蘅，副营长殷杰，参谋长胡克顺，第一连连长王普敬，连指导员李春霖，第一排排长袁司理，副排长刘爱清，第一班班长李树岩，第二班班长韩建敏，第三班班长周芮贤。我是第二班的战士。干部改选完毕后，又分班座谈今后如何贯彻军事野营生活及其要求。我们参加了军事野营生活的同学向他们未参加的同学介绍军事野营生活各方面的要求，说者津津有味，听者聚精会神，非常好。之后全排又集合点名，排长袁司理总结今天全排的情况，表扬好人好事，排长特别表扬了我的战备观念强，把背包带按军事野营期间那样准备好，内务整洁，衣冠也整洁，操练时也很有精神。

1964 年 9 月 8 日（农历甲辰年八月初三）　　星期二　晴

上午第一节是宪法课，赵振宗老师只讲一节课，做第二章教学的"启发报告"，讲第二章的基本精神和主要问题。然后三节课都是自学，看课本与参考书，学习文件。这是教学方法改革的尝试。

原定下午座谈讨论宪法的第二章，可是不少同学反映未看完书和文件，没有充分的准备是讨论不好的。袁司理、李彦龙找我商量后决定推迟到晚上再讨论，这样效果会好些。

但是到了晚上又临时接到通知要看电影——迎新电影晚会，故又把讨论推迟到明天上午后两节课进行。

1964 年 9 月 9 日（农历甲辰年八月初四）　星期三　晴

上午前两节是宪法课，晚自习两节也是宪法课，讲第二章，本来后两节要进行分组讨论，但考虑到下周就要进行大课讨论，不如合并在一起有充分的准备再讨论更好，这是赵振宗老师提议的，征求大家的意见，大家均表示同意。所以后两节讨论取消了，改为自习。我写了写日记，看《中国青年报》上刊登的署名司马宾的文章《革命正气必须发扬，叛徒哲学必须批判——青年同志从李秀成讨论中学点什么?》，与于秉寿交换意见。

21：00 下课时，突然广播院党委及教务处通知：明天早上 8：00，全院师生员工开大会，我们政法系三年级被分配在教学楼 119、219、319 教室。明天是什么大会如此紧急，如此重要呢? 大家纷纷猜测议论。

1964 年 9 月 10 日（农历甲辰年八月初五）　星期四　阴间多云

8：00 至 12：00，全院师生员工开忆苦思甜的诉苦大会。最近在一年级新同学中进行了一次整顿思想的教育，院党委要求大家想想，"我为什么上大学?"

下午两节是英语课，讲完了第二十九课。从今天起开始实行报告制度，我是第一个作报告的，就是用英语向老师报告自己今天做了些什么事情。我说：

Let me report to you：Today is Thursday，It is 10. 9. 1964. This morning, we had a meeting in the classroom（Teacher：Who is absent?）Some of my room-mates are absent. They are sleeping.

1964 年 9 月 11 日（农历甲辰年八月初六）　星期五　阴间多云转晴

今天上午前三节在教学楼 308 教室上国际法课，夏吉生老师给我们讲课。

他举了许多例子，非常生动，也很能说明问题。大家都听得津津有味。

下午分小组座谈报告，我畅谈了我近来的思想体会。

之后全班集合于一号楼201宿舍，袁司理督促大家做好下乡的各种准备。看来这次下乡的地方很远，时间较长，现在已知肯定不在北京市了。

会后，党团支部又让十来位同学留下，其中也有我。让我们准备一下听了座谈的诉苦大会有什么体会感想，写一写，下周班里将举行一次班会，全班同学在一起讨论，我们可以发言畅谈。

1964年9月12日（农历甲辰年八月初七）　星期六　雨转晴

6：30，全班同学集合于教学楼316教室（也是我们班的自习室），赵振宗老师讲关于如何准备课堂讨论的事情。同学们感到不好准备，但又提不出什么具体问题，老师也不好讲，只是反复强调读参考文章要抓住文章的基本精神，又举了一些例子来加以说明。这是第一次课堂讨论，时间是下星期三8：00至12：00，地点在教学楼112教室，讨论题目是"怎样才能正确地运用我国宪法为无产阶级政治服务？"我准备请六位去法院工作过的同学发言，谈谈他们的体会，使课堂讨论气氛活跃，大家收获可能会更大些。

上午前两节是国际法课，讲完了第一章，主要讲的是"国际法的阶级性和作用"。

1964年9月14日（农历甲辰年八月初九）　星期一　晴

前两节是英语课，讲第三十课课文"The Story of a Fisherman"。后两节是民兵课，1班至5班在教学楼308教室上理论课，讲怎样对待战争问题，由中共党史教研室老师讲课。

下午两节自习，看昨天报纸上刊登的中共中央对苏共中央来信的复信。

课外活动时间在教学楼219教室听从西直门消防队请来的一位同志讲有关消防的知识。我们班是学校的义务消防队。

晚饭后突然接到学校通知：明天8：00至10：00全年级同学在礼堂上宪法课，10：00至12：00上国际法课。

晚自习第二节的后半节找国际法任课老师夏吉生老师了解明天的课程安排情况：明天宪法课总结前两章，解答同学们提出的一些问题，国际法课作

第二章的启发报告。看来本周就要停课了。

1964 年 9 月 15 日（农历甲辰年八月初十）　星期二　晴

早晨没有练舞而是进行体育锻炼，与李彦龙练习举重。

前两节在礼堂上宪法课，赵振宗老师对于前两章做了小结，解答了同学们在学习中产生的一些问题。其中，第一章讲了关于如何认识南斯拉夫国家宪法问题；第二章讲对我国宪法中有关公民基本权利和义务的若干条款如何认识的问题。后两节上国际法课，作第二章"和平共处五项原则是国际法的基本准则"的前两节的启发报告。

下午两节自习，看《中华人民共和国宪法》及《国家与法的理论》二书，准备明天可能进行的宪法课课堂讨论。

通知出来了：明天 9：00 全院师生开大会，院党委作关于停课搞"四清运动"的动员报告。今晚我们班在教学楼 316 教室开会，武玉荣讲了讲这个问题。她说这次可能要下去搞一年，集中于一省打歼灭战，从明天开始停课，学习三周，于 10 月 10 日下去。我们听了真是兴奋极了，干劲儿十足，情绪异常高涨。我体会颇多，总之一句话，就是要投身这一伟大的社会主义教育运动中，认真地锻炼自己，改造自己，坚决完成党交给的任务。

另外武玉荣还谈到今年的"十一"的任务：白天我们参加的是在天安门广场上组国徽图案及"毛主席万岁"与"中国共产党万岁"字样，今年又增加了组"旭日东升光芒万丈"的字样。今年是伟大的新中国成立十五周年，从"旭日东升光芒万丈"这个词组中我的体会也是颇多的……"十一"晚上我们的任务主要是在广场当标兵。

1964 年 9 月 16 日（农历甲辰年八月十一）　星期三　晴

9：00 至 11：30 在礼堂听院党委副书记徐敬之主任做下农村公社搞"四清运动"的动员报告。他指出正在农村开展的"四清运动"（原称为"社会主义教育运动"）是一场比土地改革运动还要深刻的革命运动。土地改革运动是解决农民与地主的矛盾，"四清运动"是要解决农村中无产阶级与资产阶级两个阶级、社会主义与资本主义两条道路的矛盾。

14：00 至 17：00 分小组在宿舍讨论上午徐敬之主任的报告，明确下乡

搞 "四清运动" 的伟大意义。

1964 年 9 月 17 日 （农历甲辰年八月十二） 星期四 阴雨

8：00 至 12：00、14：00 至 17：00 都是分小组讨论。下去搞 "四清运动" 或其他革命工作会遇到不少困难，但我不怕它，有决心克服它，度过生活关、劳动关，这样才能与劳动人民群众打成一片。两类矛盾必须正确区分，阶级敌人动向必须掌握，知己知彼，百战百胜！

1964 年 9 月 18 日 （农历甲辰年八月十三） 星期五 阴

上午四节课都是讨论。今天讨论的题目是 "参加 '四清运动' 的重要意义是什么?" 大家从 "四清运动" 联系到当前各个领域各条战线上的大革命、大论战，也更加体会到这场伟大的运动是多么重要了，也为我们能够参加这场运动而自豪。

14：00 至 17：05 在礼堂听院团委的张玉森同志传达邓小平同志代表党中央在中国共产主义青年团第九次代表大会上的报告。这个报告非常好，非常生动，深刻、全面、概括地分析了当前国际国内的大好形势，报告中也对共青团工作作出许多有重大意义的原则性指示。听了这个报告后我体会颇多，干劲儿更足了，心胸更加开阔了。

晚上发下来了 "四清运动" 的学习文件《关于一个大队的社会主义教育运动的经验总结——王光美同志在河北省委工作会议上的报告》，这个报告是王光美同志 1964 年 7 月 5 日作的。另外，还有一个文件集，题目是 "社会主义教育文件"。

文件下来了，我们就立即开始阅读。尤其是王光美同志的报告，由于保密，在此不能多言。

1964 年 9 月 19 日 （农历甲辰年八月十四） 星期六 阴转晴

8：00 至 12：00 还是看文件，继续阅读王光美同志的报告，也看了看报纸。

中午 5 班同学从 4 号楼往 1 号楼搬家，恽其健请我帮忙。

14：00 至 15：50，分小组讨论，讨论前先读文件《关于进一步巩固人民公社集体经济、发展农业生产的决定》，这个文件是 1962 年 9 月 27 日中国共产党第八届中央委员会第十次全体会议通过的。

1964 年 9 月 21 日（农历甲辰年八月十六）　星期一　晴

上午四节课都用来看文件，先看文件"第一个十条"（即"前十条"），反复领会理解文件精神。后又看"王光美报告"。下午两节自习，依然如此。

1964 年 9 月 22 日（农历甲辰年八月十七）　星期二　晴

8：00 至 12：00、14：00 至 16：00 依然是讨论。主要讨论的问题是当前的形势如何？农村中阶级关系怎样？怎样看待农村中的阶级矛盾与阶级斗争？

1964 年 9 月 23 日（农历甲辰年八月十八）　星期三　晴

早晨全营民兵集合，在操场观看刺杀和打背包表演。

8：00 至 12：00 继续讨论。14：00 至 18：00 在教学楼 408 教室听院党委副书记郭迪同志作关于目前国际国内形势的报告。他还讲了讲国庆节期间应注意的问题，特别讲了打击流氓犯罪活动与保密工作问题。

1964 年 9 月 24 日（农历甲辰年八月十九）　星期四　晴

早晨全营民兵集合，在小滇池南观看表演：单兵利用地形地物——弹坑、坟包、土坎，以及防空、防原子武器。

8：00 至 12：00 继续讨论。据说我们可能去四川省或广西壮族自治区搞"四清运动"。这是课间操时间听到的消息，使我非常高兴，搞"四清运动"走得越远越好，这次远行坐火车也够过瘾的。如果去广西，经过长江，可以看看长江大桥，如果去四川，经过秦岭，可以体验一下宝成铁路，都是伟大壮丽的工程！

下午自己看文件《中华人民共和国贫农下中农协会组织条例》。

1964 年 9 月 25 日（农历甲辰年八月二十）　星期五　晴

8：00 至 12：00 继续讨论，今天主要讨论成立贫下中农协会应该注意些什么，大家普遍认为，最主要的是参加"贫协"的人员成分要纯，不能让阶级异己分子混进来。

14：00 至 18：15，在教学楼 316 教室召开团支部大会，讨论杨福田与杨登舟同学入团的问题。年级总支委员高文英代表总支参加我们的讨论。

今天，5 班团支部以及 2 班团支部也同时分别开支部大会发展陈丽君、赵萍同学加入团组织。

晚上学校发给每人一张我院总务处印的通知《有关生活问题的注意事项（发给参加"四清"的全体同志）》，其中谈到以后的生活费自费生由家里直接寄往工作地点。

1964 年 9 月 26 日（农历甲辰年八月廿一）　星期六　晴

8：30 全体参加"四清运动"的师生在礼堂开会，听院党委宣传部赵部长宣读中共中央国务院关于高等学校文科师生参加社会主义教育运动的通知。通知指出，参加社会主义教育运动对于文科师生有着重要的意义，文科师生应该以整个社会作为自己的实验工厂，并指出文科教育的发展方向是半工半读或半耕半读。大会后回宿舍分小组讨论，听说我们年级是去四川。下午继续分小组开会讨论。

明天要去人民大会堂听高等教育部副部长蒋南翔作的关于组织北京市高等学校文科师生下乡搞"四清运动"的动员报告。

1964 年 9 月 27 日（农历甲辰年八月廿二）　星期日　晴

今天上午我们去人民大会堂开会，大部分同学都是第一次来到人民大会堂，自然非常高兴。9：00 大会报告开始。高等教育部副部长蒋南翔同志的报告主要讲了两个问题：（1）为什么要开展社会主义教育运动？（2）高等学校文科师生去参加这场运动的必要性。报告到 11：48 结束。报告作得很好。

休息时间，我与饶竹三、袁继林在二楼和三楼各处转了转，走马观花地看了看。

由于柬埔寨国家元首西哈努克亲王应邀来我国访问，今天上午到达北京，首都人民夹道欢迎。我们听完蒋南翔的报告时西哈努克亲王刚下飞机，交通正在戒严，我们走不了。于是大会主持人利用这个机会宣读中共中央刚通过的文件"后十条",是在"前十条"基础上修改而成的。

1964年9月28日（农历甲辰年八月廿三）　星期一　晴

上午四节课都在讨论昨天听的蒋南翔同志的报告。报告给我以创作的激情,加上自从阅读《关于赫鲁晓夫的假共产主义及其在世界历史上的教训——九评苏共中央公开信》的文章,知道毛主席提出无产阶级革命接班人的五项条件以来,感想颇多,一直想借什么机会表达,从而激起我自从上大学以后就停止的赋诗填词的欲望,我试填一首《满江红》,题目就暂定为"接班":

革命事业,接班人,百年战略。忆往昔,无数先烈,洒尽鲜血。二十八年闯江山,一十五载换日月。旭日升,光芒尽四射,人民悦。

牛鬼叫,尽污蔑;蛇身出,倾巢穴。争年青一代,最为激烈。书斋只出假英豪,实践方生真马列。好男儿,举革命红旗,代代接!

14:00至15:00继续上午的讨论。

15:00至15:50在教学楼119教室召开全年级共青团员大会,张守蘅老师作动员报告,号召全体团员在当前的讨论中大胆畅谈思想,认真严肃地对待这个运动,批评一些同志在讨论会上流露出的不正确思想和对"四清运动"的糊涂认识。

1964年9月29日（农历甲辰年八月廿四）　星期二　晴

上午四节继续讨论。主要是打通思想,总结前一段的讨论,找出尚未解决的思想问题,继续深入讨论。下午继续上午的讨论。

下午自由活动时间全体到四川参加"四清运动"的师生在操场集合,编制队伍。我们的总领队是院党委副书记徐敬之,我们政法系三年级与政教系四年级共分为四个大队。我们班在第二大队,总第五中队。老师与学生混合编队。我在第三小队,小队长由中共党史教研室的王波老师担任,副小队长是刘爱清。成员有左广善、田广见、王维、宋新昌、樊五申、李彦龙、孙成霞、佟秀芝、韩建敏和我。

1964年9月30日（农历甲辰年八月廿五）　星期三　晴

上午继续讨论，由于有比利时客人来我校参观，不少同学都调出去工作了。

14：00至15：40在操场最后一次练习组国徽图案。

1964年10月1日（农历甲辰年八月廿六）　星期四　阴转多云，有时有阵雨

今天是伟大的新中国成立十五周年纪念日！我们当然是以无比欢乐的心情度过这伟大的节日的。但是美中不足的是今天天气不太理想，一早起来就阴沉沉的，上午还间或掉了几滴雨滴，到中午游行完毕就下大了。下午雨虽停了一会儿，但到晚上万家灯火时雨又下大了，而且下个没完，以至于广场地皆湿了。由于地湿泥泞，无法坐下休息，增加了白天的劳累。今天早晨刚换上的白色运动鞋也变成"黑鞋"了。

5：00起床，5：20吃早饭，5：50集合，6：00开车，到天安门广场是6：30。

10：00庆典开始，彭真致词，11：50我们就向天安门拥去，人挤得很。这时我与大家一样，极想见到毛主席。我们不住地欢呼："毛主席万岁！"，欢腾，兴奋，挥手……我见到了毛主席，而且比以前历次"五一""十一"看得都清楚。毛主席身材魁梧，身体健康！

▲舞蹈队参加天安门狂欢
左起王小平、雷鹰、李淑清、蒋绮敏、高大安

散会后，我们参加晚上"狂欢"的同学们集合走向我校休息站——西安门小学。到小学时是13：05，在那里喝水，吃午

饭。无意中发现我们休息的正是三年级一班的教室，而我们现在也是三年级一班，只不过是大学三年级一班。见到此景我不禁想起了我的小学时代、儿童时代的生活，也十分想念我的小学同学们……

15：30 又集合了，去天安门广场参加"狂欢"晚会。我校文工团的几个节目都比往年的好，集体舞跳得也很好。

▲ 天安门广场参加"狂欢"晚会

不过太累了，我真希望早点儿结束回去，但是直到23：40才整队回去，走到北池子北口才上车，到达学校已经0：10了。食堂准备有粥及馒头等食物，我喝了点粥，睡觉时已经是2日凌晨1：00了。

今天《人民日报》共出版了16版，发表社论，题目是"鼓足干劲，力争上游，多快好省地建设社会主义的总路线万岁——庆祝中华人民共和国成立15周年"。《光明日报》《北京日报》《中国青年报》等报纸也都出版了8版，空前少有。

1964 年 10 月 2 日（农历甲辰年八月廿七） 星期五 阴雨转阴天

雨下个不停，8：00起床，8：40离校，9：10赶到北海公园前门。我还以为我迟到了，谁知竟无一个老同学到来，我等到9：30，正欲回家，才见周芳琴来了。我们便聊起来，边聊边等，这样又等到10：30，仍然不见其他人来。我们十分埋怨黄升基太害人，他组织的这次聚会，他却不来。我与周芳琴从北海公园前门进公园，漫步到公园后门，又从后门返回到前门，出北海公园走到西四才分开。

周芳琴是 27 日晚上回到北京的，她只给我来了信，没有给黄升基去信。她明天上午乘 10：20 的火车去西安，我们今天是临别之会，当然我们谈得很好，我把我们将去四川搞"四清运动"的事情告诉了她。我们共同约定以后经常保持联系。

16：00 骑车西行，去找张维群和刘天赋。很好，都见到了，我们畅叙衷言。我和他们上次见面还是在寒假的时候，我把下去搞"四清运动"的事情告诉他们。他们也告诉我暑假见闻。张维群暑假中见到了孙锦先与黄子衡，刘天赋遇见过张志东，刘天赋还告诉我两个令人十分兴奋的消息：万良国与张志东分别于今年 6 月 18 日和 28 日加入了共青团。回来时他们把我送到了会城门，挥手而别。

1964 年 10 月 3 日（农历甲辰年八月廿八）　星期六　晴

11：20，衣立来了，他已经来找过我一次了，见我不在家，又回去吃饭，然后又来了，并且等我有一会儿了。是我约他今天来我家的，我们简单地聊了一会儿。他上次曾向我提起要我家那台旧无线电收音机之事，我也答应他了。他今天就是来取那台无线电收音机的，他想利用这个自己动手装收音机，这对于他们学习理工科很有必要，我就把那台旧无线电收音机送给他了。他赠送我一支圆珠笔，我本不收，送人家一件旧收音机，还收人家的东西，太不像话，但他说是送给我作为生日礼物，我就收下了。我们又聊了聊去四川后的通信问题，答应到四川后就给他来信，保持联系。

12：00，我们一起从我家出来，走到复兴路口，送他上车，挥手而别，一年后再见吧！

15：20 去北师大看望岳鸿全老师，岳老师正在家，与他聊了聊。我告诉他我将要去四川搞"四清运动"，他鼓励我下去好好锻炼自己，相信我在这一年中会有很大收获的。

从北师大出来走到北太平庄路口时，突然遇见了刘天赋，他在前面拦住了我，原来他在 22 路公共汽车上看见了我，下车后就在此等我。我们都很高兴，一路同行，昨天下午我们分别时还说一年后再见吧，谁知才一天就又见面了。我们聊了聊，越谈越有兴趣，干脆请他到我们学校来参观我们的新宿舍，晚饭请他尝尝我校的伙食，我们俩似乎有说不完的话。晚饭后送他到校

我们走在大路上

门口，这时是 17：40，我提议再送他一程，这样我一直把他送到北航才回来，到校已经 18：05 了。

19：00 至 20：40 在礼堂看电影，国产故事片《抓壮丁》，很好。

1964 年 10 月 4 日（农历甲辰年八月廿九）　星期日　阴转晴

8：00 至 12：00，14：00 至 16：00 继续讨论，主要是讨论与工农群众相结合及努力改造我们的主观世界问题。

1964 年 10 月 5 日（农历甲辰年八月三十）　星期一　晴

8：30 至 11：00，在教学楼 319 教室听解放军战士郭兴福的报告，他的报告讲得很好。

1964 年 10 月 6 日（农历甲辰年九月初一）　星期二　晴

上午前两节课自己看文件，准备讨论。后两节课及下午两节课讨论。今天我们小组主要是围绕"红"与"专"问题进行讨论，有的同学认为我们学政法的，"红"与"专"区别不大，也就是说只要"红"了，也就"专"了，我理解，这里的"红"主要是指站稳阶级立场，并具有工农感情，有这两条就能办好案件。但是有的同学不同意这种观点，争论相当激烈。

1964 年 10 月 7 日（农历甲辰年九月初二）　星期三　晴

8：00 至 12：00 继续进行讨论。先讨论"红"与"专"的问题，在昨天讨论的基础上，今天总算统一了意见，得出了双方都比较满意的结论。后又讨论下去搞"四清运动"要占用一年的时间，是否会影响我们的教学质量，影响我们成为一名合格的政法院校的毕业生。

1964 年 10 月 8 日（农历甲辰年九月初三）　星期四　阴转小雨

上午第一节课司青锋主任在我们班讲了些话，启发大家讨论如何去参加"四清运动"的问题。第二节自己准备。第三、四节及下午两节都是分小队讨论。由于杨登舟有一位从西藏来的同学住在我们宿舍，我们便去 2 号楼

大学本科阶段

313

301 宿舍讨论。刘爱清、我、孙成霞、佟秀芝、樊五申、左广善六个人依次发言，我谈的是下去培养我的工农感情问题。

1964 年 10 月 9 日（农历甲辰年九月初四）　星期五　阴转晴

8：00 至 12：00 在二号楼 301 宿舍继续讨论。基本上是清理各种不正确的思想，以便于更好地轻装上阵，搞好"四清运动"工作。

14：00 至 16：30 在礼堂听三位政教系四年级的同学谈她们今年六七月去顺义参加"四清运动"的一些思想活动。

18：30 至 19：30 去六号楼找金霭瑶老师，自从上学期期末我写了哲学学习心得以来，金老师总是想找我谈谈，但一直没有机会，最近我即将下去搞"四清运动"了，不能再拖下去了。今晚金老师和我谈的是知识分子必须同工农群众相结合，以及怎样正确地认识自己的知识问题，和怎样使自己成为革命的理论家问题。要我带着这些问题下去，有意识地想一想。与金老师的谈话虽然时间不长，却给我以不小的启发，理论只有同实践相结合才有意义。

1964 年 10 月 10 日（农历甲辰年九月初五）　星期六　阴间晴

8：00 至 12：00 在二号楼 301 宿舍继续讨论。今天讨论的质量比昨天提高了一些。大家不仅谈出了自己的思想，而且有了一定的分析批判。今天发言的同学是：韩建敏、宋新昌、我、左广善、孙成霞、武玉荣、王维、樊五申等。除了前三个同学发言时间较长外（三个人共用了两节课的时间），后面的人发言都不长，是补充性的发言。这样清理一下思想再下去搞"四清运动"是有很大好处的。

14：00 全班同学集合于 1 号楼 201 宿舍，袁司理把下去所带东西的要求讲了一下，基本精神是"轻装、必要"。然后各自做准备工作，不再讨论了。

1964 年 10 月 12 日（农历甲辰年九月初七）　星期一　阴转小雨

8：00 至 12：15 在教学楼 316 教室，全班同学听贾书勤、周芮贤两位同学的发言，谈他们的学习体会，很好。

16：00 至 17：30 在礼堂听院党委副书记郭迪同志讲下乡搞"四清运动"的同学的填表问题和下乡的物质准备及生活上的一些问题。

我把打算去香山的事情告诉石宗崑，他欣然同意。

1964 年 10 月 13 日（农历甲辰年九月初八）　星期二　晴

8：00 至 12：00，14：00 至 16：00 在我们宿舍继续讨论，还是讨论端正学习目的的问题。

即将下去四川省搞"四清运动"，很有感慨，赋得词《浪淘沙》一首，题为"上征途"，拟草稿如下：

大军下川蜀，直取天府〔1〕，千里长车关山度，革命征途风尘扑，何惧劳苦？

后人又踏先人路，一九三五〔2〕，广阔农村好用武，千锤百炼换胎骨，方为丈夫！

1964 年 10 月 14 日（农历甲辰年九月初九）　星期三　晴

9：00 至 12：00，14：00 至 14：50 在礼堂听院党委副书记徐敬之同志作报告，报告内容分为两部分：第一部分是对前一段学习与讨论的总结；第二部分是讲下去工作的许多应注意的问题。15：00 至 16：30 分小队座谈讨论徐书记的报告。

学校不知从何处弄来一批旧警服，便宜卖给下去搞"四清运动"的师生们。我也买了一条棉裤，裤子两边各有一条红线（3.50 元）。

全校下去搞"四清运动"的共有三、四两个年级的同学，分为两部分：政法系四年级与政教系三年级去广西桂林地区；政法系三年级与政教系四年级去四川温江地区与乐山地区。我们去四川的人马定于本月 22 日乘火车出发。为此 19 日及 20 日放假，给大家做各种准备工作。18 日是星期日，我想

---

〔1〕　"天府"，四川自古以来有"天府之国"之称。

〔2〕　"一九三五"，指 1935 年 12 月 9 日发生的"一二·九运动"，历来教科书把此视为知识分子与工农群众相结合的运动。今日"大军"南下之势，使人不觉回忆起当年的这一伟大的运动来。我们革命的新一代，又在新的历史条件下走上了先人曾经走过的革命道路。

大学本科阶段

把去香山的日子定为 18 日，征询石宗崑意见，他表示同意。但又说恐怕香山的黄栌还没有红呢，我想即使没红，去秋游一趟，欣赏京畿秋色也很好，这个机会实在难得！

1964 年 10 月 15 日（农历甲辰年九月初十）　星期四　阴雨

中午与恽其健谈起去香山之事，他很高兴，愿意与我共同前往。但是他不会骑车，只能乘坐公共汽车去。我估计来回车费至少六毛钱。太贵了，我们就不去了。我还想再找些人去。

8：00 至 12：00 在我们宿舍继续讨论徐书记的报告。

1964 年 10 月 16 日（农历甲辰年九月十一）　星期五　晴

今天早晨，广播中播送了一条重要新闻：

苏共中央全体会议，苏联最高苏维埃主席团分别发表公报，宣告赫鲁晓夫下台。

尼基塔·赫鲁晓夫已被解除苏共中央第一书记和苏联部长会议主席的职务。

列昂尼德·勃列日涅夫当选为苏共中央第一书记。

阿列克谢·柯西金被任命为部长会议主席。

据公报说是鉴于赫鲁晓夫年迈和健康状况恶化而满足或批准了他自己提出的解除他的苏共中央第一书记、苏共中央主席团委员和苏联部长会议主席的职务的请求。

苏共中央全体会议是于 10 月 14 日（星期三）举行的。苏联最高苏维埃主席团是于 10 月 15 日在阿·米高扬的主持下召开会议，而讨论苏联部长会议主席的问题的。苏联最高苏维埃主席团相应的命令将于今天（16 日）公布。

今天上午在教学楼 316 教室学习文件，看"后十条"，即《中共中央关于农村社会主义教育运动中一些具体政策的规定（修正草案）》，后又看《中央转发全国妇联党组关于在农村社会主义教育运动中加强妇女工作问题的报告》。

14：00 至 16：00 在宿舍就"前十条"进行讨论。

我们走在大路上

晚自习全班同学到 1 号楼 203 宿舍集合，听何长顺老师〔1〕讲关于 22 日我们出发以及路途中应注意的具体事项，我们这次是乘坐"专列"，学校包了整列火车，车上没有其他乘客。主要是强调注意安全，途中火车停靠车站，一定不要随便下车，以免漏车。然后又分小队讨论，甚为激烈，我们一讨论就争论来争论去。

1964 年 10 月 17 日（农历甲辰年九月十二）　　星期六　晴

极为激动人心的好消息："我国第一颗原子弹爆炸成功！"这个消息是我们昨天夜里 23：00 从中央人民广播电台的广播中听到的。同时播送了《中华人民共和国政府声明（一九六四年十月十六日）》，中国政府发表声明，郑重建议召开世界各国首脑会议，讨论全面禁止和彻底销毁核武器问题。

今天早晨大家依然是异常兴奋，赫鲁晓夫下台，我国核试验成功，大家都很自然地把这两件事联系到一起来谈论！

15：00 至 16：30 全班同学在教学楼 316 教室召开团支部大会。支部书记刘爱清简单总结一下前一段的工作，又对下去搞"四清运动"的团组织的编制作了新的安排。全中队（也就是教学编制的班）为一个团支部，三个支委，支委委员：刘爱清、王普敬、丁葆光。第一小队的团员为第一团小组，组长是周芮贤；第二小队的团员为第二团小组，组长是李树岩；第三小队的团员为第三团小组，组长是韩建敏。之后刘爱清对全体团员同志提出了几点要求，然后分组讨论了半小时。

下午当我听到饶竹三愿意与我同游香山时，十分高兴，立即赋诗一首以赠之：

　　早年曾闻香山秋，满目红叶意更稠；今日欣然同君往，一览霜天古悠悠！

饶竹三说他准备回赠我一首诗。由于借不到自行车，他不去了，即使如此，我也决心前往，以实现我的诺言。

---

〔1〕　不知因为什么原因，王波老师不去四川参加"四清运动"了，同是中共党史教研室的何长顺老师代替她，成为我们班的领队老师。从此我与何长顺老师结下了深厚的师生情谊，他对我今后的成长道路影响很大。

1964 年 10 月 19 日（农历甲辰年九月十四）　星期一　晴

饶竹三把他写的诗赠给我。他写的是：

早欲一往叩香山，试撷丹焰贻峨眉[1]，

无奈戚者多憾事，霜染红叶留与谁？

我很喜欢他的这首诗。

在宿舍收拾一下东西，洗洗枕巾，9：30离校单人独骑去游香山。

先到卧佛寺。卧佛寺，久闻其名，今日得见。卧佛，铜铸之，长一丈六尺，周围立其十二子弟。

游罢卧佛寺正欲离去，忽见一指示牌，指明通往樱

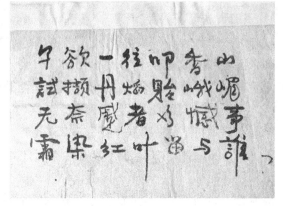

▲ 饶竹三同学赠诗手迹

桃沟花园的方向。我便顺其所指的小道溯水而上。这里的小道左弯右曲，难穷其尽，行至小道尽头，方见到樱桃沟花园。这里颇为幽静，有泉水淙淙流出，在一石穴之下，找到泉眼。泉水清凉极了。我从泉眼旁边摸出一块石头，呈三角状，约有一两斤重，由于长期浸泡在水中，倒也干净。我准备把它带到峨眉山上去，以示纪念！

游罢此二处（卧佛寺与樱桃沟花园），我便骑车继续往香山前进。我想起去年春游我们是从香山公园北门进，东门出的，这次我改由从东门进，北门出。进入东门时间是12：30，东门是香山公园的大门。今日重游旧地，难免触景生情，倍加思念同学们，特别是成霞、宗崑、竹三等，如果他们今天同来游玩，该有多好啊！

一个人秋游虽不能与谁交谈，倒也还逍遥自在，或前行，或逗留，或踏拍作歌，或踱步吟诗，颇为有趣！

───────────────

〔1〕 原诗为"峨嵋"，编入本书时，改为正确写法"峨眉"。

进入东门后，先仔细观看导游图，可惜没有卖的。我挑选了一条向西的道路登山，目的地当然是香山最高峰——鬼见愁（海拔 550 米）。静翠湖水波不兴，湖中金鱼翔游，悠然自得。前面是香山寺，要登上好几层高台，每一层高台又大约有 20 级台阶。登上香山寺，紧邻的是双清别墅。游罢香山寺与双清别墅，我又返回岔路口，另寻中路上山。经过香山饭店的小白楼及多景亭之后，我又选择了很有趣的十八盘，这是一条弯弯曲曲的登山之路，曲折盘旋，到阆风亭，在此放眼，可见对面的满山红叶。继续前行，经过森玉笏、朝阳洞、静室。此后，我离开了登山的大路，因为大路弯曲，而且不惊险。我自寻一条碎石铺就的小道，路较陡峭，且道中多有障碍物。我边走边唱道："向前看，向前走，鬼见愁就在上头，一直前进莫回头！"并以主席诗句"无限风光在险峰"激励自己前进。

山上游人渐稀。这时，天却阴沉沉的，隆隆作响，不知是雷声还是远处的开山放炮之声频频入耳，使我有"山雨欲来风满楼"之感。但我仍决心前进，不登上鬼见愁怎算游香山？！若今天连香山都登不上去，以后怎能登上峨眉山？抬头一看，鬼见愁巨石怪岩如魔鬼张牙舞爪，煞是吓人。峰顶被一片云雾笼罩，山峰之间也是风起云涌，雾气腾腾，渺然不可测也！

经过一番力争上游，我终于于 14：40 登上了鬼见愁！稍休息后，我立于鬼见愁山峰最高处，放眼望去，只见云天雾海，连绵山峦在缥缈的烟雾中依稀可见。山下的景色却一点儿也见不到了，犹如置身于云中一般。

我又选择了一块石头，也准备把它带到峨眉山去。

在我前后仅有少量游客登上鬼见愁，其中还有一个十岁左右的儿童，真是不简单！

15：55 开始下山，17：00 之前必须取出自行车，因为存车处过了17：00就没有人了。我从东路沿一堵围墙废墟而下，谁知此条路也并不好走，几次差点儿滑溜下来。边下山边欣赏红叶，到山的东麓见到了琉璃塔，游览了见心斋、眼镜湖、水帘洞。出香山北门时是 16：45。我又去游览碧云寺，由于时间关系，匆匆一览而已。

16：55 取出自行车，返回学校。17：10 经过颐和园。这段路是下坡，飞车疾驶。到达学校 17：45。已经开晚饭了。

吃过晚饭，去看了看石宗崑，谈谈今日游香山之事。十分疲倦，今天晚上就不回家了。

1964 年 10 月 21 日（农历甲辰年九月十六）　星期三　晴

今天早晨把留下的书籍捆扎好，用纸包好，后又把行李打好。我把一些带下去的书打在行李里面，所以行李打得很大，是于秉寿帮助我打的。

晚上同学们都把行李整理好了。又去二号楼 301 宿舍与 307 宿舍，帮助女同学把她们欲留在学校的东西搬到我们宿舍来，明天早晨将存于我们楼的306 宿舍。由于我们的行李都搬走了（托运去四川成都），故今夜我们睡觉用的棉被是向一、二年级借的。大家凑合一下，倒也有趣。

1964 年 10 月 22 日（农历甲辰年九月十七）　星期四　晴

天气很好，阳光充足，秋高气爽，正宜开始千里行军！

6：00 起床，7：00 把留在学校的东西搬到楼上 306 房间存放。学校将把房间封死，等我们明年回来再启封。

8：10 集合，清点人数。8：35 乘车离校，我们班全体同学，加上下到我们班的老师何长顺、杨秀伦、李荣甫、刘富霞都坐在同一辆大轿车内，告别母校，告别留在学校的老师及一、二年级的同学们，一年后再见吧！何长顺、杨秀伦是中共党史教研室的老师，李荣甫、刘富霞是外语教研室的老师。刘富霞是四川人。

10：35，我们已经在车厢里坐好了。我们中队（就是我们班）与直属队及政教系四年级的一个中队坐在第七号车厢。这一列车是我们学校包下来的，所以座位较多，可以躺下休息，没有其他人，也比较安全。11：35，列车开动了，由于我们的列车是包列，又没有什么紧急任务，只能在保证其他列车正常运行的前提下才能安排我们的运行时间，所以从北京站到成都站需要走三天三夜。

吃完饭，轮到我去卧铺车厢休息了。我们中队共分到 11 个卧铺，平均 3个人 1 个卧铺。我们小队分到了 3 个卧铺，昼夜分为三班轮换着使用卧铺。

1964 年 10 月 23 日（农历甲辰年九月十八）　星期五　阴转雨

列车到达新乡站，这是一个较大的车站。从车厢窗口向外望去，灯火辉

我们走在大路上

煌。饶竹三异常兴奋，他的家乡——辉县离此不远。

黎明时列车经过著名的黄河大桥，因为这里距离郑州不远，所以叫作郑州铁路黄河大桥。我们坐在硬座车厢的同学们都趴在窗口往外望去，黄河河面果然十分开阔，河水果然也浑浊极了，水流声非常响亮。黄河大桥上灯火明亮，大桥很长，列车在桥上足足走了四分钟。但是在卧铺车厢里睡觉的同学大多没有见到这一壮阔的场景。

列车在郑州车站转向陇海线，行驶方向也由向南转为向西。天已大亮，在车上的第一夜就这样过去了。

列车奔驰在豫西大平原上，又逐渐进入黄土高原。我们见到了黄土高原上特有的景象——黄土窑洞。早饭，车上发下来的是饼干，我很喜欢吃这种饼干，而对于昨天我在学校小铺买的面包却不感兴趣。

我在车上有时也看我随身携带的《陆放翁诗词选》。

列车到达洛阳站时我下车看了看。如果以后有机会，我一定要来洛阳去龙门石窟看看的。列车到达渑池车站，我也下车看看，想起了战国时期秦王与赵王的渑池之会。

列车经过三门峡车站，但未能见到三门峡，后到达孟津车站，此时是17：30，我们下车欣赏华山的壮丽景观，孟津站距离华山不远，华山高高矗立在眼前，看上去都觉得十分险峻，煞是吓人。壮哉，险哉！自古华山一条路，若有机会我想登上此峰。

今天列车在河南境内奔跑了一天，时常与洛水相逢。

夜间23：40到达西安站，在这里停留了一个多小时。

1964 年 10 月 24 日（农历甲辰年九月十九） 星期六
所经之处多阴雨

天亮了，列车仍然在陕西省中部陇海线上奔驰。8：45，到达宝鸡站，这里曾经是周秦王朝的兴盛之地，凤鸣岐山，这个古老传说的诞生地！

列车从这里离开陇海线，转向西南走宝成线。宝成线的前一段是宝鸡至秦岭，这段路坡度很陡，又要在秦岭中盘旋攀登，很费力。故要改用电力机车，两个火车头，一个在前面拉，一个在后面推。我们都下车看电力机车驶过来挂钩，然后我们又回到车上准备欣赏壮丽的秦岭。

大学本科阶段

9：10，列车开动了。渐渐地列车进入秦岭深处。青山座座，层峦叠嶂，白云飘渺，迂回山间。飞驰的列车穿梭于群峰中，硬是劈开一条道路，忽而钻过深邃的山洞，忽而飞过湍急的河流，这里山是绿色的，水是清澈的，青山绿水，美极了！我与刘爱清、韩建敏、李平煜趴在一个窗口，欣赏着从前只有在山水题材的国画中才能看到的景色。我们一边不住地欢呼、惊叫着，一边努力地搜寻着记忆中的古诗词句来形容窗外的景致，说得最多的是李白的《蜀道难》。我也吟诵了陆游的诗《剑门道中遇微雨》："衣上征尘杂酒痕，远游无处不消魂。此身合是诗人未？细雨骑驴入剑门。"我若是一个画家，一定挥舞丹青把它画下来，以后永久享受。据列车员同志说如果坐正常的列车，多是夜间经过这里，是看不到这样美好的景色的。看来我们乘坐"专列"的优点还不少呢！

　　列车到达秦岭车站，在这里改换内燃机车头，停留时间较长，我们下车休息，看看景色。12：00，列车到达凤州车站，将在这里停留两个钟头。我们又下车玩玩，车站上有一个小商店，居然有在北京各处都难买到的手电筒卖，不少同学都买了。见到5班的恽其健、肖淑华，聊了聊。

　　回到车上，又与武玉荣、臧玉荣聊起《三国演义》中诸葛亮六出祁山的故事来。凤州这里是山区，环顾四周皆是群山峻岭。放眼望去远处山岭上耸立着一石人，作思考状，据说这是诸葛亮的像，臧玉荣告诉我：诸葛亮六出祁山，都没有出得去，迄今还在那里苦苦思索呢。这里红叶也很多，离铁道不远的小河里还有好些好看的鹅卵石，王小平撷取红叶来，贾书勤捡来鹅卵石，十分有趣！

　　14：10列车继续前进，在美丽的八百里秦川中奔驰。铁道紧伴着嘉陵江在山中延伸。一边是青山，一边是江水，铁道忽而在江左岸行驶，忽而又跑到江右侧前行。钻山洞，跨桥梁，景色也随之变幻莫测，展现在我们面前是一幅幅山水画。嘉陵江多弯曲，江水多浑浊，水中有时见到几叶扁舟在激流中漂流。美丽的秦岭中，常常见到茅庐建于半山腰上，似乎印证着杜牧的诗句："白云生处有人家！"我与饶竹三、刘爱清、武玉荣、臧玉荣等伏在列车窗口，不知疲倦地观赏着沿途景色，我们又用毛主席诗词《十六字令·山》《忆秦娥·娄山关》《清平乐·六盘山》等中的词句来形容外面的山色。快活极了，真是："观不尽两侧美山色，抒不尽一路好心情！"

我们走在大路上

列车快到达阳平关站时已经暮色苍茫了。晚饭后，轮到我去卧铺睡觉了，我也确实累了，明天早晨就要到达我们这次旅行的终点站——成都站了，还有更重要的事情等着我们，不能不抓紧时间休息一下了。

列车在宝成铁路上一共钻过了 308 个山洞，在未进入宝鸡之前列车只经过 27 个山洞。这是薛宝祥、贾书勤沿途不厌其烦地一个一个地数着，统计出来的。

1964 年 10 月 25 日（农历甲辰年九月二十）　　星期日　小雨转晴

7：43，列车驶入成都站。成都，是我仰慕已久的地方，今天终于来到这里了！成都正在下着牛毛细雨，但没过多久就停了，天晴了。据说这是成都少有的晴天，蜀地难见天日也！我想起了"蜀犬吠日"这个成语。

在站台上我们与列车长和列车员以及餐车的炊事员们一再挥手作别，感谢在列车上的三天三夜他们给我们提供的周到服务！

我们乘大轿车直接来到省委招待所，途中观望成都的街道市容。但大轿车没有进入市区，省委招待所在南郊。8：50 到达招待所，这个招待所非常高级，地方也很大，院内有溪水小桥，亭台楼阁。我们第三小队男同志被安排在一号楼二层（我们住的地方只有两层楼）第 19 号和第 20 号房间住宿。我与刘爱清、左广善、宋新昌住在 20 号房间。房间很干净，地上铺有地毯。

带队老师宣布今天没有什么事，放假。我们打听清楚这里离成都市里还有七八里路，今天进城是不可能了。又听说杜甫草堂与武侯祠距离这里不远，这是我仰慕已久的地方，若游览了这两个地方，我来成都就不虚此行了。

11：00，我们中队的大部分同志都出去了，大都先去杜甫草堂了。穿过田园小景，走了二十几分钟就来到了杜甫草堂。我怀着敬仰的心情，拜谒杜工部旧居。浣花溪从草堂旁流过，用碎青瓷片嵌成的"草堂"二字最吸引人。从竖立在旁边的介绍中知道毛主席曾于 1958 年 3 月来这里参观过。

我很喜欢这里的对联、匾额、诗词佳句，抄得一些如下：

锦水春风公占却
草堂人日我归来

歌吟成史乘忠君爱国每饭不忘诗卷遂为唐变雅
仕隐好溪山迁客骚人多聚于此草堂应作鲁灵光

草堂留后世
诗圣著千秋

荒江结屋公千古
异代升堂宋两贤

万丈光芒信有文章惊海内
千年艳慕犹劳车马驻江干

世上疮痍诗中圣哲
民间疾苦笔底波澜

新松恨不高千尺
恶竹应须斩万竿

异代不同时间如此江山龙蟠虎卧几诗客
先生亦流寓有长留天地月白风清一草堂

在"浣笔亭"有一副对联曰:

古井平涵修竹影
新诗快写浣花笔

又去参观了武侯祠,现在的武侯祠规模为清康熙年间所奠定的。前面是昭烈皇帝(刘备)的殿堂,殿堂中供奉着昭烈皇帝的塑像,其左后侧有北地王刘谌的塑像,两边是关羽、张飞的塑像。昭烈皇帝庙后面是武侯祠堂,中间端坐着的是诸葛亮的塑像,左右各立一童子,一个手捧剑,另一个手捧琴。两旁分别是诸葛亮之子诸葛瞻与诸葛亮之孙诸葛尚的塑像。抄得对联数副如下:

能攻心则反侧自消从古知兵非好战

不审势即宽严皆误后来治蜀要深思

两表酬三顾
一对足千秋

勤王事大好儿孙三世忠贞史笔犹褒陈庶子
出师表惊人文字千秋涕泪墨痕同溅岳将军

晚饭后中队集中，中队长何长顺老师讲了在招待所应注意的一些问题。又说我们明天在成都还要休息一天，后天才走。明天大家可以进城，但不可以单独行动，一定要注意安全。

1964 年 10 月 26 日（农历甲辰年九月廿一）　星期一　阴间多云

今天先到了望江公园。望江公园在四川大学旁边。公园内有著名的望江楼，楼高三层，八角屋檐，可惜因内部修理暂停开放。公园内有许多竹林，各种竹子都十分高大粗壮，我很喜欢这里的竹林。但园内最吸引人的是有关薛涛的古迹。薛涛，唐代人，其父早丧，幼年跟随母亲来到锦官城居于此。

薛涛与白居易、元稹等著名诗人多有往来。她的诗词写得很好。

此处有一古井，名薛涛井。井边竖立着一块石碑，刻有清代光绪年间贵阳人陈矩的题诗云：

无波古井因涛重，有色遗笺举世称。忆我清江曾拜井，今游井上吊诗人。

旁边另有一首诗云（题于清代咸丰甲寅）：

十样鸾笺此水中，欲寻佳制竟朦胧。
才人落魄千秋恨，尚说风流有臣公。

还有一首诗如下：

风浪而今尚不平，江涛相伴有悲声。
寒泉独表清芬意，欲诉当年薄命情。

另有一首诗如下：

赏花原待惜花人，不是渔郎莫问津。
此井流传歌窈窕，可怜秋水本无尘。

我们又参观了薛涛纪念馆，抄得薛涛诗若干首如下：

春望（一作"望春"）词四首

花开不同赏，花落不同悲。欲问相思处，花开花落时。

揽草结同心，将以遗知音。春愁正断绝，春鸟复哀鸣。

风花日将老，佳期犹渺渺。不结同心人，空结同心草。

那堪花满枝，翻作两相思。玉箸垂朝镜，春风知不知。

我们又到青羊宫游览，青羊宫是四川省道教协会和成都市道教协会所在地，香火很盛。这个公园较大，内之偶像、殿堂也不少。我们在这里游玩了足足两个小时，弄得我们筋疲力尽。

抄得对联一副：

玉树琼林照春色
紫燕黄鹂俱好音

回到招待所已经是15：30了。休息！

16：30，全体师生在招待所饭厅前集合，我们的总领队、院党委副书记徐敬之讲话。他简单地总结了我们三天的旅途生活和在招待所两天来的情况，说总的情况是好的，没有出什么事情，在招待所表现也不错，得到当地同志的好评。他又说："这两天大家参观了杜甫草堂、武侯祠、望江公园等处，可谓是'帝王将相，才子佳人'都见到了。"他的话把大家都给逗乐了。他又要我们把心收回来，明天出发去乐山，在那里住在乐山地委党校，还要继续学习文件，做进村前的准备工作。并说为了工作方便，大家不分师生，一律称同志，可以称"老李""老张"等，年纪小的可以亲切地叫"小王"

我们走在大路上

"小刘"等。

我们年级的同学分成两部分，1 班至 6 班去乐山地区峨眉县搞"四清运动"，7 班至 10 班及政教系四年级的同学们去温江地区搞"四清运动"。去乐山的师生由徐敬之同志带队，去温江的师生由院党委副书记鲁直同志带队。学校的另一支大军，即政法系四年级和政教系三年级的同学们也已经去广西桂林地区搞"四清运动"了。

1964 年 10 月 27 日（农历甲辰年九月廿二）　星期二　多云

6：30 起床，把房间和院子打扫干净。7：30 吃早饭，之后上大轿车。我们中队分为三个部分：第一、二小队及我们第三小队的孙成霞、韩建敏二人乘坐第 1 号车，同车的还有直属队的同志。刘爱清、王维、左广善三人与第六中队的同志（原我们年级 3 班的同学）乘坐第 2 号车。我、武玉荣、李彦龙、田广见、宋新昌、樊五申、佟秀芝七人与第七中队同志（原我们年级 4 班的同学）乘坐第 3 号车。我坐在车门口的位子上，可以望见车外风光。

8：35 开车了。从成都到乐山距离不近，要走一天。我们是 16：40 到达目的地——中共乐山地委党校的。

一路上我自然是不放弃欣赏蜀地风光的大好机会。沿途见到水田很多，竹林也很多，一片南国风光也！

10：10 到达江津县，休息一刻钟，我们下车看了看。

12：15 到达一个叫做"思濛"的小镇，下车用午饭。我与刘爱清、孙成霞、韩建敏、佟秀芝、武玉荣等去一个小饭馆吃面条（每碗一两，0.12 元，不收粮票）。由于我早晨吃了八个馒头，四碗粥，所以中午不饿，只吃了一碗面条、一个馒头。饭后又在镇上买了 0.34 元的柑子和 0.17 元的桔子。孙成霞把这里叫做"芙蓉镇"（电影《早春二月》里的小镇名称），有趣！

13：00 继续前进。走了一会儿，汽车逐渐进入丘陵地区。15：00 来到夹江县，又在此停留了 15 分钟。去 1 号车与同学们谈笑。于秉寿赠我一桔，我报之以一柑，李树岩赠我半桔，我亦报之以一柑。

16：10 汽车进入乐山县，来到岷江边，司青锋主任已在此迎接我们了，他作为先遣队先到达这里安排好我们的住宿等。他告诉我们，我们要到达的中共乐山地委党校就在江的对岸。我们顺着他指的方向望去，见到一座高山耸立在对岸江边，悬崖峭壁临江而立，山上一塔傲然挺立，颇为壮观！

16：40 来到党校，汽车停在大佛山下的篦子街上（党校就在大佛山上），党校的同志们来迎接我们。

这里的环境果然十分好！山上原是"凌云禅院"，院内有座凌云寺，后面是党校校址，都是楼房，且是木地板，用水用电都很方便。我们十分感慨，在这里修建这些工程实在不易！

我们学校的师生全部被安排在叫作"和平"的大楼里面。中队男同志在一层居住，女同志在二层居住。我们小队八个男同志住在一个宿舍，是 13 号宿舍，室内很宽敞，床也很多，和学校一样，都是上下层床。我们把行李打开，铺好床铺，大家将在此学习半个多月。

休息。自 22 日离京以来，在路途上用了 6 天的时间。

1964 年 10 月 28 日（农历甲辰年九月廿三）　星期三　阴

乐山地委党校的领导为了照顾我们，让我们再休息一天，熟悉一下周围的环境。

早晨起来到凌云禅院外面凭轩瞭望，只见浩浩荡荡的岷江自北向南奔流于此，与西边而来的青衣江、大渡河汇合于此，水天一色，十分壮观！江对岸的乐山城也历历在目。特别是夜间来此一望，城里灯火齐亮，加上水中倒影，异常辉煌，犹如一片繁星也，奔流之水声如万蛙齐鸣。煞是好看！

上午与几个同学去南边的乌尤寺参观。这里有李冰的功绩，还有不少的历史故事。最为壮观的大佛昨天来时未仔细观看，今日一见果然大得惊人。与山齐高，据说高达 71 米，宽达 37 米。始建于唐代，公元 8 世纪，前后修建了九十年，起初由一僧人建造，后得到乐山太守资助，甚至唐朝还动用了国库，这是世界上最大的佛像。佛还是坐着的姿态，若他有一天坐累了想站起来，更不知有多高了。修建佛像是为了镇压三江（岷江、青衣江、大渡河）汇合之水，以免洪水泛滥为害一方。我们见到此大佛都十分惊讶！

回来又去参观了一汉墓，乐山地区汉墓颇多。

晚上小队开会研究学习计划。

1964 年 10 月 29 日（农历甲辰年九月廿四）　星期四　阴

今天又开始学习了。6：30 起床，7：30 吃早饭。

8：30 至 12：00，14：00 至 17：30，19：30 至 21：30 是学习时间。

今天一天都是学习形势及阶级斗争问题。上午在我们宿舍讨论，和以前一样争论依然十分激烈。由于小队规模较大，我们又分作两队，我与刘爱清、王维、左广善、佟秀芝、孙成霞在一起讨论。

吃过晚饭，与 5 班的王子良去凌云禅寺各处转了转，又去东坡读书楼看了看，并去篮球场看了 5 班对 4 班的篮球赛。

1964 年 10 月 30 日（农历甲辰年九月廿五） 星期五 阴

从昨天起又开始体育锻炼。每天早晨洗漱完毕去跑步，从山上跑到山下岷江边再回来，回来以散步为主，顺便欣赏岷江之晨景。

8：30 至 11：40 在礼堂听乐山专区工作团团长、四川省秘书厅厅长伍陵同志的报告，只有我们北京政法学院的师生员工参加。他主要讲了四个问题：（1）对当前阶级斗争的认识；（2）团结95%以上的群众，整顿好阶级队伍；（3）团结95%以上的干部，搞好政治、思想、经济、组织上的"四清运动"；（4）对可能遇到的一些问题如何解决。

下午就上午的报告进行讨论，主要是谈发动群众的必要性和伟大意义。晚上继续讨论，大队长杜澄同志也多次来我们小队参加讨论。他也发言，而且讲话很幽默，他是中共党史教研室主任。

1964 年 10 月 31 日（农历甲辰年九月廿六） 星期六 阴

早晨依然跑步，锻炼身体不可放松。

上午是自学文件，主要是看"后十条"，就是《中共中央关于农村社会主义教育运动中一些具体政策的规定（修正草案）》。

下午进行讨论，谈阶级斗争问题，晚上依然如此。

1964 年 11 月 1 日（农历甲辰年九月二七） 星期日 阴

上午全中队集中，听何长顺中队长宣读中央批转的文件：河北省委《关于卢王庄公社社会主义教育运动的经验总结》。文件比较长，却很好懂，下午又念了一遍。

大学本科阶段

329

1964 年 11 月 2 日 （农历甲辰年九月廿八）　　星期一　阴转小雨

8：30 至 10：30 听伍陵团长的报告。他讲到了编队问题，说这一次是采取混合编队的方法，中央、省、地区、县各个方面来的同志混合编队（我们北京政法学院的同志算是"中央"来的同志），做到"你中有我，我中有你"，这样有利于互相帮助，互相监督，互相学习，互相考验，便于集思广益，有利于工作。整个乐山专区是一个工作团，工作团下设六个分团（分团一级是虚设的），五个分团在农村搞"四清运动"，一个分团在城市里搞"五反运动"。分团下设工作队，工作队下面是工作组，工作组是最基层的单位。整个峨眉县一共有 26 个公社。集中工作队员 6000 人，打一场"歼灭战"。这次在峨眉县搞"四清运动"是四川省的第一批试点，从中摸索出经验来，以后再推广到全省去。

中午回到宿舍又讨论了一下，下午继续讨论，大家的干劲儿都很足，伍陵团长刚才说峨眉县的峨边公社地处山区，阶级斗争复杂，敌情比较严重，我们都希望能被分配到那里去。

1964 年 11 月 3 日 （农历甲辰年九月廿九）　　星期二　阴雨

8：30 开始在礼堂听报告，由三位参加过"四清运动"的同志讲关于如何发动群众的工作经验的体会，11：40 休息，14：00 继续听他们的报告，17：40 结束。我们听了觉得三位同志讲得都很好，对我们很有启发，尤其是第一位发言的董振同志讲得更好些。

1964 年 11 月 4 日 （农历甲辰年十月初一）　　星期三　阴

上午自学文件，主要是看发动群众部分。今天下午和明天上午放假。

吃罢午饭，中队开会，何长顺中队长讲了几件事情。

下午我们几个人渡过岷江后，走了较长一段路，拐了好几个弯，穿过乐山的几条主要街道，看看乐山的街市风光。

晚上与冯振堂又下山到岷江边散步，隔江见乐山灯火辉煌，美丽极了！

1964 年 11 月 5 日 （农历甲辰年十月初二）　　星期四　阴

今天从《四川日报》看到这个重要消息：

我们走在大路上

中共中央和国务院，应苏共中央和苏联政府的邀请，派出中共中央副主席、国务院总理周恩来同志为首的党政代表团，赴苏联参加伟大的十月社会主义革命四十七周年庆典。

这则新闻引起同学们的热议。这次我们派出的代表团是相当高级别的。越南党政代表团是以范文同为首的，朝鲜党政代表团是以金一为首的。我们想，各社会主义国家党政代表团在莫斯科可能将分别举行会谈（不一定是正式会谈），以下几个问题必将是会谈的主要内容：（1）赫鲁晓夫下台；（2）中国爆炸原子弹；（3）12 月份的国际共产主义运动会议。

早饭后送另一部分社会主义教育运动工作队人员下山，他们出发了。他们都是当地的干部，并非我校的师生。

9：00，我与老李（李荣甫老师）、敖俊德、饶竹三一起去乌尤寺游玩。

抄得署名赵熙的诗一首，如下：

竹边楼阁露华浓，梦里依然旧日钟。千古江声流不尽，三峨秋色为秋容。

清时北地吟归鹰，海气通岩蛰老龙。起望神州如此黑，几点星火照孤峰！

抄得瑞安署名"姚淙"题《乌尤寺碣马湛翁》，如下：

惠净结茅处，江心缘一堆。小楼通翠竹，残雪问寒梅。
不辨虫鱼说，空登尔雅台。弦歌今未绝，风雨尚重来！

于"旷怡亭"抄得两副对联：
其一

苏和仲山高月小
范希文心旷神怡

其二

碧津楼前三水合流明匹练

青衣江上孤峰卓立秀单椒

我们从"万松深处"下山区江边，经"止息"处抄得对联两副：
其一

云影波光天上下
松涛竹韵水中央

其二

雨过林霏清石气
秋将山翠入诗心

于江边一座小庙抄得对联一副：

江神上古雷塠庙
海穴通潮玉女房

下午自学文件，还是关于发动群众的内容。
19：00开始听杨秀论同志传达地委张书记的报告。

1964年11月6日（农历甲辰年十月初三）　星期五　阴

8：00至10：00，还是自学文件，武玉荣让我和樊五申重点准备一下关于党的政策中有关发动群众的基本精神、方法步骤等，让左广善、李彦龙等重点准备关于发动群众工作中的一些具体问题。

1964年11月7日（农历甲辰年十月初四）　星期六　多云

上午继续学习关于发动群众的问题。老蔡同志（蔡长水老师，也是我们学校中共党史教研室的老师，去年曾带领我们班进行课堂讨论）也参加我们小队的讨论。我们中队被分配到峨眉县胜利公社搞"四清运动"，需要40人，我们班同学有34个人，加上参加我们班搞"四清运动"的何长顺、杨秀论、李荣甫、刘富霞四位老师，再加上大队长杜澄及蔡长水老师两人正好

40 人。休息之后学习"双十条"（即"前十条"与"后十条"），主要是按一、二、三、四……的顺序逐一把其内容串联起来，加深对文件的记忆。大家开动脑筋，也找到不少办法，效果很好！

下午在礼堂听报告。听杨政委传达关于加强社教[1]工作团的政治思想工作，以及民兵工作的两个文件。后又宣读了中央批转的陶铸同志关于参加社教工作的一些体会的文件。陶铸同志也下去蹲点了，他就进村后 20 天的工作谈了一些体会，有不少是新的创造，对于我们搞好"四清运动"很有参考价值。

从明天开始学习怎样划分农村的阶级，今天晚上自学文件。

1964 年 11 月 8 日（农历甲辰年十月初五）　星期日　晴

8：00 至 10：00 自学文件。关于划分阶级的问题很复杂，同学们都边看文件，边议论着，互相交换意见。10：00 至 10：30 休息。

10：30 至 12：00 在女生宿舍讨论。讨论中大家争论比较多的问题是富农与富裕中农的界限，还有地主富农的子女与贫下中农子女结婚后的成分如何确定的问题，以及地主富农的子女在外面当工农与在家中务农的子女的家庭出身如何确定的问题。下午仍旧继续讨论，大家十分认真，争论不断。

18：30 在礼堂看电影，国产故事片《红日》与国产彩色故事片《槐树庄》，这两部电影都很好！

1964 年 11 月 9 日（农历甲辰年十月初六）　星期一　多云

上午继续讨论关于划分阶级的问题。原计划这个问题只讨论一天的，但由于这个问题十分重要，同学们都要求多给些时间，故今天上午继续学习。由于先遣队（胡克顺、袁继林、左广善、宋新昌四人）今天下午要出发了，上午他们要做些准备，所以我们小队上午参加讨论的人更少了，但依然是很激烈。既有全小队的"大会战"，也有三三两两的"小交锋"。为了说明讨论中出现的百分比，又是画图，又是计算，不知道的还以为我们是数学系的学生呢！下课了，讨论持续到餐厅，直到把问题解决，意见统一才罢休。

---

〔1〕"社教"是社会主义教育运动的简称。

大学本科阶段

中午送先遣队的同学走，送到岷江边渡口上船。

16：00 全中队集合。杜澄大队长、何长顺中队长讲了讲关于编队问题。我被分配到胜利公社月南大队第二小队搞"四清运动"。我们大队去一个工作组，杨秀伦同志担任组长，全工作组一共 22 个人，我们北京政法学院的去 11 个人。被分配到各小队的人是，第一小队：胡克顺，第二小队：江兴国，第三小队：王小平，第四小队：李平煜，第五小队：杨岷，第六小队：杨登舟，第七小队没有我们的人，第八小队：臧玉荣，第九小队：李荣甫与敖俊德，小队秘书是杨福田。小队只有我们一个人的还要配备一个县里的同志。小队有我们两个人的只有第九小队，其他小队则要独立作战了。

我们中队被分在六个地方：王普敬在分团部工作，刘爱清在大队部工作，此外，夏河大队有我们 14 个同志（以何长顺同志为首，加上刘富霞、周芮贤、田旭光、于秉寿、李树岩、冯振堂、袁司理、石宗崑、袁继林、王维、薛宝祥、贾书勤、丁葆光），月南大队有我们 11 个同志（以杨秀伦为首），干河大队有我们 6 个同志（以武玉荣为首，加上左广善、王维、李彦龙、韩建敏、田广见）。红星大队有我们 4 个同志（樊五申、宋新昌、梁桂俭、饶竹三）。另外孙成霞暂时安排在这个大队，还要根据她的身体情况而定。

1964 年 11 月 10 日（农历甲辰年十月初七）　星期二　多云转晴

8：00 至 12：00 在第二小队继续讨论队风问题，大家畅所欲言，开展批评与自我批评。

14：00 在礼堂听徐敬之书记的报告，小结两个月来的准备工作情况。

1964 年 11 月 11 日（农历甲辰年十月初八）　星期三　晴

8：30 至 13：00 在礼堂听报告，乐山地委负责同志就已先行一步的符溪公社社教工作组发生的一些问题作报告，再次强调彻底革命的决心和工作队的队风问题。他的报告到 11：30 结束。之后又听了省委书记关于当前国际形势的传达报告，这是 10 月 16 日在省人民代表大会上作的报告。

晚上看电影，国产故事片《夺印》与《农奴》。

1964 年 11 月 12 日（农历甲辰年十月初九） 星期四 多云转晴

上午小队先集合，老杨（杨秀伦同志）讲了讲话，下面将讨论队风的六条要求。今天先自己回去准备，下午和晚上及明天上午讨论。明天下午开始放假。15 日混合编队，16 日就大军进村了。战斗即将打响，迫在眉睫！

集合，情况有变化。上级指示推迟下去的时间，从今天起再学习五天到17 日，20 日再进村。这几天主要是解决思想问题。一再强调工作队队风问题的重要性，指出这实际上是有没有彻底革命的决心问题，这不是一个小问题，而是直接关系到能否做好工作的大问题，不可以掉以轻心！

16：20，先遣队的同志们回来了，我们很高兴与他们交谈，了解情况。我见到胡克顺同志画来的月南大队的示意图。第一、二、三 3 个小队距离很近，恐怕我与胡克顺、王小平要经常在一起商量问题了。大家听胡克顺介绍下去摸底的情况。他说下去初期困难肯定是不会少的，首先语言不通就是很大的困难，住房、吃饭也是个问题。

晚上的时间用来抄写月南大队的花名册，这是战前的准备工作，很重要。

知道和我一起工作的同志是彭山县粮食局的干部，是一位党员同志，但也没有参加过社教运动。

1964 年 11 月 13 日（农历甲辰年十月初十） 星期五 阴间多云

今天继续讨论队风问题。上午着重讨论团结问题，一再强调不仅要搞好我们学校同学之间、师生之间的关系，尤其要搞好与四川的同志之间的关系，千万不可有我们是北京来的而看不起地方同志的思想。

下午听老胡（胡克顺）同志介绍他们先遣队下去的情况，大家对他们的工作表示满意。他说作为先遣队员下去后就一个人（虽然去了四个人，但分别到四个大队去摸情况，都分散了），语言又不通，感到非常孤单，很想念集体，这种心情我是能够理解的。

1964 年 11 月 14 日（农历甲辰年十月十一） 星期六 阴

今天继续进行讨论，还是队风问题，主要是讨论坚持原则与坚持团结的关系问题，以及组织纪律性问题和坚决贯彻党的方针政策问题。讨论十分热烈。

1964 年 11 月 15 日（农历甲辰年十月十二）　星期日
多云转晴，早晨大雾

上午在女生宿舍宣读中共中央文件《中央关于社会主义教育运动夺权斗争问题的指示——转发天津市委关于小站地区夺权斗争的报告》，这个文件很好，对我们很有启发。下午仔细阅读这个文件的重要部分，并摘抄之。

看到薛宝祥、何长顺、李树岩三位同志去乐山医院，宝祥下午打篮球不慎把左臂摔坏了，脱臼了。傍晚老何与树岩回来了，说薛宝祥是闭合式骨折，已打上了石膏，住院了，需要一个星期才能出院。

1964 年 11 月 16 日（农历甲辰年十月十三）　星期一　阴

今天一天都是自己写东西。上午继续写决心书，表示我的决心和态度，并再一次提出入党的申请。后针对我的具体情况提出六个方面的具体要求。下午又誊抄一遍。

晚上看电影纪录片《在人民公社的大道上》与国产故事片《抓壮丁》。

看完电影回来听了两个文件，一个是陶铸同志进村 20 天的体会，另一个是张平化同志进村 40 天的体会，讲得都很好。

1964 年 11 月 17 日（农历甲辰年十月十四）　星期二　小雨转阴

上午继续学习。何长顺中队长提出中队部初步商量的入村后头 20 天的工作计划，供大家参考。又读地委张书记关于符溪公社工作队进村后发生的一些情况的报告，然后分小队讨论，座谈计划。

下午再次宣读陶铸同志和张平化同志的报告，细心体会。然后分小队继续讨论工作计划。

1964 年 11 月 18 日（农历甲辰年十月十五）　星期三　阴

今天先遣队的同志出发了，除上次的四个人（左广善、宋新昌、袁继

我们走在大路上

林、胡克顺）以外，还有袁司理、杨福田两位同志同往。早饭提前于 7：00 开饭。

8：30 至 10：00 我们小队最后一次座谈，请康中玉、王用民两位医生讲讲此地的风土人情等知识，很有意思。

16：00 至 18：00 在礼堂开大会，任局长总结一个月来的学习情况，杨秘书就符溪公社工作队进村十几天来的情况谈一些注意事项。

1964 年 11 月 19 日（农历甲辰年十月十六）　星期四　阴

11：00 吃午饭，11：50 集合出发，我们背着行李过岷江来到国营乐山旅社。

我们与彭山县的同志见面了，我们将组成联合工作队，一起听宁书记[1]的报告。晚上团员同志又组成团组织，全体下到胜利公社的工作队团员同志编为一个团组织，王小平、刘爱清、袁继林等 11 人当选为团委会委员。之后又分组讨论。大家各自寻找在一起工作的伙伴，都很快地熟悉起来。我的工作伙伴吴万玉同志已作为先遣队员下去了。在月南大队第一小队与胡克顺一起工作的熊盛发同志也下去了。

1964 年 11 月 20 日（农历甲辰年十月十七）　星期五　阴

今天正式进村了，准备了很长时间的"四清运动"[2]正式拉开帷幕！

6：00 起床，早饭是在乐山地委招待所食堂，吃饭前后把东西收拾好。7：30 出发，与彭山县的同志会师。我们乘的都是大卡车，车上贴有驶往各公社的名称，我们乘的是"胜利"8 号车，何长顺、于秉寿他们乘的是"胜利"5 号车，饶竹三乘的是"胜利"3 号车，武玉荣、孙成霞乘的是"胜利"2 号车。

8：25 开车。渡过青衣江时由于车子多，等候了半个多小时。在渡口，见到 2 班、3 班、5 班的同学。先后与叶惠伦、恽其健、安智光、王子良、李

---

〔1〕 "宁书记"，记不得叫什么名字了，大概是乐山地委书记。

〔2〕 "四清运动"，即从 1963 年 2 月开始在农村中开展的社会主义教育运动。初期运动是指清理账目、清理仓库、清理财务、清理工分；后来解释为清理政治、清理经济、清理组织、清理思想。后把在城市里开展的"五反运动"也称为城市中的"四清运动"。

玉玺、肖淑华等聊了聊。肖淑华被分配在红山公社前进大队，恽其健、李玉玺在红山公社五星大队。

汽车向前开进，经过哪个生产大队，在那个生产大队搞运动的同志就下车。经过月南大队时我们下了车，胡克顺、吴万玉、熊盛发、杨福田同志来接我们。我们扛起行李奔向住处。吴万玉同志，今年三十多岁，是共产党员，彭山县粮食局的干部，有着丰富的群众工作经验，我应该向他学习。

我和王小平、杨岷、臧玉荣、杨福田等先到第三生产队，大队部也在这里，他们都住在这里。我和胡克顺、吴万玉、熊盛发四个人住在第一生产队。休息了一会儿，等他们都安置好，我穿着草鞋出去时，附近小学的小孩们见到我笑个不止，好像我特别可笑似的，可能是由于我戴着眼镜，知识分子气味太重了吧！

小熊同志（熊盛发同志，他年纪比较小，所以大家自然叫他小熊同志）和杨福田同志带我去我们的住处——普神庵，这里就是第一生产队。把住处安顿好，已经快 14：00 了。

去吃午饭。我被安排在二队的童恒太家吃饭，但是他家没有人。问贫协组长童以贵也不在家，问队长雷文玉同样不在家，据说都去"赶场"去了。是不是在这里吃饭有问题了呢？

我们只好先回来，过了一会儿再去。见童恒太在家做肉菜，又见童以贵提着肉也回来了。我们俩（与吴万玉同志）坚决不吃肉，这是工作队的纪律。我们表示，如果你们做肉菜，我们坚决不吃，最后我们只吃了一般的青菜和辣椒，大米、红苕（红薯）之类。连豌豆也没有吃，因为豌豆在这里也是比较好的菜，老百姓也难得吃一次。

饭后找贫协组长童以贵、贫协代表童恒太等贫下中农聊了聊，摆一摆龙门阵，摸摸情况。但是他们说话我基本听不懂，吴万玉还能听懂。我想去参加劳动，但又没有什么活儿干。下午社员也没有出工。我感到很为难。

21：15，杨福田来此。我们四人（胡克顺、熊盛发、吴万玉和我）又与杨福田一起去大队部。见到同志们，把我们今天见到的和了解到的情况谈了谈，老杨（杨秀伦同志）也谈了谈他的意见。21：50 返回，回来又写写日记。睡觉，我与胡克顺同榻而眠。

根据文件中各地介绍的工作经验，入村后第一阶段的工作是通过"访贫问苦""扎根串连"，摸清摸准我们依靠的对象，弄清楚各级干部（包括生产队干部）有没有多吃多占的问题，甚至贪污盗窃的问题，村里的地主、富农分子有没有腐蚀拉拢干部的问题。总之要弄清楚阶级斗争的情况。

进村的第一天就这样过去了。

1964 年 11 月 22 日（农历甲辰年十月十九）　星期日　晴

上午杨福田来问了问我们这里的情况，又谈了谈其他小队的情况，传达了老杨（杨秀伦同志，我们工作组组长）及老陈（陈和敏同志，四川本地干部，是我们工作组的副组长）的意见，要我们注意"查田补漏"等事。他还带来20日的《四川日报》和一份《情况简报》第五期（中共乐山地委办公室印，1964 年 11 月 12 日），其上载明，"峨眉县符溪公社副业生产单干情况很严重"。

1964 年 11 月 23 日（农历甲辰年十月二十）　星期一　晴

晚上，杨福田从公社路过我们这里。与他聊了聊，他说胜利大队今天下午起火，据估计可能是有人纵火。符溪公社等地也有此现象，还有的地方有人扬言要自杀等。总之，阶级斗争相当激烈，让我们提高警惕。他还告诉我们，孙成霞已下到干河大队了，但不知具体到哪个小队。

与胡克顺和杨福田一起去大队部，见到杨秀伦、杨岷、王小平、刘德忠，与他们聊了聊。我不吃豌豆的事情，他们也知道了，杨岷说我太胆小了，我认为这几天还是慎重些为妙。聊天中得知后天上午全体工作队员要到大队部来开会。

刘德忠同志是四川本地的干部，可能也是彭山县的干部。

见到同志们我真是高兴极了，据杨福田说李平煜曾见到饶竹三，他很好，只是语言不通。臧玉荣正在与社员摆龙门阵，未见到她。我很想知道同志们的情况，不知薛宝祥出院了没有？手臂好了没有？

1964 年 11 月 24 日（农历甲辰年十月廿一）　星期二　晴

中午杨福田来此，我们一起到公社，见到了李树岩，十分高兴。听李树岩说昨天西边着火处正是干河大队韩建敏、武玉荣工作的生产队，并说孙成霞下到干河大队部了。

这两天我反复地考虑，如何才能把局面打开，使群众了解我们，相信我们，敢于对我们说心里话。我翻开我的笔记本，看看王光美的报告，是不是我们"三同"坚持还不够呢？是不是我们为群众做的好事还太少呢？是不是我们的态度不够好呢？是不是我们和干部、地主有过什么来往呢？我检查了我们这几天的情况，没有发现存在上述问题。我想是否早日搬下去住才好呢？吃饭地点也可以改变一下，去艾青顺家里吃饭看看，他家的生活水平低，他又是我们初步确定的工作对象。我同老吴交换了意见，但老吴同志说再摸摸情况，我也同意。

1964 年 11 月 25 日（农历甲辰年十月廿二）　星期三　阴

上午去大队部参加工作组全体组员会议，到大队部快 9：00 了。见到同志们高兴极了，大家纷纷互相问彼此的工作与生活情况，最后发现情况都差不多。

今天的会议主要是在各生产队蹲点的同志汇报一下工作开展的情况，明天老杨（杨秀伦）与老陈（陈和敏）要去公社开会汇报。大家谈了不少情况，下来四五天也确实做了不少工作，摸到了不少情况，要详细说起来可以说几天，今天只能大概谈一下。老陈（陈和敏同志）一再催大家快点儿说，即使是这样，开完会也已经是 14：00 多了。

1964 年 11 月 26 日（农历甲辰年十月廿三）　星期四　阴

晚上正与老胡（胡克顺）、老吴（吴万玉）、小熊（熊盛发）商量工作，忽然杨福田与王小平来了。他们告诉我们老杨（杨秀伦同志）与老陈（陈和敏同志）去公社开会了，今天回不来。他们第三生产队的工作队员的工作不好开展，连吃饭都成了问题。他们来同我们商量下一步工作，并说语言不通是个极大的困难。他们也谈到了杨岷、李平煜、臧玉荣的工作情况，简直成了尾巴主义，起不了多大作用。王小平、杨福田建议把老陈（陈和敏同志）从第六、九生产队调到第三生产队来，加强三队的工作，老陈同志工作能力强，语言也没有问题。这个建议如何，有待组长们商榷决定。

1964 年 11 月 27 日（农历甲辰年十月廿四）　星期五　阴

听小熊（熊盛发同志）说老李（李荣甫同志）病了，查明他患了肝炎。老胡（胡克顺同志）去公社找车子去了，准备送老李去峨眉县医院。我立即去大队部看看老李，到三队遇见了杨福田和王小平，他们告诉我老李已经由敖俊德、杨登舟送去医院了。我们又商量起工作来，今天中午他们几乎连饭都吃不上了，那个老乡"罢工"了……

与他们商量一阵后，与杨福田去大队部，见到老胡（胡克顺），后与老胡同回。老胡说明天上午开其他工作组组员会议，老陈（陈和敏同志）从公社回来，有事向大家传达。另外，调老吴（吴万玉同志）去公社整理阶级档案，要去几天，住在公社。二队的工作要由我一个人顶几天了。

回来后老吴同志又把这一段工作小结了一下。中午老吴同童贵明"摆了摆"，童贵明反映了一些问题：（1）工作组进村好些天了，也不与大家见见面，开开会，却每天很早就起来催大家出工，并与大家一起劳动。与贫下中农打得火热，与干部、地主无往来。这样一来，地主心里很恐慌，中农群众也害怕了，不知道要把他们怎么办。群众也不知道我们到底是来干什么的，有的还以为我们是来"劳动改造"的呢！（2）工作组同志拒绝吃肉，也拒绝吃较好的东西，有人就以为我们是来反对铺张浪费的，以为工作组同志自己带头不吃肉，也不许群众吃肉呢！看来他反映的情况带有一定的普遍性，这说明我们进村后的"按兵不动"和坚持"三同"是有极大的威慑力的，也说明群众希望我们与他们见见面了。

1964 年 11 月 28 日（农历甲辰年十月廿五）　星期六
多云间晴，上午有大风

上午去大队部开会。李荣甫、敖俊德、杨登舟三人缺席。老陈（陈和敏同志）传达了工作队队部召开的工作组正、副组长会议精神，小结了前一段的工作，指出了下一段工作的重点是：（1）更深入地访贫问苦，练好基本功；（2）准备开好与群众的见面会。此外还要抓好生产。老陈传达后，大家又简单地座谈了一下。14：00 多才结束会议（是上午快 10：00 开始开会的）。

1964 年 11 月 29 日（农历甲辰年十月廿六） 星期日 晴

吃完午饭，我与杨福田及小熊（熊盛发同志）一起去公社，见到了武玉荣、冯振堂。他们二人都在公社整理档案。他们谈了些在干河大队与在夏河大队工作的同学们的情况。说实话，我非常想见到战斗在各个战线上的同学们！

1964 年 11 月 30 日（农历甲辰年十月廿七） 星期一 阴

吃早饭时，童恒太递给我关于他与童清顺要买瓦盖房子的申请，小队已经批准，他请我们工作组的同志再审查批准。我看了看他们所要盖的房子，又与老胡（胡克顺）商量，我们的意见是不能签字，不发表意见。但是童恒太说大队支部书记邹启全说非要有工作组同志的签字不可，我就去大队部请示老陈（陈和敏同志）或老黄（黄学海同志）。黄学海同志是四川本地干部，好像是彭山县某派出所的所长，也是我们工作组副组长。到大队部，只见到杨福田、王小平与蒋德寿同志。蒋德寿同志也是四川本地干部，是彭山县武装部的干部。杨福田说昨天去干河大队见到了王维、李彦龙、左广善、孙成霞、刘爱清等同学们，他们都很好。薛宝祥已经出院了，但是还需要三个月手臂才能完全好。

与老蒋同志去六队，途经四队见到了臧玉荣，我们一起到六队，见到了李志成和杨登舟。李志成也是四川本地干部，是我们工作组的成员。杨登舟说老李（李荣甫老师）因患肝炎今天又去峨眉县医院检查了，弄不好还要去乐山医院呢！

与臧玉荣去七队找到老黄和老陈，徐志伦同志与帅素清同志也在那里，他们也是工作组成员，都是四川本地干部，小帅是个女同志，她和小熊同志一样，是刚参加工作不久的青年同志。我把买瓦的事情向老黄汇报了，老黄同志说先批给贫农（童恒太是贫农），中农（童清顺）的可以让队干部研究再说。我把王光鉴的户口问题也作了请示，老黄让我写个报告，三个组长研究后再说。

1964 年 12 月 1 日（农历甲辰年十月廿八） 星期二 阴，下午有雨

去童恒太家吃饭，遇到了老杨（杨秀伦），我送他回到我们的住地，与

我们走在大路上

他聊了聊，谈了我们一、二队的工作情况。老杨通知我们，明天七、八队开见面会，让我们都去参加，并且生产队也去两个贫下中农的代表（我们认为可靠的人）。

老杨还告诉我们3日和4日去公社开会，全体工作队员集中开会，我又可以见到同学们了，我高兴极了！

1964 年 12 月 2 日（农历甲辰年十月廿九）　星期三　阴，早晨有小雨

去七队参加七、八队的见面会。见面会是9：50开始的，先由老黄（黄学海同志）讲话。他讲了两个问题：（1）我们工作队是来干什么的？（2）怎样干？他谈了这次运动的意义、目的、方针、政策，衡量运动搞好还是没有搞好的标准，等等。也点了七、八队的一些"四不清"干部的名字，并举出一些实例来。接着老陈（陈和敏同志）还当场宣布处理了两名干部：撤掉了一名管水磨的干部，并叫另一名反攻倒算的干部袁××立即退赔。这两件事激发了群众，在随后的分组讨论中有不少人继续揭发坏人坏事。我参加的是中农组，中农见到工作组给贫下中农撑腰壮胆，就倒向了贫下中农一边，也诉了不少苦。

开完会已经13：40了，工作组同志又碰了碰头，老陈（陈和敏同志）让我们回去议论一下，看看这次见面会试点有何成绩，有何不足，要注意群众的反映。

下午与老胡、小熊议论，觉得这次会上没有批评现任干部，这是不足之处。我们又商量我们两个生产队的见面会如何开，感叹老吴要是回来了多好啊，可以共同商量。正巧，老吴真回来了，带回来了一些材料。

老吴告诉我明天只是党员同志去公社开会学习，其他同志后天才去。

1964 年 12 月 3 日（农历甲辰年十月三十）　星期四　阴

党员同学今天去公社开会。9：00左右，老杨（杨秀伦）去公社经过我们这里，让我告诉他去公社怎么走。我干脆带他到公社，我见到了李树岩，又见到了王普敬。自从进村以来我就没有和普敬见过面了，他正要"跑交通"——到红山公社去。

1964 年 12 月 4 日（农历甲辰年十一月初一）　　星期五　阴

今天去公社开会，可以见到同学们了，我真高兴，我早就盼望这一天了。

我们不等天亮就起来了，洗漱后我与老胡先走一步，到公社才 7：40。见到刘爱清、袁司理、蔡长水等，与他们聊聊。之后我又去外面路口等候同学们，田旭光先来，随后其他同学也来了。早饭后，又去迎接来得较晚的同学左广善、田广见、李彦龙，还有武玉荣、孙成霞。薛宝祥左臂还打着石膏，挂在脖子上，大家都很关心他的手臂。

9：00 开始开会。听宋潮同志传达张力行同志（就是地委张书记）在总团召开的工作组组长以上干部会上的报告。传达报告到 13：45 才完。宋潮同志是峨眉县委书记，现在负责胜利公社的"四清运动"，是社教工作团分团团长。

中午吃完饭后，与秉寿聊聊，谈进村 14 天来的体会，感触颇多。语言不通对于他也是一个不小的障碍。

15：00 至 17：30 分组讨论，然后工作队大队长老杜（杜澄同志）又讲了讲话。

1964 年 12 月 5 日（农历甲辰年十一月初二）　　星期六　阴

今天我们是汇总情况，准备开见面会，同时也进行了一些访查工作。

下午老黄（黄学海同志）作了一些指示，主要是材料核实工作和组织动员工作。我们计划后天上午开见面会，准备明天下午找一些贫下中农积极分子开一个小型的座谈会。

1964 年 12 月 6 日（农历甲辰年十一月初三）　　星期日　晴

今天做召开与群众见面会的准备工作。我们决定由老吴同志代表我们讲话。上午他准备讲话稿，我们又进行了材料的核实工作。

下午召开部分贫下中农积极分子座谈会。

晚上，我们四人（老吴、老胡、小熊和我）一起研究老吴起草的讲话稿，认为他的讲话稿写得还是不错的，也提了些修改意见，补充了些事例。

1964 年 12 月 7 日（农历甲辰年十一月初四）　星期一　阴

不到 8：30，二队的社员就都到了普神蓭。看来社员们对于这个见面会还是很重视的，会议的组织动员工作也做得较好。一队的社员来的情况较差，因此会议延迟到 9：30 才开始。

会上主要是老吴（吴万玉同志）讲话，老黄（黄学海同志）也参加了会议，并不时插话。会议开始不久，工作队队部的老杜（杜澄同志）、老陈（陈和敏同志）和王普敬等四位同志也来了，并参加了我们的见面会。在见面会上点了雷××的名，打击了他的嚣张气焰，并当场计算出了他多占的 93.5 个工分，责令他按粮款退赔，还退赔出私占的队里的仓板。一队的财务保管万××的民愤也很大，他也当场退赔了多占的工分。

分组讨论开展得很好。我主持二队的贫下中农座谈会，童子云在会上发了言，看来群众的顾虑已经消除了不少，当然会后还要做更艰苦细致的访查工作，了解每户每人的历史情况、政治情况等。

今天的会议基本上是成功的。老杨（杨秀伦同志）、杨福田、帅素清等也参加了我们今天的见面会。

1964 年 12 月 8 日（农历甲辰年十一月初五）　星期二　阴

今天早晨杨福田很早就来了，我们尚未起床，他来取钥匙。洗漱后抄写 6 日《四川日报》发表的"短评"，题目是"清工分首先从清除资本主义思想做起"。

早饭后去参加三、四、五队的见面会，今天六、九队也在召开见面会。我们一、二、三、四、五队的工作组同志参加这边的会（指三、四、五队的见面会），六、七、八、九队的工作组同志参加那边的见面会（指六、九队的见面会）。这边的见面会由老蒋（蒋德寿同志）进行讲话。

1964 年 12 月 10 日（农历甲辰年十一月初七）　星期四　阴

昨夜下了场小雨，今天早晨社员不能出工，我们打算利用这个机会做工作。我与小熊一起召开一、二队青年会议，座谈昨天晚上看电影《白毛女》的体会。

下午去大队部开组织生活会，谈进村以来的感想和体会，这是第一次团组织生活会。我们几个团员成立一个支部，支部书记是王小平，支部副书记兼组织委员是李荣甫，宣传委员是熊盛发。

晚上制作二队的户口表，编制得比较详细，分户立案，为此睡得较晚。

1964 年 12 月 11 日（农历甲辰年十一月初八）　星期五　阴

吃罢午饭，正欲下地，小帅（帅素清同志）来叫我们填报表。上午就要填好，上午就埋头与老吴填报表。李树岩等来了，与他聊了聊。他们请我们从一、二小队帮助了解一些问题，也谈到了夏河大队工作组进村以来的若干情况。

下午又继续制作户口表。敖俊德来拿报纸，又与他聊了聊。

晚上去大队部，遇见三队社员在开会，王小平、帅素清、敖俊德等正在批评干部——队长邹××。他们请我参加，我就参加了，在一旁助阵。

1964 年 12 月 12 日（农历甲辰年十一月初九）　星期六　阴

中午去大队部，老杜（杜澄同志）也来了，他一再强调文件、报表等一定要保管好。

听杨福田说可能要调老吴和杨登舟去公社工作，老敖（敖俊德）调到工作组协助组长做秘书工作。我们一、二队调老黄（黄学海同志）过来，但是尚未最后决定。

1964 年 12 月 13 日（农历甲辰年十一月初十）　星期日　阴

今天老吴去公社开会了。清晨去的，直到夜晚才回来。

老吴回来传达上级指示，要大家提高警惕，严防阶级敌人的破坏活动。他还说我们有一个同学接到家里电报："父亲病危"。我推测是武玉荣，不知现在如何了。

1964 年 12 月 14 日（农历甲辰年十一月十一）　星期一　阴

中午去了公社一趟，见到了王普敬、李树岩，果然是武玉荣接到家里的电报，她今天早晨已经回家去了。

傍晚杨福田来到我们这里，问了问我们这里这两天的情况，回收了三份文件。在进村前我费了很大力气才把文件都合订在一起，以免散乱丢失，现在又要拆开。

1964 年 12 月 16 日（农历甲辰年十一月十三） 星期三 晴

上午去大队部向杨组长汇报了一些情况（给困难的贫下中农补助问题和阶级斗争情况）。

1964 年 12 月 17 日（农历甲辰年十一月十四） 星期四 晴

中午杨福田和公社工作队队部的同志来给受补助的贫下中农社员量衣服，我们生产队仅有童学芬一人。一件棉衣，国家补助棉花 1 斤，棉布 11 尺，人民币 6.60 元。童子云也回来了，他的阶级性提高了许多，胆子也大了，性格似乎开朗了。

老吴与老胡去参加工作组召开的全大队党员会议了，回来得更晚些。

1964 年 12 月 19 日（农历甲辰年十一月十六） 星期六 阴

听说李荣甫老师昨天上午去公社看病了，他的肝炎又复发了。

1964 年 12 月 20 日（农历甲辰年十一月十七） 星期日 晴

全体工作组同志会议于 15：00 召开，主要议题是全体一起审议与确定各队的积极分子。我们二队的两个积极分子候选人大家一致同意。

1964 年 12 月 21 日（农历甲辰年十一月十八） 星期一 阴

9：00，全工作组同志——包括昨天下午才调到我们月南大队工作的徐、祝二位同志——开会听取杨秀伦组长关于宣讲"双十条"工作的传达报告。之后分为两个小组分别审议第四、第五、第七、第八、第九生产队的积极分子候选人，最后的结果是全大队选定 15 个积极分子，但是第五生产队还是没有找到合适的人。

中午，符汝公社安川大队工作组的吴志明同志来此，了解我队地主夏××家里的情况。由于我们目前对该地主的情况了解得也不多，故把夏××叫出来

大学本科阶段

问了一番。后又去夏河大队第八生产队，正是冯振堂所在工作组负责那个队的工作，与冯振堂等共议此事。夏××的丈夫罗××原先住在夏河八队，土改后才迁出来。罗××已经死了，其子就是罗×元。

下午与老吴搬到二队来，住在童恒太家后面的一间房子里，这样更便于工作。

1964 年 12 月 22 日（农历甲辰年十一月十九）　星期二　晴

工作组组长们决定把新来的祝同志分配到我们二队和我及老吴同志一起工作。老吴同志还要负责各大队的政法工作，比较忙，我就要对二队的工作多负些责任了，为此将祝同志分到我们二队来。祝同志叫祝泽庭，是乐山县的农村知识青年，今年 19 岁。下午把他带到我们队里来安置好住处，他与我在同一张床上睡觉。后又带他到队里转了转。

晚上召开社员大会，讲耕牛过冬及修堰等生产问题。

黄学海副组长调到工作总团搞政法工作去了，敖俊德也调到队部工作去了，所以我们工作组补充了两名工作队员。

1964 年 12 月 23 日（农历甲辰年十一月二十）　星期三　阴

今天开始宣讲"双十条"，是对积极分子们宣讲，也是对积极分子培训的主要内容。工作组同志若没有什么特殊的事情，就都去参加会议。由老杨（杨秀伦组长）宣读，由老陈（陈和敏副组长）讲解，今天只讲了第一讲"社会主义教育运动的方针、意义和内容"，从 10：00 开始，到 14：00 结束。整个"双十条"分四次宣讲，明天后天还要组织讨论，进一步领会文件的精神。

1964 年 12 月 26 日（农历甲辰年十一月廿三）　星期六　晴

社教运动工作团总团派出若干个检查组深入基层，检查社教运动在各地的开展情况，派到我们月南大队检查运动开展工作的检查组共有五个同志，一人负责一片。他们将和我们长期生活在一起，一起搞"四清运动"。张鹤声同志为组长，我所知道的检查组成员还有陈克家及税毕先两位同志。

下午去普神蓭，与老吴、老胡、小熊、小祝以及总团派来的检查组老陈

我们走在大路上

（陈克家同志）一起研究明天的开会问题。

1964年12月27日（农历甲辰年十一月廿四）　星期日　阴

9：36至10：48在普神蓭召开一、二队社员群众大会，宣讲"双十条"，讲第一讲的前半部分。老胡（胡克顺）宣读，老吴（吴万玉）宣讲。老杨（杨秀伦组长）、工作队队部的老赵同志与老黄（黄学海）同志都来参加了。

1964年12月28日（农历甲辰年十一月廿五）　星期一　阴

今天老吴（吴万玉同志）去公社开会。小祝（祝泽庭同志）与小熊（熊盛发同志）去四、五队帮助老蒋（蒋德寿同志）和老刘（刘忠和同志）掌握宣讲"双十条"第一讲后的讨论。我和老胡（胡克顺）去大队部向组长老杨（杨秀伦同志）汇报工作。故今日的"双十条"宣讲工作暂停一日，明日继续。

到大队部我向老杨组长汇报了我们二队各户的人员情况。5班的同学马俊驹也来此，中午我们一起从大队部出来去四队，马俊驹找臧玉荣了解情况，我去六队见到李志成、杨登舟，问清明天去临江公社的道路。

回到二队已经14：30了。吃过午饭准备去公社找工作队队部开外调介绍信。经过一队与胡克顺聊了会儿。这时来了一位客人，是从峨边县社教工作分团天津公社工作队来的同志，叫陈邦清。他来此调查有关他们公社杨×凡等人的情况。待我赶到公社开介绍信时，已经是黄昏了。刘爱清正在队部，但是他说开介绍信一定要有工作组组长的签字才行。我只好又回来，吃过晚饭去大队部找杨组长开条子，又与小祝一起赶到公社，在工作队队部开了介绍信。由于出了峨眉县，还需要到工作分团转介绍信。幸亏不用再转工作总团了，否则我明天还得去一趟峨眉县的县城呢！

明天从月南大队出发，要穿过民主大队，到红山公社，经过蓝天庙，再奔向乐山县临江公社。到红山公社能否见到5班的同学们呢？

1964年12月29日（农历甲辰年十一月廿六）　星期二
阴，有时有小雨

吃完早饭，带好东西，穿上雨衣，9：00，我开始前往乐山县临江公社。

由于路不熟，只知道大致方向，下雨路滑，不好走，路上很费时间。经过民主大队六队、七队、二队、一队，才到达红山公社。见到了方孝功老师和徐敬之书记，与他们聊了聊，并问明去蓝天庙的道路。我又继续赶路，这时已是10：30。到达红山公社前进大队，遇见了5班的同学曹长生，在他那里休息了片刻，喝了碗米汤。他们大队的工作组同志正在开会，见到肖淑华、刘桂英、陈丽君、周振华、万肇基、安智光等。由于他们正在开会，不便多聊，继续前进。

14：10到达临江公社，一位姓赵的秘书在那里，我与他接洽。据了解，我要去找的那个游××不是属于永乐大队，而是属于跃进大队的。在公社与跃进大队支部书记游庭才等人摆谈，了解到一些情况。

为了进一步了解情况，我决定下到大队、生产队去找群众摆谈一下。16：40至18：40下到生产队进行了解。

19：00回到公社，今天晚上回不去了。我本来希望赶回峨眉县红山公社前进大队，在那里过夜。那里有"自己人"，5班同学，方便多了。但是时间来不及了，只好在此过夜了。

1964年12月30日（农历甲辰年十一月廿七）　星期三　阴转晴

8：20了，开始返回。到了前进大队，恰巧到了第12生产队，见到了肖淑华，这时已经11：00。她把辫子剪掉了，说为了更好地工作，以至于我初见到她时，差点儿没有认出来！能与肖淑华见面，我当然非常高兴，她也十分高兴。自从11月20日在青衣江渡口与她分别，至今方才见面，想不到今年还能够见到她！

到了肖淑华的"办公室"摆谈起来。她先烧了些水给我喝。我们首先谈的是工作，发现她们这里姓童的人也很多，而且就在她们生产队里也有一个人叫童恒太，并且也是35岁，和我们生产队的童恒太同岁，真是巧得很。不同的是他们这儿的童恒太是一个生产队队长。我们交谈了工作情况及工作体会，也谈到生活上的一些问题，如给家里写信了没有，身体如何，饮食起居习惯不习惯，等等。和她一起工作的彭山县的同志姓宋，我说起吴万玉同志，他是认识的，他也在粮站工作，和老吴是一个系统的。

他们红山公社前进大队与我们胜利公社光荣大队接壤。穿过光荣大队就到了夏河大队，又经过公社所在地就回到月南一队和二队，先后见到了王普敬、刘爱清、蔡长水同志。

回到家休息片刻，写写日记。同志们都不在，可能在大队部开会呢，赶到大队部，见同志们正在开会，今天开了一天的会，传达了关于政治思想工作的报告，并布置了第二讲"双十条"的工作问题。

晚上与老胡、小祝召开第一、二生产队部分贫下中农会议，共同评选第二批积极分子，我们队评选出童恒华一人。当然，以后还要我们工作组审定的。

1964 年 12 月 31 日（农历甲辰年十一月廿八）　星期四　晴

上午去参加集体劳动。休息时，青年人在田间地头要求我教他们唱歌，在学校我最不喜欢唱歌了，但为了社教工作，团结青年人，我也就勉为其难，应他们要求教他们唱起歌来。可能我教得并不好，但是能把他们的积极性调动起来就好，教得准确不准确是次要的。今天不是星期日，但是青年人要求晚上开会，我想今天是跨年，把他们组织起来过一个愉快的新年也是很有意义的，就答应了他们的要求。

晚上开青年会，教唱歌曲。他们又提出学文化的要求，但是他们现有的文化程度又参差不齐，我也不可能承担起"扫盲"的任务，只能今后在学习文件或报纸的过程中逐步提高他们的文化水平。总之，我觉得这些青年很可爱，求知欲很旺盛，可惜他们没有学习的条件和机会。

今天是跨年，我非常想念同学们，想念在北京和各地的亲人们……他们都好吗？

1965 年

1965 年 1 月 1 日（农历甲辰年十一月廿九）　星期五　阴

12：45，外出调查×××妻子×××的成分问题。我摸到干河大队，首先来到五队，见到了孙成霞，她的身体恢复得很好，胖了。由于工作紧张，我们不及细谈，简单地相互通报一下各自的情况。我要到黄河坝去，孙成霞告诉我黄河坝在干河大队第二生产队与第七生产队，并给我指出前往二、七队的道路。我到了二队，见到了田广见与左广善，在他们那里吃了午饭。田广见

大学本科阶段

又带我到了七队见到了李彦龙，我要找的人就在这个生产队，通过访问他们，调查清楚了×××的问题。在那里，我还遇到紧邻的夏河大队第五生产队的周芮贤，他在这个队搞运动。这里离四队也很近，于秉寿就在四队，我是多么想见到秉寿啊！但是时间不允许，只好作罢！

回来路上，经过夏河六队，见到贾书勤。经过七队，见到了佟秀芝和薛宝祥。到公社时还见到了宋新昌、刘爱清、冯振堂。今天见到了这么多的同学，我十分高兴。每见一个同学，就互相道贺一声"新年好"或"恭喜新年"，非常有趣！

1965 年 1 月 2 日（农历甲辰年十一月三十）　星期六　阴

上午给积极分子宣讲"双十条"第二讲，关于阶级斗争和形势问题。老陈（陈和敏副组长）宣读文件，老杨（杨秀伦组长）宣讲内容，工作队队部的老杜（杜澄同志）和老陈（陈克家同志）也来参加了。

晚上我又与老胡、老陈（陈和敏副组长）等讨论明天宣讲"双十条"第二讲的事情。

1965 年 1 月 3 日（农历甲辰年十二月初一）　星期日　阴

上午宣讲"双十条"第二讲，由我宣读文件"前十条"的第二、三、四条，由老胡宣讲内容。之后分组讨论。我主持地主富农子女组的讨论，下午依然如此，鼓励他们大揭阶级斗争的盖子。但是我们二队的群众讨论不激烈，谈出的问题也不多。如何进一步打开二队的局面呢？

今天上午有铁道兵部队来此察看队里的房屋情况，出于修建成昆铁路的需要，铁道兵要在我们这里（包括一队）找房子住，如果有合适的房屋，他们春节后就来。峨眉县要通铁路了，这是好事，铁道兵住在这里，也会有助于"四清运动"的深入开展。

1965 年 1 月 7 日（农历甲辰年十二月初五）　星期四　晴

今天吃过早饭就去大队部，不久夏河的同志们也来了。我见到了同学们十分高兴，开会前我们三三两两地交谈起来，谈得较多的还是当前的工作。我与于秉寿亲切地交谈着，从工作到学习，从思想到生活，以及家里有没有

我们走在大路上

来信都在谈话范围之内。

宋潮等同志也来了，9：00开始开会。先是听两个工作组组长汇报前一段时间的工作情况。汇报完已经到中午了。

中午请于秉寿到我们这里一起吃饭，也请他参观了我们的住处，并陪他到我们二队各处看了看。

下午继续开会。宋潮同志布置下一段的工作，他针对我们前一段的工作，肯定了我们取得的成绩，也指出我们工作的不足，并给予严厉而中肯的批评，指出了今后我们工作的方向。总的来说是批评我们思想不够解放，胆子太小。虽然是批评，我们听了却感到讲得很实际，听了很舒服。宋潮同志还是很有水平的。

大家又讨论了一番，20：00散会。大队正在放映电影，国产彩色故事片《勐垅沙》，看完电影我们又回到一队，大家又把拟选定的第三批积极分子名单拿出来，重新研究一下，感到以前对积极分子要求过高，不敢放手发动群众。今天宋潮同志批评我们工作中的缺点就是选拔积极分子的框框太多，不够大胆，要求积极分子纯而又纯，结果没有充分发动群众。

1965年1月9日（农历甲辰年十二月初七）　星期六　晴

10：30至15：00，给积极分子讲"双十条"第三讲，这一讲的中心问题是依靠谁来搞运动的问题，当然是依靠贫下中农了。问题是要讲清楚为什么要依靠他们，于是从贫下中农在旧社会受的苦讲起，因为他们在旧社会受苦最重，所以他们热爱新社会，最听毛主席的话，最坚决跟共产党走，革起命来最坚决。由老胡（胡克顺）来讲，讲完组织讨论。

1965年1月11日（农历甲辰年十二月初九）　星期一　晴

原定今天我要出去搞调查工作的，但今天凌晨老陈（陈和敏同志）突然传达上面指示，今天14：00开工作组全体会议，又不能去调查了。本来老胡与小祝也打算去上山打柴的，社员烧的柴火也成问题了。

下午去大队部开全体工作组同志会，正式开会时已经14：55了。今天的会议是布置春节前的审查阶级成分的工作。准备在年前做贫下中农、中农成分审定工作，并建立起贫下中农协会筹备组织，过春节后开始进行

"四清"工作。

1965年1月12日（农历甲辰年十二月初十）　星期二　晴

上午给积极分子讲"中农问题"，先分析中农的特点，着重讲在运动中我们应该怎样对待中农，中农又应该怎样对待运动。总之中农不是革命的对象，是可以团结的力量，搞运动不应该损害中农的利益，贫下中农只有和中农结成同盟军，才能取得运动的胜利。

老胡（胡克顺）去胜利大队参加四队的审定阶级成分的诉苦，摆三史（村史、家史、个人的成长史）大会。这是审定阶级成分前的阶级教育方式之一。

1965年1月13日（农历甲辰年十二月十一）　星期三　阴

原定今天给群众讲"中农问题"，但是清晨王小平突然来通知：赶快吃早饭，然后去大队部，再一起去符溪公社新生大队开现场会。

我们赶到那里，原来那里今天要成立贫下中农协会，张力行政委要求我们都去参加大会。会后又组织我们讨论月南工作组的工作，思考我们的工作如何赶上去。张政委再三要求我们去掉一切框框，从群众的要求出发，从"双十条"的精神出发，大胆创新办法。最后决定提前进行"四清"工作（主要先抓清理工分），与审定阶级成分和组织贫下中农协会的组织工作结合起来搞，这样才能大步赶上去。

下午在我们二队里走访群众，大家都有开展清理工分的要求。根据张政委的从群众的要求出发的指示，我们决定下一步就开展清理工分的工作。

1965年1月14日（农历甲辰年十二月十二）　星期四　阴

我们向群众宣布：从今天起清理工分，"四清运动"正式开始了！这是今天上午召开全体社员大会时宣布的，会议就在生产队的仓库召开。老吴给群众宣读了1月10日的《四川日报》社论：《多占工分就是剥削》，我也讲了讲清理工分的意义，然后干部、干部家属与群众分开讨论。

陈和敏副组长也来参加我们队的会议了。

在社员讨论会上，大家揭发了不少问题。在干部会上，干部在被施加压

我们走在大路上

力的前提下也交待了一些问题。

晚上我去了大队部两趟，汇报今天的工作。并去四队，见到了蒋德寿同志和臧玉荣同学，老蒋给我讲了讲抓好民兵工作的问题。

1965 年 1 月 21 日（农历甲辰年十二月十九）　星期四　阴

今天上午在大队部开全大队社员大会，斗争大队长×××与大队支部书记×××。群众斗争积极性很高，但是会议开得并不十分好。张鹤声组长讲国内外形势讲得太多了，可能是群众听不懂，或者对此不大感兴趣，会议秩序有些乱，会议指挥也比较紊乱，本来原定只斗争童××的，后来雷队长来了，不问情况地又指示斗争邹××，但是大家思想准备不足，材料也没准备好，斗争的效果不是很好。

社教运动工作团总团派出若干个检查组深入基层，检查社教运动在各地的开展情况，张鹤声就是派下来到我们月南大队检查运动开展工作的检查组组长，检查组成员还有陈克家及税毕先两位同志，他们也与我们一起搞运动。

开完会已经是 15：00 了，我们工作组又总结了半个多小时，回来已经16：00 了。

据张鹤声组长今天说，我们要于 25 日集中，利用春节机会进行工作队的整顿。可能不在这里与社员一起过年了，我感到有些遗憾。不过想想不在这里过年也好，少给群众添很多麻烦。

1965 年 1 月 24 日（农历甲辰年十二月廿二）　星期日　阴

今天吃过早饭就去公社开会学习中共中央政治局讨论通过的文件：《农村社会主义教育运动中目前提出的一些问题》，一共有 23 条，所以简称就是"二十三条"。这是本月 14 日由中共中央政治局通过的，是指导当前工作的最新的文件。以前文件精神与此不符的一律以这个"二十三条"为准。这对我们正在进行的运动很有指导作用。特别是文件指出，要实行群众、干部、工作队三结合搞运动，更有启发性。

今天见到了诸位同学，武玉荣已经回来了。我和于秉寿仍畅谈不已。

大学本科阶段

1965 年 1 月 25 日（农历甲辰年十二月廿三）　星期一　阴

今天去峨眉县参加社会主义教育运动即"四清运动"动员大会。

今天大会有四万多人参加，是社会主义教育运动工作团总团召开的。先宣读中共中央文件《农村社会主义教育运动中目前提出的一些问题》，即"二十三条"。然后播放李井泉同志讲话录音，是李井泉同志于 20 日在南充县社教运动大会上的讲话。他讲了三个问题：（1）政策；（2）贫下中农组织的权力；（3）工作队的几个问题。

大会于 15：00 多结束，16：00 多回到家。

在会场上，见到了 2 班、3 班、4 班、5 班、6 班的同学们，只能打打招呼，未来得及交谈。

1965 年 1 月 29 日（农历甲辰年十二月廿七）　星期五　晴

上午到公社开会，10：00 开始开会。先宣读了李井泉同志 1 月 23 日在南充专区五级干部大会上的讲话，讲话内容与上次听到他对社员群众的讲话内容相同。然后主持会议的同志又讲了讲春节放假的事情。12：00 会议就结束了。

1965 年 1 月 30 日（农历甲辰年十二月廿八）　星期六　阴雨

早晨送老吴、小熊等彭山县的同志回彭山县家中过年，回来后小祝收拾一下东西也走了。

1965 年 1 月 31 日（农历甲辰年十二月廿九）　星期日　阴，多云

昨天夜间李荣甫与杨登舟来我们这里，正好老吴和小祝都走了，他们就在我这里住下来，今天一早我们就起来了，与老乡告别。

6：30 臧玉荣、李平煜就到我们这里了，连同李荣甫、杨登舟一起到普神庵，与老胡汇合一起出发，杨福田来送我们，他一个人留下来就地过春节。我们没有到公社吃早饭，直奔小商店，在那里等候接我们的汽车。一路上路很滑，不好走，我们到那里时，天还没有大亮。

同学们从各处陆续来了，然而接我们的汽车却迟迟不来。9：50 汽车终于来了。我们上车，奔向乐山。还是沿来时的路返回，望着沿途景色，十分

感慨。两个月零十天——即73天——前我们走过这条路，那时是激战前夜，脑子里对于四川农村"四清运动"怎么搞还是空空的，没有任何想法，然而今天重新走在这条路上，脑子里已装了不少东西了。

来到青衣江畔，渡江。我又想起去年渡此江时的情景……

11：45，来到中共乐山地委招待所，这里条件很好，我们将在这里度过春节假期。

午饭后以班为单位开会，会议时间不长。老杜（杜澄同志）与老何（何长顺同志）、老杨（杨秀伦同志）先后讲话，告诉我们这几天的大体安排，让大家充分地休息，在此前提下，思考一下下乡两个多月来的收获。

散会后，与于秉寿外出，上街，欲去洗澡，但是人太多了。与秉寿走了乐山市的几条主要街道，看看乐山市容。

我们四个在月南大队工作组的男同志——杨秀伦、李荣甫、杨登舟、江兴国以及红星大队工作组的两个男同志——樊五申、梁桂俭，共同住在第44号房间。

1965年2月1日（农历甲辰年十二月三十）　星期一　除夕　晴

一早起来，没来得及洗漱就直奔青衣江浴池，痛痛快快地洗了个澡，两个多月没有洗澡了，身上非常脏。洗完澡回来吃罢早饭，又去理发。

吃完午饭，与于秉寿去招待所后面的山上登亭远望，乐山城全景尽收眼底，乐山城市还是很美丽的。

14：00，全体师生在大会议室开会。徐敬之团长、张杰处长（教务处处长）讲了讲前一段的工作、师生们的思想状况，并谈到春节几天如何度过，号召大家利用假期写写心得体会等。然后分班座谈。我想写我对农村的热爱之情是怎样产生的，我感到为农民服务是我最大的幸福！

为了使大家更好地过年，学校决定给我们每人补助一元钱作为春节期间的伙食补助。

19：00至21：00全体师生在大会议室开联欢会，欢度春节。师生表演了各种文艺节目，也还尽兴。大家经过两个多月的运动，现在放松一下，很有必要。

21：00至22：00大家三三两两地到街上走走，看看四川的除夕之夜，乐山城地方不大，还算热闹。

回来后分班团聚，闹到 0：00 多，又与同学们聊聊，睡觉时凌晨 1：00 多了！

我想念北京的亲人们，我长这么大还是第一次在外面过春节。

今天早晨从广播中听到朗诵赵朴初的新作，散曲《某公三哭》，十分风趣，十分高妙，是对赫鲁晓夫的绝妙讽刺。

1965 年 2 月 2 日（农历乙巳年正月初一）　星期二　春节　多云

今天是春节，所谓"大年初一"，今天吃两顿饭，早饭吃了饺子，很好吃。吃饭前与恽其健下了盘象棋。

10：00 与于秉寿一起外出去游乌尤寺、大佛寺。我们来到江边乘小火轮沿江而下，经过乌尤寺，又经过杜家场，最后到达马鞍山，我们在此下船。游览岷江很有意思，乘船从大佛面前的激流中驶过颇令人兴奋。去年在乐山地委党校学习时，就有在此乘船一游的打算，今日得以实现。

下船后先游马鞍山，山上多工厂，还有工人宿舍区，呈现出一片新气象。

乌尤山、乌尤寺、大佛寺都有很多人，十分拥挤。大佛"别来无恙"？与他有两个多月没有见面了。

14：30 回到招待所，十分疲倦，休息片刻。15：30 吃晚饭，喝了点儿酒。

见到肖淑华，把我从北京带来的剪报给她看，上有《人物风流话乐山》一文，介绍她看一看。

傍晚与于秉寿去乐山的人民公园游览了一番。

1965 年 2 月 3 日（农历乙巳年正月初二）　星期三　晴

今日天气很好，本想出去游玩的，但是要写下乡两个月的心得体会，只好憋在屋子里耍笔杆子了。犹如一场"开卷考试"，很不好写。

吃过午饭，与敖俊德登上后山一览。

晚上还是写心得，与老杨聊了聊，又外出走了走，到人民公园游玩。

彭山县的蒋德寿同志回来了。

1965 年 2 月 4 日（农历乙巳年正月初三）　星期四　阴

下午继续写心得，好不容易"憋"出来一篇文章，谈端正学习目的，题目是"为贫下中农而努力学习,建设社会主义新农村"。

中午和于秉寿到新华书店转了转,我买了 13 本书,花了 2.28 元,多是青年读物,准备回去组织青年们读书学习,把科学文化知识带到农村去。

下午听徐敬之主任作总结前一段工作的报告,讲得很好。后又分班座谈,互相之间也提了提意见。

洗的被面、被里干了,晚上缝被子,杨秀伦同志帮助我缝,边缝边聊。

1965 年 2 月 5 日（农历乙巳年正月初四）　星期五　多云

今天早饭后开始搬家,搬到乐山卫生学校去住。彭山县的同志已经于昨天来了,老吴（吴万玉同志）和小祝（祝泽庭同志）也在这里,见到他们我很高兴。

把东西放好后,就集中学习《农村社会主义教育运动中目前提出的一些问题》,即"二十三条",每人发了一本文件。

我们月南与夏河、干河、光荣四个大队工作组的同志住在一间大教室里。

1965 年 2 月 6 日（农历乙巳年正月初五）　星期六　多云

上午继续分片讨论,仍学习文件《农村社会主义教育运动中目前提出的一些问题》（"二十三条"）。这个文件是中共中央政治局召集的全国工作会议讨论通过的（1965 年 1 月 14 日）。中央在这个文件前面的通知里说:"中央过去发出的关于社会主义教育运动的文件,如有同这个文件抵触的,一律以这个文件为准。"这个文件我们需要很认真努力地学习。

下午我们月南工作组分成两个组进行讨论,一、二、四、五队为一个组,陈和敏副组长也参加了我们组的讨论。

晚上休息,同志们分别去看电影、话剧、川剧或歌舞去了。我没有去,留守宿舍。于秉寿、田广见、李彦龙也没有去,与他们聊天。

1965 年 2 月 7 日（农历乙巳年正月初六）　星期日　晴,多云

上午全体工作团团员开大会,听张力行政委的报告。我们胜利分团是在乐山剧场听的,张政委讲了"二十三条"中的几个主要问题,作了我们前七十多天的工作总结,肯定成绩,指出缺点。

听完张政委的报告11：00了。饭后与杨秀伦组长及臧玉荣去后面小山上散步。

下午和晚上都是学习"二十三条"，结合张政委的报告进行讨论。看来我们前一段工作中搞的"访贫问苦""扎根串连"的方法是错误的。张政委在报告中否定了进村后"秘密地开展工作"的方法，认为那样做对干部也太不信任了，自己束缚了自己的手脚，走了一段弯路。

1965 年 2 月 8 日（农历乙巳年正月初七） 星期一 阴，多云

今天一天还是继续讨论张政委的报告，讨论也很热烈。大家就"二十三条"提出了许多问题，进行讨论。

1965 年 2 月 9 日（农历乙巳年正月初八） 星期二 晴

今天还是继续总结前一段工作，先谈成绩，后摆差距。大家所见略同，认为中央文件"二十三条"发布得很及时，端正了运动进行的方向。

下午谈春节后重新进村应当如何开展工作。

1965 年 2 月 10 日（农历乙巳年正月初九） 星期三 晴

9：00至11：30全体社教运动工作队员在人民公园灯光球场开大会。张力行政委（也是我们工作团总团的团长）总结这一段的学习，并且布置了下一阶段的工作。我们将于12日（后天）返回"四清运动"前线，就是再进村去。进村后的工作任务就更繁重了，要做更艰苦细致的工作。我已有思想准备，决心努力工作，绝不放松。

下午和晚上讨论张政委今天的报告。这次回来过春节，学习了"二十三条"，使我们的思想更明确，搞起"四清运动"来信心更强，干劲儿更大了。

1965 年 2 月 11 日（农历乙巳年正月初十） 星期四 晴

今天座谈回村后的工作计划，由于组长们及部分同志去开会或有其他事情了，座谈的人较少。

领导上决定，这次搞运动还要开辟"新战场"，原来有些没有搞运动的公社也要一起搞，所以要抽调不少同志到"新战场"去工作。具体到我们工

作组，要调陈和敏、徐仲祥、祝泽庭三位同志到龙池公社搞运动。另外，原在我们月南大队与我们一起搞运动的总团检查组的张鹤声、陈克家及税毕先三位同志也要到新的战场上去。总团检查组的周文浩同志与刘昌义同志仍然留在我们月南工作组。故今天大家有些激动，深感这次回去搞运动，担子更重了。

1965 年 2 月 12 日（农历乙巳年正月十一）　星期五　晴，早晨大雾

今天回村了。

上午工作组开会，布置回去后的若干具体工作。11：00 与杨秀伦组长及杨登舟、胡克顺、徐志伦、袁司理一起去医院看望李荣甫。本来石宗崑与孙成霞打算和我一起，我们学英语的三个人去看望李老师的，李荣甫老师在学校教过我们。但各组开会时间不一，未能如愿，我代表他二人向李老师问好。李老师肝炎还未痊愈，这次不能与我们一起回村了。[1]

16：00，上车，出发。

这是第三次渡过青衣江了。在渡船上，我与武玉荣谈起陆游在乐山写的诗《登荔枝楼》。这首诗是陆游 49 岁那年（公元 1164 年）夏天在乐山荔枝楼上写的，诗曰：

　　平羌江[2]水接天流，凉入帘栊已似秋。唤作主人元是客，知非吾土强登楼。

　　闲凭曲槛常忘去，欲下危梯更小留。公事无多厨酿美，此身不负负嘉州[3]。

左广善还告诉我峨眉山上报国寺洗象池处有清代人谭钟岳题写的一首诗《象池夜月》：

　　仙人骑象杳何之，胜迹空余洗象池。一月映池池贮月，月明池静寄幽思。

渡过河之后又与武玉荣聊了聊这次下乡的若干体会和感想。

---

〔1〕 事后得知，不久后李荣甫老师就回北京治病了，没有再回四川参加"四清运动"。
〔2〕 平羌江就是青衣江。
〔3〕 乐山在唐代称为嘉州，"乐山"是清雍正年间才改的名称，一直沿用至今。

车开到胜利公社红星大队处，我们下车，就是去年 11 月 20 日初次进村时的下车处，这时已经 18：00 了。

晚上我与老吴分别召开积极分子会议与干部会议，了解两周来生产队的各方面情况。大家表现得很好，各方面都做得不错，生产也抓紧了。对于他们的工作我们很满意，特别是民兵与青年表现得更好，保证了大家平安地过年。

1965 年 2 月 13 日（农历乙巳年正月十二）　星期六　晴

下午小祝（祝泽庭同志）回来了，他明天就要去龙池公社搞"四清运动"了。他被分配在龙池工作分团凤凰大队第二生产队工作。晚上与老吴（吴万玉同志）、小祝畅谈一晚。

领导上决定调臧玉荣到胜利大队工作组工作，调我到本大队协助杨福田搞秘书工作。

1965 年 2 月 14 日（农历乙巳年正月十三）　星期日　晴

上午送走小祝，并见到胜利大队的刘思亮组长，他正在给青年和民兵开会。臧玉荣被分配在胜利大队第五、六生产队工作，同时调到胜利大队工作的还有丁葆光，她被分配在第一、二生产队工作。

1965 年 2 月 17 日（农历乙巳年正月十六）　星期三　晴

一早大家就去公社开"峨眉县胜利人民公社首次贫下中农协会会员代表大会"。我们月南大队共有 112 人参加大会，其中社员 98 人，工作队员 14 人。社员中有贫下中农协会代表 25 人（其中王绍清因病未能出席），干部 44 人，其他中农、妇女、青年、民兵等各方面代表 29 人。我先走一步，负责我们月南大队的人员报到事务。

▲ 同学帮助当地农民写加入贫下中农协会的申请书

我们走在大路上

1965 年 2 月 18 日（农历乙巳年正月十七）　　星期四　阴

今天继续去公社开大会。昨天上午就宣读中央文件"二十三条"了，然后又宣读了李井泉同志的讲话稿，后宋潮同志又讲了话。昨天下午是分组讨论。

1965 年 2 月 19 日（农历乙巳年正月十八）　　星期五　晴

今天开始，以大队为单位搞干部"下楼"[1]问题。

1965 年 2 月 21 日（农历乙巳年正月二十）　　星期日　晴

早晨就到了大队部，杨福田让我收集整理各队的材料，关于各个阶层对社会主义与资本主义两条道路斗争的反映，以及坚决走集体化道路维护集体利益的典型事例。为此，我跑了几个生产队搜集材料。

下午在大队部参加干部"下楼"会议。

在公社见到了孙成霞，原来她调到公社工作队专搞妇女工作了，我们聊了聊。

1965 年 2 月 26 日（农历乙巳年正月廿五）　　星期五　阴转大雨

9：00 至 15：00 开全大队社员大会，传达昨天会议精神。杨秀伦组长又讲了讲"二十三条"，之后又分开讨论。我们二队对于"二十三条"中有关干部政策的理解，还没有多大偏差。最后又集中起来开大会，李厚基副组长讲了讲生产问题。李厚基，四川彭山县的干部，春节后调到我们月南工作组任副组长。

1965 年 3 月 1 日（农历乙巳年正月廿八）　　星期一　阴转小雨

刘昌义同志来通知大家立即到大队开会。赶到大队，让我们收听广播，原来是听今天在峨眉县召开的县第一届贫下中农代表大会首次会议。在今天的会上，张政委、宁书记讲了话，并作了报告。

---

〔1〕 所谓"下楼"，表示干部把问题交代清楚，获得"解放"。

晚上开青年会，学习中共四川省委、四川省人民委员会 2 月 26 日发出的《关于立即掀起春耕生产高潮的指示》，又学习《四川日报》2 月 27 日社论：《紧急动员起来，掀起春耕生产高潮》。组织青年们座谈，他们都表示要在集体生产中积极努力带头干。

1965 年 3 月 4 日（农历乙巳年二月初二）　　星期四　阴雨

下午去打煤油。先去公社，见到了孙成霞，她正在写材料，与她交谈起来，谈起进村三个多月来的体会。

徐敬之团长来到我们胜利公社了，我听见他在隔壁会议室讲话的声音，十分亲切！成霞告诉我，学校给我们全体师生员工每个人寄了一本徐寅生的《关于如何打乒乓球》，要我们好好学习。这是徐寅生同志对中国女子乒乓球队的讲话。毛主席还就徐寅生的这篇讲话，作出了重要批示。现在从学校党委到每个师生员工都在学习这篇文章。我们十分感谢学校对我们的关怀。

1965 年 3 月 5 日（农历乙巳年二月初三）　　星期五　晴转阴

我回到二队。过了一会儿杨福田来了，不过他很忙，又去一队了。孙成霞也来了，给我带来了学校发的《关于如何打乒乓球》一书。

1965 年 3 月 10 日（农历乙巳年二月初八）　　星期三　阴，晚上有雨

早晨进行民兵操练，6：30，解放军一吹起床号，民兵同志也起床了。

今天工作队同志去公社开了一天的会，学习李井泉同志在南充市五级干部会上的讲话。然后宋潮团长又传达了总团召开的工作队党委以上干部扩大会议的精神。对我们启发很大，使我更加认识到搞好"划线定质"工作的重要性，也认识到这是一项艰巨、复杂的工作，是这场运动的关键。一定要鼓足干劲，下定决心，不怕麻烦，不怕疲倦，把这项工作做好。

1965 年 3 月 12 日（农历乙巳年二月初十）　　星期五　晴

上午全体社员去大队部开会，是整个大队社员大会。大队贫协筹备委员会副主席严吉成传达了峨眉县贫下中农首次代表大会精神。宣读这次代表大

我们走在大路上

会的决议。然后，李厚基副组长讲了讲生产问题，春忙时节就要来到了，号召大家努力生产，掀起春耕生产的高潮。讲完后，各队各自讨论如何搞好春耕生产。

1965 年 3 月 14 日
（农历乙巳年二月十二）
星期日　晴

上午工作组开会，研究"划线定质"工作，进一步理解中央

▲ "四清运动"中 5 班同学陈重新、刘风琴参加春耕生产

政策"二十三条"。我们谈到我们大队给干部应退赔出来的工分算得太多，后来公社工作队来电话说超定额补助等工分不应该算为"粑粑工分"（四川土话，意思是多吃多占的工分）。我们准备回去再算一下，杨秀伦组长要求大家今天晚上一定要交上来，因为组长明天要去公社汇报。上级指示"划线定质"工作于 15 日以前结束，今天已是 14 日了。

1965 年 3 月 18 日（农历乙巳年二月十六）　　星期四　晴

上午到大队部过组织生活。杜澄队长也参加了，最后他讲了话。他说大家离开北京已经快五个月了，进村也快四个月了。现在大家与社员们混得比较熟了，但是越是这个时候越容易放松警惕，希望大家继续保持谦虚谨慎的态度，加强组织纪律性，善始善终地完成任务。警惕自己不要出现任何违反纪律的现象。

1965 年 3 月 24 日（农历乙巳年二月廿二）　　星期三　晴

组长们从总团开会回来了。上午召集我们去大队部开会，杨秀伦组长听取了每个生产队工作组同志汇报这几天的工作情况。又讲了讲这次总团会议的精神，传达了张力行政委的两个报告。从今天起，运动进入清政治、清思想的阶段，要解决社会主义与资本主义两条道路斗争问题。会议一直开到 14：30 才结束。

1965年3月25日（农历乙巳年二月廿三）　星期四　阴雨

今天去公社开胜利公社第一届贫下中农代表大会第二次会议。宋潮团长传达了县贫下中农代表大会的主要精神，开始清政治、清思想，解决两条道路斗争的问题。

宋潮团长的讲话到12：00就结束了，工作队员又留下讨论，我们公社党员同志也留下讨论。14：00吃饭，吃完饭又继续讨论到傍晚。最后杜澄队长讲了政治思想工作问题，王主任讲了生产问题。王主任是彭山县委办公室主任，现在任工作队副队长，不知道叫什么名字。

1965年4月15日（农历乙巳年三月十四）　星期四　晴晚上雷阵雨

上午工作组开会，评选"五好工作队队员"，评选结果：大家推选杨秀伦、胡克顺、吴万玉、王小平、蒋德寿、徐志伦和李平煜七人为"五好工作队队员"。他们都是我学习的好榜样。

1965年4月17日（农历乙巳年三月十六）　星期六　晴

上午工作组开会，大家共同研究下一步工作如何开展，也谈到诸如自留地及林木等具体问题的处理办法。

1965年4月22日（农历乙巳年三月廿一）　星期四　晴转多云

早晨孙成霞来我们这里，并在这里用早饭，她要去公社取粮票及助学金等，但是她不认识路，要我陪她去。但王小平在我们吃饭时来通知上午全体工作组同志开会，饭后我们一起去大队部。得知杨登舟也要去红山公社，这样杨登舟就和孙成霞一起走了。

会上，大家汇报了这两天的工作情况，研究了若干具体问题。看来时间很紧了，25日以前要完成评选"五好社员"等工作。

中午没有回二队，而是到五队去通过王明刚、黄云良了解黄××的情况。他二人都"赶场"去了，就在五队等了他们一下午，看了《赵一曼》一书。他们回来都说黄××戴过地主分子帽子。

晚上开社员大会，大摆每个人的优点，大摆好人好事，为评"五好社员"打下基础。然后生产队安排明后天突击打菜籽工作。天气预报说后天起有大雨。明后天打菜籽工作还是比较重的活儿，但大家的干劲儿都很足。

1965 年 4 月 23 日（农历乙巳年三月廿二）　星期五　晴

去干河大队七队（黄河坝）搞调查。在公社见到了孙成霞与张通舟，他们也正要去干河。到干河七队，李彦龙、田广见在那里。调查了黄××娘家的情况。吃过午饭，去峨眉县，途中遇见了左广善，与之一叙。

在峨眉县补了运动鞋。去见敖俊德，与他聊了聊。后又去浴室洗澡，往回走时已经 16：30 了。敖俊德请我在他那里吃晚饭，我谢绝了。早些回去还有事要做。

去大队部见到杨福田与向毅奇（四川当地干部）。工作队队部来电话说"五好社员"可以暂时不选，先大讲"五好社员"的条件，号召大家争当"五好社员"。

1965 年 4 月 28 日（农历乙巳年三月廿七）　星期三　阴雨

上午全体工作组同志开会，大家一起研究干部三、四类排队问题。今明后三天继续进行对干部们的重点批判工作。会议一直开到 15：00 多才结束。

1965 年 4 月 29 日（农历乙巳年三月廿八）　星期四　雨

今天必须再次上山去搞调查，后天就要开始对敌斗争了。

到峨眉县城西门粮站，换了点儿四川省粮票。在那里遇见了袁司理和于秉寿。于秉寿告诉我，今天他已经填写了入团志愿书，团支部准备明天讨论他的入团问题。我们自然为他高兴。

敖俊德执意要留我吃饭，我也不推辞了，吃了碗面条。我要付给他粮票与人民币，他却执意不肯收。

遇见了 2 班的孙翠英同学，她说我瘦多了，我自己却不觉得。

去符汶公社工作队队部转了介绍信，那里已经没有我过夜的地方了，我决定今夜上山。

走到斗量三队，天更黑了，又下起小雨来，不能再前进了。我找到在那里的工作同志，请他们安排我的住处，他们带我到斗量二队休息。

1965年4月30日（农历乙巳年三月廿九）　星期五　阴，早晨小雨

到丰收大队，在工作队同志指引下找到了土改时的武装部长，现在的丰收大队党支部书记谢殿之。他正在插秧。问他关于黄××的成分问题，但他说不知道。时间久了，相距也较远，不清楚或有之。

来到盐津大队部，工作组的一位姓刘的同志在那里，在召开大队团支部会议，可能是负责青年工作的同志。

去大队部避雨，休息了一会儿，看看报纸。待雨过天晴，我决定先去四队看看。到四队（庙子沟）见到李明胜同志（上次来，在这里与我摆谈的张文光同志昨天进城了，昨天傍晚我在峨眉县见到了他），李明胜同志带我找到土改时的副村长×××，进行访查。

回到大队部天已经黑了，此地约20∶00天黑。

1965年5月1日（农历乙巳年四月初一）　星期六　雨转阴

在盐津县过了一个夜晚。

盐津工作组的同志们正在开会。我等他们开完会，请四队的工作干部张文光同志签署了意见，他是昨天傍晚回来的。

15∶30，我辞别了盐津工作队的同志们，带着较全面的材料返回！

晚上到大队部时，李厚基副组长在召开会议，布置生产工作。我向向毅奇副组长汇报了调查情况，老向认为我这次调查成功，让我明天写调查报告。

1965年5月5日（农历乙巳年四月初五）　星期三　阴

上午工作组开会，先各队汇报了昨天的工作情况，然后根据"四好工作队"的条件检查、总结以前的工作。

最后组长们传达上级的一项决定，准备有计划地放开几个生产队让他们自己搞。工作组的同志集中到几个队打"歼灭战"。并决定二队的同志撤到一队，四队、五队的同志撤到六队、九队，七队的同志撤到八队。另外，调帅素清同志、刘德忠同志到三队来。我们都拥护这个决定。

1965年5月10日（农历乙巳年四月初十）　星期一　阴，晚上下雨

今天收到初中同班同学衣立的来信一封，非常有趣，他用毛笔书写了一

首诗表达他的心情，如下：

<h1 style="text-align:center">望君还</h1>

玉壶清茶独独饮　阳春美景看不进　忆想峥嵘岁月时　少年畅舒凌云志
艳艳三月桃花烧　百花争丽柳絮飘　悠悠来到君身边　告予单杯不能欢
望君还　望急还　斗酒十千坐长谈　言尽骇浪与敌战　言尽心怀祖国安

一九六五年五月五日　　衣立

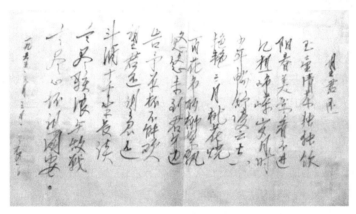

▲ 衣立诗作《望君还》

他没有写别的信，把全部感情融于这首诗之中，我们分别半年多了，这是他给我写的第二封信，可见他将千言万语寄托在这首诗中！

1965 年 5 月 17 日（农历乙巳年四月十七）　星期一　晴

上午工作组在四队开会，开始做个人鉴定。首先个人谈自己在运动中的表现，总结优缺点，然后大家予以补充。一般大家都讲该同志的长处，缺点也中肯而又婉转地予以指出。今天上午鉴定了杨秀伦组长与向毅奇副组长。

1965 年 5 月 18 日（农历乙巳年四月十八）　星期二　晴

上午全体工作组同志在四队开会，不是继续搞个人鉴定，而是研究前一段工作中的诸如贫协组织发展会员的成分问题，及对干部的经济处理问题，并布置下一阶段的工作。下一阶段的工作是以对党员进行鉴定与组织处理为主，农村党员还要经过重新登记。

1965 年 5 月 19 日（农历乙巳年四月十九）　星期三　晴

上午工作组开会，听杨福田起草的对照"四好工作队"条件工作总结，大家提了提意见，补充了一些内容。杨福田将根据大家的意见做进一步修改。今天会议结束得较早。

1965 年 5 月 25 日（农历乙巳年四月廿五）　星期二　晴

上午工作组开会，继续鉴定完王小平，又鉴定了李平煜和熊盛发。

会后把我们北京政法学院的师生留下，我非正式地通报了我昨天傍晚到公社取报纸时听贾书勤、孙成霞、袁司理等讲的若干事情：司青锋主任不久前到夏河大队时对同学们讲了些话，读了徐敬之书记给大家的一封信，勉励大家在最后阶段把工作搞得更好，要善始善终。在温江地区搞"四清运动"的同学们将于 25 日乘火车回北京。我们不久也要回去了，能不能到峨眉山一游尚未定，但争取一往。学校领导还准备安排大家在返途中参观大邑县的刘文彩地主庄园。嘱咐大家在搞好运动的同时也要收集好材料，回去写汇报。这使我非常兴奋，但我又十分留恋峨眉县，留恋月南二队，这是我工作过半年的地方。

下午继续开会，工作组搞个人鉴定，鉴定了帅素清。开团支部会，大家讨论了杨岷、杨登舟二位同志的入团问题。请党员同志参加，结合他们的入团讨论，把对他们二人的鉴定一起做了，支部会通过了他们的申请。

得悉，臧玉荣、田广见同学的入团申请也被他们各自所在的团支部通过了，这样我们全班同学都加入党团组织了。

1965 年 5 月 27 日（农历乙巳年四月廿七）　星期四　晴

今天全体工作队员开了一天的会。上午宋潮同志讲话，他的讲话内容分为两个部分：一是总结半年来我们胜利公社工作队的工作；二是谈工作队还应当做些什么工作，怎样处理好若干遗留问题等。

宋潮同志指示贫下中农户数应占全体总户数的 70% 以上，扩大依靠面。我们二队现在有 12 户贫下中农，占全体 22 户的 54.5%，再降下 4 户中农为贫下中农则占 73%，所以尽量把这 4 户降下来为好。

1965 年 5 月 30 日（农历乙巳年四月三十）　星期日　晴

上午工作组开会，党支部给每个人做了文字鉴定。给我做的鉴定如下：

> 江兴国同志工作热情高，干劲儿大，认真负责，实事求是，调查研究深入细致，努力完成上级分配的任务。阶级观点明确，敌我界限清楚。改造和锻炼自己的决心大。积极实行"三同"。没有架子，吃大苦，耐大劳。对群众的疾苦非常关心，群众关系很好。努力学习时事和毛主席著作，认真钻研党的政策。注意请示汇报。
>
> 个性较强，有时考虑问题不够冷静，不够全面。

我对上述鉴定的意见是：

> 我完全同意上述鉴定。我一定积极地巩固自己取得的成绩，努力克服缺点，做一个红色的革命接班人。

1965 年 6 月 1 日（农历乙巳年五月初二）　星期二　晴

今天我与老吴（吴万玉）、小熊（熊盛发）决定进城合影留念。

早饭后我们进城去，边走边谈。今天峨眉县不是"赶场"日，进城的人不多，路上行人较少。进城后我们首先去了红光照相馆，三人拍了一张二寸的合影，5 日后可取。

▲ 江兴国与吴万钰、熊继发合影

1965 年 6 月 4 日 （农历乙巳年五月初五）　　星期五　阴转小雨

下午公社开大会，各生产队干部及社员代表都来参加会议。杜澄队长，宋潮同志都讲了话。告别贫下中农及广大社员群众和干部，结束了这次轰轰烈烈的"四清运动"。胜利公社党委书记童书记也讲了话，他表示感谢党中央毛主席派来工作队搞了这次"四清运动"，挽救了许多干部，解决了许多问题。特别是清道路，清方向，挖资本主义单干根子。他又表示要永远跟共产党走，听毛主席话，把集体生产越搞越好。大队的其他干部也陆续发言，向党表决心，一张又一张的大字报贴满了公社的墙壁，十分激励人心。

▲ 江兴国在"四清运动"中留影

1965 年 6 月 5 日 （农历乙巳年五月初六）
星期六　晴

今天我们大队及生产队先后开告别会，告别了月南大队、月南二队，告别了贫下中农同志们、社员同志们！

上午在大队开全体大队社员大会，李厚基副组长、向毅奇副组长、杨秀伦组长都讲了话，总结了工作，并向社员们讲了临别赠言。大队支部书记邹启全、大队长童绍清及各队干部、社员、贫下中农代表也讲了话，他们一再感谢党派来的工作队，决心坚持集体经济的社会主义方向。

午饭后老吴（吴万玉同志）来找我，约我一起去一趟一队，与老胡（胡克顺同志）、小熊（熊盛发同志）叙述衷肠。我们一起并肩战斗了半年，结下了深厚的感情。晚上我收拾整理东西，准备离开。

1965 年 6 月 6 日 （农历乙巳年五月初七）　　星期日　晴

今天天气非常好，我们就要撤出月南二队、月南大队、胜利公社了。回北京的千里行军开始了。

彭山县的同志们送我们到峨眉县公安局，10：00 到公安局。与老吴（吴

我们走在大路上

万玉同志）告别了！

在峨眉县公安局招待所下榻。午饭后与杨登舟外出散步，我们走到峨眉二中转回来，明天将要登峨眉山了。

1965 年 6 月 7 日（农历乙巳年五月初八）　　星期一　阴

5：00 起床，到峨眉县党委招待所吃饭，我吃得饱饱的，中午还不知道在什么地方吃饭呢，吃饱了好爬山。饭后去汽车站，来的是接四川本地工作队同志的大卡车，组织上先把我们送到峨眉山下的报国寺，再去接工作队同志返回各县。

6：40 开车，我立于车首，好观赏沿途风光。我没有忘记把去年从北京香山樱桃沟泉眼里摸出的石头和从香山顶峰鬼见愁捡来的石头带在身上，准备带到峨眉山顶峰去。同学们个个情绪饱满，激情昂扬，沿路我们唱起了"航标兵之歌""红梅颂"等歌曲。汽车穿过写有"雄秀西南""名山起点"等牌坊，到达报国寺，在此下车，时间是 6：57。车子只能开到这里，下面上山全靠我们的两条腿了。

报国寺是游览峨眉山的起点。大门正中悬挂着的匾额上书"报国寺"三字为清康熙皇帝御笔，题于康熙四十二年（1703 年）。右侧匾额是"普放光明"，左侧匾额是"鹤驻云殊"。下层的匾额是"普林禅照"，右侧匾额是"独思喻道"，左侧匾额是"敷坐说经"。同治五年（1866 年）暮春重建报国寺。

在报国寺我买到一本《峨眉山导游》，这本小册子对于我们游览和了解峨眉山有很大的帮助。从这本小册子前面所附的峨眉山导游图中可以看出报国寺位于海拔 500 米的高处，而我们欲登的峨眉山金顶则位于海拔 3100 米处。

我还买了一套"峨眉山风光"图片，很好。

联系工作办好后，我们又集中起来听县委的一位张同志讲了讲游览注意事项，并参观了峨眉山立体模型（沙盘）和文物博物馆。然后兵分两路，直取金顶——胜利公社工作队（1 班同学）和红山公社工作队（5 班同学）走经过九老洞的一条路，大庙公社工作队（2 班同学）、高桥公社工作队（3 班、4 班同学）和九里公社工作队（6 班同学）走经过万年寺的一条路。在金顶上会师吧！我们 1 班的同学属于胜利公社工作队，当然是走经过九老洞这一条路攀登金顶了。

登山开始了，这时是 9：00 多。登山游览要集体行动，以各工作组为单位。我们都成立了"包夹小组"（借用"四清运动"中的名词），互相"包夹"，以防出现意外。一路上有说有笑，十分兴奋。9：15 到达净水寺小学，经过黄弯、龙门洞、铁索桥（双飞桥），于 10：00 来到清音阁。清音阁环境清幽，在炎热的夏天，这里却分外凉爽。我们在这个地方休息了半小时，同学们在此地吃饭，补充热量。而我却在这里拉肚子了，未能利用这宝贵的时间进餐。不过早饭我已吃饱了，吃了十个馒头、两大碗稀饭，有早餐垫底，我就不怕了。

10：30 离开清音阁，我们继续前进，来到幽静、清澈的黑龙江，从悬于半空中的栈道经过，两侧是悬崖峭壁，头顶是一线天，下面是碧透的黑龙江，水清澈极了，虽然是盛夏季节，但阵阵寒气从水中升腾起来，毫无暑热之感，真想再下去痛快地游一场泳。经过这里时是 10：40，10：50 得以下到江边用清凉的黑龙江水洗手，11：20 来到建有走廊的小桥。我与杨秀伦老师、王小平、杨岷、李平煜同学及蒋德寿、张通舟同志走在最后边。杨岷、李平煜二人显然体力不支，我们算是收容队，我帮助李平煜拿着她的棉衣等物，王小平帮助杨岷拿她的东西。大家互相帮助，互相鼓励，一起前进。一路上行走使我们都各自找到适合自己的"拐棍"挂着，以减少体力消耗。11：35 到达"洞天首步"，见到何长顺老师（党史教研室老师、"四清运动"中是夏河大队工作组组长）、冯振堂、周芮贤、贾书勤、胡克顺、杨福田同学等。休息片刻，又继续前进，终于在 11：45 到达著名的洪椿坪。

《峨眉山导游》上说，洪椿坪地处于海拔 1100 米的高度，以洪椿老树而著名，这里有千佛禅院。我们在这里吃午饭。我还在此抄得数副对联如下。

其一：

名山别有天地
老树不知春秋

其二：

不减不灭红椿难老
无人无我千佛同心

其三：

锡杖引来沁水
钵盂飞点雪山

在洪椿坪大雄宝殿两侧有这样一副对联：

比洪崖胜地如何听暮鼓晨钟云去云来空渺渺
有椿树撑天不老任风刀霜剑花开花落自年年

在洪椿坪各处（后面有千佛宝殿等）还抄得下列数副对联。
其一：

万年似昼亿万年似夜
千岁为春八千岁为秋

其二：

世路红尘全无米熬
山林清气自有余香

其三：

独坐庭阶天空月满
忽披书本古到今来

其四：

不遇九方晦神物
偏游五岳非常人

还有一副对联就更有意思了：

处己何妨真面目

待人总要大肚皮

同学们此后常言"吃饭也要大肚皮",或"喝水也要大肚皮",笑谈!这里还有清代人何子贞作的一首词。

江上此台高,问坡颖而还,千载读书人几个?
蜀中游迹遍,看嘉峨并秀,扁舟载酒我重来。

还有一堵大影壁,正对着洪椿禅院,上书"洪椿晓雨"四个大字。这里早晨常有牛毛细雨,但不湿衣。

午饭后,13:35集合队伍,13:38再出发,继续登高。由洪椿坪到我们今天计划到达的九老洞有30里路。要经过骇人听闻的九十九道拐,拐来拐去,我们行进在羊肠小道之中,路很狭窄,不好走,但是一阶一阶的石板阶梯却修得很好。我们空手上山尚且如此不易,可想当年劳动人民修此道路时多么艰辛,我们惊叹并称赞劳动人民的伟大。

从山间透过茂密的树木,回头望去,无数山峦起伏在云海之间,若隐若现,我们似有在云雾之中的感觉!

我们一路走一路说笑着,有时根据我们的沿途见闻和感受自创歌曲、歌词吟唱着,谈笑风生,十分开怀。青年人到哪里都是朝气蓬勃。

15:35,休息。再出发,同学们的体力渐渐现出了差别,队伍有快有慢,距离逐渐拉开,我知道这时一定要咬住牙,不能掉队,否则一旦落后就难以追上了。我奋勇向前,力争走在前面,超越了不少慢行者。

绕来绕去,拐来拐去,15:50终于到达了著名的九老洞。此地有一座寺庙叫作"仙峰寺"。据统计,这30里路实际只有八十三道拐,最早修建此路时是有九十九道拐,后来路毁了,重修时就建成八十三道拐了。这30里路坡度很大,几乎是直上直下,上升高度达700米的垂直距离。九老洞位于海拔1800米处,今天我们就在此住宿过夜了,实际上我们不是在九老洞过夜的,而是在旁边的仙峰寺住宿的。仙峰寺左边半里路就是九老洞,因为九老洞名气很大,所以一般就称仙峰寺为九老洞了。

九老洞是一个"无底洞",洞内深不可测,道路崎岖,低矮且危险。只有蝙蝠、毒蛇等在洞内长期盘踞、出没。由洞口进去要打亮手电筒,最好是

我们走在大路上

集体一起进去探险。走了约半里路，就见到一座财神殿，里面有一泥塑偶像，还有人贡献一角钱于偶像面前。不知是何地朝拜的虔诚信徒所献。可是泥塑偶像并不会取之使用，也绝不会用这一角钱去买两根冰棍儿来吃。一到财神殿的前后，见有两副对联。前一副是：

义气重于天拼得一死酬知己
举踪留蜀土直得千秋买成名

后面一副上面有横批"慈航普度"四字，对联曰：

杨枝净水储甘露
孽海慈航度众生

这里还有一枯树干，上面插着十几根粗铁条，铁条弯曲成环状，粗细大小各不相同，用木棍击打之，则会发出不同的音响来，犹如作乐，这就是峨眉山传说中的九老洞"宝琴"吧？

我是 16：20 至 17：10 游览九老洞的，16：40 深入洞内到达财神殿，16：55 离开财神殿往回返。这里十分凉爽，仙峰寺气温较山下低多了，幸亏我们上山之前就被告知山上很冷，要带足衣服御寒，现在我穿上了所带的绒衣、绒裤。华严顶距离九老洞不远，比九老洞海拔还要高，大约有 2000 米，耸立于眼前，黑压压一片，盖天蔽日，甚是吓人。尤其是夜间起来解手，睡得迷迷糊糊地走出来，突然见眼前黑乎乎的一座大山，似要倒塌下来，令人更为害怕。

仙峰寺这里有仙峰禅院，院内又有如意宝殿。殿前有两副对联如下。
其一：

问九老何处飞来一片碧云天影静
悟三乘遥空望去四山明月佛光多

其二：

寺号仙峰　洞临九老

门迎佛顶　　台接三皇

在仙峰寺外一小佛龛内有一神像，武将打扮，骑黑虎持金鞭，威风凛凛，杀气腾腾。旁有一副对联曰：

手执金鞭威震峨山垂万古
身骑黑虎名扬天下永千秋

杨秀伦老师是 16：00 到达这里的。梁桂俭同学体力不佳，脸色苍白，是在杨老师与王普敬等同学的保护下被"架着"上九老洞的，同学取笑她在此"还魂"。九老洞是"老九"（"老九"也是同学们给梁桂俭起的绰号）的家。笑谈！于秉寿到此地时也十分狼狈了，他说明天再也不前进了。他们都较早地休息了。

我不感到疲倦。饭后又看了看书报、杂志，并外出逛了逛，18：00 才睡。由于床铺不够，两人同睡一床，我与杨登舟"同眠异枕"。

这是登山第一日，从报国寺到九老洞共 55 里路，明天还有 55 里路呢！任务十分艰巨。今天在洪椿坪淘汰了我们班的两名同学，他们由于体力不支，或返回了峨眉县，或停留在洪椿坪住宿。

我是决定非到达金顶不可，"不达金顶非好汉"也！

1965 年 6 月 8 日（农历乙巳年五月初九）　　星期二　阴雨，晚上大风并有小雨

经过一夜的休息，昨天的疲劳完全消除了，同学们又精神抖擞地继续向金顶攀登，梁桂俭、于秉寿也不例外，登上了金顶。杨岷、李平煜、孙成霞等女同学也登上了金顶。我们全班同学除昨天在洪椿坪休息的两人外，全部登顶成功！何长顺老师、杨秀伦老师、蔡长水老师、刘富霞老师都登上了金顶。杜澄主任也以身作则地登上了金顶。

今日凌晨我肚子不舒服，凌晨三点起夜。杨福田也如此。然而这也不能阻挡我们登顶。

昨夜与杨登舟合盖一床棉被，确实够冷的，被子横过来盖，只好将脚暴露在外了，幸而有蚊帐可以遮挡一下寒气，显得暖和一些。

我们走在大路上

6：30起床，去外面观赏风光，空气格外清新，到仙峰寺左侧的三皇台一览，这里有一石亭，可以观看日出，也可观看山外的风光。可惜今日阴天，看不到日出的景色。只见山外云雾缭绕，无数山峦在云雾中忽隐忽现，颇为壮观！各种鸟雀争鸣，此起彼伏，乐声诱人。仿佛进入仙境之中，或曰进入《红楼梦》的"太虚幻境"。

举头望华严山顶，一片葱茏，非常青翠奇秀。我们今天要经过华严山顶的。

7：22我们又整队出发了。本来月南大队工作组是压后阵的，但是我却不愿意在后面慢慢地走了，趁体力还可以，向前冲越！

从九老洞出发先要往下走，下降了不少高度，穿过峡谷间的小桥，再开始往上攀登华严山。由仙峰寺到我们准备中途休息的洗象池，有25里路。途中有一段路叫作五里坡，十分陡峭，好在一路都砌有台阶，只是台阶较高。田广见、李彦龙、王普敬、王维"四条汉子"在前头开路，一个劲儿地往上蹿，我"咬"定他们决不放松，途中多次感到十分疲乏，每每想停下歇息，但我知道，往往是一步落后，就会步步落后而赶不上了，所以无论如何也要坚持，一步一步地紧跟着他们。这不仅是比体力，更是比毅力、比意志。有时候确实感到疲乏，咬咬牙也挺过来了。8：15我们五人终于最先一批到达了遇仙寺。这里距离洗象池只有10里路了，距离峨眉山顶峰金顶还有40里路。

我们在遇仙寺休息了一会儿，擦擦汗，喝点儿水，又鼓足干劲儿前进！8：30离开遇仙寺，过莲花石，爬上钻天坡便到达了洗象池。

洗象池，海拔2200米。气候比九老洞又冷了一些。这里也是峨眉山的重要庙宇和著名旅游景点，以明月之夜的景色最美妙动人。《峨眉山导游》上说："当明月初升的时候，从古木丛中望去，景色清莹，寒光融玉，仿佛人间'广寒'，这就是'象池夜月'。'象池夜月'的景色在月而不在池。"洗象池的名字由来是传说普贤菩萨在此洗象而登山，寺左侧确有一口用石块砌成的六角池，然而并非当年之池也！

我想起2月12日我们在乐山度过春节后返回峨眉县时，在青衣江渡口左广善同学曾告诉我峨眉山上洗象池处有清代人谭钟岳题写的一首诗《象池夜月》：

仙人骑象杳何之？胜迹空余洗象池。一月映池池贮月，月明池静寄幽思。

今天，我果然找到了这首诗。这首诗生动地描绘了"象池夜月"的景色。

我们五人到达洗象池的时间是9：10，我们在此洗洗脸，洗洗脚，解解乏，吃点儿东西，歇息片刻。我略作游览，在这里的大雄宝殿前抄得两副对联如下。

其一：

坡上钻天　居士行程登绝顶
池留洗象　普贤圣迹表遗踪

其二：

菩萨曾来池涌玉泉堪洗象
众生向上坡连云路好钻天

田广见、李彦龙、王普敬、王维"四条汉子"登顶心切，不愿在此多作停留，休息片刻后，就直奔金顶了。我也紧随其后，但是我又不愿意像他们那样纯粹地进行登山运动。我每到一处，必驻足游览，抄写诗词或对联，或欣赏沿途景色。

在这里遇见了杜澄主任等一行人。杜澄主任笑着问我从北京香山带来的石头带上山了没有，我笑着拍了拍随身挎着的书包回答道："当然带来了，不然就白从北京带出来了。一定要把它带上金顶！"

10：00离开洗象池，走了5里上坡路，于10：25到达大乘寺，进去一览。在偶像上有匾额，上书"救劫度生"四个大字，左右对联曰：

踞峨岭最高峰四大无遮信有恩光从北至
分曹溪一滴水上乘可往何须宗派问南鲜

15分钟后（10：40）离开这里继续前进，这时竟然下起霏霏小雨来了，别有一番情趣。在大乘寺，遇到了于秉寿，但他后来又落到后面了。此后直达金顶，只我一人孤行了，没有和同班的同学在一起，只有5班的周振华、刘冠军、肖淑华、陈丽君四位同学在我的前边不远处行走，我赶上并超过他们时，肖淑华问我为何一人走路，不害怕有老虎跑出来吃人吗？我付之一笑，没说什么。

从大乘寺到雷洞坪有8里路，连望三坡，石头光滑，凹凸不平，路不太好走。上了山岗则是一片冷杉林，霏霏细雨中，环境十分幽寒，使人有彻骨寒之感。冷杉，据说是古老的树木，有活化石之称，是峨眉山的珍贵树种。

行于山道之间，两边虽是绝壁深崖，但有茂密繁杂的树木遮蔽，使人感觉不到行于险道之上。透过树木间少有的空隙望出去，天地皆白茫茫的一片，雾气腾腾也！

11：00来到"中道走廊亭"，略作休息。雨还在下，还好，衣服未湿透，却有些寒意。11：35见到路左侧有一小石洞，石洞上方刻有"月印千江"四字，两旁有对联二副如下。

其一：

满地松花竟日不干清世事
一龛石室长年占断白云乡

其二：

雪岭烟霞生背面
江天星月选檐楹

11：40到达接引殿，休息了10分钟，又继续前进。登上令人心惊的七里坡，12：35到达太子坪，在这里又遇见了杜澄主任一行人。12：42到达永庆寺。永庆寺内有一副对联如下。

慧眼顾西川普渡群犁登彼岸
化身非南海独留巴蜀伴峨眉

对联前写有"大峨仙山永庆寺普贤位前献"字句。
最有意思也最令人费解的是永庆寺对面路旁一小佛龛上的一副对联：

大学本科阶段

日昍晶□〔1〕成宇宙

月朋□〔2〕朤镇乾坤

其横批是“赫赫威灵”四字。

12：50离开永庆寺，12：55到达普贤正塔。从这里到金顶只有半里路了，然而最后这半里路也不好走。

13：14，终于到达了金顶华藏寺门口。《峨眉山导游》上介绍说：“金顶是峨眉山主峰中最主要最辉煌的寺院建筑。寺的名字叫华藏寺，始建于公元16世纪。后来初建的殿宇遭遇火灾焚毁，才在湖北铸造铜殿一座，高二丈五尺，深一丈五尺多，运到山顶。因铜瓦受太阳照射，远处望见，光辉夺目，所以一般人称之为金顶。1890年又被火烧毁，仅存两扇铜门和一座记事铜碑。这座铜碑现存大殿，是集王羲之和褚遂良的字而成，为不可多得之物。大殿中另有一座铜塔，高二十一层，为明代所铸，也值得观赏。”

金顶上有住宿的地方，住宿费每人每夜只象征性地收一毛钱。吃饭也很便宜，一两毛钱就吃饱了。

我们放下东西，洗洗解乏。不少同学陆续上来，又逐渐热闹起来了。吃罢午饭已经14：40，出去在附近走走。到华藏寺后面的金顶上一游。此地海拔3100米，空气比较稀薄，但我还是可以适应的，无不适反应。登上金顶放眼四望，确实令人心胸豁然开朗，一天多来爬山的疲劳仿佛顿时消散。但见云海一片，天地皆白，厚厚的云团犹如巨大的棉花团不时翻滚，只能见到几处山峰在云雾中时隐时现，山下的景色全然不见。云海是峨眉山一大奇观也！

16：00，我还到金顶左侧的卧云庵很好地游览了一番。在这里看日出、看云海都很好。这里往下是悬崖峭壁，垂直距离八百米，名曰“舍身崖”，据说有的人出于各种原因，从这里纵身跃下，命归黄泉，故名“舍身崖”。闻之赫然！

山上很冷，风也较大，带来的衣服不足以御寒。寺中的和尚们借给我们袈裟披在身上御寒，大家互相打量着彼此滑稽的模样，不禁莞尔。

老和尚把金顶殿门打开，让我们进去参观。殿内正中是普贤菩萨的塑

---

〔1〕 四个“日”字上下左右叠成一个字。不知道应该读什么音，更不知道作何解释。

〔2〕 三个“月”字上一下二叠成一个字。不知道应该读什么音，更不知道作何解释。

像，像前是铜桌、铜塔等文物。老和尚又给我们讲解了一番峨眉山上的佛光、佛灯、日出、云海等奇异景观，也讲了"舍身崖"的故事。

普贤菩萨是峨眉山的主佛。峨眉山是中国四大佛山之一，是普贤菩萨的道场。另外三座佛山是山西的五台山、安徽的九华山、浙江的普陀山。五台山是文殊菩萨的道场，九华山是地藏菩萨的道场，普陀山是观音菩萨的道场。

不少同学都返回洗象池过夜去了。因为明天要返回峨眉县，任务还很艰巨，洗象池比起金顶也暖和些。有的同学感觉上到金顶上头晕难受，所以返回了。

我没有下山去，与袁司理、杨登舟、刘爱清、左广善、饶竹三、袁继林、宋新昌、李树岩同学以及杨秀伦老师和蒋德寿、张通舟同志留在金顶上住宿。女同学中只有贾书勤下山了，她是和刘富霞老师一起下山的。

杨秀伦老师带领的"收容队"是16：00多才到达金顶的。这是我们班最后到达金顶的一批成员。孙成霞、杨岷、李平煜同学等都累得狼狈不堪。什么也顾不得看了，吃完晚饭就睡了。不看看四周景色实在太可惜了，难道千辛万苦爬上金顶就是为了睡觉的吗？

20：00，与饶竹三同学再登金顶，风很大，雨也还在下，我们转到后面，我把从北京香山鬼见愁顶峰取来的石头与从香山樱桃沟花园泉眼处摸出的石头置于一块大石头前，了却了我的心愿！

在金顶上见到了分别在大庙公社、高桥公社、九里公社、红山公社搞"四清运动"的各路师生，可谓是金顶大会师也！

由于今晚风雨大作，我们也就欣赏不到佛灯、佛光等美丽景色了。便围炉团坐，听老和尚讲峨眉山的传说和故事，特别是珍奇动植物。

这次峨眉山搞"四清运动"，金顶上也不例外。这里也驻有一支工作队，金顶工作组还是四好工作组呢！

外面的风雨不小，真担心风雨会把我们截留在山上。

由于太冷了，我们睡觉都加盖了棉被。睡在床上听雨声也是峨眉山金顶上的一种享受啊！

身处峨眉山金顶之上，心里却想着我们的月南大队第二生产队。半年来在月南大队第二生产队，几乎每天（阴雨天除外）都要望望雄伟的峨眉山金顶，阳光充足时还可以看到金顶上金光闪闪呢！今天在金顶上我多么想也能见到第二生产队的乡亲们啊！

21：00 睡觉。爬得也够累的！这是登峨眉山第二天，无论如何，明天必须赶回峨眉县去，后天好挤出时间回月南大队第二生产队看看乡亲们！

在金顶华藏寺及卧云庵等处，抄得几副对联如下。

其一：

修贡果而为神祈子求名推恩甚普
本上迁以成佛佑民护国泽被称贤

其二：

佛日高悬三千界同归平等
法轮大转八万门普利群生

其三：

浩劫遇红羊瞰万点明灯此处去天疑五尺
大经驮白马咏半轮秋月此今胜地似三分

其四：

身居峨山常持苦行
宏扬圣水大阐宗风

其五：

墨客骚人争游仙境
唐医楚士曾隐卧云

其六：

须求西宗一勺水
谁识东坡不二门

其七：

气兼三代寒温热
峰耸千寻雄秀奇

有陈君谟之于 1963 年 6 月游峨眉山金顶有感，所赋诗一首为华藏寺补壁：

峨眉天下秀　　绝壁更雄奇　　日出霞光拥　　云腾海浪池
群山皆拱向　　万怪定消糜　　我自威仪盛　　红旗高举之

其八：

华藏庄严全世界
光明寂照□□□〔1〕

1965 年 6 月 9 日（农历乙巳年五月初十）　星期三　晴，阳光灿烂

今天的任务是从金顶返回峨眉县，前天和昨天两天走的路今天要一天走完。不过走到洗象池之后，就从另一条路下山，要经过上山时未经过的万年寺。

5：40 起床，早饭前后都曾登上金顶观山景，十分壮观！由于云层较多较厚，故没有能欣赏到日出景色，但日出后云雾很快消散，放眼望去，峨眉山下的大好风光清晰地展现在我们面前。平时在山下看起来觉得很高耸的山峦现在如同低矮的土丘一般。

▲ 峨眉山金顶留影（左起）江兴国、 杨岷、 张通舟、 蒋德寿、 王小平、 刘爱清、 李平煜、 杨登舟、 臧玉荣、 杨秀伦

〔1〕 此处遗失三字。

大学本科阶段

峨眉县城也看得很清楚，汽车如同小甲壳虫一般在公路上爬行，岷江、青衣江、大渡河汇合之处一片水光，犹如一面明镜。一条条公路与河流如同手指的纹路清晰可见，就连世界上最高大的乐山大佛也如同小孩玩具似的坐在山坳中。美哉！壮哉！此时，我更加体会到杜甫的诗句"会当凌绝顶，一览众山小"的意境！

我们在金顶上拍照留念，这是珍贵的留影。

7：40 我们恋恋不舍地离开金顶，开始下山。7：52 到达永庆寺，8：00 到达太子坪，8：22 到达接引殿，8：24 到达月印千江，9：15 又经过大乘寺，在此喝了点儿水。一路下山，虽然不像昨天登山时那样费力，但两条小腿肚酸疼得难受。

▲ 左起（前排）袁继林、江兴国、
　 袁司理、杨登舟、冯振堂、左广善
　 （后排）刘爱清、李树岩

9：36 又到达洗象池。昨天经过这里没有很好地游览，今天补之。

在此抄得数副对联如下。

其一：

怖鸽钻天去
香象渡河来

其二：

巖前汉武寻仙药
池上□公印佛心

其三：

象听大乘声声谛
池开莲花朵朵鲜

洗象池右边有弓背山，山腰有金刚洞和左慈洞。据说三国时仙人左慈曾在此修道，我想起《三国演义》中有一回目"左慈掷杯戏曹操"，说的是左慈戏弄曹操的故事。当然我并不相信有这回事，认为那是罗贯中为尊刘抑曹而杜撰的。洗象池与九老洞的群猴最多，听说有的猴子通人性，见过路人来就索要食物。我们路过这里却没有遇到，可能我们人多，猴子也会"欺寡怕众"。

袁司理、左广善、冯振堂、李平煜、王小平、佟秀芝、杨登舟也赶上来了，我们就一起前进。听说袁司理把不能继续登山的女同学护送下山，自己又重新登山，他的体力令人钦佩，我想这与他平时坚持长跑是分不开的，他是我们班著名的长跑运动员，每年校运动会上他都报名参加一万米长跑。

10：20离开洗象池，10：40到达莲花石。饮水，稍作休息。观莲花石，乃莲花状之大理石也。有一副对联曰：

这里石结莲花不负圣地有奇景
此等钻天险道何如人间多坦平

10：45离开莲花石，不久就到了三岔路口。我们便奔向通往万年寺的一条山径走下去。

下山之中也有上行。我们又登上华严孤峰，于11：06到达华严中顶。这里景色最美，可回头向上望金顶、洗象池，也可见到比之稍微低矮一些的九老洞、初殿，还可以见到山下风光。这时天气已好转，云开雾散，阳光普照。据此地的和尚说若今天上金顶，下午必然能见到佛光、云海等奇景。我们十分遗憾上山早了一天，若推后一天该多么好啊！有心转回金顶，但一想钻天坡、七里坡之陡险艰难，又令人胆寒起来了。特别是时间来不及了，今天必须赶回峨眉县城去。

11：20离开美丽的华严中顶。11：35到达初殿。抄得长联一副：

莲花石可为枕翠竹峰可为屏滚滚百道泉到处尽空烟雨色
蒲公庵位于前华严顶位于后遥遥数千载至今犹有汉唐风

横批：乐如来道。

这里有出售峨眉山上特产的珍贵中草药材。据说这里的一种叫"老鹳膏"的中成药就是用中草药熬制的,对风湿性关节炎很有疗效。

11:55 离开初殿,12:07 到达长老坪,休息片刻,12:20 又继续前进。我们几个人一路上谈笑风生,十分有趣,12:47 到达息心所。抄得对联一副,如下:

茶熟香清有客到门真可喜

鸟啼花落无人亦自且悠然

离开息心所时已经 13:00 了,13:13 到达观心坡,在这里休息到 13:20。观心坡内的殿门上有硕大的"观心养性"四字,两旁有对联一副曰:

名坡出世间四顾苍茫谁扫烟尘归净土

买庙居半山万方糜烂我净云海欲观心

离开观心坡后便直奔万年寺,我们要在那里吃午饭的,肚子也确实饿了。

13:40 终于到达了万年寺。这是峨眉山的又一处重要的文物景点、名胜古迹,也是游客常休息的地方。我们在这里吃了午饭,休息了一个半小时。在这里我见到了一直走在我们前面的刘爱清和李树岩。

饭后游览名寺。有陈君谟之于 1963 年 5 月写的《峨眉山颂诗》一首:

巍巍峨眉　超然寰中　崇山峻岭　横绝太空　长林丰草　苍翠葱茏

云开雾拥　突兀群峰　鸟惊兽骇　危岩削峰　雄秀奇险　万古高峰

万年寺,金碧辉煌,建筑古老,是峨眉山最早的寺院之一。开建于公元 4 世纪,当时叫普贤寺。唐朝叫白水寺,明朝改为万年寺。殿是圆顶的无梁殿,穹庐状。殿内有一尊铜像重达 62 吨,为公元 980 年所铸,曰青铜普贤座像,从头到足高二丈七尺三寸。

离开万年寺时,见到武玉荣、韩建敏、丁葆光尾随大队到达这里。

下一步如何走?有两种意见,袁司理、袁继林主张绕走大峨寺,可以多参观几处风景,但到达报国寺还有 40 里路;其他同学则主张走来时走过的路,经过黄弯、龙门洞到达报国寺,只有 28 里路。我当然想多游览几处了,但是两条腿却感到十分疲乏，使我不得不选择后者。我现在非常想就地睡一觉，但又不可能。

15：10 离开万年寺，15：26 到达金龙古寺，休息了几分钟，又继续前进。不久就与袁司理、袁继林分手了。我与刘爱清、王小平、佟秀芝走在前面，冯振堂、杨登舟、李平煜走在后面，相隔二里路的距离。16：23 至 16：40 在一所小亭休息，等候冯振堂等赶上来。在这里遇见了学校的教务处处长张杰同志。

继续前进，我与刘爱清加快了脚步走在前面，16：45 过铁索桥，17：30 终于到达了报国寺。在这里遇见了我们年级的张守蔺老师与敖俊德同学，他们正在饮茶闲谈。

我在报国寺各处游览，在七佛宝殿后面见到唐山铁道学院的同学在此实习。听他们说唐山铁道学院以后将迁到峨眉山。

18：15 王小平、佟秀芝、杨登舟到达报国寺。

19：00 我们一起离开了报国寺奔向峨眉县城，有 12 里路。这点儿路在平时算不了什么，但今天走起来就相当费力了。我们都已经筋疲力尽，两条腿几乎都麻木了，勉强机械地往前迈步，凭惯性运动着。俗话说"百里行程半九十"，最后的一段路是最艰苦的一段路。尽管如此，我们几个人还是谈笑风生，革命乐观主义战胜了疲劳，鼓励着我们前进。

19：40 赶上了冯振堂和李平煜，他们和王小平等一起下山，经过黄弯后未经报国寺，而是直接奔向峨眉县城了。李平煜也走得十分狼狈，用杨登舟的话说："李平煜的两条腿都直了，不会打弯了。"

在夜幕即将降临的时候，我们终于回到了我们的住所——峨眉县公安局，这时是 20：22，完成了我们的峨眉山三天之游。

躺倒在床上，再也不想动了。与胡克顺、李彦龙躺在床上摆谈，休息两小时后才起来洗脚解乏，23：00 又出去吃了点儿夜宵以填补肚子的空虚。

1965 年 6 月 10 日（农历乙巳年五月十一） 星期四 晴

吃过早饭后洗衣服，10：20 洗完。10：40，杨秀伦老师等最后一批人回到县公安局，他们昨天在万年寺过的夜。至此，游峨眉山的全体老师与同学安然返回。我知道若论体力，杨秀伦老师完全可以走在我们登山队伍的前面，他却甘当殿后队伍，负责"收容队"，是怕同学们出现意外。毕竟同学们全部安然地返回，这比什么都重要。我们今天在峨眉县休息一天，我争取返回月南大队第二生产队看看乡亲们。明天我们就乘汽车启程赶赴成都，后天从成都乘火车回北京了。

此一别峨眉县不知何时能够再重游！？峨眉县乡亲们的热情，峨眉山的幽美风光，将永远给我留下美好的记忆。

11：00外出走走，在街口遇见了月南大队第二生产队的社员艾青顺、叶巧珍，后又碰见吴桂芳。他们说今天社员们都在家薅秧，没有什么人来"赶场"。我便决定回月南大队第二生产队一趟。

腿疼，走不快，但我还是要回第二生产队看看乡亲们。到时已经12：05了。张翠娥、王淑芳、童菊娥、童以林、尧桂兰、雷淑枝、雷文玉等社员都在薅秧。乡亲们问我是否登上了金顶，等等。

中午在王淑芳家里吃的饭。然而童淑容、王淑娥、童恒太等社员"赶场"去了，尚未归来。我等他们。

16：00多才见童淑容、王淑娥回来，没过多久，童恒太也回来了。原来，童淑容、王淑娥在峨眉县去公安局、县委等处找我去了，也想再见到我。她们听说我们明天8：00就要走了，但她们哪里知道我回第二生产队来看看他们。

与乡亲们摆谈，17：35我才与他们告别，此一走不知道还有没有机会再见面了……

18：50回到峨眉县公安局。同学们已经打包好了行李。我在刘爱清、于秉寿的帮助下打包好行李。晚上又在街上吃了碗峨眉的汤圆。

睡觉。然而却久久睡不着，半年来的许多往事又在脑海中翻腾起来……
在峨眉县最后一夜！

1965 年 6 月 11 日（农历乙巳年五月十二）　　星期五　阴雨转晴

今天的任务是乘汽车从峨眉去成都。

凌晨 4：00 就起床，还十分困倦，5：30 去县委招待所吃早餐。

我们全班同学加上蒋德寿、张通舟同志共乘一辆大巴车。

6：21 开车。再见了，峨眉！再见了，峨眉山！小雨霏霏为我们送行！

6：31 经过胜利公社红星大队代销店，在过去的半年中，我曾多次来这里买东西。今天见到代销店，不由得我热泪盈盈。再见了，乡亲们！再见了，月南大队第二生产队的社员们！

　　7：02 汽车到青衣江渡口，这是第四次渡过青衣江了。7：44 登上渡船，过江后，7：50 离开渡船。8：30 到达乐山县城。休息片刻，8：45 由乐山开出。再见了，乐山大佛！我想起了童以先正在此学习。

　　9：02 车过绵竹，我想起诸葛瞻父子死战绵竹的故事。10：26 过著名的眉山。10：36 车又来到思蒙镇，我们曾把此地称为"芙蓉镇"。来时我们曾在此吃午饭，今天我们也要在此吃饭。我吃了两碗面条，饭后买了把眉山扇子。昨天在峨眉县城买的扇子，今天早晨吃饭时丢在招待所的饭桌上了。11：35 继续前进，12：06 车过三苏公园，12：40 车到彭山县。彭山县的同志们来了不少人，他们热情地把我们的车子围住了，车子不得不停下来。但是我没有见到吴万玉同志，也没有见到其他月南工作组的同志，可能他们太忙了。在这里，见到了赵文祥秘书和王局长。

　　13：22 继续开车，13：29 车过凤鸣公社，熊盛发同志的家就在这里。火车已经通到彭山了。13：44 我听到第一声火车鸣笛声。

　　14：08 车过新津，14：33 车进入大邑县境内，15：03 车在大邑县安仁镇地主庄园陈列馆前停下。我们进行两小时的参观。

　　17：44 由陈列馆前开车回返新津，18：22 到达新津，19：45 进入成都市区，20：16 经过武侯祠。明天我还要重游此地。20：29，当夜幕降临的时候到达成都市国营旅行社旅馆，我们将在这里住两夜。

　　我与袁司理、于秉寿、冯振堂、袁继林五人住在 315 房间。

1965 年 6 月 12 日（农历乙巳年五月十三）　　星期六　晴

　　今天在成都休息一天。

　　上街去，先坐车到市中心盐市口，又踱步到天福街。见到了左广善、李彦龙、王维等。我与他们分别后独自去武侯祠了。10：00 到达武侯祠。

　　去年 10 月 25 日初到成都时，曾与饶竹三一起游览过武侯祠，但是那次未见到刘备墓，故今天特地来拜访汉昭烈陵。

　　在武侯祠前留影，请照相馆的同志寄往"北京政法学院 1 号楼"。

登峨眉山使得我双腿十分疲乏，故未游览多久就感到有些坚持不住了。去茶座喝茶，无意中碰到了田旭光，她与她舅舅正在此喝茶，她喊我一起坐了坐。13：00 他们离去，我自己独坐到 14：00 多。武玉荣、孙成霞说要来武侯祠，却未见到她们。

15：00 多从武侯祠出来时，在门口碰见了恽其健。

到盐市口人民市场内转了转，买了些四川土特产如榨菜、冬菜、豆瓣酱、白芙蓉。

18：30 回到旅馆，与于秉寿聊了聊。

晚上又出去走走，21：00 回到旅馆。全班同学集合，讲了讲明天上车的事情。

今天游览武侯祠，抄得一副对联如下。

静远堂，横匾"名垂宇宙"四字：

异代相知习凿齿　　　千秋同祀武乡侯

还抄得《武侯祠怀古》诗两首如下。

其一：

羽扇纶巾响绝伦，卧龙遗像锦江滨。是真名士能千古，如此奇才有几人。
直与伊周同事业，定教管乐逊经纶。陨星洒尽英雄泪，汉祚存亡系一身。

其二：

曾过兴洲访定军，锦官城外又斜熏。丰碑蚀字多生藓，古柏参天半入云。
西蜀频劳师六出，南阳早识国三分。我来展拜情无限，隔叶黄鹂静不闻。

道光甲申孟冬　山阴陆文杰敬题　新安杨煌书石

1965 年 6 月 13 日（农历乙巳年五月十四）　星期日　晴

今天在宝成铁路的火车上度过了一天。

我们乘 84 次列车，我在第 2 号车厢第 11 号座位，8：18 发车，列车奔驰在成都平原上，美丽的天府之国一片绿色，地里到处是薅秧的农民。

1965年6月14日（农历乙巳年五月十五） 星期一 晴，烈日当空

5：54 到达本次列车终点站——西安站，天已大亮了。学校领导对我们的关怀真是无微不至，下车后立即带我们去车站附近的解放饭店。在那里吃早饭，并且白天可以在那里休息，当然也可以出去游玩。

吃完早饭，我与于秉寿、饶竹三一起外出。我们在西安市区地图和交通路线图及名胜古迹分布图的指引下，来到著名的大雁塔。在那里遇见了武玉荣、丁葆光、王小平、袁继林、贾书勤、周芮贤、石宗崑等，我们一共 14 个人在大雁塔前合影。登上了大雁塔的最高层（七层），放眼望去，映入眼帘的是一片黄色，与四川大不相同，真不愧是黄土高原上的城市。黄色和刺眼的灰白色在烈日照射下，使人越发地感到酷热和烦躁。可能大家都怕热，行人如此稀少，更显得街道空旷、安静。而且西安的公共汽车、无轨电车票价也较贵，使人不敢乘车而只有压马路了。再者西安的水也不便宜。

▲ 大雁塔 14 人合影

我和于秉寿又去南门碑林参观，不料那里闭馆，因为今天是星期一，不开放，遗憾！

去参观钟楼，但也只能在下面仰望而已，不能登楼一览。

13：00 我们去莲湖公园，想在那里饮茶，吃点儿点心，好好休息一下，避避暑。不想堂堂的莲湖公园竟是徒有其名，连能休息、吃东西的地方都没有。而且公园很小，从前门进去，走不了几步就到后门了。

无可奈何，我们只得在烈日下压马路，无聊。

晚饭后与同学们摆谈一阵。20：30 集合点名，同学们都回来了。21：30

大学本科阶段

再次集合，去车站乘火车。乘的是 80 次列车，23：11 列车从西安站开出，奔向北京。

买了一份今天的《陕西日报》，第一版上刊登了《人民日报》编辑部、《红旗》杂志编辑部发表的文章，题目是"把反对赫鲁晓夫修正主义的斗争进行到底——纪念中共中央〈关于国际共产主义运动总路线的建议〉发表两周年"。

1965 年 6 月 15 日（农历乙巳年五月十六）　星期二　晴

今天我们乘坐的 80 次列车在河南、河北的大平原上奔驰了一天，于 22：26 到达北京站。

昨天夜里上车后就在硬席车厢。过华山时再次欣赏了华山的壮丽景色，这时正是午夜 1：00 左右。不知是夜间经过这里，还是我们刚登上比华山更高的峨眉山，这次华山看起来不像上次那样感到高耸和险峻了。

夜深了，听着列车奔驰发出的轰鸣声，我又回忆起半年来与社员们在一起的生活……

列车终于到了北京站。学校领导来接我们。我下车见到的第一位老师是殷杰老师，感到十分亲切。23：30 回到学校，我们又住进 1 号楼 203 宿舍。食堂为我们准备了夜餐，我吃了三碗久未吃到的学校的粥。学校生活又开始了！

1965 年 6 月 16 日（农历乙巳年五月十七）　星期三　晴，傍晚有雨

上午在学校收拾宿舍，把东西都安放好，又去学校浴室洗澡。

9：45 我们搞"四清运动"回来的全体师生到礼堂开会，学校领导宣布放假六天，下星期一 20：30 之前回到学校即可，并嘱咐大家休息好。

去学校医务室看病，医生诊断我有急性肠炎，难怪这几天总是腹泻。

1965 年 6 月 19 日（农历乙巳年五月二十）　星期六　晴

傍晚收到黄升基的来信，他说："接到你的明信片，得知你凯旋，恨不能一下子飞到你的身边，畅谈小别八个月来的感谢和体会。"但他又说因为他们正忙于紧张得使人头晕的考试而不能于星期天（明天）来赴约了。他还

告诉我考完试后休整一天立即下厂实习一个月。"暑假是微不足道的，8 月 1 日就开学，上两个月的课，就要下去'四清'了。"他又说他们学校实习将去河南和北京房山两处。但他们系因为女生多，体质弱，决定去房山，为期半年。最后他说望能约个星期天，在公园或我家中畅谈一番，请我谈谈下乡的体会、经验和教训等。

1965 年 6 月 20 日（农历乙巳年五月廿一）　星期日　晴

15：00 多，衣立、缪德勋来我家，我们在楼上饮茶，畅谈。谈到八个月的分别，谈到八个月来的四川和北京的情况。衣立说他们下半年也要去搞"四清运动"，去河南平顶山煤矿。缪德勋要明年才能去。我们自然也谈到了升基，遗憾他未在此。

晚上给黄升基回了封信，告知今天衣立、德勋来我家一叙的情况。

1965 年 6 月 21 日（农历乙巳年五月廿二）　星期一　晴

今天在家休息一天，写日记，把这几天的日记补写上。

19：00 离家去学校。到学校才知道，我们的宿舍从一号楼 203，迁移到 102 了。102 在刚进入一号楼的地方，离膳厅更近了。

1965 年 6 月 22 日（农历乙巳年五月廿三）　星期二　晴

今天开始恢复正式的学校生活。

早晨起床后五分钟内还是到操场做广播体操，锻炼身体。

8：30 至 11：30 在礼堂开大会，听学校党委副书记鲁直同志作关于做思想总结的动员报告，她谈到搞了八个月的"四清运动"，收获很多，回来应当很好地总结一下，才能巩固已经取得的进步。她强调要从世界观的高度总结收获，这是知识分子改造思想的重要方法。

下午和晚上以工作组为单位座谈鲁直同志的报告，大家一致认为有必要也有决心认真总结。自由活动时间我正在做宿舍卫生，杜澄主任、何长顺老师等找我与臧玉荣、樊五申、王普敬、袁继林等同学开会，要我们早点儿动手写思想总结，争取在班上谈一谈，我们答应回去想一想。

1965 年 6 月 26 日（农历乙巳年五月廿七）　　星期六　晴

8：00 至 12：00，在礼堂召开全年级同学大会，赵萍、高文英二人谈了她们的思想总结，都讲得很好。赵萍勇于暴露思想，敢于革命的精神，高文英善于发现自己的不足，不断革命的精神都给了我很大启发。

14：00 继续开大会，我谈了自己的思想总结，比起昨天在班上的发言，我觉得讲得更好了，更放开思想了。

我们发言后，学校教务处处长张杰作了讲话，他肯定了我们的发言，号召大家自觉革命，深刻检查自己思想中的不健康东西。

明天我们全年级同学和下班的老师将参加修建游泳池的劳动。

1965 年 6 月 27 日（农历乙巳年五月廿八）　　星期日　晴

今天一天都参加修建游泳池的劳动，大家干劲儿很足。从农村回来，大家的劳动观点大大加强了。虽然烈日当头，但比起长年累月地在田间辛苦劳动的农民来说，我们流的汗少多了。

1965 年 6 月 28 日（农历乙巳年五月廿九）　　星期一　晴，阵雨

今天晚上和明天上午去广西搞"四清运动"的同学即政法系四年级和政教系三年级的同学分两批回来了。

1965 年 6 月 29 日（农历乙巳年六月初一）　　星期二　晴

8：00 至 9：00 进行体检，透视肺部，正常。

9：00 至 10：00 夹道欢迎去广西搞"四清运动"的同学胜利归来，他们普遍都晒黑了，比我们还黑。

10：30 至 12：00 去北医三院看牙，正常。

14：30 至 16：20 自习。19：20 至 21：10 继续讨论，挖自己的错误思想。

16：30 至 18：20 过团组织生活。以团小组为单位座谈如何把思想总结工作搞得更好。我们团支部已经从下乡前的 26 人发展到目前的 31 人了。除杨福田是在去年下乡之前加入团组织的以外，其他五个同学臧玉荣、田广见、于秉寿、杨岷、杨登舟都是在"四清运动"期间加入团组织的。至今我

们班 34 个同学都是党团员了。其中四个正式党员（武玉荣、胡克顺、袁司理、刘爱清），一个预备党员（樊五申），在 31 个团员中刘爱清与樊五申尚未办理离团手续，故也统计在内了。

1965 年 6 月 30 日（农历乙巳年六月初二）　星期三　晴

早饭后全班又集中起来，何长顺老师再次强调了一下必须抓紧思想总结工作。最后袁司理讲了几句有关暑假活动的问题，有的参加军事野营生活，有的去法院协助工作，也有的去农村参加劳动。我想去法院协助工作，锻炼自己的工作能力，时间是从 7 月 25 日到 8 月 25 日，一个月时间。这个暑假是学生时代的最后一个暑假了，应当很好地利用一下。

1965 年 7 月 3 日（农历乙巳年六月初五）　星期六　阴雨

8：00 至 12：00 在教学楼 308 教室开全年级大会。10 班的杨聚章同学和 6 班的王树梅同学作典型发言，讲得都较深刻。最后我院新来的副院长郭纶讲了几句话，他说要走上革命的道路并不难，关键在于自觉革命的决心大小，我认为他讲得很有道理。

1965 年 7 月 4 日（农历乙巳年六月初六）　星期日　晴

10：40 至 12：40 在西养马营工人俱乐部看电影（国产彩色故事片《不夜城》）。当前正在大力批判这部电影调和阶级矛盾，批判其美化资产阶级，丑化工人阶级。

晚上小组座谈昨天杨聚章与王树梅的典型发言。杨秀伦老师因为工作需要调回教研室搞教学去了，他和我们生活了半年多，感情已很深了。

1965 年 7 月 5 日（农历乙巳年六月初七）　星期一　晴

16：20 袁司理向大家布置了三件事情：（1）学校要举办一个参加社教运动汇报展览会，希望大家把收集到的材料贡献出来，以供展览使用；（2）学校还要举办参加社教运动汇报文艺晚会，要求大家准备；（3）以梁桂俭为首的班上的通讯社迅速恢复工作，加强通讯报道工作，为做好前两项工作服务。之后又分小组讨论，把任务落实到人。大家知道我写有日记的习惯，要求我贡献出日记两篇，调查报告一篇。

1965 年 7 月 7 日（农历乙巳年六月初九）　星期三　晴

自从杨秀伦老师调回去以后，我们月南小组的学习工作由刘富霞老师领导。

1965 年 7 月 8 日（农历乙巳年六月初十）　星期四　晴

今天继续进行修建游泳池的劳动。7：00 至 11：00，我们班的工作是筛石灰、筛黄土。我被分配筛黄土。我与刘富霞老师一组，我们一边劳动，一边闲谈，谈到四川的若干趣闻。刘富霞老师是四川自贡人，是四川外语学院（在重庆）62 届的毕业生，她向我介绍了许多四川的风土人情。我们也谈到了历史和古典文学。

中午很好地休息了一下，睡了一觉。下午依然筛黄土。刘富霞老师开会去了。我与孙成霞合作，与她聊了聊，她说她暑假要去参加军事野营，还要去医院看病。

1965 年 7 月 9 日（农历乙巳年六月十一）　星期五　晴

凌晨 3：30 就开始劳动了，趁早晨凉快，天尚未明，4：00 才天亮。7：30 以前我们的劳动任务是铺游泳池底，8：30 以后是修游泳池的下水道。

1965 年 7 月 10 日（农历乙巳年六月十二）　星期六　晴

6：10 至 7：00 在礼堂听司青锋主任作讨论教学改革的启发报告。

8：00 至 12：00 初步商议新的教学计划（草案）。这个教学改革方案是根据毛主席和党中央所指示的半工半读、半农半读的教学方向的要求拟定的。我们通过半年的社教运动，对此有了深刻的体会。

14：30 至 16：20 学习中国人民解放军长沙政治学校的办学经验。长沙政治学校继承了抗日军政大学的许多优良传统。

1965 年 7 月 12 日（农历乙巳年六月十四）　星期一　晴

8：00 至 12：00 讨论学校办校的性质、培养目标等。我院半工半读教育方案（草案）中的关于培养目标规定：

> 我院的基本任务是，根据毛主席关于革命接班人的五项标准，结合政法三机关的实际需要，培养无产阶级专政干部。要求毕业生达到以下标准：
>
> 　　在德育上，立场坚定，敌我分明，思想健康，作风正派，谦虚谨慎，有较强的组织性、纪律性。
>
> 　　在智育上，具有较好的理论水平、文化水平和政法业务水平，并具有一定的做群众工作的能力和写作能力（包括记录、整理材料，写判决书、工作报告等）。
>
> 　　在体育上，体魄健壮，在工作中、劳动中能吃大苦耐大劳。

14：30 至 16：00 讨论教学方案中的课程设置。

同学们在讨论中根据三年来的体会畅所欲言，批判了旧教学体制的弊害。

晚上看"四清运动"返校师生与在校师生联欢文艺晚会。第一个节目是我们年级的诗歌大联唱，先后唱了《大海航行靠舵手》、《工作队下乡来》、《贫下中农一条心》、《咱们农民心向党》、《一代一代往下传》等歌曲，把我引入对社教运动的深沉回忆之中……

1965 年 7 月 13 日（农历乙巳年六月十五）　　星期二　晴，晚上大雨

今天继续讨论教学改革方案。

下午第二节课后半节课布置下一阶段工作。从明天起到星期六用四天时间进行专题讨论，主要是讨论学习目的，以及怎样才能培养出全心全意为人民服务的接班人，等等。

今天我院下乡师生锻炼介绍展览会开幕，分为广西与四川两部分，广西部分设在教学楼 108 与 106 教室，四川部分设在教学楼 111 与 112 教室。晚饭后去参观了一下，还不错。

1965 年 7 月 14 日（农历乙巳年六月十六）　　星期三　晴

今天转入专题讨论，以进一步提高同学们的思想觉悟和认识能力。

19：20 至 21：10，在礼堂听张守蘅老师读了十篇文章，其中有正面的，也有反面的，十分发人深省，值得深思。

1965 年 7 月 15 日（农历乙巳年六月十七）　　星期四　晴

上午前三节课继续进行专题讨论。第四节课在礼堂听张守蘅老师宣读几

篇文件，其中有我校的两篇，都是反面教材。

14：30 至 16：20 在教学楼 204 教室开全班大会，听胡克顺和贾书勤二人谈学习的心得体会。

1965 年 7 月 16 日（农历乙巳年六月十八）　星期五　晴

8：30 至 11：45 在礼堂听学校党委副书记鲁直同志的报告，她讲了四个问题：（1）什么是知识？知识从何而来？（2）不同的阶级办教育的目的是不同的。（3）我们的同学们为什么会沾染上一些剥削阶级的思想？这些剥削阶级思想从何而来？（4）这些剥削阶级思想发展下去有什么危害性？

14：30 至 16：20 分小组讨论鲁直同志的报告。讨论之前何长顺老师讲了半小时的话，批评了某些同学对思想总结不重视的错误思想及言行。

1965 年 7 月 17 日（农历乙巳年六月十九）　星期六　晴

8：00 至 12：00 在礼堂听报告，我校政法系三、四年级同学都参加，还有中国人民大学法律系、北京大学法律系的应届毕业生都来听报告，报告人是公安部第三处的吴处长，讲的内容是我国治安工作目前的若干问题。

1965 年 7 月 19 日（农历乙巳年六月廿一）　星期一　晴

上午全班同学在教学楼 204 教室开会。先由刘爱清、杨登舟、袁司理三人分别介绍干河、红星队部组（这组由在"四清运动"中在干河大队、红星大队、工作队队部工作的三部分人组成）、月南组、夏河组几天来的座谈讨论情况。最后由何长顺老师作了总结发言，他说大家通过"四清运动"，受到很好的锻炼，肯定了大家的进步，同时也指出思想改造是长期的过程，希望大家巩固已取得的进步，并不断将它发扬光大。

14：30 至 16：20 分小组在宿舍里讨论："带着什么问题过暑假?"。

1965 年 7 月 20 日（农历乙巳年六月廿二）　星期二　晴

早操之后，袁司理向大家讲了几件事：放暑假提前到 22 日，原定是 25 日开始放暑假，要求大家抓紧最后两天把思想总结写出来。

晚上党支部召开一个要求入党同志的座谈会议，袁司理同志与何长顺同志代表党支部讲话。我们的班集体三年来不断地前进，团组织发展了六名青年同志入团，已经完成了团的发展工作。随着同志们觉悟的不断提高，党组织也不断把符合党员标准的同志发展入党。去年 5 月，党支部讨论了樊五申同志的入党要求，在下乡搞"四清运动"之前又先后讨论了刘爱清、左广善两位同志的入党要求（左广善的入党申请党委尚未批下来）。通过这次伟大的农村"四清运动"，又有许多同志达到了或接近了党员标准。党支部准备最近发展一批同志（不是一两个同志）入党。党支部还希望更多的同志努力克服缺点，创造条件，争取入党。

1965 年 7 月 22 日（农历乙巳年六月廿四）　星期四　晴

8：00 至 12：00，14：30 至 16：00 在礼堂听徐敬之主任作"四清运动"的总结报告。他讲了三个问题：（1）对运动的全面评估；（2）我们今后应当注意的一些问题（这些问题我们在这次运动中没有能够很好地解决，有的问题还没有定论，提出来大家参考，在以后的运动中再去用实践检验）；（3）回答大家提出的一些问题。

全年级同学 16：05 至 17：20 在礼堂开大会，听司青锋主任讲了关于我们政法系三年级本学期结束后放暑假的有关问题。司主任说三年级这一年我们主要是参加了"四清运动"，有许多同学进步很快，入团了，入党了。也有的同学进步不快，甚至犯了错误。我们应当从三个方面来检查我们做得如何：（1）是不是以毛主席的思想挂帅了；（2）是不是把党的领导放在了第一条，是不是绝对服从党的领导；（3）是不是把无产阶级政治摆在了第一位。司主任希望大家今后更加努力克服缺点，改正错误，争取进步，早日加入党组织。不要背家庭出身的包袱，历史表现的包袱。虚心使人进步，骄傲使人落后。我们要牢记这个道理。

1965 年 7 月 25 日（农历乙巳年六月廿七）　星期日　阴雨转多云

20：00 至 21：00 我们去宣武区〔1〕人民法院协助工作的同学开会谈谈应注意的问题。

---

〔1〕 宣武区，是北京市原市辖区，现已合并为北京市西城区。

1965 年 7 月 26 日（农历乙巳年六月廿八）　星期一　晴

今天是到宣武区人民法院工作的第一天。

早晨去参加军事野营的同学5：00多就起床了，因此我们也起得较早。我们班有五个同学参加军事野营：胡克顺、武玉荣、左广善、田旭光、丁葆光。他们今年的军事野营地点是在八达岭长城脚下。

早饭后去游泳池游泳，很好！

9：40离校，我一个人骑自行车去宣武区人民法院，到法院后听宣武区人民法院院长王自臣同志简单介绍法院内外的基本情况。

14：30至18：30旁听法院的审判委员会对11个刑事案件的讨论。这11个案件有各种类型，旁听使我们受益匪浅。

晚上听法院的吴同志、张同志、单同志介绍调查研究及书记员的工作经验。

我们晚上在法院居住。

▲参加八达岭军事野营的同学 （左起）
左广善、 胡克顺、 丁葆光、 田旭光

1965 年 7 月 27 日（农历乙巳年六月廿九）　星期二　晴

我们在法院的作息时间安排如下：

5：30起床，起床后到6：10打扫室内卫生，6：10至7：20自习，7：30吃早饭。8：00上班到12：00。14：30上班到18：30。晚上自己安排。

8：00至12：00，我们11个人在法院会议室学习文件《人民司法》（内部刊物）上刊登的《九省市高级人民法院院长座谈会纪要》，纪要中强调办案须走群众路线。

14：30至18：30旁听法院的工作同志学习毛主席著作《实践论》的发言。

我们走在大路上

1965 年 7 月 28 日（农历乙巳年七月初一）　星期三　晴

今天正式进入法庭工作，各自与带自己工作的师傅相识，并在师傅的带领下着手开始工作。我与 10 班的卢其法同学被分到民事审判庭跟随刘致用同志工作。我们 11 个人只有我们班的王小平与 10 班的郭政民二人被分配到刑事审判庭搞刑事案件。

1965 年 7 月 29 日（农历乙巳年七月初二）　星期四　晴

今天继续跟随刘致用同志去调解案子。刘师傅给我们一个公文包和一个记录用的带木板的夹子。

晚上皮继增老师来了，参加了我们的组织生活会。我们大多人谈了到法院来的体会和存在的问题。决定把早晨起床时间推迟到 6：00，以免影响法院的同志们早晨的休息。

皮继增老师也带来了司青锋主任的几点指示要求，学校对我们十分关怀。

今天早晨我曾去西砖胡同 33 号找董尚夫，不料他却于半年前搬家了，搬到东四炒面胡同去了，我便给他写了张明信片。

1965 年 7 月 30 日（农历乙巳年七月初三）　星期五　晴

今天上午我们没有外出，在家装订卷宗。边装订边与卢其法聊天，我们交谈几天来的工作体会。

下午外出，到东郊北京轴承厂办案。

19：00 回到宣武区人民法院。晚饭后看了会儿《人民司法》。贾书勤来了，谈到他们在最高人民法院的工作情况，整天整理档案。我们班只有她与杨岷在那里。

1965 年 8 月 1 日（农历乙巳年七月初五）　星期日　小雨转阴，多云

下午去看了看老杨（杨秀伦老师），与他聊了半个多小时，很痛快，我们聊到了月南大队的一些事情。

1965 年 8 月 5 日（农历乙巳年七月初九）　星期四　晴

晚上听王自臣院长给我们讲话（他谦虚地说不是"作报告"）。他讲得很好，特别是他说大学生毕业后到工作岗位上最应当注意的是要克服骄傲情绪，不要以为自己是大学毕业生，就自以为是，不服从党的领导，看不起有着丰富实践经验的老同志。相反要放下任何架子，要树立全心全意为人民服务的思想，也只有这样才能与群众打成一片。

1965 年 8 月 6 日（农历乙巳年七月初十）　星期五　晴

晚上我们下到宣武区人民法院的同学们过组织生活，年级办公室的皮继增老师也来参加了。他带来了学校的消息：下学期开学后我们只开三门课，也只上十三、十四周的课，之后就去实习，实习两个多月。这样明年春节就可能在实习单位过了，实习完了再补放寒假。我们听了都很兴奋。

1965 年 8 月 8 日（农历乙巳年七月十二）　星期日　晴

今天在游颐和园玩得相当痛快！

我是骑自行车去的，我的外甥江鸿由衣立带着去，缪德勋也是坐车去的，我们几乎同时到达。颐和园内游人真多啊！

买好 135 相机的胶卷（1.20 元），进园时已经 9：30 了。先奔谐趣园，然后去后湖，边走边取景照相。可惜黄升基不在。我们四个人共游颐和园，还是在初中时代！

11：00 开始吃午餐，午餐是面包。吃完饭后去划船，然而租不到船，今天游人太多了。我们漫步到南湖，在十七孔桥前留影。从龙王庙的渡口上摆渡船，到排云殿前弃舟登岸，游览排云殿。出来再去石舫。到 16：30 好不容易租到了一条船，划了一阵子。小江鸿来这里就是为了划船，他划得还不错。在船上也照了不少相片。划完船我们又来到谐趣园留影，这里照相景色太好了。

晚饭就在船上就餐。欣赏着西边的玉泉山景色，斜阳映照着玉泉山宝塔，十分美丽！

16：30 至 19：15，又去昆明湖东岸边的游泳池游泳，小江鸿也下水了，他玩得很高兴。

20：00我们才离开颐和园。途中经过双榆树，代杨登舟取出同学洗的相片，是同学们在峨眉山金顶上的合影。回到家已经21：30了。

1965年8月9日（农历乙巳年七月十三）　星期一　多云转雨

晚上开庭务会，民庭庭长单志芳同志总结上半年民庭的工作。

1965年8月10日（农历乙巳年七月十四）　星期二　晴

听王小平说今天上午学校党委书记兼副院长刘镜西、副书记郭迪、副院长朱寄云和我们年级司青锋主任曾来宣武区人民法院看望我们，勉励大家更好地工作。

1965年8月12日（农历乙巳年七月十六）　星期四　晴

晚上听王自臣院长传达彭真同志于8月7日晚上在北京工人体育场对首都高等院校应届毕业生的讲话。

1965年8月13日（农历乙巳年七月十七）　星期五　晴

晚上再听王自臣院长讲话，今晚他传达了公安工作会议精神，要少捕少杀，对犯罪分子要贯彻"以教育为主，惩罚为辅"的方针，这样有利于分化瓦解敌人。

1965年8月16日（农历乙巳年七月二十）　星期一　晴

到宣武区人民法院协助工作的第四周——也是最后一周——开始了。

晚上我们在法院民事审判庭协助工作的同学们分三个组与法院工作干部座谈心得体会，谈得很好！我们组有五个人：刘致用与赵志懿两位法院干部和卢其法、韩建敏与我三位同学。刘致用同志说今天晚上的会首先要解决两个问题：（1）用什么精神来回顾过去的工作，当然用高标准、严要求，用最高人民法院杨秀峰院长关于依靠群众办案的指示精神来回顾我们的工作；（2）用什么态度对待提意见？用大胆地批评与自我批评来对待提意见的问题。在会上我畅谈了来法院协助工作三周来的体会与收获：（1）对办案的程序有了基本了解；（2）对办案依靠群众，走群众路线的体会；（3）对做民事

大学本科阶段

调解工作的体会；（4）对调查研究工作的体会；（5）对在工作中运用辩证唯物主义哲学的体会；（6）对为人民服务，对当事人负责的精神体会。也给我们的工作提出了一些意见：跟刘老师去办案之前如果能让我们了解一下案情就更好了，这样有助于做好笔录。卢其法、韩建敏也谈了谈他们的体会，刘老师也非常谦虚地谈了他的体会。对我和卢其法的工作作出了他的评价。他肯定了我的工作的几点优点：（1）对工作认真负责，能放下大学生的架子，与群众很快熟悉起来，打成一片；（2）用心努力学习业务，掌握业务技能较快；（3）干劲儿大，热情高。他也指出我工作中的不足之处：（1）遇事要冷静（如去北京轴承厂回来，出门时交回会客证未请当事人签字的问题），他说"干我们这一行工作冷静非常重要，甚至当事人骂我们，我们都要冷静"；（2）干工作不要怕犯错误，怕犯错误是个人主义。他还指出光大胆也不行，既要大胆，又要心细，要干净利索地干工作。最后他说以后有时间还可以继续交换意见。

1965 年 8 月 18 日（农历乙巳年七月廿二）　星期三　晴

上午听到我们"四清"过的四川省峨眉县胜利人民公社夏河大队第四生产队的青年、公社团委副书记张运如同志考取了我校。

今天劳动一天：整理档案。

晚上和法院的同志们一起去宣武区公安分局看关于民兵知识的内部电影，电影很好！

1965 年 8 月 19 日（农历乙巳年七月廿三）　星期四　晴

晚上与韩建敏、高先荣、卢其法一起整理案卷，并把案卷装订好。

1965 年 8 月 20 日（农历乙巳年七月廿四）　星期五　晴

早晨洗了衣服。又排练了歌曲文艺节目，因为今晚我们要与宣武区人民法院的工作干部一起开告别联欢会。给学校打了一个电话，饶竹三接的，他已经回来了。他说他 14 日就回来了，是第一个返校的，现在每天在学校游泳，还约我去学校玩。他告诉我胡克顺回家了。

中午与刘致用老师、赵志懿老师及韩建敏、卢其法我们五个人去人民照相馆照了张合影，以示留念。

晚上在法院会议室开告别联欢会，会上我们请韩建敏代表全体 11 名协助法院工作的同学宣读了致王院长及全体法院同志的感谢信。法院的王自臣院长出席了联欢会，法院的张秘书、刑庭的李存源庭长、民庭的单志芳庭

▲ 与宣武法院的指导老师合影

左起前排韩建敏、 赵志毅， 后排江兴国、 刘致用、 卢其法

长也先后讲了话，对我们的工作做了很高的评价。之后观看文艺节目，王小平表演了舞蹈，法院的小何同志表演了口技，等等。

联欢会后与刘致用老师又聊了聊，他要我把我的日记念几篇给他听，说这些日记若干年后看起来会很有意思的。

1965 年 8 月 21 日（农历乙巳年七月廿五）　星期六　晴

今天是我们在法院协助工作的最后一天了，早晨我们打扫法院的环境卫生格外地用力、认真。

迄此，刘致用老师交给我承办的七件案件全部完结了。

下午业务学习，听李存源庭长传达关于 12 000 吨水压机是怎样造出来的报告，很好。接着，王自臣院长又传达了学习毛主席四篇哲学著作的报告。

晚饭后我正欲回家，忽然见我们年级的司青锋主任与皮继增老师来了，大家很高兴，纷纷跑过来。司主任嘱咐我们在下一周假期里一定要好好地休息，同时要严格要求自己。他告诉我们两名去广西搞"四清运动"的同学（政教系三年级的同学）在广西游泳时不幸溺水身亡了，昨天我们二年级政法系的一位同学上街时又出了车祸，不幸身亡。所以叮嘱我们一定注意安全。

1965 年 8 月 22 日（农历乙巳年七月廿六）　星期日　晴

今天去学校玩了一天。9：15 到校，见到了田广见、冯振堂，听他们说

袁司理、樊五申、饶竹三、敖俊德等已返回学校，不过他们都去颐和园玩去了，中午不回来。

又见到武玉荣，与她聊了聊。

中午去游泳池游泳。

下午去北京师范大学看望岳鸿全老师，我们已经有十个月没见了。我畅谈了"四清运动"之见闻，说收获很大。岳老师也告诉了我母校（北京八中）的情况。

回到宣武区人民法院时已经19：25了。晚上开会，大家座谈来法院协助工作四周的收获。

1965 年 8 月 23 日（农历乙巳年七月廿七）　星期一　晴

早晨告别王自臣院长及法院的全体同志，返回学校。皮继增老师来接我们，冯振堂也随车来了。

1965 年 8 月 26 日（农历乙巳年七月三十）　星期四　晴

应薛宝祥的要求，早晨7：10我去宣武门外菜市口铁门胡同通知贾书勤今天去卢沟桥玩，她很愉快地答应了。

8：15去复兴门外广播大厦门前等候同学们。首先见到的是薛宝祥，随后孙成霞、王小平、郭政民也来了，王小平还带着她的两个妹妹亚平与建平来了，贾书勤是最后赶到的。等到9：10，再也不见有同学来了。那就我们八个人，出发。

我和贾书勤先乘无轨电车经过广安门内北线阁买了一个120胶卷，然后乘17路到广安门换乘39路公共汽车，车行走了30分钟，到达目的地——卢沟桥。宝祥、政民、成霞、小平、亚平、建平六个人是骑自行车

▲ 卢沟桥留影
左起薛宝祥、郭政民、贾书勤、王小平、孙成霞、江兴国

来的，已经到了。

见到了早就想来参观的卢沟桥，一提到卢沟桥，人们就会想起抗日战争，在抗日战争胜利二十周年时能来此格外有意义。我们仔细观察了卢沟桥的上上下下，也在桥的上上下下取景留影。我和薛宝祥还下到永定河里游泳，十分痛快！

中午休息时我们找了个地方（就在卢沟晓月碑旁边的石头桌凳）坐下吃午饭，边吃我边给大家讲解卢沟桥的历史，当然着重讲了讲抗日战争是怎样爆发的。为此我昨天晚上在家翻阅了一些资料，有所准备。

玩得很尽兴。13：30我们就打道回府了。上车前我们又吃了点儿面条。

回来时经过宣武区人民法院，进去看了看，见到了刘致用老师、赵志懿老师，感到十分亲切，聊了聊。我去人民照相馆取出我们五人（我与刘致用、赵志懿、卢其法、韩建敏五个人）的合影相片，照得很好。

1965年8月28日（农历乙巳年八月初二）　星期六　多云转晴

8：30至10：30在礼堂开全年级大会，司青锋主任作报告。总结了上一学年的情况，也指出存在的问题。主要是：世界观、人生观问题有待于进一步解决，要大家注意克服骄傲自满情绪，这两种情绪在我们年级有所抬头。也指出这是我们大学生活的最后一年了，布置了这一年的主要任务和工作的方法、措施。毕业鉴定和毕业分配问题也提到议事日程上了。为了加强领导和思想工作，每班配备一个指导员（即辅导员）。为此把每个班的编制扩大到将近40人。拆散8班、9班，将这两个班的同学分别插到其他班去，原来的10个班改为8个班。我们1班增加了3个人，把9班的王英吉、李长林、丁荣三位同学分配到我们班。我们1班由34人增加到37人，指导员是张守蘅老师。干部也作了调整（暂时指定），党支部书记由张守蘅老师兼任，党支部委员是武玉荣和袁司理（胡克顺还是担任学校学生会主席），团支部书记是王小平，正班长是王普敬，副班长是樊五申与袁继林，另外还有三个团支部委员（未公布名单）。

司主任还说这学期我们只开两门课：宪法和政法总论（无产阶级专政和无产阶级革命理论），这学期的学习方法有很大的改变：多采取老师作启发报告，在此基础上自学文件，小组讨论提出问题，进行课堂讨论，大会发言，写学习心得体会等。

散会后与同学们随便摆谈，大家都感到这学期开始确有一番新气象。

15：00 开始开班会，先分小组、宿舍，指定学习组长、宿舍舍长。我还住在一号楼 102 宿舍，我们宿舍成员有胡克顺、薛宝祥、田广见、周芮贤、王普敬、丁荣和我，七个人，宿舍舍长是薛宝祥。我所在的学习小组除我们宿舍的七个人外，还有冯振堂及女同学李平煜、丁葆光、臧玉荣、佟秀芝。我们班的 26 个男同学分别住在三个半宿舍，是 1 号楼 102、103、116 及 201 宿舍，201 宿舍的同学是与别的班合住一个宿舍。我们学习小组组长是李平煜。我们班的固定教室是教学楼 204 教室。

1965 年 8 月 30 日（农历乙巳年八月初四）　星期一　晴

上午前两节是宪法课，还是由赵振宗老师给我们讲"导言"。讲课方式也与以前不同了，多是启发式的。这门课讲到九月下旬，只有四周的时间。

16：00 至 17：00 在教学楼 204 教室开班会，欢迎从 9 班分到我们班来的王英吉、李长林、丁荣三位同学。

1965 年 8 月 31 日（农历乙巳年八月初五）　星期二　晴

今天一天都在看《世界通史》（近代部分上册），我想利用这最后一年自习课的机会尽量多学些东西。

晚自习与廉希圣老师谈了谈关于宪法学习的若干体会。廉希圣老师是负责我们班与 5 班的宪法课辅导老师。

1965 年 9 月 1 日（农历乙巳年八月初六）　星期三　多云转阴雨

8：00 至 11：00 全年级同学在礼堂上大课，听鲁直主任（国家与法的理论教研室主任）作学习无产阶级革命与无产阶级专政课的启发报告，即讲这门课的"导言"。但鲁主任讲话有些口音，不大听得清楚。

下午两节是形势学习与任务课，分学习小组座谈暑假见闻。李平煜介绍了在法院四周的生活，丁葆光介绍了参加军事野营的生活，周芮贤谈了回家（他家在河北省南宫县）的见闻。

19：30 座谈听鲁直主任报告的体会。鲁直主任的报告主要是谈端正学习目的的问题，要我们树立为革命而学习的雄心。鲁直主任说："只有端正了学习目的，才能把无产阶级革命与无产阶级专政的理论学到手。"

1965 年 9 月 2 日（农历乙巳年八月初七）　星期四　晴

我们班又来了一名新同学，他叫靖法文，他本是上年级已毕业的 65 届 5 班的同学，因病（神经衰弱）而留级，被分配到我们班来了。下午我带他去铅印厂资料室领取了资料。至此，我们班有 38 个人了，其中有 11 位女同学。

1965 年 9 月 3 日（农历乙巳年八月初八）　星期五　晴

今天是中国人民抗日战争胜利二十周年纪念日，首都各界人士及人民群众一万多人集会纪念这一伟大的胜利，党和国家领导人刘少奇、周恩来、朱德、邓小平等出席大会，罗瑞卿同志在会上发表了题为《人民战胜了日本法西斯，人民也一定能够战胜美帝国主义》的讲话，这篇讲话很好。

上午四节课继续座谈学习政法总论课的导言体会，谈自己怎样学习理论？怎样带着问题学？

中午游泳，下午自由活动时间也是如此。

下午过团组织生活，以团小组为单位座谈这学期自己的打算。

晚自习看刘少奇同志的《关于中华人民共和国宪法草案的报告》。

四川省峨眉县胜利公社团委副书记张运如同志今年参加高考，被我校录取了，今天下午来我校报到。我们见到他，与他畅谈，谈到胜利公社的情况，他说在胜利公社的诸大队中，月南大队最好，月南大队党支部抓得紧，抓得好。我们听了当然很高兴了。

1965 年 9 月 4 日（农历乙巳年八月初九）　星期六　晴转阴

今天自学一天，看刘少奇同志的《关于中华人民共和国宪法草案的报告》和《人民日报》编辑部与《红旗》杂志编辑部的文章《无产阶级革命和赫鲁晓夫修正主义——八评苏共中央的公开信》，间或读《世界通史》（近代部分下册）有关部分。

1965 年 9 月 10 日（农历乙巳年八月十五）　星期五　晴

8：00 至 11：00 在教学楼 108 教室听曹长胜老师讲无产阶级革命部分的

启发报告，他讲得很好。

1965 年 9 月 11 日（农历乙巳年八月十六）　星期六　晴

昨天夜里睡在床上，我久久没有入眠，想到很多。最近学校要大家预填毕业分配的志愿，个人填写志愿，供组织参考。我想到就要毕业了，我应该到什么地方去呢？我坚决服从组织分配，但也想，应该从自己的实际情况出发作出选择。我去广东（深圳）、福建、浙江、云南、西藏、新疆都可以，但是比较起来，我还是愿意去祖国的南方。干什么工作呢？公检法三机关都可以，武玉荣说也可以填报党团、行政、军队或教书。总之，随便祖国分配吧！西汉名将霍去病曾经发出"匈奴未灭，何以家为"的豪言壮语，今天我们作为 20 世纪的年轻人，更应该有为国效力的思想。东汉名将马援曾以"大丈夫当战死疆场，马革裹尸"为荣，何其壮哉！

早晨我把大幅的祖国地图贴在教室后面的墙上，祖国处处都是好地方，让祖国挑选吧，我愿意到祖国召唤的地方去！

1965 年 9 月 12 日（农历乙巳年八月十七）　星期日　阴

晚上写写日记。交上《毕业分配工作登记表》。我是这样填写的："分配地区"栏目内填写的是"四川省（峨眉县）、云南省、新疆维吾尔自治区"；"工作"栏目内填写的是"军队、法院、检察院"。

1965 年 9 月 13 日（农历乙巳年八月十八）　星期一　晴

上午前两节和下午两节都是宪法课，赵振宗老师讲课，讲的是我国宪法的基本内容。四节课把宪法的内容全都讲完了。这种讲课只是提提线索、思考问题的方法，讲得好，举的例子也好，很能启发人。只是觉得讲得太少了，只有四节课。

1965 年 9 月 14 日（农历乙巳年八月十九）　星期二　晴

又一批搞"四清运动"的同学们出发了。我们 7：40 和 13：40 分两次去欢送下去的同学们。这次是三年级的同学们，他们是去河北省香河县，距北京没有多远，坐汽车两个半钟头即可以到达。徐作山老师这次又带领三年

我们走在大路上

级 8 班的同学下去了。见他们走，我又想起去年 10 月 22 日我们离京千里南下的壮丽场面，好快啊，又一年的时间过去了！

上午四节课均自学，我前两节看看宪法，后两节看看报纸。

1965 年 9 月 15 日（农历乙巳年八月二十）　星期三　晴

早饭后政法总论课教研室的张浩老师向大家布置了课堂讨论题目，并讲了有关事宜。上午四节课自己准备。我看了文件《无产阶级革命和赫鲁晓夫修正主义——八评苏共中央的公开信》及报纸。

晚自习看了《无产阶级革命和赫鲁晓夫修正主义——八评苏共中央的公开信》、列宁的《无产阶级革命和叛徒考茨基》，并与薛宝祥探讨了一番。

1965 年 9 月 16 日（农历乙巳年八月廿一）　星期四　晴

上午四节课都是课堂讨论，在宿舍进行小组讨论，讨论题目是："既然我们主张用革命的两手同反革命的两手进行针锋相对的斗争，为什么说现代修正主义的和平过渡的谬论是反动的，而暴力革命是无产阶级革命的普遍规律呢？实行暴力革命与革命要尽可能地避免不必要的牺牲有无矛盾？一个革命者应当如何对待革命与牺牲的关系问题？"

1965 年 9 月 18 日（农历乙巳年八月廿三）　星期六　晴

上午继续前天与昨天的讨论进行课堂讨论。不过今天不再是小组讨论，而是以班为单位进行讨论。大家围绕着革命的两手之间的关系进行讨论。

下午第一节课听老师讲资产阶级议会制度问题。第二节课自习。继续看《两种根本对立的和平共处政策——六评苏共中央的公开信》一文。

1965 年 9 月 20 日（农历乙巳年八月廿五）　星期一　晴

上午四节课都进行宪法课堂讨论，讨论题目是："我国宪法的实质是什么？违反宪法与符合宪法的界限是什么？怎样运用宪法为无产阶级专政服务？"

下午两节课进行宪法课总结，在教学楼 108 教室上课。宪法课就算讲完了。

自由活动时间上消防知识课，进行灭火演习。

晚上廉希圣老师让我找部分（五六个）同学开一个座谈会，谈谈学习宪法的心得。我找来田广见、丁荣、梁桂俭、田旭光、丁葆光加上我六个人参加。大家谈得很好，唯一觉得美中不足的是课时太少了。

1965 年 9 月 22 日（农历乙巳年八月廿七）　星期三　晴

8：00 至 12：00 在礼堂开全年级同学大会，听我们年级的五位同学讲他们学习政法总论课的心得与体会。我们班的袁司理第一个发言，他讲得很好，这五位同学讲得都不错。

14：00 至 15：40 在教学楼 208 教室听朱寄云副院长作关于加强安全保卫工作的报告。国庆节将临，做好保卫工作更为重要。

晚上分小组讨论朱寄云副院长的报告。

1965 年 9 月 23 日（农历乙巳年八月廿八）　星期四　晴

上午前两节是自习课，看列宁的文章《无产阶级专政时代的经济和政治》。后两节课继续讨论昨天上午五位同学的大会发言。

1965 年 9 月 24 日（农历乙巳年八月廿九）　星期五　晴

上午前三节课听张浩老师讲革命理论部分的总结，他还回答了同学们在讨论中提出的一些问题。很好！

14：00 至 16：10 听院党委副书记郭迪作关于参加国庆节庆祝活动注意事项的报告。16：30 至 17：50 在操场练习组字。

1965 年 9 月 28 日（农历乙巳年九月初四）　星期二　晴

下午及晚上动手准备写无产阶级革命理论学习心得，拟题为"生，为革命而生；死，为革命而死！"谈谈对于生与死的认识。古人云："人生自古谁无死，留取丹心照汗青"，"生当作人杰，死亦为鬼雄"！

1965 年 9 月 30 日（农历乙巳年九月初六）　星期四　晴

上午前两节课听鲁直主任作学习政法总论的无产阶级革命理论部分的总结报告。

1965 年 10 月 1 日（农历乙巳年九月初七）　星期五　晴

今天是伟大的中华人民共和国成立十六周年！

4：30 起床，天尚漆黑。4：50 吃早饭，5：30 集合，5：40 开车，6：30 到达天安门。同学们大都穿上了节日的盛装。

10：00 首都各界人民庆祝中华人民共和国成立十六周年大会开始。毛泽东、刘少奇、朱德、周恩来、邓小平等党和国家领导人登上主席台。全场欢呼"毛主席万岁！"我们也满怀着激动的心情望着天安门主席台，我见到毛主席了！但是对我们来说，重要的是完成政治任务——举花组国徽。彭真同志讲话，之后游行开始。

下午骑自行车去王府井新华书店，买了一本《关于国际共产主义运动总路线的论战》，以及一些反修学习文件：《中共中央和苏共中央来往的七封信》《中国人民解放军的民主传统》《把反对赫鲁晓夫修正主义的斗争进行到底——纪念〈关于国际共产主义运动总路线的建议〉发表两周年》《在印度尼西亚阿里亚哈姆社会科学院的讲话》《纪念战胜德国法西斯，把反对美帝国主义的斗争进行到底》《中国共产党中央委员会对于苏联共产党中央委员会一九六四年六月十五日来信的复信》《中国共产党中央委员会对于苏联共产党中央委员会一九六四年七月三十日来信的复信》《评莫斯科三月会议》《反法西斯战争的历史经验》。

从王府井回来经过天安门广场，见到了我们学校来的狂欢队伍乐队，李长林也在其中。他说参加游行活动的队伍，上午大会结束之后没有回学校，中午在西什库小学休息。我便走南长街去迎他们，却未见到他们，大概他们是走府右街来的。

1965 年 10 月 2 日（农历乙巳年九月初八）　星期六　晴

今天主要的任务是去天安门广场照相，因为明年就要毕业了，同学们都想在天安门广场留影。我与薛宝祥、于秉寿、石宗崑、田广见等约好上午 9：30 在天安门 22 路公共汽车中山公园站见面，但石宗崑始终没有来。

上午到中山公园车站，见到了于秉寿，原来他看错时间了，把 8：00 看成 9：00 了，所以他 8：15 就到了。我们便谈了谈昨天晚上是如何度过的。

等到9：35，才见到同学们过来了。来了八个同学：袁司理、田广见、左广善、宋新昌、刘爱清、李树岩、周芮贤、敖俊德，我们就开始照相。首先，我用120胶卷的照相机给他们九个人以天安门为背景照了两张合影照，又在人民英雄纪念碑前面合影一张。之后又零散地照了一些。在人民大会堂前面遇见了薛宝祥、臧玉荣、

▲ 1965 年 10 月 2 日照相合影

李长林，李长林也带了一个用135胶卷的照相机给他们照相。我们又一起来到天安门前面，遇到了饶竹三、王小平等人。王小平也带了一个照相机。我的胶卷很快就照完了，照了两卷东方红牌的胶卷。

李平煜也来了。我又去买了胶卷给李平煜和臧玉荣在马恩列斯像前留影。中午买面包充饥。

1965 年 10 月 4 日（农历乙巳年九月初十）　星期一　晴

上午四节课都用来讨论鲁直主任的报告，谈自己学习无产阶级革命理论的心得体会，并交谈学习方法。

下午两节课看反修文件。

自由活动时间分小组酝酿班委会及团支部的候选人，要改选了。

1965 年 10 月 6 日（农历乙巳年九月十二）　星期三　晴

下午是形势学习时间，学习彭真同志在首都各界人民庆祝中华人民共和国成立十六周年大会上的讲话，以及《人民日报》国庆社论。

自由活动时间改选班委会和团支部委员会的组成人员。结果是班委会由下列五人组成：班长王普敬、副班长樊五申、学习委员李平煜、文体委员袁继林、生活委员李树岩。团支部委员会由下列四人组成：支部书记左广善、副书记石宗崐、宣传委员周芮贤、组织委员韩建敏。

我们走在大路上

1965 年 10 月 7 日（农历乙巳年九月十三）　星期四　晴

上午前三节是政法总论课，听程筱鹤老师讲学习毛主席著作《论人民民主专政》的启发报告。

1965 年 10 月 8 日（农历乙巳年九月十四）　星期五　晴

14：00 至 16：00 听传达高教部召开的高等院校政治工作会议精神，主要是贯彻主席的"七三指示"，主席主张减轻学生的负担。

1965 年 10 月 11 日（农历乙巳年九月十七）　星期一　晴

今天一天准备明天的政法总论的课堂讨论，讨论的题目是："既然必须用无产阶级宇宙观观察国家的命运，依靠人民对敌专政，那么为什么我们还把民族资产阶级列入人民之内，让他们参加政权？"我认为这是研究在我国的具体条件下的无产阶级专政的实质与其表现形式的问题。

1965 年 10 月 16 日（农历乙巳年九月廿二）　星期六　晴

上午四节课全年级同学都在礼堂听程筱鹤老师作学习毛主席著作《论人民民主专政》的总结报告，讲得很好。

1965 年 10 月 17 日（农历乙巳年九月廿三）　星期日　晴

今天天气非常好。我们班的绝大部分同学都到民族文化宫来参观民族工作展览，这也是政法总论课组织的教学活动内容之一。

1965 年 10 月 18 日（农历乙巳年九月廿四）　星期一　晴

新的一周开始了。从今天起，我们将用五周时间学习"九评"，即《关于赫鲁晓夫的假共产主义及其在世界历史上的教训——九评苏共中央的公开信》。这也是政法总论课的学习材料。今天先通读一遍。其余时间看看报纸。

1965 年 10 月 21 日（农历乙巳年九月廿七）　星期四　晴

上午去故宫参观"华北地区社教运动展览"。这个展览很好，共分为三个部分：第一部分介绍了中华人民共和国成立十六年来的伟大成就（社会主义革命与社会主义建设的伟大成就）以及当前社会上存在的尖锐复杂的阶级斗争；第二部分介绍了我们党关于开展社会主义教育运动的方针政策以及华北地区的社教运动情况；第三部分介绍了运动后期的组织建设和掀起社会主义建设新高潮的情况。

1965 年 10 月 23 日（农历乙巳年九月廿九）　星期六　晴

上午前两节课自学文件，准备讨论。后两节课及下午两节课继续进行小组讨论，大摆阶级斗争情况，特别着重谈政治思想领域中的阶级斗争现象，以及人民内部矛盾掩盖下的阶级斗争。

明天去游览香山，共有十个人去：李长林、王英吉、石宗昆、武玉荣、臧玉荣、孙成霞、田旭光、李平煜、韩建敏和我。我和武玉荣骑自行车去，其他人坐车去。中午，我们开了个小会研究了一下有关问题。

1965 年 10 月 24 日（农历乙巳年十月初一）　星期日　晴

今天天气非常好，天气晴朗，秋高气爽，正宜远游。特别是香山红叶已经红透，正值层林尽染满山红，美极了！

去年的今天，我们的列车正行驶在著名的八百里秦川之中，我们饱赏了沿途的秦岭美丽的风光。今天我们又能游览香山，饱赏著名的香山红叶，真是尽赏祖国的大好河山！

会工作、会学习的人也应当会休息。我自幼就把郊游作为休息的重要手段之一，郊游名胜之地兼观名胜古迹，不仅是休息，而且也可以开阔眼界，在欣赏自然风光的同时，也增加了自然科学知识与社会科学知识。特别是骑自行车前往，过河爬山则可以活动筋骨，有利于身心健康。

早晨 7：30 我们从学校出发，我与武玉荣骑自行车去，因此骑车速度较慢，然而我们还是比坐车的同学早到达香山。经过颐和园时见到了孙成霞。她昨天晚上回家了，今天是从家里直接来的。等大家都到齐了，10：35 我们一起进入香山公园。我们共同推荐王英吉为"财政大臣"，总管经费，掌管一切需集体开支的款项。我和李长林则担任摄影工作。我是这次活动的发起者，自然也就成为整个活动的组织者。石宗昆自告奋勇担任向导。总之，我

我们走在大路上

们四个男同学自然成为这次郊游活动的"常委"。她们自觉或不自觉地服从我们的"领导"。

▲ 在香山公园合影

我们从正门（东门）进园，进园后选择了西南麓登山，因为石宗昆说走这条路可以赏到更多的红叶。经过了香山饭店、玉华山庄、玉森笏，来到阆风亭，这里观赏红叶果然不差。大家不约而同地朗诵杜牧的诗句："停车坐爱枫林晚，霜叶红于二月花。"我们随时选择佳境留影。远望山上的屋舍，我们又吟道："白云生处有人家！"

11：30 我们登上了香山的最高峰——鬼见愁！不知为何，今天登临此地觉得十分轻松，并不像前几次那样气喘吁吁，汗流浃背。可能由于我们已经登上了海拔 3000 多米的峨眉山金顶，比起峨眉山来，登上海拔只有 550 米的鬼见愁就如同"走泥丸"一般。

在山顶停留大约四十分钟后开始下山，从东麓而下。一路上互相照应，有说有笑，漫步下山来。王英吉、李长林二人讲了不少笑话，经常使人捧腹大笑。如把"无动于衷"说成"无动于哀"，把"衷心地祝贺"说成"哀心地祝贺"，把"沾沾自喜"念成"黏黏自喜"，把"哗众取宠"念成"哗众取庞"，等等。经过眼镜湖、昭庙，从公园北门出来，在我的建议之下，又去游览了碧云寺。这里有苏俄送来的水晶棺和孙中山的衣冠冢。我们缅怀了这位伟大的中国革命先行者。我想起前年春天，我们班来此春游，是先参观碧云寺，然后进西山公园的。

游罢碧云寺，武玉荣、韩建敏、田旭光、李平煜四人先走了，剩下我们六人又去游览了卧佛寺。此时已是 16：20 了，本想再去樱桃沟花园看看，但是没有时间了。我 5：15 与他们分别，骑自行车飞驰而回，他们五人坐车回来。

在从中国人民大学至我们学校的路上，赶上了李平煜、田旭光、韩建敏。18：00 到达学校，武玉荣早我一刻钟回到学校。

19：00 至 19：50 去教务科与侯老师谈了谈我对学习方法及教学改革的一些意见和建议。侯老师是昨天上午第二节课时与我约好今晚谈话的。上个星期四学校教务处召开座谈会，我们班是袁司理去参加的。他在座谈会上谈到了我，所以侯老师才来找我一谈。学校领导及职能部门也在探讨改进教学方法和学习方法。现在还很难说谁说的对，谁说的不对。

1965 年 10 月 26 日（农历乙巳年十月初三）　　星期二　晴

张守蘅同志在今天下午党支部召开的会议上作总结的时候谈到下列几点：

（1）正确对待自己的家庭出身和社会关系问题。向党交待清楚与否是衡量一个人觉悟高低的标准之一。家庭问题看本人，历史问题看现在。党员要成分好是指个人成分好，不是指家庭成分如何。当然不同的家庭出身是会给人以不同的阶级烙印。

（2）端正入党目的与态度。我们必须要有为全中国、全世界绝大多数人的利益奋斗终生的决心，奋斗到底即奋斗终生。我们伟大的中国共产党在国内外享有极高的威信与声誉。我们的党要求每个党员具有高质量、高水平。我们要在思想中树立党的绝对领导的观念。对服从党的领导要加强自觉性，拒绝盲目性。还要加强我们的群众观点。有人说"有劲没处使"，我们认为有劲要落实在现在的革命斗争中，就目前来讲就是落实于学习上。树立为革命而学的学习目的，以革命的态度对待学习，对待教学改革。找党员同志谈话和写材料是必要的。但我们更重在表现，重在实际行动。入党是为了搞革命，必须排除一切个人杂念。

（3）落实对自己的评估，加强对自己的改造。通过"四清运动"，我们班大多数同学都把自己与工农群众对照了一下，知道了自己的弱点，下决心改造自己。我们党内不允许个人主义存在，抓住自己的根本弱点，进行经常性的思想改造。已经入党的同志也特别要防止骄傲自满思想。

（4）我们共产党员应当努力学习主席著作，立场坚定，是非分明。杨秀峰同志说："不学主席著作是革命不革命的问题，学了用不用是立场问题，用得好不好是水平问题。"要理解主席教育思想的精神，在执行党的政策上是不可以"百花齐放、百家争鸣"的。给同志起外号是有损于团结的，是不好的。

16：00至18：00我们班党支部在教学楼204教室召开支部大会，邀请党外同学参加。会上，武玉荣宣读党总支的通知说，左广善、王普敬、李彦龙、冯振堂、袁继林、宋新昌、王小平、丁葆光八位同志光荣地被批准为中共预备党员，我们为之祝贺。会上，新老党员谈了一些思想体会，最后张守蘅同志作了总结发言。

从香山带来一片红叶，美极了！将它赠予了饶竹三，以答谢他去年的赠诗："霜染红叶留与谁？"

我们前天游香山，选王英吉为"财政大臣"，掌管全部财经命脉，他出色地完成了此项工作。今天他写了一份《香山之行经济决算》，很有意思。我请游者传阅，之后，我把此佳作附于后面，以作纪念。

香山之行经济决算

（财）字第 65037 号
财政委员会

本人托福诸位，借威财神，蒙大家青睐，掌财经命脉。要职在身，岂敢懈怠！供职期间，尽力效力。

本人虽官运亨通，青云直上，但自思出身百姓，不可忘记诸亲。故虽为官数载，仍两袖清风，清廉奉公，赞不绝声。

臣知诸人皆吾知己，不会锱铢计量。但臣更知公事必当公办，不可徇私情而渎公职。故作此报告。敬希讨论通过。

臣实有求实之心，无取宠之意，故虽不要诸位洗耳恭听，亦求大家予之一顾。否则，它将成为历史上的陈迹，为时光所冲淡，那时虽感遗憾，也为

大学本科阶段

421

时晚矣。

此布

财经账目明细如下：

收入：石宗昆　1.00元　　李长林　1.00元　　王英吉　1.00元

　　　李平煜　1.00元　　韩建敏　1.00元　　田旭光　1.00元

　　　臧玉荣　1.00元　　孙成霞　0.90元　　江兴国　0.40元

　　　武玉荣　0.40元

　　　合计收入8.70元

支出：胶卷　　1.20元　　车费（去2.30元，返2.40元）

　　　门票　　1.00元　　点心　1.10元　　茶水　0.40元

　　　冰棍　　0.45元

　　　共计支出8.85元，收支基本平衡。

另有李长林贡献粮票1张，本大臣予以口头嘉奖。

又，另加0.20元冲胶卷支出，故支出超出收入0.35元。所以每人补交4分，以平衡收支。余0.05元退还未吃冰棍者。

1965年10月27日（农历乙巳年十月初四）　星期三　晴

8：00至12：00分小组讨论，讨论题目是："在无产阶级掌握了政权，基本上消灭私有制之后，为什么还存在阶级和阶级斗争？还有资本主义复辟的危险？在这个问题上马列主义和赫鲁晓夫修正主义的分歧何在？"今天小组讨论较之以往的讨论质量高一些。同学们大都能够就若干具体事例，来分析当前社会上仍存在着阶级和阶级斗争及其原因和根源。我初步归纳当前存在着阶级和阶级斗争的原因，表现形式的十二条（或十二个方面）。

14：00至16：00小组座谈和讨论我们学校《关于贯彻主席"七三指示"而采取的若干措施》的讨论稿。这个讨论稿中所例举的各项措施都很好，可以大大减轻学生负担，增进学生健康。

1965年10月28日（农历乙巳年十月初五）　星期四　晴

晚饭时已经从司青锋主任那里得知，今年我们不去实习了（原定今年

我们走在大路上

12 月 6 日至明年 2 月 26 日实习），政法总论课延长一周的学习时间。之后再讲一门专业课，到明年元旦开始放寒假。明年农历正月初四集中，初五下去实习，实习地点在河北与河南两省各大中城市，我们听说后都十分高兴。

1965 年 10 月 29 日（农历乙巳年十月初六）　星期五　阴天转晴

8：00 至 12：00 全年级同学在礼堂听典型发言，请 2 班的同学侯乐园与 3 班的同学王岳来发言，还有一位教研室的老师也发言，谈谈他们学习政法总论这门课的体会。大家都谈得不错。

1965 年 10 月 30 日（农历乙巳年十月初七）　星期六　晴

18：40 班上开文艺晚会。各宿舍的演出节目都不错。最后我朗诵了饶竹三同学创作的诗歌："月连三千里，雄狮峨眉阵。梦里依稀舞，一拂鞍马尘！"这是饶竹三回忆在峨眉县搞"四清运动"心潮澎湃时的作品。

1965 年 10 月 31 日（农历乙巳年十月初八）　星期日　阴天

今天我与李长林去游览八达岭长城，抒怀古之幽情！

我们到达西直门火车站，乘 8：39 由西直门车站开出的 313 次列车（终点站是大同站），于 11：06 到达青龙桥火车站（新站）。在车上与两个自称是张家口市某小学的教师坐在一起，这两位教师很健谈。

深秋季节登八达岭长城，放眼望去，满山映入眼帘的尽是黄褐色的石头，挂着稀疏叶子的低矮的树枝与漫山遍野的荆棘。游人不多，稀稀拉拉，有几个外国友人。加上天气阴沉，有时甚至落几点雨滴，一片苍老古朴的景象。蜿蜒盘踞在其上的长城向两边延伸，望不到头。长城更显得那么古老、雄伟，那么饱经沧桑！我突然想起国歌中的话，"把我们的血肉筑成新的长城"，长城在中华民族漫长历史中，多少次成为御国保家的屏障。远的不说，单就发生在 1933 年的"长城抗战"就显示了她的英雄历史。迄今，她依然是中华民族的脊梁，是中华民族不可征服的象征！

我们在长城之上只停留了三个小时时间。因为返回北京城里仅有两趟列车，而只有 14：26 从青龙桥站开出的 314 次（由大同站开往西直门站）列车适合我们乘坐（另一趟是 20：43 的，到西直门站已经是深夜 23：52 了）。

我们抓紧时间在长城上到处走动，察看长城内侧兵士是怎样输送给养和弹药的，也攀爬到两端的烽火台之上观察塞外的风光，当然最主要的工作是取景拍摄照片。其中我的一张相片，我手指长空，摆出了放歌高唱"满江红"的姿态。在这里，很容易让人热血沸腾，激起人的满腔豪情。

中午饭也没有时间坐下来吃，只好边走边往嘴里塞。

17：04 回到西直门站，17：40 回到学校。

1965 年 11 月 1 日（农历乙巳年十月初九）　星期一　阴雨转多云

8：00 至 10：00 全年级同学在礼堂听鲁直主任的报告，承上启下，讲解《关于赫鲁晓夫的假共产主义及其在世界历史上的教训——九评苏共中央的公开信》的第二单元的内容。

自由活动时间是民兵活动时间，学习对空射击。

晚上看教学电影，纪录片《世界人民公敌》等。

从今天起实行冬季作息时间，晚饭由 18：00 提前到 17：30。从这个月起，食堂把基本餐券制改为饭证制，向包伙制过渡。

1965 年 11 月 2 日（农历乙巳年十月初十）　星期二　晴

14：00 至 16：00 全年级同学在礼堂听两位中央政法干部学校藏族班同学的报告。这两位女同学是次×和索朗××。她们分别谈到了她们的家庭和个人成长历史。在西藏民主改革前，她们的家庭在西藏三大领主的剥削压迫下被弄得家破人亡，在民主改革后过上了幸福的生活。她们的发言充满了对旧社会的恨和对新社会的爱，充满了对共产党和毛主席的热爱，我们应当向她们学习。

1965 年 11 月 3 日（农历乙巳年十月十一）　星期三　晴

14：00 至 18：00 全年级同学在礼堂听对外贸易研究所的许乃炯同志作关于帝国主义对亚非拉地区经济侵略情况的报告。报告中谈到了亚非拉地区的一些情况，谈到了这些地区的阶级斗争，谈到了我国的对外贸易工作。报告非常好，对我们学习革命与专政的理论，学习主席著作有很大的帮助，可

我们走在大路上

惜报告时间太短了。我们新中国的青年应该支援世界革命，站在世界革命的最前列。

1965 年 11 月 9 日（农历乙巳年十月十七）　　星期二　晴

14：00 至 16：00 在礼堂听学校团委书记任群同志传达彭真同志今年对高等院校应届毕业生的讲话。

1965 年 11 月 10 日（农历乙巳年十月十八）　　星期三　晴

今天全校同学大搬家，调整同学们的宿舍。我们全体四年级同学都住在 1 号楼，女同学住在三层，男同学住在一、二层。另外把 3 号楼腾空了，三年级同学都下去搞"四清运动"了。从本月 15 日到今年年底，将有 500 名民工住在这里，他们是参加修筑从密云到颐和园的河道的。

1965 年 11 月 15 日（农历乙巳年十月廿三）　　星期一　晴

16：00 至 17：00 在礼堂听学校党委副书记郭迪同志对全院团员同志的讲话，这是我院第四届团代会最后一次大会。郭迪同志讲的是青年革命化的问题，他号召青年们要"一钻、二闯、三总结"。一钻是要深入钻研理论，钻研毛泽东思想；二闯是要敢于发表自己的独特见解，敢于批评整个社会，批评一切不合理现象，敢于闯出自己的一条路来，敢于行动；三总结是要学一段、做一段，就总结一段，及时总结。总结就是看看自己闯的路子对不对，如果有偏差，就及时调整自己的方向。

1965 年 11 月 16 日（农历乙巳年十月廿四）　　星期二　晴

14：00 至 16：00 团组织活动，左广善传达我院第四届团代会的精神。他传达完毕后大家又讨论了一阵。

自由活动时间与张守蘅老师谈话，是张老师找我谈话的。谈关于我的家庭情况，主要是我的思想情况。张老师说我的主要问题是应该加强群众观点、劳动观点、阶级观点，我也不否认我在这些方面应该加强。

1965 年 11 月 17 日（农历乙巳年十月廿五）　　星期三　晴

8：00 至 12：00，全年级同学在礼堂听教研室曹长胜老师作关于开展批判苏联现代修正主义"全民国家""全民党"的报告。晚上进行小组座谈。

1965 年 11 月 18 日（农历乙巳年十月廿六）　星期四　晴

8：00 至 12：00 全年级同学在礼堂听教研室薛老师作学习《关于赫鲁晓夫的假共产主义及其在世界历史上的教训——九评苏共中央的公开信》最后一个单元的启发报告。最后一个单元是关于做无产阶级事业合格接班人的问题，毛主席在《关于赫鲁晓夫的假共产主义及其在世界历史上的教训——九评苏共中央的公开信》中提出了合格接班人的五条标准。这也是我们努力的方向。

14：00 至 16：00 是民兵活动时间，练习对空射击。练习之前张守蘅副教导员讲了讲我院的整个防空方案。

1965 年 11 月 19 日（农历乙巳年十月廿七）　星期五　晴

我院将于后天（星期天）上午举行越野长跑赛，其中男子项目分为10 000米和5000 米两项。我想参加5000 米跑。今天早晨就试着跑了5000 米。从学校出发，经北医三院、塔院、花园路，回到学校。好久没有跑这么远的距离了。许多同学也先后跑了。我们班有敖俊德、胡克顺、杨福田、丁荣、樊五申参加。这学期以来，敖俊德一直坚持长跑，果然很有效，今天他跑在最前面，只用了25 分钟。我应当向他学习，为革命而锻炼。

14：00 至 16：00 院领导作关于节约问题的报告。勤俭节约是中华民族自古以来的光荣传统，我们应当予以继续，而没有任何理由将它抛弃。

孙成霞要看我的日记，我不知她是什么意思，便让她看去。日记者，一日之言行思想之记录也！

1965 年 11 月 21 日（农历乙巳年十月廿九）　星期日　晴

9：00，我、胡克顺、樊五申、杨福田、敖俊德五人参加学校举行的5000 米越野长跑赛。从教学楼西侧出发，出学校北门奔向北医三院，经过塔院、花园路回到学校教学楼西侧。全校共有一百六十七人参加了比赛。说实话，由于前天和昨天早晨都跑了这段距离，我的两条腿已实在酸疼，走路都十分艰难。但我今天还是坚持跑了全程，时间用了30 分钟，至于名次当然不佳，跑了第 156 名（倒数第二名）。好在目的是锻炼自己，不在于名次。

我决心坚持下去，这是一个良好的开端，一定不能让腿白疼了两天。一定要练出腿上的功夫，为革命而锻炼。

今天杨福田跑出了第 11 名，成绩很好。敖俊德跑出了第 42 名，胡克顺跑出了第 101 名，樊五申跑出了第 130 多名。

周芮贤、李树岩、田广见、王普敬、薛宝祥、左广善、饶竹三、于秉寿以及韩建敏、丁葆光等同学都做了不少服务性工作或充当热情的观众，给予我们很大的鼓励，我十分感谢他们。

除男子 5000 米跑以外，还有男子 10 000 米和女子 1500 米跑，但是参加的人都不多。

1965 年 11 月 22 日（农历乙巳年十月三十）　星期一　晴

8：00 至 12：00 全年级同学在礼堂听年级同学的典型发言。袁司理与 4 班的孙爱民两位同学谈了他们的学习体会。他们的发言对我有一定的启发。

1965 年 11 月 23 日（农历乙巳年十一月初一）　星期二　晴

下午听学校党委副书记郭迪同志作关于目前国际形势的报告。他讲了印度尼西亚发生的政变问题和第二次亚非会议问题。我国的国际威望越来越高了。

1965 年 11 月 24 日（农历乙巳年十一月初二）　星期三　晴

晚上学校党委书记兼副院长刘镜西同志对我们年级同学作报告，他主要讲了三个问题：（1）要求入党问题；（2）怎样才叫生动活泼主动地发展；（3）学习专业知识问题。他讲得很好，对我也很有启发。

1965 年 11 月 26 日（农历乙巳年十一月初四）　星期五　晴

上午分小组讨论，讨论题目是："根据过渡时期的阶级斗争形势和任务，如何理解培养无产阶级革命接班人的战略意义？怎样按照党和人民的期望与要求把自己锻炼成为政法战线的革命接班人？"

1965 年 11 月 27 日（农历乙巳年十一月初五）　星期六　晴

8：00 至 12：00 在礼堂听 2 班同学李玉臻的典型发言，收获很大。李玉臻同学发言后，鲁直主任又作了重要指示。她说："思想改造为的是什么呢？为的是革命，要自觉地革命。改造得好一些，革命起来就更自觉些，改造得差一些，革命起来就会被动一些。思想不改造，就会由革命动力变为革命的阻力。"必须引起我的警惕！

1965 年 12 月 2 日（农历乙巳年十一月初十）　星期四　晴

今天的中心工作是写考卷。考试题目是："加强兴无灭资思想改造，促使思想革命化，做又红又专的革命接班人。"我结合国内外阶级斗争的形势，党和人民对我们的希望，对照革命接班人的五项条件，来检查自己的思想，找差距，加紧思想改造，做革命事业接班人。到下午第一节课时完成了，共写了满满的八张纸（八开的纸张）。

1965 年 12 月 6 日（农历乙巳年十一月十四）　星期一　晴

从今天起，我们进入专业课的学习。8：00 至 12：30 全年级同学在礼堂听郭纶副院长的讲话，以及听最高人民法院院长杨秀峰今年夏天对我院毕业生的讲话录音。

下午和晚上分小组讨论他们的讲话，讨论题目是："谈谈政治与业务的关系问题和依靠群众对敌人实行专政的问题。"

1965 年 12 月 7 日（农历乙巳年十一月十五）　星期二　晴

从昨天起到本月 18 日，我们将进行为期两周的专业课学习，主要是学习依靠群众对敌人实行专政的思想。发下来几份学习文件：《进一步贯彻依靠群众办案的方针》（1965 年 4 月 14 日张苏同志在十个省市检察长座谈会上的讲话）、《关于检察工作的报告》（1965 年 7 月 23 日最高人民检察院朱介民同志的讲话）、《关于刑事审判工作的报告》（1965 年 7 月 23 日最高人民法院刑事审判庭庭长曾汉周同志的报告）、《九省市高级人民法院院长座谈会纪要》（1965 年 4 月 30 日）、《依靠群众办案的几个案例》。

我们走在大路上

1965 年 12 月 8 日（农历乙巳年十一月十六）　星期三　晴

8：00 至 9：20 听我们班的辅导老师徐振国讲学习的有关问题。他说我们 1 班与 7 班、8 班的实习地点已经定下来了，在郑州，徐老师也去。

1965 年 12 月 9 日（农历乙巳年十一月十七）　星期四　晴

今天是伟大的"一二·九学生爱国运动"三十周年纪念日。《人民日报》发表社论，题目是"同工农结合是知识青年的历史道路"，《中国青年报》也发表社论，题目是"中国知识青年的革命道路"。应当很好地学习。

8：00 至 13：00 在礼堂听中国人民解放军总政治部理论宣传处谭处长作关于人民战争思想和战备问题的报告，这个报告很好。

下午进行民兵活动，营长兼教导员司青锋同志讲了讲保密的重要意义及我营战士中存在的问题，然后分小组座谈之。所谓"我营战士"即我们年级同学。

19：00 首都青年一万多人在人民大会堂隆重集会纪念"一二·九运动"。中共中央政治局委员、中共北京市委第一书记彭真同志出席了大会。在大会上蒋南翔同志作了长篇讲话。讲话的题目是"学习'一二·九运动'的历史经验，做无产阶级革命事业的接班人"。我们班胡克顺、杨福田、韩建敏代表大家去参加了这个大会，当然其他年级与其他班级也有人参加。我们不能去参加大会的同学在学校听大会实况转播。

1965 年 12 月 12 日（农历乙巳年十一月二十）　星期日　晴

晚上在礼堂听中央团校团史教研室主任吴牧同志最近对中国人民大学马列主义理论基础系同学讲话的录音，讲话的题目是"学习王杰同志共产主义世界观，做顶天立地的无产阶级革命战士"。他共讲了三个问题：（1）必须有坚定正确的政治方向；（2）树立为革命而学的雄心壮志，做无产阶级革命事业的接班人；（3）关于活学活用毛主席著作。他讲得很好，很了解我们年轻人，句句都讲到我们的心里了。

1965 年 12 月 14 日（农历乙巳年十一月廿二）　星期二　晴

上午分小组讨论，讨论题目是："你怎样理解依靠群众专政，依靠群众办案是我国人民民主专政的根本路线？为什么在当前阶级斗争形势下要特别强调依靠群众办案？这一方针的战略意义是什么？"

1965 年 12 月 16 日（农历乙巳年十一月廿四）　星期四　晴

上午继续昨天的讨论。结合许多具体案例，讨论了政法工作干部在贯彻依靠群众办案的政策中应注意什么问题。

下午在土城进行民兵操练，练习以班为单位应如何进攻，进攻中如何互相掩护等。虽然天冷风大，但大家干劲儿也很足。

晚上在北京铁道学院礼堂看广西壮族自治区话剧团演出的大型话剧"朝阳"，这是一曲半工半读新型的教育制度的颂歌。

1965 年 12 月 17 日（农历乙巳年十一月廿五）　星期五　晴

上午在礼堂听北京市门头沟区一位居民调解委员会张主任作关于做好调解工作的若干经验交流报告的录音。她讲得很好，对我们启发很大，使我们更加认识到依靠群众办案的重要意义。

1965 年 12 月 18 日（农历乙巳年十一月廿六）　星期六　晴

8：00 至 10：05 在礼堂听会议录音，接着听昨天的录音。今天听的是门头沟区某工人家属委员会主任白如娟同志的关于学习主席著作，做好调解工作的报告。接着听最高人民法院杨秀峰院长作的重要指示，指出做好调解工作的重要意义："移风易俗，改造世界"，"好人好事好风格，新人新事新社会"。发动群众解决人民内部矛盾，使法院、公安机关更好地把精力放在对敌专政的任务上。10：20 至 12：00 讨论这个报告。

1965 年 12 月 20 日（农历乙巳年十一月廿八）　星期一　晴

上午及下午听抚顺战犯管理所金所长给我们作关于改造日本战犯和溥仪的报告，他讲得很生动，很好。

1965 年 12 月 21 日（农历乙巳年十一月廿九）　星期二　晴

上午在礼堂听史越主任作业务课学习辅导报告，即总结报告也！

自由活动时间及晚饭后休息时间与恽其健下象棋，大战六盘三胜二负一和。和他一起下棋可谓棋逢对手，如此才能提高棋艺。

晚上过行政生活会。我检查了自己学习主席著作的情况。我感到对于主席著作只有带着问题去学，为了用，为了指导自己的革命实践去学，才能学得好。

1965 年 12 月 22 日（农历乙巳年十一月三十）　星期三　晴

上午前两节是自习课，阅读《政法文书参考资料》。从今天起到星期六，作为政法文书课的学习时间，这门课也很重要。后两节在礼堂听汉文教研室老师的讲授。

1965 年 12 月 23 日（农历乙巳年十二月初一）　星期四　晴，大风

8：00 至 10：00 在教学楼 308 教室上政法文书课。

1965 年 12 月 24 日（农历乙巳年十二月初二）　星期五　晴

上午练习写一个案子的判决书，这是政法文书课的练习作业。

1965 年 12 月 27 日（农历乙巳年十二月初五）　星期一　晴

上午在礼堂听业务教研室张子培主任作实习的动员报告，他讲得很好。

1965 年 12 月 29 日（农历乙巳年十二月初七）　星期三　晴

晚上讨论服从分配的问题，就是说无论分配干什么工作都应该服从组织的安排。关于实习单位问题，我是没有什么思想包袱的，公安、检察、法院三家哪一家都行。公检法三家都是党和国家的政法机关，都是无产阶级专政的重要执行机关。只要严格要求自己，都能受到很大的锻炼和学到不少的东西。有人为此而顾虑重重，完全是只考虑个人问题。凡事只要从有利于革命的积极方面去考虑，就会心情愉快，越干越有劲。若遇事总是先替个人打算，则必然陷入盲目中，给自己造成许多包袱。

发下记分册，本学期期末只有一门考试课："无产阶级革命与无产阶级专政理论"（我们习惯称之为"政法总论"）。老师给我的考试成绩却令我

感到十分意外："及格"！

1965 年 12 月 30 日（农历乙巳年十二月初八）　星期四　晴

8：00 至 10：00 在礼堂听党委副书记、无产阶级革命与无产阶级专政课教研室主任鲁直同志作的总结报告。后两节课讨论。然而我有什么可谈的呢？对谁谈呢？谈了以后会引起些什么呢？……同志们收获都很大，全班有 12 个人得到"优秀"，他们分别是：袁司理、王小平、于秉寿、王普敬、胡克顺、冯振堂、周芮贤、刘爱清、樊五申、敖俊德、李彦龙、王维；四个人得到"及格"：分别是田广见、杨福田、靖法文和我；其余皆得到"良好"。

14：00 至 16：00 徐振国同志给我们谈谈去实习应注意的若干问题。

晚上看了我们年级的新年文艺晚会，节目都很精彩，特别是 8 班赵虹与李善祥合作演出的双簧"某公三哭"，最受大家的欢迎！

1965 年 12 月 31 日（农历乙巳年十二月初九）　星期五　晴

今天是 1965 年的最后一天了，也是我们这学期的最后一天了。由于春节后我们就要奔向实习单位去实习，所以这学期提前放寒假。

8：00 至 10：00 在礼堂开会，讲有关实习期间的总务方面的问题。

10：00 至 11：45 听团市委传达报告，关于第三个五年计划及备战备荒为人民的问题。

下午开班会。袁司理、王普敬总结了本学期政治思想及各方面的情况，司青锋同志谈了明年的若干重要工作，宣布实习分配名单。我和胡克顺、袁继林、丁荣、王维、李长林、贾书勤、孙成霞、杨岷、韩建敏、丁葆光共 11 位同学去河南省郑州市中级人民法院；武玉荣、樊五申、梁桂俭、臧玉荣、田广见、王英吉 6 位同学去郑州市人民检察院；左广善、杨福田、宋新昌、王普敬、袁司理、杨登舟、刘爱清、饶竹三、李彦龙、于秉寿、李树岩、周芮贤、敖俊德、薛宝祥、佟秀芝、李平煜、田旭光、王小平、石宗崑 19 位同志去郑州市公安局；冯振堂、靖法文 2 人因病留在学校。

之后，与何长顺老师聊了聊。送走了武玉荣，她回家了，春节后她会直接去郑州市，郑州市见！

1966 年

1966 年 1 月 1 日（农历乙巳年十二月初十）　星期六　晴

国家的社会主义建设第三个五年（1966 年至 1970 年）计划从今天正式开始实施了，这是一个伟大的起点！我们听罢新年钟声，互相祝贺新年好，祝愿我们在新的一年中取得更大的成绩。在这一年中，我们将结束学生时代的生活，作为应届大学毕业生，步入社会主义建设岗位。

今天《人民日报》的社论题目就是"迎接第三个五年计划的第一年——一九六六年"。今年第一期《红旗》杂志也发表了社论，题目是"政治是统帅，是灵魂"。

早晨一起来大家就去食堂一起动手包饺子了，非常有趣。这是大学时代最后一个元旦了，大家欢聚一起过佳节，是很有意义的。吃完饺子，送走李平煜，她回家去了，她的家在河北省沧州市。我们年级已经开始放假了，下学期提前开学，1 月 25 日（农历正月初五）就开始去实习单位实习。

1966 年 1 月 3 日（农历乙巳年十二月十二）　星期一　晴

上午留校同学参加劳动，当然是自愿参加，挖防空洞，就在学校东门外

▲ 挖防空洞

左起第一人江兴国，第三人胡克顺，第四人饶竹三，第五人薛宝祥

土城一带。这是上级布置给学校的一项严肃的政治任务，我们党的指导思想是立足于"打"，而且准备战争会早日爆发，立足于打大战。我们认为这样，当战争来临的时候，我们就不会被动。毛主席的"备战备荒为人民"的思想是对的。准备思想必须加

强！最近毛主席作出了重要批示：深挖洞，广积粮，不称霸。这是将元代末年朱升给朱元璋提出的"高筑墙，广积粮，缓称王"点化而成的。朱升的这一战略方针被朱元璋采纳。

1966年1月20日（农历乙巳年十二月廿九）　星期四　晴　除夕

今天是农历除夕。昨夜下雪了，遍地皆白。哈哈，终于下雪了！

我们早就盼望下雪了，一下雪我们就会出去玩。于是我立即去给王小平打电话，和她商量，决定上午9：30在景山公园正门会面，请她用电话通知贾书勤、臧玉荣，再请臧玉荣去找李长林（因为臧玉荣家距离李长林家很近）。李长林去武汉可能已经回来了，李长林不来不行，因为他拿着照相机呢！我则去找于秉寿。还请王小平通知在校的同学（她家有电话，通知起来比较方便），有愿意参加者都请参加。打电话给王小平的时间是8：00。

放下电话，立即带我的外甥江鸿去找于秉寿。他不在家，去买菜了。给他留下字条，刚出门就见他回来了。他一见今天下雪了，就估计我会去找他的。我把小江鸿留给他，请他坐公共汽车带小江鸿，我则骑自行车去。

到景山公园正门，见到王小平已到达那里了。我去存自行车，回来又见到臧玉荣和李长林。李长林是15日回到北京的，他向我们讲述了雄壮的武汉长江大桥。臧玉荣说一看今天下雪了，就知道今天会有人给她打电话。王小平说贾书勤来不了，要拆洗被子。学校电话打不通。

▲北海公园合影
左起依次是江兴国、王小平、
于秉寿、臧玉荣

就我们几个人了。我们先登上景山中峰的万春亭，眺望北京城雪景，雪下得还不够大，没有覆盖全北京各个地方的屋顶。我们向远的处望去，辨别远方的标志性建筑。

我们走在大路上

▲北海公园合影

左起前排王小平、 江鸿、 臧玉荣，后排李长林、
江兴国、 于秉寿

又去了北海公园，一路走一路谈，老同学见面，永远有谈不完的话题，并选择好的景色摄影。在北海琼华岛上、在环绕琼华岛的长廊中、在路旁的长椅上分别留影。最后到塘花坞欣赏"迎春花展"，在这里找到了梅花。我们今天"踏雪寻梅"终于寻到了梅花！

今天有此一游，大家都十分愉快！

1966 年 1 月 21 日（农历丙午年正月初一）　星期五　晴　春节

14：30 黄升基来了，他确实胖了。我们聊起运动来，我谈起在四川的见闻，他很羡慕我们能去四川搞运动，他说他们就在北京郊区，真没劲！不过他说通过这次"四清运动"，收获不少。我也谈到我即将去郑州实习，他对我在政法单位实习很感兴趣。

15：00 我们俩一起去西单，取出几张放大的照片，其中有几张是升基的照片。他很高兴我给他放大了他在北海照的那张照片，他说他母亲很想念他，让他给家里寄去照片。

从西单回来径直去找衣立。他正在家，他和升基有很久没见面了，聊了聊。加上缪德勋，我们约好今天晚上四人去西单合影。回来后又去告诉了缪德勋。

18：40 他们来了，我们去西单合影。自从 1963 年国庆节后，我们四人就没有聚过。春节后我就要去郑州实习了，升基、衣立

▲ 左起黄升基、 衣立、 江兴国、 缪德勋

也分别继续搞"四清运动"去。等我实习回来就要毕业分配了，恐怕再聚会也难了。照完合影又回到我家，聊到22：30。衣立、德勋各自回家。升基在我家留宿，与我同榻而眠。

就在我们去西单合影的时候，王小平来我家，把她家的照相机送来了。她留言说学校通知实习时间延长了，到五月底才能回来，要我们把衣服带够，特别是初夏穿的衣服也要带上。

1966 年 1 月 22 日（农历丙午年正月初二）　星期六　晴

中午，张志东突然来了，我很高兴。他告诉我他们放假已经有一个多月了，他们学校（哈尔滨军事工程学院）将从今年四月起改为一般工业学院了，他们也将取消军人待遇。由于我与黄升基、衣立、缪德勋有约会，不能与他细谈了，请他去找吴孝平、刘天赋、张荣仁等，明天上午可一聚。

1966 年 1 月 25 日（农历丙午年正月初五）　星期二　晴

在京的全班同学都到齐了，张守蘅同志讲了讲这次实习的有关问题。

22：02 离开学校，22：25 到达永定门火车站，23：06 进站。我们乘坐的 205 次列车是慢车，正点到达郑州站的时间是明天 16：25。

想不到从四川回来才七个多月就又乘火车过黄河去郑州实习了。

1966 年 1 月 26 日（农历丙午年正月初六）　星期三　晴

16：25 列车准点到达郑州站。下车后见到从各地家里直接到达这里的同学：袁继林、王维、武玉荣、樊五申、周芮贤、宋新昌、李彦龙、杨登舟、李平煜、左广善、饶竹三共 11 个人，他们的家都在河南或河北等地。他们都是昨天到达的，现在来迎接我们。

郑州市公安、检察、法院三家负责人也来车站欢迎我们。

这次一起来郑州的有三个班，1 班（我们班）、7 班、8 班。7 班、8 班在郑州市四个区（二七区、管城区、金水区、中原区）实习，也分别在公检法三机关实习。我们 1 班在郑州市级公检法三家机关实习。负责人接我们径直到各自的实习单位。我们就由市中级人民法院的同志接到中级人民法院，安排好住处。我和王维、丁荣、李长林四个人住在二楼办公室旁边的一间房子里。我们和贾书勤、丁葆光六个人分配在第二刑事审判庭实习；胡克顺、杨岷、孙成霞三人在第一刑事审判庭实习；袁继林、韩建敏两个人和方彦同志在民事审判庭实习。方彦同志是我们学校的老师；张守蘅同志也住在中级人民法院。

晚上我们全班集中，讲了讲注意事项。

郑州这里也很冷，特别是室内没有取暖设备。我没有带棉裤来。同学们也大多如此。

法院的同志对我们非常热情，安排好了我们的住处、伙食等。

1966 年 1 月 27 日（农历丙午年正月初七）　星期四　晴

上午我们学校的三个班（1 班、7 班、8 班）同学都集中到我们这里(郑州市中级人民法院)听郑州市公检法的领导讲郑州市的社会情况、敌方情况、工作情况，等等。

下午郑州市中级人民法院举行了实习单位指导老师与我们学生的"见面会"，张院长（法院的正副院长都姓张）介绍了本院情况，后分庭座谈。刑二庭的李庭长与杨副庭长介绍了本庭的工作情况。各位同学与实习期间负责指导自己的实习单位老师见面相识。指导我的陈寅生同志，是一名共产党员，曾到过中南政法学院学习，并在北京市房山县人民法院工作过三年，去年 10 月才调到郑州市中级人民法院来。

晚上我们刑庭（包括刑一庭）的九位同学在一起讨论了上午的报告。大家的干劲儿都很大。

1966 年 1 月 28 日（农历丙午年正月初八）　星期五　晴

实习生活从今天起正式开始了。

我们下来实习之前学校下发了实习纲要，我们实习就根据这个文件进行，文件全文如下：

《政法系四年级（1962 年入学）学生实习纲要（草案）》

一、实习的目的和要求：

实习的根本目的是：使学生通过参加政法业务工作，增强政法业务实践知识，运用和巩固所学的理论，提高政治思想水平和政法实际工作能力。

这次实习的要求：主要是在实践中学习依靠群众专政、少捕、矛盾不上交方针的思想和经验，并便于带着实践中的问题，学好政法业务课。

二、实习地点：

河北省保定市、石家庄专区、石家庄市、邢台专区、邢台市、邯郸专区，邯郸市人民检察院、人民法院和公安部门；河南省郑州市人民检察院、人民法院和公安部门。

三、实习的时间步骤：

实习时间从 1966 年 1 月 24 日至 4 月 2 日共十周。分三个阶段进行：

第一阶段：1 月 24 日至 29 日。介绍和熟悉工作情况，学习有关文件材料，落实工作及生活安排，初步见习所参加的工作。

第二阶段：1 月 30 日至 3 月 26 日，学生参加实习单位的工作。

第三阶段：3 月 27 日至 4 月 1 日，向实习单位交接工作，学生写实习报告。4 月 2 日返校。

四、实习的组织领导：

实习的一切工作、学习、思想和生活安排等均由实习单位党政统一领导。

学生实习期间参加实习单位当前所进行的工作、学习、劳动和生活，由实习单位带领、管理和教育。

为便于协助实习单位对学生实习的管理，学校建立实习指导办公室，统一指导河北、河南两地区的实习工作；在保定、石家庄、邢台、邯郸、郑州分别建立实习指导组，在该地区实习单位党政领导下指导学生的实习活动。

五、对实习单位的要求：

1. 实习单位指派学生实习的领导人，直接带领学生进行实习。实习领导人全面负责所带学生的工作、学习和思想锻炼。

2. 实习单位根据工作情况，安排实习计划，分配学生任务。在当前工作范围内，尽可能挑选便于学生锻炼学习的工作和案件；提供必要的文件资料。

3. 实习单位及实习领导人对学生进行现场教学。一边指导学生工作，一边讲解，"边作、边教、边学"；用一定的时间给学生作专题报告或介绍工作经验，组织学生进行学习（一周一次或两周一次）。

4. 实习单位协助师生解决必要的办公用具、交通工具、食宿等问题。

六、实习指导组、指导教师的任务：

实习指导组由政治指导员和教师共同组成，其主要任务是：根据实习纲要，协助实习单位对学生进行指导；定期召集指导员、教师开会，检查、总结、研究解决实习工作、学生政治思想、现场教学的组织、生活纪律等方面的问题；掌握实习经费开支；定期向实习单位及实习指导办公室汇报工作。

政治指导员和教师的具体任务：

1. 和学生一起参加实习工作和办案活动。通过深入一线，了解学生实习情况，发现问题，帮助学生分析研究，总结经验，指导学生工作。

2. 掌握学生的思想情况，进行政治思想教育。

3. 组织和协助实习单位和实习领导人对学生的现场教学。

4. 通过实习进行调查研究，增加教师实践知识，积累资料，以丰富教学内容，促进教学改革。

5. 协助实习领导人指导学生写阶段小结、实习报告，并根据学生的实习表现和实习报告评定成绩。

6. 了解学生在工作、学习、生活中的困难和问题，协助实习单位妥善解决。

七、对学生的几点具体要求：

1. 实习过程中，要注意活学活用毛主席著作，站稳无产阶级立场，贯彻党的方针政策，坚持依靠群众专政、少捕、矛盾不上交的方针和实事求是、调查研究，艰苦朴素的作风，认真完成所担负的工作任务。

2. 坚决服从实习单位的领导，及时请示报告，虚心学习，搞好关系。

3. 严格遵守实习单位的各项制度。特别注意保密制度，文件、卷宗、材料、记录等应妥善保管，防止泄密或遗失。除工作需要外，不得向实习单位索取资料。

4. 实习过程中写阶段小结，实习结束时写实习报告，总结实习期间的心得体会和收获。

5. 不得因事请假离开实习部门。如有特殊情况需要请假者，应经实习单位同意，实习指导办公室批准。因故不能参加实习者，报教务处转院长批准。

6. 在实习期间，必须遵守学校和政法干部的纪律。如有违犯纪律行为，指导员、教师协同实习单位分别轻重，批评教育，情节严重者报学校处理。

北京政法学院　1966 年 1 月 15 日

上午先阅卷。刑二庭办的都是二审（上诉）或申诉案件。目前二审案件很少（只有三件尚未结），而申诉案件较多，目前有 62 件，因此我们庭主要办理申诉案件。刑一庭办理以中级人民法院为一审的案件，都是重大刑事案件。

阅卷也不是一件容易的工作，每个案子都是厚厚的几大本卷宗。

1966 年 1 月 30 日 （农历丙午年正月初十）　　星期日　晴

中级人民法院食堂每逢星期日及节假日开两顿饭，早饭 8：30，晚饭 15：30。

在郑州市过第一个星期天，吃完早饭我们四人（丁荣、李长林、王维和我）一起外出，"压了压"郑州市的马路，走了管城区、二七区、金水区的几条主要街道，游览了郑州市的市容。

我们四人在一起很有意思，在许多问题上总是"各自为政"，矛盾重重，意见难以统一。前天晚上铺床铺就十分有趣。今天外出途中也不断发生许多有趣的故事，最后总算在吃烤白薯的问题上达成一致的意见。我们发现郑州市多浴池，多卖烤白薯的。

逛一圈回来已经 12：20 了，走得也累了。在公安机关、检察院实习的部分同学也来了。

休息一下后继续阅卷。必须耐心地、仔细地、反复地阅卷，不要急躁地写处理报告。老陈（陈寅生）同志也很忙，他今天上午没有休息，复查刘××贩卖毒品的案子。

吃过晚饭与李长林去游人民公园，今天白天我们没有来。我们参观了公园内设置的"哈哈镜俱乐部"，由 13 面镜子组成，其中有一面是普通的平面镜。人在哈哈镜前的形象变化多端，或高或矮，或胖或瘦，忽而腿变得很长而上半身变得很短，忽而上身被拉长而两条腿变得很短，一会儿头部变得很大，而身子相对变得矮小，一会儿头被压得扁扁的，而身子被放大了，千奇百怪，很有意思，最后在平面镜前又恢复原状，弄得我们哈哈大笑不止。参观者排成长队，络绎不绝。另外公园内还有迎春花展、柑橘展览、江西景德镇瓷器展览等，公园内还有一个小动物园。

18：00 回到法院。

晚上看文件。去年 10 月最高人民法院副院长吴德峰同志在山东省、江苏省、河北省、河南省四省法院审判工作座谈会上的讲话和河南省高级人民法院副院长刘莱同志最近的讲话，对正确认识和处理申诉工作有很大的帮助。

1966 年 1 月 31 日（农历丙午年正月十一）　星期一　晴

下午开"庭务会"，统一安排全庭各位同志手中的案子，根据案子涉及的地区合理地重新排队，把我目前正在办理的李××一案调给贾书勤和她的指导老师、法院干部钟作良办理。

关于刘××贩卖毒品一案，比较复杂，张建侯副院长说让老陈（陈寅生）同志和我跟他（张建侯副院长）一起办理。我很高兴，决心好好向张副院长及老陈同志学习。

1966 年 2 月 2 日（农历丙午年正月十三）　星期三　晴

晚上参加中级人民法院工作同志的业务讨论会，讨论"政治与业务关系问题"。

1966 年 2 月 5 日（农历丙午年正月十六）　星期六　晴

今天开始为时三天的学习，学习第七届全国司法工作会议文件。

下午张荣吉院长传达会议文件，省参加会议代表向省委汇报写的《关于全国第七届司法工作会议汇报提纲》（由于保密，此处不多写了）。

1966 年 2 月 6 日（农历丙午年正月十七）　星期日　晴

9：30 至 10：45 听河南省高级人民法院副院长刘莱同志作的关于全国第七届司法工作会议精神的传达报告，讲得很好。这次会议从去年 12 月 15 日到今年 1 月 8 日，共开了 25 天。会开得很好，解决了几个重要问题，中心问题是解决司法工作的革命化问题。

14：00 至 16：00 和法院同志一起座谈讨论。老同志谈起旧司法制度的罪恶来，确实令人痛恨。

16：00 至 17：00 与我们刑二庭庭长李赞民、陈克强同志、陈书信主任（公证处主任）一起打扑克牌。他们这里"打百分"带"天王""地王"，很有意思。

1966 年 2 月 7 日（农历丙午年正月十八）　星期一　晴

今天的《人民日报》发表了新华社记者穆青、冯健、周原等同志写的长篇通讯《县委书记的榜样——焦裕禄》。《人民日报》还发表了社论《向毛泽东同志的好学生——焦裕禄同志学习》。我抽空看了看，深深为焦裕禄同志的伟大光辉的形象所感动。焦裕禄是在 1962 年冬天带着党和人民的期望来到豫东兰考县担任县委书记的，这正是兰考县遭受到内涝、风沙、盐碱"三害"最严重的时刻。焦裕禄同志遵照毛主席的教导，不顾自己身患肝病，全心全意地为人民服务，领导兰考县人民群众与大自然进行了艰苦卓绝的斗争。当他肝病犯了的时候，他就用一块硬东西顶住肝部忍着疼痛，继续为人民工作，最后患了肝癌，以身殉职。逝世前，他告诉他的同志："我们是灾区，我死了，不要多花钱。我死后，只有一个要求，要求组织上把我运回兰考，埋在沙堆上，活着我没有治好沙丘，死了也要看着你们把沙丘治好。"

焦裕禄同志为革命事业鞠躬尽瘁死而后已的精神深深地教育了我，我必须以焦裕禄同志为榜样，全心全意地为人民服务。

今天一天继续讨论刘莱副院长的讲话，收获不小，并学习了今天《人民日报》的社论。

晚上开组织生活会，座谈两个问题：（1）如何增强敌情观点和政策观点？（2）如何搞好现场教学？

1966 年 2 月 10 日（农历丙午年正月廿一）　星期四　多云

下午学校业务教研室主任张子培、我们年级主任司青锋和实习指导办公室邵金华同志（女）来我们中级人民法院，召集实习的学生们座谈，大家简略地谈了谈十几天来的收获。

晚上继续下午的座谈会。张子培主任问了我们每个人的工作学习情况，他问得很仔细。我首先汇报了我办的李××一案的体会。张主任一边听我的汇报，一边提出问题。这是对我的考试，更是对我的关怀和指导。张主任提出的许多问题是我在办案中没有想到的，我把问题想得太容易了。当时弄得我真有点"下不来台"，但从中我得到不少启发。

首先，办案不能怕麻烦、怕困难，要具有"一不怕苦，二不怕死"的精神。张主任反复教导我们要敢于迎着困难上，不要有畏惧情绪，对有疑问的地方要一点一点地搞清楚，要把申诉案件当作一审案件办。其次，不要轻信口供，既不轻信犯人的口供，也不轻信检举人的检举，都要经过调查核实。再次，要积极主动地学习党的方针政策，不能为办案而办案，要与执行党的方针政策联系起来。复次，不要"抢"立场，"宁左勿右"是非常错误的，要重事实，重调查研究。最后，张子培主任和司青锋主任在听完我们的汇报后，给我们作了一些重要指示。

第一，突出政治就必须落实到学好政法业务上。必须从不自满开始，要放下包袱，在实践中好好学，要把实践、思想、理论三者结合起来，入门不难，深造也是可以办到的。第二，勇于实践，落实思想，在干中勇于学，善于学。在实践中学，要勇于创造出一条新的道路来。在实践中学得快，记得牢，用得上。要安心干自己的工作，不要眼高手低，好高骛远。第三，办案要做到"好"字当头，"严"字要求。

今天我们还接到我们学校实习指导办公室编印的《实习简报》第一期和第三期。第一期上报道了石家庄地区的实习情况。第三期上报道了4班同学们召开的实习经验交流会的情况。会上孙秀荣、曹淑芳、刘宝龙三位同学介绍了她们自己的经验体会。该简报还刊登了孙秀荣同学写的实习经验与体会。她在思想、工作、理论三结合方面做得较好。

第二期《实习简报》尚未到，《实习简报》是不定期出版的。

1966 年 2 月 11 日（农历丙午年正月廿二）　星期五　晴

下午开庭务会。张建侯副院长来我们刑二庭参加会议。他指示我们要大搞革命化，传达省高级人民法院刘莱副院长的三项要求：（1）走出法院机关，深入到群众中去，到斗争中去；（2）参加劳动，与群众实行"三同"，与群众打成一片；（3）抓对犯人的思想教育。我们庭各组人员都将于下星期陆续下去办案。搞调查要"三带",一带"毛选",二带卷宗,三带行李,这是坚决彻底革命化的开始,非此不能打破旧司法制度的条条框框。

1966 年 2 月 12 日(农历丙午年正月廿三) 星期六 晴

傍晚收到了《实习简报》第二期和第四期,第二期(2 月 5 日)上报道了保定、邢台、郑州三地的实习情况。第四期(2 月 10 日)上刊登了《郑州市政法三机关创造灵活多样的现场教学方式》一文。

1966 年 2 月 13 日(农历丙午年正月廿四) 星期日 晴

今天是星期日,是我们来郑州后的第三个星期日。从这个星期日起,我们将每个星期日举行一次全班同学参加的集体活动。今天是第一次,开了一次班会。除王普敬、袁继林、孙成霞三位同学出差,武玉荣因病没有能够参加外,其他同学都参加了。

班会从 10:00 开到 13:00,会议由张守蘅和夏吉生两位老师主持。夏吉生同志曾经在前年(1964 年)9 月给我们讲过国际法课程,当时由于要去四川参加"四清运动",我们只上了半个月的课。今天他作为业务教研室老师指导我们的实习工作,在会上传达了实习指导办公室张子培同志和司青锋同志的指示,并进一步强调要突出政治的问题。

夏吉生同志在讲话中简要地总结了我们来郑州市实习两周多来的情况,并着重指出了根据高标准要求我们尚存在的不足之处。首先是我们学习毛主席著作《放下包袱开动机器》一文学得不够透彻,有许多同学有许多包袱都还没有放下,不能轻装前进。其次是在学习方面,主要问题是不肯动脑筋,不能注意从各方面来学习,思想、实践、理论(即学习业务、突出政治、落实思想)结合得不够。他指出根本原因在于我们的精神状态还没有跟上去,没有用主席思想指导我们的实习。甚至有的同学还"饱食终日,无所用心"。他说在这个问题上,我们要批判"框框论"(认为只有坐在教室中听老师讲课才是学习)、"条件论"(认为自己的工作无所可学,总认为客观条件限制了自己的学习,而没有充分发挥自己的主观能动性去积极学习)、"时间论"(认为下来实习时间太短,搞的案件太少,无所收获)。现场教学着重于"学"字,即应当充分发挥我们的主观能动性,善于学、肯于学,从每件案

我们走在大路上

子中学习。最后是在生活上、工作上精神状态也不够紧张，有些松松垮垮，对工作不够严肃。

1966 年 3 月 2 日（农历丙午年二月十一）　星期三　晴

见到实习指导办公室编辑的《实习简报》第六期和第七期（都是 2 月 24 日印发的）。第六期刊登的是《突出政治，提高自觉性，敢抓、狠抓、深抓办案中的活思想——石家庄四年级三班实习学生召开学习经验交流会》。第七期刊登的是《在实习中必须突出政治，以主席思想为武器，进行工作，改造思想》。

1966 年 3 月 4 日（农历丙午年二月十三）　星期五　晴

下午和晚上市法院系统举行实习指导工作座谈会。二七区、金水区、中原区、管城区四个区人民法院的同志介绍了各自的实习指导工作的经验。

1966 年 3 月 6 日（农历丙午年二月十五）　星期日

今天是星期日，在家的同学们一起开了一个小会，张守蘅同志传达了星期四那天实习指导工作座谈会的精神。后除孙成霞、杨岷、李长林三人继续写工作小结以外，其余同学都座谈了实习以来的收获体会。

1966 年 3 月 7 日（农历丙午年二月十六）　星期一　晴

今天听李庭长说我们实习时间延长一个月，我很高兴，这样就可以把刘××案办完了，可以向老同志学习到更多的东西。

1966 年 3 月 8 日（农历丙午年二月十七）　星期二　晴

晚上张院长召开院务会，布置从明天到星期六的汇报工作之事，这次汇报工作会议大家都来旁听了。从 2 月 6 日河南省高级人民法院刘莱副院长来我们法院作关于全国第七届司法工作会议精神汇报以来，又过去一个多月了。一个月来，大家遵照中央的指示，下到各地办案，都有不少收获。所以这次汇报也是大家进行经验交流的会议，是我们实习的大好学习机会。

开完会后回庭里，与陈寅生、李长林、钟作良、贾书勤等人又读了一遍刘莱同志来我院的讲话记录稿。

今天早晨邢台发生地震了，郑州也有震感。

1966 年 3 月 9 日（农历丙午年二月十八）　星期三　晴

今天学习一天，学习了四个文件：（1）最高人民法院和河南省高级人民法院关于号召司法干部学习焦裕禄同志的通知；（2）《人民司法》今年第一期社论，题目是"加速司法工作革命化的步伐"；（3）王任重同志最近在湖北省农村工作会议上谈突出政治问题；（4）从焦裕禄同志的讲话中和起草批示的文件中看他是如何活学活用毛主席著作的。对照这些，联系自己的思想，总结前一段时期的工作，为从明天开始的汇报工作打下思想基础。

1966 年 3 月 10 日（农历丙午年二月十九）　星期四　晴

今天全院同志一起汇报工作，河南省高级人民法院副院长刘莱同志也来听我们的汇报了。

上午刑一庭的周振豫庭长汇报他们组去上街区办理杨××投毒杀人案件的工作情况。下午刑一庭的郑永昇同志汇报他们组办理的于×贪污案件和郭××强奸幼女案件（此案尚未办完）的情况。最后杨裕福同志汇报了他们组在五二农场教育犯人学习毛主席著作，处理申诉问题的情况，没有汇报完。他们的汇报都很好，我们知道法院之所以让我们旁听，是让我们从中学到更多的东西。刘莱同志在听取汇报过程中作的许多重要指示，也给了我们很大的启发。

刘莱同志在最后的讲话中说，法院工作革命化体现在三个方面：一是司法干部本身的思想革命化，要敢于自我革命，进行兴无灭资的思想改造，首先要改造自己的世界观。二是要改变旧法观念、旧法作风。工作作风必须革命化，才能适应新形势的要求。三是必须坚决、有力、及时地打击现行犯。做到这三点，就是突出了政治，突出了阶级斗争。以毛主席思想挂帅来改造自己和改造社会。

1966 年 3 月 11 日（农历丙午年二月二十）　星期五　晴

根据昨天刘莱副院长的指示，今天不再继续汇报工作了。院党组决定今明两天用来召开交流学习毛主席著作，开改造思想的经验交流会。今天先让大家准备一天。学习了几个文件：2月6日《羊城晚报》社论：《根本问题在于世界观的改造》；《解放军报》五论突出政治的社论；今天《河南日报》发表的中共河南省委关于贯彻执行中央、中南局关于加强学习毛主席著作的批示和决定（1966年2月24日中共河南省委二届三次全会通过）。省委的这个指示很重要，明确指出："有些党委和领导干部，对学习毛主席著作之所以重视不够，最根本的问题是：没有认识到学习和掌握毛泽东思想，是我国社会主义革命和社会主义建设对我们的要求，是世界革命对我们的要求，是新的伟大革命赋予我们的历史使命；没有认识到活学活用毛主席著作，用毛泽东思想武装自己，并不是一个一般的学习问题，而是要不要继续革命的大问题。要继续干革命，就必须坚持不懈地学习毛主席著作。干一辈子革命，就要学一辈子毛主席著作，干到老，学到老，改造到老。""学习毛主席著作的自觉性高不高，毅力强不强，活学活用的决心大不大，还在于能不能正确认识和处理政治与生产、技术、业务的关系问题。"

河南省委的指示还指出："中南局的决定中所规定的六项学习内容——世界观的问题，阶级斗争、无产阶级革命和无产阶级专政问题，政治挂帅、人的因素第一问题，人民战争问题，社会主义建设和自力更生、勤俭建国问题，群众路线和领导方法问题，都是我省所有党员和干部在今后一个时期内，必须着重学习和解决的根本问题，其中世界观问题应当贯穿一切。我们学习毛主席著作，从根本上说，就是要学习毛主席观察和处理问题的立场、观点、方法，牢固地树立起无产阶级世界观。"

1966 年 3 月 12 日（农历丙午年二月廿一） 星期六 晴

14：00 至 18：15，全体在郑州市实习的学生开大会，夏吉生同志传达了石家庄会议的主要精神，黄福生同志传达了万里同志在北京市学习毛主席著作积极分子会议上的讲话。这两个讲话都很好。前一个讲话讲学生在实习中出现的一些问题。实习中"怕"字当头，"稳"字当先，怕犯错误，对政治与业务的关系搞不清楚，没有把业务实习看成是改造自己思想的好机会；学习主席著作不够积极主动。总之讲到了许多思想实际问题。

1966 年 3 月 13 日（农历丙午年二月廿二） 星期日 晴

10：30 至 15：00 开会，见到了同学们。昨天下午开会时就与于秉寿、饶竹三聊了聊。

会上夏吉生同志补充了昨天会议未传达到的两点，一个是司青锋同志在会上谈的怎样学习的几点意见，另一个是张子培同志在会上谈的怎样对待实习期间的讲大课（报告），讲得都很好。

会议先是学习了毛主席著作。学习了《实践论》中关于物质变精神，精神再变物质的论述（该文最后三段）；《关于正确处理人民内部的矛盾问题》第四部分工商业者问题中关于工人阶级也需要改造的一段语录；《人民日报》社论《思想改造永无止境》。袁司理、胡克顺在会上都谈了自己的活思想，给了我不小的启发。后来在分组讨论中我也检查了自己的思想，这样谈了以后心里痛快多了，努力的方向也明确多了。

1966 年 3 月 15 日（农历丙午年二月廿四）　星期二　晴

今天继续开了一天的工作经验交流会。民庭的郭侠洁同志和我们庭的钟作良同志分别介绍了他们办案的经验体会，他们的经验中，摆在第一位的都是突出政治，努力学习毛主席著作，以毛主席思想指导办案工作，这是办好案子的根本保证。会议最后张建侯副院长作了小结，肯定了这些经验。

1966 年 3 月 16 日（农历丙午年二月廿五）　星期三　晴

下午去市委礼堂听新华社副社长、记者穆青同志作的关于向焦裕禄同志学习的录音报告。他讲得很好，使我又受到一次深刻的教育。

1966 年 3 月 23 日（农历丙午年三月初二）　星期三　晴

昨晚殷杰同志来了，他是昨天上午到达郑州的，来此就是为了拍些照片，报道我们的实习生活。昨晚他来此地时将近 22：00 了，与他聊了聊。他说留在学校的同学已经不多了，一年级同学在大兴县天堂河农场搞半工半读，三年级同学在河北省香河县搞"四清运动"，目前只有二年级同学与政教系四年级同学在学校。

1966 年 4 月 1 日（农历丙午年三月十一）　星期五　晴，大风

下午写日记。后与胡克顺谈了谈关于政治与业务关系问题的几点体会。

他将于后天返回北京，学校请他回去给二年级同学讲讲这个问题。目前二年级同学正在讨论政治与业务的关系问题，据说他们对于搞政法工作还要不要突出政治问题往往争论不休。学校将请几个正在实习的同学回去给他们作报告，用在实习中的切身体会来谈谈这个问题。胡克顺同志不仅要讲他个人的体会，也要集中我们班同学的体会，尽量讲得更生动一些，所以我们也给他提供了素材，他的汇报可以说是我们集体的创作。

1966 年 4 月 7 日（农历丙午年三月十七）　星期四　晴

上午与孙成霞、丁葆光去河南省博物馆参观了焦裕禄同志光辉事迹展览。这个展览很好。焦裕禄同志的事迹太感人了。参观完这个展览后，其他同学大都走了。我又参观了河南地方历史陈列馆。这个展览也很好，介绍了从五十万年前的中国猿人起到鸦片战争前夕的河南地方历史。河南是中原地区，是中华民族文化的发源地，有很多不同时代的古迹。

1966 年 4 月 17 日（农历丙午年三月廿七）　星期日　晴

上午洗洗衣服，写写日记。

12：30 去市检察院，找田广见聊了聊，在检察院食堂吃饺子。

晚上党支部召开发展新党员石宗崑与丁荣的会议，吸收我们党外同志参加旁听。我们为他们二人入党而高兴，也决心向他们学习。

1966 年 4 月 24 日（农历丙午年闰三月初四）　星期日　阴雨

晚上开团支部大会，到会 18 人，缺席 4 人：田旭光、贾书勤、靖法文、周芮贤。会议由团支部组织委员韩建敏同志主持，讨论并通过了李长林同志的入团申请。支部书记左广善作了小结讲话，他希望大家（也包括他自己）过好"实习关"与"毕业分配关"。我一定能做到！

1966 年 4 月 26 日（农历丙午年闰三月初六）　星期二　晴

下午及晚上庭里开实习经验座谈会。李赞民庭长、杨裕福副庭长、陈克强、陈寅生、张守蘅、丁葆光、丁荣、王维、李长林及我参加了会议。下午夏吉生同志也参加了会议，晚上张建侯副院长也参加了会议。会开得很好，老同志们都很谦虚，对我们的实习成绩给予了充分的肯定，也亲切地指出了不足之处。

最后，张建侯副院长讲话，他说："我过去总有这样一种感觉，法律系的大学生总是很空，学了很多法，但实习工作中往往用不上。我曾经想法律系还有没有必要办？学理论的学生理论多，洋教条多，但脱离实际……这次同学们来，使我感到学校的改革很有必要。理论要学，也要与实际相结合。审判工作就是群众工作，这是个硬功夫。还有一个硬功夫是党的方针政策执行得如何。我感到这批同学们经过去年的'四清运动'有很大的改进。与往来的同学相比大不相同了。学校教学改革好，这是培养革命接班人的好办法，学得好，到实际岗位马上能用得上。学校称这是'现场教学'，我完全拥护。光在学校里学四年，如果不与实际相结合，毕业出来还得重新学。我考虑实习时间是不是再长一些。三年级搞'四清运动'，四年级不妨拿出大半年时间来实习，这样毕业出来到了下面接到案子就知道怎样搞了。'四清运动'非参加不可，与群众'三同'。到业务部门再参加一些办案实践，我从思想上肯定现场教学比过去优越性大。这次同学们是来实习的，一方面是通过实习学会如何办案，另一方面是学会如何掌握和运用党的方针政策。我在这方面没有敢讲。贯彻第七届全国司法工作会议精神，怕讲了搞成业务挂帅。突出政治也要有业务，从业务中也能突出政治。立场观点方法的锻炼给同学们讲一讲，再实践实践就更好了。这个星期讲讲平日自己的体会。我准备理论上的东西不给你们讲，你们的讲义我看了看，感到有些空。同学们学习那么多东西，到下面来还是不知道怎样搞。同学们实习有了收获，但收获还不大，主要原因在我们这里。实习还有半个多月，要善始善终。我总觉得陈寅生同志搞一个案子，刘××的案子搞得不好，两三个月只搞了一个案子，接触面不广。当然，成绩还是主要的，体会也是丰富的，但也有一定的局限性。将来学校可以考虑考虑，把实习时间延长一些。到一定时间换换样，民事你们没有搞过，基层法院大量的还是民事案件。其实我们工作了十几年，也不是各种案件都遇到过了。我觉得我们政法工作必须紧跟上阶级斗争的形势，怎样跟上呢？还有，党的具体指示怎么办？（1）服从各级党委的领导；（2）跟上形势；（3）党的具体指示是怎样就怎样干。这三条必须牢记。当然，对党委的指示有不同意见可以提，但是党委作出了决定决议后就必须执行，你们精神上要有准备。（杨裕福副庭长插话：还有一个意见也不好划分，即无条件服从和具体问题具体分析）不得到当地党组织的支持，工作就会非常不好搞，一定要向党委汇报，争取党委支持。另外，分析案件问题必须有阶级斗争观点，有些案子常造成假象。犯人、敌人总是不老实的，老实就不叫敌人了。时刻注意阶级斗争观点，通过一个案件，要注意怎样认识阶级斗争。搞案件，阅卷，调查就是找矛盾，解决矛盾，要学会用辩证唯物主义，具体问题具体分析，每个案件有每个案件的特点。学会做群众工作，不会做群众工作就不能搞审判案件，只要抓住了党的领导和群众路线这两项就不会犯错误。你们还要学一些社会常识，各地的风俗习惯常识，各方面的知识都要懂一些。（杨裕福副庭长插话：干到老，学到老。）你们'三门干部'没经历过这些东西。咱们这行，社会上有什么就反映什么，而且很灵敏。阶级斗争非常复杂。法院工作接触面多，很有意思，有趣味。知道的事多，社会知识增长快。搞这个工作比搞别的工作进步快。党信任你才叫你来搞这个工作，群众也信任你。和党委接触多，有新的东西咱们先传达，形势变化咱们也先知道。公安、检察、法院都是过硬本领，都很有兴趣，是光荣的工作，是很好的锻炼，将来是好接班人。就讲到这里吧，十点钟了。"

1966 年 4 月 30 日（农历丙午年闰三月初十）　　星期六　晴

上午去地质学校调查，但那里的负责同志听报告去了，其他人不知道。回来阅卷，是李××盗窃案件。下午又去市汽车运输公司调查，经调查，原判决确实无误，可以写处理意见驳回申诉了。

晚饭后给市检察院打了个电话，臧玉荣接的电话。她告诉我只有她和梁桂俭在家（市检察院），王英吉、樊五申上街转去了，田广见打球去了。她请我去检察院玩，我便去了。与他们打了会儿乒乓球，也聊了聊。谈到下来实习的若干体会，谈到实习生活快结束了，就要回到学校搞毕业分配，我们也快要分别了，等等。

回到中级人民法院已经 23：00 了。

1966 年 5 月 1 日（农历丙午年闰三月十一）　　星期日　阴雨转晴

去市检察院见到了王英吉、田广见、臧玉荣、梁桂俭、樊五申。武玉荣下乡办案去了。昨晚之谈未尽兴，故今天他们还叫我来。

今天是星期日，检察院也是吃两餐，早饭与他们共同进餐，后与田广见打乒乓球。11：20给中级人民法院打了个电话，知道法院的同学们都去人民公园了。我便建议也出去走走，但是樊五申要值班，不能出去，梁桂俭已经去市公安局了，王英吉有事不能出去，只剩下我与田广见、臧玉荣去了。天还在下雨，我们三人都身披雨衣。在人民公园遇见了张守蘅、贾书勤、胡克顺、丁葆光等。我们又去看了公园内举办的无锡惠山泥人展览，人民公园的雨景还是很美的。我们说回北京后再去颐和园、天坛、北海等地游览，快离开北京了，以后再来不容易了。

从人民公园出来，我们又乘车去碧沙岗公园，我还是第一次到这里来。我们看了看郑州市博物馆，又去茶社泡茶休息，随便聊了聊，田广见却租了五本小人书来看。后我们又去动物园看了看动物，见到了孔雀开屏，很漂亮。

回到市检察院已经15：00多了。又打了会儿乒乓球，晚饭吃的面条，后又与检察院的周科长下了象棋。晚上与田广见聊了聊。臧玉荣在值班，王英吉较早地睡觉了，樊五申与梁桂俭出去看豫剧了。

回到中级人民法院时已经22：30了。

1966 年 5 月 2 日（农历丙午年闰三月十二）　星期一　晴

上午饭后与张守蘅同志谈了谈思想。

看报纸，4 月 28 日的报纸上刊登了郭沫若同志在人大常委会第十三次会议上的发言："向工农兵学习，为工农兵服务。"

晚饭后开会，开始评功摆好，评实习期间的"五好学生"。

1966 年 5 月 3 日（农历丙午年闰三月十三）　星期二　晴

今天的主要工作是继续昨天的评"五好学生"。评比结果是，获得实习期间的"五好学生"的是刑一庭的胡克顺、刑二庭的贾书勤、民庭的韩建敏。另外大家给孙成霞同学在实习期间的表现给予很高的评价。在我看来，许多同学都有优点，值得我很好地学习。

下午又座谈了两小时评"五好学生"的感想等。

1966 年 5 月 4 日（农历丙午年闰三月十四）　星期三　晴

8：00 至 11：00，全体在郑州市实习的学生（三个班约一百多人）在我们中级人民法院的大法庭听中级人民法院张建侯副院长讲大课，题目是"关于刑事审判工作中的政策界限问题"。他主要讲了五个问题：（1）反革命案件中的政策界限；（2）强奸案件中的政策界限；（3）偷盗案件中的政策界限；（4）贪污案件中的政策界限；（5）投机倒把案件中的政策界限。讲得很好，不足之处是时间太短了，后三个问题没有时间举例说明。

1966 年 5 月 12 日（农历丙午年闰三月廿二）　星期四　晴

上午继续写实习工作总结，到 12：00 终于完成了。共 35 页，分为五个分部：第一，战略上藐视困难，战术上重视困难，是办好这件"老大难"案件的前提。第二，党的领导是办好这件案件的根本保证。第三，深入进行调查研究，取得大量的第一手材料，搞清事实，是办好案件的基础。这个问题中又分为几点：（1）坚决克服主观主义，不要先带"框框"，一切从实际出发，先做调查，后下结论，而不是先下结论，后做调查；（2）在调查中坚持"好字当头，严字要求，质量第一"的原则，做到事实过硬，有根有据；（3）亲自调查与发函调查相结合，个别调查与召开适当规模座谈会相结合；（4）对调查来的材料进行综合分析，首先是阶级分析，透过现象抓住本质。第四，充分发动群众，依靠群众力量，是制服犯罪分子的关键。这个问题又分为以下几点：（1）首先从思想上充分认识到依靠群众的重要意义；（2）在发动群众的工作中，我们要注意突出政治，抓活的思想，把实习工作做好、做细、做深、做透；（3）要发动群众，就要把党的方针政策直接交给群众，这样群众会把认识水平自觉地提高到党的政策水平上来；（4）坚持党的阶级路线，依靠共产党员、工人阶级、贫下中农，团结一切可以团结的力量；（5）要充分发动群众，还要切实照顾群众的利益，配合好各单位的中心工作。第五，做好申诉人本人的思想工作，给他指明出路，教育他，改造他。

晚上，大家聚在一起，张守蘅同志讲了讲关于从明天开始写实习报告（总结）的事情，以及应当注意的几个问题。

1966 年 5 月 13 日（农历丙午年闰三月廿三）　星期五　晴

今天开始写实习报告了，这是一份艰苦的工作。要通过写实习报告，进一步加深体会。我写什么呢？有两个方案：一个是写深入实际依靠群众，调查研究的体会，谈如何培养我的群众观点问题；另一个是写通过刘××的发家史看资本家的本质，着重谈培养我的无产阶级的阶级感情和阶级斗争观点问题。

1966 年 5 月 15 日（农历丙午年闰三月廿五）　　星期日　晴

10：30，完成实习报告的写作，题目定为"工人阶级与资本家决不会'合二而一'——谈谈对资本家反动阶级本质的认识"，主要是通过办理刘××一案加强对资本家本质的认识。写了 17 页，约将近六千字。

1966 年 5 月 16 日（农历丙午年闰三月廿六）　　星期一　晴

上午在郑州市实习的全体师生在郑州市中级人民法院听河南省高级人民法院副院长刘莱的讲话，谈突出政治的落实问题。

中午我们和法院的同志们一起去艳芳照相馆照合影照，作为我们在这里实习的留念。参加合影的人共计 42 人，法院干部杨裕福、李承宣、郑永昇、温术言同志因公在外，未能参加合影，有些遗憾！之后，我们在刑二庭实习的同学们与刑二庭的法院同志又合了影，缺杨裕福副庭长。

▲ 郑州市中级人民法院实习留念
前排左起第四人方彦老师，第五人张荣吉院长，第六人张守蘅老师

我们走在大路上

下午自己看从学校带来的《政法业务课讲义》，学校号召大家根据实习的体会，给这本讲义提出修改意见或建议。

1966 年 5 月 19 日（农历丙午年闰三月廿九）　　星期四　晴

今天起得较早，起来就打好行李。我们为了不给法院同志添麻烦，不让他们用汽车送，我们找了两辆平板车把行李运走。

上午我们打扫卫生，把我们宿舍打扫得干干净净，又把环境卫生打扫干净。

晚饭后，与周振豫、陈克强、刘德海（司机同志）、郑永昇、陈寅生等法院同志聊聊，我们共同感到，四个月的实习生活过得好快啊！

19：50 法院派车送我们去郑州火车站，张建侯副院长、李赞民、陈寅生、陈克强、孙守礼、郑永昇、郭侠洁、钟作良、刘德海等同志都到车站送别我们。在市区公检法机关实习的师生都在车站聚齐了，赶来送行的公检法各机关的人不比乘车走的人少，他们一直等我们的火车开动了，看不见了才回去。感情十分动人！

80 次列车是 21：34 进站的，21：50 从郑州站开出。我们一共 119 人，包了一节车厢（定员 120 个座位）。

1966 年 5 月 20 日（农历丙午年四月初一）　　星期五　晴

4：30 车上的人大都醒了。其实没有多少人真正睡着了。

9：15 到达北京站，又回到北京了！冯振堂来车站接我们，他的病已经痊愈了。回到学校又见到了靖法文。

年级办公室通知，先放五天的假，休息到 24 日晚上回校。

1966 年 11 月 12 日（农历丙午年十月初一）　　星期六　晴

前几天饶竹三给我看了他写的一首诗，是他在兰州串联时写的：

众英偷闲未解号，晚霞一抹黄河桥。白塔山上袖章红，大河曲处涛声高。

攀峰欲劈新道路，挥刀方知群山小。碧血江山慷尔慨，著鞭不畏路途遥。

我觉得这首诗写得不错，试和诗一首：

南征方归未解号，烟硝又笼黄河桥。塔白逾衬袖章红，浪急方显呼声高。

怒向恶荆辟新路，喜看新苗耸云霄。碧血江山三万里，吾辈手中更妖娆。

1967 年

1967 年 2 月 2 日 （农历丙午年十二月廿三）　星期四　晴

昨天，饶竹三把他在长征途中写的五首诗给我看了，并讲了讲写诗的背景及诗的内容。他的五首诗抄录如下：

其一，横渡白洋淀，访当年游击队长赵波同志。

四顾水光接天光，欸乃声随歌声扬。为访英雄问旧事，船工笑谈芦花荡。

其二，渡淮河时，值大雪纷飞，水结成冰，我们破冰摇撸，渡过了淮河。

茫茫天地朔风啸，野渡舟横行人少。征旗迎雪展如画，淮河冰里把撸摇。

其三，我们在老革命根据地大别山上的新县度过元旦，当日余登山游玩。

淫雪初霁泻虚檐，佳节扶藜独登山。恶荆牵衣绽新絮，顽石恨屐磋旧藓。

回首不见来时路，一抹夕晖照冰川。临风无凭一长啸，西望白塔总潸然。

其四，在湖北省我们翻过了××山，时值大雪过后，得诗八句。

我们走在大路上

巉岩危峰莫嗟嘘，汉溆几度透征衣。寒衫听涛雪霰舞，翠竹寻津水欲滴。

雄鸡篱啼几家炊，樵夫跌声万仞壁。红旗又跃数重山，一夜篝火相偎依。

其五，这首诗是我用刀子刻在我的竹手杖上的。

大别山上始知缘，一路相扶到故园。晓棹惊起崖上雁，暮箫吹睡云里山。

吾人赢得梅花笑，汝身留却半身残。它日化羽南归去，一朝风流忆当年。

1967年7月23日（农历丁未年六月十六）　星期日　晴

今天我们八中同学小聚会。9：00赶到北京天文馆正门前，陈正宜、沈念安、韩忠心、李忠杰、乔维华、万良国、张永祥、王铭仁、刘天赋、潘成善等也陆续来到。老朋友见面十分高兴，畅谈不已。到10：25，估计再也不会有同学来了，我们就一起去玉渊潭公园。

在那里举行了"瓜茶话会"，畅谈一番。高中毕业已经五年，每个人收获都不小。但从外貌来看变化都不大，还是像当年那样。张永祥比以前活跃多了。

时间过得好快啊！转眼间，五年过去了。五年前，我们高考完毕的情景仍记忆犹新。每当我们回忆起高中三年，回想起这些老同学们，我就更加信心百倍，中学时代的岁月多么值得怀念啊！峥嵘的岁月！

14：30分手，大家相约毕业离京前再组织一次聚会活动。规模要更大些，来的老同学要更多些，组织工作依然由我总负责。

15：30回到家，睡了一觉，这两三天来确实够累的啊！

20：15回到学校，与饶竹三、敖俊德聊了聊。

1967年9月27日（农历丁未年八月廿四）　星期三　阴转晴

盼望已久的工资终于发下来了！每人46元。工资是一早发下来的，全校两个系一共有四百名毕业生，可见财务科的老师昨天忙了一天。我们应该向他们致敬！

1967 年 9 月 29 日（农历丁未年八月廿六）　星期五　阴天

19：30 至 20：30 在联合楼 220 室开全年级大会（人未到齐）。司青锋主任公布了毕业分配方案（政法系的）。如下：

北京　10 人；上海　2 人；河北　12 人；山东　3 人；山西　9 人；
内蒙古　9 人；黑龙江　8 人；吉林　1 人；辽宁　10 人；江苏　9 人；
浙江　4 人；福建　15 人；江西　6 人；安徽　14 人；河南　7 人；
湖北　23 人；湖南　7 人；广东　33 人；广西　15 人；西藏　2 人；
贵州　18 人；新疆　38 人；宁夏　5 人；最高人民法院　5 人；
高教部　15 人；中国科学院学部　2 人；农垦部　21 人。

以上共 303 人。陕西、青海、甘肃、四川、云南五省没有要人。

新疆要人最多，其次是广东。

当然这个分配方案也可能还会有变化。

1967 年 10 月 4 日（农历丁未年九月初一）　星期三　晴

国庆节假期过了，又要正式"上课"了，对一、二、三年级可能如此，对于我们，则要搞毕业分配了。这是个大事情，谁不关心？

上午进行毕业体检，量血压，我是 120/80，正常，心脏检查也正常，透视在后天进行。

下午在联合楼 208 室，听院党委副书记吕子明作毕业分配的动员报告。

1967 年 10 月 14 日（农历丁未年九月十一）　星期六　晴

上午我们年级在联合楼 220 室开会，司青峰同志讲了讲关于填写毕业志愿的问题。

下午发下了志愿表（草表），每人可以填写五个志愿。

1967 年 10 月 17 日（农历丁未年九月十四）　星期二　晴

同学们填写的志愿表大都交上去了。不少同学都能正确对待此问题，表示愿意去边疆工作，更坚决服从组织分配。

上午在礼堂开会，听杨振山老师作毕业分配前自我鉴定的动员报告。为

我们走在大路上

了加强我们年级的思想工作，学校给我们年级配备了几名辅导员，杨振山老师是其中之一。从明天开始，我们将进行自我鉴定工作。自己先写出来，在小组会上经过大家的评议，通过了，经过学校签署意见放入自己的档案。

1967 年 10 月 23 日（农历丁未年九月二十）　　星期一　晴

8：00，我们班同学在教学楼 103 教室集会，班代表讲了讲毕业鉴定的事情，让大家抓紧时间写。我去 116 教室写自我鉴定。李长林、宋新昌也在那里写，饶竹三、王小平在一旁一边写一边交换意见。

一、二、三年级同学们结束下乡支援"三秋"劳动返校了。9：30，学校在礼堂召开大会，总结劳动情况，并准备"复课"。我们称之为举行"开学典礼"，但是我们没有参加。因为我们毕业在即，不用"复课"了。

1967 年 10 月 24 日（农历丁未年九月廿一）　　星期二　晴

8：20 全班同学集中在教学楼 103 教室听取李彦龙、丁葆光二人的思想总结（自我鉴定）。他们讲完后，大家评议，对李彦龙的总结比较满意，嫌丁葆光的总结太啰嗦了。他们二人作为示范，大家照此办理就是了，都差不多，彼此彼此。

之后分小组听取个人的鉴定，并评议。我们小组决定上午再给大家时间，根据情况可以再修改一下自我鉴定，下午再说自我鉴定并评议通过。

靖法文请我帮助他修改他的自我鉴定。

下午小组讨论，我们小组通过了胡克顺、周芮贤、丁葆光、李平煜、王普敬、靖法文、冯振堂及我的自我鉴定。一般都没有什么问题，进度快得很。

16：20，小组会结束，今天暂时到此。今天没有事了。

听饶竹三、王小平说他们可能被分配到贵州去，因为司青峰同志找他们谈话了，他们表示坚决服从组织分配。

1967 年 10 月 25 日（农历丁未年九月廿二）　　星期三　阴，冷

8：15 到学校，见到饶竹三，他告诉我我被分配到广西。这是昨天晚上司青峰同志来 102 宿舍时同学们问他，他说的。

广西，我丝毫没有想到会被分配到那里，有些突然。对于广西，虽然它不是我志愿中的地方，但我也没有什么意见。去年串联到了桂林，那地方倒是不错，只是离家远了一点儿，以后回家不容易了。

据说司青峰同志昨天晚上还说胡克顺与杨岷去广东，薛宝祥与贾书勤也去广东，武玉荣、于秉寿、王维、孙成霞、靖法文去湖北，李长林去黑龙江，王英吉去辽宁，王普敬、李彦龙、李树岩去新疆，王小平与饶竹三去贵州，冯振堂去浙江，周芮贤去湖南，李平煜去福建，樊五申去山西。当然这只是初步分配。我想司青峰同志这是吹吹风，看看大家反应如何。当然也不是所有人都有了安排，有的还没有定下来。

下午小组继续进行评议自我鉴定，通过了臧玉荣、佟秀芝、丁荣的自我鉴定。

梁桂俭、袁司理、田广见、薛宝祥、杨登舟未参加班里的毕业鉴定工作，他们单搞。

1967 年 10 月 28 日（农历丁未年九月廿五） 星期六 晴

《毕业生登记表》发下来了，自己填写好了交给学校，以后要进自己的档案的。

1967 年 10 月 31 日（农历丁未年九月廿八） 星期二 晴

11：00，我正在宿舍与同学下围棋，突然接到高中（北京八中）老同学虞献正打来的电话，他建议最近举行一次老同学的聚会，我表示同意，约定下个星期日，至于地点待明天与北京航空学院的刘天赋、沈念安等人商议后再定。

晚上开班会，经过一周多的分配工作，到现在正式把分配方案（草案）公布出来。我们班的分配工作由司青峰同志负责，他很有工作经验，边分配边征求同学们的意见，故到现在同学们意见都不太大了（当然个别人还是有意见的，反正是草案，还可以变动的）。我们班分配情况如下：

新疆：王普敬、李彦龙、袁司理、佟秀芝、李平煜　5 人；

农垦部：梁桂俭、田广见、敖俊德　3 人；

黑龙江：李长林　1 人；

贵州：饶竹三、王小平　　2人；

内蒙古：丁荣　　1人；

广东：胡克顺、杨岷、石宗崑、李树岩、武玉荣　　5人

辽宁：王英吉、杨福田　　2人；

浙江：冯振堂　　1人；

江苏：杨登舟　　1人；

江西：丁葆光　　1人；

湖南：周芮贤、孙成霞　　2人；

湖北：王维、于秉寿　　2人；

河南：袁继林　　1人；

河北：宋新昌、靖法文　　2人；

山西：樊五申　　1人；

北京（中学教员）：田旭光　　1人；

高教部（留校）：左广善　　1人；

最高人民法院（华东政法学院）：刘爱清　　1人；

广西：江兴国、臧玉荣、薛宝祥、贾书勤　　4人

安徽：韩建敏　　1人

全班38人，都有了位置。

我去广西就去广西吧！我有决心在广西把工作搞好！

1967年11月1日（农历丁未年九月廿九）　　星期三　晴

今天轮到我们在膳厅值日，只要没有离开学校，就应当履行义务。

6班的张锡荣同学找我，他被分配到安徽了，但他的女朋友在四川，所以他想找人调换，昨天晚上他就找我谈过。李长林也找4班的女同学李桂芳，欲同她对换，李桂芳被分配到湖南，李桂芳的男朋友在辽宁。都没有对换成功。

中午去北京航空学院，见到了刘天赋、沈念安，一起等候虞献正，久等不见他来。我们只好约定12日上午9：00在天安门广场的国旗杆下集合，再去中山公园游玩，分头通知。

20：30回到学校。见到了虞献正、刘天赋、沈念安留下的字条，方知他

大学本科阶段

461

们 19：00 曾来我院找我。他们同意我们的决定。

1967 年 11 月 2 日（农历丁未年十月初一）　星期四　晴

上午开小组会，通过了每个人的自我鉴定（个人总结）。全班由班代表王普敬执笔签署意见，一般都是"同意本人鉴定"。

1967 年 11 月 6 日（农历丁未年十月初五）　星期一　晴

上午开班会。讲了讲举行毕业式，拍毕业合影等问题。大家要求毕业后放一段时间的假（半个月至一个月），再去工作单位报道，但是市里不同意。

1967 年 11 月 7 日（农历丁未年十月初六）　星期二　晴

晚上开班会，人没有到齐。班代表王普敬讲了讲明天上午举行毕业式，照毕业合影等事项。

1967 年 11 月 8 日（农历丁未年十月初七）　星期三　晴

在学校待着没有什么事，回家了。

在 16 路公共汽车上偶然遇见高中（北京八中）的老同学季铮洋，他在北京邮电学院，本来他是 67 届毕业生，但学校准许他随 66 届毕业并分配工作。他被分配到四川了。我告诉他星期日聚会之事，他答应参加。

晚上接到高中（北京八中）老同学孙锦先打来的电话，聊了聊。他说他们搞运动，很忙。我请他挤出时间参加 12 日的聚会。

1967 年 11 月 11 日（农历丁未年十月初十）　星期六　阴

我们的分配方案批下来了。上午在联合楼 220 室召开全年级大会，当然人没有到齐，不少人已经回家了。我们班的分配方案略有变动：李树岩改为内蒙古。我还是被分配到广西。分配到广西的一共是 15 个人，除我们班的四个人（江兴国、臧玉荣、薛宝祥、贾书勤）以外，还有 2 班的王立铄、魏祖锦；3 班的刘永福；4 班的刘复光；5 班的张洁、王家林、雷鹰；6 班的陈云生、刘淑珍；7 班的刘家麟、任雪芳。8 班没有分到广西的同学，就像我们班没有同学分到福建一样。

分到农垦部的同学都被分到新疆生产建设兵团了。这样我们年级去新疆的同学就有 59 人了，占毕业生的 1/5。

我知道 2 班的张彦俊分到贵州，2 班的李玉臻分到广东[1]，2 班的方光成与 7 班的李淑清分到福建，3 班的陈之玮与肖凤云分到西藏，3 班的秦醒民分到广东，3 班的王开洞也分配到贵州，5 班的恽其健分到湖南，5 班的萧淑华与 3 班的白申果也分到贵州，5 班的翟俊喜与 8 班的吴慧群分到新疆，5 班的镡德山与 3 班的蒋绮敏也分到新疆，5 班的郑禄与陈丽君也分到新疆，6 班的李至伦与王树梅分到广东，8 班的王立与政教系李绍对调留在了北京（做中学教员），等等。[2]

由于学校停止招收新生，所以学校也没有限制我们何时离校，同学们仍然在各自宿舍住着，直到可以到各省市报到为止。所以学校也没有立即让我们把放在宿舍的东西拿回去，钥匙也没有交回学校。

今天还领到了毕业证书，毕业证书是大红色的塑料封面，封面上压印着"毕业证书"字样，中间压印着一颗红五星，里面印着一张毛主席的相片，后面依次是毛主席的手书"为人民服务"，最后才是加盖学校印章的毕业生相片和毕业证书正文。

我的证书是第 031 号。

从 1962 年到 1967 年实际是五年，证书上却写学习四年，希望后人不会误会成留级了一年。

既没有校长签名，又没有校长的名章，还没有钢印。若干年后，可能人们需要考证它的真伪。哈哈！

大学生活结束了，但是各地情况不同，我们还不知道什么时候才能真正走上工作岗位。

1967 年 11 月 12 日（农历丁未年十月十一）　星期日　晴

8：30 从家里动身，到天安门广场国旗杆下，时间是 8：55。此时虞献正、

---

〔1〕 后来得知分到广东省的 33 个人中有 27 个人分到了海南。

〔2〕 分到高教部的 15 个人留在本校做教员，后来学校停办，他们又被二次分配，大多数回老家了。我们班的左广善就分回河南了。另外李平煜分到新疆，后又改到华东政法学院了。所以分配得好坏很难说，一切都在变化中……

陈光前已经来了，后来又来了张永祥。我们边等人边聊天。到11：00共来了11个人，除我们4个人以外，还有张荣仁、孙锦先、于加生、乔维华、韩忠心、董尚夫，最后来的是刘天赋（但此时陈光前不知为何又"早退"了）。我们有说不完的话。董尚夫告诉我，他们也已经领到工资了。我把陈正中的来信情况告诉大家。董尚夫带来一个照相机，是用135胶卷的，我也带了一个照相机，是用120胶卷的。我们合影留念。大家说我最好能晚一些去广西报到，因为怕我走了，没有人起到召集的作用了。我说一时半会儿还走不了，只要我没有离开北京，就承担起联络工作。

▲北京八中同学留影
左起前排张永祥、 孙锦先、 乔维华， 后排江兴国、 虞献正、 于加生、 刘天赋、 张荣仁

到中午，韩忠心、董尚夫有事先退场了。董尚夫与我约定，下个星期二有时间就来找我，具体时间再联系。

我们剩下的 8 个人又进中山

▲北京八中同学中山公园留影
左起前排江兴国、 孙锦先、 张永祥、 乔维华后排刘天赋、 于加生、 张荣仁、 虞献正

公园游玩，并在"保卫和平"牌坊前合影。这些照片以后会很珍贵的。

1967 年 11 月 26 日（农历丁未年十月廿五）　星期日　晴

今天送别我的好朋友李长林，他去黑龙江报到，大概是我们年级最早报到的了。

5：30 起床，6：15 就赶到了北京站，6：30 见到李长林和他几个老同学及他妹夫来了，但是火车晚点了，上午走不了了，改为 16：30 发车。我们在

我们走在大路上

车站聊了聊，只好回家，约好 14：30 去他家送他。

去东单菜市场看了看，后径直去了学校，王英吉、石宗崑都还没有起床。我告诉他们李长林没有走成，改为 16：30 发车。他们昨天晚上去与李长林告别了，既然李长林上午没有走成，下午他们也准备去送别他。

李平煜从家里回来了。

从学校出来，到北师大看望了岳鸿全老师。

回到家知道上午衣立又来找我了，我想一定是来取上月 30 日洗的相片的，便立即给他送去。

中午饭后即赶赴李长林家，王英吉、石宗崑已经到了，3 班的钱连和也来了，还有李长林的中学同学们。大家一起聊了聊。15：30 送李长林去车站，一直到火车徐徐离京。再见了，长林！他也许是我们班最早去工作单位报到的，可能也是全年级最早报到的。

▲ 送李长林去黑龙江前合影留念

长林是我的好朋友，我们虽然只相处了两年多，却结下了深厚的友谊。回忆往事真是无限感慨，特别是在郑州市实习期间和大串联活动中我们经常在一起。我们之间的友谊是真诚的，可贵的！

送走长林，回家。

1968 年

1968 年 4 月 7 日（农历戊申年三月初十）　星期日　晴

今天上午天气不错，晴间多云，中午转阴，下了点小雨，刮了一阵风。

去颐和园的人多极了，现在正是春游时间。我到颐和园时已是 9：15，老同学来的真不少，久别重逢，亲切极了。今天共来了 21 位老同学，大家说我这次组织得非常成功。来的老同学有：北京航空学院的刘天赋、沈念安、潘成善、王铭仁；北京地质学院的万良国、徐恒力、吴孝平；北京农业机械化学院的孙锦先；清华大学的张荣仁；北京石油学院的张永祥；北京医学院的汤叔禹；河北北京师范学院的董尚夫；北京师范学院的陈正宜；北京工业大学的于加生；北京师范大学的韩忠心；北京轻工业学院的李忠杰；北京大学的虞献正；哈尔滨军事工程学院的张志东；海军转业军人刘凤鸣、刘宗恩；北京政法学院的江兴国。

今天大家玩得非常愉快，相互之间非常融洽，真是高兴极了！

万良国带了一个135型的照相机，汤叔禹也带了一个135型的照相机，但没有人带来120型的照相机。我倒是带了120型的胶卷，也没用。

王铭仁来的时候带来了王福洋的一封信，王福洋说他今天有事，不能来参加聚会，向大家问好。10：00进颐和园，王铭仁因为有事未进园，来颐和园门前是特地同大家见面的。他同大家就此分手了，他还是北京航空学院摩托车队的，身体很结实。

进园后，大家边走边谈，上山，特地经乐农轩去看了看当年我们曾经住过的地方。又来到佛香阁从山上俯瞰昆明湖，在听鹂馆前下山，经石舫，到后山。在一小树林中休息了一下，大家聊个没完。

从外表来看，大家变化都不大，还是老样子，只是胡子长了些，身体"壮"了些。大家都还是学生模样，气质上同高中时代差不多。

孙锦先说黄子衡又回唐山了。黄子衡如果知道有今天的聚会活动，可能就不回去了。

陈正宜已经分配到北京市朝阳区，具体做什么工作还未定。他说他们班还有个同学分到广西柳州铁路局，他还告诉我们他的同学分到各地干什么的都有，远远超出了生物系专业的范围。

▲ 北京八中同学颐和园留影

对今天的这次聚会，大家都十分满意。李忠杰说今天是他近两个月来最快活的一天！同学们开玩笑地对我说："你要选择好一个接班人，在你毕业走了以后，好接替你的工作，负责组织这类活动。"

大家说这次聚会十分有意义，一致希望能照一个集体照。12：00多，我们就在排云殿前面照了一张四寸的合影照，并且在相片上题写上："海内存知己，天涯若比邻 1968.4.7"的字样。

于加生说我们班高一时春游明十三陵的照片底片还保存在他那里，那是1960年的4月8日，这已是八年前的事情了。

今天有的同学还向我建议重印通讯录，也有的建议等67届毕业分配后再印。总而言之，大家感情很深，愿意保持长期通讯联系，保持革命友谊。

合影后，孙锦先、于加生、韩忠心三人因为有事先走了。

我们又去吃午餐（面包），边吃边聊。之后，去知春亭前，把剩下的胶卷照完。

15：00多，风声紧，云色墨。我们也就出来分手回家了。我和尚夫、念安一起出来，乘32路公共汽车到动物园下车，漫步到西直门分手。

回到家快17：00了，较累，嗓子都哑了。

1968年4月15日（农历戊申年三月十八）　　星期一　晴

14：15，我赶到北京站，为去贵州省报到的饶竹三和王小平及其他同学

▲ 送饶竹三去贵州报到前合影留念

送行，他们都去贵州省报到。但是到了火车站才知道33次列车停运，19次列车也停运了，而且是从12日就停运了。15：15，饶竹三的中学同学赵世田也来送行了。15：30，饶竹三、王小平及王小平的妈妈和弟弟妹妹们也来了，还有饶竹三的其他同学。33次火车停运了，我只好陪着饶竹三改签

车次，改签为今天23：29开往兰州站的列车（他们是先到饶竹三的辉县

老家看看），但是无座位（其他车次也都没有座位）。办完之后，饶竹三、王小平先回家了，我当然也回家去了，晚上再来吧。

吃过晚饭，我骑自行车去王小平家里，21：30，我们一起去北京站，这次火车没有停运了。23：29，火车开动，同他们挥手作别。别了，竹三、小平，再见面不知道什么时候了。本想写首诗或词送别他们，但是心情不好，无心思创作，仅写句话给他们吧：

饶竹三、王小平同志："海内存知己，天涯若比邻"。希望我们以后经常通信往来，保持革命友谊。我目前的通讯地址是：北京市西城区复兴门外铁道部第一住宅区 31 栋 1 号。　革命同志　江兴国　1968.4.15

竹三也赠我一首词"忆秦娥"（别赠兴国同志），如下：

春雨细，花红何必轻撷取。
一种酒，难解离肠，莫道语底。

颦眉抚溯直如昨，挥手从此三千里。
君又铭：一"新老"篇，二"风物句"。

他解释道："新老篇"，指的是"老三篇"和"新五篇"等毛主席著作。"风物句"指的是毛主席诗句"牢骚太盛防肠断，风物长宜放眼量"，劝我抛开一切烦恼。

1968 年 5 月 4 日（农历戊申年四月初八）　　星期六　阴转晴

4：45，叫醒石宗崑，他去中医研究院挂号去了。

9：40，赶到北京站，送敖俊德、田广见赴新疆乌鲁木齐市报到。他们乘 10：24 由北京站开往西安站的 79 次快车离京。我到火车上才见到他们。田广见的夫人李淑花也来送行，薛宝祥也来送行。我把写给王英吉的七律诗给敖俊德看了看，本想给敖俊德也写一首，但是来不及了。在同学中，他们是分配离京最远的，真正是"万里之遥"了。

列车开动了，这一别不知道什么时候再见面。这是我第三次送别同学，第一次是去年送别李长林，第二次是上个月送别饶竹三、王小平。

1968 年 5 月 9 日（农历戊申年四月十三）　　星期四　晴

7：50 黄升基就来了，然后来的是衣立，最晚来的是缪德勋。离得最近的来得最晚。

不知胡业勋为何没有来，我们去他家找他，他也没有在家。

我们四人就一起去游览颐和园。玩得很痛快。自从去年 12 月 31 日之后，我们四个人今天是头一次聚会。升基的身体好一些了，和老朋友在一起有无限的乐趣。我们四人相交十多年了，可谓知心之友也！

9：50 进入颐和园。我们先是游览昆明湖东岸、南岸，绕道西堤，边走边取景照相。我们四人在一起游玩并留影的机会不是很多。只记得 1963 年 10 月 2 日在天安门广场的那一次，有胡业勋参加。

在湖边见一小舟无人驾驭，任其飘零，我们以此为背景照相，取其意为"野渡无人舟自横"！

中午在石舫边的食堂吃饭，我们也饮了葡萄酒。我们四人在一起聚餐，这还是头一次呢！四人中只有我领取了工资，自然是我做东了。

酒后迎风荡舟，更为有趣。今天有四级风，浪也较大。从 13：40 上船，划了一个半小时，到 15：10 结账。好友结伴，泛舟于昆明湖上，纵谈古今，展望前程，抒发心中之豪情，有无限的乐趣也！

从石舫的码头下船，绕过龙王庙，穿过十七孔桥，到知春亭码头弃舟登岸。又去知春亭的茶社小坐，饮茶畅谈。忆往昔、望将来，谈政治，叙友情，快哉快哉！

16：15，我们又去园中之园的谐趣园，把剩余的三张胶卷照完了。

17：15，离开颐和园，升基从白石桥下车，换 2 路无轨电车去林宜家。我们三人都到西直门换 19 路公共汽车，各自回家了。

今天玩得很愉快！还是和老朋友在一起心情舒畅！

1968 年 5 月 15 日（农历戊申年四月十九）　　星期三　阴转晴

晚上去宣武门内安儿胡同找武玉荣，送她到北京站。到那里 20：45。石宗崑、胡克顺、樊法孟、秦贵、李玉臻、李至伦、王树梅、张子耕、李金娃、韩豫鲁等去广东的同学都已经到了，各班都有同学来送行。想把李长林的来信给石宗崑看看，但看到石宗崑与韩燕在站台上分别，韩燕哭得跟泪人似的，石宗崑在一旁劝慰不已，我又不忍打扰他们，只是简单地告诉石宗崑李长林来信了。

22：10，列车正点开出。再见了，石宗崑、胡克顺、武玉荣等同学！这是我第四次到北京站送别同学！这是继送别李长林、饶竹三与王小平、敖俊德与田广见之后，我第四次到北京站送别同学！

1968 年 6 月 1 日（农历戊申年五月初六）　　星期六　晴

13：15，缪德勋来找我，我们一起去找胡业勋、李茜，吴更新已到那里了。到北海公园正门，见到了黄升基和林宜。等到 14：30 才见衣立来，原来他睡着了，刘毓钧一直没来。

▲ 初中同学与李茜、林宜在北海公园合影　　▲ 左起李茜、胡业勋、黄升基、林宜

我们进公园，登上白塔山，在茶桌旁喝茶，聊天，直到 16：30，十分尽兴。我们从认识到现在已经十二年了，一直保持着联系，并且关系很好，真是不容易啊！"阅经十二载春秋"呵，多少往事都付谈笑中！

"下山"之后边走边照相边聊天，也十分有趣。18：00 出公园，各自回家。

1968 年 8 月 8 日（农历戊申年七月十五）　　星期四　晴

我一早就去前门北京站火车票发售处买票。7：00 到那里，7：20 臧玉荣、魏祖锦也来了，后又见到薛宝祥来了，却始终不见王立铦来。8：30 开始售票。我们买到 12 日 20：55 由北京站发出的 5 次特快列车票，是 10 号车厢 11 号至 15 号硬席座位，到终点站南宁每张票价 42.90 元，没有卧铺票。

我们买好车票后又来到天安门广场人民英雄纪念碑南面的小树林中聊了聊。后决定立即去打听一下托运行李之事，问明后感到刘永福托我们交运的行李不好办。每张车票只能托运 50 公斤行李，我们五个人五张票限托运行李总重量是 250 公斤，超过部分托运价格加倍计算。研究了好久决定把刘永福的行李放在一起集体托运。

11：20 回到家。又去邮局把刘永福的粮油、工资、户口关系用航空特种信函寄去，又给刘永福拍去电报，文曰"我们 12 日离京你的粮食户口工资关系已寄渝"，电报拍往"四川重庆解放东路 245 号王万钧转刘永福"。

1968 年 8 月 9 日（农历戊申年七月十六）　星期五　晴

▲ 初中时代的同学，左起（前排）吴更新、江兴国（后排）衣立、刘毓钧、黄升基、缪德勋

晚上，缪德勋来了，我们一起去找胡业勋，他不在家，在学校没有回来，因为学校开会，不准请假。吴更新、黄升基、林宜、衣立也来了。我们去西单北京长征照相馆（原国泰照相馆），一边聊天一边等刘毓钧。不一会儿刘毓钧来了。我们六个人就合影了一张。我与吴更新坐在前排，我坐在左边，后排左起依次是缪德勋、黄升基、刘毓钧、衣立。遗憾的是胡业勋没有来。照的是四寸大的照片。我们都是初中的同学，相交已经十二年了，一直保持联系，而且关系始终很好，多么不容易啊！

1968 年 8 月 12 日（农历戊申年七月十九）　星期一　阴雨转多云

上午下了一场瓢泼大雨。一早，刘毓钧就来帮助我托运行李，8：40 我们到达北京站。臧玉荣、魏祖锦、王立铢、薛宝祥也陆续来了，玉荣的妹妹玉兰、玉秋及玉兰的男友臧茂松也来帮助她托运行李。与茂松聊了聊，他是上周五来京的，已经被分配到江苏省徐州专区睢宁县工作了。刘永福的行李我们帮他托运，所以共托运六个人的行李，共 12 件行李，总重量 292 公斤，用资 89.10 元。

办完之后，请刘毓钧给我们五个人在北京站前照了两张合影照，以后看起来会有意义的。之后大家各自回家。

17：00 多，缪德勋、黄升基、衣立、刘毓钧、乔维华、于加生、吴更新先后来了，他们来为我送行。共用晚餐，合影留念，胡业勋有事不能来，李茜和业勋的妹妹特代替他来为我送行。

19：10，辞别年迈的爸爸妈妈及我二姐，去车站。家中之事使我放心不下，离别自然使我不禁潸然泪下……妈妈站在门口眼含泪水送我远行的情景使我永生难忘。辞别家中，此去何日归？

我们乘坐的是开往南宁的 5 次特别快车，我们在 10 号车厢。进入车厢，意外地发现董尚夫及其女朋友特赶来送我，他还告诉我他们决定本周内结婚，我表示热烈祝贺。他要我送他一首诗，我说到南宁再写吧。

"海内存知己，天涯若比邻！"再见了，亲爱的同学们，朋友们，少年朝夕相处的伙伴们！再见了，我的父亲母亲大人及其他亲人！再见了，北京，我生活了十八年的第二故乡！

20：55，列车开动了！在车上，我们互相关怀，互相帮助。行程第一夜！火车何日还？！

与亲人、挚友分别有感，吟得一首七律诗拙作，记于此。

七律·征途别

忍闻笛声别友伤，千里长车赴南疆。情深十载交肝胆，志高万仞渡关山。
挥剑天涯斩妖逆，弯弓海外射天狼。凯歌重逢必有日，英雄何必泪满裳！

注：1962 年高中毕业，同班同学王彬参军，我曾作诗《七律·从军别》，后同班同学张志东去哈尔滨军事工程学院上学，我又作诗《五律·求学别》，今日再作诗《七律·征途别》，凑成"三别"。

我们走在大路上